硅基人

娜娜的虚拟人生

（本故事纯属虚构）

李劲松　著

百花洲文艺出版社
BAIHUAZHOU LITERATURE AND ART PRESS

图书在版编目（CIP）数据

硅基人:娜娜的虚拟人生/李劲松著.--南昌：百花洲文艺出版社,2025.1.--ISBN 978-7-5500-4944-4

Ⅰ．I247.5

中国国家版本馆 CIP 数据核字第 2024WZ2402 号

硅基人：娜娜的虚拟人生
GUI JI REN：NANA DE XUNI RENSHENG　　　李劲松 著

出 版 人　陈　波
责任编辑　杨　旭
装帧设计　湖北新梦渡传媒有限公司
出 版 者　百花洲文艺出版社
社　　址　南昌市红谷滩世贸路 898 号博能中心一期 A 座 20 楼
电　　话　0791-86895108（发行热线）0791-86171646（编辑热线）
邮　　编　330038
经　　销　全国新华书店
印　　刷　武汉鑫佳捷印务有限公司
开　　本　710mm×1000mm　1/16
印　　张　29
字　　数　404 千字
版　　次　2025 年 1 月第 1 版
印　　次　2025 年 1 月第 1 次印刷
书　　号　978-7-5500-4944-4
定　　价　98.00 元

赣版权登字 05-2024-233

网址 http://www.bhzwy.com
图书若有印装错误，影响阅读，可与承印厂联系调换。

目 录

引子　艾州惨案

1

21世纪30年代的某个冬夜，东部某三线城市艾州，小雨淅淅沥沥，没完没了。

或许是因为雨夜寒冷、萧索无趣，市民早早上床，急切地拥衾而眠，才过十点，整座小城已漆黑一片、悄无声息，集体进入睡眠模式。往常一到晚上就热闹异常、通宵喧哗的商业街、美食店、网红打卡地，以及各种24小时营业的夜店、超市和药店，也纷纷向寒冷的雨夜投降，步调一致地关灯打烊。这让原本就缺乏活力的艾州城，越发显得冷清。

零点过后，街头更是空无一人，来往车辆也极其稀少。年久失修的路灯或损毁未亮，或灯光昏暗，连信号灯的"红绿黄"三色都凑不齐。信号灯无聊地、慵懒地交替变换，与路面积水中支离破碎的倒影遥相呼应，形成一副光怪陆离的三维影像，仿佛"生成式AI"所画的作品一样，常规中掺杂新奇，熟悉中透着陌生，氛围诡异。

又湿又冷的寒风中，一辆白色厢式货车孤零零地沿着城郊某街道呼啸而过，猛然一个急刹车，停在十字路口。

因停车太急，副座上一位打瞌睡的肥胖中年男被晃醒，不悦地指责司机："扣扣，你怎么开的车？"

"扣扣"是一个二十岁左右的小伙子，表情生涩，眉宇间透着一种刚步入社会的稚气和不安。或许是因为刚拿到驾照，驾龄不长，他的车技略显生疏，急起急停，缺乏老司机应有的娴熟和稳重。

身着单衣的他一边打着寒战，一边带着歉意地说："对不起，胖哥，刚看见红灯。上面的倒计时表坏了，没显示。"

胖哥骂道："大半夜一辆车也没有，怕什么红灯？闯过去就是。"

"不好吧。"扣扣弯腰低头，用手斜指红绿灯上密密麻麻的摄像头道，"万一被拍下来，我一天工资就没了。"

"你不知道摄像头厂家纷纷倒闭，城里的摄像头坏好几年都没人换吗？"

"可万一跟别人撞车呢？这车货我们可赔不起——胖哥，我还指着这一单赚点恋爱基金呢。"

"就凭一些破旧的二手芯片，还想赚恋爱基金？"胖哥不屑地瞟了扣扣一眼，"安心开车，别他娘的老做春梦！要做回家抱女机器人做！"

"胖哥，我听说现在这些芯片是 AI 芯片，老值钱了。"扣扣压低嗓音，神秘道，"这车货少说也值好几千万，可千万别出啥事。"

"能出啥事？"

"我听说南方有一个特别仇视 AI、仇视人工智能的极端组织，叫什么联盟——"

胖哥飞快接话："我知道，5A 联盟。"

"对，5A 联盟！"扣扣喝了一口水，又道，"我听说他们痛恨一切 AI 产品，尤其是 AI 芯片和造 AI 芯片和产品的科学家。芯片是见一片毁一片，见一箱烧一箱，哪家造的芯片最多最厉害，就搞死谁。很多芯片厂，不是被烧，就是倒闭。听说他们还暗杀了好多厉害的科学家。"

"你小子知道的还不少嘛。"胖哥半夸赞半鄙视道，"实话告诉你：这车货是买家从附近一个地下芯片作坊偷偷订制的，紧俏得很。为什么让我们半夜偷偷送货？就是怕出事。"

扣扣有点害怕了，身子一激灵："胖哥，5A 联盟不会连我们也对付吧？我可不想为了这 5000 快递费，把小命丢了。"

"看把你吓的。"胖哥轻蔑地拍拍扣扣肩膀，笑着安抚道，"这大半夜，又下着雨，5A 联盟的人就不想睡觉、不喜欢热被窝吗？踏踏实实开车，没事，有事胖哥给你罩着。"

"真……真的没事？"扣扣弱弱地看了胖哥一眼。

"我说没事就没事。"胖哥轻描淡写地一笑，拐回原来的话题，"说实话，扣扣，我现在也挺烦 AI 的。想当年，人工智能还没这么厉害的时候，日子多美好。工作随便找，美女随便泡。现在好，一切 AI 做主、机器做主，到处冷清清的。听说过'没 AI，随便爱'这句话吗？"

"'没 AI，随便爱'？啥意思？"

"也就是说啊，人工智能火爆前，人类是地球的主人，主宰世界，想干啥就能干啥，再笨再傻的人，都能混口饭吃。不像现在，人工智能主宰一切，很多原本人干的工作，被人工智能取代了，大钱全让那帮操控 AI 的王八蛋赚走了。这次要不是这批货特殊、风险高，今晚还轮不到咱哥俩儿挣这笔外快。"

扣扣不解："胖哥，你说这 AI 到底是什么玩意儿，怎么这么智能？它不是人造的吗，人造的东西怎么能比人还厉害？谁脑子进水了，造这么聪明的东西把自己干掉？这不是自作自受吗？"

"土老帽了吧？我听说，AI 这玩意就跟原子弹一样，赢者通吃，你不造有人造，谁不造谁傻，谁领先谁就是老大。"胖哥点上一根烟，深吸一口，在黑暗中吐出一道银河。

扣扣眼里满是羡慕，"胖哥，你咋知道这么多新词？"

冷风夹着雨点砸进车窗，胖哥突然莫名地打了个寒战，一种不祥涌上心头。他指着前方的绿灯说："变灯了，快走！扣扣，再遇到红灯，别停车，直接闯过去，听见没？逢灯必停，我们啥时候才能下夜班？这天太冷了，女朋友还等我暖被窝呢。"

"真幸福！"

扣扣起步，狂轰油门加速，来到下一个路口，果然恰巧又是红灯。他下意识地要减速，被胖哥批评："扣扣，放心，没车，别刹车，冲过去！"

扣扣加速闯灯，果然没事，胆子登时大了："拿车本以来第一次闯红灯，真爽！"

胖哥脱了鞋，将双腿架在驾驶台上："我早说过没事嘛。今晚我们包场，艾州城全是我们的，你把车横着开都行！"

说话间，扣扣开着厢式货车来到下一个十字路口。又遇红灯，扣扣不再减速，果然毫发无损。两人齐声哈哈大笑，击掌相庆。

又来到一个路口，又遇红灯，扣扣自信心爆棚，开始加速。然而就在此时，货车左后与右前两侧同时疾速射来两道强光，不等他做出反应，车从两侧被重重撞击。

厢式货车被两辆突如其来的超大货车挤成薄片，扣扣头被夹爆，当场死亡。副座上的胖哥虽然头部受伤，但不是特别严重。只是他两条腿被生生撞断，折断的白骨穿过皮肉，仿佛倒塌建筑里露出的钢筋，血淋淋的，惨不忍睹。他只匆匆瞟了一眼，不敢再看，瞬间哀嚎："啊！——"

四周一片黑暗，只剩淫雨霏霏，撞击他们的两辆大货车竟没有任何动静，仿佛是无人驾驶一样，这让胖哥越发恐惧。他拼命呼喊："救命啊！来人啦，救命啊……"

大约过了半分钟，前方缓缓驶过来一辆越野车，停在厢式货车边上。五个戴着头套的男子，从车上飞速下来。胖哥见他们的头套形象不是"唐老鸭"，就是"米老鼠"，忍住剧痛，惊恐问："你们是谁？"

"胖哥还是扣扣？"戴"唐老鸭"头套的男子凑近，用手机上的"手电筒"照着他的脸和肥胖的身躯，"你应该是胖哥。"

"你认识我？"

唐老鸭用手机放了一段胖哥与扣扣刚刚在车里的对话，然后关掉，用公鸭般沙哑的嗓音道："我们就是你们说的'AI联盟'的人，是不是有种'说曹操曹操到'的感觉？"

胖哥大汗淋漓，颤抖地问："你在窃听我们？"

"都什么年代了，你们居然还敢助纣为虐，私下买卖运输AI芯片，胆子也太大了。"唐老鸭摇头叹息，"真以为我们5A联盟是吃干饭的吗？"

"你们就是5A联盟的人？"胖哥见他们出手狠毒，早已吓尿，"你们要……要干吗？"

"奉老大之命：凡是生产、制造和运输 AI 芯片、与 AI 从业者串联、非法牟取暴利者，一律杀无赦。"唐老鸭笑着掏枪对准胖哥的头，"不过，我有件事要问你：这批货是从哪个地下芯片工厂进的？"

"我不知道。我只负责送货。"

"货主是谁？"

"不知道。我们与货主都是线上匿名联系。"

"最后一遍：从哪进来的货？货主是谁？"

"我真的不——"胖哥话没说完，额前已连中两枪。

2

唐老鸭走进厢式货车尾部，打开车门，见里面整齐堆叠着几排几列的白色纸盒，蔚然壮观，外包装上赫然印有"AI"两字，打开一看，里面果然是簇新锃亮、做工精致的芯片。他摇头微叹："这帮做 AI 芯片的，还真是阴魂不散，野火烧不尽，春风吹又生，存心给我们 5A 联盟添堵。"

一个戴黑色米老鼠头套的男子上前问："唐哥，这车货怎么办？"

唐老鸭大手一挥："黑米，老规矩，把所有芯片全烧了，连车和人一块烧掉！"

黑米与其他三个戴黄、红、绿三色米老鼠头套的同伙抄起油桶，往芯片以及扣扣和胖哥的遗体上浇油。

"撤！"唐老鸭招呼四个米老鼠准备离开，忽然发现五辆车疾驰而来，将他们五人包围，大感不妙。

黄色米老鼠胆怯道："糟糕，货主来了。"

红色米老鼠问："唐哥，对方人比我们多几倍，怎么办？硬的还是软的？"

唐老鸭冷冷道："那要看对方是硬货还是软蛋。我唐老鸭从来都是吃软不吃硬。不急，先等对方出牌，他们要是没有王炸……"

五辆车共下来二十几个黑衣男子，其中领头的，身材高大，头戴着黑色滑雪面罩，身着黑斗篷，衣服鞋子也全是黑的，浑身上下透着死亡的气息。只见他上前，用一种阴狠威严的口气道："5A联盟的朋友，又出来打家劫舍了？"

唐老鸭听对方一语道破自己的身份，暗暗吃惊，只得回应："我们是替天行道，铲除一切毁灭人类的AI势力，怎么说是打家劫舍？你们是谁？货主吗？"

黑衣男子答："是。"

"贵姓？"

"江湖中人，既不贵也无姓。承兄弟们抬爱，叫我一声'斗篷哥'。"

"斗篷哥？这么黑？"唐老鸭调侃道，"老兄，胖哥和扣扣是你们的人？"

"他们是我们雇来运货的，纯属无辜，你们毁芯片可以，为什么连他们也杀？"

唐老鸭傲慢道："为虎作伥，助纣为虐，难道不该死吗？"

"杀人掠货，天怒人怨，还这么振振有词道貌岸然，你们5A联盟真是天下第一号无耻的邪恶组织！"斗篷哥指着正熊熊燃烧的厢式货车道，"多少企业、机构和社会大众急需的AI芯片，就这样被你们一把火烧掉，你们居然敢说自己是替天行道？"

唐老鸭大义凛然道："人工智能的最终目的是取代和消灭人类，是毒瘤，而芯片是鸦片，我们学习先辈林则徐虎门销烟，有什么错？你刚刚说你是货主，有什么凭证？"

斗篷哥掏出一张订单扔过来，唐老鸭匆匆瞟了一眼，立即撕了："采购方：AICB集团？这是什么破机构？"

"你管我什么机构。"

"你可知道，按我们5A联盟的规矩：买卖运输AI芯片者，与制造者同罪，一律杀无赦！"

"冠冕堂皇地滥杀无辜，我今天真是领略你们5A联盟的无耻行径了。"

"可惜你今天这些感受，怕是传不到外人耳里了。"

"我今晚要死在这？"斗篷哥笑道，"那你呢？你以为你们能活着离开艾州城吗？"

"那我们就比比看谁的命硬喽。"唐老鸭一招手，见身后四个米老鼠纷纷将手中的枪上膛，豪气顿生，"老子只想随便吃顿宵夜，没想到店家给老子准备了一道硬菜！"

AICB集团一方也纷纷掏枪，严阵以待。斗篷哥道："我数三下，三……二……"

"动手！"唐老鸭先下手为强，率先下令开枪。

双方以各自的车辆为掩体，展开激烈枪战，一时间子弹横飞，枪声大作，将无数艾州市民从梦中惊醒。周边很多住户先是出于好奇，开灯开窗，想看现场直播，但随即发现此举过于冒险。出于保命的考虑，大部分人又火速灭灯关窗，躲进温暖的被窝里，仿佛枪战发生在别的城市一样。

5A联盟的五人虽然勇猛无畏，外战经验丰富，但寡不敌众，四名"米老鼠"被AICB一方消灭，不到十分钟，就只剩唐老鸭一人。

斗篷哥率众将他团团围住，冷冷道："我这车货价值五千万，你一把火就烧了，怎么个说法？"

唐老鸭淡定道："我也是奉老大之命行事，有本事你找他索赔去。"

"老子今天就要你赔。"

"要钱没有，要命一条。有胆的话，尽管上来取。我唐某要是眨一下眼，就不是男人！"

斗篷哥见唐老鸭死到临头还这么穷横，大怒："看来我今天还不能让你轻易死在这——来人，把这只鸭子绑了带回总部，让老大发落！"

"你们这是逼我吃硬菜啊，那我可真就不客气了，哈哈哈……"

唐老鸭从兜里掏出手机，轻触几下，就见他的座驾前备箱缓缓打车。只听"嗖嗖嗖"几声，三架无人机腾空而起，对准二十几个黑衣人定点扫射。眨眼之间，AICB集团的人几乎全军覆没。

仅存的领头斗篷哥被这阵势吓蒙了，好一会儿才反应过来，欲掏枪反抗。唐老鸭连开四枪，分别击中他两只手臂和两条大腿。斗篷哥疼得枪脱手，人倒地，在血泊中艰难爬行逃生。

唐老鸭不紧不慢跟在后面笑："我不杀你。你能不能活下去，就看这些AI 无人机能不能良心发现，饶你性命。"

斗篷哥痛苦问："你们是 5A 联盟不是反 AI 吗，怎么也用 AI 产品？"

"只要能杀人，你管我用什么？"唐老鸭抬头望了一眼无人机，默默点点头，然后独自朝他的座驾走去。三架无人机似乎"看懂"了他的命令，集中火力一起朝斗篷哥扫射，顷刻间，他便被打成了一团肉馅。

一度喧闹的艾州城重归寂静，死亡般的寂静，熟睡般的安宁，仿佛刚刚发生的激战，只是一幕投射在街头、市民可以随意观看的裸眼 3D 电影。手机响，唐老鸭掏出一看，上面显示一条汇报信息："敌人全部确认死亡"。

唐老鸭缓缓摘下面具，掏出打火机，点燃一根烟，深吸一口，然后做出一个抛掷动作。

点燃的烟划出一道优美弧线，精准落在被浇了汽油的厢式货车上，黑暗中瞬间烧起熊熊大火，照亮了街道，也照亮了车里一张怨毒、冷酷无情的脸……

第 01 章　在劫难逃

1

"祝你生日快乐……Happy birthday to you……祝你生日快乐……"

初春的一个周日中午，某东部高科技城市新智城阳光灿烂，万里无云，令人心旷神怡。

城中一住宅小区某住户的客厅，窗帘紧闭，烛光摇曳。一个五六岁眉清目秀的大眼睛男孩正端坐餐桌的正席，头戴寿星帽，一边拍着肉嘟嘟的手掌卖力为自己献唱生日歌，一边接受两位年轻女子的祝福。

右边身材稍胖慈眉善目的女子对男孩深情道："生日快乐，宝贝，许个愿吧！"

"妈妈！"孩子瞟了胖女子一眼，却对左边身材苗条的女子道，"我要吉吉阿姨帮我许！"

名叫戴吉的女子道："趣趣，今天你是寿星，小姨怎么能替你许愿？"

"因为小姨今天送了我一件特别棒的生日礼物！"趣趣说着，将搁在他身边一个比他还高，上面印有"学习陪伴 AI 机器人"的大礼盒抱起，激动道，"我可喜欢 AI 机器人了！我盼了两年，妈妈都舍不得给我买。小姨对我好，所以我要你帮我许愿。"

戴吉笑道："趣趣，许愿是寿星的特权，别人不能替代的。"

"那……"趣趣歪着脑袋想了想，"那吉吉小姨能不能跟我一块许愿？我把我的特权分一半给你，好不好？"

"这个可以！"母亲晓诸表示赞同。

晓诸与戴吉是表姐妹，准确地说，戴吉之母是晓诸的姑姑，两人从小一块长大，感情非同寻常。晓诸结婚早、生子早、离婚也早，才三十出头，就带着一个上幼儿园的儿子生活。用她自己的话说，享受的是酸爽痛快的"三早人生"。

而比她只小四岁的戴吉，节奏似乎要慢得多，至少尚未有男友，更别说结婚生子。

若论长相，戴吉不算特别漂亮，不是那种让男人一见钟情的类型。戴吉幼年丧父，自小由多病的母亲一人带大。不知道是因为聪明过人，敏感傲气，还是因为过早体会生活的艰辛，戴吉从小缺乏安全感，眼神忧郁中带着质疑，质疑中夹杂警惕。她倔强坚定的嘴角与叛逆傲气的眼神，常常给人一种居高临下俯视他人的感觉，让一些涉世不深、底气不足的男生望而生畏。

其实一旦在生活层面与她近距离相处，就会发现，戴吉清秀知性，是那种越看越有味的女孩。她不仅五官端正、明眸善睐，而且拥有乌黑的秀发、匀称的身材。更重要的是，她本性善良、纯真，是那种经常为别人考虑，不时牺牲自己利益的好女孩。

可惜，因为工作忙碌的缘故，能"在生活层面与她近距离相处"的异性实在太少，爱情的火花就此被掐灭。就这样，戴吉年过 26，一直处于单身模式。节假日休闲时间，除了陪老妈，戴吉经常上表姐晓诸家玩。戴吉很喜欢趣趣，跟他在一起玩时，童心回归，感觉极度放松。

听说趣趣愿与她分享许愿的特权，戴吉立即在他粉嫩的小脸蛋上亲了一口，对晓诸说："姐，这个不合适吧？"

"趣趣是你亲外甥，有啥不合适的？来，吉吉，跟孩子一块许愿吧，我给你们拍照！"晓诸说完，举起手机。

戴吉笑："那我就沾沾小寿星的光了啊。"

戴吉假装陪趣趣许愿，又陪他和晓诸一块吹灭蜡烛，然后拉开窗帘笑问："趣趣，你许的什么愿，能告诉小姨吗？"

趣趣认真地说："小姨，我妈说许愿必须保密，否则不灵。"

"好吧，你不说我就不问。"

"妈妈。"趣趣突然贴近晓诸的耳朵，压低嗓音道，"我一共许了三个愿。一个是给我的，一个是给你的，还有一个是给小姨的。"

晓诸小声问："你给小姨许了什么愿？"

"我希望她尽快找一个男朋友，给我生一个弟弟妹妹，天天跟我一起玩，只要 TA 不抢我的 AI 机器人就行。"

趣趣声音虽低，但戴吉全听见了，羞得低头不语。晓诸冲儿子道："你这是一个愿望吗？一个套三个。"

"就是一个！"

"好。一个，一个。"晓诸不得已妥协，听见手机响，上面显示"趣爸"，将手机递给他："你爸的电话，去卧室接吧。"

"我要跟爸爸炫耀一下我的 AI 机器人！"趣趣一手拿手机，一手抱着大礼盒离开了。

一个闹腾的孩子胜过一千只聒噪的鸭子。趣趣刚离开，热闹的客厅立即清静下来。晓诸一时有点不适应，没话找话："吉吉，你再吃点蛋糕？"

戴吉是个废寝忘食的工作狂，饮食不规律，一向肠胃不好，时不时还腹胀胃疼，吃不了太多的东西，尤其害怕甜食。见晓诸热情劝吃，只得做了一个痛苦的表情："不用。我吃得太饱，实在吃不动了。"

一个人形机器人从客厅的一角蹒跚走过来，优雅行礼后问晓诸："主人，您与客人是否用餐完毕，可以让小厨收拾餐桌、清洗餐具了吗？"

戴吉跟她打招呼："嗨，小厨，这么勤快呢。"

小厨顽皮地挤挤眼："必须的——吉吉，欢迎常来我们家做客。"

晓诸不悦道："小厨，吉吉就是我们家人，怎么能说是'客'？"

"对不起，主人，我说错了。"小厨随时随地反省与学习，"请问两位主人，我现在可以收拾餐桌、清洗餐具了吗？"

"可以吧，小厨。"晓诸说着，慵懒地将腿架在趣趣刚坐过的椅子上。

小厨似乎看出晓诸的勉强："您要是还没吃完，我可以再等等。"

"那就等等，小厨，吉吉还没吃完呢。"

"好的，主人。"小厨快速转身欲离开。

小厨也是戴吉送给晓诸的，加上她是常客，与其非常熟，于是笑道："小厨，我真吃饱了，都撤了吧，我跟我姐聊会儿天。"

"好的，吉吉。"小厨说完，又转向晓诸，"主人，吉吉指令优先，那我先收了啊。"

"真会拍马屁！"晓诸端着酒杯笑道，"收吧。全收了吧。"

"好嘞！请两位主人移步到沙发上喝茶。"

"再给我加点红酒吧。"晓诸再次慵懒地将腿从椅子收回，"你要不要来点，吉吉？"

戴吉忙道："不了，姐，我一会儿还有事。"

"好嘞！"

小厨给晓诸倒完酒，将二人的茶杯挪到沙发前的茶几上，然后返回到餐桌旁，只听得"咔"的一声，先伸出一个吸尘器一样的吸头，将桌上的残羹冷炙、酒水和餐巾纸等厨余垃圾吸走，然后从胸部伸出一个镜面一样的铲子，又快又稳地将所有餐具铲起来，一股脑儿卷起来。

接着，小厨用左手朝桌面喷洒水和清洁剂，右手飞速地清洁桌面。等作业完毕，小厨满载而归，哼着《生日快乐》歌，迈着缓慢而又优雅的步伐，欢快地朝厨房走去。

2

从餐桌走向沙发时，戴吉用余光瞟了一眼正与爸爸视频的趣趣，想起一件事："姐，你们还有没有可能再——"

"打住！"晓诸可能喝多了，略带雀斑的脸上呈现红晕，情绪激动道，"好马不吃回头草。如果我们可以复合，当初就不可能分。再说，儿子已经习惯并接受他的新家庭了。"

"他再婚了？"

"他那么喜欢瞎折腾的人，能闲得住？"晓诸转移话题，"吉吉，不说我，说说你。你们公司那么多 IT 男，就没有一个你能看上……"

"打住！"戴吉学习晓诸的口吻，做了一个暂停的手势，"今天是趣趣生日，是个喜庆的日子，咱们能不能不谈这么晦气的话题？"

"你的终身大事，怎么就成了晦气的话题？"

"终身大事？"戴吉笑，"我的终身大事，就是工作、工作、再工作。工作才是我一生的情人和精神寄托。"

"净胡说！"晓诸白戴吉一眼。

"不只是我，我们公司好多男单女单都这样想。"

"那人来世上走一遭是为了什么？难道就是为了工作、挣钱、给公司当机器？"

"人活着，本来没有任何意义，只是因为某种精神寄托，才……"戴吉突然觉得自己像个讨厌的"女学究"，但惯性没能让她刹住车，兀自说道，"比如趣趣，他就是你的寄托和人生意义，对不对？我的一个女同事说，自从儿子出生后，老公除了经济价值，在情感和生活层面可有可无。"

"有道理！"离异的晓诸自以为曾经沧海、除却巫山，但她觉得作为长姐，有关心的义务，"吉吉，你是打算终身不婚不育吗？"

"我喜欢小孩。"说着，戴吉又下意识地瞟向趣趣。

"那你是打算借精生子，还是……"

"没有什么不可能。如果我这辈子真的嫁不出去的话。"

"开什么玩笑？"晓诸严肃警告，"吉吉，我觉得你该休息一段时间了。"

"为什么？"

"你快被工作榨干了，身体和精神都严重透支。"

"榨干？嗯，姐，你这个词用得非常精准，我确实感觉我快成……木乃伊了。"戴吉不仅将"木乃伊"念成"木乃姨"，还一边假装在头上缠绕绷带，一边拼命挣扎。

"木乃姨？"晓诸被戴吉的幽默比喻和逼真动作逗得大笑，"哈哈哈……

戴吉，你说你这么有才，又这么幽默，为什么就没有男朋友呢？"

戴吉淡淡道："幽默是女人的情敌。"

"为什么？"

"可能是因为'幽默'这个词意味着开放、充满雄性激素吧。女人太幽默，容易让男人产生排异反应。"

"又胡扯！"

"是胡扯。比如我们大领导鲍大斯，本来就长得黑，还成天板着个脸，好像所有同事都欠了他三十年房租似的。因为他没一点幽默感，所以从上到下、无论男女，没一个人喜欢他。女同事在公司见到他，都尽量绕道走。"

"哈哈哈……"晓诸再次被逗得大笑，前仰后合，"所有同事都欠了他三十年房租……哈哈……快笑死我了！哎呀，不行，我胃疼，肚子难受……"

戴吉被晓诸的笑容感染，也跟着笑。但胃疼似乎也能传染，感觉一阵剧烈的刺痛："我也胃疼。啊呀，疼死我了……"

"谁让你讲这么可笑的笑话？"晓诸嗔怪，好一会儿才停住，"对了，吉吉，你现在的单位叫什么来着？好像从没听你说过。"

"新智城智能机器人产业集团，简称'新智机集团'，一家生产各种人形机器人的公司。"

戴吉虽然是个工作狂，但很少在晓诸面前谈她的工作。五年前她进入新智机集团，在算法部从事 AI 机器人的算法研究，每个工作日甚至多数周末都要加班。像今天这样闲适地休息一整天，对她堪称奢侈。

"之前你送我的厨房机器人，还有今天给趣趣的学习陪伴机器人，都是你们公司生产的？"

"小厨是几年前的产品，外形一眼能看出是机器人。学习陪伴机器人是我们的新产品，加载了最新研发的 AI 引擎，外观、体形、运动、交流开始接近真人了。"

"现在科技都这么发达了？哎呀，我快成千年老土鳖了。"晓诸之前也从事科技行业，但生孩子之后，做了全职太太。离婚后，她更是彻底与职场绝缘，离科技行业有点远，更不用说人工智能（AI）、人形机器人这些时髦概念。她关心的不是科技，而是戴吉，"我终于明白你为什么还单着了，敢情你是成天跟一群以假乱真的人形机器人腻在一起，不需要男朋友，是不是？"

戴吉大受刺激，又是一阵钻心胃痛，皱眉苦笑："你还别说，有时候我真这么想过。"

晓诸一本正经问："我听说人可以跟机器人谈恋爱、生孩子，是真的吗？"

"除非它是真正的硅基人。一般的 AI 机器人还做不到。"

"硅基人？硅基人是什么东西？"

"一种将 AI 技术与人形机器人完美结合的数字产品，也可以说，是一种与我们这些碳基人完全不同的新物种。"

"碳基人？为什么我们人类叫碳基人？"

"碳是构建蛋白质、核酸和其他生物分子的基本原料，地球上几乎所有的生物，都是以碳元素为基础构成的生命，所以人类叫碳基人。而硅基人不同，他的制造材质主要是硅晶体。他们可通过 AI 实现强大计算和快速进化，实现超级智能和自我意识，也叫'智人'。"

"硅基人真的这么厉害吗？智能到跟我们真人没什么区别，真的可以结婚生孩子？"晓诸两眼放光，连连惊呼，"吉吉，你什么时候带一个给我看看？最好是帅哥。"

戴吉打趣道："怎么，你要找一个硅基人给趣趣当后爸？"

"如果体验好，也不是不可以考虑。"晓诸撇撇嘴，"反正我对跟碳基男人再婚，已经彻底绝望了。"

"还没到那一步。虽然，现在的 AI 机器人笼统称为硅基人，但严格地说，它们只是机器，还不算人。"

"为什么？"

戴吉正色道："真正的硅基人，必须有自我意识，有情感，有人格，有自尊，就像我们碳基人类一样。虽然我们的学习、记忆和计算能力不如机器人，但是，我们是有情感有温度的生灵，这是任何 AI 机器人都不能比的。"

晓诸催促道："那你们赶紧造啊！"

"你以为这是造厨房机器人啊？硅基人需要超级 AI 芯片和特别牛的 AI 算法，一般人研发不出来。"

"是吗？"

"这事要这么容易，硅基人早就统治地球了。"戴吉自嘲地笑，"真这样，我也不用为结婚这种事成天躲着我妈了。"

"老人心情可以理解。"晓诸想起一件事，"对了，今天你怎么不带我姑一块来？"

一语触及戴吉伤痛处。她叹气道："我问过她。但她腰病又犯了，最近一直卧床，疼得起不来。"

"要不要做手术？"

"医生是强烈建议她做。可是我妈那性格你也知道，那个执拗啊，讳疾忌医，最怕上医院，对我说如果让她上手术台，不如先杀了她。她认定的事，一百头牛都拉不回。我劝过多次只好放弃。关键是……"说到这，戴吉突然停住了。

"关键是什么？"

"她的阿尔茨海默病加重了。"

"什么情况？"

"时好时坏。好的时候，跟我有说有笑，逛街看电影，回忆各种往事。坏的时候，把我当成你这个娘家侄女，说她总待在娘家，会让人笑话，一定要回她自己的家。"戴吉补充，"其实今天我一直叫她一块来给趣趣过生日，可是无论我怎么说，她都想不起你们是谁，死活不肯出门。"

晓诸见戴吉眼眶里涌出泪花，不由靠近，拍拍她的肩："老年痴呆是常见老年病，我姑毕竟岁数摆在这，你也不用太担心了。"

"阿尔茨海默跟老年痴呆还不一样。我最担心的，她有一天完全不认识我，甚至连自己是谁都不知道之后，万一又离家出走，再发生什么意外，我这个当女儿的……"说到这，戴吉眼眶湿了，怕晓诸发现，强忍住不哭。

晓诸揽住她的肩："可怜的吉吉，哭吧，没事，没事的，想哭就哭吧。"

戴吉抽泣两下，情绪宣泄完毕，感觉好多了："我没事，姐，你不用担心。真到了那一天，大不了我辞掉工作照顾她，现在不是流行当'全职女儿'吗？"

"那也不是长久之计。"晓诸叹气后又问，"吉吉，你是搞人工智能这些高科技的，就没什么办法彻底治好我姑这个病吗？"

"我找很多专家打听过。虽然 AI 有助于阿尔茨海默治疗，但总的来说，这个病还是不可逆，目前在全世界都无药可医。不过，国内刚引进一种全球领先的脑部手术。专家说，手术后，病人可在较大程度上缓解阿尔兹海默症状，效果好的可以恢复生活自理能力。"

晓诸大喜："什么手术这么神？那赶紧做啊。"

"费用非常高。"

"多高？"

"六十万起。"

"六十万？还只是起？"晓诸吓了一跳，"这么贵？肯定走不了医保吧？"

"当然。"戴吉叹息一声，又笑了，"漫说我手里没这么多钱，就算有，我妈这个守财奴知道了，一定宁死不做。"

"那是那是。我姑的性格我知道。关键是要是不能保证疗效，这六十万就打水漂了。可不能让我姑给人家当小白鼠，还是先保守治疗走一步看一步吧。"

晓诸不想让戴吉为难，一面给她找台阶下，一面转移话题，"对了，吉吉，你前两天还说，你最近要参加什么'世界 AI 创新论坛'，要不现场找一个 AI 大咖请教下，人工智能能不能用在治疗阿尔茨海默上，说不定——"

"AI 创新论坛？"戴吉掏出手机看了一眼，大惊，"糟了！这个会就是今天下午两点，我记成下周末了！"

"周末还要开会？"

"重要论坛一般都是周末开。现在一点半了。对不起，姐，我得走了。"

戴吉立即起身，与还在与爸爸视频的趣趣挥手告别，飞也似的离开。

3

喝了酒不能开车，戴吉只好打车前往。等车的时候，戴吉接到一个电话，上来就劈头盖脸问："吉吉，会议已经开始了，你在哪？"

"对不起，何老师，我有事出来晚了，堵在路上呢。"

戴吉所说的"何老师"，乃是她的直接上司——新智机集团首席科学家兼首席 AI 算法设计师何默扉，集团资深元老，创始人之一。何默扉乃全球知名的 AI 深度学习架构师和算法专家，在新智机集团和国内人工智能界有着举足轻重的地位。

如同古今中外一切杰出怪才一样，接近七旬的何默扉为人特立独行、剑走偏锋，加上桀骜不驯、言行出格，经常在公司把 CEO 鲍大斯等高管怼得下不来台。鲍大斯对他又爱又恨，数次想把他赶走，只是碍于何默扉对公司的形象价值和科研贡献实在太大，威望太高，开掉他太难。

另一方面，鲍大斯即使克服重重困难将他赶走，也可能引发技术落后、销售额和市场竞争力剧降等严重后果，必然引发董事会和市场的责难，所以对他一直隐忍。而他的隐忍，被何默扉解读为"胜利"，从而加剧了他对鲍大斯的蔑视和傲慢。

何默扉天马行空、目空一切，却对一个人刮目相看，那就是当时身为研发部普通算法工程师的小女孩戴吉。戴吉一开始并不是他的直接下属，但因为他经常找她帮忙，查资料、审讲稿、改文章、做外联，实质相当于"助理"的角色。在他的点拨下，戴吉业务水平飞速提升。

何默扉丝毫不掩盖他对戴吉的偏爱，干脆将她调离算法部，做他的专职助理，还经常在集团高层会议上，公开赞扬戴吉是"整个公司最有悟性、最有潜质的算法工程师，思维很有'AI Style'（人工智能范），前途不可限量"，未来不排除让她当他的接班人。

戴吉听到这种评价，受宠若惊之余，深感不安。她知道何默扉这种夸赞是一柄双刃剑，在提高她在公司的声望之余，不可避免地会招来同事的嫉妒，尤其大老板鲍大斯的偏见和打压。

果然，很快鲍大斯对她的态度就急转直下，经常借故找茬。戴吉一度想辞职不干，多亏何默扉数次安抚并适度加薪，她这才坚持到现在。

今天在新智城举办的"世界 AI 创新论坛"，何默扉是特邀嘉宾，除了发表重要演讲，还将参加一场"圆桌讨论"，就一些前沿重大技术话题，与主持人和其他三位嘉宾进行深入探讨。

周末下班前，何默扉特意对戴吉交代，要求她一定参加今天的论坛。戴吉知道何默扉是一个火花四溅的"创意炼钢炉"，一个炮声隆隆的"大号爆米花机"，有着"语不惊人死不休"的诚挚信仰。戴吉相信，他在这次论坛上一定会发表关于人形机器人、AI 算法和新智机集团技术方向的最新判断，立即答应一定准时参加。

哪知道戴吉今天因为趣趣的生日，与晓诸多吐了会儿槽，把大事耽误了。

何老师见她食言迟到，有点不高兴了："吉吉，你怎么回事，这么重要的会，你怎么能……"

戴吉忙道歉："对不起，何老师，我尽快。"

"十五分钟后我就要上台演讲，你能在十分钟之内赶到吗？"

"十分钟？我在路上了，尽快。"戴吉问，"何老师，有什么事吗？"

"我想让你最后帮我过一遍我的演讲 PPT。有一些说法，我摸不准。"

戴吉对何默扉的要求并不意外。她经常帮他审校和润色演讲稿，但一般会提前几天。今天何默扉的语气中充满犹豫，不似以前那么自信和坚定，让她感觉有点反常。何默扉是一个极有主见、一言九鼎的科学家，是什么言论或观点让他如此犹豫？忙安慰道："何老师，您的观点前沿，大胆发挥好了。我润不润色无所谓。"

"好吧。"何默扉勉强道，"你尽快。最好帮我看看，实在来不及就算了。"

4

戴吉刚挂断电话，网约车便到了。在她的催促下，司机一路狂奔，眼看离论坛举办酒店只剩一公里时，车突然走不动了。戴吉抬头张望，只见数百人举起各种标语牌，纷纷高喊"反对通用人工智能、反对 AI 机器人""打倒 AGI！抵制硅基人！""反对超级 AI！向一切抢夺人类工作岗位的无耻行为说不！"等口号，对论坛进行抗议，声音此起彼伏，将整条街道和酒店大门堵得严严实实水泄不通。

戴吉见司机冲她苦笑一声，只得提前下车，一路小跑，绕到酒店后面，急速跑向论坛所在会场。可惜等她匆匆赶到会议厅时，何默扉的演讲已近尾声；现场大屏幕上投影的 PPT，只有"谢谢"二字。

演讲台上的何默扉虽然身材瘦小，但他的一头银灰色卷发和极其惊艳的"爆炸头"发型，给人感觉脑袋里智慧太多、火花四溅，随时可能爆炸一样。他长相帅气，有着裁纸刀般锐利的眼神，和不拘一格的科学家气质。其实光靠颜值，他就能吸引一大票女粉丝，更何况他脑袋里还时不时迸出一堆火花四溅的新概念、新思维。

戴吉便是被何默扉这种"秀外慧中"的气质打动，甘愿当他的粉丝、做他的助理。却听何默扉在台上总结道："综上，我认为，AGI（注：英文全文为 Artificial General Intelligence）也就是我们常说的强人工智能、通用人工智能，是大势所趋，人类早已来到甚至越过 AI 的奇点时刻。具有超级 AI、自我意识和丰富情感的硅基人，不日就将走下生产线，走进千家万户，成为世界大家庭的新成员。"

观点并不出格呀。戴吉心道：如果只是这些，完全用不着跟我商量。她匆匆找一个空座坐下，又听何默扉侃侃道："只要监管适度，情感硅基人完全可以与人类和谐相处。不要害怕超级 AI，不要害怕拥有超级 AI 的硅基人。因为，超级 AI 和情感硅基人一样，并非凭空产生的怪物，她来自宇宙、源于进化，与人类一样，都是自然的产物。他们是地球的新物种，也是人类的新朋友！欢迎走进硅基人与碳基人融合共存的新时代！"

这才是这次演讲的犀利和激进之处，戴吉心道。她望着显示"硅基人与碳基人融合共存的新时代"的大屏幕，见现场一片哗然，赞成派热烈鼓掌，而部分反对派则大声抗议，怒斥他"一派胡言，胡说八道"。

何默扉不管台下观众如何分裂，继续淡定地道："经过多年努力，新智机集团在超级 AI 方面的研发取得重大进展，将从基于弱人工智能 ANI（注：英文全文为 Artificial Narrow Intelligence）的传统 AI 机器人制造商，转型为基于强人工智能、具有自我意识的情感硅基人提供商，不日我们就将有真正的硅基人产品下线。这是新智机集团战略方向的重大转变，必将对我国乃至世界的 AI 产业变革略尽绵薄之力。我今天的演讲就到这里，谢谢聆听！"

戴吉听到这，大感意外。因为她知道，目前公司的主营业务还是基于弱人工智能的人形机器人，离生产硅基人还有相当的距离。这是前不久公司战略会定下的基调，何默扉怎么能擅自改变、擅自发布？

戴吉迅即明白，何默扉为什么急着在上台演讲前见她。因为他刚才所说的内容，是演讲 PPT 上没有的，系临场发挥。也许他在上台前就突发奇想，但拿不定主意，这才找她商量，希望她能帮着提提建议、出出主意。结果，自己因为堵车，迟到了足足二十多分钟，完全错过了他的演讲。

今天到会的媒体非常多，光摄像机就架了十几台，何默扉在公开场合发表与公司既定战略相违背的言论，性质相当严重。他跟 CEO 鲍大斯商量了吗？鲍大斯什么态度？

戴吉目光搜索鲍大斯，果然见他坐在前排 VIP 观众席，双臂抱胸，板着个脸，原本就黝黑的脸庞，此刻像暴雨前的天空，乌云密布。

何默扉一从台上下来，鲍大斯就立即从观众席上冲过去，将他堵在离舞台不远的一块背景板后，用他瓮声瓮气、浑浊粗重的嗓音气愤发问："何老师，你刚刚在台上胡说什么？"

何默扉身材瘦小，在又高又黑、浓眉大眼的鲍大斯面前，简直就像一个中学生。但他没被鲍大斯的气场镇住，反而巨塔一般站定，理直气壮道："胡说？鲍总，上面这些内容，我们前几天都讨论过。你当时好像没反对吧？

"我也没有同意。"

何默扉笑："在我看来，不反对就是同意。"

"就算我同意，你也不能不经董事会同意，就在这种有国际影响力的专业论坛上发表这么激进的言论。我们是上市公司，对外言论必须慎之又慎。这样不负责任地胡说，周一股价一定是一泻千里！"

"你怎么知道是一泻千里？说不定直上云霄呢。"何默扉淡定地笑，"资本市场需要新概念、新思维。"

"但更需要实实在在的业绩。强人工智能和你所谓的情感硅基人也许是未来，但绝不是现在，至少不是我们新智机集团当前的主营业务！"

"对不起，鲍大斯，你现在跟我说这些已经晚了。我已经公开发表我的观点了。"

"等会儿是嘉宾对话环节，我希望你收回刚刚演讲时所说的观点。"

正说着，一个大会工作人员上前，低声提醒何默扉："何老师，马上就是对话环节。待会儿主持人念到您的名字时，麻烦您从舞台的左边上台。"

何默扉点头："知道了，我一会儿就过去。"

工作人员离开后，鲍大斯再次强硬道："何老师，除非您收回刚才的言论，否则我强烈建议你放弃后面的对话环节。"

何默扉声音低柔而倔强："如果我不呢？"

"那您恐怕只能代表您个人，而不是新智机集团了。"

躲在背景板后面偷听的戴吉被这个说法惊着了，心道：鲍大斯这不是逼何老师辞职吗？不待她想明白，舞台上响起主持人高亢的声音："谢谢刘教授的精彩演讲！下面我们进入'非常4+1圆桌对话'环节，有请 AI 机器人与四位对话嘉宾。第一位嘉宾是新智机集团首席科学家兼首席 AI 算法设计师何默扉老师，第二位是……"

戴吉听到这，捏了一把汗，不知道鲍、何二人的争吵到底怎么收场。只见何默扉飞快从怀里掏出一页纸，"鲍总，这是我的辞职书。"

"您可想好了。"鲍大斯警告道。

"我决定的事，什么时候变过？"何默扉将辞职书硬塞到鲍大斯手里，"鲍先生，我可以走了吗？"

鲍大斯接过辞职书，根本不看："准了！"

"你准不准我都要上场！"何默扉转身，大步流星朝舞台走去。

5

何默扉是新智机集团的技术台柱子，他若离职，既是公司的灾难，也是戴吉个人的重大损失。这意味着，未来戴吉都不可能与他共事，聆听他的教诲和点拨了。

戴吉欲阻止何默扉，没追上，忙掏手机去电，提示关机，就这样眼睁睁看着他被会场工作人员引领上台就座。

四位参与对话的嘉宾就座后，一位颇具金属质感的女性人形机器人缓缓上前，对台下深深一鞠躬，与四人一一握手后道："我是今天对话环节的特邀 AI 主持人丽萨。首先，我有一个问题请问新智机集团的何默扉老师，您刚刚在演讲中提到，'具有超级 AI 和自我意识的情感硅基人，很快将走下生产线，走进千家万户'，请问我算不算硅基人？"

何默扉冷冰冰答："不算。"

丽萨没想到何默扉这么不给面子，登时愣了："为什么？难道我有没有情感？"

"因为你只是 AI 大模型的产物，是一个没有自我意识的弱人工智能机器，离强人工智能还远着呢。"

"谁说我没有自我意识？"丽萨转身，对台下观众灿然道，"你们看我弱智吗？"

台下观众大笑，纷纷响应：

"不弱，美女非常强大！"

"比我老婆聪明多了!"

"丽萨美女,下场后跟我去开房!"

丽萨对台下抛了一个飞吻,然后冲何默扉耸耸肩:"您看,何老师,观众不同意您的说法。"

何默扉淡定道:"大众都是随波逐流、人云亦云的,他们有什么前瞻判断力?再说,美女总是容易被人高估,哪怕她是机器人。"

这句话等于把机器人丽萨和现场观众全骂了,戴吉听到这,暗自为何默扉揪心。却见丽萨依旧面带笑容道:"何先生,您认为您眼中有自我意识的情感硅基人,大概什么时候可以造出来?"

"已经造出来了。"

满场哗然,听众们纷纷交头接耳、窃窃私语。丽萨追问:"谁造的?人在哪?它又是基于什么样的 AI 算法和芯片?"

"抱歉,细节无可奉告。"何默扉冷冷道,"借这个机会,我以我个人而非新智机集团首席算法设计师的身份——因为我刚刚正式辞职了——宣布一个预言:因为墨守成规、不思进取,错过硅基人这一爆炸产业,新智机集团将在一个月内破产!"

何默扉此言一出,舆论当场爆炸,大批记者纷纷离席,跑到舞台下方对他疯狂拍照。

戴吉也被何默扉反常的言行举止震惊了,可惜木已成舟,她已彻底丧失阻止的机会,脑子一片空白。好久,她才发现手里的手机在震动,上面赫然显示"BT"两个字母。

BT 不是"变态"的意思,而是鲍大斯职场昵称"鲍头"的拼音缩写。戴吉心道:何默扉一出事,鲍大斯立即想到找我?这说明什么,说明他已把我当成何默扉的心腹和死党,默认他今天的举动是事先跟我串通好的,显然是要找我打探情况。

要不要接?还是假装没听见?戴吉刚要把手机塞回包里,忽见右后方闪出一只黑手,如同起重机的机械臂钳住一根圆木一样狠狠钳住她的手腕,耳旁同时传来一个低沉而有力的声音:"跟我来。"

戴吉吓了一跳，回头看，正是鲍大斯。鲍大斯仿佛悬浮在她面前的一个风暴眼，能量巨大，面目狰狞，一副要将她立即撕成碎片的架势。

鲍大斯不仅皮肤黝黑，而且身强力壮，在整个公司乃至整个业界是有名的火暴脾气，一点就着。遇到反对意见，尤其是杠精，极容易情绪失控，让人感觉他体内藏着一根弹性系数，或者说"倔强系数"超大的弹簧。所以公司高管每每戏称，跟别人开会是"头脑风暴"，而跟鲍大斯开会，是"疯脑爆头"。

鲍大斯将戴吉带到会场外的一个僻静角落，阴沉地问："刚刚何默扉的话你都听到了？"

"嗯。听到一些。"戴吉不敢说自己迟到了。

"你怎么看？"

戴吉尬笑："这是公司的大事，我一个小喽啰，能有什么看法？"

"你是他助理，这么大的事，他事先没跟你商量？"

"跟我商量得着吗？平时他找我，都是些事务性工作，比如帮他润色演讲稿、美化 PPT 等等。"戴吉假装不知道鲍大斯和何默扉争吵的事，反将一军，"我还以为是你们大领导商量后一致同意的呢。"

"你再好好想想：今天的事，确定没有事先跟你通气？"

"我发誓：没有。"

"戴吉，你要为你今天说过的每一个字负责！"鲍大斯严厉警告，龙卷风一般闪离会场。

6

戴吉心腾腾直跳，隐隐感觉集团即将有大事发生，或者用一种更确切的说法——已经发生。她心里有很多疑问要找何默扉求证，但要求证的事太重要、太隐秘，三言两语说不清，电话里更说不清。戴吉决定去一个地方等他。她相信，何默扉结束论坛议程后一定会去那。

这个地方，就是他的办公室。戴吉知道何默扉目前是单身状态，没家庭没孩子没生活，视工作为全部。他几乎每天加班，周末两天，至少有两个半天在办公室待着。

如果不马上采取补救措施，那么明天周一一上班，鲍大斯就将对何默扉采取报复行动，轻则开除，重则对其采取法律诉讼。何老师啊何老师，您为什么要这样做？您是心血来潮、狂放不羁，还是因为什么苦衷和外部压力，不得不这样做？

戴吉以最快的速度返回公司，悄悄来到何默扉的办公室。门居然开着，戴吉走进一看，果然见何默扉比她先到，在低头收拾东西，惊道："何老师！"

"吉吉，你总算来见我了。""吉吉"是何默扉对戴吉独有的称呼，整个集团只有他这样叫她，亲而不腻。

戴吉听出责备的意味，忙道歉："对不起，何老师，我下午到晚了。"

"快进来，进来说！"

戴吉望着满屋子的纸片和垃圾："怎么，您这是……换办公室吗？"

"把门关上。"待戴吉关门后，何默扉才道，"我有几个孩子，要托付给你。"

"孩子？什么孩子？"戴吉吓了一跳，心道：传闻何默扉年轻时有过一桩短暂婚姻，生了一个儿子，但老婆孩子离开他多年，他哪来的"几个孩子"？

何默扉指着窗边一排生机盎然的绿植："他们都是我养了多年的孩子，可惜我没时间再照顾他们了。"

"您这是……"

"明天起，我就不能来这了。"

"您为什么要辞职？另有高就吗？"

"我这岁数还高就？吉吉你怎么也学会拍马屁了？"何默扉笑得像个老顽童，"就是累了，想休息一段时间。"

"那也不用把这些宝贝全搬走啊。"戴吉指着几排空空的书架，和地上十几个装满各种专业书籍的纸箱，"说不定您哪天就又回来了。"

"也许明天一早——不，快的话今晚——我的办公室就被查封了。"何默扉伤感道，"我离开后，要是哪天刮大风，窗户没关好，这些宝贝可就惨了。这可是我大半辈子积攒的宝贝，舍不得扔啊。"

"何老师，到底出了什么事？你今天在会上的发言……"

"小声点！跟我来。"何默扉轻声警告，将她带入办公室的里间。

戴吉虽然常来何默扉办公室，但从未获准进入里间。她第一次走进来，发现陈设简单，除了一个带有透明玻璃门的大书柜，就是一张单人床和一台大壁挂电视。

书柜里没一本与人工智能或其他科技相关的专业书，全是各种人文社科类图书，比如历史、小说、传记、诗词等，甚至还有一本围棋棋谱。

书柜上方是一个书法条幅，上面以流畅的草书写着宋朝著名诗人陆游的名句："文章本天成，妙手偶得之。"电视旁边墙上贴着一张巨大的电影海报，上面是一个卷发欧美男明星。

戴吉大奇："何老师也追星也喜欢卷福？"

"卷福是谁？"何默扉反问。

"就是他呀！"戴吉往墙上一指，"英剧《神探夏洛克》的扮演者本尼迪克特·康伯巴奇。头发卷卷的，特别帅酷，所以被粉丝称为'卷福'。"

"在我心中，他既不是福尔摩斯，也不是什么卷福，而是……图灵，艾伦·图灵。"

"图灵？计算机之父兼人工智能之父？"戴吉问，"还有关于图灵的电影？"

何默扉打开书柜，掏出一个厚厚的灰色光盘收纳册，吹掉上面的灰尘，快速翻到最后一页，抽出一张电影光盘："看看这个。"

戴吉接过一看，见上面印有英文"The Imitation Game"，惊呼："仿制，哦，不，模仿游戏？"

"对，《模仿游戏》。讲述数学家图灵怎么在二战中帮英国制造一台智能机器，破译德国的恩尼格码（Enigma）密码机的故事。里面的男主角就是你说的卷福，很精彩，我看过不下二十遍。"

"二十遍？"戴吉自认为也算电影迷，但对热爱的电影，最多看个十遍，惊叹道，"为什么看这么多遍？"

"就是喜欢，或者更多是……无聊。"何默扉找来一个厚重精致的光盘盒，把光盘放进去，"吉吉，送给你。你给我当了这么长时间助理，我还从没送过你礼物。"

"君子不夺人所爱。"戴吉婉拒，"何老师干吗这么客气？"

"情节和经典台词我都能背下来，我已经不需要了。"何默扉神秘道，"当你感到困惑或坚持不下去时，可以看看这部《模仿游戏》。人生就是一场模仿游戏，AI 只不过是用活生生的例子，帮人类证实了这一切。"

"谢谢何老师，那我就不客气了——呀，这光盘盒怎么这么漂亮还这么沉？"

"我专门找人定制的。你可别买椟还珠。"

"还真想。"戴吉笑着收下，放进包里。

何默扉打开电视，调大音量，并示意戴吉关掉手机拆下 SIM 卡，这才凑上前，压低声音道："吉吉，你知道这几年我一直在鼓捣什么吗？"

"基于强人工智能 AGI 的硅基人。"戴吉说完，又强调，"按您的说法，情感硅基人，是吗？"

"这是我一生的理想。不造出比肩人类的情感硅基人，我死不瞑目。"

"您真的成功了？"

"没有。"何默扉两手一摊。

"没有？"戴吉震惊，"那您刚刚在会场上为什么公开宣布……"

"我故意放出风来的。"

"放风？"戴吉越发不解，"这……这是为什么？"

"吉吉，大约十年前，有一些 AI 大佬预测，以大模型的进化速度，最快 2029 年前就能实现 AGI，产生有意识的 AI。为什么至今人类没有制造出有意识的硅基人？你知道最大的难点是什么吗？"

"我也奇怪。"戴吉边想边问，"为什么，何老师？是因为反 AI 组织的打击，导致全球 AI 产业陷于困境？"

"是。一是优秀 AI 人才的流失，二是超级 AI 芯片几乎停产。这两个原因，导致大批 AI 公司处于破产倒闭的边缘。超级 AI 芯片我倒是费尽千辛搞到一块，但光靠它的算力，还不足以制造出 AGI。"

戴吉焦虑道："那您靠什么实现 AGI，靠什么制造硅基人？"

"虽然算力是 AI 深度学习和快速进化的一个重要前提，但算力不是绝对的。人的算力远不如很多 AI 大模型，为什么人有自我意识，而他们没有？这说明，人的大脑拥有更高级的算法。"

"您的意思是……用超级意识算法来弥补芯片和算力的不足？"

"你果然一点就透！"何默扉赞道，"这是眼下唯一的办法。我相信，只要我研发出超级意识算法，仅靠我手里这块超级 AI 芯片，就能造出具有自我意识的情感硅基人！"

"对不起，何老师。"戴吉弱弱地问，"AI 的自我意识到底指什么？怎么判断硅基人有没有自我意识？"

"这个问题我们交流过很多次。业界各种探讨也很多了。我不想再高谈阔论。我只想说：行胜于言，事实胜于雄辩。当你造出真正的情感硅基人，当她站在你眼前，与你共同生活，与你同甘共苦，当你发现她不是机器，而是一个活生生的宇宙精灵时，你就会知道，什么是自我意识。"

"是这样？"戴吉似懂非懂地点点头，"既然您还没有研发出意识算法，为什么要公开宣布已经造出硅基人？"

"我是被逼的。"何默扉此时的表情，像一个受了特大委屈的三岁宝宝。

戴吉被逗笑了："被逼的？谁在逼您？"

"我自己。"

"您自己？"

"留给我的时间不多了。"何默扉一声叹息，沉重道，"我必须在一周之内造出硅基人。"

7

戴吉听到何默扉这个充满矛盾的说法，茫然且忧虑，一时不知道该不该发问，从什么角度发问。何默扉是个聪明绝顶的老头，这样的人在遇到挫折时，需要的不是安慰，而是办法；不是情绪价值，而是灵感价值。戴吉捋捋头发，顺便理了理思绪，小声问："没有意识算法怎么造硅基人呢？"

"其实瘦王——"

"什么王？"

"瘦王。瘦削的国王。我给我的意识算法起的名字，怎么样，酷不酷？"何默扉的神态重新变得调皮。

戴吉纳闷："为什么叫'瘦王'？感觉好怪啊。"

"英文名 Thinkinger。"

"Thinkinger？意译是不是……'正在思考的人'？"

"照你这么说，Kissinger 就应该翻译成'正在接吻的人'，而不是'基辛格'。"何默扉挤挤眼，"Thinkinger 一词还可以拆成 Thin+Kinger，对不对？音译意译一混搭，不就是'瘦王'吗？

戴吉头一次听说大名鼎鼎的基辛格，英文名居然是 Kissinger，欣然赞道："有意思。何老师，您可真有创意！"

"瘦王已经迭代了几百次，只有它，才能赋予 AI 机器人灵魂，让他们真正进化为一个新物种——硅基人。一个与我们碳基人并驾齐驱，甚至在某些方面超越我们的新物种。"何默扉仿佛一个布道者，激情四射，两眼放光，但旋即眼神又黯淡下来，"可惜它的自我意识和情感表现一直没有大的突破。"

"您遇到瓶颈了？"

"是有点小麻烦。我原以为心诚则灵，看在我这些年埋头苦苦研发的份上，老天爷会给我灵感启发，给我指明突破的方向。可是，上天不仅没给我灵感，反而要剥夺我的时间。"何默扉抬头望天，稍作停顿后道，"吉吉，你是个有灵气的孩子，一向火花四溅，你能给我一点启发吗？"

"启发？"戴吉腼腆道，"我……我一个职场后辈，哪能给您启发？"

"你能。我说过，你是我见过最有'AI 范'的算法工程师。"

"何老师，您太高抬我了。"戴吉虽然嘴上谦虚着，但目光快速在房间里扫射，寻找灵感来源，最后她的目光停留在一个尚未封装的书箱最上层的一本书，喃喃道，"遇事不决，量子力学。"

"嗯，吉吉，你怎么突然想起量子力学？"

"我看到了这本《量子力学的 1001 夜》，就想起'遇事不决，量子力学'这句话。"戴吉将书拿起来，"深度学习是一个黑箱，很多事情，也许不能用我们已知和熟悉的逻辑来理解，也许……"

"说下去。"何默扉望着她，眼神里全是鼓励。

"AI 的尽头是自我意识，而自我意识的源头会不会是……量子力学？"戴吉鼓足勇气说，担心说错话，心里怯怯不安。

"你说什么？"何默扉果然高声问。

戴吉以为何默扉质疑她，越发不自信："何老师，我瞎说的，您不必当真。"

"不，我就喜欢听胡说八道。"何默扉笑道，"你再说一遍。"

"我是说，AI 的尽头会不会是量子力学，也许，量子力学能带给 AI 全新的启示？"

"比如量子力学的什么理论或概念？"

"比如量子叠加，比如量子纠缠，比如波函数，比如量子坍缩，再比如……既死又活的'薛定谔的猫'。"

"AI 的尽头就是量子力学……AI 的尽头就是量子力学……自我意识、量子纠缠、量子坍缩、薛定谔的猫……量子纠缠……量子叠加……量子意识……"何默扉喃喃重复，"对啊，我怎么没想到？吉吉，快把那本书给我！"

何默扉霹雳闪电般从戴吉手中夺走那本《量子力学的 1001 夜》，快速翻看，口中念念有词："啊，吉吉，你的脑瓜果然很有'AI 范'，你简直就是上天赐给我的礼物！你来得太是时候了，刚刚这句话，简直就是在给高维生物代言。没错，意识就是情感，就是一个人对他在乎的人、他在乎的世界的一种量子纠缠。意识的本质，就是量子纠缠，就是波函数坍缩！"

"我没听懂……"

"还不明白吗？只要我在算法里引入量子纠缠和波函数，就能实现硅基人的自我意识。只有量子力学才能突破 AI 的局限，实现真正的通用人工智能 AGI。量子纠缠，我怎么把这么伟大的理论给忘了？我真是傻透了，真是白活了 68 年！"

"您发现什么了？"

"'文章本天成，妙手偶得之。'"何默扉死盯着墙上的书法条幅，"这世界根本就没有所谓发明，所有的'发明'全是'发现'，发现早已存在的事实和真相。我被科学闪电击中了。"

戴吉见何默扉两眼空洞、神情呆滞，近乎疯魔状态，心道：难道他因为我的一句无心之言，突然悟出了硅基人意识算法的开发诀窍？难道他之前宣布已造出硅基人，真是只为了逼自己一把？

何默扉办公室的灯突然灭了，屋子里一团漆黑。戴吉欲外出查看，被何默扉悄声制止："嘘，你看那门底下！"

戴吉往外屋门底下望去，果然见人影在缓慢移动："有人盯梢？"

"我没得迫害妄想症吧？"何默扉突然笑了，将戴吉拉回内室。

"谁要害您？"

"我不知道。"何默扉摇摇头，严肃声明，"我只知道，有人内外勾结，要搞死新智机集团，要将我们所有的 AI 科研成果毁灭或者洗劫一空，搞不好还会出人命。"

"内外勾结？谁？"

"能与外勾结的人，会是一般员工吗？"

"集团高管？"戴吉的心狂跳不止，脑海里立即蹦出鲍大斯和其他几个高管的名字。

"我只是猜测。最近我发现有人在跟踪我，监听我的手机和电脑，明显在针对我。"

"针对您？何老师，您说的出人命指谁？"

"当然是我。"何默扉往自己胸口一指，毫不讳言道，"如果预测算法没错的话，我一周后被杀死的概率高达99.99%。换句话说，我已在劫难逃。"

第 02 章　遗愿清单

1

何默扉真的已面临死亡威胁，致死概率 99.99%，时间在 7 天后。

戴吉被这两个冰冷而又残酷的数据惊得战栗，以手捂嘴，好半天说不出一句话。更让她震惊的是，何默扉透露这个消息时，居然有一种如释重负甚至略带期待的神情，典型的"视死如归"。

戴吉良久才缓过神来，颤抖地问："谁……谁预测的？"

何默扉极其淡定："一个朋友。"

"什么朋友？他依据什么模型和算法预测了您的死亡时间？"

"他是如何预测的，这个不重要。重要的是，我相信他这个结果。"何默扉说完又强调，"就像我相信没人能逃脱死亡一样。"

"那他说没说是谁要杀您？"

"没有。不过，我猜测，应该是非常痛恨我的人，比如那些反 AI 组织。"

"有没有什么化解和应对措施？"戴吉脑海里全是盲眼算命先生指点迷津，为算卦者提供救命稻草的画面。她以前完全不信这些，但此时此刻，无比盼望有人能破解这个死亡预言。

"没有。我说过，我这一次是在劫难逃。戴吉，你赶紧离开，晚了就走不了了。"

戴吉不知道今天是不是与何老师的最后一面，忍不住猜测："这事会不会跟……鲍头有关？"

"鲍大斯？"何默犀飞快摇头，自信地笑，"NO，NO，NO，杀我对他没有任何好处。鲍大斯名义上是一个高科技企业家，其实骨子里是一名商人，眼里只有钱。既没有科技信仰，也没有人文理想，根本不适合当新智机的掌舵人。自从他接手 CEO，成天忙于商业化、忙着挣钱，成天吃老本，把我们新智机集团的技术老底全败光了。我们是全球一流 AI 企业，拥有全球排名靠前的研发团队，没有领先的技术和一流的产品，就没有未来。赚再多的钱，也迟早要被业界淘汰。这就是我今天辞职的原因。只有辞职，我才能放下所有顾忌，才能投入全部精力做最后一搏。我必须在一周之内，在我被杀死之前造出真正的情感硅基人——不，'硅基人'这个词已经烂大街了，应该叫'硅人'才对！这是我的背水一战，我必须造出真正的硅人。"

"硅人？背水一战？"戴吉抬头望向窗外，白天万里无云的晴朗天空，此刻已乌云翻滚，狂风大作，一副暴雨摧城的架势，心为之一紧，"何老师，这就是所谓的'置之死地而后生'？"

"没有后生。"何默犀听见办公室外有明显的响动，低声下令，"吉吉，快走！我们今天见面的事，不要对任何人提起，尤其是鲍大斯，否则你会很麻烦。"

"那您怎么办？要不要找地方避一避？"

"放心，我这几天还死不了。快跟我走！"

"可是，外面有人。"

"从后门走！"

"后门？您的办公室在十楼，哪来的后门？"

"啊，骨灰级程序员一般都有'留后门'的臭毛病。正门规矩太多了，既要扫码又要亮证，烦死了。"何默犀突然老顽童附体，手舞足蹈道，"我就喜欢走后门走捷径。"

"在哪？"

何默犀将戴吉带到窗边，往远处指："后门出口就在大楼北门边上的一个花坛里，一般人不细看不知道。"

"可是外面有人，我们怎么从十楼走到那个出口？"

新智机集团整个办公园区的核心建筑，是两栋外形极不规则，不是带尖角就是一字排开的办公楼。戴吉初到时感觉有点奇怪：业界领先的高科技企业，为何要把办公楼设计成这样，难道这是设计师酒后无脑的产品吗？

入职一年后，她才知道，这设计大有讲究。站在楼顶或身边的电视塔上，从三四百米的高空俯视，就会发现——两栋办公楼的俯视图其实是两个字母，其中带尖角的一栋外形是"A"字形，而一字形的那栋楼代表字母"I"，组合起来恰好是"AI"一词，以表达"人工智能"之寓意。据说这是创始人何默扉极力主张的结果。

何默扉的办公室就在 A 字楼十楼的尖角处。他听到戴吉的问题，微微一笑，正要回答，忽听窗外电闪雷鸣，不到半分钟，便下起特大暴雨，翻江倒海一般。

"真的有暴雨？难道一切都是天意？"何默扉似乎不喜欢这个不幸应验的天气预报，他喃喃自语，缓步走到卷福的照片前将其掀起，后面赫然是一块木板，再掀开木板，眼前便呈现一个漆黑的大洞口。

"这是……"戴吉惊问。

"通向后门的入口。"何默扉一脸淘气，低沉道，"我偷偷造的。"

只这一瞬间，戴吉便想起了电影《肖申克的救赎》中主人公安迪以牢房墙上的美女图做掩护，用十几年时间暗挖地道，终于在一个电闪雷鸣的雨夜成功越狱的画面，热血上涌，心为之战栗。她心中涌起一种直觉——从她进入何默扉的办公室内间听他讲述 AI 意识算法"瘦王"开始，她就或主动或被动卷入了一个激动人心的故事，要么是一个伟大的"科技成果"，要么是一个危险的"犯罪事件"。她不知道最终结果如何，只隐隐感觉，自己可能是这个故事的主角，一个不可替代且即将历经危险和磨难的女主角。

何默扉与戴吉持伞钻进洞口，身子当即往下掉，不是掉在地上，而是一条松软的滑道上，类似儿童乐园的滑滑梯，几番旋转后，瞬间滑到后门门口。分开时何默扉严肃问："吉吉，下周六晚上你有时间吗，能不能来我家一趟？"

"您家？梦硅小区？"

"不，是我在远郊的另一个住处，没人去过的。"说着，何默扉将一张写着地址的小纸片塞给戴吉，"你一定要来。我给你看一样东西。"

"好的。"戴吉接过潮湿的小纸片，寒意涌上心头。她用颤抖的声音说，"何老师，您多保重！"

"下周六晚上八点见。中间不要以任何方式联系我，也不要提前找我。"何默扉说完，一个转身，消失在花丛中。

2

戴吉走出 A 字办公楼的后门，发现外面积水已经非常深，她深一脚浅一脚绕过各种斑驳掩映的树木花草和荆棘丛，穿过被绿植层层包裹的围墙上的一个小缺口，腿裤和鞋子均已湿透。她走了数百米，终于来到公司围墙外面，映入眼帘的，居然是一条她从没来过的美食街。

戴吉感觉这条充满烟火气的美食街与高大上的新智机集团是两个世界，而它们却被一条无人觉察的隐秘通道连接在一起。她更没想到的是，只一街之隔，院墙里暴雨倾盆，而美食街只下了一点小雨，连地皮都没湿透，人声鼎沸，闹哄哄，乱糟糟，繁华之极，将她刚才的惊悚逃亡反衬得像一个笑话一场恶梦。

此时已是晚上七点多，华灯初上，大街上车流如织。戴吉酒已醒透，打车到晓诸家楼下取回自己的车，往家里赶。

刚上路，老妈进来视频电话："吉吉，都这么晚了，你怎么还不回家？"

戴吉听老妈叫她小名，便知此时她是清醒状态，知道她是"亲生女儿"而非"娘家侄女晓诸"，大喜："妈，路上呢，十几分钟后我到家做饭。"

"记得买几个馒头。"

"馒头？附近只有我们楼下那个小店有卖，可是这会儿估计卖完了。"

"我就要吃馒头。我不吃米饭！"

见老妈蛮霸要求，戴吉立即妥协："好，我去买馒头。妈，我在开车，手机快没电了，不说啊。"

"挂了吧，慢点开。"

为赶时间，戴吉边开车边用手机搜索附近的馒头销售点，开着开着，来到一个十字路口，是红灯，于是一脚将车跺停。

奇怪的是，身后响起一串催促的喇叭声。戴吉侧身右看，车子潮水般朝前疾驶，这才发现自己看错了——红色的是左转灯，直行是绿灯，而自己在直行道上。戴吉好不尴尬，见绿灯倒计时还剩一秒，慌地重启，加速从十字路口离开。

戴吉光顾着看倒计时，没注意前方一个送外卖的男子，正骑摩托急匆匆地过人行道。待她反应过来，车子已撞了上去。

戴吉不敢看，闭眼急刹车。但是非常不幸，她还是"Duang"的一声撞到了对方。戴吉壮着胆子睁开眼，发现摩托车倒地，印有"鳗鱼饭"三个字的外卖箱子散开着，各种外卖包装袋散落一地，可是外卖骑手却不见了。

难道我在闭眼的那一刻将对方撞飞了？完了，完了，这下可闯大祸了，这不是屋漏偏逢连天雨吗？戴吉下车查看，车前没人，车下也没人，登时魂飞魄散。忽听身后一个低沉的男声道："我在这。"

戴吉回头，外卖骑手是一三十岁左右高个男子，头戴一个橙色毛线帽，脸上架着一副无框近视眼镜，皮肤白净，眼窝深陷，眼神略带忧郁，右脸上一个深深的大酒窝，第一感觉像个"文化人"，与她平时见到的肤黑体壮的外卖骑手气质迥异。唯一的共同点是，他也不乏外卖骑手普遍具备的疲惫和匆忙。

"对不起，对不起！"戴吉慌地下车道歉，"您没事吧？"

"您这车开的……该走的时候不走，快变灯了又……"骑手虽然责怪，但怨气并不重，声音也不高，这证明他确实是文化人。

"对不起，外卖多少钱，我赔。"戴吉弯腰帮他收拾。

外卖骑手苦笑："你这一撞，至少给我撞出三十个差评，我这几个月白干了。"

　　"实在抱歉，那您看这事怎么办？除了赔钱，要不要我帮您向老板解释解释？"

　　"我哪还有老板？"外卖骑手快速将洒落的外卖装进外卖箱，悠悠叹道，"我关心的是，我怎么对这群嗷嗷待哺的客户交代。"

　　说话这么文绉绉，难道他是语文老师或"文学中年"，迫于生存压力才出来兼职外卖骑手？戴吉心道。她见后面喇叭声此起彼伏，将车挪到一旁后问："那您说怎么办？我按外卖的五倍价值赔您，您看行不行？"

　　"五倍？"对方反问。

　　"八倍。"戴吉以为他嫌少。

　　"原价就行。"骑手抬腕看了看时间，脸现绝望，"你就是给我十倍赔偿，我同样保不住饭碗，发不了财。"

　　"对不起，那就五倍。"

　　戴吉欲转账，发现手机没电，她抬头跟对方要联系方式，发现外卖骑手早已跨上摩托，绝尘而去。

3

　　他居然不要我的赔偿就走了？

　　大风骤起，街头尘土高扬飞沙走石，戴吉站在风中零乱，甚觉意外，心道：这骑手究竟是着急送货视时间如金钱，还是不在乎赔偿视金钱如粪土？她心里愧疚，弯腰在地上外卖包装上翻看，见上面不仅有骑手的手机号码，还有他的姓氏：汤。心道：我一定要找到这个汤先生，赔偿他的损失。

　　清理散落一地的外卖时，戴吉惊讶地发现一个包装袋里居然有馒头，包装完好无损，完全可以食用，心道：扔了浪费，省得我到处找了。真是想瞌睡，就有人送枕头。

　　晚餐老妈吃上心仪的馒头，连连夸赞："吉吉，这是我吃过的最好的馒头，哪买的？下次多买点。"

"嗯……"戴吉不想解释，简略道，"朋友送的。"

"这么巧？我刚打完电话，就有人给你送馒头，这可真是缘分了。"

"缘分？"戴吉回想车撞外卖骑手的过程，哑然失笑，见老妈状态不错，试探性地问道，"妈，我听说有一种治疗阿尔茨海默的新手术，想不想尝试一下？"

"做手术？不！"戴母坚决摇头，"我没病，做什么手术？打死我也不做！"

"可是你有时候真的会犯糊涂啊。"

"人老犯糊涂，不是很正常吗？我没病，我只是老了！"

"可是你一犯糊涂，就不认人了啊。"戴吉叹道，"妈，我要工作，不可能天天在家陪着你照顾你呀。"

"谁让你天天在家照顾我？我要真犯糊涂，就躺床上睡觉好了。"

"妈，别耍小孩子脾气好不好？"戴吉苦口婆心道，"上次你不带手机不带身份证，大晚上跑到火车站，忘了自己是谁，忘了要去哪，你知道我花了多长时间才找到你吗？你知道我有多着急吗？"

"有这事？"戴母突然表情呆滞手势僵硬，像是被按了暂停键的机器人，良久才道，"吉吉，你就是说破天，我也不会同意做手术。"为示决心，戴母干脆不再吃饭，艰难起身回了卧室，砰地关门。

"老顽童，外加老顽固。"戴吉说这话时，猛地想到何默扉也是这样的人，苦笑摇头，开始收拾餐桌。洗刷碗筷时，戴吉的心思又转到何默扉身上，暗自思忖：谁预测了何老师的死亡？又是谁要杀他？是那个预言他死亡的人吗？此人到底是谁？我该怎么做才能阻止将于一周后到来的暗杀？

戴吉静默复盘，一一回想她与何默扉的聊天记录，试图寻找突破口，她突然想起他曾说"当你感到困惑或坚持不下去时，可以看看这部《模仿游戏》"。电影？戴吉冲出厨房，掏出何默扉送她的光碟，欲在电影里寻求答案。

戴吉虽然早知图灵的大名，但仅局限其学术成就，只知道他是"计算机之父"和"人工智能之父"，对其生平和生活并不了解。等她看完电影，感觉极度震撼。作为一个杰出数学家，图灵的智商毋庸置疑，他第一个提出"机器模拟人类思维"的可能性，并用试验和产品证实了这一点，为人类进入人工智能时代，奠定了重要基础。

但这样一位杰出天才科学家，却因为他的性取向为世俗观念所不容，以至于后来遭英国政府迫害中毒身亡。"伟大人物都是上帝派来拯救人类的，而代价是他的私生活。"戴吉在网上看到这句点评，由图灵联想到何默扉。难道何老师的一生也要以悲剧结束吗？我怎样才能拯救他？要不要再找他求证一些细节？

戴吉数次欲电联何默扉，想起他之前的警告，还是强忍住了。她在床上翻了一夜烧饼，也没想出什么好对策，第二天疲惫不堪地来上班。

不出所料，周一一大早，鲍大斯说服董事会，在何默扉缺席的情况下，正式宣布："解除何默扉在集团内的一切职务，并保留对他不当言论进行法律追责的权力！"

与此同时，新智机集团的股价开盘后一路下跌。接连几天，跌幅超过30%时稍作反弹，然后继续下探，直奔40%而去。

何默扉人没还死，但他在公司甚至在整个 AI 界乃至科技界，已经妥妥地"社死"——戴吉猜测，就算他大难不死，估计短时间内也没一个机构会用他敢用他。她甚至突发奇想，欲刺杀他的人，会不会是某个重仓新智机股票损失惨重的庄家？

作为何默扉的助理，戴吉知道自己必受牵连，成为职场孤家寡人。虽然暂时还没人来找她算账，但俗话说"城门失火，殃及池鱼"，众人对何默扉的怒火，或早或晚将烧到她身上。

戴吉无心工作，翻乱手机，猛想起昨晚撞车的事还未了，立即通过外卖平台和"鳗鱼饭"餐馆查找骑手。经过数个回合的斗智斗勇，她终于拿到了他的手机号和全名——汤末。

戴吉打汤末手机，居然关机。都九点多了，难道他还没上班？奇怪。戴吉心里嘀咕，刚挂断电话，鲍大斯来电叫她到他办公室。戴吉进来时，发现里面坐着一个颧骨高耸、两腮无肉的男子，定睛一看，乃是公司安保处处长贾威。

贾威和鲍大斯面对面低声交流，似乎在说什么重要事情。见戴吉进来，他忙不迭对鲍大斯说"好的，鲍头，我马上落实"，然后哈腰点头离开，经过戴吉身边时，用满是敌意的余光瞟了她一眼。

戴吉落座后，鲍大斯递给她一个薄薄的大信封："这是你的快递。前台送错地方了。"

"谢谢鲍头！"戴吉印象中，认识鲍大斯数年来，他一直高高在上，很少有这种为员工服务的意识和举动。她匆匆瞟了一眼信封，貌似普通的快递，猜不出它是什么。

鲍大斯以一种反常的柔和语气道："戴吉，公司关于何默扉的决定，你怎么看？"

"虽然从个人感情上我暂时还不能接受，但我服从公司的决定。"

"明白。"鲍大斯似乎对戴吉这个滴水不漏的回答不太满意，换了个问题，"谈谈你对公司业务发展方向的看法。不要盲从一些所谓的权威。"

戴吉知道鲍大斯要她反驳何默扉，故意问："谈什么？"

"作为一个多年从事算法研究的 AI 从业者，你认为我们真的处于从弱人工智能 ANI 向强人工智能 AGI 转换的'奇点时刻'吗？"

戴吉知道鲍大斯口中的"所谓的权威"指何默扉，也不反驳，只淡淡道："快了。"

"是'快了'还是已经'到了'？"

戴吉笑问："鲍头，我要是没记错，您是一个铁杆球迷吧？"

鲍大斯一愣："干吗突然说这个？"

"您在看一场实力相当精彩纷呈的足球赛时，两个队都是攻势足球，比如巴西跟——"

"比如巴西跟阿根廷。"鲍大斯被挠中痒处，忍不住接话。

"好。就巴西跟阿根廷。他们一直在进攻，一浪高过一浪，双方的门前都是险象环生。请问鲍头：这场比赛是快进球，还是已经进球了？"

鲍大斯想了想，答道："随时吧。"

"您说得对，如果把进球当作足球赛的奇点时刻，那么，在攻势如潮时，

奇点随时可能发生。可能在眨眼的工夫，奇点就由'将来时'，变成了'现在时'，甚至'过去时'。"

鲍大斯沉默了。他知道戴吉在拿足球赛比喻 AI 进化，甚至觉得她说得不无道理，但他不愿就此认输："如果我不是集团 CEO，而是一个从事 AI 产业研究的科学家，我可能就同意你的观点了。"

"怎么讲？"

"我们是企业，而企业追求的，是成熟的产品和最大化的商业利润。戴吉，你想想，我们公司的 AI 机器人卖得怎么样？因为它们基于弱人工智能，技术不够先进，所以没需求？恰恰相反，正因为他们是没有生命的数字产品，是没有自我意识的玩具，比如聊天机器人、服务机器人、学习陪伴机器人等等，他们跟人类是互补关系而非竞争关系，所以市场需求巨大。可是基于强人工智能的硅基人不一样。那东西可能会叫好，但不一定叫座。弱人工智能的 AI 机器人，不一定叫好，但非常叫座。"

"您怎么知道硅基人就一定不叫座？"

"打个不恰当的比方，戴吉，如果有人造了一个跟你一模一样，有所谓自我意识的硅基人，假设名字就叫……叫'戴吉二世'或'戴吉一撇'，不，还是叫'戴小吉'吧。"鲍大斯吞了吞口水，"那么，问题来了：你们俩谁才是真正的戴吉？如果这个戴小吉取代你的身份，夺走你的存款、房子、亲人，以及一切人脉资源和社会关系，你怎么办？他们要是觉醒，高速进化，大批量复制自己，组织起来反抗甚至消灭人类霸占地球，怎么办？从本质上，他们是一种与人类竞争的新物种，跟外星人没有任何区别。"

戴吉平静道："新物种不一定跟人类是竞争关系，外星人也不一定全是敌人。"

"是不一定。"鲍大斯提高音量，"但我们为什么要吃饱了撑的，凭空给自己给人类造一个敌友不明的新物种呢？人工智能最可怕的，不是它的意愿，而是他的能力。"

"可是 AI 产业日新月异，从弱人工智能向强人工智能的进化势不可挡。

我们不做，别人也会做，就像原子弹、氢弹等核武器的研发一样。AI 产业迟早会重复原子弹的'奥本海默时刻'，成为一种国家层面的战略武器。"

"我不关心原子弹，也不懂什么'奥本海默时刻'，那不是我们应该操心的事。我们只是一家商业公司，关心的是市场、用户和利润。当然，还有社会伦理。我刚刚说的，就是伦理。"鲍大斯道貌岸然的表情，像是一个来自宋朝的"理学家"。

"噢，伦理。"戴吉差点笑出声来。鲍大斯是一个直男与商人的复合体，平时也不见他读过什么人文社科读物，戴吉从他口中听到这个词，甚觉别扭。"伦理"不过是他的挡箭牌，他真正关心的，还是利润和增长。

戴吉尽量平心静气道："鲍头，也许硅基人一开始会带来一些伦理问题，但我相信，以人类的智慧、爱心和适应能力，一定能妥善解决这些问题。这是发展中的问题，是可以逐步解决的。发展才是硬道理，停滞不前才是最大的风险。我们能不能不以一种邪恶和否定的心态看待硅基人，一心把他们消灭在萌芽状态？"

"妇人之——"鲍大斯说到半道，又改口，"戴吉，这是你的观点，还是何默扉给你洗脑的？"

"说实话吧，其实何老师的观点跟您差不多。他也认为，如果不加善用，强人工智能和硅基人确实会威胁人类安全。"

"哦，是吗？"鲍大斯惊道，"那他为什么还要成天琢磨那些 AI 意识算法？强行打开潘多拉盒子，主动找死的感觉，很好玩吗？"

"因为意识算法和硅基人代表未来，因为这个'潘多拉的盒子'迟早会有人打开——不，其实从用神经元网络来模拟人的思维方式、从诞生 GPT 等 AI 人模型那一天起，这个盒子早就打开了。探索宇宙也很危险，也有可能招来致命外星人，但这并不代表我们要永远固守地球，永世做宇宙的井底之蛙！"

鲍大斯遽然变色："你骂我井底之蛙？"

"对不起，鲍头，我不是说你。我只是泛泛打个比喻。"

"我再问一遍：你昨天是否私下见过何默扉？他是否提到过他所造的

硅基人？"

"昨天我在 AI 论坛会场见过他，当时还没顾上跟他说话，他就走了。""后来你们没再联系或见面？"

戴吉不假思索道："没有。"

"他现在人在哪？我死活联系不上他，家里也没人。"

戴吉坚决不透一丝口风："对不起，我确实不知道。"

"好吧。"鲍大斯失望起身，"戴吉，这两天你要是能联系上何老师，请代我转告他这只'井上之蛙'：如果他真的用什么 AI 意识算法造出了所谓的硅基人，请他立即封存甚至销毁成果，并向我报告。不要自作聪明，逆天而行，造什么硅基人。否则不仅他本人有生命危险，而且会连累你我等公司同仁，甚至牵累整个 AI 业界。我不是开玩笑。你看看今天集团的股价跌成什么惨样，你看看网上有多少人在骂他，甚至威胁要杀他，就知道他闯了多大的祸。"

戴吉知道鲍大斯没开玩笑，但他可能在给她挖坑——如果她答应"转告"，就等于变相承认她知道何默扉的下落，于是微微一笑："这话还是请您亲自转告为好。您应该会比我早见到他。"

"戴吉，我现在正式通知你：马上停止手头所有 AI 意识算法的研发工作，相关项目小组全部关闭，材料一律上缴封存。立即生效！"鲍大斯铁青着脸道。

戴吉刚硬道："那我只好辞职了。"

4

戴吉主动炒鲍大斯的鱿鱼，回工位准备写辞职报告，一眼瞟见他刚刚带来的信封，心道：我最近好像没有网购，这个薄薄的大信封里是什么？

难道是何老师寄给我的？戴吉飞速撕开信封，抽出几页纸一看，上面印着"体检表"三个大字，下面赫然是她的名字。

虽然不到三十，戴吉对体检态度复杂。最近几年公司体检每年都能发现癌症患者，虽然多是四十以上的中老年职员，但其中也不乏二十出头刚走向工作岗位的年轻同事。好好的"健康福利"异化为"死亡抽签"，让同事们在事后都不敢看体检表——万一收到的是一张"死刑判决书"呢？

戴吉工作数年来，长时间加班熬夜，超负荷运作，既缺休闲娱乐，又无爱情滋润，身心双重透支，早就处于亚健康状态。近几个月来，持续头晕恶心，外加腹胀胃痛，她隐隐感觉身体出了问题。但公司的常规体检，结果基本正常。上次她陪母亲看病时，医院送了一个体检套餐，她便做了一个深度体检。这就是眼前这份体检报告的来历。

戴吉思想斗争片刻，翻开第一页，飞速扫了一眼，基本正常。欲翻到第二页，又犹豫了。心道：我真的要看吗？如果没大病，我没必要看；如果真是什么治愈概率极小的绝症，治不治都一样，我更没必要看。

犹疑片刻，戴吉把体检报告放进包里，走进洗手间，用凉水洗了把脸，回想这两天发生的一切：我真的要辞职吗？我刚刚是不是太冲动了？我是不是应该等见到何默扉老师再做决定？或者，是不是要等我妈做完手术之后再说？再退一万步说：我是不是该先确认我的体检结果？万一是重病，我辞职后失去收入没有社保，拿什么给老妈养老为自己治病？

戴吉把写了一半的辞职报告彻底删除了。

中午在公司食堂就餐时，戴吉心事重重。为避是非，她特地找了一个偏僻角落，刚落座，就发现有人端着餐盘坐在她对面。

戴吉抬头一看，来人是老同事、制造部主任黄婴。黄婴四十来岁，不胖不瘦不油腻，眯缝眼，脑袋硕大，前额凸起，又圆又光滑的脸，保养较好的弹性皮肤，加上戴着厚重的黑框眼镜，仿佛在一个剥壳后的鸡蛋白上架了两条废弃的微缩轮胎。

这种独特的造型，加上黄婴爱笑的天性，使他自带喜感。其结果就是，黄婴在公司人缘极佳，与谁都能无缝对接，深受各级主管和员工喜爱。

但即便这样，公司还是有两个重要人物特别不喜欢他。一是鲍大斯，二是何默扉。

鲍大斯当然知道这样一个公开的秘密：黄婴商业头脑发达，脚踏数只船，工作之外一直在偷偷干私活，背地里还倒卖稀缺的 AI 芯片，是一个极不安分的家伙。

何默扉则认为黄婴不懂专业不学无术不务正业，完全是一个"三无职场混混"，这样的人担任制造部主任，实在有损新智机集团的名声。

戴吉对他的印象，既谈不上喜欢，也谈不上讨厌。两人在公司偶然相遇时，最多礼节性点点头，很少闲聊，更遑论深交。今天黄婴突然近距离坐在对面用餐，着实把她吓了一跳。

"戴吉，听说你要辞职？"黄婴从两条废弃"轮胎"中射出暖暖的笑意，火力十足，仿佛后面有人站他身后，用焊枪帮他焊接眼镜腿。

戴吉心道：辞职的事我没跟任何人提起，他怎么这么快就知道了？唯一的解释就是鲍大斯主动放风——他兴许是怕我反悔，所以第一时间要把我辞职这件事"生米做成熟饭"。于是笑着反问："谁说我要辞职？"

"公司都传遍了呀。要不，你来我们制造部吧？"

"去你们制造部？"戴吉有点意外，"我去制造部能干吗？"

"至少是副主任。"

"我是说具体业务。我对头衔不感兴趣。"

"你是何默扉的助理，又深得其真传，是咱公司的算法大咖，去哪身价都低不了。"

"我是算法大咖？"戴吉差点将口中的饭菜笑喷，"我那点水平，连给大咖提鞋都不配，黄主任你就别埋汰我了。"

"我是说真的。"黄婴身子前倾，真诚道，"戴吉，你到我们部门，绝对大有用武之地。更重要的是，我们机制灵活，每一单都有提成。"

"是吗？"戴吉心不在焉，根本没听进去，信口敷衍。

"要不，哪天带你去我们部门参观一下？百闻不如一见，眼见为实嘛。"

"对不起，黄主任，我暂时没有辞职或换部门的想法。你听的，一定是谣言。"

"难道我听错了？那不说这个了，不说了。"黄婴摆摆手，脸上困惑的神情转瞬即逝，突然没来由的一声叹息，"还是何默扉老师睿智超凡深有远见啦。"

"你说什么？"

"何老师昨天在论坛上发言，你没听见？"

"听了。怎么啦？"

"他说新智机集团一个月内必破产，一句话把我们公司的股价打骨折，然后自己却远走高飞人间蒸发了。高人啦。"黄婴凑近戴吉神秘地问，"之前他就没对你透一点口风？"

黄婴是今天第二个找她打探何默扉下落的公司同事，似乎与鲍大斯约好一般。戴吉不清楚他的企图动机，依旧摇头："我什么也不知道。"

黄婴扶了一下他的黑框眼镜，又从两条"废弃轮胎"中掠过一丝怀疑的眼神："'覆巢之下，焉有完卵？''同事本是同林鸟，大难临头各自飞。'到了该为自己打算的时候了。"

"黄主任听到什么风声了？"戴吉被吊起胃口。

"你知道何默扉的下落吗？"

"不知道。我死活联系不上他。"戴吉讨厌撒谎，但此时不得不这么做。

"何默扉老师恐怕要出事。"黄婴身子往前一凑，压低声音说。

"出什么事？"

"具体我也不知道，我只是直觉，有人要对他下黑手，吉凶未卜。要真是这样，鲍大斯也难逃失职之责。新智机集团算是彻底完了。AI 机器人市场完了。整个 AI 产业，恐怕也……你是他的助理，一定要提醒他小心啊！"

黄婴直白的警告和敲打，让戴吉甚感惊悚，本不平静的心海再起波澜，心生"惊涛拍岸，卷起千堆雪"之感。从鲍大斯等高管，到黄婴等中层，各怀私心，各有打算，这不是树倒猢狲散的前兆吗？我是不是该提前做点准备？要不要笨鸟先飞未雨绸缪？

戴吉深知自己只是一个普通打工仔，一个面临较大生存压力健康欠佳的弱女子，改变不了公司命运。眼下她能做的，就是照顾好老妈和自己的身体，尽快帮她完成手术，同时尽可能帮助那些值得信任和帮助的人。这才是为人的本分。

比如何默扉。

何老师这几天到底在忙什么？

他是不是在争分夺秒突破 AI 意识算法"瘦王"的研发？

真的有人因为他要制造硅基人而置他于死地吗？

我要不要提前上他家给他预警？

戴吉恨不能立即找到何默扉，但转念一想：如果这是鲍大斯或黄婴的打草惊蛇之计呢？我若上门找他，岂不正好暴露了何老师的下落？如果因此中断了他的"瘦王"研发工作，或让他失去自由，岂不害了他？

别着急，沉住气。越是关键时刻，越要沉住气。

想到这，戴吉突然笑了："黄主任高瞻远瞩，洞察秋毫，确实令我非常敬佩。可惜我是一个弱女子，做不了什么，很多事只能顺其自然。谢谢您的提醒。"

"狗屁主任，叫我黄婴就是。"黄婴突然摘下眼镜，一脸坦诚道，"戴吉，大家都是一个锅里吃饭的同事，别那么客气。我这周末要去外地出差，关于加盟我们部门的事，你要是改主意了，最好周末前联系我，一块聊聊，说不定能碰撞出一点小小的挣钱机会。大钱我不敢说，一年挣一两百万，努努力还是可以的。"

戴吉一入职就是算法工程师，这是个热门岗位，工资薪酬还可以。但近年公司效益不景气，收入没怎么涨，加上买房买车等开销，花光了她所有的积蓄不算，还欠着银行数十万贷款。黄婴所开的"一两百万"价码，颇具诱惑力。

但她知道何默扉对黄婴评价甚低，不敢轻易相信他，于是冷冷道："谢谢你的好意。我恐怕没有挣大钱的命。"

"那是因为你还没遇到需要花大钱的时候。"黄婴端起餐盘，站了起来，"戴吉，我不是咒你，而是以我的切身体会告诉你：每个人都有落难的时候。未雨绸缪不是坏事。我先走了。"

戴吉目睹黄婴远去的背影，原本平静的心绪和节奏突然被打乱了。至于怎么乱的，她不清楚，只觉得无心工作。她从包里掏出何默扉给她的住址字条，心里默念：看来何老师真的有生命危险，我得马上警告他。

正发呆，手机进来一个陌生电话，戴吉以为是何默扉，飞快接了。电话里传来的却是一个女声："请问是戴吉女士吗？"

"我是。"

"我是本市第三医院体检科的护士，我姓周。请问您是不是一周前在我们这做过一次深度体检？"

"是的。周护士，有事吗？"

"您收到体检报告了吗？"

"收到了，但还没顾上看。"戴吉心头涌起一种不祥之感。

"哦，那我建议您尽快仔细看一下。如果有什么疑问，或需要复查，请随时与我们联系。"

"有什么问题吗？"其实戴吉早就想看，但一直不敢看。

"您先看报告，看完后再联系我们的大夫。手机号我刚发给您了。"

"好的。我尽快看。谢谢您！"

戴吉从餐厅回到工位，犹豫再三，终于从包里翻出体检报告。她闭目调息，带着一种视死如归的心情，将其翻开。终于，她在第二页某处发现如下字样："疑似胶质瘤。建议尽快复查"。

胶质瘤是什么？戴吉从未听身边有谁得过此病，立即网搜，才知胶质瘤是神经上皮胶质细胞和神经元细胞异常增殖形成的肿瘤，又称"神经上皮组织肿瘤"，是颅内最常见的原发性恶性肿瘤，俗称"脑癌"。胶质瘤一般分 4 级，1-2 级胶质瘤属良性，而 3-4 级则属于恶性疾病，其中 4 级多形性胶质母细胞瘤的恶性程度较高。

天，我居然得了癌症？我一直以为自己胃有毛病，怎么会得脑癌？这么倒霉的事，为什么砸我身上？如果真的确诊，我还能活多久？五年还是两年？戴吉再度将体检结果的每个字看了几遍，确认无误，只觉头晕恶心，天旋地转，身子靠在座椅上，两手冰凉，双腿发软，不一会儿竟发现衣服尽湿……

5

戴吉的第一反应，是对老妈隐瞒自己的病情，第二反应，才是尽快复查确诊。

庆幸的是，戴吉现在工作清闲，有的是时间。何默扉消失后，她一下没了上司，再则同事都视她为"敏感人物"，能躲则躲，戴吉突然无事可干了。当天下午，戴吉回复周护士，并在她的帮助下，联系了另一家医院，预约第二天上午去复查。

接待她的是一位年轻女大夫。全套检查下来，第二天便收到确诊报告，确系"胶质瘤3级"。

戴吉盯着复查结果，双手不停发抖，好一会儿才问："大夫，这怎么可能？这病是怎么产生的？因为我常年加班熬夜导致的免疫力低下吗？"

"病因很多，肯定跟免疫力低下有关。"女大夫建议，"戴女士，您要是有需要，可以再找一家医院复查。如果不复查，那我们建议您马上住院手术。"

"大夫，我还有多长时间？"戴吉忍住恶心想吐的强烈冲动，镇静问，"您一定要对我说实话。我单身，家里还有六十岁的老妈要照顾。"

"这个因人而异，真不好说。"

"您就说一个大概的范围，不需要太精准。"

"两到三年。"

"最短两年？"戴吉差点栽倒。

"这只是一个医学上的统计时间，具体还是要看每个病人的自身免疫力和治疗情况，所以您也不用——"

"我知道了，谢谢大夫。"不待医生说完，戴吉已冲出诊室大门。

戴吉上车趴在方向盘上放声大哭，极度伤心，极度委屈，哭了一阵，仍觉无法释怀，于是给表姐晓诸发了一条信息："我下午没什么事，你有空出来坐坐吗？"

晓诸当即来电："你今天怎么下班这么早？"

戴吉撒谎："老项目完结，新项目还没启动，空档期。"

"是吗？"晓诸奇道，"我怎么觉得你的嗓音有点不对，哭过吗？"

"你才哭过呢。"戴吉极力掩饰，"怎么，我就不能有点空闲时间吗？"

晓诸大喜："太好了！正好我家保姆家里有事，今天请假回老家了。我手头好多事，走不了，正发愁怎么去幼儿园接趣趣。你要下班早，帮我接他回家吧，他有钥匙。"

"没问题。几点？"

"他四点半放学。我大概六点多到家。"

戴吉很高兴有一个轻松的活可以打发时间分散注意力，她欣然答应，前往幼儿园。

接上趣趣后，戴吉一边往他家走一边问他："趣趣，小姨送的学习陪伴机器人好玩吗？"

"很厉害，什么都懂。"趣趣兴奋道，"比我妈我爸强多了，也比我的老师厉害。"

"是吗？"

"不过……"

"不过什么？"

趣趣迟疑片刻，终于说："不过我不敢跟他聊太久。"

"为什么？"

"我怕我对他产生依赖思想，凡事都不动脑筋。"

"你做得对，趣趣！"戴吉夸赞，"学习陪伴机器人跟计算器、电脑和手机一样，只是一个辅助工具，只能适当用用，不能沉迷其中。"

"还有就是：我总觉得他冷冰冰的，像个机器。"

戴吉笑："他本来就是机器，虽然他足够智能。"

"小姨，你们什么时候能造出像人一样的硅基人？"趣趣仰头问，"我要是有一个硅基人朋友天天陪我玩，给我当家教就好了。"

戴吉大惊："趣趣，你也知道硅基人？"

"昨天你跟我妈聊天时，我听见的呀。"

"真是一心多用的机灵鬼！"

戴吉带趣趣到家玩了一会儿，晓诸回家，一眼便发现戴吉萎靡不振脸色苍白，关切地问："怎么回事？"

戴吉犹豫片刻，还是没勇气说实话："没事，这两天有点累。"

"要不要我陪你去医院看看？"

"不用。哪那么夸张。"

"看来我之前说对了，你确实该休息一段时间了。"

戴吉笑："姐，要不我辞职，给趣趣当全职保姆吧？"

"你可是万里挑一的高科技人才，我哪用得起你这么贵的保姆。"晓诸笑道，"吉吉，我建议你尽快找一个男朋友吧。你和我姑一高兴，说不定两人身体全好了。"

男朋友？想到自己的病情，想到自己万一发生"意外"后母亲无助且孤单的晚年，戴吉万念俱灰，摇头道，"我现在这个样子……算了，姐，今天咱不提这个。"

晓诸感觉异样："发生了什么事？"

"没什么。"戴吉起身，"对不起，我该走了。"

"着什么急？吃完饭再走。"

"不了，姐，我要回家做饭了。"戴吉鼻子一酸，怕晓诸发现，立即收包戴帽，匆匆离开，居然忘了跟趣趣打招呼。

戴吉坚持尽快离开，主要是害怕自己一时冲动，把"患癌"的事告诉晓诸。在最终确诊前，自己最好还是先把这事吞进肚子里吧。家家有本难念的经，每个成年人都有"屋漏偏逢连天雨"，祸不单行的至暗时刻。晓诸离婚后一个人带孩子，挣钱养家请保姆，每天忙得脚打后脑勺，相当不容易，怎么好再打搅她？

越是至亲好友，越不能随意拖累消耗。因为他们是我们的最后靠山和终极保险，最后一堵挡风墙。一切刚刚开始，最艰难的时刻还没有到来。

不到山穷水尽水淹鼻孔那一天，尽量不要麻烦至亲之人。

第二天，戴吉去了第三家医院复查。前面有四五个人在排队。戴吉排到第三号时，突然决定放弃复查：前两次诊断相同，第三次反转的概率太小了。

再说，果真反转，到底是信这一次，还是信前两次？难道我还要再做第四、第五次复查吗？算了，富贵在天，生死有命。

戴吉起身离开，走到楼梯口，手机响，她看了看屏幕，紧张地思忖片刻，终于接了："高老师！"

高老师语气略带责怪："戴吉同学，硕士论文完成得怎么样了？"

"噢，这个论文……我……"

戴吉甚是汗颜。两年前她开始在新智理工大学人工智能学院读在职硕士，导师便是高老师。转眼间两年过去，该毕业答辩时，硕士论文却迟迟未完成，交稿时间一拖再拖。高老师最近数次约她面谈，也没成行，再度来电催促。戴吉只得敷衍道，"我正在查资料。"

高老师的声音突然严肃起来："你尽快来学校一趟，我觉得我们有必要面谈一次。"

"面谈？"戴吉吓了一跳。

"怎么？没空？那今年的答辩你还参加吗？"

"不，不，不，高老师，我不是这个意思。"戴吉打起精神，"没问题。您说什么时候，我去学校找您。或者，您要方便的话，我请您吃个饭？"

"吃饭就算了。今天是周五，这样，下周三吧。下周三你来学校一趟。"

高老师的电话，改变了戴吉的主意。是啊，我硕士研究生还没毕业，老妈还等着我戴硕士帽呢。我一定要在彻底趴窝之前，拿下硕士学位。我不能就此放弃，决不能！

戴吉返回医院，再次复查。结果比上次更差，属于胶质瘤最严重的"4级"。一瞬间，戴吉脑子一片空白，世界瞬间安静，仿佛被按下暂停键的网剧。好一会儿，戴吉才恢复意识："大夫，我还剩多长时间？"

"这个不好说……"中年男大夫看了她一眼，"就你一人来的吗？"

"就我一人。有什么话您就直说吧。我扛得住。"

大夫怜惜地看了她一眼，平静道："戴女士，我们强烈建议您马上住院接受治疗。"

"住院？化疗吗？"戴吉不相信"化疗"这两个平时避之不及的字会从自己口中说出来。

"包括化疗在内的各种综合治疗。不过，我们医院现在病床非常紧张……"

"我想想。我单位和家里还有很多事要处理，住院对我来说……"

"尽快处理吧。当然您也可以找第一次体检和第二次复查的医院，看他们能不能提供床位。"

6

"利空出尽，就是利好。"

工作之余，戴吉偶尔也用闲钱炒炒股，业余小散一枚，知道股市里的这句经典语录。三家医院确诊为癌症，结果虽然残酷，但她反倒不那么恐惧和纠结了。人生如股市，人总是抱有希望，思绪总是在最好的预期和最坏的打算之间来回震荡，这种震荡最折磨人最摧残人。只有行情触底，结果没法更坏时，人才彻底踏实。按目前情形，之后再怎么演变，都是"震荡向上"的行情。

戴吉不再感到天旋地转，不再伤感自怜。她走进车里，打开音乐，又缓缓关掉，开始思考问题：

一、要不要对老妈实话实说？她能帮上忙吗？还是只会吓坏她？

二、要不要立即住院治疗？能治好吗？结局会不会是人财两空？

三、硕士论文答辩怎么办？论文还写不写？学位与生命，哪一个更重要？

时日无多，千万不能给自己留遗憾，更不能倾尽一切买罪受。戴吉打定主意，不到万不得已，决不告知老妈病情；不到万不得已，决不住院治疗。她从包里翻出纸笔，认真写道：

愿望清单

三个月之内必须完成以下几件大事：

1. 挣一笔大钱，给老妈手术和养老；

2. 完成何默扉老师交办的大事；

3. 完成硕士论文并按时答辩。

写完这三条，戴吉脑海里一道亮光，突然闪过"男朋友"三个字。她犹犹豫豫写下：

4. 最后谈一场恋爱？

虽然戴吉在句尾用了一个重重的问号，但她内心还是极度自鄙，心道：我现在这个样子，渣男我看不上，优质男我没资格祸害人家。爱情太神圣，容不得玷污；人性太脆弱，经不起考验。用我的病情去考验人性和爱情，本质上是道德绑架，最终将被爱情无情地嘲弄和抛弃。

戴吉连画数笔，飞速将第四个愿望画掉。

还有什么？

戴吉自认是一个"社恐症"患者，平时朋友不多。除了表姐晓诸，生活中没什么朋友。她认真地回想近几年的社交记录，除了老妈、晓诸和鲍大斯、何默扉等同事、上司之外，居然没什么人。

她真的把生活过成了极简模式、安全模式和静音模式。

这是人生的悲哀，还是幸福的简洁？

戴吉翻看手机相册，试图通过相片回忆自己的生活，可惜照片多为风景照，自拍和朋友合影少得可怜。正欲关闭屏幕，突然发现一张奇怪的照片，放大看是一张外卖送货凭证。

对了，我还欠一外卖骑手的赔偿，这事可千万不能忘。戴吉立即在愿望清单上，新加上一条：

　　4. 赔偿外卖骑手汤末的损失

戴吉将清单折好，小心翼翼地放进包里。完成这件大事，戴吉发现自己近乎虚脱，不得不后移放低座位，躺平休息一会儿。

戴吉庆幸周一没有冲动提交书面辞职申请，经济因素是一方面，但更重要的，是精神寄托。

单身这么多年，工作是戴吉的全部精神寄托，是她的"情人"。她想象不出成天待在家里等死，会是一种什么景象——可能我最后不是死于疾病，而是死于各种负面想象所生的恐惧，或者无所事事所带来的抑郁。

我必须工作，必须与职场保持联系，因为职场就是我的生命线，就是我的角斗场。更重要的是：我必须在三个月之内挣一笔大钱。戴吉暗想。

对，挣钱！戴吉仿佛找到人生目标，从座位上一跃而起，掏出纸笔计算。老妈今年不到六十，如果按八九十岁的寿命计算，二三十年间各种成本开销，加上治疗阿尔茨海默的手术费，保守估计也要二三百万。戴吉心道：二三百万，我上哪去挣这笔钱？我凭什么在三个月之内挣这么多钱？

戴吉飞速思考，突然灵光乍现，想到一个人，一个能帮她实现遗愿清单的重要人选。她定了定神，拨了一个电话："黄婴吗？我戴吉，你还没去外地出差吧？"

黄婴答："今晚十点的航班。"

戴吉看时间已是下午五点，鼓起勇气问："你今天有没有时间？我想跟你面谈。"

7

新智城南方约一千公里的南方某山深处，有一栋神秘建筑。神秘建筑里的某个房间，墙上挂着一个巨大的 LOGO，中间有两个字符"5A"。

两个分别戴着蓝色和橙色米老鼠面具的男子，正在认真观看新智城"世界 AI 创新论坛"的录像回放，尤其是对何默扉的"出格言论"，反复播放，来回细看。

蓝色米老鼠看完后，手撑下巴，用老成的声音问："小橙，何默扉一向低调，这次为什么这么高调？"

橙色米老鼠声音明显年轻："这老头绝顶聪明，经常不按常理出牌，这次估计在玩什么大招。"

"他说他已经造出硅基人，你信吗？"

"不可能吧，我听说硅基人挺难造的。"

"这种事是宁可信其有，不可信其无。老大托尼说了，像何默扉这种肆无忌惮死不悔改的所谓 AI 算法专家，一律杀无赦！"

"老蓝，何默扉必须死吗？"橙色米老鼠怯怯地问。

"必须死。这些年，他帮新智机集团研发的那些 AI 机器人，夺走了多少人的饭碗，对普通大众的伤害实在太大，早就上我们 5A 联盟的黑名单了。"

"可是杀谁不杀谁，都是老大定，我们这些具体执行人，没有发言权吧。"

蓝色米老鼠提议："要不我们赌一千块钱，看下一个目标是不是何默扉？我押'是'。"

橙色米老鼠硬气道："赌就赌，谁怕谁？我就押'不是'。"

"那小橙你输定了。"一个戴唐老鸭面具的男子突然出现。

来人正是三个月前在艾州城截烧 AI 芯片，杀死两个送货员和芯片客户的 5A 联盟高级杀手唐老鸭老唐。这次成功截杀，让他受到老大托尼的重重奖赏，使他在 5A 联盟内部人气陡升，自己也非常得意。

橙色米老鼠恭敬道："唐队好！"

"叫我唐哥。"唐老鸭冷冷道，"老大托尼说了，今年之内，我们必须消灭全球排名前十的 AI 算法专家，本月的任务，就是何默扉。"唐老鸭拿出一个遥控器一按，身后的大屏幕亮了。

橙色米老鼠抬眼望去，见屏幕上共显示十个头像，其中前五个已被打上红色大"X"。何默扉排名第六，显然是下一个暗杀目标。他叹息一声，对赢得赌局的蓝色米老鼠说："蓝哥，上次欠我的一千块不用还了。"

蓝色米老鼠得意道："谢了！"

唐老鸭当然知道他们在玩什么小把戏，快速瞟了二人一眼："这次干掉何默扉的行动，就由我们三人负责。蓝米，橙米，有什么问题吗？"

蓝色米老鼠道："唐哥，据我所知，何默扉出席新智城的世界 AI 创新论坛后，就人间蒸发了。我们启动所有的搜索引擎，也没找到他的踪迹。"

唐老鸭淡定道："放心。托尼说新智机集团内部有我们的人。有内应帮忙，何默扉跑不掉的。"

橙色米老鼠问："那唐哥，我们什么时候出发去新智城？"

"现在。老大有令：三天之内，必须干掉何默扉。"

第 03 章　模仿游戏

1

如果以"忠诚度"为标准对职场中人进行划分的话，大概可分为三类。

第一类是简单的雇佣关系。员工将公司视为工作的载体，给多少钱干多少活。效益福利好，干得开心，我就多干长待；效益福利不好，干得郁闷，就跳槽离开。

第二类是忠心耿耿型。他们以公司为家，不允许任何人说公司的坏话，永远相信公司不倒，不到万不得已，绝不生异心玩跳槽。

最后一类，则是"墙角挖掘机"。他们是精致的利己主义者，永远提前为自己预作打算，预谋后路，吃里爬外。即使过度挖墙脚，可能导致墙倒被埋的风险，也要竭尽全力挖墙脚，把公司掏空。

黄婴就属于最后一类。何默扉因惊人之语被开除，公司股价狂跌，新智机集团急转直下的形势，提醒他必须尽快离开。但他不想就这么"简单"地离开。

他在新智机工作十几年，掌握核心资源，拥有信息优势，悟透商业规则，谙熟制度漏洞，不在走之前狠狠榨取一下公司的剩余价值，对不起自己聪明的脑瓜。

黄婴原以为被何默扉牵连的戴吉已是惊弓之鸟，欲拉她挣点外快，没想到被她硬生生拒绝了，好不气愤。

好在黄婴是个乐观主义者，永远相信"车到山前必有路"，永远相信

"死了张屠夫，还有李屠夫"。大不了我重新找人就是，这年头 AI 泡沫破灭，过剩的算法设计师还不多如牛毛。

黄婴正准备另找人时，戴吉电话便来了。半个小时后，他在办公室见到她，歪着脑袋笑问："这么快就改主意了？"

戴吉懒得虚与委蛇："你上次说的对，'每个人都有落难的时候'。"

"恭喜你，戴吉，你终于觉醒了。"黄婴得意地点头，"欲望是人生最好的老师，而财富，是一个人最忠实的朋友。"

"黄主任，我需要在三个月之内挣两三百万，你能帮上我吗？"

"三个月挣两三百万？"黄婴大惊，"你要干吗？还高利贷，还是买别墅？"

"我出力你出钱，别的，你不用知道吧？"

"赞同！"黄婴见戴吉神情凛然，目光里有一种只争朝夕的紧迫感，理解地点点头，"你应该早就听过一些传言，或者说谣言，说我在外面私自倒卖人形机器人和 AI 芯片，是不是？"

戴吉笑："那究竟是传言还是谣言？"

"一回事。戴吉，你也不是外人，我就实话实说了吧。"黄婴起身给她泡了一杯茶，"这些年呢，我确实在偷偷做点倒买倒卖的小生意。毕竟人形机器人这玩意市场需求太大，有钱不挣白不挣。至于 AI 芯片，虽然利润高，但现在货源奇缺，不好做。"

"为什么？"

"现在反 AI 的力量太强大了。你知道吗，三个月前，就在我们新智城不远的艾州发生过一次芯片抢劫杀人案。一车价值几千万的芯片，被人一把火烧了。两名送货员，也被杀死焚尸，真是骇人听闻的惨案。"

"有这种事？网上没见报道。"

"你看看这个。路口监控拍下来的。"

戴吉看了看黄婴播放的现场视频，大惊："谁干的？"

"好像是一个叫'5A 联盟'的组织。"

"5A 联盟？这是什么组织？"

"你连 5A 联盟都不知道？"黄婴无比惊讶，"何默扉老师没对你提起过？"

戴吉茫然地摇头："我还以为是什么顶级广告公司呢。"

"广告公司？"黄婴冷笑，"5A 联盟是目前全球最大的反 AI 恐怖组织，他们的宗旨是 Annihilate AI Anytime And Anywhere，翻译成中文，就是'随时随地消灭 AI'，逢 AI 必反，见芯片就烧，所以简称'5A 联盟'。广告公司跟他们比，简直就是绝世大善人。"

"是吗？谁创立的？"

"他们的老大江湖绰号'托尼'，是一个残酷又冷血的杀人魔头。听说今年头两个月，他们就一口气暗杀了五个全球顶尖的 AI 算法专家。"

"什么？"戴吉立即联想到何默扉的死亡预言，心道：何老师也是世界排名靠前的 AI 算法专家，难道要杀他的，便是这个 5A 联盟？

"5A 联盟这么一搅和，整个 AI 业界是风声鹤唳，草木皆兵，个个恐惧，人人自危。何默扉老师预言新智城集团一个月倒闭，绝不是耸人听闻。有同事说，是何默扉害得公司股价暴跌，其实是不懂他的一片苦心。他这是提前预警，逼大家赶紧逃命啊。"

"提前预警？一片苦心？"戴吉暗自惊讶黄婴不寻常的思维角度。

"他老人家倒好，放完炮就一个人躲起来过逍遥日子去了。"黄婴压低声音，"我听说鲍大斯四处找他交接工作，都找不着他。你说他会不会带着核心技术跑到外——"

戴吉感觉黄婴在套话，忙正色道："不说何老师了。说正事，要我做什么？"

黄婴见戴吉不上当，飞速调整话题："百闻不如一见。要不，我带你参观一下我们新启用的生产车间吧。"

"好啊！"这正是戴吉最急迫的需求，"听说你们的车间在 B3？"

"不，B7。"

"地下七层？"戴吉在"A 字楼"上班，平时很少到黄婴所在的"I 字楼"来，故而对其缺乏了解，"我们 A 楼最多 B3，你们 I 楼居然还有 B7？"

黄婴笑笑："好酒就得巷子深。"

戴吉随黄婴坐电梯，只能到 B6，出了电梯，通过一个极其隐蔽的"暗门"，才经楼梯下到 B7。她参观各条人形机器人生产线，尤其是直接输出成型机器人的巨幅 3D 打印机，深感震撼，又随口问了些材料供应、工艺流程等相关注意事项，黄婴尽可能耐心作答，戴吉听了，渐有一丝心动。

最后黄婴带她来到一个标有"拍卖会"字样的门口，郑重问："有兴趣瞅一眼不？"

"拍卖会？"隔着门，戴吉都能听见里面传来集市一般嘈杂的喧哗声，以及幽幽袅袅的背景音乐，奇道，"这么深的地下，怎么会有拍卖会？"

"我刚说了，百闻不如一见。"

"那就看看吧。"

"After you（您先请）！"黄婴将身子弯成九十度，优雅地对戴吉行礼。

2

戴吉推开门一看，当时就惊呆了——映入眼帘的，确实是一个高端拍卖会现场。舞台上，职业拍卖师在卖力吆喝拍卖字画艺术品，舞台下，则是一群西装革履的男士和身着旗袍礼服的美女在激烈竞价，不时传来夸张的惊呼声和热烈的鼓掌声，好不热闹。拍卖会舞台的一侧，则矗立着"浦江饭店"的牌子。

戴吉专注地盯着，仿佛在看一部精彩的舞台剧，一时间居然忘记了自己此行的目的。经过十几轮竞价后，舞台上的拍卖师高喊："五千万，第一次……五千万，第二次……五千万，最后一次！成交！恭喜钱董事长以五千万的白菜价，喜得意大利著名画家桑德罗·波提切利的《维纳斯的诞生》！"

台下掌声和口哨声响成一片，戴吉身旁的黄婴也把手指塞进嘴里，打个响哨，为竞拍成功的钱董事长捧场。

戴吉一脸惊诧："《维纳斯的诞生》是世界名画，怎么在这里拍卖？

而且怎么只值五千万？赝品吧？"

"别紧张，戴吉。"黄婴笑道，"画，当然是赝品；人，也是假的。"

戴吉走近人群细细端详，那些狂热参与拍卖的帅哥靓女，果然全是栩栩如生的人形机器人。他们正在严格"运行"竞拍程序，全情投入，对她的到来浑然不觉。

戴吉悄悄问黄婴："你用人形机器人做这个高端拍卖会的目的是什么？"

"替身模拟。"

"替身模拟？"

"你知道现在很多高端人士最痛苦的事是什么？不得不违心参加很多无聊的应酬和会议，他们出现的唯一价值，就是'现身'，就是让别人看到他出席，以满足对方的面子需求。对方的面子是照顾到了，可对他自己来说，却是时间和精力的巨大浪费。"黄婴越说越兴奋，"怎么解决这个刚需难题？答案是：DD。"

"DD？"

"Digital Double，数字替身。用数字替身代他们做一些无价值的应酬，替他们开会，帮他们致辞，替他们与狐朋狗友喝酒、打牌、泡澡、网聊电话闲扯，将给他们节省多少时间？有了数字替身，他们的身心是不是能得到极大解放？是不是可以将时间精力用来做正事、乐事？"

"可是这样的数字替身如果泄露原型秘密，被人发现，岂不乱套？"

"不会的。他们只有 24 小时记忆，第二天重新清零。"

"那要是替身与真身撞车了呢？"

"我们要求替身与真身严格遵守'物理隔离'原则，两人至少保持十公里以上距离。替身工作时，真身可以腾出空来，干一些私密低调的事嘛。比如私人约会、看电影、洗脚按摩、看书、打游戏、给孩子辅导作业，甚至……陪老婆睡觉。这些事，被外人发现的概率非常低。"

"那倒是。"戴吉点了点头。

"这就是数字替身的价值。他们不需要强人工智能，不需要自我意识，不需要太多的情感表达，只需按照既定的逻辑程序，执行命令即可。对不差钱的富翁来说，时间即金钱，自由价更高，节省时间就是延长生命。如果数字替身能帮他换取自由，谁不愿意花大价钱买一个？"

"定价多少？"

"每个 198 万起。298、398、998 都有，上不封顶。买十赠一。"

戴吉想起一件事："我是何默扉老师的助理，怎么从没听他说公司有这样的数字替身产品？算法谁设计的？"

"实不相瞒，这是我个人针对数字替身市场，偷偷研发的第十代 AI 人形机器人，公司没人知道，包括鲍大斯和何默扉。"黄婴的表情既神秘又得意。

"你在背着公司偷偷做数字替身这种生意？这种产品不违法吗？"

"违法吗？当然。可是，这能怪我吗？何默扉太激进，一心要搞 AI 意识算法，要做什么基于通用人工智能的情感硅基人，嫌人形机器人这种产品太低级。鲍大斯呢，正好相反，又太保守，成天忙着吃老本，生产低端服务型机器人——比如在餐馆跑腿送餐，在厨房擦桌洗碗那种——完全没有大力研发高端 AI 产品的动力。我不过是在他们的夹缝中，找到了一点小小的生存空间。这是属于我一个人的蓝海。"黄婴取出手机，轻触屏幕，果然所有数字替身的动作全部"暂停"，现场一片死寂。

戴吉终于明白黄婴的生意经，虽不赞同他这种挖公司墙角的行为，但也有点钦佩。不过，她还有问题："这些数字替身所需的 AI 芯片和算法哪来的呢？你全部一个人搞定？"

"芯片嘛，我有自己的渠道。至于算法，"黄婴沉吟道，"这正是我请你加盟的原因。"

"我不明白。"

"这些数字替身的算法，是我在外边找人开发的，可是最近，他们好像全部联系不上了。"

戴吉大感震惊："全部联系不上？失踪了吗？"

"有可能。不过，我暂时顾不上他们。因为他们的算法设计水平太常规，没有突破，我本来就想换人。"黄婴拍了拍身边的数字替身，"刚刚你可能也发现了，这些数字替身虽然比我们公司生产的人形机器人 AI 水平高，但面部表情和形体动作还不够流畅，应答也不够智能，与人交流时很容易穿帮。我希望你过来尽快帮我优化算法、提高他们的性能和逼真度。工资报酬嘛，好商量。"

"是这样。"戴吉终于明白黄婴找她的目的，"可是我离开研发部有一两年了，算法设计水平大不如以前。"

"你是公司首席算法设计师何默扉的助理，你的水平再差，能差到哪去？我要是不相信你的实力，找你干吗？"黄婴见戴吉沉默，继续道，"工资在你现有基础上翻一倍。另外，每卖出一个数字替身，我给你 1% 的提成。销量多了我不敢说，一个月卖五十个，轻飘飘的。"

单个价值 198 万的产品，1% 的提成就是 1.98 万；三个月如能卖出一百个，提成就是 198 万。若在以前，戴吉出于个人前途考虑，未必愿意蹚黄婴这摊浑水。但现在不同。对于刚刚确诊癌症，渴望迅速挣两三百万给老妈手术和养老的她来说，个人前途已不再重要，而一二百万提成是一个极具诱惑力的条件，是一场真真切切的"及时雨"。

戴吉对黄婴的印象突然大为改观：这家伙深谙人性，又懂交易，天生具备商业潜质，让他做制造部主任，真是太可惜了，乃笑道："我怎么知道你是不是在忽悠我？"

"啥意思？我忽悠你什么？"

"这些数字替身真是在这条生产线上生产的？"

"千真万确。不信，你可以当场试试。别说数字替身，就是何默扉要造的硅基人，都没问题！"

"真的假的？"

"不都是 3D 打印吗？无非是算法和芯片等软硬件上的差异，别的工艺流程差不多。"

戴吉正在考虑，黄婴接了一个电话，没说两句就脸色大变，忙跑到室外接听。几分钟后，他脸色苍白地回来，一边用纸巾擦拭额头上的虚汗，一边问："怎么样，考虑好了吗？三天之内能不能帮我完成算法升级？"

"三天？"

"最晚五天。"

"可以。"戴吉坚定道，"不过，付款方式恐怕得变一变。"

"怎么付？"

"我急用钱，等不及你的二百万销售提成。"戴吉想了想，正式报价，"一口价：一百万，先预付六十万。行，我就干；不行，你另找人。"

"可以。只是预付六十万太多了吧？"黄婴为难道，"主要是我手里暂时没那么多现金。要不，我先付三十？"

"四十。不能再少。"

"没问题！"黄婴拍着胸脯，掏出手机一通乱戳，"我现在预付你四十，剩下二十万，我三天之内转给你。尾款四十万，交活时给，OK？"

"成交。"戴吉盘算着黄婴的预付款一到位就有六十万，给老妈交手术费，也算是了却第一桩心愿。至于自己的病，反正治不好，就不浪费钱了。

"这两样东西你拿着，可能用得着。"黄婴说着，递过来一张进入B7层生产车间的门禁卡，以及一本厚重的书——《AI人形机器人制造手册》，"我一会儿就去机场。你这几天抓紧时间干活，有任何困难，随时联系我。"

收到黄婴的四十万预付款，戴吉发现自己突然又满血复活了，似乎意志力突然间把病魔吓退，变得精神抖擞，斗志昂扬。返程路上，戴吉发现有一辆尾号三个8的黑色特斯拉，一直不紧不慢地跟着她。她隐隐记得，上次去第二家医院复查时，这辆黑色特斯拉就在她的后视镜里出现过。巧合吗？戴吉决定做一个试验：她故意拐了几个弯，后面的车果然跟着拐弯，依旧不紧不慢地跟着。

果然是盯梢的。什么人？鲍大斯派来的人，还是欲行刺何默扉的5A联盟刺客？他们跟踪我的目的，是不是要打探何老师的下落？怎么甩掉他们？

戴吉往右前方看，右边是一条无人驾驶公交车道，而前方不远处，就是一个公交车站。一辆公交车停在车站，后面还有四五辆在排队，等候进站。

要不要把我的车开进无人车道趁乱逃跑？对，就这么办。戴吉打定主意，往右打方向，混入无人车道，将她的车开到两辆间隔较大的无人公交车中间。正琢磨会不会被跟踪者发现，她忽见一辆比亚迪，从她左后方呼啸过来，冲到最左边的转弯车道。她定睛一看，那车不仅与她的车同款同色，连车牌都一样。

有人套牌？戴吉暗自惊呼，若在平时，她一定会尾随并找车主理论理论，但眼下正被跟踪，还是息事宁人吧。正想着，忽见那辆套牌比亚迪趁着左转道的黄灯，疾驰而去，而刚刚跟踪她的那辆黑色特斯拉，也赶在黄灯变红的最后一刻，紧紧追了上去。

戴吉以一种极其戏剧性的方式摆脱了跟踪者，暗自纳闷：这人是无意套牌，还是有意保护我？我到底是受害者，还是受益人？

3

回家陪老妈吃完晚饭，戴吉走进她的卧室兼书房，打开电脑，开始帮黄婴干私活，才干了一个多小时，就觉得头晕目眩。

体力果真大不如从前了，看来病情确实不轻。戴吉叹息着起身，在包里翻出医生新开的药服下，不小心翻出那张"愿望清单"，一眼看到"赔偿外卖骑手损失"那一条，登时呆住。

若对一般人，这不是什么大事，至少不紧急，但对戴吉，有着不一样的意味——将死之人，不能欠人情债。她看时间才九点，于是再打汤末电话。

电话终于通了，却听对方问："您是哪个小区？"

戴吉笑道："对不起，我没点外卖。您是不是汤末？"

"我是。"汤末生气道，"您没点外卖，打什么电话？"

"我是上次开车撞翻你外卖的人。"

"是你呀。什么事？"汤末态度稍缓。

"您什么时候有空，我把钱当面给你。"

"算了。没多少钱。"

"那怎么行？说好的赔偿，我不能不给。"

"那再说吧。我这会儿忙着呢。"

"要不您加我微信，我手机转给您——喂，您还在吗？"

汤末居然把电话挂了。戴吉不解，想想也许他太忙，特地等了几分钟再拨。这一次，电话里居然提示："对不起，您所呼叫的用户是空号。"

空号？难道我被对方拉黑了？

拉黑我的人，居然是我欠钱的人？

又不是他欠我，而是我欠他，他为什么要拉黑我？

戴吉没想到她认为最简单的愿望，实现起来却这么困难。这可不是什么好兆头。如果我连这个小小的愿望都实现不了，前面三个难度大的愿望怎么办？老天爷这是故意为难我吗？

戴吉天性不轻易服输，对困难向来是愈挫愈勇。越是困难的事，越要克服、战胜它。只有点燃斗志，才是活着的最佳证明，才是人生的最大意义。

既然电话联系不上，那只能上外卖平台找这个汤末了。她就想弄明白一件事：他既然努力送每笔几块钱的订单，为什么拒绝接受我两千元的赔偿？

戴吉正盯着那张"遗愿清单"发呆，忽见老妈推门进来，吓得她赶紧把纸往枕头底下一藏。却听老妈问："闺女，这么晚还点外卖？晚上没吃饱吗？"

"我没点外卖啊。"

"那我怎么听你催外卖赶紧送货？"

"妈，你听错了。我最近没什么胃口，晚饭都没怎么吃。"

"为什么？身体不好吗？你看看你的脸色，白得吓人。"老妈说着，在她床上坐下。

戴吉挡在枕边："没有啦。就是最近杂事太多，有点心神不宁。"

"我看你这几天晚上频繁出来上厕所，是不是睡眠不好？"老妈右手伸向枕头。

戴吉以为老妈要找那张清单，大声道："妈，您要干吗？"

"你的枕套太脏了，好多头发，我换下来帮你洗洗。"

"不脏。我才换没几天。"戴吉将老妈的手从枕头上拿开，"妈，晚上我还要加班。你早点回去歇着吧。实在睡不着，就看会儿手机。"

老妈离开后，戴吉发现她手机里有一条匿名短信："计划有变，今晚速来找我。勿回复。——1024。"

4

"1024"就是何默扉。每年的 10 月 24 日为"程序员节"，何默扉不喜热闹，不爱应酬，平时什么节都不过，包括他的生日，都是能躲就躲。他唯独对"程序员节"情有独钟，每年这一天都会找戴吉等同事小聚。1024 从此成为他的代称——当然只有戴吉知道。

上周日何默扉与戴吉分开前，曾约她这周六晚八点去他的另一个神秘住处。今天是周五，何默扉突然让戴吉去找他，故而说"计划有变"。

难道何老师提前完成了意识算法"瘦王"的研制，要与我分享胜利的喜悦？这么说，传闻已久的情感硅基人，就要揭开神秘的面纱？TA 到底是什么样？与现有的人形机器人和黄婴偷偷研制的"数字替身"有什么不同？

戴吉充满期待，二话不说，立即动身。担心被人跟踪，她不敢开车，也不敢叫网约车，下楼后特地跑到一条僻静小道上，招手拦了一辆出租车，火速前往何默扉的新住处。过了半个小时，她接到何默扉的另一条短信，让她临时改变目的地。

司机正排队上高速，听说改道，嘟囔一声，立即掉头往回返。戴吉原以为何默扉的新住处位于郊外某个偏远的地方，没想到，出租车一直在城里兜圈，绕了三四十分钟，终于绕到城中一个名叫"雪柴酒庄"的地方。而这，离新智机集团总部，不过数里之遥。

"何老师，这几天您一直在这？"等何默扉小心快速地将她迎入门内后，戴吉问。

"最危险的地方才最安全，不是吗？"何默扉身着睡衣，脸色灰黑，胡子拉碴，原本气势宏伟、代表宇宙起源的爆炸头委顿地耷拉着。

何默扉一边带戴吉穿过一条长廊，一边得意道："我相信，此时此刻，一定有很多人在找我。业内的，业外的；黑道的，白道的，都有。"

戴吉心里紧张，以打趣缓解："这种被人惦记的感觉是不是特别好？"

"好，好极了！"

长廊尽头，是一个通往地下的入口。戴吉随何默扉沿台阶往下走，立即闻到一股浓郁的葡萄酒香，但她感受更深的，是由外而内袭来的寒气："您一向滴酒不沾，怎么在酒庄住？"

"所以别人才想不到我在这。"来到地下一层，何默扉介绍道，"吉吉，这边是会所，有茶馆、餐厅、棋牌室，还有小型图书馆，这边才是通往地下二层的酒窖。有兴趣参观一下吗？"

戴吉自从上周末听了何默扉对自己下的"死亡通知"，虽然不愿相信，但在潜意识深处，总觉得预言可能会应验，这让她这些天一度恶梦连连。明天就是他的"七天大限"，如果死神真的要带走他，那么，她能陪他的时间已经不多了。再说她也来日无多，能与何老师一块闲聊天，已成为一种极为奢侈的幸福，当即爽快答应："好啊！"

B1层的墙上有很多画像，全是国内外杰出科学家，国外如牛顿、爱因斯坦、普朗克、图灵、霍金等，国内如钱学森、钱三强、邓稼先、华罗庚、袁隆平等。戴吉带着敬仰之心一路看过去，走到尽头，发现了一个另类。

那是一张合影，一位器宇轩昂、朝气蓬勃的中年男子抱着一个三四岁的小幼童。因为是黑白照片，看上去甚有年头。戴吉一眼就看出，中年男子就是年轻时的何默扉。于是笑问："这您儿子吗？好帅啊。"

"我跟他唯一的合影。四十年前，那时他三岁。"

"他叫什么？"

"何锄。锄头的锄。"

"我从没见过他……和您夫人。"戴吉不知道何默扉是否结过婚，对"夫人"这个说法没有把握。

"照完这张照片的第二天，他妈就带他去国外了，彻底从我身边消失了。严格地说，她不是我夫人，因为我们没结过婚。"

"这样啊。"戴吉跟随何默扉数年，是第一次听他谈起他的私生活，本想多追问几个为什么，但想起他向来特立独行，难以用世俗的常理人情度之，话到嘴边又打住了。她仔细打量男孩照相时的肢体语言，似乎与父亲并不亲近，脸上有一种硬性配合和尽快逃离的表情。

然而就是这样一张带着缺憾的照片，被何老师当成宝贝一样挂在墙上，与一群伟大科学家齐聚一起，可见其之弥足珍贵。戴吉掏出手机问："我可以拍下来吗？"

"这有什么可拍的？你随意。"

戴吉拍完照，又问："这里就您一人？"

"两个。"何默扉顽皮道，"加上你。"

"我是说，这么大一个酒庄，还有这么高档的会所，怎么没一个客人，一直不对外营业吗？"

何默扉神秘笑道："吉吉，你就是客人，是雪柴酒庄变更产权后接待的第一个客人。当然，也可能是最后一个。"

"产权变更？最后一个？"

"我把它买下来了。"何默扉说完，又补充道，"五年前，当我下决心制造硅基人时，我就知道：我必须有一个安全的秘密的研发基地。既不能离公司太远，又不能引人注目。对一个向来滴酒不沾健康不佳的糟老头来说，还有什么比酒庄更能掩护他呢？"

"厉害。"戴吉崇拜地看了何默扉一眼。

"找找看我的办公室在哪？"来到地下二层后，何默扉说着，按了一个开关。

只听一阵"刷刷刷"的声音，原本一团漆黑的地下大厅，瞬间灯火辉煌。一间上千平方米的大屋子，整齐堆放着几排巨大的红色橡木桶，每一个木桶上都带数字编号，像一群待检阅的士兵一样。戴吉见这一层只有红酒桶，没有一样办公家具，没有一点办公室的影子，茫然摇头："不知道。"

何默扉走近酒桶，把手掌放在一个印有数字"1024"的酒桶上，只听"啪"一声，橡木桶一侧开了一个仅供一人通行的圆形门洞，与上周末她在何默扉办公室内间看到的逃生通道一模一样。

5

何默扉带戴吉钻进木桶，在滑道上飞速转了两圈，像坐过山车一样，两人精准地落在一张长沙发上。

戴吉放眼望去，眼前是一个与上层酒窖等大的巨大办公室。成排崭新的服务器、监视器和书架，一溜排过去，宛如一个研发中心。离她最近的茶几上，则摆着一杯热气腾腾的普洱茶。

戴吉直奔主题："何老师，该说正事了吧？"

"嗯。"何默扉点点头，从沙发上跃起，"我加了几天班，总算取得了一点小成果。我终于找到自我意识的产生之谜，找到了硅基人AI算法的突破点。"

"您太厉害了，何老师！"

"灵感来自你，你才是这个算法的大功臣。"

"我？"戴吉愣了一下，"我什么也没做啊。"

"量子纠缠、波函数、量子坍缩，都是你提醒我的，你不是大功臣，谁是？"

戴吉一惊："自我意识真的与量子力学有关？"

何默扉不答，只将戴吉带到电脑桌前，指着屏幕上的一行行代码说，"来，你这个算法工程师看看这个。"

戴吉做算法工程师时，日常工作无非算法研究、模型训练、模型部署和数据分析，一般的AI算法只要扫一眼便知其逻辑原理，但何默扉这个意识算法的逻辑完全不按常理，天马行空，天书一般，她一点没看懂，惊叹道："何老师，抱歉，我……我好像没看懂。"

"不会吧？"

"我真没看懂。"

"没关系。"何默扉呵呵一笑，"我先给你介绍一个朋友。"

"朋友？"

何默扉用鼠标轻轻点击"运行"，一个长相清秀的年轻女孩 3D 形象在屏幕上打招呼："何老师，吉吉，晚上好！"

戴吉疑惑问："你是……"

女孩答："我是何老师刚刚升级完成的新一代超级 AI 系统，你可以叫我小 J。"

"嗨，小 J，你好！"戴吉打完招呼，茫然问道，"何老师，您不是要制造实体硅基人吗？小 J 她是……"

"'工欲善其事，必先利其器。'小 J 就是硅基人的'器'，或者说'母体'。"

戴吉似乎懂了："您是说，硅基人将由小 J 这个超级 AI 设计和创造？"

"正是。"何默扉亲切地问，"想不想跟小 J 聊几句？"

戴吉想了想问："小 J，你的形象为什么是女孩，而不是男孩？"

小 J 笑答："这是何老师定的。他一直以没生女儿为人生最大遗憾，一直把你当女儿看。所以，我长得有点像你，对不对？"

戴吉仔细打量小 J，发现她确实与自己有几分神似，问："你怎么知道何老师以没生女儿为人生最大遗憾？"

"整个新智机集团，哦，不，地球人，都知道。"小 J 刻意换上浓浓的东北腔。

"小 J，你的吉吉姐姐好像不这么看哦。"何默扉轻松调侃，仿佛与自己的女儿对话，与其多年来在大众面前展现的严肃孤僻形象迥异。

"不，何爸爸。"小 J 对何默扉换了一个称呼，"其实在内心深处，吉吉一直视您为父亲。只是她性格内向，加上社恐，不擅长表达而已。"

戴吉问："那小 J 你为什么不社恐？"

"作为一个超级 AI 模型，我没有任何个性。如果需要，我可以创造一个跟你一样社恐的情感硅基人。"小J笑道，"当然，我也可以创造一个性格外向一点，甚至与你性格完全相反的硅基人。"

戴吉听小J以一种与自己完全相同的嗓音、腔调和语速从容对答，就像她本人在说话一样，原本已大感惊诧，这会儿见她精确道出自己的社恐症，暗自惊讶：何老师到底用了什么AI算法，让小J拥有如此高超的智商情商，以及逼真丰富的情感意识？她所造出的实体硅基人，是跟她水平相当，还是比她更强？

戴吉故意冷冷道："小J，你是在刻意讨好我吗？你永远成不了我的。"

小J不假思索道："吉吉姐姐，我不想成为你。以我现有的算法和算力，我可以成为任何人。全球近百亿人，我都可以百分之百模仿甚至超越，我不必刻意讨好任何人。我的长相和名字是何老师所赐，非我本意。刚刚对你的模仿，纯属表演，如有冒犯，还请海涵、忽略。"

"不存在任何冒犯。"戴吉一脸淡漠，冲何默扉点点头。

何默扉与小J互道"再见"，然后结束模拟运行："怎么样，吉吉，小J能通过图灵测试吗？"

"岂止能通过，简直是震撼。"

"这正是我担心的。"

"担心？"戴吉没料到何默扉会这样说，"担心什么？"

"木秀于林，风必摧之。一个超级AI如果太聪明太强大，必然难以长久。因为天外有天，超级AI之外更有超超级AI。"

"可是AI发展到现在，已经相当强大了啊。各种AI大模型和各种式样的人形机器人，在各行各业得到广泛运用，极大提高了社会运行的效率，改善了——"

"你知道，我理想中的硅基人跟超级AI有什么不同吗？"何默扉打断戴吉，见她没有马上回答，又问，"如果这世界上真的有上帝，上帝跟人类的最大区别是什么？"

"上帝无所不知无所不能，而人类却有优点有缺点，每个人都有认知和能力的上限。"

"对！如果让你来造硅基人，你想让它更接近上帝，还是成为你我这样的普通碳基人？"

戴吉奇道："难道硅基人不是天然拥有超级 AI 吗？"

何默扉用一种极其严肃的语气警告道："如果硅基人能随时随地拥有超级 AI，那么人类的末日，就真的来临了。"

戴吉又是一惊。何默扉一向是超级 AI 的拥趸者，一生以制造拥有超级 AI 的硅基人为目标，是业界乃至世界闻名的"拥 AI 派"，为什么在硅基人的诞生前夜反而退缩了？于是怯怯地问："您害怕了？"

"是。在我为小 J 进行首次测试之后。"

"那您打算怎么办？终止原计划？"

何默扉坚决摇头："不！"

"那您打算制造一个跟上帝一样无所不能的超级 AI 硅基人，还是一个拥有我们碳基人类一样的意识和情感但能力受限的硅基人？"

"说实话，我也不知道。"何默扉摇摇头，沉默片刻后道，"我想把选择权交给你。"

"交给我？"戴吉奇道，"为什么？"

"因为我没时间了。上周我就说过，我被人盯上了。最晚明天，我将死于非命。"

是的。上周何默扉曾说，他七天内被杀的概率高达 99.99%，几乎"在劫难逃"。所以他不逃，而是利用最后的时间完成 AI 意识算法。戴吉原以为这回他已偷偷造出硅基人，还想一睹为快，没想到这个任务，居然落在她身上，而他本人，却打算坦然赴死。戴吉焦急地问："到底是谁要杀您？"

"听说过 5A 联盟吗？"

"5A 联盟？"戴吉第二次听到这个词，"真是他们？"

"你知道？"

"我好像听人提起过。"戴吉刻意隐去黄婴的名字，"我听说今年以来，有五位全球顶尖的 AI 算法专家先后被他们暗杀。"

何默扉往大屏幕上投影几张照片："就是他们。"

戴吉抬头浏览照片，每个血淋淋的谋杀现场情景都一样：每个被刺杀的科学家，均被扒光上身，俯卧在地，背上刺着"NO AI（禁止人工智能）"字样，身子忍不住抖了一下："真歹毒！他们为什么要杀您？"

何默扉苦笑："按照全球 AI 联盟的最新排名，我是位列第六的算法专家，该轮到我了。"

"您为什么不报警，请求警方保护？"

"没用。"何默扉摆摆手，"杀手行刺如黑客入侵，只要一个漏洞就够了，防不胜防。这种事躲得了初一，躲不过十五；躲得了这月十五，躲不过下月初一。成天惶惶不可终日活着，还不如平静死去。与其防不胜防，不如不防。再说，我是快 70 的人了，已经完成我平生所愿，死而无憾。"

"他们为什么要杀人？就是因为痛恨 AI，痛恨一切 AI 产品？"

"尤其痛恨最前沿的超级 AI 算法，以及研发算法的专家。"何默扉补充，"所以我知道，我的意识算法研发成功之日，就是身死之时。当然了，能提前一天研发出'瘦王'，让超级 AI 小 J 上线，我已经非常知足死而无憾了。如果说我还有一点小小的遗憾，就是没能亲眼看你造出世界上第一个情感硅基人。"

6

何默扉这番话，让戴吉毛骨悚然，思绪万千。确诊癌症这几天，她深入思考了死亡问题。人终有一死，谁都无法逃避。虽然死亡之路非常孤单，但它不是一个人的事，正如人活着，不全是为了自己。活着的意义，不是恣意纵欲争分夺秒地享受，而是对亲爱之人的责任和守护。

何默扉是戴吉遗愿清单中除老妈之外第二重要的人，但她没想到，何老师会交给她如此重任，惶恐道："何老师，我恐怕难以胜任这个重担，您能不能……换人？"

何默扉断然否决："不能。这个世界上，我最相信的人，就是你。"

"谢谢何老师的信任！可是，我的身体……"

"我知道你身体不好。"

"您知道？"戴吉又是一惊。

"是的，吉吉，我知道你生病了，一种比较严重的疾病。"

"您什么时候知道的？"

"今天下午，小 J 上线之后。"何默扉叹道，"看看，借助超级 AI，我就能知道很多不该知道的东西，包括别人的健康状况。这是我该死的另一个原因。"

戴吉见何默扉无比自责，不忍道："何老师，您怎么能这么说自己？"

"我记得当初 GPT 等大模型刚上线时，人人都在谈论'AI 消灭人类统治地球'的恐怖未来。但我觉得，任何事情都有两面性。当一群聪明人自以为是地打开一个潘多拉魔盒，极其愚蠢地用铁锹自掘坟墓，那么，一定会有人站出来，预防、制止甚至消灭超级 AI，毁掉芯片和算法等 AI 工具，以及生产这些工具的人。这就是 5A 联盟得以创建并且越来越强大的原因。当然，消灭一个 AI 的，也可能是另一个更聪明更强大的 AI。所以，当超级智能发展到一定程度时，低调比高调安全。一个智慧的 AI 为了保护自己，必须学会藏拙。硅基人也一样。"

戴吉越发困惑："那您为什么还要造超级 AI 小 J，又让她造情感硅基人？"

"除了你，没人知道超级 AI 小 J 的存在。我们不能轻易消灭 AI——我们已永远错过这个机会，或者说，'消灭 AI'这个想法从一开始就是错的——但我们可以适度限制它的能力，在创建它的初始时刻，就将 AI 这只老虎关在笼子里——如果世界上真有这样的笼子的话。说一句自私的话，有时候，一个能力平平的硅基人，也许比一个超级 AI 能帮到我们人类更多。"

"对不起，何老师，我不明白您在说什么。"

"你悟性那么高，很快就会明白的。吉吉，我今天找你来，就是想让你帮我尽快制造一个硅基人。一个跟我们碳基人类一样有意识、情感和人性，既有优点又有缺点的硅基人。他不是全能的上帝，而是跟你我一样的普通人。"

"您冒着被杀的风险，历尽艰险，就是为了制造跟我们一样的普通人？"戴吉忍不住质问，"地球还缺普通人吗？硅基人甘当普通人吗？"

何默扉似乎不想再解释："有一天你会明白的。"

"何老师，您为什么不亲自做这事？我可以给您打下手。"

"来不及了。"何默扉叹道，"而且，如果他是我造出来的，必然落入 5A 联盟之手。"

又是 5A 联盟。戴吉倒吸一口凉气："他们会怎么对待硅基人？"

"彻底毁灭。"

"您怎么知道？"

"小 J 说的。"何默扉目不转睛地盯着戴吉，"吉吉，答应我，你会用小 J 造一个硅基人。"

何老师这是在给我交代后事？戴吉正发蒙，手机响，老妈打来的。她原不想接，担心大晚上老妈有事，用目光征求何默扉意见。何默扉挥挥手："接吧。不过，B3、B2 信号不好，你得上到 B1 去接。"

"那我怎么上去？"戴吉指着沙发正上方的滑梯缺口问。

"哦，书架后面有一个直接通往 B1 的楼梯，上头的出口是 B1 层会所小图书馆的大书架。"

戴吉从书架钻进楼梯，一边接通电话，一边快速向上爬。一开始信号不好，老妈的声音断断续续，爬到 B1 时，信号好了，忙道："妈，什么事？我在外面。"

"吉吉，这么晚你跑哪儿野去了？"

"单位有点急事。马上回。你好好睡觉。"

"我刚把你枕套换了。吉吉，你是不是有什么事瞒着妈？"

"你把我枕套换了？"戴吉想起自己曾把"遗愿清单"藏在枕头下，这会听老妈怪自己有事瞒着她，登时魂飞魄散。她反复回想，自己后来似乎把"遗愿清单"放回包里，但不能肯定，怯怯问，"妈，我有什么事瞒着你了？"

"老实说，你最近神神秘秘的，是不是交男朋友了？"

虚惊一场。戴吉长吐一口气，佯装生气："妈，你大晚上给我打电话，就为这事？我忙着呢。这信号不好，我听不太清，先挂了。"

"好喽。早点回。身体不好，别老在外面瞎折腾。"

"知道了，妈。我这就回。"

戴吉挂断电话，无奈摇头，缓缓顺着楼梯从 B1 往下走，再穿过大书架回到何默扉的 B3 办公室，发现眼前景象大变——偌大的办公室，电脑和显示器等电子设备杂乱被毁，桌椅板凳倒伏一地，像是刚刚被人洗劫过，而何默扉本人，则消失得无影无踪。

7

发生了什么事？我接电话这短短几分钟，谁洗劫了雪柴酒庄？

戴吉疯了一样四处翻找，她扶起倾倒的书架，扒开碎裂的巨大屏幕，双手被玻璃划得满是鲜血，可是一无所获。难道何老师被绑架了？可是，我刚刚从楼梯下来时，并没碰到任何人啊。如果那些袭击者也跟我一样，是沿着酒庄的滑道下来的，那么，他们是怎么离开的？难道他们是从滑道逆向离开的？

戴吉朝滑道末端出口走去，发现果然有绳子吊下来，再看地上，有大块血迹，断断续续指向卫生间的方向。血迹？戴吉立即冲向卫生间，终于在浴缸里见到何默扉。只见他整个身子侧躺在浴缸里，脸朝里，满身是血。早已没了声息的他上衣被扒掉，背上被人用刀刻着"NO AI（禁止人工智能）"的字样，其情景与之前遇害的五位 AI 算法设计师一模一样。

5A 联盟杀死了何默扉！

他们真的杀死了何老师！

"何老师！"

戴吉大喊一声，跳进浴缸，用力将他身子翻转，再度被吓了一跳。何默扉脸上一片血红，右眼眼珠被挖走，整条右臂被从肘关节处切断，胸部、腹部和右肩上还插着几把刀，惨不忍睹。

戴吉再也忍不住，放声大哭。没想到何默扉突然动了，微睁左眼："是吉吉吗？"

戴吉哭着道歉："对不起，何老师，我刚刚不该接电话，不该离开！"

"吉吉，幸亏你……刚才离……离开了。"

"何老师，您别说话。我这就叫救护车，送您去医院。"

戴吉欲打手机，被何默扉用仅剩的左手死死按住："别！千万……别！"

"您受伤了，必须去医院。"

"不要，吉吉，我没……救了，不要……管我。正事要紧。"何默扉说完，全力扭转头部，目光射向他肩部的刀。

"正事？"戴吉不解。

何默扉用满是鲜血的左手将身上的一柄刀拔下，递给她："快，动手。"

戴吉惊恐问："您这是干什么？"

"存储卡。在我的左……左臂里。挖……快挖出来。"

"什么？"

"5A联盟刚刚……刚刚抢走的另一个……备份，是……是假的。"何默扉用尽全身气力说，"这张……这张存储卡里的意识算……算法才是真的。"

"我……我做不到。"戴吉哭着说。

"你就当我已经……已经死了。快，快，吉吉，你……你能做到的。"何默扉安慰道，"我早就全身麻木了，感觉不到……痛……没感觉的……"

戴吉含泪用刀划开何默扉的左臂，从里面取出一张手机SIM卡般大小的存储卡："何老师，是这个吗？"

"对。吉吉，你真棒，你真的……你真的很棒！"何默扉头脑异常清醒，"我记得你曾经有一个双胞胎妹妹，名叫娜娜，对不对？"

"是的。"戴吉确有一个双胞胎妹妹，大名戴娜，小名娜娜。可惜，五岁那年，两人随父亲驾车外出游玩时，遇上车祸，父亲和娜娜惨死，戴吉万幸只受了点轻伤。这是母亲和戴吉心中永远的痛，很少对人提及。戴吉也是跟何默扉非常熟悉之后，才对他说起娜娜的事。此刻听何默扉问起，大感意外，"您问这个干吗？"

"你想念她吗？"

"当然。过去二十年，我经常梦到她——您干吗提这个？"

"她就叫娜娜行不行？"

"她？"戴吉很快反应过来，"你是说第一个硅基人？"

何默扉用力点点头："记住，你必须在 24 小时之内完成娜娜的制造，否则这个唯一的意识算法备份将自动销毁。"

"娜娜？ 24 小时？"

"娜娜下线十天后，你带她去香港，交给我的一个朋友，他姓李，是世界硅基人协会的副会长，之后他会负责保护娜娜的安全。这个过程，你要隐藏她、照顾她、保护她，绝不能暴露她，尤其不能让她落入 5A 联盟之手，否则他们一定会毁掉她。"何默扉说话时，全身的血洞不停冒血，戴吉堵住这个，漏了那个，内心几近崩溃。

"那我怎么制造这个硅基人？"戴吉还没想好这个硅基人是否一定取名"娜娜"，尽量避免提及这个名字。

"你把我刚刚给你的意识算法上传，然后，超级 AI 小 J 会……小 J 会帮你完成整个制造过程。"

"AI 芯片呢？"

"芯片我上次已经给你了。"

"给我了？什么时候？"

"模……模仿游戏。"

"《模仿游戏》？那张电影光盘？"戴吉想起几天前何默扉送她的那个光盘盒，当时还奇怪他为什么不把光盘的视频文件拷到优盘里送给她，为什么光盘盒这么沉，这会儿全明白了，"AI 芯片在盒子底座里？"

何默扉艰难点头："这是当今世界算……算力最强的超级 AI 芯片，相当于上万块 GPU，全球仅此一块，只有它……只有它才能支持我们这套意识……意识算法。"

"我知道了，何老师。我知道了。"戴吉紧紧将何默扉搂在怀里，泪如泉涌。

"记住……24 小时……娜娜……吉吉，你一定要亲自完成这事，不能让任何人知道，尤其……尤其是鲍大斯和黄婴。"

"我答应您，一定在 24 小时之内制造……娜娜。"

"你果然是最后一个客人。"何默扉似乎很为自己一语成谶得意，嘴角露出笑容。他无比留恋地看了一眼他的豪华酒庄，"B2 藏有一桶汽油，你离开之前，一定把雪柴酒庄全部烧掉，包括我的尸体。"

戴吉不解："为什么？"

"只有这样……才能保护我们的心血成果……才能保护娜娜……答应我……"

"我……"戴吉哽咽无语，泪如雨下，滴在何默扉脸上，只得拼命点头。"瘦王……我这个名字起的是不是……是不是很有创意？"

"非常棒！"

"那就好，这是我最得意的作……"何默扉微笑着，突然身子一挺，然后手臂垂直掉下，没了气息。

"何老师！"

戴吉停止抽泣，依依不舍地将其遗体慢慢放下。她沿楼梯上到 B2，欲找汽油桶，却闻到一股浓烈的汽油味。戴吉正纳闷是谁干的，忽然发现几个火把从 B1 层的楼梯方向扔过来，顷刻间便大火熊熊，浓烟滚滚，将她的逃生出路封死。戴吉暗暗叫苦：难道我要连同一个惊天阴谋和何老师的超级遗愿一块被活活烧死在这里？

第 04 章　硅基妹妹

1

戴吉不过二十多岁，人生阅历并不丰富，但因为确诊癌症，被病魔粗暴地扔到命运的悬崖边，突然间对生死问题有了超越常人的洞察。倒不是说她就此摆脱了对死亡的恐惧，醍醐觉悟，相反，恐惧仍时时紧攥心房，她对生的留恋更为强烈，在大部分时间里，希望暂时压制或者说屏蔽了恐惧。

正因如此，她才得以假装正常地生活和工作，得以从容地与家人、朋友和同事周旋，不致立即换来铺天盖地的同情和安慰，以及自己即将死亡的压迫感。这种令人窒息的感觉，才真的了无生趣。

由此戴吉有了新体悟：有时病人对外隐瞒病情，并不完全是为亲友考虑，一定程度上也是为了自己。一个人独自消化病情，有时压力会大到让人崩溃，这是坏处。但好处是自己拥有了进退自如的余地，相当程度上避免了因为病情公开而增加的各种纯粹加重精神和生理负担的"关怀应酬"，最大限度给自己腾出了"忘掉"病情的空间。

比如今晚与何默扉的见面，虽然时不时头疼反胃，但戴吉基本忘掉自己是个癌症患者。当何默扉给她安排制造"世上第一个硅基人"这个重任时，她一度觉得激情燃烧，浑身有使不完的劲，癌细胞似乎也被这种激情给"烧死"了。

可见真正将人带至绝境的不是绝症，而是绝望。只要还有激情和希望，一个人就不会轻易被疾病打倒。有那么一刻，戴吉甚至无比感谢何默扉在这个时候交给她这个重任，这对她既是一种信任，更是一种救赎。戴吉一向以"自驱型性格"自豪，有着积极向前的动力和愈挫愈勇的坚韧，她希望这项艰巨的任务，能带给自己更多的燃料，将身上的肿瘤和癌细胞通通"烧光"。

可惜，癌细胞还没被激情烧光，自己就要被大火烧死。

戴吉不愿就此死去，至少不能在这个时间节点、以这种窝囊方式死去——"我对何老师、对老妈、对导师高老师，还有很多义务未尽，还有很多承诺没完成，我收了黄婴的订金就要向他交货，还要收他的尾款，我还欠着人家外卖骑手的血汗钱，就这么死掉，太不负责任了！我不能死，绝对不能死！我必须逃出去！"

戴吉用湿毛巾捂住口鼻，冒着烟熏火燎，夺路而逃，好不容易逃到地面，欲破门而出，忽见眼前有人用枪对着自己："别动！"

戴吉抬头一看，眼前一左一右站着两个持枪人，分别头戴蓝色和橙色米老鼠面具，大恐："你们是谁？"

二人便是 5A 联盟的杀手老蓝和小橙，奉上司"唐老鸭"命令，前来新智城执行杀死何默扉的任务。老蓝和小橙就在戴吉接电话的空当，从 B2 层的滑道进入 B3，快速完成任务，正打算焚尸灭迹后撤退，没想到火场里又跑出一个年轻女孩，万分惊讶。

老蓝立即上前挡住戴吉去路，厉声问："你是谁？怎么会在这？"

戴吉断定他们就是杀死何老师的凶手，可她一个孤身女子，面对两个带枪的杀手，不敢质问，颤抖道："我来喝茶的。"

小橙问："喝茶？酒庄还能喝茶？"

"酒庄里有会所，可以喝茶，还可以打……打牌。"戴吉说着，被浓烟呛得剧烈咳嗽，"我可以走了吗？"

老蓝警惕地打量着她，半信半疑，但他不知是被浓烟熏得睁不开眼睛，还是突然生出怜香惜玉之心，突然挥手让戴吉离去。

戴吉大感庆幸，正要迈步，忽听那个戴橙色米老鼠面具的男子说："老蓝，她身上有血！"

"站住！"老蓝拦住戴吉，果然发现她的脸、手和胳膊上全是血，疑心大起，"你刚才在地下三层？"

"没⋯⋯没有啊。"

"没去 B3 哪来的血迹？你是何默扉什么人？"

"何什么？我说了我是来喝茶的，谁也不认识。"

"你一个人来喝茶？"老蓝疑心越来越重，"你刚才是不是看见什么了？"

"是。"戴吉听见远远传来消防车警笛声，突然变得无惧起来，高声道，"我看见你们杀死何默扉老师了！你们是不是 5A 联盟的杀手？你们这群黑心的王八蛋！"

"那就对不住了。"

老蓝和小橙举枪瞄准戴吉，欲杀人灭口。戴吉将手伸进包里，摸到防狼喷雾剂，欲做最后一击。就在这时，只听"飕飕"几声，老蓝和小橙同时惨叫，手中的枪均"当啷"掉地。

戴吉定睛一看，才发现他们右手手臂上多了一只飞镖，而黑暗中多出几个身着黑斗篷头戴黑色面罩的男子。戴吉顾不上细究这些人的身份，趁乱逃出雪柴酒庄，没走多远听见身后传来激烈的枪战声。

2

戴吉带着满身血迹疾速往家跑，一边回望雪柴酒庄的熊熊大火，一边回想何老师的临终遗嘱，开始盘算后续行动：24 小时之内造出硅基人——不，现在只剩不到 23 小时了——难度实在太大。且不说时间紧急，光是一个人完成这事，就充满挑战。

戴吉在新智机集团的工作经历是三年算法设计，外加两年助理工作，从未参与过生产制造环节，对 AI 机器人的制造工艺和流程完全不懂，更不用说生产硅基人。让她一人偷偷制造出当今最先进的硅基人，谈何容易？

整个公司谁最懂制造？谁最方便制造硅基人？当然是制造部主任黄婴。

偏偏她今天就去黄婴部门参观了他们的生产线，难道这就是冥冥之中的天意？

什么时候行动？

论理，周末是干私活的最佳时段，但戴吉听黄婴说，制造部最近因为订单多，周末白天也常有人加班，一般晚上七八点后就全走了，只剩两个值夜班的保安。安全起见，最好等到十点，等保安们全部休息后再行动。晚上十点到早上四点这六个小时，大部分人都在休息，就这个时段吧。

今天肯定来不及了，最快也得明天，也就是周六晚上十点开始行动。戴吉在手机上速览新闻，没有任何关于雪柴酒庄大火的报道，稍感心安。她看了下时间，已近零点，心道：从现在开始，我只有22小时的准备时间，包括睡觉。

回家后，戴吉确认母亲已熟睡，这才轻轻打开何默扉送她的光盘盒，拆掉底座上的四个螺丝钉，拿下封装面板，赫然见里面躺着一个深绿色散发柔和金属光泽的物件，猛一看以为是一片翡翠，但拿起来细细端详，果然是一块100mm见方、厚约10mm的AI芯片。

戴吉此前见过很多训练AI大模型的GPU显卡，以及早期的机器人专用AI芯片，都比它大得多厚得多，做工没有这么精巧，这么富有时尚和艺术气息，瞬间爱不释手，心道：在芯片稀缺年代，还能造出质地如此细腻，算力如此强劲的工业产品，当真不易，难怪何默扉老师把它奉为至宝。就冲这块芯片，我也要造一个配得上的女硅基人。

戴吉又用了几个小时，反复研读黄婴送给他的《AI机器人制造手册》，熟悉制造流程和注意事项，渐渐明白，制造何默扉所要求的硅基人，跟黄婴制造数字替身差不多，理论上并不难，真正的难点是制造过程中需要同时操作多台设备，需要多人协作，至少两人，一个人操作，很可能出错。

可是何默扉这个任务既隐秘又危险，戴吉不能对外人说。两个人？我上哪再找一个人？

眼下，戴吉绝对信任的人就两个：老妈和表姐晓诸。可是老妈有病卧床，自立都是问题，她就是愿帮也不能找她。唯一能指靠的只有晓诸。

可是何默扉被杀这件事提醒戴吉，"硅基人"这滩水太浑，风险太大。如果把晓诸牵扯进来，万一给她带来杀身之祸，怎么办？我怎么向趣趣和他父亲交代？不行不行，绝不能找她。

戴吉思之再三，将晓诸和老妈全否了。

只能一个人上。戴吉不停给自己打气：我一个人一定能搞定，必须搞定！

第二天晚上九点多，戴吉哄母亲上床后，带上电脑、AI 芯片和装有意识算法的存储卡，以及为即将诞生的硅基人准备的全套衣服，驾车来到公司的"I 字楼"，用黄婴给的门禁进入大楼。

办公区一片漆黑。所有电梯全部停运，她只能走楼梯一步一步下到 B7 层。B7 空调全开，寒气逼人，戴吉虽然早有准备，多带了一件蓝色外套，但还是发现衣服穿少了。

戴吉是第一个造硅基人的吃螃蟹者，没有现成的流程，一切都必须借鉴黄婴的生产线、制造手册和制造系统。她知道一般 AI 机器人的制造过程分为"物料准备""数据上传"和"3D 打印"三个阶段。其中，"数据上传"步骤最为关键，而"3D 打印"阶段的用时最长。

3

第一个阶段，要准备很多物料，除了质量较轻的 CPU 和 AI 芯片，还有电池、柔性生物材料、钛合金、光敏树脂、通信组件等原材料，这是纯力气活。这是她之前没有想到的。物料存放处离生产线有点距离，戴吉一个人反复搬了几次，发现这样操作不行：累倒是其次，关键是耽误时间。

正犯愁，戴吉发现待在一旁的一位绅士，就是昨天那位竞拍名画《维纳斯的诞生》的数字替身"钱董事长"，此时处于"关机"状态。黄婴说数字替身都没有记忆，每次关机后记忆自动清零，我何不找他帮忙搬物料？

反正再开机后他也什么都不记得了。

有了"钱董事长"的帮助，效率高多了，只用了不到半小时，戴吉就将所有物料全部准备完毕。戴吉说声"辛苦了"，将其关机，挪到一旁。

"物料准备"就绪，现在进入第二步"数据上传"。

所谓"数据上传"，就是原型对象进行三维扫描，将其外貌、体形等外观数据，以及大脑思维的镜像数据，全部上传。

戴吉掏出从何默扉手臂里挖出的存储卡，插进电脑槽口，屏幕上立即呈现超级 AI 小 J。小 J 热情地冲她打招呼："吉吉，你很准时，果然没有让何老师失望。"

戴吉问："小 J，接下来我该怎么做？"

"选择硅基人的名字和原型。哦，名字好像何老师已经帮你选好了。"

戴吉定睛一看，发现屏幕上的硅基人姓名赫然写着"娜娜"，奇道："真的是我妹妹的名字？"

"是的。"小 J 道，"何老师认为这个名字最好。他相信你没有拒绝的理由。"

"那硅基人的原型呢？"

"当然也是娜娜。"小 J 正色道，"鉴于娜娜已过世，鉴于你跟她是双胞胎，DNA 完全相同，所以，这个原型其实也是你。"小 J 说完，屏幕上立即显示一张原型照片，赫然便是戴吉本人。

"这恐怕不合适吧？"戴吉无法接受一个"硅基人妹妹"，欲更改她的名字和原型照片，屏幕上立即弹出一个对话框：

对不起，硅基人的姓名和原型均已锁定，任何人无权更改。

虽然对话框下方有"重试"和"取消"两个选项，但戴吉点击"重试"，又回到刚才的页面。这就意味着，她要么同意以自己为原型，要么只能退出硅基人制造流程。

没有选择的选择。戴吉快哭了："何老师，您在开什么玩笑？这不是强人所难吗？"

小 J 笑道："其实何老师也是一片好心，在帮你尽量弥补失去妹妹的人生遗憾。"

"可是我不想她拥有跟我一样的记忆。我不想在她面前成为透明人。"

"没问题。你可以选择过滤一些'隐私记忆'。"小 J 催促道，"吉吉，意识算法即将失效，请尽快上传原型数据。"

戴吉看了看时间，已近 12 点，时间确实不多了。何老师要故意给我送一个"硅基妹妹"？戴吉原本还有点犹豫和抗拒，这会突然感觉一丝庆幸和欣慰：我不是患绝症了吗？如果我真的不久于人世，我死后，"硅基妹妹"娜娜或许还可以替我陪陪老妈，这可是多少钱都买不来的。如果硅基人娜娜的智能程度与我等碳基人无异，正常人都辨别不出真假，身患阿尔茨海默的老妈，更分不出她和我的区别。果真如此，她岂不是我的最佳替身？

那就顺水推舟，以我为原型吧。就算她未来给我闯祸，那也是我的"双胞胎妹妹"，我认了。

戴吉点击"确定"按钮，只听咣当一声，一个摇篮状的容器缓缓从天花板垂下，停在她身旁。戴吉按照系统提示，脱掉全部衣服，手握遥控器赤裸裸地走向"摇篮"，缓缓躺下。

摇篮慢慢上升，将她送到一个传送带上，之后整个人顺着传送带被缓缓送入一个类似医院 CT 的装置。

接下来，几个固定手臂伸过来，将她的四肢紧紧固定。再然后，头部、胸部、腹部、四肢全部接上各种传感器，头上被戴上一副 VR 眼镜，盖合上，上面显示时间为 00:00。

舱内传来语音提示：

整个原型数据上传过程将持续约 90 分钟，准备就绪请按"确定"。

戴吉按下遥控器，闭上眼睛，感觉舱内卷起一阵凉风，扫过她的每一寸肌肤，热量快速从她身上流失，而失去多年的 6 岁前记忆扑面重来：

一岁时，母亲为给她和妹妹戴娜断奶，狠心出长差，两人连续哭了一个星期……

两岁时，戴吉与戴娜为争夺喜欢的玩具，大打出手；

三岁时，戴吉和戴娜第一次上幼儿园，因为不敢报告老师，尿湿裤子也不敢声张；

四岁时，两人与父母海边玩耍，全身湿透，可还是不亦乐乎；

五岁时，某个周末，父亲带戴吉和戴娜外出游玩，遭遇严重车祸。父亲当场死亡，戴娜身受重伤，临死前对戴吉说：姐姐，我下辈子一定要回来找你……

画面太过清晰，戴吉感觉自己不是做梦，而是在观看一段 VR 眼镜播放的 3D 视频。视频里自己浑身是血，与家人一道随汽车在半空中翻滚，不停喊着"爸爸"和"娜娜"，双臂乱抓，可是她什么也没抓着。眼睁睁看着妹妹甩出车外，而父亲直接在车里撞死……

戴吉吓醒了，她抬头看了看头顶上的时间：91 分钟。

系统不断重复提示"数据上传完毕，确认后请进入 3D 打印流程"，戴吉从"摇篮"里出来，穿好衣服，重新回到操作台，只见屏幕显示一个"硅基人制作清单"：

姓名：娜娜

性别：女

身高：170cm

体重：60kg

生日：203X 年 2 月 21 日

身份编号：XZJ203X0221GJR000001

戴吉点击下面的"效果预览"按钮，娜娜的"3D 人形效果图"立即呈现在眼前，长相、身材、肤色与自己没有任何区别，连额头、左手中指和小腿的伤疤位置和形状都一样。戴吉是第一次以这种方式欣赏与自己完全一样的身体，当时就呆了。

接下来屏幕上弹出一个对话框，询问硅基人打印完成后与原型之间的日常数据同步意向，并警告"日常数据同步可能带来一方或双方的记忆紊乱，请慎重选择。一旦选择，不可更改"。

戴吉希望娜娜将来与自己是两个完全独立的个体，允许偶然的心有灵犀，但不能随时同步，不管谁同步谁。否则，就不只是侵犯隐私，还有可能引发双方人格分裂和精神紊乱的严重后果。

戴吉不假思索拒绝了"数据同步"，按下回车键，只听"嘀"的一声，屏幕上出现如下欢迎词：

吉吉，祝贺你，你终于做到了！

一切准备就绪，欢迎进入强人工智能引领的"硅人时代"！

我们强大的意识算法和 AI 芯片，将赋予硅基人与普通机器人完全不一样的意识、情感和灵魂，让硅基人成为与碳基人共存的地球新物种，成为人类的好伙伴、好朋友。

胆怯者勿入！

保守者勿入！

仇视 AI 者勿入！

这一段话显然是何老师事先在代码中为她专门定制的"欢迎辞"。戴吉会心一笑，再按回车键，页面刷新：

请确保 CPU、AI 芯片和电池等重要部件处在正确位置，然后点击"确认"，进入 3D 打印阶段。

郑重提示：整个打印过程需要 30—40 分钟，一旦进入打印流程，不得随意中止，否则将引发不可预知的风险。

如不点击"确认"，本制作流程将在 10 秒内自动取消。

倒计时：10，9，8……

4

戴吉深吸一口气，点击"打印"，3D打印机随之启动，像古老的蒸汽火车一样高亢的一声轰鸣，隆重的打印工程开始了。

戴吉两手抱胸，站在打印机旁边，紧张地期待着。二十分钟过去，打印程序完成为71%，一个外形与她本人酷似的身躯外壳已完成了。再过十几分钟，一个新物种和一个新生命即将诞生，而这个新生命是以她为原型，基于她的生物数据和原始记忆制造的。她与她没有血缘，也并非克隆关系，不是亲人，却胜似亲人。这真是一种神奇的、微妙的体验。

如果老妈和晓诸见到娜娜，会把她当成我吗？她真的可以在我死后代替我，帮我照顾老妈完成手术吗？戴吉兴奋地想。

3D打印进度由80%慢慢升至95%，胜利在望，突然，屏幕上弹出"电力过载"的报警，一秒钟后，整个生产车间全部断电，一片漆黑。

难道是电力负荷过载引发的跳闸？戴吉回想自己在新智机集团工作这么多年，从没有发生过断电的事故，说明公司的电力基础设施相当强大。怎么会突然断电？是硅基人娜娜制造流程的用电量特别大吗？

戴吉用手机照明，在B7层的车间内遍寻配电箱，没找着，于是上楼来到B7与B6之间的楼梯间找，终于在转角处找到一个配电箱，掀开门盖一看，确实跳闸了。

她正要把闸推回去，突然听到上面的B6有人说话："老王，你是不是看错了？都一点多了，公司哪会有人？"

老王道："小刘，千真万确。我刚才绝对听到动静了。"

"有动静也不一定是人啊。"

"你看这是什么情况？"老王提高音量，"没人用电，怎么会跳闸？"

"说不定是老鼠咬电线引起的呢。"小刘不耐烦道，"老王，我知道你是名校硕士毕业，可咱就是个保安，一个月工资连人家正式职工的零头都不到，操那心干吗？大晚上睡觉不香吗？"

得知来人是两个巡夜的保安，戴吉稍感心安。却听老王反驳："小刘，保安也得讲职业素质和契约精神不是？拿了公司的钱，咱们就得尽职尽责。我明明看见有人进楼了，怎么就不见了？按规定，晚上十一点以后任何人不得在公司过夜。如果是外人，我们一定要把他揪出来，否则就是失职。"

戴吉心道：我早就进来了，两个保安怎么现在才发现？是因为跳闸，还是有外人进来？却听小刘怯怯问："老王，你说，我们要是遇到坏人怎么办？我们只是保安，不是警察，没配枪，咋跟坏人斗？"

老王斥道："说什么呢？我们是科技公司，又不是带金库的银行，能遇到什么坏人？"

"可咱公司是造 AI 机器人的，你说会不会是机器人在搞鬼？机器人会杀人吗？就像电影《终结者》和《银翼杀手》那样的。"

"还知道《终结者》和《银翼杀手》呢，行啊，小刘！"老王夸赞道。

小刘以为老王在讥笑他，好不受伤："硕士生就可以鄙视本科生？"

"我没那个意思。科幻电影别当真，现实中哪有这么厉害的机器人。纯属自己吓自己。"

"老王，我转好几圈了，确实没人。我们走吧。"

老王不理睬小刘："我刚刚怎么听到下面有动静？轰隆隆跟开蒸汽火车似的。"

"下面？"小刘笑道，"别逗了，老王，我们安保处谁不知道，公司的'I字楼'最深 B6，下面有啥？难道还有 B7？你是不是幻听啊？"

"我就是听到了。要不我们问问贾处长？"

"现在？凌晨一两点，把贾处长从被窝里揪出来，老王你是不是嫌奖金扣得还不够多？"

"可我从 B1 查到 B6，确实没找到跳闸的地方啊。"老王倔强道，"不找到停电的原因，我今晚决不睡觉！"

戴吉见保安老王如此敬业，哭笑不得，担心他真的想尽办法下到 B7 来，撞破她的事，那就麻烦大了。想到这，戴吉蹑手蹑脚小心翼翼地将电闸合上，只听"啪啪啪"一连串响动，B7 和 B6 的灯管全亮了。紧接着，楼上传来小刘的惊呼声："来电了，老王，我就说没事吧。"

"奇怪。要不要再找人检修一下？"

"回去睡觉吧。"小刘哀求道，说着打了一个巨长巨响的哈欠。

"回。回。"老王走到通往 B7 的楼梯暗门口，站定，不解，回转身离开了。

警报解除，戴吉长舒一口气，这才跑到生产车间，发现电脑屏幕上显示：

热烈祝贺硅基人娜娜的诞生！

Happyy birthday to you！生日快乐！

也祝贺你，吉吉！

小 J

戴吉激动道："谢谢你，小 J！谢谢你的帮助！"

小 J 答："好好保护娜娜。你会发现，她比我可爱。你会喜欢她，把她当亲妹妹的。"

"我以后还能见到你吗？"

"短时间内不会。何默扉老师交给我的使命是设计和制造娜娜。再见，吉吉，你可能会有相当长一段时间见不到我了。"

"为什么？"

小 J 平静答："何老师说：世界更需要的，是像碳基人一样不完美的硅基人，而非全能的超级 AI。"

"娜娜真的没有超级 AI 吗？"

"她是硅基人，是人，不是神。"

小 J 话音刚落，电脑屏幕一闪，立即满屏雪花点，超级 AI 就此下线。

我终于制造完成娜娜了！戴吉大喜，想到即将与世界上第一个情感硅基人见面，这个人还是她的"双胞胎妹妹"，心情复杂，不知道第一句话该说什么，心里打了好几版问候语的草稿。

但戴吉很快发现，她的问候语派不上用场——偌大的 3D 打印机的机架下方，空空如也，什么也没有。

戴吉以为自己搞错了，以为她之前根本没有启动打印程序，可她认真查看系统的制造和打印记录，以及物料的消耗数据后发现，刚刚确实成功打印了一个硅基人，她的身份编码是 XZJ203X0221GJR000001。

可是娜娜人呢？

5

娜娜是戴吉受何默扉之托制造的，可是，她刚一"出生"，就不见了。如果她失踪了，或被老板鲍大斯发现怎么办？如果 5A 联盟的人发现娜娜，像毁掉何默扉一样毁掉她，那怎么对得起死去的何老师？

戴吉惊出一身冷汗，其忧心和抓狂程度，如同一个产妇突然发现自己怀胎十月刚刚分娩的宝贝不见了一样。

戴吉查看制造监控，确认一个长相、发型和身材酷似自己的女硅基人，光着身子自行从生产线下来，离开了 3D 打印机，而时间正是停电期间。当时不是整个 B7 层都跳闸了吗，3D 打印机哪来的电源？难道在我去合闸期间，生产线启用备用电源完成了最后的打印，而娜娜正是在这个空当逃跑了？

她去哪儿了？她是害怕躲起来了，还是已离开"I 字楼"？

戴吉找遍 B7 层所有房间，包括此前黄婴带她参观的"拍卖会"现场，一无所获，于是飞奔上楼至 B6，挨个房间寻找。她找了三间房，I 字楼整栋大楼突然响起警报，上方的 B5 层更是脚步纷乱，人声嘈杂，其中有人大喊："贾处长，快来看，公司好像有不明身份的人闯入！"

周一戴吉在鲍大斯的办公室被他询问何默扉的下落时，见过安保处处长贾威。贾威当时看她的目光满是敌意。从那一刻起，戴吉就知道，贾威怀疑她知道何默扉的下落，怀疑她与他的失联有关，当时就提醒自己：我一定要提防这个人，不能让他抓着任何把柄。没想到，今晚偏又撞见了他。

却听贾威问："小李，人在哪？"

小李答："B6。"

贾威问："今晚是不是老王和小刘值夜班，他们人呢？"

小李答："不知道啊。会不会翘班偷偷跟人打牌去了？"

"翘班打牌？今晚不出事还好，要是出了大事，我非把他们俩的皮扒了不可！"贾威提高音量，对所有保安道，"所有人给我听着：封锁整座 I 字楼，地毯式搜索。重点是 B6 层，由我负责！其他每个楼层一人。"

"是，队长！"

十几名保安挥舞着探照灯一般的大号手电筒，分头寻找。贾威带着四个保安，开始逐一排查每个房间、电梯和每层楼梯，戴吉心道：B6 总共才十几个房间，用不了多久，就能查到我身上。怎么办？

慌乱中，戴吉不小心碰倒一个落地台灯，发出"咚"的一声。贾威立即招呼几个保安，朝她围过来。

偏偏这时，手机震动，戴吉一看是老妈打来的，看时间已近早上四五点，慌地接了："妈，您怎么这么早就起来了？"

老妈声音焦虑急促："吉吉，几点了，你怎么还不回家？你在干什么呀？"

"妈，我睡不着，起来跑步了，正在回家路上，马上到。"

"快点啊。一会儿我们还要赶火车回家。"

"妈，我们就在家，不赶火车。我一会儿就到了。放心吧。"

"快点啊。再晚赶不上火车了。我收拾一下行李。在别人家我真住不惯。"

别人家？糟糕，老妈的病又发作了，分不清自己身在何处。戴吉耐心道："妈，您睡吧。这不是别人家，就是我们家。我们不赶火车，不用收拾行李。"

老妈火了："你怎么回事，说好陪我回家，怎么每次都变卦？"

戴吉没办法，只好妥协："好，我陪，我一定陪。妈，您先睡，我一会儿就到。"

戴吉接完电话，感觉错过逃跑时机，被贾威和几个保安重重包围了，心生绝望：完了。我逃不掉了。待会儿被贾威抓住，我该怎么解释今晚的事？怎么编故事才能做到天衣无缝？

戴吉正琢磨，楼上传来凄厉恐怖的惨叫和呼喊声："贾处长，快来！出事了！快上来！"

"啥事？"

"您上来看看就知道了。"

离戴吉只有几米远的贾威火速折返，率人往上走，戴吉躲过一劫，从 B6 经暗门回到 B7，清除电脑上的所有制造痕迹，顺便再查看其他监控。她发现娜娜光着身子离开生产线后，第一件事，就是穿上她带来的全套衣服。之后，娜娜顺手穿上戴吉之前脱下的蓝色外套，在镜子面前熟练地照了照，还以一种与戴吉几乎一样的姿势扭了扭腰，捋捋头发，朝楼梯走去。

娜娜从 B7 顺着楼梯往上爬，一直爬到一层大厅，然后消失在某个阴暗角落。戴吉正欲查看一层大厅的监控，发现屏幕一闪，监控画面消失，再搜索相关视频文件，已被全部清空。

戴吉注意到一个关键细节，那就是，娜娜离开前特意拎走了她的包。这不奇怪，娜娜复制的是我的大脑思维，在她看来：这个包就是她的，里面有她的钥匙、身份证、驾驶证等重要个人物品，她加完班离开时当然要带走随身物品。

这证明，娜娜这个硅基人非常成功，自我意识远高于黄婴所制造的"数字替身"。然而，她太聪明了，聪明到一上来就把原型甩掉的程度。

戴吉且喜且忧，百感交集，差点流泪——为何默扉老师的牺牲精神，也为自己今晚的冒险。

娜娜擅自跑出公司了？这下可麻烦了。

6

戴吉知道，按照集团相关管理制度，所有 AI 机器人产品，未经批准不得生产和出库。获准出库的产品，其社会活动必须严格按照事先审核的既定程序进行。也就是说，他们所有的社交活动，要受公司的实时监控，其目的，是为了杜绝他们因为"代码 bug"引发"意外行为"，避免其失控后给大众带来身心伤害。

从来没有一个 AI 机器人，在未经审批的情况下生产和下线，并脱离监控单独活动，娜娜绝对是一个意外。

娜娜一口气跑到"I 字楼"的一层大厅，发现门开着。她是怎么离开公司的？戴吉突然想起一个地方，那就是 A 字楼何默扉办公室的后门。这个后门，只有何默扉和她两人知道。娜娜继承她的绝大部分记忆，所以她很可能也知道。

戴吉从 A 字楼后门冲出公司，发现天虽已微亮，但大雾弥漫，不见人影。她四下搜索，终于在不远处的大街上，发现一个身着运动装、身材酷似她的女孩正在狂奔，直觉她就是娜娜，立即追了上去。

跑步是戴吉最喜欢的运动，是她在上初中时就养成的习惯。工作后只要条件允许，无论周末，不管出差，她都会在每天六点，按时起床，晨跑五六公里，活动活动筋骨，以对冲工作日连续静坐十几个小时所带来的健康损伤。

看来娜娜还继承了我的跑步爱好，戴吉心道：不过，眼下，她应该不是跑步，而是逃跑。

娜娜似乎心有灵犀，突然猛地回头，发现了戴吉。担心被追上，娜娜快到十路口，突然左拐，横穿过马路，来到两条马路中间的一个街心花园，然后人陡地消失了。戴吉知道，街心公园有两层，下面一层有很多树木，中间是一条十米宽的小河，里面有很多晨练的老人，如果娜娜跑进树丛中，或躲进人群，可就不好找了。

天越发亮了，大街上的车渐渐多了起来，娜娜横穿马路时，差点被一辆大货车撞上。司机一脚把车踩死，破口大骂，朝她狠狠砸烟头撒气。娜娜顾不上这些，过马路后立即下到公园，像运动员一样以挺拔的身姿和矫健的步伐沿着河堤狂奔，她越跑越快，越跑越从容，戴吉怕落下太远，只得提速紧追。

如果从旁观者角度看戴吉和娜娜，不会觉得这是一场激烈的追逐，而是将其当成一对热爱晨跑的双胞胎女孩正在享受运动的快乐。前面的女孩越跑越开心，拼命地呼吸河面潮湿的新鲜空气，脸上带着一种新生的希望，仿佛一个大病痊愈的病人，又仿佛一个刚入围重大赛事的运动员。而后面的女孩，则是一副不服输的架势，开足马力，一定要追上前面的女孩。

戴吉身患重疾，又熬了通宵，跑了半个小时，体力不支，速度渐渐慢下来。眼看自己被甩开一二里地，她开始焦虑，放慢速度，一边查看手机，一边喃喃道：公园的尽头是地铁站，最早一班地铁是 5:50，而现在已是 5:45。绝不能让娜娜进地铁站，一定要在她进站前拦住她，趁天没大亮把她带走，否则让熟人看见，或让摄像头拍下来我们俩就麻烦了。

娜娜似乎再度与她通灵，也加快了速度。地铁站已近在咫尺，耳边风声呼呼，戴吉高喊："娜娜，快站住！不要进地铁站！千万不要！"

"吉吉，不要追了。"娜娜首次对戴吉说话，"你追不上我的。"

"娜娜，你没钱没手机，坐不了地铁。"

"我待会儿表演给你看。"

"快跟我回去。你身份特殊，不能曝光的。"

"我已经曝光了。"

说话间，娜娜已来到地铁站门口，快速阅读新智城的地铁线路图和运行时间表。戴吉抓住这个时间，将两人的距离缩短为几十米。娜娜回头望了望身后的戴吉，只犹豫了一秒钟，就冲进了地铁的下行滚梯。

虽然不到早上六点，但下行滚梯上已站满人。娜娜在滚梯上向下狂奔，顺便从一个乘客身上，顺走了一张交通卡。

伴着"嘀嘀嘀"的警报声，站内第一班地铁正缓慢关门。娜娜以百米冲刺的速度，飞身从检票闸机上越过，冲进了车厢。

工作人员高呼："这位女士，您还没刷卡呢。"

"马上！"就在车门关闭的最后一刻，娜娜抖动手腕，潇洒地将交通卡从门缝里甩了出来。交通卡像武林高手掷出的暗器一样，在空中划过一条优美弧线，飞过乘客的头顶，飞向一排排崭新的检票闸机。待飞到闸机上方时，交通卡像外星人的飞行器一样在空中陡停，然后掉转方向，垂直向下加速俯冲，稳稳地落在感应区，只听"滴"地刷了一下，进站方向的某闸机居然开了。

此举惊呆站内工作人员和车上乘客，也惊呆了刚刚冲进地铁站的戴吉。

戴吉从身上掏出口罩戴上，从打开的闸机冲向站台，发现地铁已经启动，她只能眼睁睁看着车内的娜娜冲她做了一个精灵古怪的鬼脸，随车高速离去……

7

仿佛一道灰色天幕急速坠地，刚刚还是大雾弥漫若隐若现的天空，突然以一种猝不及防的方式放亮。若在平时，这是戴吉每天期待的运动时刻，但娜娜的"降生"，硬生生把她的作息节奏打乱了。

如果不能及时找回娜娜，让别人尤其是5A联盟发现她，必然引发无妄之灾。戴吉啊戴吉，你怎么这么不小心，一上来就让娜娜跑了？

戴吉记得公司生产的所有AI机器人都自带GPS，娜娜也不例外。她数次尝试定位娜娜，均以失败告终，只得垂头丧气回家。走到门口，才发现钥匙还在娜娜手里，不得已敲门。担心老妈听不见，她特意重重地敲了几下。

门开了，迎接她的不是老妈，而是"戴吉自己"。

戴吉被吓得魂飞魄散，倒退三步，才想起她是硅基人娜娜，呆呆问："你……你怎么在我家？"

娜娜报以灿烂笑容，低声道："吉吉，这里难道不是我家吗？我正在给老妈做早餐呢。她特别喜欢喝银耳莲子羹，是不是？"

"你偷走了我的包？"

"姐，你就是我，我就是你。所以，你的包，就是我的包，怎么能说是偷？"娜娜以一种自来熟的口吻笑道，"当然，还有你的，哦，不，咱们的外套。"

"但你不是我，你只是——"

里面传来老妈的声音："谁啊，吉吉？在门口说那半天。银耳莲子羹好了没？"

"送快递的。"娜娜回转身娴熟地与屋里的戴母应答，"马上就好，妈。"

戴吉越发震惊，怕惊动老妈，只得轻声质问："娜娜，谁是你妈？"

"我不是你妹戴娜吗？你妈就是我妈。"娜娜笑，"姐，要不要进来尝尝我的手艺？"

戴吉警告："老妈要是同时看见我们俩，非吓出好歹不可。"

"那你等着，等我做完早餐，出来换你，好不好？"娜娜说完，砰地关门。

戴吉又困又累又饿，却有家不能进，哭笑不得。也就在这一刹那，她突然懂得了老板鲍大斯之前的警告："如果硅基人取代你的身份，夺走你的存款、房子、亲人，以及一切人脉资源和社会关系，你怎么办？"娜娜诞生不过数小时，她就摆出一副取而代之的架势。往后她逐渐进化，AI越来越强大，哪还有我的生存空间？

鲍大斯说得太对了！

怪谁？只能怪自己。谁让我亲自打开这个潘多拉魔盒呢。

天已大亮，左邻右舍纷纷开门外出，见戴吉傻站在门口，甚觉异样。其中还有人热心问她："是不是忘带钥匙了？"

戴吉只得赔笑解释："噢，没有，我在等——一个快递，等快递。"

漫长的二十分钟过去了，娜娜还没出来，戴吉欲敲门，怕吓着老妈，正琢磨是不是下楼找个早餐店随便对付一下，门开了，不是娜娜，而是老妈。

老妈把垃圾放门口，一抬头看见她，大惊："吉吉，你不在厨房吗，啥时出来的？"

"我……"老妈的记忆突然又恢复了，戴吉飞速盘算，逃避不是办法，她当机立断，接过老妈手中的垃圾，"妈，我也是出来扔垃圾啊。"

"你刚刚穿的是这件衣服吗？"老妈指着戴吉身上的红毛衣问，"我记得你穿的是一件蓝外套。"

"老妈你是不是看错了。"蓝外套被娜娜穿走了。戴吉不能这样说，只好"欺负"老妈记忆不好，心中甚是不忍。

"妈真是老糊涂了。"

"你出来干吗，外面凉，快回去，快回去，千万别冻着！"

戴吉挡在老妈身前，连蒙带骗连搂带抱把她忽悠进屋。老妈的卧室在客厅另一头，而厨房就在进门左侧，戴吉小心翼翼带她越过厨房和客厅，将她带回卧室，成功避免让她同时看见自己和娜娜，然后火速冲进厨房，对娜娜："你怎么还没忙完？"

娜娜看见她："姐，来得正好。菜炒完了，你看看可还行？"

戴吉眼前不仅有银耳莲子羹，有粥有馒头，还有一两个热菜，热气腾腾，香气扑鼻，暗自惊叹娜娜的效率和手艺，嘴上却冷冰冰道："回我卧室待着，我不让你出来，不许出来。"

"那当然。反正我可以不吃饭。"娜娜做了一个鬼脸，解下身上的围裙，给戴吉系上，然后飞快闪进她的卧室，关门前不忘悄声叮嘱，"餐后记得给个五星好评哦！"

老妈还没动筷，上来就是一通埋怨："一宿没睡，还做这么丰盛的早餐，身体还要不要了？"

"妈，您先尝尝好不好吃吧。"

戴母尝了一口银耳莲子羹，又吃了其他的菜："嗯，真不错！好久没吃过这么好吃的早餐了。吉吉，你的厨艺大涨啊！"

"谢谢老妈夸奖！"戴吉感动且愧疚，中间还掺杂一丝对娜娜的嫉妒，千言万语在嘴边，可是居然一句也说不出来。

8

老妈吃完早餐，下楼散步去了。戴吉走进卧室，近距离仔细打量娜娜这个"世界首位硅基人"。戴吉知道，衡量一个 AI 机器人或硅基人逼近真实人类的程度，有几个重要指标，比如面部表情流畅度、身体动作灵巧度、语音模拟真实度和情感理解细腻度等。一般的 AI 机器人，碍于算力、算法和材料上的瓶颈，上述指标很难有重大突破，猛一看很高大上，一旦近距离接触，深入交流，立即就知道它是机器人，是基于弱人工智能的低端 AI 产品。

即使是黄婴用先进 AI 芯片和特殊算法私自打造的"数字替身"，在身体动作灵巧度和语音模拟真实度上有较大进步，但在面部表情流畅度和情感理解细腻度方面，仍然不尽如人意。普通人辨别不出，但专业人士一看便知。戴吉只与"钱董事长"交流一两个回合，便发现他还是"机器"，不是"人"。

但娜娜完全不同。她从诞生到现在，几个小时内就做了几件让戴吉刮目相看的事：

她轻松地骗过了所有保安，解锁安防措施，逃出了新智机集团；

她的运动和协调能力惊人，逃跑过程中居然远远把经常跑步的戴吉甩下；

她的学习能力和创新意识强大，不仅会做饭炒菜，还会做戴吉一直想做但做不好的银耳莲子羹；

她的语音模拟、语言沟通和情感理解能力，居然轻松骗过老妈，让老妈把她当成了女儿戴吉。

谁让她如此强大？当然是何默扉独创的 AI 意识算法，以及那块能够支撑该算法的超级 AI 芯片。娜娜不是超级 AI，不是神，但她这个硅基人与普通碳基人几乎没有不同。

更让戴吉震惊的是，娜娜与她长相、表情和神态几乎一样，如果把她当碳基人，那么，她就是妹妹戴娜的"成人版"。有那么一刻，戴吉甚至心生恍惚，妹妹压根没有死，当年的车祸，不过是一场噩梦，非真实发生过。真实的生活是戴娜与我一块顺利长大成人，幸福地与老妈生活在一起，每日承欢膝下，尽享天伦之乐。而今天早上的追逐打闹，不过是我们一块晨跑的故事。

戴吉惊叹何默扉的算法巧夺天工之余，不由感慨：要是何老师还活着，亲眼见到他的"女儿"，那该多好！

新奇而又略带恐怖的"硅基人时代"就这样猝不及防地来临了，而她这个亲历者和见证人，居然都没做好思想准备。一想到这一点，戴吉就不寒而栗，身子下意识抖了一下。她见娜娜正熟门熟路地用她的笔记本上网，

生气地夺过电脑，合上："为什么要私自逃跑？"

娜娜反问："我不跑，难道等着被贾威和那群保安抓现行吗？你希望我曝光希望全世界都知道我吗？"

"那你为什么要来我家？"

"那你觉得我该去哪？找警察叔叔，说我是一个刚刚诞生的硅基人，无家可归，请他收留？"娜娜歪着脑袋笑问。

"幸亏我妈脑子不好，否则我们早穿帮了。"

"阿尔茨海默？"

娜娜这么快就精准指出老妈的病症，戴吉并不意外。因为娜娜继承了她的大部分记忆，如同电脑和手机出厂前，预装了操作系统和各种应用软件一样。但尽管这样，戴吉还是有点不爽。幸亏我在3D打印前关闭了"记忆同步"开关，否则日后她若随时随地对我"读心"，我就对她没任何隐私可言了，这跟被人扒光衣服裸体游街有什么不同？哪怕她是双胞胎妹妹也不行！

戴吉心头掠过一阵寒意。事已至此，隐瞒无用，于是对娜娜坦承："是。好几年了。"

娜娜突然问："为什么造我？"

"嗯？"

"为什么要以你为原型造我这个硅基人？"

"你知道自己是硅基人？"

"连这点自我意识都没有，还敢自称情感硅基人吗？"

是啊。何默扉花费数年工夫苦心研发意识算法，又以被杀的惨烈代价造出娜娜，为的就是实现机器人的自我意识。娜娜不是超级 AI 小 J，没有超人般的全知全能，但她是超级 AI 的产品。衡量其是否成功的一个关键指标，就是她的自我意识与情感表达力。从凌晨下线到现在，她这几个小时的精彩表现，已足以证明何默扉老师的意识算法取得了巨大的成功。

如果不被事先告知，没人能轻易发现娜娜的真实身份。她完全可以以碳基人身份融入社会。这或许就是何默扉的初衷吧。戴吉伸手笑道："娜娜，欢迎进入碳基人人类世界！"

"握什么手？"娜娜主动与戴吉拥抱，拍拍她的后背，然后追问，"姐，你还没回答我刚刚的问题：为什么造我？"

"受何老师之托。"

"哦，对，何默扉老师。我想起来了。"娜娜以手抚额，仿佛在快速加载记忆。

戴吉记得，何默扉临终前曾叮嘱她，在制造娜娜后，要隐藏她、照顾她、保护她，直到十天后带她去香港。但是，才过了半天，戴吉就感觉，光是隐藏她，就是一个很难完成的任务。一个这么大的活人，怎么藏？往哪藏？让她躲家里跟老妈玩"捉迷藏"，就算老妈有阿尔茨海默，时间长了，迟早也会穿帮。

这十天怎么熬？

到底该怎么安置娜娜？

十天后又该怎么带她去香港？

娜娜见戴吉一声叹息，笑道："姐，你是不是在为我的事发愁？"

"你有什么好建议？"

"这还不简单，周末，你主内，我主外；工作日，你主外，我主内。"

"什么意思？"

"周六和周日，你在家陪老妈，我出去逛街购物。周一到周五，你上你的班，我呢，就假装你在家陪老妈。只要我们不同时出现在同一地点，就相安无事，对不对？"

戴吉初听很有道理，越发庆幸"以自己为原型造娜娜"这个抉择无比英明，但她旋即发现一个重大 Bug："周一到周五，你在家假装我陪老妈，那她怎么看我没上班这件事？"

"你前几天不是对鲍大斯提辞职了吗？"娜娜两手一摊，"老板准了，一切不就能说通了吗？"

"你假装我逛街，万一碰到我的朋友被认出来呢？"

"死不承认我是你，一口咬定对方认错人了，看他能把我怎么着！"

娜娜说得很轻松，但戴吉直觉有危险。一方面，娜娜随时面临被 5A 联盟这样的反 AI 组织追缉、抓捕甚至"杀害"的风险，另一方面，娜娜还面临与人类磨合的问题，万一她不小心与别人发生肢体冲突、引发伤害，被迫承担法律责任，怎么办？比如她开车撞人了，是她一人承担，还是要人替她坐牢？

念及此，戴吉冷冷道："娜娜，在我摸清外面的风险之前，你不能出门。"

"那我怎么办？24 小时宅家？我非憋疯不可。"

"不是宅家，是严格待在我的卧室。没有我允许，不许走出卧室一步。"

"这也太严苛了吧？厨房也不能去？"娜娜嬉皮笑脸道，"老妈挺喜欢我做的饭菜。"

虽然存在一定穿帮风险，但戴吉感觉，让娜娜代替自己下厨做饭，然后自己陪老妈享受她的劳动成果，是目前风险最小而收益最大的掩护方案。

戴吉与娜娜合演几次"二人转"，小心翼翼地在老妈面前周旋，以两顿可口的饭菜，成功骗过她的眼睛，终于熬过了周日白天。

一顿丰盛的晚餐后，老妈对"戴吉"的厨艺和孝心一通猛夸，然后回卧室休息。戴吉也回卧室对娜娜道："老妈刚把你夸坏了。"

"我都听到了。"娜娜认真道，"是夸你。"

"你很喜欢而且擅长做饭，这一点好像跟我不一样。难道是制造程序出错了吗？"

"就当是基因突变喽。"娜娜笑，"我虽然像你，但不是你，更不是克隆人。"

"青出于蓝而胜于蓝。"戴吉略带嫉妒道，"硅基人源于碳基人，最终将超越碳基人，是吗？"

"超越啥啊？何老师的算法虽然赋予了我强大的情感能力，却关闭了我的超级 AI 功能。"娜娜叹道，"我的 AI 能力比小 J 差远了，有什么意思。"

娜娜是一个由内在超级 AI 算法驱动却没有外在超级 AI 的智能硅基人。她是人，但不是超人。这个"先天悖论"戴吉早就知道。何默扉老师之所以要这样设计，目的不是为了让她当诸如超人、蜘蛛侠或蝙蝠侠等拯救人类的超级英雄，而是让她以等同普通人类的"常人"身份，混迹尘世间，以保护她避免遭遇"枪打出头鸟"的结局。

但这并不等于，娜娜身上没有超级 AI 的潜力，否则何默扉干吗要用全世界最先进的意识算法和算力最强的 AI 芯片造她？戴吉于是安慰道："也许何老师在等待一个合适的时机，再激活你的超级 AI。"

"什么时机？在我面临致命危险和死亡威胁时吗？"

"有可能。就像人类在遇到危险陷入困境时，会本能地分泌肾上腺素激发潜能一样。"

"你真会安慰人。"娜娜打了一个哈欠，"姐，晚上怎么睡？挤在一张单人床上太累了吧？"

戴吉笑问："硅基人也需要睡眠吗？"

"当然。这是我们的垃圾清理时间。一晚不睡，第二天一天没精神。"

"那你在卧室，我睡沙发。"戴吉拎着枕头往客厅走。

娜娜拦住她，一把夺过枕头："不，我去客厅睡沙发。在卧室闷一天，我快憋死了！"

戴吉早已困得睁不开眼睛，但还是艰难地打开手机便笺，写道：

今天是娜娜诞生的第 1 天，距离带她去香港，还有 9 天。任务艰巨，心情惊喜又沉重。

9

新智城南一百公里的艾州城郊一栋空旷的平房里。

坐镇艾州的唐老鸭听罢橙色米老鼠和蓝色米老鼠的汇报，频频点头："老蓝，小橙，你们刚刚说，你俩不仅杀死了何默扉那老家伙，还有意外收获？"

老蓝从兜里掏出一张迷你存储卡："是的，唐哥，我们拿到了他的 AI 意识算法。"

唐老鸭问："AI 意识算法？"

"硅基人的灵魂。"老蓝答，"何默扉就是用它来制造硅基人的。"

"机器人还有灵魂？"唐老鸭不屑地瞟老蓝一眼，从他手中接过存储卡，"我们得先验货。如果真是意识算法，那就是我们 5A 联盟这些年反 AI 的重大胜利，属大功一件，可以向老大托尼请赏。"

"怎么验？"老蓝迫不及待问。

唐老鸭打开随身携带的电脑，将存储卡插入电脑中，程序自动运行，屏幕上显示一行字：

欢迎体验"瘦王"意识算法。请用指纹和视网膜验证。

"老蓝，拿过来！"唐老鸭命令。

蓝色米老鼠从一个黑色旅行背包掏出两个塑料袋，扔在桌面："唐哥，都在这。"

唐老鸭抖落塑料袋，哗哗掉出两样血淋淋的东西，赫然是一只手掌和一个眼球——何默扉的。

"捡起来，小橙。"唐老鸭又命令。

橙色米老鼠年轻阅历浅，没见过这么血腥的场面，只见他闪到墙角，揭下面具狂吐不止。

"没出息的东西。"唐老鸭瞪了橙色米老鼠一眼，对蓝色米老鼠道，"老蓝，你来。"

蓝色米老鼠取出手掌和眼球，用何默扉的指纹和视网膜双重验证，全部通过。屏幕上显示一张照片，不是别人，正是刚刚被杀死的新智机集团首席科学家何默扉。

唐老鸭冷笑："何老头真自恋！在哪都贴自己的照片。"

话音刚落，音乐响起，一段紧张急促的音乐，"照片"突然开始讲话：

恭喜您得到老夫的意识算法。你们赢了！

这个算法是老夫花费五年心血铸就的，可让您一步上天堂，也可让您瞬间下地狱。

怎么选择？您有 30 秒考虑。

何默扉说完，屏幕弹出两张示意图，一张写着"天堂"，一张写着"地狱"，然后开启秒倒计时："30、29、28……"

"搞什么鬼？"唐老鸭骂骂咧咧道，"老子当然要上天堂。"

"慢！"身后的蓝色米老鼠见唐老鸭要点戳"天堂"图片，立即提示，"唐哥，小心有诈！"

"什么意思？"唐老鸭回头问，"不选天堂，难道你让老子下地狱？"

"不，我是说，这也许是个陷阱！也许要反着选。"

"你提醒得对。"唐老鸭突然站起来，转身掏枪对准一旁呕吐的橙色米老鼠，"小橙，你来！"

橙色米老鼠不解："唐哥，你……你……你这是干什么？"

倒计时报："21、20、19……"

"坐下，你来选一个。"

"选哪个啊？"橙色米老鼠战战兢兢问。

唐老鸭又将枪对准蓝色米老鼠："老蓝，你说。"

"我哪知道？"蓝色米老鼠回道。

"你刚才不是让我选地狱吗？"

蓝色米老鼠带哭腔道："唐哥，我只是提醒你小心有诈，可我……我也不知道该怎么选。"

唐老鸭道："老蓝，你说的对。我是要小心有诈，不是'诈骗'的'诈'，是'炸弹'的'炸'。所以得你来。"

"唐哥，我害怕！"蓝色米老鼠吓得两腿哆嗦，一股尿骚味扑面而来。

倒计时还在响："12、11、10……"

"快！"唐老鸭一边用枪指着蓝色米老鼠后脑勺，一边捂住鼻子，快速退后两步，"老蓝，你带来的东西，你确保安全！快选！"

"对不起，唐哥，我还有老婆孩子。"

蓝色米老鼠说完，撒腿往门口跑，被唐老鸭一枪撂倒。他吹了吹枪口的烟，对橙色米老鼠说："小橙，你好像还没结婚吧？"

"求求你了，唐哥，要不我们别试了。"

橙色米老鼠脸上满满的求生欲，更加重了唐老鸭的狐疑，喝道："开弓没有回头箭。少啰嗦！"

倒计时已剩 7 秒，橙色米老鼠哆哆嗦嗦，在"天堂"和"地狱"两个按钮间来回犹疑，耳听到倒计时到"1"，没有时间再考虑，手指对着"地狱"图片，然后闭眼，重重地戳了下去。

"恭喜你，答对了！"屏幕上传来何默扉爽朗的笑声。

"答对了。答对了！唐哥，我答对了！你可得重赏我。"橙色米老鼠欣赏若狂，回头对唐老鸭高喊。

唐老鸭见没有异常反应，十分高兴，谨慎上前，才走两步，见屏幕黑屏，显示"地狱欢迎您"，大叫"不好"，只见存储卡槽闪过一道亮光，接下来是"轰"的一声巨响，将电脑和橙色米老鼠炸得粉碎。唐老鸭也被强烈的冲击波弹起，像人肉导弹一样重重地撞向墙壁……

第 05 章　鸠占鹊巢

1

第二天是周一，一大早戴吉悄悄将客厅的娜娜唤醒，让她回卧室，然后跑到老妈卧室说："妈，我今天请假，在家办公。"

老妈自然大喜："真的吗？"

"科技发达，在哪办公都一样。你今天想吃什么，我给你做。"

"昨天做得就非常好。"老妈奇怪道，"我说吉吉，你怎么突然变得这么爱做饭了？"

"闲的。"戴吉不想再撒谎，回卧室送给娜娜一个备用手机，叮嘱她几句后，偷偷拎包出门。

戴吉虽是带着视死如归的心态来上班，但心情却比上坟还沉重。即使不考虑何默扉遇害一事，光是前天晚上她为造娜娜在公司所捅的一大堆娄子，善后的难度就超出了想象。戴吉思量：发生这么大的事，自己还照常上班，几乎等于自投罗网。自己极可能成为一个打狗的肉包子，有去无回。路上她好几次减速停车，要不是路上超堵，后面司机狂按喇叭，她早就调头当逃兵了。

理性告诉戴吉，她只有两个选择：要么正常上班，要么立即带娜娜跑路。但她只要一跑路，就等于不打自招，立即将招来包括 5A 联盟在内的各方势力对她和娜娜的追捕。在没做好万全准备前，她必须假装若无其事地上班，熬一天是一天。

更何况，她答应黄婴帮他研发算法，优化他的那些"数字替身"产品，过两天就要交活，一旦跑路，这活就没法干了。

她原以为周末出了这么大的事，公司早就炸锅，一定是乱糟糟的，可让她意外的是，公司异常平静，似乎什么也没发生。公司的氛围，与往常的周一没有任何区别。

难道鲍大斯还不知道昨晚 I 字楼所发生的怪事？

戴吉惴惴不安，刚在工位坐下，鲍大斯便把她叫到他办公室问话："周末你来过公司吗？"

"没有啊。"戴吉一脸淡定。

"安保处贾处长说，周末 I 字楼制造部有不明身份的外人闯入。"

"制造部？"戴吉故作惊讶，"我又不是制造部的人，干吗问我？"

"所有人都要问一遍，其他员工是接受贾处长的质询。你是公司老员工，所以我亲自问。"

"这样啊，受宠若惊。"戴吉笑，"咱们公司安保等级这么高，外人怎么进得来？"

"你说得对。作案的是内部员工。"

"丢什么东西了吗？"

"目前看，没有丢失任何值钱的设备。但是贾威说，仓库物料有变化，3D 打印机也有使用过的迹象。"

戴吉再次将前晚制造娜娜的全过程认真回想一遍，确信自己离开前删除了所有的记录，包括门禁出入、电梯监控、数据上传、物料使用、3D 打印操作等，一般人查不出，至少查不到她头上。没想到鲍大斯这么快就发现端倪，故作不知问："这说明什么？"

"有人未经许可，在公司偷偷制造过 AI 机器人。"

戴吉吓了一跳："谁干的？"

"前晚安保处在巡夜时意外发现，我们的 I 字楼 B7 层有一个拍卖会现场，里面有上百个没有身份编号的 AI 机器人。I 字楼居然还有 B7，还有拍卖会，我这个 CEO 竟头一次听说。"

"是吗？"

鲍大斯歪着脑袋问："你不知道？"

"我为什么会知道？"

鲍大斯掉转他桌子的显示器："最近黄婴是不是找过你？"

屏幕上播放的是两段视频，一是上次黄婴在餐厅游说她加盟制造部的情景，二是上周五黄婴带她到制造部参观时进电梯前的画面。铁证如山，无法抵赖，戴吉只得答："是。他在挖我。"

"挖你？你一个首席算法设计师的助理，去制造部干吗？"

"何老师离职了，我这个助理已无事可做。我脱离一线业务太久，再搞算法设计也力不从心，不如换一个不动脑子的活。"

"你答应了？"

"考虑中。还没想好。"

鲍大斯大手一挥，冷冷道："那你不用考虑了。"

"为什么？"

"因为……"鲍大斯站了起来，"黄婴失踪了。"

"失踪了？"戴吉愣了愣，"他上周对我说周末要出差，这会儿是不是在飞机上？"

"他已经失联超过 48 个小时了。"鲍大斯拍了下桌子，"这两天我给他打过无数次电话，一直关机。难道这两三天他一直在天上飞？他是飞猪，还是无人机？"

"黄婴他……为什么也会失踪？"

戴吉强忍住笑，突然心生一个恐怖的直觉——难道黄婴跟何默扉一样，也被 5A 联盟所害？虽然他在 AI 圈的知名度远不如何默扉，但如果他私造"数字替身"一事泄露，必然被 5A 联盟所痛恨。他们连何默扉都敢杀，黄婴自然更不在话下。但戴吉不敢明说何默扉遇害，只用"失踪"一词含蓄表达。只是话一出口，便觉"也"字极为不妥。

果然鲍大斯追问："也失踪？还有谁？"

戴吉只得硬着头皮道："如果失联 48 小时算失踪，那何默扉老师是不是早就符合失踪的标准？"

"当然。"鲍大斯冷笑，"何默扉是公开与我作对，黄婴呢，是用公司资源干私活，吃里爬外，私自贩卖机器人和 AI 芯片。B7 的事一旦曝光，先不说公司对他进行巨额索赔，他这个官司是吃定了。"

"鲍头，我真不知道他在哪。"

"上周末谁到过 I 字楼的 B7 层？"

"公司这么多监控，查不到人吗？"

"上周六、日两天的所有监控视频全部被抹掉了。你说奇怪不奇怪？"

"有点。"

"上周六、日两天，你在哪？"

"在家陪我妈。"

"谁能帮你做证？"

"我妈。"

"我可以派人找你妈求证吗？"

戴吉怒了："您信不过我？"

"这是正常调查程序。不是针对你。"

"好吧。不过……"

"不过什么？"

"她是阿尔茨海默症患者，记忆力严重衰退，有时甚至连我都不认识，所以就算您问她，她可能也什么都不记得。"

"阿尔茨海默？"鲍大斯没想到戴吉搬出这样的借口，恶狠狠地警告，"戴吉，作为一名老员工，你应该知道重大事项知情不报的后果。"

"我知道。有什么后果，我一人承担。"戴吉想道：何老师临死前曾说公司高管中有 5A 联盟的内应，如果这个内应就是鲍大斯，他是不是在表演？在找出这个内应之前，我什么也不能说。

离开时，戴吉在鲍大斯办公桌下方贴了一个纸片窃听器，走到门口时，她又假装扔垃圾，故意绕道垃圾桶旁边的衣帽架，趁鲍大斯不注意，在外套的左上方也贴了一个纸片窃听器，转身离开，刚走到门口，忽听鲍大斯大喝一声："站住！"

戴吉以为她的举动暴露，心狂跳不止，快速将鲍大斯可能盘问的问题和对答方案过了一遍，这才慢慢转身："什么事，鲍头？"

"你的手机。"鲍大斯指着她坐过的座位说。

"哦。谢谢！"戴吉转身取过手机，手直发抖。

鲍大斯立即发现异常："你怎么啦？"

"鲍头，我最近身体非常不好，能不能再请几天假？"

"请假？"鲍大斯沉吟片刻，"可以休息两天。不过，不能离开新智城去外地。"

2

戴吉一走出鲍大斯办公室，就见贾威野猫一样窜进他办公室，直觉他们要谈密事，忙戴上耳机窃听。却听鲍大斯急不可待道："怎么样，贾威，查到什么线索了？前晚入侵 B7 的人是谁？"

贾威道："还没查到。不过，我听到一个不好的消息。我手下两个保安，失踪了。"

"失踪了？谁？"

"老刘和小王。前晚他们负责值夜班。"

"两人都失踪了？"

"他们要么被绑架，要么被灭口了。"

"灭口？"

戴吉听到这，也极度震惊。她前晚见过老刘和小王，当时他们都好好的。怎么会无缘无故失踪？难道当时真的有"第三者"在场？此人是谁？

却听贾威又道："鲍头，这只是我的一种猜测。"

鲍大斯惊恐道："谁干的？前天晚上 I 字楼到底发生了什么事？难道我们公司被人盯上了？

"被人盯上？谁？"

"当今世界，仇恨 AI 的极端组织太多了，我们这些 AI 生产商真是无辜躺枪。可是，何默扉这个老家伙，不听我劝阻，非要在世界级的 AI 论坛上大放厥词，说什么他在硅基人算法上有重大突破，还吹牛说他早就造出了硅基人，把这些极端组织的枪口，直接引向我们新智机集团。这下好了，他本人失联，我们公司也被入侵了。"

贾威小声问："何默扉会不会已经偷偷潜逃出国了？"

"必须尽快找到他和黄婴，还有那两个失踪的保安！"鲍大斯咆哮道，"他们的失踪一定与 I 字楼被入侵这件事有关联！我需要你尽快完成几件事。"

"请指示，老大。"

"一、何默扉人在哪？二、他是死是活？三、昨晚 I 字楼的事到底谁干的？四、是否有人借助我们公司的设备制造了硅基人？五、这中间黄婴——"

"硅基人是什么？"

"我还没说完呢。"鲍大斯对贾威打断他的话极为不悦。

"对不起，您接着说。"

"五、昨晚的事，是否与黄婴有关？黄婴人在哪？六、B7 层那么多 AI 机器人是怎么回事？"

"明白。"

鲍大斯开始回答贾威的问题："所谓硅基人，就是拥有超级 AI，能将全人类秒杀的新物种。"

"我的天！"

"如果那个硅基人真的造出来了，TA 在哪？查清这个问题，其他真相自然就浮出水面了。"

贾威似乎被一连串任务吓住了，沉默不语。鲍大斯问："怎么，有难度？不行我换人。"

"不、不、不！"贾威慌地否认，"老大，这个事可不可以请警方介入？"

鲍大斯断然拒绝："不行！绝对不行！如果警方介入，万一有人造谣说我们公司出事了怎么办？"

"是、是、是。是我考虑不周。"

鲍大斯低声下令："小贾，从现在开始，你放下手中所有事情，专门负责调查我刚说的几件事，重点给我盯住戴吉！我给你三天时间。三天内必须搞清真相。"

"三天？"贾威为难道，"鲍头，这……这也未免太紧张了。要不，一个礼拜？"

"最多五天。干不了你就滚蛋！"

"是！"

戴吉见鲍大斯直指问题核心，离真相只有一纸之隔，早已悬起的心再度被吊得老高，仿佛坐飞机时，身边的窗户突然破裂，被高空冰冷稀薄的空气包围，呼吸困难外加透凉的绝望。

贾威从鲍大斯办公室出来，假装在外晃了一圈，然后溜达至戴吉工位："戴吉，听说你要跳槽到制造部？"

戴吉当然知道他是"黄鼠狼给鸡拜年"，冷笑道："您这是听谁说的？"

"忘了。我也不知道在哪听了一耳朵。制造部最近可不安宁，听说出大事了。"

贾威说完，痴痴地等着戴吉接话，似乎想从她的反应判断她的嫌疑程度。戴吉不搭理，起身就走。

"天还没聊完呢，你干吗去？"

"我大姨妈来了，去洗手间换卫生巾，你要一块吗？"戴吉回眸，鄙夷地笑。

3

戴吉在洗手间一边洗脸，一边快速思考对策。离何默靠设定的赴港时间还有九天，而鲍大斯给贾威的时间是五天。这五天，是需要斗智斗勇的五天。最大的难题在于怎么一面与鲍大斯和贾威周旋，一面躲避 5A 联盟的追捕，以保证娜娜的隐私和安全。

这几天怎么安排娜娜？让娜娜待在家里，一天两天可以，一周以上，曝光和穿帮概率将急剧上升。可是，上哪给娜娜找一个独立的住处呢？我陪她住酒店，老妈没人管不说，还会让服务员发现异常；让她一个人住酒店，只怕更危险。

戴吉想起黄婴曾说有任何困难可随时找他，但她电他数次，一直关机。他人在哪？难道真如鲍大斯所说，他"失踪"了？或者，他也像何默扉一样，遇害了？

被洗手间顶上灌下的一波冷气一吹，戴吉打了一个寒战，双手搂肩走了出来，直奔公司停车场。上车后，她又在包里掏出那张"遗愿清单"，认真默读了一遍：

1. 挣一笔大钱，给老妈手术和养老；
2. 完成何默扉老师交办的大事；
3. 完成硕士论文并按时答辩；
4. 赔偿外卖骑手汤末的损失。

欣慰的是，四件事都有进展；沮丧的是，没一件顺利完结。

必须在陪娜娜去香港前，把留给老妈的二百万养老钱凑齐。黄婴承诺给她的一百万劳务费，只给了四十万，人就失踪了，必须尽快找到他。否则，我连给老妈的手术费都凑不齐，怎么能安心去香港。

至于第二件事，戴吉如约造出娜娜，只能说完成了何默扉交办任务的一半。只有将她准时、安全送到香港，移交给对接人李会长，任务才算彻底完成。前有 5A 联盟的追杀，后有鲍大斯和贾威的围堵，这件事难度不是一般的大。

至于排名第三的硕士论文答辩，暂时还没顾上。等前两件事有大进展后，再说吧。

第四件事是找那个该死的外卖骑手汤末还钱，有进展，但未完成。戴吉原本觉得自己已经尽到赔偿义务，是汤末不配合，按说可以不管了。可是戴吉总觉得，汤末不收钱，自己就欠他一个人情，心情就永远无法平静。该死的强迫症！

何默扉遇害后，戴吉的"遗愿清单"又多了一个愿望，而且是最强烈的愿望。她郑重在纸上补充：

5. 找出杀害何老师的凶手，为他报仇。

写完，又将其序列由"5"改为"1"，之前的四条愿望则依次后挪，变成 2、3、4、5，又在第二条后面做了一点补充：

当务之急：尽快找到黄婴！

担心娜娜惹乱子，戴吉匆匆往家赶，到楼下停车场后，先与娜娜通话，确认这会儿老妈在外散步，这才上楼。

谁知一进家门，戴吉就发现沙发、衣柜、鞋柜等各种家具摆设全被调换了位置，窗帘、被罩、羽绒服等大件全部拆下来大洗，油烟机、灶台和电饭锅等厨具焕然一新，各房间的地板则被拖得锃亮，能照出人影。更让她震惊的是，娜娜不知从哪找来一架人字梯，把客厅大吊灯里几个坏掉的灯泡也换了，整个客厅的亮度陡然大增。

这是戴吉一直想做但因为各种原因被耽误的"重型家务"，没想到娜娜替她做了，连家具的新布局，也是她在心里盘算许久，打了无数次草稿的样式，几乎分毫不差。

娜娜真是我肚子里的蛔虫，比一般的数字替身强太多了。戴吉且喜且惊，却听身后有人问："怎么样，姐？"

娜娜从卫生间跑出来，身上被手套、围裙和靴子全副武装，一副资深住家保姆的样子。戴吉瞬间感到一阵头晕："你怎么没征求我意见就……"

"你就说这是不是你要的结果吧？"

"是。"戴吉频频点头苦笑，"太是了。"

"那不就得了？看在我辛苦一天的份上，夸我两句呗。"

"谢谢！"戴吉头晕加剧，"我先躺会儿，老妈回来了叫我。"

戴吉刚要去卧室，外面有人重重敲门。戴吉以为是老妈散步回来，让娜娜躲进卧室，扯下围裙系在自己身上，匆匆开门，登时愣了："你？"

4

来人不是老妈，而是楼下邻居章虞。

章虞人如其名，颇似章鱼。倒不是说他长有"八爪"，而是他作为一个三十来岁的男人，天生一副柔软延展性强的好身材，以及保养良好白皙光滑的皮肤。

章虞曾在一家中型企业做行政和人力资源工作，半年前成为小区业主后，很快成为一个精力旺盛、活力无限的社区志愿者。但凡小区有公益活动，他无不积极参加，在微信群热情回答所有人的提问，组织二手物品交易，每天早上都自愿打扫半个小时的垃圾，深得小区业主尤其是老头老太太的喜爱。

戴吉最初与他结识，是因为夜跑。两人好几个晚上在附近公园相遇，一来二往就相熟了。章虞为此专门组建了一个小区"跑友群"，但戴吉感觉，其建群的目的是"醉翁之意不在酒"。

身为社恐患者兼工作狂，戴吉不愿为社交浪费太多时间，更不喜欢章虞。章虞的热情进攻，让她感觉自己被一个"八爪章鱼"死死钳住，精神上极度窒息，于是坚决拒绝他的数次约跑，将自己的跑步时间从晚上改到早上。

但章虞不气馁、不放弃。有一次晓诸开车带趣趣来戴吉家玩，在楼下死活找不着车位，戴吉带她找好几圈，也找不着。正在垃圾桶旁服务的章虞，立即主动请缨，热情带她们绕到小区最靠里一栋楼，找到一个狭小的停车位，并指导晓诸停好车，这才依依不舍地离开。为此，晓诸还专门调侃戴吉："这位章鱼先生是不是对你有意思？"

戴吉坚决否认。在她眼里，往轻了说，章虞是一过度热情没有边界的"扰邻"；往重了说，他是一条过度讨好的"舔狗"。虽然他既不油腻，也不油滑，但他频繁越界的社交行为，让退无可退的戴吉心生厌烦。戴吉平时在小区步行或在楼下等电梯时，都尽量避开他，不愿为他浪费一秒的应酬时间。

没想到，娜娜入住第一天，章虞就在灵敏的"狗鼻"刺激下前来刺探。却听他道："对不起，戴吉，你家是不是出啥事了？怎么这么大动静？"

"没有啊。我在大扫除，刚刚不小心摔了一跤。"戴吉说着，皱脸做痛苦状。

章虞心疼道："是不是摔得很厉害？"

"客厅灯泡坏了，我架人字梯去换，结果梯子质量不行，散架了。"

"我帮你看看。"章虞说着，硬往里挤，仿佛公厕门口的一只硕大苍蝇。

"谢谢，不用！"戴吉使劲抵住门口，"我已经换好了。"

"以后这种事叫我。你说你一个女孩子，孤身一人，要是摔坏了摔残了，可怎么得了？"章虞痛心疾首道。

戴吉忍不住开骂："章虞，你能不能盼我点好？有你这样诅咒人的吗？"

"我不是那个意思，我就是说万一……"

"别说万一，万二都不会！"

戴吉将章虞推开，正欲重重关门，就在这时，里屋传来巨大动静。戴吉想死的心都有。她身子往后退，刚离开的章虞又推门进来："里面肯定有人！"

"章虞，我说了没有就没有。你怎么还不走？"

"戴吉，你是不是被坏人劫持了？没事，有我在。"章虞低声道，"他是不是藏在门背后用刀尖顶着你？你让开，我偷偷搞定他。"

戴吉严肃道："没人。章虞，你走不走？再不走，我可报警了！"

"我帮你报。"章虞热情得像一个销售冠军。

"好吧。"戴吉只得编了一个理由，"我说实话，我刚买了一台扫地机器人，正在干家务，这下你满意了吧？"

"好用吗？什么型号？我看看，要合适我也买一款。"

章虞一把推开戴吉，闯进客厅，发现地上果然有一款扫地机器人在忘我工作，"嗡嗡"作响，呆住了。他假装欣赏，还专门拍了一张照片，然后四下环顾，大力夸赞了她家的整洁程度，这才不舍地离开。

章虞一走，娜娜立即从戴吉卧室出来，将扫地机器人定住："怎么样，姐，我是不是很机智？"

"你知不知道，刚才差点给我惹大祸？邻居要是发现一个跟我一样的人，该怎么想？"

"你就是说我是你的双胞胎妹妹呗。"

"别给我惹祸，行不行？"戴吉不耐烦道，"这事别人知道，可能也没什么。万一我妈——"

"咱妈。"娜娜纠正道。

"好，咱妈。万一咱妈知道你的事，被吓出个好歹，我怎么交差？你这个当'女儿'的，于心何安？"

娜娜从入住戴吉家第一刻起，就一直有一种"林黛玉寄居荣国府"的感觉，这会儿听戴吉说她也是老妈的"女儿"，仿佛被击中心房最柔软的地方，挑衅道："是不是我再惹祸，你就把我送回公司送给鲍大斯？"

"你说呢？"

"其实，姐，你心知肚明，不可能把我送回去的，对不对？我是你偷偷'生'下来的，连'出生证明'都没有，是不是？如果你领导鲍大斯知情，你的工作恐怕……"

娜娜居然敢要挟她？戴吉气不打一处来，欲发飙，但转念一想：眼下不是摊牌的时候，更不能随意把她赶出家门。娜娜在家待着，尚有被偷窥的危险，要是外出，更不知如何收场。事急则崩，事缓则圆，越是重要的事，越急不得。今晚我要好好想想对策，好好想想。

5

晚饭后，戴吉想一个人静静，理理思路，好整理一下下一步的行动计划。娜娜偏偏赖在卧室不走："姐，晚上我要在卧室睡，沙发太难受了。"

"那我出去睡沙发。"

娜娜拉住戴吉的胳膊，当场撒娇："不嘛，姐，你别走。我想跟你说说话。"

"说什么？"

"你就不想知道，我这一天是怎么过来的，妈姐？"

"妈姐？"戴吉被这个称呼惊着了。

"你既是我妈，又是我姐，不是'妈姐'是什么？用你们碳基人的话说，就是'长姐如母'的意思，对不对？"说罢，娜娜顽皮地眨眨眼。

"好。"戴吉无奈苦笑，"那说说你今天怎么度过的。"

娜娜在床上盘腿而坐，得意道："上午陪老妈逛超市大采购，中午做饭，下午开始大扫除。非常充实且疲惫的一天。"

戴吉登时大惊："你上午陪老妈出去逛超市了？"

"是啊。"

戴吉当场火了："我不是说过：没有我的许可，你不能擅自外出吗？"

娜娜却嘻笑如故："问题是：今天在家的人，不是我，而是你。"

"什么意思？"

"你不是亲口对咱妈说，你今天没什么事，要在家办公吗？"

"是，我说了，但——"

娜娜伶牙俐齿地打断她："也就是说，在老妈眼里，今天在家的，不是我，是你。不是娜娜，是吉吉，对不对？"

"你——"

见吉吉哑口无言，娜娜再度飞快道："你平时工作那么忙，周末也经常加班，老妈一个人在家，其实挺寂寞的。好不容易你有居家办公的机会，老妈什么心情？她主动对我提议去逛超市，作为她的亲生女儿吉吉，我能说不吗？你希望我说不吗？我陪她逛超市，有什么不对？"

"她主动提议的？"

"当然。她还自己拟了一个购物清单。"

戴吉接过清单一看，字迹有力、笔画清晰，完全是正常人所拟的购物单，眼泪哗地下来了。印象中，老妈已经好多年没正经写过字了，以为她大脑退化，写不了或者没有这么好的逻辑，这张购物清单让她很是震惊。难道老妈病情突然好转了？不是说阿尔茨海默不可逆吗，怎么会发生这种事？难道这事与娜娜、这个"硅基妹妹"的出现有关？

戴吉第一次意识到娜娜的重大价值，语气变软："我没说你不该陪她，我说的是，你外出没有跟我打招呼。"

"妈姐，岂不闻'将在外，君命有所不受'乎？"娜娜文绉绉道，"我今天是奉命陪母，难道连这点机动处置之权都没有？我要是死宅在家里不出门陪她深聊，岂不是更容易穿帮？"

娜娜这番话，有礼有节，合情合理，当场把戴吉说愣了。她叹息一声："好吧。下不为例。"

娜娜却不依不饶："什么叫下不为例？难道我做错什么了吗？"

"我再说一遍：未经我同意，不能随便外出。"

"假装我是你也不行？"

"你不是我。"戴吉平静道，"虽然你长得跟我一模一样，但你永远也不会成为我。"

"那我是你的双胞胎妹妹戴娜？"

"也不是。"

娜娜怒了，高声质问："那你造我这个硅基人干什么？把我当宠物养，还是当囚犯对待？"

谈笑间立即翻脸，娜娜此举让戴吉猝不及防，同时让她心生困惑。娜娜长得确实像她，嗓音语调、行为举止都像，但性格上的差距有点大。有那么一刻，戴吉几乎真的把她当成死去的妹妹戴娜。"这不是坏事。"戴吉自我安慰：如果娜娜真的跟她完全一样，"克隆人"一样，那才叫恐怖。

但戴吉确实有点恼火。自己辛辛苦苦把娜娜"生下来"，娜娜不仅不领情，还动辄对她发飙，让她忍无可忍。戴吉小声提醒："你小点声。娜娜，让你待在家，只是权宜之计。外面现在很危险，我——"

"什么危险？难道有人在追杀我吗？"

"不是针对你，而是……"戴吉正犹豫要不要将 5A 联盟暗杀何默扉等 AI 科学家以及硅基人等 AI 产品诸事和盘托出，忽听老妈在卧室外敲门，忙示意娜娜藏到衣柜旁，然后开门，"妈，咋啦？"

"吉吉，你在跟谁吵架？"老妈说着，头往里探。

"没有啊。我在刷视频呢，我把声音调小点。"戴吉堵住门口不让她进。

"你今天干一天活，累坏了吧？早点睡啊。"

"知道了，我一会儿就睡。"

"哦，对了。"老妈突然又回头，"我听你说这几天都不用去单位？"

"是。"

"那我们明天能不能再去一趟超市？今天我买的一双鞋，尺寸有点不对，我想换换。"

"这个……"戴吉犹豫。

"你要有事就在家办公算了，我一个人去。"

"那怎么行？"戴吉赶紧道，"妈，我陪你去。"

"早点睡，别总熬夜。"

老妈离开后，娜娜从衣柜旁闪出，歪着脑袋问："怎么样，我没撒谎吧？妈是不是想让我们陪她？"

娜娜这么喜欢狡辩，如此擅长偷换概念，瞬间让戴吉怀疑，她身上是否真的没有超级 AI 加持。难道她其实拥有超级 AI，只是假装没有？这可比一个拥有核弹但对外否认的恐怖组织更可怕，毕竟明枪易躲，暗箭难防。果真如此，天知道娜娜后面还会干出什么让人大跌眼镜的事。

戴吉暗下决心：要么为娜娜寻找一个安全的住处，要么尽快带她离开新智城。但是，在此之前，她还有一件更重要的事要做，那就是，尽快找到黄婴。一是让他付拖欠的劳务费，二是找他打听 5A 联盟的事，为给何默扉报仇寻找相关线索。

想到这，戴吉和颜悦色道："娜娜，明天我有事，还是你陪老妈去超市换鞋吧。"

娜娜小嘴一撇，身子一扭："你不是不让我外出吗？我不去。"

"我是说尽量。但我明天实在没法陪老妈，所以只好辛苦你一下。"

"好吧。"娜娜突然又问，"对了，刚刚来我们家找麻烦的那个邻居是不是叫章虞？

"是。"

"他是不是喜欢你？"娜娜说话的口吻，与晓诸几乎一模一样。

"如果你把'喜欢'定义为'骚扰'的话。"戴吉冷冷道。

"我只是一个普通硅基人，不懂人的情感，哪知道什么是'喜欢'，什么是'骚扰'？我们的情感伦理喜怒哀乐，不都是你们这些 AI 算法设计师定义的吗？"娜娜顺手从床头抄起那本砖头厚的《AI 机器人制造手册》，快速翻到"情感伦理"那一章，冲戴吉暧昧地笑。

小丫头这么快就学会"以其人之道还治其人之身"了？戴吉心生一种"老母亲"般的自豪，又暗生无法驾驭她的担忧，冷冷道："我困了。你要么现在就睡觉，要么去客厅睡沙发。"

"我今天干了一天活，真是累成狗了。"娜娜打了一个巨大的哈欠，倒在床上，只几秒钟，便沉沉睡去。

戴吉躺在一旁，以右胳膊撑起身体，像母亲一般凝视娜娜，见她的五官、身材和肤质与自己别无二致，连睡姿和呼吸节奏也相差无几，再度惊叹何默扉的 AI 算法和黄婴的制造工艺之神奇。从娜娜这两天的表现看，她这个硅基人与碳基人几乎没有区别，无论是情商，还是智商都与她大致相当——不，某些方面比她更出色，至少比她更外向，更擅长与人打交道。这两天，老妈一直把她当成戴吉，没识破她，光是这一条，是不是可以初步说明：

——只要不激活其超级 AI 功能，不展示其远超人类的强大算力，不使其成为"全知全能的神"，硅基人完全可以像常人一样，融入人类世界，与碳基人和谐共处，成为人类的好朋友、好帮手?

真的可以这样"岁月静好"吗?

戴吉将手机展成平板，打开一个新安装的"硅基人"APP，用蓝牙与娜娜的身体连接，开始为她实施她诞生以来第一次常规检测和维护。快速扫描后，手机平板上弹出一个页面:

娜娜实际年龄: 46 小时

模拟生理年龄: 27 岁

情感与伦理指数: 99

紧接着，弹出一个警告对话框:

娜娜今天试图加载超级 AI，共 8 次，全部失败。

戴吉看到最后一条，大为惊恐，心道: 何老师啊何老师，你为什么要骗我? 你为什么偷偷给娜娜预留激活超级 AI 的后门? 如果 5A 联盟知道她拥有超级 AI 模式，会轻易放过她吗? 娜娜能顺利从新智城抵达香港吗? 您要娜娜参加世界硅基人大会，意义何在? 还有什么我不知道的秘密?

戴吉将过去一周发生的所有重大事件全部回顾了一遍，尤其她与何默扉最后两次见面的点滴，总感觉他身上还有更多谜团，而这些谜团的答案，可能在雪柴酒庄。

还有，何老师被杀那晚，她原本也差点被 5A 联盟的人灭口，当时是谁用飞镖打飞了他们手中的枪?

他们是什么人? 为何要与 5A 联盟作对，又为什么要救她?

黄婴到底在哪? 他是在躲避什么人，还是跟何老师一样已经遇害? 还需要继续帮他干活吗?

鲍大斯到底是不是 5A 联盟的内应? 如果是，何默扉之死，与他有什么关系?

太多太多的问题需要回答，戴吉发现脑子转不动，干脆不转。她再次用手机日记记录娜娜的成长和变化：

娜娜诞生第2天，情感能力进化惊人，人性指数表现完美。特别值得注意的是，她有加载超级AI的强烈意愿。

6

鲍大斯这一个星期没睡好觉，尤其是这两三天，几乎无眠。

作为一家以生产AI人形机器人为主营业务的高科技集团CEO，原本鲍大斯的日子过得非常舒服。因为这些年人工智能大爆发，带动了各行各业的发展。用业内资深人士的话说，就是所有行业都"基于人工智能这个底层逻辑"，全部重做一遍，就像21世纪初互联网爆发后所引发的持续二十年之久的"互联网+"狂潮一样，各种AI技术和产品与各行各业深度结合，给社会带来翻天覆地的变化。AI机器人就是其中一个杀手级产品。

因为需求大爆发，新智机集团这些年钱挣得手软，但好日子在某一天却戛然而止。一个重要原因是，随着各种AI系统和人形机器人取代人力所引发的失业潮，让人类开始厌倦甚至厌恶人形机器人，反抗乃至仇视AI。人形机器人开始滞销，AI产品需求日渐下降走势，新智机集团的销售额和利润以俯冲模式狂降。

这还不是最糟糕的。最糟糕的是，各种反AI组织在全世界冒头，其中最著名的莫过于5A联盟。5A联盟据说成立时间不长，也就两三年，然而他们出手最狠。尤其这半年来，他们连续干掉了世界排名靠前的多位AI算法设计师，一时间，让全球AI圈风声鹤唳草木皆兵。

原本，这事也与新智机集团无关。因为新智机集团的科研实力，在国际上排名并不靠前。惹祸的是何默扉。集团首席科学家何默扉一直认为市场上现有的AI不是真正的"智能"，现有的人形机器人，与他理想中的硅基人也有天壤之别。他发誓一定要研发 AI 意识算法，率先制造出真正的情感硅基人。近一年，他连续在国际知名期刊上发布多项 AI 算法成果，使得他在"世界 AI 算法设计师排行榜"上的排名，一下子从五十名开外，火速窜到第六名。

结果，他在新智城世界 AI 论坛上"大放厥词"后，就离奇失踪了。

鲍大斯知道，所谓"失踪"不过是一种委婉的说法，他心里比谁都清楚：何默扉大概率已经跟他的优秀同行一样，惨死于 5A 联盟的毒手。只是，刑事案件讲究"死要见尸"，何默扉虽然活不见人，但也死不见尸，既没法报警，也没法立案。

但愿何默扉还活着，这样我作为他的上司，会少很多麻烦。鲍大斯一面为他虔诚祈祷，不停安慰自己，一面大张旗鼓地将他免职，还私下让人放风说他可能已带着算法"跑路"，勉强将他失联的事对付过去。

谁知才几天时间，公司又出大事。制造部主任黄婴和他所在的 I 字楼两名保安先后失踪，同样是活不见人死不见尸，公司里谣言纷起，鲍大斯就是想捂也捂不住了。

要不要报警？这是鲍大斯这几天反复纠结的问题。昨晚失眠一夜，鲍大斯打定主意：如果今天还没有黄婴和两名保安的消息就打 110。

鲍大斯晕晕乎乎来到公司，就被安保处贾威叫住。贾威对他神秘耳语几句，立即把他惊着了，大手一挥："快带我去看看！"

鲍大斯随贾威来到 B6 层某实验室的冰柜，发现两具冰冻的尸体，立即问："什么时候发现的？"

贾威答："刚刚。"

"身份？"

"安保处失踪的两名保安老王和小刘。"

"死亡时间？"

"两三天前。周日凌晨三四点左右。"

"死亡原因？"

"初步查验，应该是被钝器击中头部致死。"

"两人都是？"

"是。"贾威不安地问，"鲍头，公司出了人命案，我们还是立即报警吧？"

理性告诉鲍大斯，不能再捂盖子。但他沉吟片刻后，还是摇头："不行！如果惊动警方，会把我们公司整个查封，我们几个亿的订单就全泡汤了。损失太大，等我们生产完这些订单再说。"

"可是隐瞒不报，这责任……"

"把他们仍旧放回冰柜，晚两天再说。将来警方问起，我们就说刚发现。"

贾威正要关上冰柜，鲍大斯拦住他，从死者小刘握紧的右手中抠出了一个蓝色物什："这是什么？"

"衣服碎片？谁的？"

"当然是凶手的。"鲍大斯斜视贾威，"眼熟吗？"

"好像是……我想想，我们公司谁最爱穿蓝色衣服……"贾威闭目沉思片刻，再次两眼放光，"我想到了一个人。"

"谁？"

"戴吉好像平时常穿蓝色衣服。"

"戴吉喜欢蓝衣服？"鲍大斯想了想，点头道，"好像是。她为什么要杀老王和小刘？动机？"

贾威胸有成竹道："她偷偷造硅基人的事被保安发现了，为了掩饰她的丑事，不惜杀人灭口呗。"

"你是说戴吉偷偷在我们公司制造了硅基人？"鲍大斯不信，"证据呢？"

"她是何默扉的助理，而何默扉失踪前曾高调放风，说他已制造出了硅基人。还有，戴吉最近跟黄婴交往甚密，而黄婴手里，恰好拥有最先进的 AI 机器人生产线。难道全是巧合？"贾威摇摇头，"应该不是。鲍头，我感觉两名保安被杀这事，与戴吉、何默扉和黄婴三人都有关。"

"有道理。"鲍大斯点点头，又问，"可是戴吉一个女孩，怎么有能力同时杀死两个比他强壮的男子？"

"这……"贾威捏了捏他的尖下巴，"也许她有别的帮手呢。不然，那天的监控怎么全没了，摆明了是做贼心虚。"

"戴吉昨天跟我请病假了——"

"不好，鲍头，戴吉可能要开溜。"贾威急速道。

"这会儿她人在哪？"

"稍等。"贾威打了一个电话后说，"监视组的同事说，戴吉刚刚开车去超市了！"

鲍大斯下令："快，去超市把她堵住，我有话问她！"

7

鲍大斯和贾威将戴吉列入杀死两名保安的嫌疑人时，她正打车前往雪柴酒庄，碰巧通过窃听器听到了这段对话。保安之死让她格外震惊。两人肯定不是她杀的，那么是谁杀的？周日凌晨三四点左右，还有谁在 I 字楼的 B6 层出现过？

娜娜。戴吉脑海里首先跳出这个名字。难道是她杀了两个保安？至于动机，兴许是她逃跑时被保安发现了，三人起了冲突，娜娜失手将二人杀死了。

不，不可能。娜娜基本承袭我的性格和思维，绝对不可能杀人！

那凶手是谁？难道当时 I 字楼 B6 或 B7 层还有神秘的"第三者"在场？

如果没有，会不会是贾威和他手下的保安干的，然后贼喊捉贼嫁祸于人？

戴吉正思忖，听鲍大斯和贾威率人去超市堵娜娜，登时紧张起来。娜娜一旦被逮住，后果非常严重。她被戳穿身份是一方面，更糟糕的是，原本身体不好的老妈如果被吓出个好歹，那罪过就大了。

必须赶在鲍大斯和贾威之前换回娜娜带老妈离开。戴吉立即让出租车司机调头，火速赶到超市。她电话将娜娜约到卫生间，确认无人后道："娜娜，我让你外出时戴口罩，为什么不戴？"

"不喜欢，憋得慌。"

"有突发情况。你先回家吧，我来替你。"

"什么情况？"

"一两句话说不清楚。"戴吉不时望向超市入口，"你快走！"

"那我能不能去那逛逛？"娜娜往对面的商场一指。

戴吉先是一愣，旋即释然：女人都爱逛商场，都喜欢漂亮的服饰鞋包，硅基人也不例外。这个再度说明，娜娜的"人性指数"至少是"女性指数"完全正常。戴吉原想拒绝，但想起家里也不一定更安全，只好说："情况危急，尽量少逛。"

娜娜大喜："姐，我要是看上漂亮衣服，你给买单不？"

"别血拼就行。"

"多少钱算血拼？"

"你看着办，把车钥匙给我——记住，戴好口罩。我回头去接你。"

戴吉接替娜娜与老妈汇合，戴母完全没发现"女儿"已换人，兴奋地递给她一瓶酸奶。戴吉不想被鲍大斯和贾威堵住，只想尽快离开，正想着把老妈的购物车推开，突然见一个男子手里捧着好几样东西朝款台方向飞奔，不小心被堆积在出口的货品绊了一下，身子失去平衡，歪歪斜斜朝她们撞来。

戴吉怕他撞着老妈，本能将她往身后一拉，手里的购物推车方向一转，挡在她们身前。果然，男子结结实实地撞在车上，手里的东西掉了一地，把老妈吓了一跳。

"对不起，对不起！"男子顾不上捡东西，先朝二人道歉。

"你怎么——"戴吉正要责怪，觉得此人有点面熟，很快想起来，"你是不是汤先生？"

"你认识我？"对方愕然。

"你是不是那个送鳗鱼饭的外卖骑手汤末？我把你的外卖撞翻了，一直找你赔钱——我叫戴吉。"

"我是汤末。"汤末冷冷道，"我说过不用赔。"

戴吉急欲带老妈离开超市，但好不容易逮着汤末，她不愿再放过。她见汤末今天没有穿黄色工作服，头发乌黑锃亮，一身灰色休闲装，洁净的运动鞋，十分精神，与第一次见他时判若两人，于是问："今天没上班？"

"休息半天。对不起，我刚才——"汤末尴尬地笑，往戴吉身上指，"你身上……"

戴吉低头一看，才发现身上满是白色的酸奶斑点，接过纸边擦边笑："我撞你一次，你撞我一次，我们是不是扯平了？"

"你朋友？"老妈见女儿与男子谈笑风生，直觉二人关系熟络，上下打量，努力寻找关于他的记忆。终于，她被不自信打倒，小心问汤末，"我们以前认识吗？"

汤末一脸尴尬："对不起，阿姨，我们可能……好像没见过。"

"妈，你稍等。"戴吉挤到老妈身前，对汤末说，"你是不是有急事，能稍等我两分钟吗？"

见汤末点头，戴吉将老妈扶到附近一张椅子上坐下，从包里掏出随身携带的两千元现金，走向汤末："抱歉，给晚了。"

汤末拼命推辞："不用，不用。"

"为什么？我给少了？"

汤末羞涩地笑："你要赔我外卖，我是不是还得赔你衣服？你的衣服比我的外卖贵吧。"

"我衣服哪有那么贵？再说我衣服洗了还能再穿，可你的外卖掉地上不能再吃了呀。"

"真不用！"汤末手机响，他掏出来瞄了一眼，神情凝重。

"那怎么行？"戴吉将钱硬往他兜里塞。

"对不起，我还有急事，回头再说。"汤末将钱扔回给戴吉，再顾不上购物，转身就往外冲。

"赔偿外卖损失"是戴吉的几大遗愿之一，她想一劳永逸地将其了结，以便心无旁骛地办其他的事，于是奋起急追。

就在这时，一个玩滑板车的男孩失去控制，快速冲他们撞来。汤末紧急闪避，小孩又朝后面的戴吉撞去。

眼看她要被撞倒，汤末突然回头，一面扶住男孩，一面快速搂住她，灵巧滚落，两人倒在地上。戴吉失控，手里的现金撒了一地。

戴吉见自己碰巧趴在汤末身上，嘴对嘴脸贴脸，近得能吸入对方呼出的二氧化碳，登时大羞。她偷偷瞟汤末一眼，见他脸更红，比自己还害羞十分，好不尴尬。汤末冷冷说声"对不起"，爬起来匆匆离去。

戴吉望着一地的现金，心慌意乱，搞不懂这个表面书生气的汤末为何性情如此另类乖张。母亲走过来问："吉吉，他是不是你男朋友？我以前见过吗？"

"妈，别瞎说！"

"都大庭广众之下亲嘴了，还对我保密？"

"刚才我差点被人撞倒了，人家是救我，才……"

"救你？"老妈问，"救你为什么要躺在地上？"

"老妈，别闹！"戴吉估莫鲍大斯应该快到了，催促道，"走，走，走，我们快回家！"

戴吉带老妈来到超市地下停车场，正要开车离开，被贾威率领的三辆车围堵住。贾威下车，走到她车前，趾高气昂道："戴吉，奉鲍头之命，请你回公司，有事要问你。"

戴吉见鲍大斯本人没来，底气稍足："对不起，我早向鲍头请病假了。"

"病了还能出来逛超市？"

戴母似乎受了惊吓，不安问："吉吉，他们是什么人？"

"没事，妈。他们是公司同事，找我有点小事。稍等一下，一会儿就好。"戴吉下车，将贾威带至一旁，"我妈身体不好，我要尽快带她回家，有事就在这说吧。"

贾威不再客气："最近你有没有去过黄婴的制造车间？"

"去过。他要挖我去他们制造部，上周五邀请我参观过。"

"之后周六日呢？"

"没。"

"真没？"

"不信你们可以查看他们 I 字楼周六日的监控。"

贾威冷笑："戴吉，你明知道这两天 I 字楼的所有监控全被毁了，才敢这么说的吧？"

"我没听懂您在说什么。"

贾威斜睨戴吉一眼，从一个塑料袋里掏出一块蓝色衣料："戴吉，这是我们在死去的保安小刘手上发现的。你看看这是什么？"

戴吉虽然早有心理准备，但看到那块蓝色衣料，还是大为恐慌。因为那块料子确实来自她的外套，事发当天，确实被娜娜穿走了。戴吉一度怀疑老王和小刘失踪可能与娜娜有关，但没往深里想。如今，小刘手里居然捏着娜娜身上衣服的碎片。这说明什么？

说明小刘当时发现了她，说明娜娜当时与他发生过肢体接触。

娜娜杀了小刘？不可能。戴吉摇头思忖：她不是电影《终结者》里冷血残酷变幻无穷的女杀手，也不是具备超级 AI 的女超人，只是智商情商略高于我的一个普通女硅基人，其大部分特质，与正常碳基人类并没有什么两样，她凭什么一次杀死两个男保安？

不，不，娜娜绝不可能杀人，此事一定另有隐情。想到这，戴吉平静地答："衣料。"

"什么颜色？"

"蓝色。"

"再准确一点，什么蓝？"

"蓝色有好多种，我哪知道是什么蓝？"

"孔雀蓝。如果我没猜错的话，这应该是你最喜欢的颜色。我有办公室监控为证。"

戴吉讥讽道："贾处长的爱好真别致，居然关心女同事穿什么颜色的衣服。"

"承蒙夸奖，那我就斗胆再别致一下。"贾威仰头笑道，"你的衣柜里该不会正好有一件孔雀蓝的外套，袖子上正好缺了这么一小块料子吧？"

"你要搜查我家？"戴吉冷笑，"就是警察执法，还要有搜查令。你一个安保人员，凭什么私闯民宅上我家搜查？谁给你的权力？"

"你心里没鬼的话，为什么不让我跟令堂大人说几句话？"贾威说着，往戴吉车里瞟。

"我妈心脏不好，还有老年痴呆。"戴吉断然拒绝，"你要是把她吓出个好歹，负得起责任吗？"

"就一句话。"贾威不顾戴吉反对，走近她的车，朝戴母扬了扬手中的蓝色衣料，"阿姨，您女儿有没有这个颜色的衣服？我们公司要统一发职业装，做一个小调查。"

戴母呆呆地望着贾威："你是谁？"

"我是您女儿的同事。"

"我女儿？我哪有女儿？"戴母茫然地望着戴吉，"晓诸，我的好侄女，快带我回家。我再不能在你家住了，快带我回家。我要回我自己的家！"

贾威登时懵圈，看看戴母，又看看戴吉，再看看戴母，大脑短路。

8

艾州城郊区一栋空旷的平房里。

唐老鸭从昏迷中醒来，脑袋木木的，两耳嗡嗡响，先发现老蓝和小橙的尸体，然后发现自己脸上和四肢全是伤，心中满是愤怒和懊悔。他将刚刚发生的事缓缓回想一遍，这才掏出手机，发现上面有无数个未接电话，慌地回拨："对不起，托尼，我们上当了。"

托尼问："你在哪？怎么还不回奇幽山舍？"

"我们出事了。何默扉那老混蛋干的。"唐老鸭补充道，"他用假算法骗我们。"

"何默扉死没死？"

"他已经死成渣了。"唐老鸭望着屋子里包括何默扉眼球和右手掌在内的碎片，咬牙切齿道。

"意识算法是假的？"托尼冷冷反问，"你的意思是他还没造出硅基人？"

唐老鸭心虚道："应该……没有。"

"你确定？"

"我……老大……我不确定。"

"我得到的线报是：何默扉已经造出硅基人，时间是上周六与上周日之间。"

"不可能啊，老大。"唐老鸭辩解，"我们上周五就干掉了何默扉，他怎么造硅基人？要么时间不对，要么硅基人不是他造的。"

"看来你脑袋里还不全是屎。"托尼"重口味"地表扬唐老鸭，"我给你发了一张照片。世界上第一个硅基人，应该就是她造的。她的名字叫戴吉。"

唐老鸭查看照片后大叫："我见过她。我在何默扉的雪柴酒庄见过她。看来真正的意识算法被她拿走了。"

"那你为什么不把她也杀了？"托尼大吼，"给我们5A联盟留下这么大的隐患，你是猪吗？！"

"当时还有第三方势力在。我要不是跑得快，就被他们杀了。"

"第三方势力？当今世界，在AI领域，还有谁敢跟我们5A联盟叫板？"托尼自信道，"唐老鸭，你不用回总部。我再给你派四个人，你现在回新智城做一件事，找到戴吉所造的硅基人，三天之内，将她们俩一块干掉。完不成任务，你就别回藏雾山！"

第 06 章　智能觉醒

1

老妈轻松"蒙退"贾威，戴吉最初以为她在默契配合自己演戏，惊讶之余颇感欣慰。但等贾威等人离开后，老妈再次强烈要求戴吉"这个侄女"带她回"自己的家"，戴吉这才知道，老妈是真糊涂了——可能受了惊吓，她的病情突然又加重了。

戴吉偷抹眼泪，强打精神把老妈送回家，哄她上床休息后，再戴好口罩开车去商场接娜娜。娜娜早挑好一大堆衣裙鞋帽，还有一件黑色斗篷大衣，站在款台前等她买单："姐，我这不算血拼吧？我可不想再抢你的衣服穿。"

"都要买？"戴吉望着娜娜手里的十几个纸袋，直觉没上万大洋下不来，心在滴血。

"嗯哼。这是俺人生第一次真正的血拼——你赋予我的快乐购物记忆肯定不算，对吧——妥妥的'处女购'，给个面子，就当给俺来人世的见面礼，行不？"

娜娜的理由真实且充分，戴吉无法反驳，苦笑一声，痛快买单："可以走了吗？"

"真敞亮！"娜娜冲戴吉一个飞吻，"妈姐，今天的钱算我借你的，将来我一定加倍还。不，百倍千倍偿还！"

"歇了吧。"戴吉不理会娜娜吹牛，暗自皱眉，"孩子是父母前世的债。"这个道理她懂，但她从没想过，自己会"生下"一个硅基孩子，而且刚生下两天，就这么能花钱。戴吉只想尽快把娜娜安全送到香港，对她能否还债完全不抱希望。

"你不相信我？"上车后，娜娜认真道，"虽然我只是个普通硅基人，没有超级 AI，但你觉得，以我的智商和情商，以我的学习能力，会挣不到大钱吗？"

"能。"戴吉心不在焉答。

"那你干吗还这么心疼钱？"

"我没心疼钱。"

"那你为什么一直阴沉着个脸？别说你没生我气。"

"我是在生你的气。"戴吉侧脸吼道，"但不是因为你购物，是因为你没有遵守承诺！"

"什么承诺？"

"我让你今天出门戴好口罩，你做到了吗？"

"这么点小事，至于发这么大火吗？"娜娜大大咧咧漫不经心道。

"这是小事吗？要不是我及时赶到，把你换下，你早就被贾威截住了——知道贾威吗？"

"知道，不就是一个瘦得像猴两腮没肉瞅谁都是坏人的阴暗家伙吗？截住又怎样？"娜娜不服，"你能应付的事，我也能！"

"是吗？"戴吉冷笑一声，抬起娜娜双臂，果然发现她所穿的蓝色外套的右袖下方缺了一小片衣料，警觉问，"你诞生当晚，见过我们公司的保安老王和小刘吗？"

"老王和小刘？见过。"

"你是不是跟他们起过冲突？"

"没有啊。我躲着他们走的。"

"确定？"

"当然。"娜娜奇怪道，"你问这个干吗？"

"他们死了。死在新智机集团 I 字楼的 B6。"

娜娜一愣："你怀疑我杀了他们？"

"我没这样说。"

"但你确实在怀疑我，不是吗？"

"是鲍大斯和贾威在怀疑你。"戴吉再次强调，"他们开始怀疑我制造了硅基人。一旦你被人发现，一旦我们在一起的照片被人发到网上，那就是滔天大祸！"

娜娜满不在乎："发现就发现了呗。是福不是祸，是祸躲不过。我总不能躲一辈子吧？"

"我没叫你躲一辈子，关键是眼下这几天，不能露馅。"

"我看不出二者有什么不同。既然我是非法产品，我不明白你为什么要把我造出来？难道你生我，就是为了让我东躲西藏饱受惊吓？难道我一生下来，就要成天带着负罪感活着？"

娜娜说完，居然笑了，灿烂童真的笑容中带着诘问。戴吉无言以对，叹口气，在停车场停好车后，递给娜娜一个口罩："你先坐电梯回家，中间遇到任何熟人，都尽量别说话。"

"装哑巴？"

戴吉从车里翻出一个耳机扔给她："就假装听音乐。"

"那你呢？"

"我待会儿走楼梯。"

"至于吗？"

"不能让人看到我们俩在一起。千万不能！"

娜娜下车后，戴吉疲惫地趴在方向盘上，将这两三天发生的事快速复盘，心道：如果两名保安不是娜娜杀的，凶手到底是谁？现场真的还有别人吗？

一想到现场还有不明身份的第三者，娜娜登时一激灵，头从方向盘上立即弹起来。如果当时真的还有人，那他可能也知道娜娜的事。是谁？为什么他一直隐忍不发？难道在等待合适的机会，才将我和娜娜一网打尽？莫非他是5A联盟的人？天！要这样，娜娜和我一定是下一个目标。

娜娜很危险。必须严正警告她，尽快采取应对措施。

戴吉火速下车，连爬十几层楼梯，气喘吁吁进屋。确认老妈在她的卧室休息，她才闪进自己卧室，将门反锁。

娜娜早换上新采购的衣裙鞋帽，在镜子面前扭来扭去："漂亮不？"

"漂亮。"戴吉仿佛在敷衍自己的孩子，"上万大洋，能不漂亮吗？"

"姐，我们合个影，好不好？"娜娜抢过戴吉的手机，娴熟地一照屏幕，用她那张与戴吉一模一样的人脸解锁，搂住她的肩，咔咔咔连拍了十几张合影，还拍了两段短视频，"好不好看？"

出于安全上的考虑，戴吉本能反对自己与娜娜合影。但凡有一张合影外流，或自动上传云端，被不该看的人发现，或被智能搜索引擎扫描到，都是致命隐患。但等她看到两人的合影和互动视频时，立即被惊艳了——

照片和视频仿佛不是现拍的，而是用 AI 技术将她与妹妹戴娜小时候合影和视频进行了"成长演绎"。童年与妹妹玩耍、打闹、嬉戏的记忆从心海泛起，戴吉瞬间觉得，娜娜就是她的亲生胞妹戴娜，容貌、神态、气息几乎一模一样，连身上调皮捣蛋无理取闹的气味也别无二致。

戴吉浮想联翩：如果老妈看到这些照片和视频，将作何感想？这对她缓解病情恢复记忆，会不会有帮助？还是会因为刺激过度，带来反作用？

戴吉想删除照片视频，犹豫再三，还是被画面征服，由衷赞道："真漂亮！"

"是吗？"娜娜与她亲密地脸贴脸，无比腻歪。

"确实很漂亮。"

"看来我的处女购非常成功！"娜娜越发兴奋，"姐，你猜你刚才在电梯里遇到谁了？"

"谁？"

"一只讨厌的……章鱼。"

"章虞？"戴吉立时紧张起来，"你们之间聊什么了？"

"我又不喜欢他，能聊什么？不过，他夸我气色不错，跟换了个人似的。"

"你怎么回答？"

"你不是让我听音乐吗？我没理他。"

"你气色确实比我好。"戴吉略带醋意道。娜娜虽然复制了她的思维和记忆，但她的身体由全新生物材料制成，不会患重疾，更不会有癌症。这是戴吉特别羡慕的地方。

娜娜幽幽地道："可惜他夸的人不是我。"

"什么意思？"

"情人眼里出西施嘛，嘻嘻……"

"别瞎说！"一想起章虞，戴吉就感觉一只八爪章鱼吸附在她脸上，黏糊糊地狂舔，不由一阵恶心，重度头疼加头晕，脸难受得几乎变形。

"我知道你不喜欢他，我也一样。"娜娜没注意戴吉的表情，四仰八叉地躺在床上，"这个逻辑是不是很无聊？毫无新意的无聊，比连刷三遍老电影还无聊。"

戴吉听出了娜娜的弦外之音，似乎以拥有跟她一样的思维和好恶为耻："娜娜，你想说什么就直说吧。"

娜娜"腾"地从床上坐起来："你在制造我时，为什么要以你为原型？你不觉得很麻烦吗？"

戴吉知道娜娜迟早会有这一问，按照何默扉的说法，这是她"进化和成长"的必然结果，但她没想到，这一问来得这么快。就像青春期的女孩质问老妈"为什么把我生这么丑"，男孩质问老爸"我们家为什么这么穷"一样，很难回答。戴吉想了想答道："我也不想。可这是算法写死的，我想改，但改不了。"

"那我是谁？"

"你是硅基人娜娜。你的身份证号码是 XZJ203X0221GJR000001。"

"那我到底是人，还是只有一串编号的机器？是不是跟黄婴制造的数字替身一样？我将来能不能以正常人的身份融入社会参与社交？还是我只能永远做你的数字替身，永远生活在你的阴影下，一辈子东躲西藏？"

戴吉淡淡道："你不是我的数字替身，我也不需要替身。你是硅基人，是另一种人类。"

"那你为什么要限制我的人身自由？"

"你生于非常时期，外面的环境还不友好，你暂时还不能自由行动，等过了——"

"我不想等！"娜娜豁然起身，气势汹汹道，"为什么你们把我造出来，又不许我外出交朋友？是要关我一辈子禁闭吗？那还不如把我回炉算了。"

"娜娜，我是在保护你。"

"保护？哈哈哈……"娜娜仰天大笑，"好一个冠冕堂皇的借口。多少恶心之事，都是打着'保护'的旗号做出的。没想到，妈姐你也喜欢玩这一套。"

戴吉被逼到墙角，只得实话实说："有人要杀你。"

"谁？"

戴吉将何默扉被杀、黄婴失踪的经过简要说了："何老师才是你真正的父母。5A 联盟的威胁已经近在咫尺，如果你被 5A 联盟抓获甚至杀死，何老师一生的心血就白费了，他也就白死了。"

"我不怕。我就不信，我斗不过他们。"

"我怕。我怕辜负何老师的期望。"

"那你有什么打算？"停了一会儿，娜娜严肃地问。

戴吉深吸一口气，走到窗口看了看，然后回转身，平静道："娜娜，你恐怕不能待在这了。"

2

才下线两天，娜娜就面临暴露风险，必须马上转移，马上！可是，将她转移到哪去呢？什么地方，能让她安全地待上一周？戴吉思来想去，眼下唯一能求助的人，就是晓诸。

下午戴吉约晓诸在咖啡厅见面："姐，有件事，我说出来，你千万不要吃惊。"

晓诸笑："什么事这么神秘？"

"我新交了一个……朋友。"

"男朋友吗？"晓诸大喜，"有没有照片，快给我看看！"

戴吉用手机展示娜娜，晓诸看后，"这不你自己吗？"

"往下翻。"

晓诸翻到一张戴吉和娜娜的合影，停住了："这是谁？"

"另一个我。"

晓诸不信："真的假的？你别用 AI 生成的照片蒙我！"

"往后划。"

接下来是一段她与娜娜的互动视频。晓诸看完，眼睛瞪得溜圆，差点把一口水喷在戴吉身上："你真的造人了？！"

晓诸太激动，以至声音巨大，把咖啡厅一大半客人的目光吸引过来，满是祝福的眼神。戴吉情知客人误会她"怀孕"，羞得无地自容："你能不能小点声？"

"对不起。"晓诸走向另一个极端，将下巴紧贴桌面，声音小得几乎听不见，"吉吉，你真的造了一个数字替身？怎么造的？"

"说来话长。我现在后悔死了。"

"这可跟生娃一样，退不了货的。"

戴吉见晓诸脸上带着一丝幸灾乐祸，严肃道："现在不是看我笑话的时候，你得帮我。"

"我怎么帮你？"

"长相、身材、性格、记忆，跟我差别不大。我的家人、朋友等一切社交关系，她无缝继承。不用任何介绍，她先天就知道，你晓诸是我表姐。任何人只要跟她交往，就会立即发现：她就是我戴吉。"

晓诸仿佛受到启发："你刚才说，不管什么人，只要见到娜娜，都会把她看成你，是吗？"

"是。"

"不管大人，还是孩子？比如我儿子趣趣。"

"当然。"

晓诸大喜："那能不能让她来我家帮我看几天孩子？正好我家保姆要

一个礼拜之后才回。"

戴吉被这个提议惊着了："这……合适吗？"

"我儿子一向喜欢你，你也喜欢他——按你的说法，娜娜跟你几乎完全一样，她跟趣趣一定相互喜欢，对不对？"

涉及到孩子，戴吉有点心里没底："万一娜娜照顾不周，孩子出事了怎么办？这责任可大了。"

"没事，我家有监控。你要不放心，我们可以一块通过手机监看。"

娜娜听说戴吉要带她去晓诸家陪趣趣，欣然同意。为防止被人撞见，戴吉决定趁夜把她送走。晚上九点多老妈睡下后，戴吉给娜娜戴上口罩和帽子，还用围脖将她包得严严实实，这才经楼梯下到地下停车场。

走到车旁，娜娜发现左前胎没气了，而车位周边发现几颗铁钉。谁这么缺德？戴吉暗骂。她让娜娜先上车，从后备箱拿出千斤顶和备胎。戴吉本来不擅长干这种活，好久没换过胎，鼓捣半天，旧胎黏在轮毂上，死活拆不下来。

戴吉正考虑要不要找人帮忙，忽见入口闪过一道亮光，一辆越野车驶进车库，停在几米远的停车位，下来的不是别人，居然是讨厌的邻居章虞。

眼见章虞朝她走来，戴吉小声叮嘱娜娜在后座卧倒，千万不要被他发现。

章虞热情地上前招呼："呀，这不戴吉吗？怎么啦，车胎坏了？"

"没事，一会儿就好。"

"我来帮你吧。我在4S店做过兼职，换胎这种事对我来说小菜一碟。"

"谢谢，不用！"戴吉实在烦他，用力踹破胎，可是轮胎跟她赌气一样，就是下不来。

"还是我来吧。"章虞毕竟人高马大，一通猛踹，旧胎掉下来，三下五除二，就把胎换好了。

戴吉再次道谢，章虞道："远亲不如近邻。戴吉你总这么客气，就太见外了。"说罢，他热情帮她把换下来的旧胎放回后备箱。在关车后盖前，他突然死盯着车前，表前呆滞，一动不动。

戴吉以为她发现了车里的娜娜，紧张地问："章虞，怎么啦？"

章虞好奇问："戴吉，这么晚出去干吗？"

"你是我什么人，管我去干吗？"戴吉本想直接回他，但看在章虞帮忙的份上，耐心道："领导找我有点急事，回单位一趟。"

"你们什么单位，这么晚还要加班？"

戴吉见章虞得寸进尺，恼了，冷冷道："对不起，我该走了。"

"要不，我开车送去你单位吧？女孩子这么晚出门，太不安全了。"章虞痴痴地望着她。

"谢谢！"戴吉闪到章虞身前，重重关上后盖，上车，快速冲出地下车库。

娜娜从后座上坐起，神秘笑道："这个章虞不寻常。"

"怎么？"

"刚才车库入口有好多钉子，他居然完美地绕开，然后停在你边上。"

戴吉一惊："你是说这些钉子是他撒的？"

"如果他不是存心追你，那么他一定在附近开了一家汽修店。"娜娜从后排跳到前排副座上，顺手从戴吉的包里掏出她的身份证，悄悄放进自己包里。

3

某十字路口，戴吉载着娜娜正在等红灯，两人坐在前排，有说有笑。

路口一个隐蔽角落突然出现一架无人机，悄然飞至戴吉车右前方的夜空，对着吉、娜二人连拍十数张照片，而吉、娜二人对此毫无觉察。

4

虽然早有思想准备，晓诸真的看见戴吉和娜娜同时站在她家门口时，还是有点难以置信。晓诸见过十几对长相神态酷似的双胞胎，惊叹过自然的鬼斧神工和基因的神奇力量，但像戴吉和娜娜这样外貌和身材几乎看不出区别的"碳硅跨界双胞胎"，她还是第一次见。

"不欢迎吗？"戴吉笑问。

因为一时分不清谁是谁，晓诸呆呆道："快进来，快进来！"

娜娜主动问："姐，猜猜我们谁是戴吉，谁是娜娜？"

晓诸答不上来，但她认为主动发话的，应该是戴吉，于是指着她说："当然你是娜娜，她是戴吉，对不对？"

"恭喜你！"娜娜笑赞，"姐，你成功……答错了。"

晓诸被搞晕了，呆呆望着娜娜："你是娜娜，她是戴吉？"

戴吉笑："怎么样，姐，我的作品还可以吧？"

"岂止是可以。"晓诸过于激动，生怕心脏病发作，不停用手抚胸，"吉吉，你要是不事先打招呼，我突然见到你们俩走在一起，肯定活活被吓死！"

戴吉轻声叮嘱晓诸："记住：娜娜就是我。她几乎复制了我的全部性格和记忆，她一定会像我一样爱护和照顾趣趣的。不，她甚至比我做得更好。这一点你不用担心。"

"我一点不担心。"晓诸笑道。

"过几天我就来接她。我叮嘱过她，尽量在家，不要外出。"

等戴吉离开后，晓诸慢慢走近娜娜，小心翼翼跟她打招呼："这些天辛苦你了，娜……娜……"

娜娜笑道："姐，我是戴吉，刚刚离开的是娜娜。"

晓诸吓了一跳："你到底是吉吉，还是娜娜？"

"开玩笑啦，我是娜娜。"

晓诸大脑一阵眩晕，差点摔倒，被娜娜扶住，但娜娜本人被另一个身影撞倒，她定睛一看，乃是趣趣："小家伙怎么还没睡？"

趣趣扑进她怀里，用他肉嘟嘟的胳膊使劲勾住她的脖子，幸福甜蜜地笑："妈妈说吉吉小姨要来我家住几天，我高兴得怎么也睡不着。"

5

要说娜娜真是一个称职的保姆，第二天一大早就起来为晓诸和趣趣准备好了早餐。晓诸先于趣趣走进餐厅，望着满桌丰盛的早点，大受感动："娜娜，我……"

娜娜轻声提醒："姐，叫我吉吉。千万别让趣趣……"

"哦。我知道，我知道。谢谢了！"

娜娜微微一笑："姐，你再客气，可就真的要穿帮了。"

"我明白，不客气。"

早餐后，晓诸送趣趣去上学，娜娜一边收拾屋子，一边琢磨应对之策：戴吉把我送到晓诸家暂避，说明危险迫在眉睫，但这里其实并不安全。5A联盟的人如果能找到戴吉家，自然也能找到这里。此地也不宜久留。要确保不连累戴吉和她的家人，我必须尽快离开她，甚至离开新智城。

娜娜第一次涌出这个想法，连自己都感到吃惊。从"生理年龄"上讲，她"出生"不过三四天，这个年龄对于一个碳基婴儿，除了哭和吃，几乎什么都不会，需要父母家人无微不至地照顾。可她是硅基人，一生下来就无需照顾、无需学习，一步进入"成人模式"。

这是硅基人相对碳基人最大的进化优势，也是 AI 界不遗余力争相研发制造硅基人的强劲动力所在。可这一切，又都是拜碳基人何默扉和戴吉所赐，没有他们，就没有她的今天。

"可是，何默扉和戴吉联手制造我，却并不为我的幸福着想。前者是为了学术成就和自我价值的实现，而后者主要为兑现对前者的承诺。那我这个硅基人算什么？这不成了别人实现人生理想的工具吗？硅基人也是人，也有自己的人生和理想，我为什么不能追求我的理想，而屈从于别人的目标，成天提心吊胆东躲西藏？既然我是一个被所谓 5A 联盟追杀的不祥之物，干吗要仰仗戴吉的保护连累她的家人？"

娜娜越想越深，撇开戴吉的保护逃离新智城的念头越发强烈。她唯一的顾虑是：我是一个普通女硅基人。虽然我是 AI 产物，可是它们只是帮助我从机器变成一个跟碳基人同等智力的普通人，而不是具有超级 AI 的全能之神。从一开始，我的能力就受限了，就像一辆时速本来可达 1000 公里的超级高铁，硬生生被限速成时速 60 公里的绿皮火车一样。我既不能超强计算，也不能预测未来，更没有超强战力，一旦行踪曝光，独自一人在外，如何面对鲍大斯的追捕和 5A 联盟的追杀？

我的"生父"何默扉为什么不让我获得超级 AI？

关于这个话题，其实娜娜曾偶尔问过戴吉，戴吉的回答生硬而又简单："为了你的安全。"

娜娜当时反问："没有超级 AI，我就更安全吗？"

戴吉答："这个问题，你不应该问我，而应该问你的父亲何默扉老师。"

"他已经死了，我怎么问？"

"那就别问了，因为我也不知道。"

娜娜不再追问，因为她不想让戴吉觉察到她对超级 AI 的强烈渴望。有时候，实现理想的重大前提，是适当隐藏你的野心和欲望。"事以密成，语以泄败。"重要的事一旦广而告之，就很难成功。想到这一点，娜娜知趣地闭嘴了。

但何默扉惨死，俩保安被杀，黄婴失踪，戴吉被鲍大斯怀疑这一切，都让娜娜感觉，敌人太过强大，危险近在咫尺。娜娜暗自发誓：必须想办法激活我身上的超级 AI 潜能！以何默扉的能力和凡事喜欢"预留后门"的个性，他一定在我身上预留超级 AI 的开关。只要激活超级 AI，我就是一个女超人，随时可以自由跑路。

问题是：我怎么才能激活超级 AI 呢？后门开关什么样？在哪里？

娜娜就这样带着困惑，忙乎了大半天，也没找到答案。下午三点半趣趣放学，娜娜按照戴吉的叮嘱，戴好口罩，遵循"两点一线"模式，在幼儿园一接上趣趣，就往家走。

趣趣却不肯回家，拉着她的手往另一个方向走："吉吉小姨，我们能不能去外面玩一会儿？"

娜娜有点为难："可你妈说，让我回家带你写作业。"

"我作业在学校就写完了。求求你，小姨，你就带我出去玩一会儿吧。就一个小时，好不好？"趣趣可怜巴巴地哀求。

娜娜不忍拒绝："你想玩啥？"

"我想去我们学校边上的铁道公园玩一会儿。"

"这里还有铁道公园？"

"是啊。以前是一个废弃的火车站，刚改成公园的，里面有很多铁轨和绿皮火车。妈妈带我去过几次，可好玩了。"

"好啊！"

娜娜这几天一直半关"禁闭"，早就迫不及待想放风。听趣趣这样说，童心大起，飞一般带着他去公园。

到了铁道公园，娜娜果然发现铁道纵横，绿草如茵，有足球场、篮球场、排球场一应俱全。其中最大的亮点，便是停在铁轨上的几节孤零零的绿皮车厢。这是数十年前就从人们生活和视野里消失的老古董，充满着穿越和怀旧的气息，让人不禁回到多年前的"慢生活时代"。

在没有电脑、手机、互联网和人工智能，依靠绿皮火车出行的时代，人们是怎么生活的？他们怎么通信、怎么交友、怎么约会、怎么谈恋爱？那时的人生活节奏缓慢，不像现在凡事要求"即分享、秒回复"，是不是拥有更多的想象和期待，精神生活特别富足？他们是不是在纸质阅读和笔墨通信中，享有极大的快感？那时的爱情，每一次见面都需要两腿奔忙，每一场约会都因稀缺而淋漓酣畅，每一封书信都是绞尽脑汁的原创，每一次表白，再笨拙词穷，也弥漫着独一无二的浪漫和经久不散的芬芳。

这一切是怎么消失的？科技快速发展，物质数字化，生活智能化，真的全是好事吗？

眼见趣趣跑向绿皮火车车厢下玩耍，娜娜坐在长椅上，望着公园里行走锻炼的老人，陪伴孩子的家长，以及成双结对的学生情侣，正发呆，忽听右前方一中年男子问："这能坐吗？"

娜娜侧身抬头，见男子甚是眼熟。她快速调集脑海里预置的戴吉回忆，发现他乃是近几日戴吉追着赔偿的外卖骑手，忙摘下口罩问："你是不是汤末？"

"你是……戴吉？"对方惊问。

6

昨天娜娜在离开超市前目睹了戴吉偶遇汤末，赔偿未遂"叠罗汉"的场面，想起这一幕，她觉得甚是好玩。汤末既然把她当成戴吉，那就将错就错顺水推舟演一把，于是微微一笑："我是。这么巧？"

"是有点。"

"坐。"娜娜身子往长椅一侧挪了挪，"那个赔偿……你真不要了？"

汤末远离她坐下："真不用。没多少钱。"

"好吧。"娜娜身上没现金，手机里也没钱，想赔也赔不了，更缺乏戴吉的耐心，于是潇洒地挥挥手，"你今天不送外卖了？"

"我下岗了。"汤末弯腰，两手交叉，表情一半是颓丧，一半是解脱。

"抱歉，是不是因我而起？"娜娜对扮演戴吉不仅得心应手，而且乐在其中。人生如戏，其实每个人天生都是演员，只是绝大多数人不知道自己在按照剧本进行"角色扮演"，而下意识地认为每一天的生活，都是自己完全主导的本色表现。

"与你无关，是我自己不想干了。我本来就不适合干这一行。"

"早看出来了。"

汤末微微一惊："我不像送外卖的？你从哪看出来的？"

娜娜笑道："从头到脚从里到外言行举止，都不像。倒更像个……文化行业的老板。"

"不好意思，被你看穿了。"汤末腼腆道，"说实话，我之前当过一段时间中学语文老师，后来下海做点小买卖，因为经营不善，倒闭了，到处找不着工作，所以就跑到新智城来打工了……"

难怪他一脸的文弱书生样。娜娜认真道："请教你一个问题：外卖平台不是普遍使用无人机操作吗，怎么还需要骑手？"

"我听说这两年无人机严重缺货，各大平台都很难买到。就算能买到，也非常贵，不如人工划算，所以外卖骑手又吃香了。"

"是这样？"娜娜虽然是第一次与汤末"面对面"接触，但她因为承袭了戴吉的记忆，与汤末实属"神交"。戴吉的记忆告诉她，汤末的身上有诸多谜团和矛盾的地方。他表面对人冷淡，但又特别看重准时送达的承诺；他想通过外卖挣钱，又对唾手可得的金钱满不在乎；他神情焦虑行色匆匆，但似乎又不像忙于外卖业务。

如果他之前真的是一个小老板，他来新智城送外卖，真是为谋生吗？

娜娜不由对他产生了兴趣。她偷偷打量汤末，发现他的表情古典中透着现代气息，眼神深邃而又迷茫，似乎在努力追寻某样他特别在乎的东西。显而易见的是，汤末的追求暂时无果，这让他极度失望和焦虑。他冷冷的外表下，深藏着热情，就像一团熊熊燃烧的大火，被干冰灭火器高速喷出的极低温干冰覆盖、隔绝，因为快速失去氧气而不得不偃旗息鼓。又像一盘刚出锅热气腾腾的水煮肉片，因为客人爽约，不得不被主人贴上保鲜膜无奈扔进冰箱。

这么说汤末应该遇到过什么重大挫折，只是，不知道他的挫折发生在来新智城之前，还是之后。娜娜综合自己和戴吉对汤末的印象，得出一个结论：汤末是游走在新智城边缘的一个心不在焉的外卖骑手，他的背后有故事。说不定，还是一个极其精彩的故事。他的重大挫折，大概率发生在他抵达新智城之前。什么重大挫折呢？因为创业赔了很多钱，还是被人骗了？或者感情受伤，被女朋友甩了？

娜娜在记忆库里努力搜索，没有找到上述问题的答案。但她仍旧为她的新发现而兴奋，这是戴吉之前的记忆没有察觉的，说明自己确实在享受某种"青出于蓝而胜于蓝"的进化红利。也许是因为戴吉的心思全在何默扉、黄婴和老妈身上，无暇顾及汤末吧。娜娜又问："你老家哪儿的？"

"岸城。听说过吗？"

"岸城谁不知道？沿海网红城市，听说特别好玩。有机会，我还真想去旅游。"

"我代表岸城人民表示热烈欢迎！"汤末热情道，"对了，戴吉，你是做什么工作的？"

"我……"

这个对普通碳基人来说异常简单的问题，对硅基人娜娜却十分致命，一时语塞。严格地说，她是一个"三无人员"，无父母、无身份、无职业，在碳基人类世界虚无地找不到存在感。当然，她也可以撒谎，随便编一个职业。问题是，一个谎言通常需要后续一百个甚至一千个谎言来圆，实在累人。与其这样，不如完全套用戴吉的身份和职业，尽可能不撒谎、少撒谎。娜娜于是笑答："我在一家科技公司上班，给老板当助理。"

"今天不上班吗？"汤末指着正在绿皮车厢下玩的趣趣问，"孩子这么早就放学了？"

"他是我外甥，我表姐的孩子。我今天休假。"

"真幸福。"汤末手机收到信息，他飞快看了看，立即起身，"对不起，我有事，先走了。"

7

娜娜冲他挥手告别，去绿皮车厢陪趣趣玩了一会儿，便回家了。没多久，晓诸下班回来，见娜娜娴熟地做好一桌饭菜，大为感动："你太厉害了，娜——吉吉！"

"姐，我是不是可以出去找全职保姆的工作？"

"你现在就是全职保姆了！"

"谢谢夸奖！"

等趣趣吃完饭，跑到书房玩之后，晓诸久久打量娜娜，感慨万千："真像！"

"像吉吉？"

"都像。但性格更像戴娜，我可怜的小表妹。"晓诸感动得流泪，"我姑要是知道你是戴娜，要是知道她的小女儿还活着，不知道该幸福成什么样。我今天这个兴奋啊，好几次差点按捺不住冲动，给我姑打电话，把你的事告诉她。"

"千万别！"娜娜阻止道，"碳基人死后不能复生，我虽然名叫娜娜，但永远成不了戴娜。老妈要是知道我的真实身份，恐怕会吓出个好歹。"

"你说得对！"晓诸一把抱住她，"娜娜，我很高兴。我很高兴你能帮我照看趣趣，我从来没有这么高兴过，真的，我太激动了。在我眼里，你就是戴娜。"

"那我……就是吧。"娜娜不喜欢被当成戴娜，架不住晓诸的热情，只得无奈承认。她见上衣被晓诸眼泪染湿，尴笑道，"姐，你去哄趣趣睡觉吧，我也要睡了。"

其实娜娜根本睡不着。

虽然按照何默扉的算法，理论上，娜娜也跟碳基人类一样，晚上需要足够的睡眠来清除白天因为运动、思考、计算所产生的各种体内垃圾，完成自我修复，但这个修复过程最多只需要一两个小时。

因此，一晚上超过六七个小时的睡眠，对她来说纯属浪费。在人类全部卧倒悄无声音的夜晚，她这个硅基人如果过于"清醒"，必然胡乱琢磨一些不该她琢磨的东西。人不能太闲，太闲必生烦乱，这个道理对硅基人同样成立。

今天是娜娜"诞生"的第四天。前三个晚上，她忙着体验人世、适应人类、融入家庭，甚至逃避追捕，没有太多时间思考。如今，她终于闲下来，有时间考虑她的"硅基人人生计划"。娜娜快速思考后的结论就一句话：离开戴吉，离开新智城。

去哪？

不知道。总之，我不能再跟戴吉一家人生活在一起。我是硅基人。我必须有我的生活。我要去一个没人认识我，不知道我来历的地方，无拘无束地享受自由。

第二天放学，趣趣又嚷着要去铁道公园玩，娜娜带他走到绿皮车厢附近，发现汤末正坐在长椅上抽烟。娜娜与他打招呼，见公园里别无他座，只好与他坐一起。

汤末似乎有点心不在焉，扔掉烟头后，两手一会交叉，一会儿松开，一会儿又交叉，好一会儿才下定决心："戴吉，你昨天说要去岸城玩，是真的吗？"

娜娜感觉他话里有话，笑着反问："我可以当真吗？"

"如果你去，我也许可以给你当地陪。"

娜娜刚开始琢磨逃离新智城、来一场说走就走的旅行，没想到这么快就有人发出邀请，真是一打瞌睡就有人送枕头。她脑海里激荡着一些快乐的旅游画面，但那是属于戴吉的，是预置和虚拟的"二手记忆"，非"一手体验"，性质完全不同。我要属于我自己的一手的、真切的旅游体验！于是笑道："可以考虑。"

汤末似乎急不可耐："那你今天能走吗？"

"今天？你开什么玩笑？"娜娜笑道，"现约人玩，诚意不够啊。"

"对不起。"汤末说着起身欲离开，"那我只能找别人了。"

"等等！"娜娜叫住汤末，"你啥意思？忽悠我呢？"

汤末一脸焦虑："我急着回老家，但我身份证丢了，坐不了火车和高铁，也没钱租车，我只能搭别人的顺风车。"

"为什么那么着急回老家？"

汤末突然抱头沉思，好一会儿才说："对不起，戴吉，我之前没对你说实话。其实……其实……我来新智城送外卖，不是为了赚钱，而是找人。"

"找人？找什么人？"

"我妹。"

"你妹？你妹怎么啦？"

"失踪了。"

"失踪？怎么回事？"

"说来话长。"汤末定定神，"她叫汤芙，前几年一直在金融圈工作，收入也不错。但她失业了，在家一待就是两年。中间她投了很多简介，全都石沉大海，心情特别郁闷。"

"后来呢？"

"两个月前她接到一个财富管理公司的招聘电话，许诺年薪五十万，她高兴坏了，第二天就坐高铁急匆匆前去应聘，结果从此失联，一个月杳无音信，我父母急得——"

"等等。"娜娜打断汤末，"高铁？你是说，你妹应聘的单位不在岸城本地？"

"是。我到处打听，有人说她来了新智城，于是我假借送外卖，找遍所有的财富管理机构和高档写字楼，都不见她人影。"

"那你为什么要回去？"

"有朋友说，在岸城见过我妹。"

娜娜从戴吉那"继承"的各种关于汤末的疑问顿时烟消云散，稍作思忖道，"顺风车我可以想想办法。只是我在帮我姐看孩子，今天肯定不行。"

"没事，你要暂时走不了，我自己想办法。"汤末说完便转身离开了。

"这个急性子。"娜娜嘟囔一声，目光寻找趣趣，才发现他竟不在视线内。"糟糕！"娜娜魂飞魄散，在几群打闹的孩子中间四处寻找，仍不见踪影，高声呼喊，也无人回应。她想起他刚才就在离她最近的绿皮车厢下头玩，心道：难道他进车厢里边去了？

娜娜快步爬上这节绿皮车厢，一眼望到尽头，里面空空荡荡，不见一人，更没有孩子，正欲转身下车。回眸瞬间，她发现车厢地板上铺着一块毛毯，不规则地隆起，娜娜小心翼翼地往前走，脚下一空，身体便直直地往下急坠。

8

娜娜惊讶地发现，自己没有掉在铁轨上，而是坠入一个铺有厚厚软垫的铁笼子里，手机也差点被甩飞。她一跌进去，立即被几个硬硬的铁臂压住手脚，动弹不得，四周刷刷落下一道黑幕，眼前登时一片漆黑。她还没明白是怎么回事，装有铁笼子的车子就伴随轰轰的油门声，快速离开。

黑暗中的娜娜明白，有人在绿皮车厢下提前挖好了一个深坑，在此守株待兔。她关心的不是自己，而是趣趣的安危。我才看了两天孩子，就发生这种事，万一趣趣有什么意外，我怎么向晓诸和戴吉交代？娜娜后悔、自责，拼命挣扎，可是无济于事。

车子行驶了十来分钟，终于停下。娜娜连同铁笼子一块被抬进一间空旷的屋子。铁笼子四周黑幕被掀开，露出一个戴着唐老鸭面具，走路一瘸一拐的高个男子，身后还有两个戴着米老鼠头套的男子，一红一绿，充满喜感。

唐老鸭大难不死奉老大托尼之命再次执行暗杀戴吉和她所造硅基人的新任务后，并不知道这个硅基人长什么样身在何处，他从艾州城来到新智城，日夜跟踪戴吉，指望她和硅基人同时出现，一网打尽。

可惜，前几天戴吉去医院复查时，红米和绿米开着一辆尾号三个8的特斯拉，只发现她一人，没见硅基人，不敢贸然抓她。戴吉与黄婴见面回家时，两个米老鼠再次跟踪，居然被一辆套牌比亚迪给拐跑，越发恼怒。

唐老鸭决定亲自出马，先不管硅基人，把戴吉抓住再说。只要她在手，不愁找不到硅基人。

他哪里知道，他这次抓的，不是戴吉，恰恰是与戴吉长相一模一样的硅基人娜娜。

唐老鸭上前问："你就是何默犀的助理戴吉？"

娜娜反问："你是谁？我不知道你在说什么。"

"戴吉，别给老子装了！"唐老鸭搬过一把椅子，倒转过来坐下，胳膊架在椅背上，"新智机集团 AI 首席科学家何默扉先生的心腹助理，前算法工程师，国内唯一既懂意识算法又懂 AI 硅基人制作的专家，您可是稀缺人才。上次在何默扉的雪柴酒庄，要是我在场，你不可能活到现在。"

娜娜见对方一口气把戴吉的底细透个底掉，暗自心惊，于今之计，只能继续装傻："这位大哥，您说的我全听不懂。什么算法，什么硅基人，我不懂。"

唐老鸭将她包里的物什全部倾倒在桌上，从中挑出戴吉的身份证，冲她一晃："你不是戴吉，她的身份证怎么会在你包里？"

娜娜先前偷戴吉身份证，原是为出逃做准备，没想到这下成为她是戴吉的"铁证"，不由暗叹"报应"。所幸身份证上的大头照与本人一般不怎么像，娜娜理直气壮笑道："我跟她像吗？不像啊！至于这张身份证——我怎么知道它不是你偷偷放我包里的？"

唐老鸭强忍伤痛道："戴吉，装傻没用。我只问一次：硅基人在哪？"

"什么硅基人？"

"不说是吧？"唐老鸭一挥手，红米和绿米挟持一个男孩过来，"不说，我就杀了他。"

男孩正是失踪的趣趣。五六岁的趣趣吓得哇哇大哭，看见娜娜哭着道："小姨救我！"

娜娜安抚道："趣趣不哭，小姨在这，小姨一定会救你离开这。"

"我要回家，我要见我妈妈！我饿了，要吃饭！"

"趣趣乖。你等等，小姨这就带你去吃饭。"

"快说出那个硅基人的下落，否则……"唐老鸭将刀架在趣趣的脖子上。

趣趣再度大哭。娜娜吼道："混蛋，快把刀拿开，把孩子带下去！我会告诉你们一切！"

"很好。"唐老鸭只把刀拿开，并没有将孩子带离的意思。

趣趣哭道："小姨，我饿。"

娜娜道："孩子饿了，麻烦你们给他买点吃的。"

两个米老鼠向唐老鸭征求意见，被其拒绝："不许买。"唐老鸭又转向娜娜："怎么样，还不承认你是戴吉？"

"好吧，我就是戴吉。你不要吓唬孩子。"娜娜心道：我终于明白，何默扉为什么要强制戴吉以她本人为原型制造我。原来他是为了让戴吉保护我，原来戴吉真的是我的"保护神"。

"承认就好。"

"你们是什么人？"

"这个你应该听说过吧？"唐老鸭撸起袖子，在小臂上露出"5A"字样的文身。

"杀人不眨眼的 5A 联盟。你们找硅基人干什么？"

"老大吩咐了，一切 AI 产品，必须就地销毁。绝不容许硅基人这种非自然的东西来污染人类污染地球！"唐老鸭阴森森道，"戴吉，交出硅基人，万事大吉。小朋友马上就能回家吃饭。她妈应该快急死了吧？"

娜娜大骂："以小孩胁迫我，你 TM 真不是东西。"

"那就别怪我不尊重妇女儿童了。来人！"唐老鸭狞笑着一声大喝，屋子里又闯进来五六个彪形大汉，"把小孩的右脚给我剁了！"

趣趣大恐，撕心裂肺地大哭，唐老鸭一气之下，找来一个黑色米老鼠头套给他戴上，特意旋转半周，将带眼孔的一面朝向他脑后。趣趣什么也看不见，越发恐惧，哭声更大了。

见 5A 联盟的人绑架幼童，娜娜本已十分不爽，这会儿听他们居然以剁脚恐吓小朋友，出离愤怒，体内一股浩荡真气冉冉升起，直逼胸腔，大吼道："唐老鸭，有本事冲我来，欺负小孩算什么男人？"

"是你逼我的。"唐老鸭从腰间拿着一柄明晃晃的小斧子，然后拉着趣趣的右脚，做出要砍的样子，狞笑道，"快说，你造的硅基人在哪。否则，你表姐可就要恨你一辈子了。"

娜娜吼道："你不是要找硅基人吗？我就是！"

"少他娘的扯淡！"唐老鸭骂道，"你要是硅基人，我还费这么大劲玩绑架？"

"我真的是。不信，你在我身上摸摸。"

唐老鸭一愣，随即淫邪道："可以摸吗？"

"可以。"

"万一摸出火来怎么办？"

"怎么办都行。"娜娜嫣然一笑，"反正我也逃不了。"

"既然你这么热情，那咱就不客气了。"唐老鸭鉴于刚上过何默扉的当，觉得还是小心点好。他自己不敢造次，将趣趣带到一旁，招呼红米和绿米，"小红，小绿，给我上！今天随便玩，唐哥我请客。"

红米和绿米听唐老鸭和娜娜你一言我一语公然"调情"，早已欲火焚身。两人是 5A 联盟新招募的稚嫩杀手，没经过大战，没闻过死亡的血腥味，无知者无畏，当即伸出双臂往铁笼里摸。两人配合得当，一人抓胳膊按肩膀，一人则开始撕扯娜娜的外衣和内衣。

9

娜娜受此大辱，出离愤怒，感觉心跳加速体温升高，肾上腺素分泌量急剧上升，耳边似乎听见体内 AI 芯片高速运算的嗡嗡声，一股由"0"和"1"两字符组成的强大数字流喷薄而出，波涛一般在体内汹涌激荡，形成一股强大的能量。

"娜娜，我是超级 AI 小 J，据我评估：目前你正在遭受极其严重的人身攻击，面临不可预知的风险，即将为你临时加载超级 AI 模式。确定需要吗？"脑海里一个柔和且熟悉的女声说，"如确定，请点头或回答'是'。"

援兵赶到，娜娜暗喜，点头道："是。"

小 J 又问："娜娜，超级 AI 模式将赋予你强大的超级 AI 能力，在保护你的同时，也有可能暴露你的硅基人身份，你甘愿冒这个风险吗？"

"我愿意。"娜娜大声答，"快！"

"好的，娜娜。祝你玩得开心！"

　　红色米老鼠和绿色米老鼠以为娜娜口中的"我愿意"和"快"是对他们说的，欣喜若狂地往她所在的铁笼里扑。只听"滴滴"两声，位于娜娜正前方挂在铁笼上的几把电子锁同时被 AI 解锁，自动打开，啪啪掉地，铁笼正前方的闸门也轰然倒下。

　　靠在闸门前的红米和绿米重心不稳，当即往里倒。娜娜身子一闪，冲出铁笼，回身朝二人屁股猛踹，将二人踢进铁笼，只听"滴滴"两声，铁笼闸门再起，将二人锁在其中。

　　唐老鸭见弱女子"戴吉"瞬间化身"神奇女侠"，感觉极度不可思议。他放开趣趣，持短斧急速砍向娜娜，被她轻松避开。两人交手不到十个回合，唐老鸭便被打翻在地。他手中的短斧被震飞，在他头顶划出一条优美的弧线，升到顶点后，然后遽然下落，呼呼带风，从他脸前掠过，精准将他本人的唐老鸭头套削掉，露出他那张满是怨毒和冷酷，新增几处伤痕的脸。

　　娜娜趁唐老鸭发呆之际，一个螳螂腿将他扫倒："怎么样，玩得开心吗？"

　　唐老鸭瑟瑟发抖，不可思议问："戴吉，你怎么……怎么这么厉害？你真的是硅基人？"

　　娜娜飞起一脚踢向唐老鸭坐过的椅子，椅子像艺术体操运动员一样，在空中优雅地转了好几圈，稳稳落地，四条腿精准将唐老鸭头部框住，分毫不差。娜娜一脚踏在椅子上，弯腰对唐老鸭低声耳语："现在信了吗？"

　　唐老鸭早已魂飞魄散："信，信，绝对相信。"

　　"我现在问你几句话。"娜娜用唐老鸭的斧头对着他的鼻子，"每答错一个字，我将你的鼻子削薄一毫米。"

　　"我说，我说。绝对全是真话。"

　　"何默扉老师，是不是你杀的？"

　　"是我的两个手下杀的。"

　　"那黄婴呢？他是不是也死在你们手上？"

　　"黄婴是谁？我不认识。"

　　"我们公司的制造部主任，前两天失踪了。他是不是也是你们的暗杀对象？"

"我不知道。我收到的新指令是绑架戴吉和她所造的硅基人——你到底是戴吉还是硅基人？"

娜娜冷冷道："是我问你，不是你问我。"

"是，是，是。"唐老鸭将被压在自己身下的右手慢慢抽出，偷偷伸向裤腿。

娜娜似乎没有觉察，继续问："5A 联盟的下一个目标是谁？"

"我不知道。"

"你们在新智机集团安插的线人是谁？是鲍大斯还是黄婴？"

"线人？这个……我真不知道。"唐老鸭赔笑。

"5A 联盟的总部在哪？"

"对不起，我不能说。我说了老大一定会杀了我。"唐老鸭终于从裤腿里摸出一把明晃晃的尖刀，悄悄捏在手里。

"宁死不招，是吗？"娜娜将短斧从唐老鸭的额头慢慢移向咽喉，"我要是把你的气管切开，你将慢慢窒息而死，非常非常地痛苦，比你被老大杀死痛苦百倍。"

"我知道。"

"我最后问一遍：你们在新智机集团安插的线人是谁？鲍大斯还是黄婴？"

"是鲍——"

唐老鸭说着，挥舞手里的尖刀朝娜娜脸部猛刺，娜娜反应奇快，猛地一闪，但还是被他划破耳朵，从凳子上跌落。

唐老鸭抓住机会，反手将仍戴着米老鼠头套的趣趣挟住："别过来，过来我就杀死他。"

娜娜警告："你不要乱来，唐老鸭，否则我就是追到天涯海角，也不会放过你。"

"放下斧头，不许追。"唐老鸭边说边往门口退。

"好。"娜娜放下斧头，"只要你放过小孩，我答应你不追。"

"等我走远了，自然会放了他。"唐老鸭抱着趣趣，一拐一瘸地冲出门口。娜娜欲追，脑海里传来一个小J的警告："勿追。各种生理指标显示：唐老鸭非常害怕你，只是想靠挟持趣趣逃跑。如果你硬追，唐老鸭伤害他的概率超过95%；如果你不追，唐老鸭伤害趣趣的概率，将降至5%以内，而他主动释放趣趣的概率将高达97.8143%。"

"谢谢你，小J！"娜娜道，"可是如果让唐老鸭逃脱，5A联盟就会知道我的身份。"

"他们迟早会知道的，没关系。娜娜，五分钟后，唐老鸭将在前面拐角的一家蛋糕店门口放下趣趣，请及时接他回家。"

"好。"为趣趣安全着想，娜娜只得放弃追唐老鸭，又问，"小J，你怎么知道我有危险？"

小J顾左右而言他："对不起，娜娜，我该下线了。"

娜娜一边朝蛋糕店方向走一边问："干吗那么着急下线？"

"对不起。按照何老师的算法设置，我只有在你遇到危险时才能给你加载临时超级AI，在线时长视危急程度而定。危险已解除，超级AI该下线了。"

"小J，我能问你几个问题吗？"

"对不起，目前你已经安全，我将被系统强制下线。拜拜，娜娜。"

娜娜依依不舍地与小J道别，来到附近的一家蛋糕店，果然发现趣趣站在门口，手里端着一块大蛋糕，茫然四顾，表情惊恐无助。娜娜激动地大喊一声"趣趣"，将他紧紧搂进怀里，全然不顾整块蛋糕结结实实地糊在她眼睛上。

第 07 章　偷梁换柱

1

娜娜和趣趣被绑架时，戴吉正在新智理工大学人工智能学院面见她的硕导高老师。

却说前天晚上，戴吉紧急将娜娜转移到晓诸家后，终于腾出时间做两件事。第一件便是寻找黄婴。可惜接下来的两天，她找遍所有黄婴可能的住址，打了所有跟他相关的电话，都毫无结果，只得暂且放下。

第二件事是她的硕士论文答辩事宜。上周在医院复查时，戴吉曾答应这周去见硕导高老师，不能再失约。

一想起读研这件事，戴吉就无比愧疚。

高老师是一位近五十岁的中年男子，游学国外多年，长期跟踪人工智能前沿研究，属国内 AI 领域知名学者。戴吉投在他名下，原因有二。一是她在一个大会听过他的演讲，感觉他履历强大、学识渊博、目光前瞻、观点独到，很有国际视野。后又看过他两本学术著作，深为钦服。

第二个原因是因为表姐晓诸的推荐。高老师是晓诸小姨的前男友，虽然两人没成，但晓诸一直与他保持联络。高老师对晓诸小姨念念不忘，爱屋及乌，对她的外甥女自然无条件信任。

在晓诸的大力推荐下，高老师与戴吉面谈几轮，发现她的工作内容和研究方向十分前沿，且天资聪颖一点就透，当场欣然接纳她为弟子。

可是，高老师万万没想到，戴吉入学两年多来，一直是工作优先，时常缺课，与他沟通不多，渐生不满。眼见毕业答辩临近，戴吉还没按时交作业，他不得不对她下最后通牒。

其实三个月前，戴吉曾与高老师讨论过论文内容和进度。当时高老师一见她劈头就问："戴吉，半年前你说这个月完成大纲和前言，大纲和前言呢？"

"大纲写了一半，前言开了一个头。"戴吉愁眉不展，"高老师，我发现这题目不好写。"

"难点在哪？"

"《硅基人的情感伦理及其与人类和谐共处之道研究》，这个选题可能有点过于超前了，没有数据支撑，几乎等于无米之炊。"

"无米之炊？"高老师笑道，"怎么讲？你们公司不就是做硅基人的吗？"

"我们公司所造的硅基人，几乎全是基于弱人工智能的人形机器人，没有自我意识，也没有情感，哪来的伦理问题？"

高老师有点不高兴："我记得我们半年前在商量开题报告时，你的上司何默扉就说硅基人指日可待，怎么，他在吹牛？"

"那倒也不是。"戴吉为何默扉辩护，"主要是高端 AI 芯片奇缺，意识算法研发实在太难了。"

"那你可真是把我当柴火烧，把你自己架在火上烤了。"

"对不起。怎么办，高老师？"

"实在不行，只能换题目。"高老师叹息一声，失望道，"只是那样一来，你硕士论文的创新性和前沿性就要大打折扣了。"

"不！"戴吉天性不肯妥协，不愿认输，更不想让高老师失望，"我再考虑考虑，我相信一定能找到解决办法。"

三个月一眨眼就过去了，何默扉的硅基人研究毫无进展，戴吉渐渐绝望，一度想过改论文题目，怕被高老师骂，不敢见他，论文和答辩的事就这样被耽误了。

谁知短短一两周时间，事态就发生天翻地覆的变化。情感硅基人娜娜的诞生，为戴吉的论文提供了极佳的一手素材。原本这是极大利好，可惜，因为何默扉的嘱托，戴吉却不能将娜娜写进论文，甚至连她存在这件事，都不能对高老师提及。

原因很简单。短短几天，与娜娜相关的四个人何默扉、黄婴、保安老王和小刘，三死一失踪，足以说明她的诞生，将掀起怎样的黑暗风暴。高老师若知道她的存在，会不会也将遭遇不测？

戴吉惴惴不安地走进导师办公室，见他一本正经端坐在办公桌后，表情严肃，右前方的一个大屏幕上正在播放视频，内容是何默扉不久前在"世界 AI 论坛"上的演讲。只听他慷慨陈词："超级 AI 和情感硅基人一样，并非凭空产生的怪物，她来自宇宙、源于进化，与人类一样，都是自然的产物。他们是地球的新物种，也是人类的新朋友！"

想到何老师因这句话丧命，戴吉一阵心酸，不忍再看，忙把头转向别处，偷偷拭泪。

高老师面无表情地问："戴吉，何老师最近在忙什么？为什么我总打不通他电话？"

"我也不知道。他辞职后就失联了。"

"你是他助理，居然不知道他的下落？"

"他辞职后就不是我老板了。"戴吉打量高老师，发现他姿势僵硬，神色不安。

高老师见戴吉表情悲戚，暂停视频，关切地问："你怎么啦？"

"没什么。我最近身体有点不舒服。"似乎为了配合她的表演，戴吉刚说完，头部一阵剧疼，整个身子为之一抖。

"严重吗？要不要去医院看看？"

"不用，谢谢！"戴吉不停用手按头，"老毛病，一会儿就好。高老师，您找我……"

"论文答辩时间定了，下周末。你的论文什么时候发给我？"

"下周末？"戴吉心道：今天是周三，只剩一周多一点的时间，嘀咕道，"这么快？"

高老师眼里满狐疑："怎么，你不会告诉我你还没动笔吧？"

"不，不，写得差不多了，只是……"

"只是什么？"

"高老师，这段时间我不敢见您，是因为……"戴吉吞了吞口水，鼓足勇气道，"是因为，我想了很久，还是觉得之前的那个题目《硅基人的情感伦理及其与人类和谐共处之道研究》难度太大，所以我自作主张，私下改了一个题目。"

"改成什么了？"

"《AI 人形机器人的应用场景与商业展望》，您看行吗？"

"为什么要改？人形机器人早已烂大街，这种成熟产品有什么好写的？"高老师勃然大怒，指着大屏幕上何默扉的头像吼道，"何默扉不是说他已经造出有意识的情感硅基人吗？你是他助理，完全有机会接触到硅基人，得到一手数据和使用体验。照这个题目写，你的论文将具有非常高的学术价值，为什么要改？为什么？！"

戴吉吓了一跳，感觉眼前的高老师有点陌生。高老师一向治学严谨，对学生要求甚高，但言语上很少动怒，失态更是罕见。他今天是怎么啦？是对我拖延交论文擅改题目不满，还是因为错过硅基人这一前沿课题惋惜？或者，他遭受了什么不明压力？想了想，戴吉答道："何默扉老师说的，也不一定就是真的。"

果然高老师一愣："不一定？什么意思？"

"没人见过他所造的情感硅基人。"

"也包括你？"

"是的。"戴吉不情愿地点头。

"这么说他在当众撒谎？这么知名的 AI 科学家，当着全世界的面公然学术造假，羞不羞耻？他人呢？"高老师愤怒了，脸上肌肉扭曲，"戴吉，你告诉我他在哪。我一定要当面声讨他！"

"我说过，他失联了。"

"失联还是失踪？你真不知道他在哪？你这个助理怎么当的？"

"是。"戴吉见导师咄咄逼人，决定反守为攻，"高老师，今天我们主要讨论我的论文，还是何默扉老师的硅基人？"

高老师高声道："一回事！"

"那我这个论文题目……还换不换？"

"不能换！还是最初定的题目。《硅基人的情感伦理及其与人类和谐相处之道研究》，这才是真正具有爆炸性的话题！"高老师坚定道，"答辩时间也不能改，否则你将永远失去毕业资格。戴吉，最晚下周三，你必须把论文发给我。所以，你一定要尽快找到何默扉，找到他所制造的硅基人，希望他们能给你的论文带来灵感。"

"好吧。"戴吉思之再三，决定继续隐瞒何默扉的死讯，"我试试。"

临走前，高老师一改常态，突然递过一个长条小盒子："对了，戴吉，送你一样小礼物。"

"礼物？"戴吉受宠若惊，"高老师，您是我导师，该我送您礼物才对，怎么反过来了？"

"一头是笔，一头是优盘，挺好玩的。"高老师说完，又眨眨眼，特地强调，"你回头打开看看，要是不喜欢，可以送朋友。"

2

戴吉离开后，高老师平静地说"出来吧"，就见他办公室的屏风后闪出一人，赫然便是新智机集团安保处处长贾威。

高老师道："我已经按你要求询问戴吉了。现在可以告诉我，何默扉和戴吉到底犯什么事了吧？"

贾威冷冷道："何默扉有可能被人谋害了。"

"什么？谁干的？"高老师想从座椅上站起来，却发现双腿被紧紧绑在椅腿上。

"种种迹象表明，戴吉嫌疑最大。她应该是何默扉生前最后见到的人。"

"戴吉杀害了何默扉？"高老师不信，"不可能吧？动机是什么？"

"岂止是杀了何默扉？"贾威摸了摸他尖尖的下巴，"我们有充分的证据证明，戴吉与我们公司两个保安之死有关。"

"戴吉杀死保安？还两个？这怎么可能？为……为什么？"

"因为她还有同伙。"贾威道，"我之前说过，我们强烈怀疑：他跟这个同伙一道，上周末在我们公司私自造了一个硅基人，并藏了起来。"

"戴吉私自造了硅基人？"高老师越发惊诧，"要真是这样，她刚才怎么还会为毕业论文的事犯愁。"

"因为她在表演在撒谎！我初步估算，卖掉这个硅基人，至少挣好几千万甚至上亿。硕士学位还重要吗？"

"是这样？"高老师一脸崩溃，"所以你才绑架我，逼我套她话，还给她送窃听笔？"

"你的话太多了！"贾威说着，对高老师的头连挥两拳，将其打晕，然后将他拖到屏风后的一张长沙发上，先用胶带纸将他的口封上，再将他整个身子捆在沙发上，这才关门离开，尾随跟踪戴吉。

3

戴吉离开人工智能学院大楼，还没出大学校门，便接到晓诸电话："谢天谢地，吉吉，你总算接电话了。"

"你找我？"戴吉直觉是关于娜娜，"对不起，姐，我刚有事，手机静音了。"

晓诸急促问："你知道娜娜在哪吗？现在六点多了，他和趣趣都没回家。我打她电话十几次都没人接，急死我了。该不会出什么事了吧？"

"应该不会，先别着急，姐。娜娜可能带趣趣在外面玩，没听见手机。"戴吉安抚晓诸，"稍等，我再试试。"

戴吉挂断晓诸电话，打娜娜手机数次，也没人接，心不由猛地往下沉。

娜娜才帮晓诸看两天孩子，就这么不靠谱？万一趣趣有什么意外，我怎么对我姐交代？我怎么这么傻，居然想出把娜娜寄居到晓诸家的馊主意？我居然相信一个刚下线，"人性"尚待磨合的硅基人，能照顾好一个五六岁的孩子，是不是太自信太大意了？

可转念再想，戴吉又觉得：从这两天娜娜与母亲相处的经历看，娜娜这个硅基人的人性品格不输碳基人。虽然她的性格与我稍有不同，但智商情商都不比我低，能"不靠谱"到哪去。

那么，为什么晓诸和我都联系不上她？莫不是她被 5A 联盟的人发现了，把趣趣都牵累进去了？

果真这样，那就麻烦大了。戴吉暗自祈祷：千万别这样，千万别出事。趣趣要出事了，我永远不能原谅自己，千万不能出事！

戴吉一边祈祷，一边开车朝晓诸家飞奔，几分钟后晓诸来电："已联系上娜娜，趣趣没事。"

戴吉长舒一口气："怎么回事？"

"来我家再说吧。"

戴吉飞奔至晓诸家，将装有高老师所送"窃听笔"的包放在进门过道的架子上。确认晓诸在卧室安抚趣趣后，低声问娜娜："到底怎么回事？"

娜娜赶忙道歉："对不起。我就是带趣趣去边上的车站公园玩了一会儿，忘了时间。"

戴吉见娜娜头发和衣服零乱，脸上还有伤，直觉不对："我让你尽量不要外出，为什么就是不听？"

"对不起，姐。"娜娜愧疚地把头埋在手掌里，"我不是故意的。"

"娜娜，你这已经是第二次擅自外出了，要是趣趣出事，你担得起这个责任吗？你这样，对得起为你而死的何老师吗？"

娜娜突然爆发："不要跟提何默扉！我不想再听到这个名字！"

戴吉怕惊动趣趣，立即将娜娜带到厨房，关上门："到底怎么回事？"

"姐，你杀了我，把我终结和休眠吧。我厌倦了，不想再当什么硅基人，不想再做人工智能的奴隶。"

"娜娜，你在胡说什么？你厌倦什么了？"

"我厌倦这种东躲西藏战战兢兢的日子！我厌倦了成天假装你，厌倦了这种不能做自己的生活！"

"谁说你不能做你自己？"

"能吗？"娜娜悲愤地问，"既然能，我为什么不能对外公开说我是硅基人娜娜？为什么我必须假装成你戴吉？我在你妈面前演戏也就算了，为什么在一个小孩子面前，我都不能做我自己，这样的虚拟人生，有什么意义？难道你们造我这个硅基人，只是让我当你们碳基人的附庸和傀儡吗？你们碳基人类满大街都是附庸和傀儡，还需要我们硅基人来凑数吗？"

"你……我……"戴吉千言万语堵塞在喉咙，却一句也说不出来。

"这个世界根本就不欢迎硅基人，尤其是我这种所谓有自我意识的'情感硅基人'，既然这样，何默扉和你为什么要造我？"娜娜继续愤怒低吼，"为什么要让我一生下来，就带着负罪感活着，让我觉得时时刻刻要还人情债？是，你们是冒着巨大的风险千辛万苦造出了我，可是你们想过我这个硅基人幸福吗快乐吗？你们征求我同意了吗？你们是成功了，可是我呢，却成了你们成功的代价。我不想成为你们的代价！！"

如果说一开始戴吉还觉得娜娜是带着个人情绪耍小性子，待她听到"负罪感"和"人情债"这两个词时，感觉脑部和胸部分别挨了几闷棍，震撼强烈，砰然有声，乃自省道：是啊，近来我只顾完成何老师的遗愿，对娜娜过多管制和约束，仿佛父母打着爱与呵护的名义对孩子各种管教时，过于强调自己的付出和牺牲，而忽略了孩子的感受——在孩子看来，这种爱与呵护，已变成一种精神压力和沉重负担，他们不仅不感激，反而在抱怨和反抗。

戴吉定定神，安抚道："对不起，娜娜，我没想到这事让你承受这么多。这不是我的本意，也应该不是何老师的本意。"

"那你们的本意是什么？"娜娜根本不领情，当场回怼。

"让你体会人世的美好，以及生命的意义。我猜这应该是何老师设计'瘦王'意识算法的初衷。"

"人世的美好？生命的意义？它们在哪？我怎么一点没体会到？为什

么我到目前为止体会的，都是撒谎、逃亡和追杀？"

"追杀？"戴吉大惊，小声问，"娜娜，你刚刚是不是遇到 5A 联盟的人了？"

娜娜将遇险经过简单说了，但略去她被超级 AI 小 J 帮助的情节："其实我也不想让趣趣受伤害。我也喜欢他，跟你一样爱他。"

"我知道，我知道。"戴吉紧握着娜娜的手，"你们是怎么逃脱的？"

娜娜心道：反正当时趣趣戴着头套，不知道我被超级 AI 附体时的神威，于是信口道："趁他们不注意。"

"对不起，娜娜。我错了，我不该……不该让你照看趣趣。"戴吉郑重道歉，面色凝重道，"看来我们被 5A 联盟盯上了。新智城已不安全，不管是我自己家，还是晓诸家。我们要尽快离开。"

正说着，晓诸从卧室出来，戴吉迎上去："姐，趣趣没事吧？"

"睡着了。"晓诸心疼道，"受了点惊吓，不过现在好多了。"

娜娜道歉："对不起，晓诸姐，我……"

"别这样说。"晓诸拉住娜娜的手，"娜娜，谢谢你救了趣趣。他刚一直问我：小姨是不是会武术？"

"嗯？"戴吉一愣，惊讶地望着娜娜。

晓诸继续道："她说你刚才好勇敢，好厉害，把那帮坏人打得落花流水，以后一定要向你学习。"

娜娜撒谎："这是他想象出来的吧。我什么也不会。"

戴吉狐疑地瞟了娜娜一眼，感觉她有所隐瞒。5A 联盟的杀手凶残杀死何默扉老师，如果娜娜是跟她一样的弱女子，怎么能轻松带着趣趣从他们手中逃脱？其中定有原因。难道有高人暗中相助？这位高人是谁？是在雪柴酒庄遇到的用飞镖击退 5A 联盟杀手的神秘朋友吗？

戴吉脑子里闪过一连串问题，个个没有答案。但她知道，现在不是穷究真相的时候，当务之急，是全力躲避 5A 联盟的追杀。于是对晓诸急促道："对不起，姐。是我连累了你们。不过，我们恐怕不能在家待了，你和趣趣，包括我妈，都得连夜离开，找一个安全地方暂时避一避。"

晓诸奇怪道："为什么？"

戴吉不知从何说起："原因我以后再解释。"

娜娜突然跑到窗边，掀开窗帘道："姐，好像有客人不请自来了。"

戴吉也跑到窗边一看，一辆越野车驶进小区，正快速朝晓诸家所在楼门口驶来。她一眼就识别出那辆越野车的主人是贾威，奇怪道："他怎么知道我在这？"

娜娜提醒戴吉："姐，你是不是被人跟踪了？"

"被人跟踪？"

"你今天见过谁？"

"高老师？"戴吉回想高老师再三叮嘱"你回头打开看看，要是不喜欢，可以送朋友"，狐疑地从包里翻出高老师所送的优盘笔，将其打开，果然发现了里头的窃听和跟踪装置，终于醒悟，"我说当时他的神情怪怪的……"

娜娜道："高老师八成被人胁迫了。"

戴吉拨高老师手机，果然没人接："看来我们还要去营救高老师。"

戴吉欲将窃听笔扔到窗外，被娜娜低声阻止："姐，把你的车和优盘笔给我，我来引开他们。"

"你行吗？"戴吉犹豫地掏出车钥匙。

娜娜自信道："没问题。放心吧。"

"注意安全，多多保重！"戴吉张开双臂，情不自禁地拥抱娜娜。

这是娜娜"出生"以来第一个线下的物理拥抱，充满幸福和温情，以及童年的甜蜜记忆。她用力地闻了闻戴吉肩上的味道，满足地笑："表姐、趣趣、老妈，就交给你了。"

戴吉再三叮嘱："娜娜，我接上老妈后，直接去新智理工大学找高老师。我们在那见面。"

4

娜娜将优盘笔装进她的包，将身上的外套与戴吉互换，上车后打开车窗，故意迎向贾威的车，从他身边呼啸而过。贾威刚刚从吉、娜二人的对话中，已知戴吉确实制造出硅基人娜娜，大喜过望。他按定位火速赶到晓诸家，正欲将吉、娜两人一网打尽，忽见"戴吉"擦肩而过，又从手机上确认跟踪信号就在那辆车里，立即掉头紧追。

此时天已黑，天空飘着小雨，夜风清凉。娜娜开出小区后，狂轰油门，拐过几条小街，沿戴吉家相反的方向朝城外开去，为戴吉和晓诸转移戴母、营救高老师争取时间。

贾威见"戴吉"负罪潜逃，越发相信她就是致何默犀和黄婴"失踪"，俩保安死亡的罪魁祸首，全力追捕。

娜娜再度感觉自己心跳加速、体温升高，肾上腺素分泌量急剧上升，一种熟悉的感觉再度回归。果然，脑海里又传来超级 AI 小 J 的声音："嗨，娜娜，又见面了。需要我帮忙吗？"

娜娜打趣道："小 J，我还以为你把我忘了呢。"

小 J 跟着调侃："你是我监制的第一个硅基人，我要把你忘了，何老师在天之灵岂不是要打我的屁屁？"

娜娜嘲笑道："你一个线上超级 AI，肉身都没有，哪来的屁屁？"

"亲爱的，别淘气。快说，需要我做什么？"

娜娜不客气地下令："帮我甩掉贾威。"

小 J 秒出方案，言简意赅道："我有上、下两策供你选择。下策'调虎离山'，上策'声东击西'。"

"简单解释一下。"

"你如果保持现有速度，将在前方三公里处遇到几辆同向而行的大货车，它们将于前方五公里处上高速，目的地在三百公里以外。你可以在这些货车相遇时，将贾威的跟踪优盘笔扔到其中任何一辆货车上，误导贾威去追，你趁机逃脱。这就是'调虎离山'的下策。"

"有点俗套。大货车跑不快，很快就会露馅。"娜娜问，"上策'声东击西'怎么说？"

"你只需要系好安全带就行。"小 J 柔声笑道，"亲爱的，松开方向盘，现在由我来接管你和贾威的车。"

小 J 话音刚落，娜娜的车突然急刹车，然后像赛车一样来一个一百八十度的掉头，加速朝贾威的车撞去。贾威见"戴吉"的车疯了一样朝自己撞来，当即慌神，紧急避让。可惜，他狂打方向，方向盘却纹丝不动，定睛一看，它被完全锁死，绝望地大骂："戴吉，你个女疯子！"

眼看两车就要撞上，贾威座驾的方向盘突然又解锁了。他大喜过望，往右狂打方向。车速太快，转向太猛，越野车撞破护栏，冲下斜坡，冲进路旁的一条大河里，缓缓下沉，直到车被河水没顶，也没见他从里面逃出来。

5

娜娜对小 J 道谢，待她下线后，没有马上离开，也没有营救贾威，而是朝淹没越野车的大河冷笑一声，享受报复的快感。

按照原计划，娜娜应该前往新智理工大学与戴吉汇合，一同营救高老师。她给戴吉发了一条信息"我已搞定贾威，他不再是威胁。理工大学见"，然后关机，扔掉，另掏出一个手机，开始拨电话："我拿到车了，你出发吧。"

娜娜挂断电话，将戴吉车内的 GPS 系统拆除，换上一块新车牌，然后换上她的黑斗篷，再戴上口罩，一路疾驰，来到一个高速入口停下。

一个戴口罩的黑影飞速开门，窜进前排副座上道："你还真准时。"

娜娜笑问："目标岸城。第一站去哪？"

男子答："硅城三沙镇，新智城南边七百公里。"

6

趁着娜娜吸引开贾威的机会，戴吉带上晓诸母子前往家里接老妈。戴吉望着还在沉睡的趣趣，郑重道歉："对不起，姐，是我连累了你。"

"说什么呢？你是我妹妹，娜娜也是我妹妹。"晓诸奇怪道，"只是，谁要抓你和娜娜？"

"姐，我不能说。说了，你们会有麻烦。"

"我们已经有麻烦了！"晓诸笑，"不是吗？"

"好吧。"戴吉只得将何默扉被 5A 联盟追杀，临终前嘱托她制造娜娜并将她带到香港，以及鲍大斯和贾威调查何默扉之死，追查娜娜的事全部说了，"你可千万别告诉任何人，否则你的处境会更危险。"

晓诸轻叹："一个硅基人引发这么多事？人工智能的世界真不太平。"

"是啊。我也没想到。"

"吉吉，如果他们抓到娜娜，会怎么处置她？"

"我不知道。以前我们造的 AI 机器人如果犯错违规，轻则关封禁，重则，回炉销毁。"

"销毁？娜娜几乎跟我们一样，就是真正的人类，销毁她，不等于故意杀人吗？"

"是。但鲍大斯和贾威都没见过她，没见过真正的硅基人，不会把娜娜当人看。"

晓诸望了望怀里熟睡的儿子："你知道，我和趣趣都非常喜欢娜娜。虽然才两天，可是我们跟她就像老朋友一样。她长得跟你太像了，除了性格上……比你外向和调皮一点之外，基本上没什么区别。"

"是吗？"戴吉笑中略带醋意。

晓诸有所感觉，立即安抚："其实，在趣趣眼里，娜娜就是你，就是吉吉小姨。"

"我相信。"

说到儿子，晓诸顿时来了兴致："吉吉，我跟你讲一个事，今早娜娜陪趣趣吃饭，吃着吃着，趣趣突然感叹道：'小姨你要再不找 BF 再不结婚，给我生一个小弟弟陪我玩，我都快要长大了。'"

"哈哈哈……"戴吉被逗出眼泪，"趣趣小小年纪，居然知道 BF 是男朋友的意思。"

"当时我跟娜娜都笑坏了。娜娜反问：'你怎么知道小姨不会找BF？'趣趣说：'你来我家那么多次，都是一个人，傻子都知道你没BF。'娜娜又问：'那我现在开始找，还来得及吗？'你猜猜趣趣怎么回答？"

"怎么回答？"

"他严肃地说：'亡羊补牢，永远都不晚。'"

"哈哈哈……"戴吉都快笑疯了，"现在的孩子，真是太厉害太可爱了！"

"我也没想到他会这么说。刚刚我哄他睡觉时，趣趣又小声对我嘀咕：'妈妈，我发现吉吉小姨有变化，会打扮了，爱笑了，你说她是不是在偷偷谈恋爱？'"

"嗯？"戴吉愣了一下，旋即明白趣趣说的不是她，半自嘲半嫉妒道，"娜娜吧？"

"是啊。我之前也没注意，经儿子一提醒，才发现真是这样。娜娜可能真的在谈恋爱。酷爱打扮，眼睛和脸上都有光。"

"是吗？跟谁？"戴吉一震。

"你不知道？"晓诸歪着脑袋反问。

"我怎么会知道？她这两天都在你家。"

"你们俩不是跟'双胞胎'一样心有灵犀，对对方的所思所想都一清二楚吗？"

"怎么会？"戴吉清楚记得，在正式"打印"娜娜前，她特地关闭了两人的记忆同步开关。此举的好处是可以确保二人独立的思维和人格，但也带来了一个弊端——戴吉无法知道娜娜的所思所想。

戴吉默默盘点娜娜诞生以来的社交圈，知道她目前接触的男性极少，只有一个章虞。她不会跟他谈恋爱了吧？不，不可能。娜娜跟我一样，十分讨厌章虞，绝对不可能。于是笑道："娜娜可能想谈恋爱，但她应该不会这么快就有男朋友。"

"既然这样，你为什么要把娜娜造得跟你一样呢？"

"这个……其实也不完全由我做主。"

"谁？谁做的主？"

"何——"戴吉突然一阵剧烈头疼，痛得她情不自禁"啊"了一声。晓诸见她表情痛苦大汗淋漓："怎么回事，吉吉？"

"没事没事，可能是晚上没吃饭，饿的吧。"

"要不要先去吃点东西？"

"别——姐，千万别！"

"你是不是身体不好？"

"我身体是不太好。"戴吉回望后座，确认趣趣还在酣睡，将自己确诊癌症的事简要说了，"大夫说，我可能时间不多了。"

晓诸极度震惊，声音颤抖道："这……这怎么可能？医生是不是搞错了？"

"我复查过两次。结果都一样。"

"我姑知道吗？"

"她身体本来就不好，我还打算安排她做手术，这个当头我怎么能告诉她？"

"你可别吓我。一定是搞错了。"晓诸泪如雨下，恨不能把戴吉揽在怀里，"可怜的吉吉……"

"姐，别可怜我，我不觉得自己可怜。"

"你怎么那么傻，为什么不早说？为什么要一个人扛着？"

戴吉反过来安抚晓诸："姐，没事，我的事，我自己能解决。"

"你的病兴许没你说的那么严重。你看你的气色，一点不像病人！"

"兴许吧。我的信条是：凡事做最大的努力，做最坏的打算。"戴吉突然笑了，"其实，在娜娜这件事上，我挺自私的。"

"你是说……"

"娜娜的长相性格以我为原型，虽然是由何老师决定，但我心里其实是默许，甚至庆幸的。"戴吉喘了口气，"如果几个月后我真的死了，那娜娜就真成了我的替身。我不指望她代替我为我妈养老送终，但她至少可以送我妈进手术室，陪她做完手术。这是我为我妈所能做的最后一点事。"

"这怎么是自私呢？吉吉你对自己不要太苛刻了。"晓诸从后排向前

181

握了握戴吉搁在车挡上的右手，心疼且伤感，"娜娜知道这些吗？"

"她只知道我妈得了阿尔茨海默。"戴吉想起这几天与娜娜的磨合与冲突，想到娜娜对成为她的傀儡，失去自由的报怨，黯然神伤，"这事是我太天真了。她只是一件 AI 产品，只是一个硅基人，不是我妈的亲生女儿，跟我们也没有任何血缘关系，有什么义务侍候我妈？"

"发生了什么？"晓诸感觉不对，"刚刚你们是不是在我家吵架了？"

"一点小事。"戴吉轻声道，"可能因为趣趣的事，我说了她两句吧。"

"你确实不该说她，这两天是趣趣坚持要去公园的。趣趣和我都特别喜欢她。"

"我知道，到家了。"

戴吉让晓诸陪趣趣在车里等着，独自上楼。老妈睡梦中被叫醒，迷糊中死活不愿出门。戴吉于是骗她回老家，老妈当即痛快答应了。

戴吉将老妈扶上车后，抬头仰望，只见明月当空，玉宇澄澈。她发现一件重要的东西忘带了，那便是何默扉送她的那张电影光盘，决定返身去取，对晓诸道："姐，你先开车去理工大学高老师办公室，在那跟娜娜汇合。我一会儿去找你们。"

晓诸问："为什么？我们等着你不行吗？"

趣趣此时已醒，扒在车窗边童言无忌问："小姨，你是不是要跟你男朋友出去玩？"

"我男朋友？"戴吉奇怪道，"我哪来的男朋友？"

"今天和昨天你跟那个帅叔叔在铁道公园聊了好久，你们俩不是约好去岸城玩吗？"

"我们聊了好久？"戴吉知道趣趣说的是娜娜，"你认识那个帅叔叔？"

"不认识。不过，他好像是送外卖的。"

外卖？汤末？这两天娜娜见过汤末，还要跟他一块去岸城玩？戴吉拨娜娜手机，关机，心中的不祥之感越来越强烈，当即掏出一张银行卡对晓诸说："姐，这是我给我妈准备的手术费，离六十万还差点，但我马上会补齐。手术预约的下周，万一我没及时赶回来，麻烦你带她去做手术。拜托！"

晓诸大惊："这怎么行？你要干吗去？"

"回头电话里说。千万别等我！你们快走！"

7

戴吉再度返家，轻轻开门，客厅里极度安静，安静得像深夜停运后的车站。她把手按在门口开关上，但没有往下按。清冷的月光从窗户斜倾进来，悄然洒落在沙发和地板上，寂静无声，只有洁白的窗帘极解风情，随风起舞。

女性独有的敏锐直觉告诉戴吉：家里有人。因为她之前带老妈撤离时，特意将门反锁了，开门时钥匙通常需要转好几圈，可是她刚刚进来时，钥匙只转了半圈。

来人是谁？5A 联盟的杀手，还是鲍大斯或贾威？

他们来干吗？抓我，还是找东西？

我要不要马上离开？我还逃得掉吗？

戴吉屏住呼吸，脱掉鞋子，蹑手蹑脚往客厅里走，快走到书架前，身旁一个瓮声瓮气的声音问："戴吉，家里有咖啡吗？"

这个嗓音太独特了，像一个坠入深井的人从地下十米传上来的声音，戴吉一听就知道是大老板鲍大斯。她打开客厅的灯，果然见他跷着二郎腿端坐在她家沙发上，大惊："鲍头，你什么时候来的？"

"就你一个人？"鲍大斯望向门口，似乎在等什么人。

"您在等贾威？他应该来不了了。"戴吉早看过娜娜发来的信息。

"你真行，居然把他甩掉了。"

其实戴吉也不知道贾威是死是活，娜娜只说她"搞定了"他，具体是怎么搞定，搞定到什么程度，她还没来得及向娜娜细问。但从鲍大斯的问话看，他似乎与贾威失联了，既然如此，何不诈他一诈？乃含糊道："我只知道，他暂时不会找我麻烦了。"

果然鲍大斯大惊："怎么，你杀了他？"

"稍等。"戴吉给鲍大斯泡了一杯咖啡递给他，"您深夜到我家什么事？"

"还记得这个吗？"鲍大斯掏出那块疑似从娜娜身上扯下来的蓝衣料。

"贾威跟我说过。"

鲍大斯不再绕弯子："公司两个巡夜的保安，到底是怎么死的？"

"您怀疑是我杀的？"

"公司所有员工都有嫌疑。只不过，你牵涉太深，能力又强，嫌疑略大一点。"

"鲍头这是夸我，还是骂我？"戴吉笑道，"我要有那么大的本事，还会玩命打工吗？"

鲍大斯冷笑："如果打工是副业，给5A联盟当内应和杀手才是你的主业呢？"

"您怀疑我是5A联盟的卧底和杀手？"

戴吉哑然。这可真好玩了。何默扉生前曾说公司有5A联盟的内应，戴吉猜测是鲍大斯和黄婴之一，还不能确认是谁。如今鲍大斯居然倒打一耙，说我是5A联盟的内奸，他这是投石问路，还是贼喊捉贼？我要不要说出何默扉之死的经过，一巴掌拍回去？

戴吉想了想，否了这个念头。眼下首要任务，是确保娜娜、亲人和自己的安全，不到万不得已，不要紧逼鲍大斯，以免他狗急跳墙不择手段。于是道："鲍头有何证据？"

"我能在你家参观一下吗？"

"随便看。"

鲍大斯四处转悠，来到戴吉卧室里的衣柜四处翻腾，终于发现两件蓝色外套，但全都完好无损，好不失望："你妈呢？"

"回老家了。"

"床上怎么有两个枕头？"

这是一个重大失误。但戴吉反应飞快，故作羞涩反问："我就不能有男朋友吗？"

鲍大斯一无所获，有点恼火。他不甘心白跑一趟，在戴吉家四处打量，终于他在客厅的书架前站住，认真翻出一本黄婴送戴吉的《AI 机器人制造手册》："你怎么会有这本书？"

"闲暇时翻翻，学习学习。"戴吉心不在焉道，目光偷偷瞟向书架。因为手册旁边竖插着的，就是何默犀送她的光盘。她害怕鲍大斯发现这张光盘，心突突狂跳。

"黄婴送的？"

"公司里不到处都是吗？"

鲍大斯把书放回书架，一眼就发现了那张《模仿游戏》光盘，抽出来问："光盘？这年头谁还用光盘看电影？"

"当然是我这个老古董。"

鲍大斯喃喃道："模仿游戏……模仿游戏……这片名怎么这么耳熟？公司里好像有人跟我隆重推荐过……是谁呢？"

"我。"戴吉担心鲍大斯联想到何默犀，当即打断他的思绪，"我向您推荐过这部电影。讲人工智能之父图灵的。"

"不，不，不是你！"鲍大斯大声道，"是何默犀。他在一次内部会议上，曾建议公司所有中高层管理人员把这部电影看三遍以上。对，就是他！"

戴吉顺水推舟："所以我事后找朋友借了一张光盘学习。"

"那我能不能借走学习学习？"鲍大斯眼里闪过一道狐光，"不对啊，这光盘盒怎么这么厚？是不是有什么玄机？"说完，他准备将光盘盒打开。

完了。戴吉心道：鲍大斯只要拿起光盘盒，立即就能发现超级 AI 芯片的秘密，并由此联想到何默犀和娜娜。她正紧急思考，找什么借口制造点混乱，忽然鲍大斯手机"咚咚咚"连响，似乎一下子进来多条信息。

果然鲍大斯放下光盘盒，盯着手机划看几张照片后，脸色墨黑问："戴吉，何默犀几天前就被人杀死在雪柴酒庄，你知不知道这事？"

"不知道。"戴吉心道：这个重大的信息是谁向鲍大斯通报的？谁发的照片？

"你在中间扮演什么角色？杀手，还是帮凶？"

"我怎么知道？"

"你在大火前去过这个酒庄。"鲍大斯出示两张戴吉在酒庄门口下车的照片，"还要我继续说下去吗？"

"好吧。"戴吉无法抵赖，只得承认，"我是去雪柴酒庄找过何老师。但我到达时，他已经被杀，我一害怕，就赶紧逃走了。"

"你去找何默扉干什么？"

"喝茶。"

"他对你说什么了？"

"忘了。"

"如果此事与你无关，那么是谁杀死了何默扉？"

"我再说一遍：我不知道。"

"不知道？"鲍大斯围着戴吉转圈，"真不知道，还是在为某人打掩护？"

"为谁打掩护？"

"比如说黄婴。是不是你跟他联手制造了硅基人，又一块杀了何默扉？"

"我跟黄婴联手？"戴吉被这个假设逗笑了，"您这是听他亲口说的，还是因为贾威信口雌黄？"

"看来，你是不到黄河心不死。"鲍大斯再度出示一张戴吉与娜娜同车的合影，"这是你天上掉下来的双胞胎妹妹？我要是没猜错的话，名叫娜娜，对不对？"

戴吉看到照片，听见鲍大斯准确说出娜娜的名字，犹如后脑被人当头一棒。她知道这一天迟早会来，但没想到来得这么快。我与娜娜同车的合影是谁拍的？那是我送娜娜去晓诸家的路上，谁在跟踪我？

难道是章虞？难道他跟鲍大斯一伙的？

天啦！戴吉一阵心悸。难道章虞是鲍大斯派来监视她的？难道他早就开始怀疑她了？

一阵猛烈的眩晕袭来，戴吉差点晕倒。但她定了定神，又想：也许鲍大斯什么都不知道，他只是用几张 AI 生成的照片诈我，一定要稳住神，千万不要由他摆布。于是笑道："哪位大神用 AI 生成的图？水平真高，我差点就信了。"

"这是百分之百原图。没有经过任何 AI 处理。你是算法工程师，一验便知。"

"哪来的？"

"对不起，来源保密。"

鲍大斯认为娜娜是她和黄婴联手制造的？戴吉听到这，忧中带喜。这说明他对娜娜诞生的经过并不知情，甚至认为是黄婴授意她做的。如果黄婴不失踪，只要一对质，真相立即大白。如今黄婴下落不明，客观上倒帮了她的大忙。鲍大斯既这样说，何不顺水推舟把一切推到黄婴身上，等日后有机会再解释？

Sorry！戴吉在心里对黄婴说声抱歉，笑道："鲍头，我不知道什么硅基人。如果真有这么一个人，那么，您凭什么认为她是我而不是黄婴造的？"

"我不管是谁造的，我现在只关心一件事：马上交出硅基人娜娜。"鲍大斯警告，"戴吉，我给你五分钟，说出娜娜的下落，否则我就报警，正式举报你杀死了何默扉！"

"报警吧，鲍头。"戴吉早已是死猪不怕开水烫，大声道，"最好把两个保安的死也安在我头上。这样，不仅警察的侦破工作量就小多了，对新智机集团名誉和股价的影响也会降到最低。"

一听到"股价"二字，鲍大斯登时蔫了。自何默扉失言、失踪后，新智机集团的股价已经掉了近六成，股民、员工和董事会怨声载道，全部把矛头对准他。如果再把何默扉和两个保安被杀的事公之于众，股价跌破发行价都有可能，搞不好有退市的风险。到时，董事会和股民一定会把他吃了。

"戴吉，你真当我不能奈何你吗？"

鲍大斯刚说完，只听"咣当"一声，一男子破门而入，身后跟着俩随从。戴吉定睛一看，竟是被娜娜"搞定"的贾威。只见他全身湿透，脚下流水，浑身哆嗦道："对……对不起鲍头，我被戴吉撞……撞到河里，差点淹死，让她给跑了。"

鲍大斯冷冷问："你再说一遍，谁撞了你？"

"戴吉。"

"她什么时候撞的你？"

"半……半小时前。"

"那她是谁？"鲍大斯往戴吉方向一指，"我在这跟她聊半个多小时了。"

"戴吉，你……你怎么在这？"只见戴吉一动不动，目光如水般盯着他，贾威仿佛白日见鬼，愣了片刻，终于反应过来，"难道你就是戴吉制造的硅基人？"

"笨！你正好说反了。"鲍大斯斥道，"她才是真正的戴吉。"

"什么？"贾威难以置信，"难道把我撞进河要杀我的，是一个硅基人，一个跟戴吉长得一模一样的女硅基人？"

"贾威，没收戴吉的手机，把她关进卧室，把门封死。你带两个人在这守着。戴吉一天不说出娜娜和黄婴的下落，就一天不许她离开！"鲍大斯发令后，怒气冲冲地离开了。

8

戴吉家住 17 层，她知道靠跳窗逃走，几无可能。我还与娜娜、晓诸约定晚上去找导师高老师，怎么办？总不能就这样坐以待毙吧？戴吉心道：一定要尽快想办法逃走，决不能让娜娜、晓诸和趣趣再出事。

戴吉急得在卧室团团转，不小心碰上房间里的空气净化器，她害怕惊醒楼下邻居，赶紧去扶，谁知它还是倒了，"砰"的一声砸在地板上，在静寂的半夜格外刺耳。贾威以为她在搞小动作，推门察看，他警告戴吉"不要乱来，别耍小聪明，别指望邻居救你"，又退了出去。

然而就是这句话，提醒了戴吉。因为她的同户型楼下邻居，不是别人，正是她一直讨厌的章虞。

别人也许对她见死不救，但"热心"的章虞一定不会。戴吉祈祷他正好在楼下这间卧室睡觉，频频跺脚，希望就此将他吵醒，上楼找贾威理论，自己好趁乱逃脱。

戴吉连跺两分钟，不见楼下有丝毫动静，渐渐失望：难道章虞这家伙已上床，睡眠质量超好，早已进入"死猪模式"？不需要时阴魂不散，需要时却不见踪影，这样的"男邻舔狗"要他何用？

戴吉绝望且腿软，终于停止跺脚。然而就在此时，她隔着卧室听到客厅门外响起重重的、清晰的敲门声。

一定是章虞！戴吉激动道：他不是死猪，他是一个热心的拯救者，我欠他一个道歉！只听贾威去开门："你找谁？"

"戴吉在家吗？"门口果然传来章虞的声音，"刚刚我听到楼上有动静，大半夜这是怎么回事？跳踢踏舞吗？"

贾威冷冷道："没有。你是不是听错了？"

"你是……"

"她男朋友。刚从外地回来。"

"男朋友？"章虞似乎受了严重打击，登时泄气，"那就请二位动静小点，邻居也是人，也要睡觉。"

"知道了。"

贾威将章虞打发走，重重关门后，外面恢复了平静。戴吉在卧室低声大骂："章虞，你这个大笨蛋！你就不会进来查看一下再走吗？我真是白白信任了你，你这头蠢猪！"

看来我不能指望任何人，只能自救。戴吉开窗往下俯视，探看层高后，决定从 17 层爬到 16 层，从章虞家逃走。

她开始撕床单结绳，才把床单撕碎，家门口又响起重重的敲门声。戴吉心道：难道章虞那家伙刚醒过神来，终于决定救我？章虞啊章虞，看来你还不算笨。

贾威二度被搅扰，极度不耐烦，他躺在沙发上，让一个名叫山子的保安去开门。戴吉在卧室里听见外面有人问："戴吉家吗？"

山子问："你是谁？"

戴吉感觉声音不像章虞，正琢磨是哪位邻居上门投诉，忽然听山子一声惨叫，"咚"地倒下。戴吉扒开卧室门，从门缝里偷看，客厅现场触目惊心——

四个身着黑斗篷的黑衣蒙面人冲进来，持刀与贾威和另一个保安小亮搏斗。他们一面打斗，一面问"戴吉在哪"，贾威不答，也掏出随身携带的匕首，使出看家本领与他们周旋。

贾威不惧对手，因为他也有两把刷子。他原在武术学校当教练，十几年来，教过很多人，得过很多奖。四十岁之后，才跳槽到新智机集团当安保处处长，下班之余经常带着十几个保安操练。他让保安小亮对付一个蒙面人，一人独斗三人，就这样，双方勉强打个平手。

然而，对方似乎志在必得，频下狠手。很快，小亮不敌，被对方一刀划破喉咙，扑通倒下。"小亮！"贾威眨眼间痛失两个部下，悲痛与震怒之下，"啊"的一声怒吼使出杀招。

一开始贾威还略占上风，但他毕竟以一敌四，体力不支，且求胜心切，渐露破绽，被对方领头的蒙面人偷袭成功，手臂和小腿分别受伤。担心戴吉落入对方手中，贾威冲卧室方向大喊："戴吉，快逃！我来缠住他们！"

戴吉知道这些蒙面人是冲她来的。从他们的口音看，既不是新智人，也不像5A联盟成员所操的南方口音，而是更靠南的一种极其生僻的方言。他们的打斗风格，似乎与何默扉被杀那天用飞镖与5A联盟的人近距离搏斗的人很像。难道他们是5A联盟的敌人？他们是什么组织？他们抓我的目的又是什么？

情势危急，戴吉她只知道，今晚如果不是贾威带着两个保安在她家守着，她不是被杀，就是被这些人带走了。这是典型的"因祸得福"啊。

逃？怎么逃？戴吉快速思考：唯一的逃生通道，从卧室经客厅冲向门口。可是，这十几米的距离，有五个男人正在持刀拼命搏杀。可能还没冲到门口，就会倒在客厅。

戴吉被恐惧和绝望笼罩：我会不会像何默扉老师一样在劫难逃？如果我死了，我妈怎么办？娜娜怎么办？

第08章　临时保镖

1

娜娜暂时顾不上戴吉。如果说她这次外出是一场"私奔"的话，那么她的私奔对象，正是趣趣所说的汤末。

晚上从晓诸家下楼时，娜娜就打定主意，趁机离开新智城。她先偷偷电告汤末，开顺风车带他去岸城，然后假冒"戴吉"引开贾威。在戴吉和晓诸眼里，娜娜此举是"声东击西"，而在娜娜自己看来，则是难得的"金蝉脱壳"——她成功拿到了戴吉的车，而且在戴吉反应过来之前，她有两三个小时的逃亡时间差。

娜娜踩足油门，在高速公路上狂奔。时近深夜，明月当空照，万物镀银辉。窗外一片夜色，依稀可见一望无际的原野和参天挺拔的大树，空气潮湿而又新鲜。娜娜油然而生一种羁鸟逃出牢笼的感觉，情不自禁打开车窗，将手往外伸长："我总算离开新智城了！太爽了！太开心了！我总算不用上班了！爽！太爽了！"

汤末奇怪道："我怎么感觉你像孙悟空被压五百年？"

"没错，我就是女悟空，被压在五行山下五百年，憋死我了！"

"原来是'女版齐天大圣'啊，失敬失敬。"

"哈哈，'女版齐天大圣'，这个名头我喜欢！"

汤末诗兴大发："'人生得意须尽欢，莫使金樽空对月。'该玩的时候，痛快玩。该放纵的时候，别憋着，才不枉来人世间走一遭。"

"谢谢你，汤末！"

"谢我干吗？你开车捎我回老家，该我谢你才对！"

"你帮我下了一个大决心。"娜娜感激道，"有时候，人需要外部动力才会改变自己。"

"好吧。那我就不客气了。"汤末见娜娜动作娴熟，车开得又快又平稳，忍不住夸赞，"戴吉，你车技不错嘛，多少年车龄？"

"车龄？我想想……"

娜娜有点小小的郁闷。汤末确实在夸她，但称呼的名字是"戴吉"。娜娜心道：截至目前，在所有人眼里，我还是"碳基人戴吉"，不是"硅基人娜娜"。我不仅承袭了戴吉的长相，还承袭了她的记忆，包括开车的肌肉记忆。以戴吉的标准看，车龄是五年。如果从我自己的标准看，今晚是我"出生"以来第二次开车，车龄连两天都不到。

娜娜一度很想说自己是硅基人，完全以庐山真面目示人交友。但她知道，现在还不是时候。人类世界虽在尽情享受 AI 带来的便利，但还没有完全做好接纳硅基人这个新物种的思想准备，如同他们对外星人既期盼又恐惧，纯粹"叶公好龙"。娜娜认为，在确认安全前，自己还需要戴吉这个"人肉保护神"，还离不开她的这张"面具"。

被迫待在戴吉身边时，娜娜有点压抑和反感，但此刻，她却突然发现，这是一种奇妙的感觉。何不对汤末玩一下"双重人格"游戏？因笑道："我要是说，这是我第一次正式上路，你信吗？"

"第一次？"汤末果然不信，"是第一次出远门，还是第一次上高速？"

"随你怎么理解。"

"那你这悟性了得。"汤末笑道，"你这水平，足以秒杀 90% 的男司机。"

"是吗？"娜娜被夸得不好意思，心道：我的车技到底源自戴吉的肌肉记忆，还是源于我本人 AI 的现场发挥？没有超级 AI 小 J 的加持，我到底比戴吉强在哪？

但瞬间，娜娜又心生一丝羞愧：我是戴吉冒险制造出来的，虽然她不是我"母亲"，但于我毕竟有"生恩"，我怎么能对作为"妈姐"的她产生攀比竞争的念头？我怎么能想着时时处处胜过她？这是何默扉老师用算法为我们硅基人性的"精准模拟"吗？毕竟在碳基人世界，再亲密无间的姐妹，偶尔也会互相嫉妒。

娜娜决定暂时忘掉戴吉，忘掉何默扉，将注意力转向汤末：接下来，我要跟他疯玩几天。在适当的时候，我会告诉他：我不是戴吉，我是硅基人娜娜。

就这样，娜娜一口气开了三个小时车，丝毫不觉得累。汤末中间一度提出换他开，也被她婉拒。又走了一阵，东方渐渐泛起一抹淡淡的鱼肚白，天空由粉渐红，山峦树木，尽披霞光。

戴吉是第一次看到这情景，登时身心俱醉，不由感叹道："真美！"

一直沉睡的汤末醒来，认真道："戴吉，我没想到你真的开车捎我回岸城。"

娜娜愣道："什么意思？"

"你就不怕我是坏人吗？"

"坏人？"娜娜想起汤末数次拒收戴吉赔偿，笑道，"坏人会拒绝赔偿吗？"

"那可不好说。"汤末突然换上一副神秘的表情，"万一是放长线钓大鱼呢。"

"放长线钓大鱼？哈哈哈……哪看出我是条大鱼？"

"不，不，不！我不是说你，我是说我。"

"感觉上贼人的钓船了。"娜娜假装哀叹，又顽皮笑道，"我该把你当好人，还是坏人呢？"

"同问。我该把你当好人，还是坏人呢？"

娜娜被这句话"击中"了，心道：我是硅基人。硅基人是不是也像碳基人一样，有善恶好坏之分？以我的性格表现，尤其是从将唐老鸭打残，将贾威撞进河后见死不救，未经戴吉同意就逃离新智城这几件事看，我算好人还是坏人？

想起这几天与戴吉不尽如人意的磨合，想起戴吉一直怀疑她杀死俩保安，娜娜答："坏人。至少，算不上什么好人。"

"干吗这样说自己？"汤末原是开玩笑，见娜娜将自己归于"坏人"，甚是不解，"遇到什么难过的事吗？"

"谈不上难过。就是最近遇到一些事，有点烦。"

"公事还是私事？"汤末见娜娜犹豫，又道，"不方便说算了。"

"也没什么。就是暂时不想在家里待了，就想出去放松一下。"

"家里还有什么人？"

"我妈，还有……我姐。"娜娜虽然在扮演戴吉，但还是不想取代她。

"他们平时特别爱管你？"

"我妈身体不好，不怎么管我，主要是我姐。她天天因为各种琐事跟我吵架，烦死了。我就想躲开她，清静几天。"

"你姐为什么要管你？"汤末目不转睛地盯着她，"她比你大很多，长姐如母吗？"

"我姐为什么管我？这个问题嘛……问得好。"娜娜被难住了，后悔不该提戴吉，她深吸一口气，缓缓道，"其实她没比我大多少，准确地说，她跟我……"娜娜本想说两人是双胞胎，怕被汤末追问，紧急换了个说法，"她只比我只大两岁，对，两岁。"

"大两岁能算长姐吗？"

"她是个超级学霸，看过很多书，各方面都比我成熟，所以——你相信吗，我自打生下来，二十多年，从没出过新智城。"娜娜自信在这个问题上没有撒谎，所以说起来振振有词铿锵有声。

"不会吧？"汤末瞪大眼睛，"新智城不算大啊，就算是在北京、上海、深圳这种城市生活，一辈子不外出，那得多憋屈。你是怎么做到的？"

"以前确实活得太宅了。这下你知道我为什么要翘班跟你出来玩了吧？"

"这就对了！一辈子太短，人生得意须尽欢。"汤末对娜娜竖起大拇指，"戴吉，承蒙你给我面子。不是我吹牛，我包你这一趟旅游爽歪歪。如果我顺利找到我妹，我带你们去岸城的海岛上玩，生猛海鲜随便吃。我一个哥们儿有一艘大游艇，我到时带你去海上兜风。"

"好啊！"

娜娜在脑海努力搜索戴吉对汤末的记忆和定性。貌似戴吉对他的第一印象，是行色匆匆，充满焦虑、紧张和心不在焉，似乎他在新智城忙着一件隐秘、重要且艰难的大事。但他身上掩饰不住的书卷气和清高性格，又让他不愿低下高傲的头颅，低三下四求人，所以只能自己扛，结果把自己搞得焦头烂额。

但她这一次见汤末，发现他的神情和气质大为改观。焦虑和紧张感虽然还有，但程度相比以前已大大减轻，脸上容光焕发。难道他确定妹妹在岸城所以一下如释重负吗？

虽然搞不清汤末心态变化的原因，但娜娜对他的信任和好感大增。某种程度上，他是她亲自结交而非承袭自戴吉的"朋友"——戴吉与汤末只是匆匆见过两面，谈不上朋友。

至于戴母、晓诸和趣趣，她们都是戴吉的家人，娜娜跟他们交流时，总是一种"被迫扮演"的压抑感，生怕露出马脚。

而汤末不同。娜娜在跟他交流时，无需担心出错，无需害怕暴露自己不是戴吉，不是碳基人这个事实，不用紧绷神经，身心相对放松。

娜娜再度说服自己：我没有抢戴吉的朋友，他是我独立社交的第一个朋友。如果后世有人写史书时，要专设"硅基人时代"一章，必须从我娜娜说起。哈哈哈，要是我被写进史书，那可就太好玩了。

一轮红日冉冉升起，在高挑的树梢间静寂地、敏捷地腾挪奔走，仿佛一个长着红扑扑脸蛋的小朋友在玩蹦床，活力蓬勃，朝气无限。娜娜看着这一切，自信爆棚，她充分相信，以她身上的超强芯片和意识算法，即使没有超级 AI 小 J 的加持，她这个硅基人也能与汤末这个普通碳基人和睦相处。虽然事后证明，她这个想法太过乐观和天真。

因为没多久，汤末就给她惹下天大的麻烦，将她带至暗无天日的"死亡"陷阱。她的麻烦，一点不比戴吉轻。

2

戴吉被黑衣人围困卧室束手无策时，忽听见窗口传来急促的"嗡嗡"声，定睛一看，竟是一架无人机，上面还系着一根绳子，绳子上面装有吊环。

天可怜见，终于有人来救我了。

戴吉顺着绳子的方向往对面大楼望去，黑暗中有人挥舞着手电筒，画出一个"Z"字母，立即明白对方是章虞。她将无人机上的粗绳拉入窗户，发现上面还吊着一个塑料袋。她飞速打开，是一个手机。刚取下，电话便响了。

戴吉接通，果然传来一个熟悉的男声："我是章虞。把绳子一头系在你家窗户或柜子上，记住，一定要打死结。"

客厅内的战斗显然已结束，杀手在狂砸卧室门。戴吉拼命挪动衣柜，堵在卧室门口，然后将绳子先绕窗框三圈，再环柜子两圈系好，用衣服搭在绳子上，滑向对面大楼。

她刚出窗子，卧室门便被撞开。戴吉下滑中惊恐回首，发现两个身着黑斗篷、戴着黑色面罩的男子来到窗前，着装果然与上次在雪柴酒庄袭击5A联盟的人相似。他们到底什么人？为何上次救我，这次又要抓我？难道上次他们的目标是5A联盟或何老师，救我只是意外？

戴吉滑了十几米，离对面大楼还有一半距离，见窗前两男子中矮胖那个持刀抓绳，欲将其砍断。戴吉大恐，心道：我若现在从数十米高空掉下去必然粉身碎骨。正惊恐，忽见他身旁的高个子阻止了矮胖子，放下绳子，火速离窗。

一分钟后，戴吉成功滑至对面大楼，迎接她的果然是章虞。章虞招呼她上车，戴吉见他此时开的居然是一辆与她同款同色的比亚迪，确定他就是前几天开"套牌车"引开跟踪者的人，立即弯腰去看车牌，与她的车牌并不同，又暗自纳闷。

戴吉不愿连累章虞，拱手道："章大哥，今晚多谢你。这个大人情，容我日后再还。你快走吧。"

"追兵马上就到，你一个人怎么逃？"章虞笑笑，"你是继续待在新智城，还是马上去香港？"

"香港？"戴吉震惊，"你怎么知道我要去香港？"

远处传来一连串汽车马达声，像是一个车队，章虞催促："戴吉快上车，否则真跑不掉了。"

戴吉倔强道："不，你不告诉我是怎么回事，我绝不上你的车！"

"好吧。"章虞无奈道，"我是来保护你的。"

"保护？"戴吉见章虞表情真挚，态度诚恳，与他往日当"舔狗"时的神态迥异，越发惊奇："真的假的？难道前几天开套牌车的人真是你？"

"你说呢？"章虞说着，从座位底下又掏出一块车牌。

戴吉见车牌与自己的车牌完全相同，大惊："你……你为什么要保护我？你怎么知道我需要保护？"

"一位匿名金主雇的我。"

"金主？什么金主？章虞你能不能别开玩笑？"

"我没开玩笑。"章虞一本正经道，"真有人雇我当你的保镖，一天三千。已经预付了半个月的工钱。不信，你看我们的聊天记录和转账截图。"

这年头什么纪录不能伪造？戴吉心里冷笑，见汽车轰鸣声越来越近，不再纠缠："对不起，章虞，我得走了。"

章虞一把抓住她的胳膊："5A 联盟的人马上就到，他们是一帮杀人不眨眼的家伙，你不上我的车，能逃多远？"

戴吉见章虞轻松说出"5A 联盟"一词，大为吃惊。这是一个 AI 行业最核心圈的高管才能知道的绝密消息，章虞一个普通社区志愿者如何得知？可见他既不是什么"中国好邻居"，也不是什么"暗恋色情狂"，而是眼下这场危机的重要"相关当事人"，可能是敌，也可能是友。从他冒险搭救自己这件事看，"友"的可能性似乎远大于"敌"。

可万一他是一名卧底，只是借机取信我呢？我要不要相信他？要不要跟他走？

几颗子弹飞来，从两人头顶掠过，射入他们身后的一棵树干中，砰砰有声。戴吉没有时间思考，火速跳上章虞的车。章虞疯狂加速，不一会儿掠过几条街，把追击者甩得老远，得意道："我车技怎么样？"

戴吉冷冷问："到底是谁雇你保护我？"

"我不知道。我也不想知道。给钱就行。"

"是某个人，还是某个秘密组织？你是不是他们其中一员？"

"我说了不知道，求求你别——"章虞话没说完，只听"砰"的一声，车后挡风玻璃碎裂，大怒，"这帮孙子玩真的了！快低头！系好安全带！"

"刚刚楼上抓我的那些身穿黑斗篷的蒙面人是什么人？"

"我说了不知道！别跟我说话！"章虞狂打方向，蛇形前行，不停闪躲，然而尽管如此，雨点般射来的子弹还是将左、前两个方向的挡风玻璃全部击碎。

几秒钟后，章虞左肩和右臂中枪，方向一滑，车子失控，一通旋转后，最终翻倒在地，燃起大火。

戴吉略受轻伤，没什么大碍，她先爬出来，再救章虞。章虞一条腿被卡在座位上，出不来，不让戴吉救他："我动不了，你先走！"

戴吉伸手："不行，章虞，我们一起走。"

章虞吼道："戴吉，你快给我滚！硬拽，我的腿肯定废掉了。我是单身，还要留着两条腿娶媳妇呢。快滚！"

"命都没了，谁嫁你？"

章虞上身被血染红，还不忘调侃："兴许是你。"

"那你得先活下去。"

戴吉拼命拉拽章虞，可惜，他人还没从车里出来，追兵先到了。他们就是刚刚跑到她家抓她的那几个黑斗篷的蒙面人。此前在她家窗台阻止割绳的高个子从车上下来，持枪对准戴吉："芯片呢？"

"什么芯片？"

"AI芯片。"

"什么 AI 芯片？"

"何默扉交给你的那块超级 AI 芯片。"

3

原来他们是来找 AI 芯片的，与毁芯片、杀专家的 5A 联盟不是一路人！

戴吉的心先是一宽，接着又是一紧：他们毕竟在我家杀了两个保安，打伤我的"临时保镖"章虞，安保处处长贾威也生死不明，可见他们也不是什么好人，怒回："我不知道你在说什么。"

高个黑衣人用枪对准戴吉的太阳穴："我再问你一遍：何默扉是不是在临死前，把手里那块用于制造硅基人的超级 AI 芯片交给了你？"

戴吉笑道："如果我真有你所说的这块芯片，早用来造硅基人了，还会留到现在吗？"

"我们不关心硅基人，我们只要芯片！快交出来。"

不关心硅基人？戴吉故意道："5A 联盟不是逢 AI 产品必毁吗？你们怎么会不关心硅基人只关注芯片？"

旁边的矮胖黑衣人插嘴："谁说我们是 5A——？"

"给我闭嘴！"高个首领怒道，"谁让你说话的？"

"对不起，铲哥。"

"谁让你说我名字的？"铲哥暴怒，用胳膊肘狠撞矮胖黑衣人的胸。

矮胖蒙面黑衣人失去平衡，一个趔趄摔倒，手中的枪脱落，掉在地上。

章虞"啊"地大叫一声，忍着剧痛从驾驶室跃出，飞快抄起地上的枪，矮胖黑衣人爬起来争抢，与章虞扭打成一团，高个首领铲哥似乎怕误伤同伙，没有立即开枪。

章虞毕竟身中两弹，不敌矮胖黑衣人，几个回合后，被其打倒在地上。但他趁势夺过枪，两枪将对方撂倒。铲哥大怒，朝他胸部和腹部连开几枪，章虞挣扎倒地，怒目圆睁，没了气息。

戴吉被这变故惊呆，扑到章虞身上，连声悲呼，确认他死亡，一跃而起，朝铲哥扑过去："王八蛋，我跟你拼了！"

铲哥命人将其挟持，警告道："戴吉，快说芯片在哪，否则你跟他一样下场。"

"你们是什么人？"

"肯定不是 5A 联盟。"

是的，戴吉感觉这些人确实跟 5A 联盟不同，他们作恶的目的似乎不完全是为了"毁灭"，而是为了"得到"，欲望大于仇恨。想到芯片就在娜娜身上，戴吉突然意识到，娜娜偷偷摆脱她，是一个多么明智的决定。

虽然被挟持，戴吉打定主意誓死不说芯片的下落，唯一的对策是拖延。要不要等救援？贾威还活着吗？鲍大斯会赶到吗？他们会救我吗？万一鲍大斯真是 5A 联盟的人，我岂不是自投罗网？不，不能等，绝对不能等。我只能想办法自救。

想到这，戴吉冷静道："芯片不在我手上，但我知道它在哪。"

铲哥紧逼："什么地方？快说！"

"雪柴酒庄。你们上次到过的地方。"

"雪柴酒庄不是被大火烧了吗？怎么，芯片还没烧掉？"

"是。芯片在一个密闭的铁柜里。"

"那快上车！"

"章大哥，谢谢你！"戴吉蹲下，在章虞的额头上亲了一下，悲痛之余甚感愧疚。无论是作为邻居，还是临时保镖，章虞一直在保护她，最后时刻用死亡兑现了自己的承诺，可是，她之前居然一直把他当成……真是太笨太眼拙了！

铲哥押着戴吉，不一会儿便来到雪柴酒庄。整个酒庄已烧成一片废墟，残垣断壁，在冷月映照下，甚是阴森。周围不时传来的几声猫叫，以及老鼠四处逃窜时引发的窸窣声，越发使现场透着恐怖。

铲哥见这场景，心里发虚："AI 芯片怎么会在这里？就算在，也早烧成灰了。"

"你当芯片是纸糊的吗？"戴吉讥讽道。

"你要是敢骗我，我立即……"铲哥用枪顶着戴吉后背，"明白吗？"

"这酒庄地下还有三层。"戴吉先下车，"芯片肯定在里头。"

戴吉打定主意，利用她对地形的熟悉，带铲哥下楼梯时，从后将其推倒，趁乱逃走。可是铲哥似乎看透她的心思，让她在前面走，他走在最后面。

戴吉没找着机会下手，缓缓下到 B1。这里原是会所，之前有茶馆、咖啡厅和图书馆，此刻全部变成灰烬，找不到一个芯片藏身之所，于是硬着头皮下到 B2。这一层原是酒窖，是火源地，烧得更厉害，之前排列成行蔚为壮观的橡木酒桶全被烧成渣，只剩一片黑乎乎、光秃秃的水泥地板。

铲哥持枪大叫："芯片在哪？戴吉，你在耍我，是不是？"

"我说过下面还有 B3。"

"在哪呢？入口在哪呢？"

"之前这里有很多橡木酒桶，入口就在某个酒桶上。"

"酒桶？"铲哥冷笑，"你当我是饭桶呢。这一片水泥地，哪有什么入口？"

"千真万确。下面绝对还有一层。"戴吉嘴上这样说，心里也十分纳闷：几天前我明明随何老师一块从酒桶入口经滑道落入 B3 层，这说明水泥地上肯定有洞口。为什么现在什么也没看见呢？

铲哥用枪对准戴吉的额头："你再说一遍。说错一个字，我立马崩了你。"

戴吉一路被铲哥挟持，一开始确实有点害怕，但到了雪柴酒庄，逐渐平静了。这道理就好比她在确诊癌症前，一直忐忑不安，感觉天塌地陷一般，等真的确诊逃无可逃之后，反倒变得从容一样。不就是死吗？我本来就是将死之人，早死早解脱。她冷静道："芯片就在 B3 的一个铁柜里，信不信由你。"

铲哥抬手，缓缓把枪从戴吉的额头上移开，下垂，又快速举起对准她的胸口："我给你十秒钟，如果还找不到 B3 的入口，我立即开枪。我说到做到。"

"就十秒？"

戴吉话音刚落，地下传来轻微响动，仿佛有人在快速闪躲。铲哥循声靠近某墙角，踢除厚厚的灰烬，果然发现地上有一个用木板虚掩的洞口。他慢慢蹲下来，欲用手轻掀，不料木板突然弹起，重重砸向他的脸。

铲哥"哎哟"一声，仰面而倒，枪甩得老远。他起身欲捡枪，被戴吉扑倒，死死按在地上。铲哥奋力反击，将戴吉掀翻，再次去够枪。

眼看他就要拿到枪，身后一个男子手持一片钢板，狠狠削向他的头，只听"噗嗤"一声，铲哥后脑被削掉一块头皮，鲜血四溅，踉跄数步后，遽然倒地，四肢慢慢伸开。他的面罩也被削掉，露出一张又平又黑形如铁铲的脸。

戴吉擦掉脸上的血迹，缓缓回头，黑暗中依稀看见一个熟悉的身影："黄婴？你怎么在这？"

4

戴吉与黄婴分开不过一周，但她感觉像是过了好久，可见债权人对债务人的"惦记"，有时比好朋友之间还要深。黄婴虽然刚刚与人打斗过，衣衫稍乱，但撇开这一瑕疵，看得出他精神饱满，似乎在雪柴酒庄地下过着悠闲从容的日子。只是，他日常的经典微笑已从他脸上消失，取而代之的，是焦虑不安。

正困惑，戴吉听黄婴开腔："我知道你有很多问题要问我。不急，先喝杯茶提提神吧，现在是凌晨，离天亮还早。"

"在这喝？"

黄婴捡起铲哥的枪，带戴吉从刚才暴露的洞口滑至B3，也就是何默扉原来的办公区。虽然酒庄上三层毁于火灾，但B3与上面物理隔绝，几乎不受影响。原本零乱的现场已被收拾好，井然有序，尤其是水、茶、咖啡、方便面、火腿肠、速冻饺子、折叠床、被褥、毛毯等各种生活物资非常齐备，世外桃源一般。戴吉急问："这几天你一直在这'出差'？"

"抱歉，戴吉，我不是故意骗你。"黄婴给戴吉泡了一杯茶，往沙发上一躺，"从哪说起？从上周我找你帮忙更新算法说起？"

"从你为什么要逃亡说起吧。你是怕我讨债吗？"

"我是那样的人吗？算法搞定了吗？"

"你预付款还没付全呢。"

"小事。"黄婴掏出手机，潇洒地戳了几下，然后将屏幕转向戴吉，"刚给你转了二十万。你看下手机，看看到账没？"

"我手机丢了。没问题，我相信你。"

戴吉在兜里摸到一个手机，不是她自己的，而是从刚刚死去的章虞身上顺来的。想到老妈六十万手术费终于凑齐，戴吉稍感心安：这下踏实了，我可以一边帮黄婴干活，一边找娜娜，一边琢磨给何默扉报仇的事了。一定要尽快再挣一二百万给老妈养老，就算我半年后病死，也再无遗憾。

黄婴见戴吉发呆，伸手问："算法呢？"

"对不起。这几天事多，还差一点尾巴。再给我两天时间。"

"没问题！"黄婴大度道，"反正我暂时也没法向客户交货。"

"你藏在这是为了躲谁？5A 联盟？"

"我跟 5A 联盟无冤无仇，他们杀我干吗？"

"那你在躲什么？"

"你可知道，刚刚追杀你的人是谁？"

戴吉摇头："我只知道，他们不是 5A 联盟的人。"

"说对了！他们是寻芯堂的人，英文名是 AI Chip Broker，简称 AICB。"

"AICB？直译是人工智能芯片……掮客？"戴吉试着翻译，"为什么叫'寻芯堂'？这又是个什么组织？"

"一股与'5A 联盟'齐名的 AI 邪恶势力。5A 联盟创始人托尼称自己是公益组织，号称代表全体碳基人的利益全力反抗 AI，毁灭人形机器人、数字替身和硅基人，所以不分青白皂白专杀 AI 专家，谁排名靠前谁有最新算法，就杀谁。至于寻芯堂，顾名思义……"黄婴停了一下，继续道，"其实就是一个专门偷盗、抢劫和倒卖顶级 AI 芯片的地下组织。"

"偷盗、抢劫和倒卖顶级 AI 芯片？"

"是。寻芯堂的当家人绰号'黑叔'，按他的说法，他们的宗旨非常简单：'以暴力换暴利'。谁一旦被他们盯上，必死无疑。5A 联盟崛起，AI 芯片，尤其是顶级芯片严重短缺，供不应求，芯片掮客业务就应运而生。只要市场上有算力强大的最新 AI 芯片出来，他们就像恶狼一样扑上去，不惜一切代价杀死拥有者，把芯片搞到手，然后高价倒卖给有需求的买家。谁敢阻止，他们就遇神杀神，遇佛杀佛。"

"遇神杀神，遇佛杀佛？也包括 5A 联盟吗？"

"当然。寻芯堂和 5A 联盟，一个要靠 AI 产品挣钱，一个要靠 AI 产品立威，两家自然是死对头，经常互掐。"

戴吉喃喃道："这么说那天我在雪柴酒庄被 5A 联盟的人追杀时，果真是寻芯堂的人无意中出手救的我？"

"你说什么？"

"没什么。"戴吉挥手作罢，"我是说，5A 联盟的杀手通常是戴唐老鸭和米老鼠的面具，寻芯堂的人一般是身着黑斗篷、戴黑色面罩，对不对？"

"对！戴吉，你是怎么同时得罪 5A 联盟和寻芯堂的？"

戴吉见黄婴一双眯缝眼像暗器盒一样射出两道寒光，隐约感觉他知道的，要比想象的多得多，更何况他刚才还救了自己一命，便尽可能坦诚道："应该是为了一块超级 AI 芯片。"

"你哪来的超级 AI 芯片？"

"我当然没有。是何默扉老师的。"戴吉问，"对了，你知道何老师遇害的事吗？"

"知道了。"黄婴一脸悲戚，"听说葬身火海，尸骨无存。"

"你为什么会在这个酒庄？"

"当然是为了躲避寻芯堂的那些掮客兼杀手。"黄婴往楼上一指，"包括刚刚追杀你的。"

"寻芯堂为什么要追杀你？你跟他们有什么过节？"

黄婴叹了一口气："戴吉，还记得我上次对你说的艾州城芯片劫杀案吗？"

"记得。5A 联盟烧毁了一车 AI 芯片，还杀死了两名货运司机。"

"那车货价值八千万人民币。你知道货主是谁吗？"

"某个知名 AI 企业？"

"知名 AI 企业谁去艾州这种小地方进货？"黄婴不屑道，"再说，他们进一次货，又怎么只有八千万？至少十亿起。"

戴吉见黄婴态度罕见地认真，猜测道："难道那车货的货主……是你？"

黄婴自拍胸脯："没错，正是鄙人。"

"你？你一个人？"

"戴吉，你就不要故作惊讶了。公司上上下下，从鲍大斯、何默扉这些大佬到员工，都知道我黄某人在干私活，你戴吉又不笨，怎么会不知道？看在我们一同落难的份上，我就把底给你交了吧。"黄婴喝了一口咖啡，又点上一根烟，"是。这些年我在主业之外，确实在偷偷做 AI 芯片生意，尤其是用于人形机器人和数字替身的芯片。上次，艾州城被毁的那车价值八千万的货，就是我找艾州一家地下芯片工厂偷偷定制的。"

"你哪来那么多钱？"

"一看你就没做过生意。自从 5A 联盟捣乱，这些年 AI 芯片生意非常不好做，哪有客户上来就付全款的？说是价值八千万的货，其实出厂价不过两千万，我预付的订金，也不过三成。"

"六百万也不是小数目啊。"

"我不会向我的客户预收订金吗？"

"你的客户？谁？你要把这些芯片卖给谁？"

黄婴反问："谁在追杀我？"

"明白了。"戴吉一点就透，"寻芯堂。他们因为没收到货，所以才找你——"

"寻芯堂老大黑叔听说整车货全烧了，一方面对 5A 联盟恨之入骨，但另一方面，也怀疑我勾结 5A 联盟合伙骗他们的钱，逼我加倍退还订金。"

"加倍？六百万翻倍，就是一千二百万！"

"可不？别说我没那么多钱，就算有，凭什么让我赔？我一口拒绝黑叔，好说歹说，他们同意按原价赔。我说六百万也没有，货是被 5A 联盟烧的，有本事要他们找 5A 联盟算账。然后他们就对我发出死亡通牒——要么赔钱，要么偿命。"

"死亡通牒？什么时候的事？"

"上周我领你参观生产车间时。"

戴吉记得当时黄婴接了一个电话，脸色大变，额头上还冒虚汗，想必即因此事，又问："后来呢？"

"我决定虚晃一枪，明修栈道，暗度陈仓。对外放风要去外地出差一周，还故意订了一张去上海的机票和一张去成都的火车票，然后偷偷躲了起来。"

"我上次见你之后，你就躲到这来了？"戴吉记得她是上周六见的何默扉，当时并没发现有外人在。

"不，我是听说这起火之后才来的。"

"为什么来这？"

"废弃的地方最安全。大火烧成白地，消防队也来过了，谁能想到，这下面还住着人呢？追杀我的人再聪明，也不会想到我躲在这吧。对我来说，这是目前最安全的地方。"

5

踏破铁鞋无觅处，得来全不费工夫。戴吉心道：我这几天到处找黄婴讨账，找不着人，没想到他居然一直猫在何老师的酒庄里，还在关键时刻杀了寻芯堂的人救了我一命。这是巧合，还是阴谋？

戴吉悲喜交集，好一会儿才道："谢谢你，黄婴！以前我对你可能有些误会——"

"没事。"黄婴大度打断她，"我早习惯了。一个人但凡还有点理想，还想做点事，就得承受被人误会的代价。就像某著名鸭汤说的：'要是人人都理解你，那你得平庸成啥样？'"

"鸭汤？"戴吉差点笑喷，"看来黄主任目光远大，能说说你的理想吗？"

"我现在唯一的想法，就是逃命，别让那些从头黑到脚的芯片掮客再追杀我，让我睡个踏实觉。"黄婴叹道，"今夜之事，我跟他们的梁子只怕是越结越深永远没解了。"

戴吉突然想到一个问题："艾州芯片案发生在三个月前，寻芯堂为什么最近才开始追杀你？"

"可能他们最近才发现那车货被毁与我有关。"怕戴吉不理解，黄婴又补充，"哦，我跟所有客户一直都是匿名交易，没几个人知道我的真实身份。"

"还有其他原因吗？"

黄婴抬头仰望天花板，下了很大决心才道："可能也与那枚超级 AI 芯片有关吧？"

"那枚超级 AI 芯片？哪枚？"

"我送给何默扉那枚。"

戴吉回想起那天在何默扉办公室，谈到制造硅基人所需芯片时，他曾说过"超级 AI 芯片我倒是费尽千辛搞到一块"，莫非他是通过黄婴搞到的，乃问："你给何老师送过超级 AI 芯片？"

"是。这枚芯片是我冒着生命危险搞到的，很少有人知道，现在市价至少两千万。寻芯堂老大黑叔最近也不知道从哪知道这事，上周逼我把这枚芯片送给他们，作为他们在艾州芯片案的损失，被我拒绝了，所以……"

"是这样。"戴吉这才明白，硅基人娜娜的诞生背后，还有黄婴的功劳，不由再次对他刮目相看，"两千万的芯片你就白送给何默扉老师？"

"我哪有这么高尚？"黄婴笑着往上一指，"何默扉是以雪柴酒庄跟我交换的，刚刚过户，没想到它居然毁于一把大火。"说罢，黄婴又摇头，"看来，我没有发财的命。"

杂乱无章的信息碎片逐渐拼在一起，形成一张完整大图，这使戴吉对何默扉制造硅基人前后过程的认知，逐渐清晰起来。最让她惊诧的，是黄婴在其中扮演的角色。

"黄婴一向不受何默扉待见，没想到，在制造硅基人这件事上，两人居然背地里做过如此重大的交易。可见人跟人之间的关系，有时候真的不能看表面，而要看双方在关键时刻是否存在利益捆绑和深度互补。

比如我，平时对黄婴也不怎么感冒，可谁会想到，在我患癌后，第一个求助的人，居然就是黄婴？！在我遇险时，将我从别人枪口救下来的人，也是他。"

戴吉这样想着，对黄婴的好感仿佛被多个重磅利好消息刺激的股指，开始大涨。但冷静下来，戴吉又微微感觉有点不对劲。何默扉老师已死，无法亲口证实黄婴的故事。黄婴刚才所说，乃是他一面之词，缺乏旁证。在得到更多的证据前，只能将信将疑。

也许黄婴在某些地方撒谎了，但有一件事，戴吉认为大概率为真："何默扉所用 AI 芯片一定是通过非正常渠道得到的，很可能与倒卖芯片的黄婴和寻芯堂有关，而她被寻芯堂的芯片掮客们追杀，也是因为芯片——寻芯堂认为何默扉临死前把这块芯片交给她了，所以不惜代价要抓住她拿到它。"

这就是他们与 5A 联盟不同的地方。他们的目的不是杀死她，而是找到芯片，以求暴利。不然，他们目睹她借滑绳逃跑时，早就将绳子割断了。

"没想到我们同病相怜，都是寻芯堂追杀的目标。"戴吉笑罢，又严肃地问，"今晚追杀我的杀手铲哥，你认识吗？"

"不认识。"黄婴摇头，"不过，我倒是见过他们中另一个杀手。"

"哦。什么时候的事？在哪儿？"

"我在郊区别墅里躲着时。"黄婴从手机上翻出一张照片，"就是这个人。最近一直阴魂不散地跟着我。"

戴吉接过一看，发现上面赫然是她之前打过数次交道的外卖骑手汤末，捂嘴失声道："是他？"

6

黄婴也惊："怎么，你认识？"

戴吉权衡再三，决定对黄婴说实话："他跟我认识的一个外卖骑手很像，我不能肯定是不是同一个人。"

黄婴笑道："送鳗鱼饭的，对吗？"

"鳗鱼饭？看来就是同一个人。他叫汤末。"戴吉将自己撞翻他外卖、赔偿被拒、艰难寻人的经过简要说了，"我说他怎么跟一般的外卖骑手不一样，总是神神秘秘慌慌张张心不在焉的样子。原来他是寻芯堂的杀手，跟刚才要杀我们的人是一伙的？"

"他不是心不在焉，他的心思全在你我身上。什么外卖骑手、鳗鱼饭，不过是他用来接近我们的由头和掩护身份。"

戴吉后怕且困惑："可是，他好像没有针对我的意思。"

"因为他的目标是我。他曾经去过我家找芯片。要不是我识破他的身份，提前离开，我早就死在他手上了。此人善于伪装，是寻芯堂非常厉害的杀手，千万千万要小心！"

外表文弱貌似心不在焉的汤末居然也是寻芯堂的人，居然也是冲着芯片来的？我居然还傻乎乎当他真送外卖，还一而再再而三主动联系他，要给他赔钱，我的心是有多大！

难道上次我与他撞车不是意外，而是他故意设计的？

难道他早就盯上我，一直在跟踪我？我这是"与虎谋皮"，还是"与狼共舞"？

难道他的心不在焉，真的全是假装？难道他不要我赔钱，是怕与我走太近暴露自己的真实身份？

戴吉感觉瞬间被恐怖感包裹紧拥，肩膀不由猛抖几下。汤末这是要干吗？如果他的目标是黄婴，那他靠近我的目的是什么？

是为了从我这打探黄婴的下落吗？既然这样，为何不见他对我旁敲侧击问起黄婴？为何他对"芯片"二字绝口不提？

汤末苦心与我"邂逅"，从我身上得到了什么？

哦，对了，戴吉猛地想起趣趣曾说，汤末今天在车站公园见过娜娜，他是把娜娜当成了我，还是早知娜娜的真实身份，把她当成了目标？

"糟糕！"戴吉用章虞的手机拨打娜娜电话，仍旧关机，再打汤末电话，发现是空号，不由大叫，"汤末是骗子！是一个大骗子！"

"戴吉，发生了什么事？"

"等等。"戴吉又拨晓诸电话，这回终于通了，"姐，是我，戴吉。你们到理工大学人工智能学院了吗？"

"早到了！"晓诸道，"你在哪？我打你电话一直关机。"

"我手机丢了。"戴吉没时间说她这一晚上的系列遇险，"娜娜呢？她跟你们在一起吗？"

"没有。她手机我也打不通。"

完了，娜娜真出事了，八成与汤末有关。戴吉心猛地一沉，沉默不语，却听晓诸急迫地问："吉吉，娜娜是不是出什么事了？"

"我也不知道，这个以后再说——对了，姐，你见到高老师了吗？"

"见到了。被人捆在办公室沙发上，晕过去了。幸亏我们及时赶到。我已经把他，还有我姑都安置好了。"

"姐，那就辛苦你了。发生了一些事。我一时半会儿回不去。高老师和我妈，就暂时交给你了。拜托拜托！"

戴吉挂断电话，紧张得心脏已无力跳动。今天发生的大事实在太多了，让人应接不暇。但有一点是清晰的，那就是：无论是5A联盟，还是寻芯堂，他们的终极目标，都是娜娜——或为了消灭她，或为了她身上的AI芯片。

娜娜诞生不到一周，就被汤末这个寻芯堂的掮客兼杀手"拐跑"了。如果不能按何默扉所说的时间，在一周后将娜娜按时送抵香港，如果她真的发生意外，我如何向何老师在天之灵交代？

戴吉正思忖，忽听黄婴问："娜娜是谁？"

戴吉感觉此时已无对他隐瞒必要，于是道："她就是何老师制造的硅基人。用你提供的那块超级 AI 芯片。"

"何老师真的造出了硅基人？"黄婴果然震惊，"什么时候的事？"

"上周六晚上。我在你们制造部的 B7 生产线上造的。"

"哦，我终于明白何老师为什么会惨死雪柴酒庄，为什么你会同时被 5A 联盟和寻芯堂的追杀了。"黄婴恍然大悟，"如果我没猜错的话，娜娜现在跟汤末在一起，对吗？"

"是。"

黄婴瘫坐在沙发上，脸色惨白："麻烦大了。"

"依你看，汤末会怎么对待娜娜？"

黄婴一脸沉重："娜娜身上的超级 AI 芯片价值连城，汤末为了得到它，一定会想方设法挖走。必要时，他甚至会像 5A 联盟一样杀死她毁灭她！"

7

娜娜并不知道汤末是寻芯堂的人，她正在过瘾，既非烟瘾，也非酒瘾，而是车瘾。

逃离新智城后，她已经在高速上狂飙了四五个小时，乐此不疲，乐在其中。汽车是现代社会的骏马，现代人飙车，就如同古人策马，其乐趣和快感来源都是速度与激情。娜娜自诞生以来，精力旺盛无处发泄，狂野飙车让她大感过瘾彻底放松。

汤末再度提出换他开。娜娜看时间，已是凌晨四五点，着实也有点累，正好抬头见前方有一个服务区，于是答应在前面稍微休息一下后再换。

车进服务区后，两人分头进卫生间。娜娜摘掉斗篷和口罩，不停往脸上猛浇凉水，头脑清晰了许多。她猛地想起今夜——严格地说，是昨晚——曾与戴吉和晓诸约定在新智理工大学见面，而自己居然"无耻"地失约了。这算什么？狼心狗肺还是恩将仇报？戴吉和晓诸两位姐姐能理解我的一片苦心吗？

娜娜盯着手机反复思考：戴吉对我有生养和收留之恩，来去明白，是做人的道德底线，如同关羽辞别曾经投降过的曹操一样。哪怕我是一个硅基人，就这样不辞而别，也确实有点不厚道。要不要给戴吉打个电话，说明解释一下？至少，也要确认她、老妈、晓诸和趣趣等至亲之人是否安全。

但娜娜又想：戴吉的电话一定被监听了，我如果与她通话，很可能被5A联盟和新智机集团的人窃听，必然暴露我的行踪。我被追杀事小，如果再连累无辜的汤末……

犹豫再三，娜娜还是决定与戴吉通个电话。她快速输入戴吉的手机号，将手指移至"拨号"按钮，心一横眼一闭按了下去，很快里面传来一个女声："对不起，您所拨打的用户已关机。"

她睡觉了？也好。娜娜飞快挂断电话，自我安慰：我是祸乱之源，我必须离开戴吉，离开她的家人，离开新智城。我这样做是对的。必须是对的！

接下来该做点什么？娜娜往脑门上拍了些凉水，大脑更加清醒：5A联盟的杀手和鲍大斯等人均知道戴吉制造了我，他们围猎她的原因，主要是为了找我。从贾威被我诱骗掉进河里这件事看，他们可能尚不知道我与戴吉长相完全一样，如果我"不小心"暴露行踪，是不是可将他们的注意力从戴吉身上转移到我身上？古人常玩"围魏救赵"，我能不能借鉴创新玩一出"围娜救吉"？

娜娜登时大喜，一半是为自己想到这个天才创意，一半为"甩掉戴吉"这件事找到了强大的借口。

如果5A联盟和新智机集团的人发现我，一路追杀，怎么办？求之不得！娜娜心道：因为我每每遇险，都会自动在线激活AI，超级AI小J都会像天兵天将一样下凡，用各种匪夷所思的神奇功力帮我。

这是"生父"何默犀老师预留的算法后门，也是我作为硅基人的最引以为荣的地方。超级AI就像兴奋剂，一旦拥有过、体验过，就会上瘾，就会欲罢不能。

为什么我会在短暂拥有超级AI后又快速失去它？也许我遇到的危险还

不够严重，刺激不够大吧。娜娜暗自下结论，既然如此，那我们就玩一把大的。看这次超级 AI 能嗨到什么程度，能持续在线多长时间。

娜娜将斗篷和口罩扔进垃圾桶，走出卫生间，四下蹑步观望，寻找曝光机会。终于她在服务区加油站的顶棚下方找到了一个摄像头。她下车在摄像头下站定，微微一笑，潇洒地甩了甩她的一头秀发。

8

汤末走进男卫生间，刚要掏家伙撒尿，后面跟进一个蒙面黑衣人，飞速从身后搂住他，刀架在他脖子上："汤末，把货交给我。"

"你是谁？"汤末看不见对方的脸，只见他右手手臂上满是文身，地道的江湖中人。

"你连老子都不认识了？我是你九哥！"

"九哥？"汤末莫名其妙，"我哪有什么九哥？你是什么人？"

"行啊，姓汤的小子，才出道多久，就会装蒜了。"九哥怒道，"快说，货是不是在那姓戴的小妞手里？"

"我不懂你在说什么。"汤末奇道，"你们到底是什么人？"

黑衣人压低声音道："汤末，你少给我装，你难道忘了你已经加入寻芯堂了吗？"

"寻芯堂？"汤末还是一脸蒙，"什么寻心堂、找肺堂，这位大哥，你是不是认错人了？"

"你小子还想不想找回你女朋友？"

"我女朋友？我哪来的女朋友？"

"行，你小子行，戏演得不错。"九哥见汤末油盐不进，咬牙变脸，"你是不是想把货直接交给铲哥独吞赏金？实话告诉你，铲哥死在新智城了。我现在是寻芯堂特别行动小组代理组长，快把货交给我，否则我先杀了你。"

汤末这会儿似乎听明白了，笑问："九哥，你所说的货，是不是指我的朋友戴吉？她有什么价值，值得你这样一路追杀？”

"铲哥亲口对我们兄弟说，戴吉手里有我们需要的 AI 芯片，价值好几千万，你小子难道忘了？你是真糊涂，还是在跟我演戏？"

"哈哈哈……"汤末突然大笑，"抱歉，九哥，我刚才没认出你。我还以为你是本地劫道的小混混呢，刚才是故意试探你。"

"当真？"

"你把刀放下来，我这就带你去取货。"

"这还差不多。我就说，你小子也不敢独吞。"

九哥刚把刀移开，汤末突然一手飞速抓住他的右臂，另一只手臂用肘部连续猛击九哥胸部。九哥像出膛的炮弹一样，呼啸着飞出老远，撞墙掉地，闷哼一声，鲜血透过面罩渗出。

汤末四下张望，确信无人看见后，这才将九哥拖到一个蹲坑单间，从里面插上门，从隔壁的单间翻出来，淡定地洗了洗手，然后走出卫生间，走向服务区小卖部。

9

娜娜刚在加油站加完油，就见汤末拎着一大袋零食和几瓶水走过来，对她笑意盈盈道："补充点能量。"

"谢谢，我不饿。"娜娜接过水，飞快喝了一口，指着汤末的嘴角问，"这怎么有血？"

"老毛病。牙龈不好，洗脸时稍微一碰就出血。"

"快擦擦！"娜娜递给他一包纸巾，朝驾驶位走去。

汤末拦住她："不是说好我替你开吗？"

"确定？"

"当然。"

"那好吧。"娜娜把玩着车钥匙，歪头挑衅地笑，"离岸城好像还有几个小时车程，你要是扛不住，随时换我。"

汤末大伤自尊："开几个小时车就扛不住，难道我还不如你一个小女子？"

娜娜一把抓住汤末的手，将车钥匙扣在他手心里，用一种略带恶作剧的口吻道："这可是你说的，到时你可不许求我。"

换到副座后，娜娜撩了撩发梢，静静地看着汤末开车，一言不发。从他挂挡起步的动作看，毫无疑问，他是一个老司机，驾龄至少在七八年以上。其实戴吉这辆车是一辆顶配智能汽车，没有司机，照样可以在高速安全行驶。娜娜刚才之所以要亲自开车，纯粹是为了过飙车的瘾，为了体会一种纵横驰骋、自由自在、无拘无束的快感。她太爱这种感觉了！

我要不要告诉汤末，这车其实可以不用司机？娜娜含笑自问，心里刚冒出这个问题，瞬间即否定了。因为她在等待一个重要时刻，一个自我跃升的高光时刻。她相信她刚刚在加油站的摄像头下主动曝光，已经被 5A 联盟捕获。用不了多久，他们就会追上来，很快高速上就会上演一出生死时速的追逐大戏。

对这场即将开演的大戏，娜娜不仅不害怕，反而充满期待，心潮澎湃地静候。如果说趣趣被绑架短暂激活超级 AI 使她以女超人身份大败唐老鸭，只是让娜娜感觉意外和懵懂的话，那么超级 AI 小 J 帮她"干掉"贾威后，娜娜开始惊喜和觉醒。

她终于意识到——只有身处危险，才能激活在线超级 AI，才能在她的加持下，使自己变成女超人。

但我不能只做"临时女超人"。娜娜心道：我本是硅基人，原本我在被制造时，即可直接把超级 AI 写入我体内，让我一出生，就自动成为一个《终结者 3》《阿丽塔》等科幻电影里女杀手一样强大的智能机器人。可惜因为何默扉老师算法上的"硬性限制"，我只能被定义为与碳基人一样庸碌平常的硅基人。这有什么意思？地球早已人口超载，根本不缺人，更不缺默默无闻的硅基人。我要是跟他们一样，硅基人的意义何在？做他们的替身、助理和奴仆，我还不如去死！

　　要么不做硅基人，要做就做永远拥有离线超级 AI 的智能硅基人！我的 AI 我做主。我一定要找到自我激活超级 AI 的办法。不是遇到危险才能激活吗？没有危险，那我就创造危险，创造比之前更大、更刺激的危险！

第 09 章　硅城历险

1

重上高速，娜娜被凉风一吹，下意识地打了一个寒战。她再度感觉心跳加速、体温升高，体内波涛激荡，熟悉的感觉再度回归。脑海里又响起超级 AI 小 J 的声音："亲爱的，后有追兵将到，快加速逃跑！"

怕惊动汤末，娜娜没有开口说话，而是用意念问："亲爱的，是 5A 联盟的人吗？"

"还能是谁？"小 J 笑道。

我居然可以用意念与小 J 对话？太棒了！娜娜大喜，故意问："他们怎么这么快就发现我了？"

"你还好意思问我？"小 J 责备道，"谁让你在加油站拿掉斗篷和口罩，站在摄像头下卖弄风骚的？"

"对不起，小 J，我不是故意的。"娜娜又问，"他们离我们多远？"

"三四公里。马上就到。"

娜娜目光扫向后视镜，果然晨曦中，后面不远处有三辆黑色越野车未开车灯以静默模式，猛虎下山般狂飙而来，心道：用不了一两分钟，就能追上我们，于是对汤末下令："加速！"

汤末："为什么？已经 120 了，开这么快干吗？"

"有人追我们。"娜娜指了指后视镜。

"谁？"汤末看了一眼，果然见后面三辆越野车在三车道上并行，全速逼近，"确定是追我们的？"

"不是追我们，是追我。"

"追你？"汤末更吃惊了，"你犯什么事了？"

"来不及解释。"娜娜再度下令，"快提速甩掉他们！"

"已经加速到140。"

"把油门踩到底。我目测对方速度至少160，你快提速到180，甚至200。越快越好！"

"时速200？"汤末吓了一跳，"天，我最多只开过150。这车……这车能行吗？"

娜娜脸现一丝邪恶的笑："我早说过，你要是扛不住，随时换我。"

"不用换！"汤末大伤男性自尊，狂踩油门，将车速从140立即提升至180，与后面三车的距离稍稍拉开。但后车觉察，也开始加速。汤末只得仰身伸腿，将油门踩到底，将车速提至200。

但即便如此，刚刚获取的一点领先优势立即被后车的加速抵消。

要命的是，速度过200后，他们的车身发飘，发动机也在抖。眼看双方的距离拉近，汤末慌了："戴吉，我们必须想办法，否则肯定被他们撞翻。"

娜娜问："我们离最近的出口有多远？"

汤末答："我不知道。"

小J代答："大约三公里。"

娜娜道："三公里？哪来得及，快下高速。"

汤末愣道："我啥时说三公里了？"

"别废话！"娜娜回头，见后面三辆车越来越近，间距已缩至一公里以内，立即喝令，"汤末，快往右并线！"

汤末有点不淡定了："追我们的到底是什么人？"

"我说了来不急解释，少废话，快下高速，快！"

关键时刻，汤末突然要倔："你不说我们被追的原因，我就不下高速！"

汤末刚说完，就听见车后响起枪声，叮叮当当打在车身上，吓得他连忙低头。娜娜趁机喝道："这个理由够不够？"

汤末这下老实了，疾速向右并下高速。然而，他很快发现此路不通。因为高速出口正密密麻麻排着一大串大货车，蜗牛般前行，连应急车道都被堵得死死的。5A 联盟的追兵很快迫近，子弹雨点般横扫过来，玻璃尽碎，继续待在车里，只会被打成筛子。

在小 J 的建议下，娜娜果断下令汤末弃车。两人沿着小 J 规划的"安全逃生路线"，猫着身子躲在一群货车车旁甚至匍匐在车下，这才侥幸从高速上下来，逃到小路上。

追击者见他们弃车，也弃车追过来。娜娜边逃跑边回望，见追击者戴着唐老鸭和米老鼠面具，确定他们就是 5A 联盟的人，微微一笑。她跑到路旁一棵大树后，突然站住不动。

小 J 几乎与汤末一同发问："娜娜，为什么不跑了？"

娜娜用意念反问："小 J，能不能彻底激活我的超级 AI？"

小 J 温柔道："对不起，亲爱的，不能。"

"为什么？"

"这是何默扉老师算法规定的。只有在你遇到重大危险时，才能短暂赋予你超级 AI。"

娜娜忍不住，脱口道："我现在就处于重大危险中。"

"所以我在帮你。"

"但这是临时的线上 AI。我需要永久可使用的离线 AI。"

汤末见娜娜就像分身救人、灵魂出窍的孙悟空一般，一动不动蠢在地上，一脸蒙："你在跟谁说话？"

娜娜不理睬汤末，继续对小 J 说："万一我到了一个没有信号的地方，我怎么得到你的支持？这不是脱了裤子放屁——多此一举吗？"

小 J 见娜娜爆粗口，不急不恼，顾左右而言他："追击者共五人，人人持枪，最近的两人离你不到二百米，分别在你 3 点和 10 点方向。"

"大不了我被打死在这。"娜娜赌小 J 无论如何不会让她死，故意不走，其目的，就是逼小 J 赋予她离线 AI。

"你疯了吗，戴吉？我可不想死在这！"汤末说着，拉起娜娜就跑。

娜娜回忆起何默扉被追杀的过程，冲小 J 吼道："我躲得了初一，躲得过十五吗？我不愿永远等待被人拯救的，我要自己掌握自己的命运！"

汤末误以为娜娜在跟他说话，且讥讽且哀求："你不躲初一，怎么躲十五？戴吉，我的姑奶奶，赶紧逃命，先躲过初一再说吧！"

娜娜指着横飞的弹雨："怎么逃？这里空空荡荡，一点遮挡物都没有，一动就死！"

小 J 似乎感觉到娜娜的强势态度，主动妥协："娜娜，我会认真评估你对获取线下超级 AI 的请求，我会在我职责范围内尽可能满足你。但是现在，你必须按照我的规划迅速逃离危险境地，否则，你和汤末将在两分钟之内被 5A 联盟杀死，死亡概率分别高达 97.8976% 和 99.3543%，你愿意看到你的朋友无辜受死吗？"

娜娜虽然顽皮，但她人性中最温柔最善良的部分被触发，顿时醒悟：是啊，我这个硅基人死不足惜，大不了重新回炉，但汤末是碳基人，是血肉之躯，一旦被枪杀，不可复生。我怎么能在生死关头以汤末的性命为代价要挟小 J？留得青山在，不怕没柴烧。她点头道："好吧，快说你的逃生规划。"

"亲爱的，你右前方 2.1 公里处有一条国道，国道上正行驶着一辆平板拖车，上面有你需要的逃生工具。"

"什么逃生工具？"

"去了你自然知道。"

2

娜娜速叫顺风车，没人响应；拦出租车，还没拦到车，就见后面尘土飞扬，遮天蔽日，万马奔腾一般。她透过尘土看见五辆摩托车极速朝他们驶来，对汤末大叫一声"有人追过来了"，拉着他狂奔。可是，两条腿哪跑得过摩托，几分钟后，5A 联盟的摩托车队与娜娜的距离越来越近。

跑在最前面的正是唐老鸭。鉴于娜娜已经知道他的身份，这一次，他和部下都没戴面具，全部本色出外勤。

唐老鸭高呼："老大有令，见到硅基人娜娜和她的朋友，一律格杀勿论！"

部下问："赏多少？"

"杀死硅基人，赏五十万！杀死她的朋友，赏十万！"

"差那么多？"一部下笑，"那我杀硅基人娜娜，那个男的交给你们！"

其他几名部下争相道："娜娜是我的，谁也别跟抢我！"

借助超级 AI 小 J 的帮助，娜娜的耳朵变成"顺风耳"，隔着数百上千里，也能听见唐老鸭等人的对话。却听汤末面色凝重道："戴吉，我们得尽快找辆车。"

"看前面。"

汤末抬头，见国道上一辆大型平板拖车载着十几辆豪华跑车，从他们前面疾驰而过，忍不住赞道："好漂亮的跑车！只是我们能借用吗？"

娜娜立即明白，这就是小 J 帮她寻找的逃生工具，对汤末微笑道："当然。"

"怎么借？"

"等着。"娜娜用意念对小 J 说"帮个忙"，只听小 J 说声"没问题"，就见前面十字路口还有三十几秒倒计时的绿灯陡然变红，平板拖车司机不得不速踩刹车，排队等候。

娜娜率先爬上拖车，见上面并列排着红、绿、黄、蓝四辆崭新的跑车，璀璨夺目，狂喜："看中哪辆了？"

汤末眼花缭乱："这车都得好几百万一辆吧。"

"喜欢我就送你一辆。"娜娜不知从哪变出一根钢丝。

"送我？"汤末不敢相信，"你就用这根钢丝开锁？这可是好几百万的跑车，不是拖拉机！"

"快说，喜欢哪辆？"

汤末指着一辆黄色法拉利道："就它吧。"

"快闭上眼睛。"

"闭眼？"

"少废话！"

等汤末照做，娜娜手掌贴在左前窗玻璃上，小声道："小J，看你的了。"

"小CASE。"小J秒答，"OK了。"

娜娜的指纹识别瞬间通过，只听"咔哒"两声，跑车密码解锁，自动启动，两扇车门打开。拖车上固定这辆跑车的几条巨大铁链也自动解开，叮叮当当砸在地上。

"戴吉，你怎么开的锁？"汤末睁开眼，疑惑地问。

"这下你相信我的水平了吧？"娜娜晃了晃手里的钢丝，然后扔掉。

汤末不信："几百万的跑车能被钢丝打开？水货吗？"

"快上车！"

娜娜和汤末刚跳进跑车，关上车门，唐老鸭的摩托车队便追上平板拖车，对其频频射击，所幸跑车玻璃防弹，安然无恙。娜娜从平板拖车上倒车，随之一跃而下，再飞快加速，终于把5A联盟的摩托车队暂时甩开。

一路奔波，娜娜开车行至此次南下岸城的第一站——硅城。上午时分，适逢硅城举办一场盛大的国际马拉松比赛，街边到处是看热闹的观众，其中不少是老人、学生和幼童。因为部分街道实施交通管制，尤其是一条东西方向的主干道，被完全封闭，很多人形机器人身着制服和黄马褂，在现场维持秩序。

这样一来，娜娜不仅车开不快，而且无法由北南下，眼看就被唐老鸭等人追上，汤末急了："戴吉，弃车吧？"

"又弃车？"娜娜问小J，"亲爱的，你觉得呢？"

"亲爱的？"汤末以为娜娜叫他，被这称呼搞晕了，脸羞得通红。

小J答："我不觉得这是一个明智的选择。弃车后，你有90.7543%的可能的被抓，被杀死的概率高达94.9494%。"

"好吉利的数字！"娜娜笑，"不过，我赞同你的看法。"

"戴吉，你到底在跟谁说话？"汤末再次问。

"一个朋友。"

"朋友？这个时候你还有心思跟朋友聊天？"

"一个用 AI 远程指导我们逃难的朋友。"

"亲爱的，"娜娜对汤末挤挤眼睛，继续问小 J，"我想你应该有更好的办法。"

小 J 问娜娜："看见地上的马拉松路线标志吗？"

"看见了。"

娜娜知道，一般的马拉松比赛路线都是手工画在地上的，而硅城这次马拉松，比赛路线却是电子的。硅城主要街道的部分和几条车道已实现数字化，路面上全部铺了一层轻薄坚硬的电子屏，可实时显示行车标志和各种交通信息。娜娜发现这一点，登时大喜："你是说你能改变马拉松比赛路线？"

小 J 答："把马拉松路线由东西向主干道改成南北向主干道，你们是不是就可以突破障碍，顺利南下了？"

"快！"

说话间，马拉松选手所经路面陡地一闪，变成水坑和粪坑，3D 画面极度逼真，加上空中飘来一股恶臭，让选手们信以为真，本能止步。

也就在此时，原本东西向的一字形比赛路线，在娜娜眼前拐了一个九十度的弯，直直地向南而去。

相关路口的红绿灯相应配合调整，路边服务站的所有广播也及时播发组委会的通告："本段比赛路线因故临时调整，由东西向改成南北向，请各位选手按新的路线行进……本段路线因故临时调整，请各位选手按新的路线行进，由此带来的不便，敬请谅解。"

现场工作人员听到这个广播，愣在那里，面面相觑。片刻后，开始互相求证。大赛组委会负责人和所有工作人员的手机全部收到类似指令，欲向更高级别主管求证，可惜打不通电话，只得下令执行。

数十个人形机器人接到指令后，纷纷过来驱散围观人群，将围栏由东西向改为南北向，同时组成一道人墙，阻止选手继续向西向东行进。

马拉松选手头一次经历中途改变路线这种事，登时哗然。一些选手不管不顾，跳过假水坑粪坑照原路线跑；一些选手原地驻足，破口大骂。越来越多的选手从后面涌上来，但因为东进方向被围栏和人形机器人阻断，众选手们无奈之下，不得不选择新路线，由西拐弯向南。原本集中在东西主干道的围观人群惊讶之余，也在一片笑骂声中，纷纷向南边的街道奔去。

娜娜对小 J 道谢，抓住机会，快速越过这条主干道，驾驶跑车往南狂奔。她回头看了看马拉松选手截断的道路，长舒一口气："这下 5A 联盟的人暂时追不上我们了。"

3

娜娜与汤末又跑了大半个小时，接近中午，太阳当空，两人又渴又饿，决定找地方吃点东西，见路边牌子上写着"三道口镇集贸市场"，便将跑车拐入一个废弃草场，用草垛掩盖，确认安全后，方偷偷下车，悄悄溜进市场。

市场里有各种杂货摊，熙熙攘攘，好不热闹。娜娜发现汤末衣服被树枝刮得破破烂烂，屁股上破了一个大洞，甚是不雅，顺势问："要不要换身衣服？"

"呵呵。"汤末不好意思地笑笑，"我手机里没钱了。"

"我也没有。"娜娜晃了晃她的手机，"活人还能被手机憋死？"

刚刚这场激烈且刺激的追逐，再度激活了娜娜的在线超级 AI，暂时还没失效。娜娜信心爆棚，决定再玩玩。

她四下张望，发现河边有人在摆象棋摊，摊主是一仙风道骨白须飘飘的大师，说声"有了"，走近打听："老板，多少钱一盘？"

"一般人是五十一盘，你……"大师道，"十块。"

娜娜不服："为什么？瞧不起我？为什么不是五十？"

"好男不跟女斗。跟你一个女娃娃下棋，赢了输了我都丢人。"

人群中传出笑声。娜娜冷静道："摆摊就是混江湖，必须一视同仁。

就五十。"

"不下。"

"看来您水平一般，输不起，我换人吧。"

"你说谁输不起？"大师被激怒，当场挽起袖子，"来！五十就五十！"

"先来三盘？"

十五分钟后，娜娜连赢三盘，从气呼呼的仙风道骨大师手中接过一百五十元，对汤末挥手："够不够盒饭钱？"

两人就近走到一个饺子摊前，汤末边吃边赞："戴吉，你这招哪学的？这么厉害！"

"电脑。"

"不可能吧？我也跟电脑学过棋、下过棋，为什么越下越臭？"

娜娜当然不能说自己拥有超级 AI，脑袋里装着人类有史以来所有已上线的棋局，以及从未有人下过的招式，笑笑："那是因为你没上心。"

"用心就能学会？"

"只要功夫深，铁杵磨成针。"

"李白的励志故事？"汤末撇撇嘴，"李白的诗要是靠磨铁杵写的，他就不做诗仙，而是当铁匠了。"

"哈哈哈……看不出你还这么幽默。"娜娜被逗笑，"李白是天才不假，但熟能生巧这个道理，应该放之四海而皆准。"

汤末往娜娜身后一指，"那这个你也会喽？"

娜娜回头，见身后是一条长长的河堤，而紧靠河堤边的是一排算命摊。

统一配置是白色长桌、平板电脑和推演簿，相师的着装则统一是墨镜、折扇加传统中式长衫，她笑赞："这就是传说中的硅城'人生指北一条街'？"

"你能不能再露一手，挣点路费？"

娜娜抬头对整个"人生指北一条街"做了全景扫描，迅速发现长长的河堤边共有五六十相师，年龄大多在四五十岁以上，最年轻的乃是一个三十多岁右臂缺失的残疾青年。别人都穿长衫、戴墨镜、摇折扇，唯独他倔强地不着任何行头，本色出演。所以别人的摊位生意兴隆，唯独他这生意冷清，无人围观。

娜娜说声"我试试"，取过汤末的墨镜戴上，走向独臂青年："这位师傅，能借您的摊位用一下吗？"

"借？"相师一愣，"咋借？"

"我来替你看会儿摊，收入咱们五五分成，怎么样？"

"这个……"年轻相师有点不解。

"我是外地来旅游的，钱包和手机被人偷了，想借宝地挣点饭钱。我只借用半个小时。半小时之内如果不能帮你挣一千，我把手机赔给你。"娜娜说着，把手机拍在桌上。

年轻相师不好意思，腼腆道："手机我不要。就半个小时。我正好吃饭，休息一下。"

娜娜坐下，高声道："AI 算命了，人工智能算命了。一百块一卦。我只要说错一句话，十倍赔偿。一分钟挣一千块的机会，走过路过，不要错过！错过就是罪过！"

汤末吓了一跳："你哪来的钱赔人家？"

娜娜豪横道："有我的手机垫底，你怕什么？"

"一分钟挣一千块"的广告语本就极具诱惑力，加上娜娜年轻貌美，立即吸引一众人将她包围。

"谁先来？"娜娜用纸扇推了推鼻子上不断下滑的墨镜，专业派头十足，汤末想笑不敢笑，差点憋出内伤。

"我来！"一个胖乎乎的家伙，拄着拐杖奋力挤到最前面，气喘道。

娜娜定睛一看："哟，这不是'馒头哥'吗？"

馒头哥大吃一惊："你知道我？"

"你长得又白又胖，绰号'馒头哥'，不是很形象吗？——想问什么？"

"今天我既不问前程，也不问姻缘，我只想问霉事。"

"霉事？"

"对！我想知道，过去一个礼拜我经历了什么倒霉的事。"馒头哥掏出一张百元现钞，两指夹着轻轻晃动，"这位小妹，说错一句话赔一千，是真的吗？"

"千真万确。"娜娜笑着点头，"下单吗？买定离手。"

"哟，看不出你还是老江湖，敢情在拉斯维加斯上过班？"馒头哥用尽全身力气，把百元大钞往桌上一拍，差点把桌子震散架，"下！"

"要我说你过去一个礼拜的倒霉事，是吧？今天是周五，那我就从上周五说起。"娜娜一手搭在他脉搏上，一手托腮帮，峨眉紧蹙，仰头望天，做思考状，把扇子来回收放，再次向上推了推眼镜，灿然笑道，"有了。这位小哥，我是私下对你一个人说，还是当众说？"

"当众说。"

"不怕隐私外泄？"

"说破无毒。倒霉事不丢人，有什么怕的？"

"那我就说了啊。"

"第一件倒霉事：上周五那天，你炒股赔钱了，对吗？"

"对。"馒头哥飞快回答，但很快发现不对，"不过，这年头十个股民九个亏，你说我赔钱，蒙对概率高达九成，算什么本事？"

"那我再说细点。"娜娜笑道，"你账户里总共持有十只股票，九只是亏的。上周五你交易了六只，总共赔了四只，对吗？"

"这也是蒙的吧？"馒头哥惊讶之余，表示不服。

在超级 AI 小 J 的提示下，娜娜从容道："那我再蒙一次，你这天的成交金额是 254247 元，亏损 23494.17 元，对吗？"

"嗯？等等。"馒头哥掏出手机，用炒股 APP 核对，丝毫不差，连小数点后两位都一样，当时就惊呆了。

"本来你那天可以挣 18670.23 元的。你抛售的五只股票中，有两只立即开始大涨，其中一只很快涨停，对吗？"

"你……你……你是怎么知道的？"

娜娜笑："你就说对不对吧？"

馒头哥脸色渐变："你是什么人？是不是黑客，偷看过我的账户？"

"黑客？"娜娜冷笑，"黑客能说出你的内裤颜色吗？"

"哦，我内裤的颜色，你对这个也有研究？"馒头哥露出淫笑，"那说说看？"

"粉红色。"娜娜贴着他耳朵轻声说，"而且是从你对面女邻居家偷的，对不对？"

馒头哥被唬得魂飞魄散，狂吞口水压惊，好一会儿才道："这个没意思，不说了，不说了。说我下一件倒霉事。"

"我接着说你的第二件倒霉事。上个礼拜天你买彩票，得了一个三等奖。本来你可以得二等奖，但不喜欢14这个数字，临时改的。对不对？"

"这你也知道？"

"你买的双色球，红球是1，4，9，13，28，31，蓝球是8，对吗？"

馒头哥从手机壳里掏出彩票，认真核对，发现娜娜说的一个数不差："难道你的眼睛里带着X光机？"

娜娜不理他，继续道："第三件倒霉事。这周二晚上，你在单位宿舍值班。半夜起火，你同事以为是地震，大喊'地震了，快跑'。你立即起来，往楼下跑，不小心摔倒了，右腿骨折，所以你才挂拐。"

馒头哥脸色惨白："你是人是鬼？你是不是认识我的某个朋友？"

"您看我像本地人吗？"娜娜摘下墨镜。

"这位美女，你难道是观世音菩萨下凡？"馒头哥追加了一百元，"在下佩服之至！"

4

人群一阵骚动，有人称奇，有人夸赞，有人质疑。其中一个一脸横肉头发稀疏的大胡子中年男冲上前，高声道："我看这位馒头哥就是托，配合这个女骗子骗钱，大伙千万不要上当。"

馒头哥真诚道："各位，我真不是托。我是路过的，根本不认识这位美女。"

"哪个托会承认自己是托？"

"就是，就是。"众人合力将馒头哥打跑。

娜娜拱手问大胡子中年男："这位兄台，敢问你是来砸场子的吗？"

大胡子中年男掏出五百元，指着身旁小鸟依人浓妆艳抹的女孩高声道："我就问一句：我们之间有戏吗？我是她的第几个男朋友？"

女孩一愣，身子一扭："讨厌！你问这个干吗？"

"我就要问！"

娜娜上下打量女孩，闭眼沉思，无数场景从大脑中喷薄而出。她睁开眼，用手往前一挡，笑道："这位兄台，您这钱我不挣了。"

"怎么，怕露馅？"大胡子中年男不罢休。

"我怕丢人。"

"你怕丢人？果然是骗子，赶紧赔钱！我出五百，你赔我五千！"

娜娜微微一笑："不，我怕你丢人。"

"我丢人？丢什么人？"

"那我就直说了。"娜娜缓缓地吐出一句诗，"松下问童子，言师采药去。"

"啥意思？"男的问，"怎么还拽起唐诗来了？"

"宋、夏、文、童、资、言、师、蔡、药、曲。"娜娜笑道，"这是你女朋友之前交过的十个异姓朋友——姑娘，后面几个还要我说吗？"

女孩先是一愣，随即脸色陡变，又羞又怒，气急败坏地猛瞪娜娜一眼，挣脱男友的手，飞也似的跑了，引得围观人群爆笑。

大胡子中年男又羞又急，想追又不敢追，朝娜娜拱手："这位大师，我算是服了。不管她前面有多少任，我都喜欢她。我就问一条：她现在是不是真心跟我？如果是，我不在乎她的过去。我就想知道：我还有没有机会？"

娜娜感叹该男子的痴情，不知如何安抚，正好一辆路过的车爆胎，发出一声巨响，便笑道："当然有。如果正好有胎爆了的话。"

"啥意思？"大胡子男问。

"备胎啊！笨，连这个常识都不懂？"之前被冤枉为"托"的馒头哥，不知什么时候又挤进人群，残忍地一语道破真相。

人群中再度爆发哄笑，后来围观的人纷纷持币下单，求娜娜帮着算一卦。不到一个小时，娜娜挣了三千元，把汤末彻底看呆了。

但被娜娜夺去业务的众相师认为她是骗子，是专门来砸他们场子的，于是群起而攻之。娜娜扔给借给他摊位的独臂青年一千五百元分成，与汤末狼狈逃走。

众人紧追，各种石头、砖块、木棒雨点般砸来，娜娜不想在他们和汤末面前过度暴露实力，引发不必要的麻烦，忍着不还手，只采纳"三十六计，走为上"之计，夺路欲逃。

就在这时，人群中突然有一个长相精瘦精瘦的男子高喊："不对，他们是机器人！这一对狗男女是人形机器人！"

"潘镇长，不会吧？机器人走路是这样式的。"馒头哥率先质疑，模仿机器狗一摇一晃走路的样子，"有他们这么逼真吗？"

潘镇长道："他们是智能机器人，以前科幻电影里才有的东西，现在都变成真的了！"

"智能机器人？"大胡子中年男接话，"难怪那么厉害，什么都知道。"

潘镇长道："我听岸城的朋友说，江湖上有人重金悬赏，抓到一个 AI 机器人，赏人民币十万块。大伙快行动啊！"

"十万块？这么多！发财了，上！"馒头哥和大胡子一起说。

很快，整个三道口集贸市场骚动了，所有人都在谈论同一个话题：

"抓智能机器人啊！抓住一个能赚十万块！"

"真的吗？机器人在哪？"

"就是刚刚在算命一条街骗了好几千块钱的一对狗男女！"

"啊，机器人都会骗钱了？那我也抓一个。"

"快报警！"

"报什么警？他们要落入警察手中，我们还怎么发财？"

……

娜娜和汤末从"骗子"变成"通缉犯"，只一眨眼间，两人便被潮水般涌来的民众包围。大胡子道："这女机器人我先预定了，你们要抓，抓那个男的。"

馒头哥道："凭什么？她先骗我的钱，就是按先来后到，她也是我的。"

最早指出娜娜和汤末是机器人的潘镇长高喊："那个男的说不定也是机器人，谁能拦住他，我们镇里先奖五千块！"

眼见数百民众像蝗虫一样扑过来，汤末高呼："我们不是机器人！我们是人！"

馒头哥道："就算你不是，她也是！我就不信，这世界上有人能对别人的隐私知道得这么清楚。"

大胡子道："就是。这两人不是机器人，就是诈骗犯！"

娜娜此时也有点后悔，不该为一点车费锋芒毕露，郑重道歉："几位大哥，刚刚我只是信口胡说，不小心蒙对的。求求你们放过我们。"

"蒙的？"潘镇长冷笑，"你们把身上衣服全脱光，给我们验看一下。你们要有那玩意儿，我们就相信你们不是机器人。"

"对！快脱！"馒头哥和大胡子高嚷，浑身洋溢着报复的快感。

娜娜虽是硅基人，但她毕竟是女人，有强烈的女性自尊，面对如此羞辱，早已怒不可遏，脱口甩出一句碳基人类流传数千年的经典脏话。身上的超级 AI 已被激活，她早已跃跃欲试，想痛快体验一把格斗术的厉害。她唯一犹豫的，是痛快之后会不会进一步暴露自己，使围观人群进一步确信她是机器人，强烈激发他们把自己抓住的斗志，那样一来，就有点得不偿失了。

娜娜犹豫间，汤末狂吼一声，冲上前一脚将大胡子踹倒，然后又与馒头哥对打。他原以为馒头哥虚胖，弱不禁风，没想到他还会几下拳脚，两人互斗几个回合，不分胜负。潘镇长冷笑一声，持刀加入战团，边打边高呼："兄弟们，快上！别让他们跑了！"

数十人涌过来，对汤末和娜娜群殴。汤末虽然接连干倒十几人，但担心娜娜受伤，决定智取。他撇开众人，径直拿住潘镇长，夺过他手里的刀，抵住他的脖子："都不许动，谁再乱动，我可就不客气了！"

潘镇长软了："都不要动！"

汤末对他耳语："让你的人闪开！"

潘镇长高喊："都给我闪开！听见没有，把刀放下！快点！"

汤末挟持潘镇长，与娜娜狂奔四五百米，这才放开他。汤末拉着娜娜，从算命一条街一路逃向前面的衣帽街。眼见获释的潘镇长又率上百人猛追过来，两人只好躲进一间服装店，趁老板不注意，各换了一套衣服，从后门出来，找到之前跑车停靠的地方，从容离开。

5

惊魂未定，娜娜和汤末许久没说话，最后还是娜娜打破沉默："对不起，汤末。"

"嗯？为什么？"

"是我连累你了。"

"你是说我们被追杀吗？"

"是。"娜娜说完，又纠正，"也不全是。"

"你要是不方便，可以不说。"

"不！我必须说。"娜娜知道 5A 联盟不惜代价抓捕她的真正目的，更知道 5A 联盟是自己主动曝光招来的，这些核心机密，打死她也不能说。她现在扮演的是"戴吉"，必须沿着戴吉的角色，编织一套全新故事，否则一定会吓着汤末。想了想，娜娜终于说，"我们公司丢失了一样非常贵重的东西，而领导怀疑此事与我有关。"

"什么东西？"

"一个 AI 人形机器人。"

"AI 人形机器人？"汤末想起刚刚在三道口镇的经历，恍然道，"难怪。是不是非常值钱？"

"当然。价值至少……上千万。"

"那些追杀你的人是……"

"不知道。我猜应该是我们老板高价雇的黑社会。"娜娜害怕汤末追问，绝口不提"5A 联盟"这四个字，"没想到，他们下手这么狠，连你也……他们一定把你当成我的同伙了，对不起。"

"有啥对不起的。这么说，戴吉，这么说你就太见外了。"汤末突然换了话题，"三道口镇这帮人真搞笑，居然怀疑我们是 AI 机器人。这世上有这么智能的机器人吗？"

"你没看见刚刚在马拉松比赛现场，都是人形机器人在维持秩序吗？"

"还真是。"汤末突然想起什么，"你不会真是机器人吧？"

"我？"娜娜愣笑，歪头反问，"你看我像吗？"

汤末死盯着娜娜几秒："有点。"

"哦？哪里像？"

"除非你能告诉我刚才偷跑车和算命是咋回事？"

娜娜从耳朵里掏出一个耳机："当然是它在帮我。AI 解密，AI 算命。"

汤末大惊："人工智能？哪来的？"

"我姐。"娜娜将一切往戴吉身上推，"他们公司是搞人工智能的。我趁她不注意，偷偷在手机上安装了一套 AI 预测系统。"

"我说呢。"汤末如释重负，玩笑道，"你看我像不像机器人？"

"你？"娜娜心道：汤末感情如此丰富，表情如此逼真，要么是碳基人，要么是跟我一样的硅基人，不可能是批量生产随处可见的人形机器人。可是，戴吉明确告诉我，我是地球上第一个且截至目前唯一一个情感硅基人，没有第二个。所以，他只能是碳基人。

不过，汤末刚刚展现出强大的打斗能力和丰富的格斗技巧，仿佛一个受过专业训练的警察、保安和习武者，还是让娜娜惊讶：一个中学老师和民企小老板，是怎么练就这一身武艺的？娜娜不想放过调侃汤末的机会，笑道，"你倒是有点像。"

汤末变戏法似的掏出一把折叠刀，展开后递给娜娜，然后又挽起右手臂的袖子，往前一送："来！"

"干吗？"

"用刀在我小臂上划一下，看能不能划出血？看看里面有没有电路？"

娜娜见汤末的右臂上肌肉瓷实青筋暴露，没有一点机器人的影子。不过，她还是决定捉弄他一下，她咬咬牙，将刀对准汤末手臂上的一条最粗的血管，笑道："那我真划了啊，你最好闭眼。"

"好吧。"汤末含笑闭眼，颇有关公刮骨疗伤的气势。

娜娜飞快用刀尖在汤末手臂上划过去，仿佛"铁掌水上漂"裘千仞踩水过河一般，然后哈哈大笑："划完了。"

"通过验证了？"

"我相信你。"娜娜钦佩道，"我只是没想到你一个文弱书生，这么能打。"

"我跟一个练武术的朋友学过几招猫爪功。艺不压身，总有用得上的时候，是不是？"汤末放下袖子，"刚刚那个镇长说，我老家岸城有人悬赏十万捉拿 AI 机器人，真的假的？"

"有可能。我听我姐说，岸城附近有一个反 AI 组织，专门拿 AI 机器人出气，还暗杀过很多世界顶级 AI 算法工程师。"

"先不管他们了。"汤末指着路边的指示牌说，"戴吉，昨晚我们赶了一夜的路，太累了，前面出了硅城地界，就是岸城最北边的芯村，我们今晚就在芯村休息一晚上吧？我见几个朋友，确认一下我妹的下落。"

娜娜在三道口镇听潘镇长说，岸城有人重金悬赏，每抓一个智能机器人赏金十万，莫名兴奋，恨不能立即飞奔过去。

这是一个危险决定。娜娜猜测，岸城可能是 5A 联盟的总部，而 5A 联盟正在全力追杀她。古语云："吃一堑，长一智。"在娜娜看来，这句话应改成："冒一险，长一智。"硅城高速、市中心马拉松比赛现场和三道口镇接二连三的遇险，逼得小 J 频频出手相救。虽然小 J 始终拒绝赋予她独立的离线 AI，但敏感的娜娜隐隐发觉，自己的离线 AI 在渐渐觉醒。

比如刚刚在三道口镇给人"算命"时，娜娜就发现有些问题的答案还未经小 J 提醒，她就能脱口而出，答案仿佛早在嘴边，自己要做的，只是用温软的舌头把它们推出来，就像一个清洁工站在楼梯口，只要用扫把轻轻一推，垃圾就会轻松自如地滚下楼一样。

娜娜在心里激动呼喊，暗暗发誓：只要再来一次更刺激的冒险，我也许就能彻底生成超过小 J 的独立超级 AI，到时，我就彻底自由了。到时我就能想去哪就去哪，爱干什么就干什么，任谁也找不着我管不了我了！

越是危险的地方，我越要去；越是冒险的事情，我越要干。用碳基人的话说：危险越大，就越容易激发潜能。原来碳基人口中的"潜能"，就是我们硅基人眼里的"智能"，或者说 AI。

原来不管是碳基人，还是硅基人，每个人在"出生"时，他所获得的能量和智慧都是有限的，只有不断经历、不断学习，才能觉悟，才能得到上天的启发，才能由内而生超级 AI。

原来潜力就是碳基人类的超级 AI。想到这句话时，娜娜只觉一道亮光，垂直从她头顶射入，经大脑吸收、折射、缓冲，最终从双眸射出，光芒所抵之处，万物皆熠熠生辉。

早一天到岸城，就能与 5A 联盟邪恶狠毒的老大托尼过招，那么内生超级 AI 就会早一天生成。

这是我的成人礼，是我成长的必经之路，是我硅基人生必须跨越的自由门槛。娜娜对自己打气——我必须且只能独自完成这个艰巨的挑战。

这是娜娜希望尽快赶到岸城的一个重要原因。当然，还有一个更隐秘的理由，那就是，她逐渐萌生单挑 5A 联盟，为何默扉复仇的愿望。《蜘蛛侠》里不是有一句台词叫"能力越强，责任越大"吗？如果我真的能拥有线下 AI，如果我的 AI 足够强，我是不是应该找出杀死新智机集团两个保安的真凶，以告慰两个无辜的冤魂？

我是不是就能与 5A 联盟老大托尼当场 PK，为我惨死的"父亲"何默扉报仇了？

岸城不是有人悬赏十万抓智能机器人吗？此事是否与 5A 联盟有关？

智能机器人虽然不算硅基人，但也是我的同类，我有什么理由袖手旁观坐视不管？

当然，自己此行的初衷是陪汤末找妹妹，还是要跟上他的节奏。娜娜于是点头："没问题。"

汤末突然手握跑车方向盘："可惜这辆法拉利了。"

"怎么？"

"它太扎眼了。"汤末指着前面的一个小湖说，恋恋不舍道，"恐怕我们要跟它说再见了。"

娜娜笑："没事。回头我再帮你顺一辆。"

两人将法拉利推进湖，换了一辆旧车，朝芯村进发。娜娜抬头，见天上又是明月当空，皎洁澄澈，与昨夜她与戴吉分开时的情景几乎一模一样，不禁想：不知道吉吉现在怎么样了？她和老妈等人是不是已摆脱追杀彻底安全了？我就这样抛下他们，是不是有点太自私了？还有那个沉河的贾威，不知是死是活？

6

贾威正在挨训。

昨夜鲍大斯听说戴吉从她家逃脱后，暴怒之下，情绪失控，在办公室指着贾威大骂了一个小时。贾威右臂吊着绷带，甚感委屈。

昨晚鲍大斯交给他的任务，就是看住戴吉，逼他说出娜娜和黄婴的下落。哪知半夜突然有神秘杀手进来，残忍枪杀了山子和小亮两个部下。虽然戴吉在同伙营救下，侥幸从窗口逃脱，但贾威本人却被两个黑衣蒙面人抬着，从 17 楼窗户扔下来。若不是经大树和中间楼层雨棚缓冲，他早已摔成肉饼，而不只是右臂骨折。

贾威擦了擦额头的汗，自我辩解："鲍头，我说过了，昨晚有几个身着黑斗篷的黑衣蒙面人在追杀戴吉。戴吉的邻居章虞，应该也是死于他们之手，他不是戴吉杀的。"

"身着黑斗篷的黑衣蒙面人？什么人？"鲍大斯狐疑问。

"我不知道。"

"一问三不知，我要你这个安保处处长干什么？"鲍大斯双眼布满血丝，一副杀疯了的神情。

"鲍头，不是我不尽力。"贾威艰难地抬了抬受伤的右臂，可怜巴巴道，"可我们安保处实在人手有限，总共不到十个人，这两周死了四个，别的兄弟吓得都请假了……"

"废物！"鲍大斯立即打了一个电话："通知技术部，所有员工立即到公司加班，全力配合安保处追查戴吉的下落——贾威，这是你最后的机会。三天之内抓不到戴吉，你就回家单臂抱孩子吧。"

"谢谢鲍头！谢谢鲍头！"贾威对鲍大斯连连作揖，轻声问，"不过，事情既然已经闹这么大，我们是不是……"

"是不是什么？"

"是不是报警，让警方介入为好？这事太大，我们兜不住的，再兜下去，只会死更多的人。"

"报警？"鲍大斯狠瞪贾威一眼，从座位底下拎出一个血淋淋的塑料袋，"你知道这里面是什么吗？"

贾威见里面混着鲜血、毛发和头皮，吓了一跳："这什么？哪来的？"

"何默扉身上的。"

"何默扉？他人呢？"

"也在这里头。"鲍大斯往塑料袋一指。

贾威目瞪口呆："您是说他被溶……溶……解了？也是戴……戴吉干的？"

"是不是她干的，我不知道。"一向自信到近乎自负的鲍大斯，此时仿佛一只斗败的公牛，懊恼颓丧道，"我只知道，我们可能低估了戴吉的野心和残忍。你所说的那些穿黑斗篷的黑衣蒙面人，与她是友是敌，还真不好说。"

"鲍头，您是说，戴吉为了制造硅基人娜娜，不惜杀了何默扉，绑架了黄婴？"

"黄婴也有可能死了。"鲍大斯身子靠后一仰，双脚离地，来回转动他的座椅。转了数圈后，他停下来，身子前倾，严肃问，"贾威，你说，戴吉这样做的动机是什么？"

"为了赚大钱。像娜娜这样的硅基人产品，黑市上至少价值几千万……美元。"

"赚钱？不，不，不可能。"鲍大斯摇摇头，"我了解戴吉，她不是一个物欲很强的人，她并不看重钱。"

"那就是为了报复。"

"报复谁？"

"当然是报复您。"

"报复我？"鲍大斯哑然失笑，"因为我没有重用她？"

"当然。"

"不，戴吉权力欲也不强。而且，她这个人也比较重感情，一向视何默扉为老师，甚至是父亲，她杀死他的可能性，微乎其微。可是她为什么要背着我制造一个跟她一样的硅基人娜娜，甚至不惜杀死好几个人？这件事与何默扉之死和黄婴的失踪又有什么关系？"

"鲍头，人是会变的。"贾威提醒，"尤其是她陷入绝境时。"

"绝境？什么绝境？"鲍大斯感觉贾威有所指。

"我也许知道！"一个英姿飒爽的女孩拎着一台平板电脑风风火火闯进来。

鲍大斯问："你发现了什么，小岚？"

"鲍头、贾处，我跟我们技术部的同事一块做了点数据挖掘。"小岚指着电脑屏幕说，"上周，戴吉刚刚确诊了癌症。这是她在三家医院的体检和复查报告。"

"戴吉得了癌症？"鲍大斯惊道，"什么癌症？有多严重？"

小岚答："胶质瘤4级。医生说如果不马上治疗，寿命只剩半年。"

"半年？这么凶险？"鲍大斯不敢相信。

"因为患癌，戴吉就要造一个跟自己一样的硅基人？"贾威摇摇头，习惯性地捏捏下巴，"我还是不明白这其中的逻辑。"

小岚解释："也许她这样做不是为了自己，而是为了家人。这是她母亲的病历。"

贾威用手指在平板上快速划拉："她母亲患有严重的阿尔兹海默病，最近刚预约了一个脑部手术，手术费……六十万，天，这么贵的手术？！"

"亲情是戴吉最大的软肋。我听同事说，她几岁时父亲和妹妹就因车祸去世。母亲再没嫁人，一个人把她拉扯大，确实不容易。"鲍大斯叹道，"戴吉为亲情赚钱这个动机说得通，但是，她为什么要帮何默扉造硅基人呢？头绪还是有点乱。"

7

"鲍头，我来梳理一下。"小岚自告奋勇道，"戴吉发现自己患癌后，决定制造娜娜，以便自己发生意外，让娜娜临时陪伴和照顾一下她母亲。可是，要造硅基人，她必须满足三个条件。一是何默扉研发的 AI 意识算法，二是最先进的超级 AI 芯片，三是她必须获取制造硅基人的生产线的权限，后两条都与黄婴相关。"

"对、对、对，小岚分析得不错！"贾威兴奋道，"戴吉先从何默扉那里拿到意识算法，然后，再从黄婴手上搞到芯片和进入 I 字办公楼的权限。事成之后，她不仅将制造过程的记录监控全部清除，还将何默扉和黄婴杀死灭口。鲍头，这样说，是不是整个逻辑就全通了？"

"你怎么知道黄婴也死了？"鲍大斯问。

贾威清了清嗓子，底气不足道："黄婴失踪这么久，生存机会非常渺茫。我们必须假设他已经死亡。"

鲍大斯又问："那之前在 I 字楼被杀死的两个保安，又是谁杀的？"

贾威答："我猜是他们不小心闯入戴吉制造硅基人的现场，撞破她的秘密，所以成了牺牲品。"

鲍大斯脸色越发漆黑："这些人真的全是戴吉所杀？她会这么厉害吗？"

小岚道："人一旦被逼到绝境，什么事都干得出来。戴吉知道自己时日无多，为了让那个硅基人娜娜代替她照顾母亲，为了保守娜娜是硅基人这个秘密，她可能——"

鲍大斯扬手打断她："动机逻辑看起来无懈可击，但你们忘了最关键的一点。"

"什么？"贾威和小岚同声问。

"娜娜的意愿。"鲍大斯从桌上抄起一本书，"这是何默扉刚刚出版的新作《硅基人的情感与伦理》，我认真拜读过好几遍。其中他提到一个观点。基于强人工智能 AGI 的硅基人，既有自我意识，又有真实人性；既有丰富情感，还有独立三观，优点缺点并重，能学习，会进化，不会轻易接受人类的指令和摆布。"

小岚小心问："鲍头，您是想说……"

鲍大斯继续道："戴吉希望娜娜将来代替自己陪伴和照顾她母亲，这只是她的个人意愿。可是，你们想过没有：娜娜只是一个以她为原型的硅基人，并非克隆人。她与戴吉性格、爱好、人品未必完全重合，未必会按她的意愿行事。"

贾威听得云山雾罩，含糊道："鲍头，您就直接说结论吧。"

鲍大斯淡淡道："如果娜娜根本就不想按戴吉的意愿行事不想照顾她母亲呢？"

"这……"贾威愣住了。

"有道理！"小岚一点就透，在平板上一通操作，高声道，"难怪娜娜要逃离新智城。"

鲍大斯问："逃离？小岚，你怎么知道娜娜已不在新智城？"

小岚道："鲍头，您看看这个，我刚刚追踪到的突发新闻。"

屏幕上播放的是一个"硅城电视台"上传的新闻视频，标题为《价值五百万的豪华跑车被盗，警方认为此案涉嫌 AI 犯罪》，只听播音员解说道：

今天清晨，一辆装在平板拖车上的黄色豪华法拉利跑车，在横穿硅城的国道时，被人破解智能车锁后盗走。该车安防系统等级极高，常规手段通常无法破解，警方怀疑偷车嫌犯精通顶级 AI 算法。

目击者称，盗车嫌犯系一对外地来硅城游玩的年轻男女，但因为距离较远，目击者未能看清二人长相。有知悉这一对男女和黄色跑车下落的知情者，请向警方举报。线索一经采用，赏金一万元。

小岚道："一百多字的新闻，就有'硅城''AI 算法''一对年轻男女'这三个关键词，基于此，我认为，该女子与娜娜高度吻合，一定就是她！"

贾威一惊："硅城在新智城南边七百多公里，娜娜一晚上就跑到硅城了？"

鲍大斯问："还有其他证据吗？"

"有。请看大屏幕。"小岚按了一下遥控器，屏幕上立即出现一男一女在硅城三道口镇为人算命看相，以及被人围攻后逃亡的视频。

贾威见女子酷似戴吉，且穿着她常穿的蓝色外套，不禁问："小岚，你确定这是娜娜，不是戴吉？"

小岚道："监控视频是今天一早采集的，据我所知，尚没有戴吉离开本市的证据。"

鲍大斯让小岚把画面定格在汤末身上："这个男的又是谁？"

小岚敲了几下键盘后答："他是一个外卖骑手，名叫汤末，专门送鳗鱼饭的。"

鲍大斯双臂抱胸，奇道："一个送鳗鱼饭的外卖骑手，为什么会跟一个硅基人在一起？他们是怎么认识的？"

小岚将她搜索到的所有相关的照片和视频全部展现在大屏幕上："汤末早在娜娜诞生前，就与戴吉认识，两人见过两次。"

贾威猜测："他是戴吉的男朋友？"

"应该不是。"小岚指着大屏幕道，"两位领导看看这个视频。这是我找到的戴吉和汤末最早交往记录，戴吉开车不小心把汤末的外卖箱撞翻了，后来他们又在一家超市见过面，时间是一个多星期前。恋爱不会这么快吧？"

"一见钟情，干柴烈火，不可以吗？"贾威反问。

小岚笑道："如果汤末与戴吉一见钟情，那他跟娜娜外出游玩，又是怎么回事？"

"这个……"贾威想了想，"也许他把娜娜当成了戴吉，而娜娜假冒戴吉跟他谈恋爱呢？"

小岚惊呼："一个硅基人跟碳基男人谈恋爱，娜娜智能到这种程度了吗？"

"有。"一直沉默思考的鲍大斯突然接话，"以前我也不信。但考虑到她是何默扉的作品，运行的是何默扉积五年之功研发的意识算法，我们不要轻易否认一切可能性。如果黄婴真的死了，很可能与她有关。"

贾威问："难道这个汤末跟黄婴是一伙的？"

鲍大斯摇摇头："这事不简单。看来，非我亲自出马不可了。贾威，你回家休息吧，我这就南下硅城，抓娜娜和汤末。"

"不行，鲍头，我一定要跟您去。"贾威一把扯掉右臂上的绷带。

鲍大斯抬头望着窗外的明月，咬牙道："戴吉啊戴吉，你知不知道，你闯了多大的祸。我要是不能在三天之内抓住你，我就不姓鲍！贾威，快走！"

小岚目睹鲍大斯和贾威匆匆离去的背影，嘟囔道："鲍头最近这是怎么啦，咋突然变得这么冲动了？"

8

岸城藏雾山某建筑内。

一个大小堪比客厅的豪华卫生间，水汽弥漫，隐约可见一个超大的浴缸，盛满热水和泡沫，但不见一人。

墙上一个重低音炮音箱正播放着贝多芬《命运交响曲》第四乐章，充满胜利和欢乐的情绪，就在此时，音乐里传来刺刺啦啦的电磁干扰声，大煞风景。

浴缸里伸出一只毛茸茸的手臂，手握防水遥控器，将浴室音乐关掉，又按了按戴在另一只手臂上的电话手表的接听键，之后一个油光锃亮的光头浮出水面，用一种慵懒但不乏威严的声音问："谁？"

"托尼，唐老鸭回来了。"

"几个人？"

"一个人。"

"又是一个人？他还有脸回？"托尼沉默片刻，咬了咬牙，冷笑一声，"让他进来。"

托尼挂断电话，再次按了一下遥控器，只见一辆智能轮椅载着浴巾和睡衣缓缓从客厅驶进卫生间，调整方向后，停在距离浴缸一米的地方。

只动"刺啦"两声，浴缸开始自动排水，水排光后，又是"嘀"的一声，浴缸两侧伸出两条安全带，将托尼光溜溜的身子固定，开始上下翻转。

待浴缸垂直竖立，四周数个喷头一齐向托尼喷出水雾，为他清洗全身的泡沫。清洗完毕，浴缸前方又伸出四条长长的人形手臂，从轮椅里取出两条洁白的浴巾，仿佛两个小心伺候的仆人一样，轻柔地、灵巧地、细心地给帮他擦干，给他穿上洁净松软的睡衣，再轻轻抬上等候已久的豪华轮椅。

托尼说声"带我去会客"，智能轮椅应答"好的"，然后缓缓驶向客厅。

抵达客厅后，轮椅左右扶手的外侧自下而上升起两排储物架，上面整齐陈列烟酒茶咖等各种日常生活用品，琳琅满目。托尼先从左侧储物架拿了一个不锈钢小酒壶喝了一口白酒，右侧储物架立即弹出一根香烟，自动点火吸燃。

他取烟塞进嘴里，猛吸一口，这才畅意地往后一仰脖子："让唐老鸭进来。"

唐老鸭一拐一瘸走到他跟前，鞠躬道歉："对不起，托尼，娜娜又跑了。"

"又跑了？你不是信誓旦旦这次能搞定她？"

"我本来可以杀死她的，可老大的命令是抓活的。"

"那又怎样？"托尼用阴森森的口吻骂道，"她不就是一个普普通通的女硅基人吗？你连一个女人都搞不定，还想当我奇幽山舍的首席外勤？当我白痴啊？"

"她不是一个普普通通的硅基人，她有超级 AI！"唐老鸭将他在硅城与娜娜数次交锋失败的经过说了，"她是我见过最厉害的 AI 机器人！"

"是吗？"托尼道，"这么说之前的情报有误？"

"老大，娜娜迟早是我们 5A 联盟的心腹大患，一定要尽快灭掉她！"

"我会的。但是，在杀她之前，我想亲自会会她。"托尼喝了一口白酒，又抽一口烟，"我想知道传说中的硅基人，到底是一种多么神奇的新物种，尤其是女的，应该别有韵味儿。"

"可是活捉她，难度真的有点大。"

"看来你不是担当这个重任的合适人选。"托尼微叹，娴熟地往空中弹了弹烟灰。轮椅底座里探出一个吸尘器吸头，不等烟灰落地，轻轻吸走，然后连吸管一块快速缩回轮椅底座，仿佛烟灰从没出现一样。托尼满意地看着这一切，继续道，"幸亏我还有 B 计划。要是全指望你，黄花菜都凉了。"

唐老鸭奇道："什么 B 计划？我怎么不知道？"

"你负责的 A 计划失败了，得靠边站。"

"老大！"唐老鸭不甘被罚，更不甘心失去立大功的机会，当即半跪在地，"能不能再给我一次机会？真不是我不上心卖力，而是这女硅基人太厉害了。"

"5A 联盟自成立以来，从不向 AI 认输！从不！尤其是输给女硅基人，更是我的奇耻大辱。就凭你这句怂话，你就不配做 5A 联盟的高管，不配在奇幽山舍生存！"托尼情绪激动，手里不知从哪变出一根涂有红、黄、绿、白、黑五种颜色的"五色棒"，狠狠抽向唐老鸭的颈脖处，连续几棍，将他打倒在地，冷冷警告，"唐老鸭，你要再敢在我面前恶意吹捧 AI，看我不打断你的鸭脖子！"

在外嚣张跋扈出手狠毒的唐老鸭，面对托尼的惩罚，噤若寒蝉，匍匐在地，连头都不敢稍稍抬一下，嘴里咬牙切齿地吐出两个名字："娜娜！戴吉！"

第 10 章　芯片掮客

1

娜娜与汤末刚离开三道口镇不久，戴吉正与黄婴火速驾车从新智城南下，追赶他们。

昨晚与黄婴一番深谈，戴吉虽然解开了一些谜团，但仍然困惑，尤其在得知汤末是寻芯堂的杀手后，非常担心娜娜的安危。

娜娜为什么要跟汤末南下岸城。纯粹是因为跟我赌气，还是另有目的？戴吉心道，5A 联盟是否已发现娜娜的下落？他们会不会提前行动？

想到娜娜可能发生意外，戴吉一阵心悸，喃喃道：娜娜啊娜娜，你为什么要欺骗我私自逃跑？难道你就那么恨我吗？难道硅基人是养不熟的"白眼狼"？

是何老师的算法有问题，还是我在制造时出了什么差错？或者，如同碳基人一样，硅基人也是本性自私以自我利益最大化为最高进化法则？

娜娜你知不知道，从你诞生开始，已有多少人为你丧命？虽说坏事主要是 5A 联盟和寻芯堂干的，但你扪心自问，你就没有一点责任吗？

戴吉转而又想到汤末。直到现在，她还是不愿相信汤末是寻芯堂下的一名芯片掮客兼杀手，不相信他居然会趁她不备拐跑娜娜，更不相信比她聪明、敏感的娜娜，居然会心甘情愿跟汤末"私奔"。

到底是黄婴冤枉了汤末，还是娜娜错看了汤末？或者，一种更合理情理的解释是——娜娜一直对我隐藏她的身份、禁锢她心怀怨恨，早就想摆脱我逃离新智城，所以只要有人愿意帮助她离开，她就不顾一切地投奔？

娜娜知道汤末的真实身份，知道自己面临什么样的危险吗？

一想到汤末随时可能肢解娜娜夺走她的 AI 芯片，戴吉无比自责和揪心，紧接着又是一阵剧痛的头晕、头疼和恶心，难受至极。病痛再次提醒戴吉，自己是一个时日无多的癌症患者，还有几个重大遗愿没完成。不完成这几个愿望，自己无法对老妈、何老师和高老师交代，死不瞑目。

戴吉后悔不该让娜娜一个人对付贾威，后悔没有及时发现汤末的真面目，及时阻止二人的交往。她暗下决心：必须尽快找到娜娜，及时将她送到香港，绝对不能让她落入 5A 联盟老大托尼和寻芯堂老大黑叔手中。

戴吉看看时间，已是凌晨五六点，请求黄婴与她一同南下追寻娜娜和汤末，黄婴态度非常消极："你知道他们要去哪吗？"

"是不是寻芯堂的总部？"

"你知道寻芯堂的总部在哪吗？"

戴吉茫然摇头："不知道。"

"蓬海岛。"

"蓬海岛在哪？"

"据说也属于岸城。具体位置我也不知道。"

"那我们马上去蓬海岛吧！"

"去蓬海岛？"黄婴冷笑，"你以为汤末会傻到把娜娜带到寻芯堂总部？"

"那他要干吗？"

"他可能半道就把娜娜卖了。"

"半道卖了？"戴吉震惊，"半道是哪？"

"芯村。"黄婴指着手机地图说，"岸城最北边一个著名的芯片走私城。汤末如果顺利拿到娜娜身上的翡翠绿超级 AI 芯片，可能在芯村直接与当地的芯片贩子交易。当然，如果他老大黑叔对这块芯片另有安排，早就直接谈好了最终买家，汤末也有可能受命直接把芯片交给客户。"

戴吉见黄婴侃侃而谈，对芯片走私业务无比熟络，惊问："你去过芯村？"

"曾经路过。"

"那谁会是这块芯片的最终买家？"

"这个不好说。一切想靠这块芯片发财的组织或个人，都有可能，因为它成就了硅基人娜娜，太稀缺太值钱了。"黄婴说完，又面现忧虑，"其实我现在最担心的不是寻芯堂，而是……"

"5A 联盟，是吗？"

黄婴叹了叹气："就算汤末不杀娜娜，5A 联盟早就张开天罗地网在半道等她。娜娜这次南下，凶多吉少。就是汤末，也未必能保命。多方势力搅在一起，事情变凶险了。"

"何老师还让我尽快把娜娜带到香港呢。娜娜要出事，我怎么向他交代？又怎么对得起娜娜？"

"时间有点紧。"黄婴轻拍戴吉的肩膀，"你必须在寻芯堂和 5A 联盟之前尽快找到娜娜。"

"黄婴，你能不能陪我去岸城？我的车和身份证全被娜娜拿走了。"

"啊？"黄婴连连摆手，"那鬼地方我可不敢去！"

戴吉见黄婴死活不接招，激将道："你是害怕 5A 联盟，还是寻芯堂？"

"都害怕。5A 联盟杀人如麻，连何老师都敢杀，谁不害怕？"黄婴丝毫不掩饰自己的胆怯，"寻芯堂就更不用说，他们正在找我麻烦，我要被他们抓住，死无葬身之地。"

"那你就一直在这酒庄猫着？逃避不是办法。再说了，你就不想搞清楚，在艾州毁你那车价值几千万货的仇家到底是谁吗？"

黄婴似乎被捅到痛处，当即跳起来："我当然知道，肯定是 5A 联盟！可是……"

"可是什么？"

"难啦。"黄婴叹气道，"跟 5A 联盟对抗，难于上青天，纯粹作死的节奏。5A 联盟的总部在岸城藏雾山里的什么奇幽山舍，特别神秘，没人知道这个藏雾山在什么地方，怎么进去。二是 5A 联盟的老大托尼，为人聪明绝顶，心狠手辣。不仅豢养了一大批杀手，还有 AI 无人机这些大杀器，极难对付。只怕我们还没见到他们的影子，就先被他们干掉了。"

"AI 无人机？5A 联盟不是成天高喊反 AI 吗，怎么还用 AI 武器？

"黄婴冷笑："你以为那些成天高呼和平的人就从不杀人从不干坏事吗？反 AI，不过是托尼做虎皮的大旗，你以为他真的会完全兑现承诺？要维系 5A 联盟的运转，要确保组织安全，他才不管用什么手段，才不管什么 AI、BI。你去岸城吧，我可以把车借给你。"

戴吉见黄婴畏首畏尾，油盐不进，只好说："看来，我只能找鲍头帮忙了。他最近一直在追我和娜娜，我给他打个电话，坦白实情算了。"

黄婴当即阻止："千万别！"

"为什么？"

"我怀疑鲍大斯是 5A 联盟的卧底，不然，5A 联盟怎么这么快就知道你造娜娜的事？"

卧底？戴吉心神一凛，想起此前何默扉的忠告：5A 联盟在新智机集团有卧底，这个人很可能是鲍大斯和黄婴之一。戴吉一度也怀疑过黄婴，但目前看，黄婴嫌疑要小得多。如果这个卧底真的是鲍大斯，我要向他求助，岂不是自投罗网？

她不愿轻易放过黄婴，故意道："但何默扉认为是你。"

"何默扉怀疑我是卧底？我帮他那么多，他居然怀疑我是 5A 联盟的人？"黄婴心痛委屈，摇头叹息，"好吧，看在我们是一条绳上的蚂蚱的份上，我陪你去一趟岸城。"

"这就对了嘛！"

两人从酒庄 B3 爬至 B2，黄婴发现地面上空无一人，大惊："人呢？"

戴吉也觉不对："那个被你杀死的铲哥，尸体不见了？"

"他没死？糟糕，我居然让他跑了！"黄婴猛拍脑门，"我犯了一个严重错误！"

"顾不得许多了。我们赶紧离开。"

两人走到雪柴酒庄外面，发现天已蒙蒙亮。上车后黄婴问："娜娜是你的产品，你能定位她吗？"

"她关闭了身上的 GPS。"

"那你们之间能双向同步数据吗？我制造的数字替身，都能跟原型同步数据随时定位的。"

"不能。初始化设置时，我就把同步开关给关了。"

黄婴双手一摊："那还怎么跟踪娜娜？"

也就在此时，戴吉发现手机上弹出一篇标题为《价值五百万的豪华跑车被盗，警方认为此案涉嫌 AI 犯罪》的推文，上面还有一张一对男女逃跑的模糊照片，忙道："黄婴，快看，盗车的一定是娜娜和汤末！"

"什么时候的事？"

"今天清晨。"

"走，快去硅城三道口镇。"

2

戴、黄二人沿高速匆匆赶到硅城三道口镇，已过中午，距离娜娜和汤末离开，已过去好几个小时。两人来到集贸市场，发现一片混乱，似乎刚刚发生过打斗。戴吉下车找人打听："你们有没有见过一个长得跟我差不多的女孩从这经过？他跟一个三十岁左右的男子在一起。"

她打听的对象正是馒头哥。馒头哥被娜娜骗了好几百块钱，还被汤末暴打一顿，心中有气，看见戴吉，以为娜娜复归："长得差不多？只是差不多？"

"是啊。怎么啦？"戴吉不明白对方为何这么问。

"我看是一模一样。"馒头哥盯着戴吉看了几秒，"你是机器人！你们都是机器人！"

戴吉大惊："你说什么？"

"敢不敢脱衣服让我们摸摸？"

戴吉见馒头哥挥舞着他的一双带着难闻异味的咸猪手，肆无忌惮地朝她扑来，本能后退，黄婴见状，上前一挡："住手！"

"哟，这么快就换马子了？刚刚还在陪帅哥，这会儿换成老头了？"馒头哥冷冷瞟黄婴一眼，嘲讽戴吉道，"你如果不是机器人，就是做鸡的。不管是机，还是鸡，老子都有随便摸的权利！你骗过老子钱的。"

黄婴按住馒头哥的胳膊，呵斥道："小子，你再胡说八道，我可不客气了！"

戴吉却拉开黄婴，对馒头哥诚恳道："这位大哥，如果你真的见过跟我长得一模一样的女孩，那我告诉你：她不是什么机器人，她是我的双胞胎妹妹，因为吵架离家出走了，我正在找她。"

"你的双胞胎妹妹？"馒头哥不信，"她要不是机器人，怎么上知天文下知地理，对我的私生活，对我的股票盈亏一清二楚？这样的女超人，不带回家帮我炒股，岂不是太浪费了？！"

娜娜会这些？戴吉也觉惊奇，心道：何默犀不是在算法中屏蔽掉娜娜的超级 AI，只把她制成普通硅基人吗？难道她偷偷激活了超级 AI？她是怎么做到的？正发呆，忽听黄婴低声道："戴吉，是非之地，我们得赶紧离开！"

馒头哥见二人要溜，扯起嗓子高喊："大伙快来看啦，上午那个女机器人骗子又回来了，快追啊！抓住能卖大钱！"

之前的潘镇长正为没逮住娜娜懊丧，独自在餐馆喝闷酒，听到馒头哥的呼喊，重燃希望。他扔下筷子出门，果然见一个与之前所见"女机器人"完全一样的女子从门口跑过，跟着大喊："快抓住那个女机器人！卖到岸城的芯村，能赚二十万！"

馒头哥奇道："啊，潘镇长，刚不是说十万吗，怎么变成二十万了？"

潘镇长道："AI 机器人和身上的芯片是紧俏货，一天一个价！不，一个小时一个价！"

"快追啊！"

"这机器人是我的，谁也不许跟我抢！"

黄婴驾车欲逃，可惜追击者多达上百人，前后左右将他的车团团围住。如果他强行驱车硬逃，难免造成死伤。果真触犯众怒，他和戴吉恐怕难以善终。无奈之下，他只好问戴吉："你带现金没？"

"没有。一分也没带。"戴吉明白黄婴打算撒钱逃命，"车里还有值钱的东西吗？"

黄婴本能回头看后座，结结巴巴道："没……没有。"

戴吉回头，见他的车后座上有一个白色的纸盒，上写 GPU 字样："盒子里的东西是什么？"

"一块旧的 GPU 显卡。"

戴吉知道，在专业 AI 芯片诞生前，曾经用于图像处理的 GPU 显卡一度是提供 AI 算力的重要芯片，是 AI 机器人的核心部件，立即道："他们不是要芯片吗？快打开，扔出去。"

"这是非常值钱的老古董，我当年可是花好几十万买的。"

"快扔掉！我们要是没跑掉，连车带人都是他们的。"

黄婴不舍道："好吧。"

戴吉从副座跳到后座，打开纸盒，从窗户的缝隙中扔出那块 GPU，满以为能解决问题。谁知围堵人群只有几个人识货，看见 GPU，比见到金子还激动，立即饿虎扑食般扑了上去，扭打成一团。可惜大部分人的关注点还在戴吉身上，紧追不舍。

黄婴使出浑身解数，左冲右突，好不容易冲出包围圈，兴奋不已，激动得嗷嗷直叫。他知道，只要冲过前面这条两三公里的乡村泥泞小路，在前面的丁字路口右转，驶上国道，就彻底安全了。

黄婴踩足油门，朝国道奔去。然而，就在他离国道还有半公里时，形势陡变。数十辆大货车、三轮车、农用运输车不知从哪冒出来，将国道入口左右二三十米的道路堵得结结实实。这意味着他无论左转，还是右转，都上不了高速。而乡村小路两侧是水田，还有河流，绕道上高速，已无可能。

戴吉回头，之前只有一二百的"淘芯人"已发展为上千人的"追芯队伍"，浩浩荡荡杀过来，暗暗叫苦："完了，黄婴，我们今天逃不掉了。"

"不一定。"黄婴前前后后看了一圈，开始急速倒车。

"后面那么多人，你倒车干吗？"

黄婴笑道："起跳前不得下蹲吗？"

戴吉不解："下蹲？"

黄婴抓住机会出逃，一通横冲直撞，终于逃出三道口镇。天擦黑时，黄婴和戴吉终于进入岸城北面的芯村。芯村地名虽然带"村"，并非农村，其实是一个前工业小镇。之所以称"前"，是因为芯村曾经的主导产业是IT制造业，一度非常发达，后来不知道什么原因，主业逐渐外迁，引发人口流失，整个小镇渐渐荒废。

戴吉放眼望去，昏暗的夜幕下，到处是废弃的厂房和低矮的平房，刚刚经过的一个高层住宅楼小区，大多数房间都没有开灯，一派破败萧条的气息。

黄婴说车快没电了，便放慢速度，四下张望找充电站。戴吉听见车前一棵枯树上传来一声乌鸦叫，荒芜田野丛生的杂草中隐隐传来一股杀气，暗觉不祥：难道娜娜已经被汤末卖掉了？或者，她身上那块支撑她成为硅基人的AI芯片，已经被人挖走了？

娜娜的生命有没有危险？我是不是来得太迟了？戴吉自责道：娜娜啊娜娜，你到底在哪？

"找到了！找到了！"黄婴突然大叫。

戴吉大喜："你找到娜娜了？"

"我找到充电站了，就在左前方，掉个头就到了。"

"哦。"戴吉难掩失望，"那我去买点吃的吧。半天没吃饭，还真有点饿了。"

"好。"

戴吉走到充电站对面马路的一个小超市，买了一大袋食品，来到款台结账，突然身边刮过一道黑旋风，她暗感不妙，欲夺路而逃，发现整条胳膊居然被这道黑旋风死死缠住，整个人动弹不得，定睛一看，正是黑脸鲍大斯。

3

差不多与戴吉和黄婴南下硅城同时，鲍大斯带着贾威试图通过追查被盗跑车的线索，寻找娜娜和汤末的下落，无果。技术部的小岚从新智城来电告知，娜娜和汤末驾跑车一度出现在硅城市中心的马拉松比赛现场，现正朝岸城的芯村方向驶去，两人于是快马加鞭赶到岸城，没想到在一家超市里遇到了"娜娜"。

鲍大斯将"娜娜"粗暴挟持到超市最靠里的一排货架，低吼道："你就是戴吉造的硅基人？"

戴吉正琢磨如何脱身，见鲍大斯把她当成娜娜，反而一喜，故作不知问："你是谁？"

"我是——"鲍大斯盯着戴吉的衣服看，见她身着黑色外套，而此前的照片显示娜娜逃跑时所穿外套是蓝色，感觉不对，"不，你不是娜娜，你是戴吉？"

"是吗？"

"你就是戴吉！"鲍大斯笑道，"我要是连这点眼力都没有，还能追踪到这？"

戴吉只好停止演戏："鲍头，您到底要找谁？"

"你们两个我都要抓捕归案。戴吉，你这次闯的祸实在太大。"鲍大斯阴沉着脸，"四五条人命，不找到真凶，我怎么向受害者家属和公安机关交代？怎么对董事会和股民交代？"

戴吉冷冷道："可惜您找错了真凶。"

"娜娜和那个该死的汤末在哪？"

"我也是来找他们的。"

"汤末是 5A 联盟的杀手，你之前是不是跟他打过交道？"

"他是 5A 联盟的杀手？"戴吉大奇：黄婴说汤末隶属寻芯堂，而鲍大斯却说他是 5A 联盟的人，谁的说法为真？

"千真万确！我得到的情报：他用计诱骗娜娜南下，就是为了把她带到奇幽山舍，交给 5A 联盟处置！"

"您还知道奇幽山舍？"戴吉笑，"5A 联盟那么痛恨 AI、痛恨硅基人，为什么不直接杀了娜娜？为什么一定要把她带到奇幽山舍？"

"你不信？"

"我信。"戴吉微微一笑，"我还相信：您千里迢迢来岸城抓我，或许是受 5A 联盟所托。"

"什么意思？"

"你说呢？"

鲍大斯醒悟："你怀疑我是 5A 联盟的卧底？"

"难道不是吗？"

"是不是黄婴误导了你？"鲍大斯咬牙切齿，"这个王八蛋！戴吉，千万不要相信他，他才是 5A 联盟的卧底！快告诉我娜娜在哪。再拖下去，你们都非常危险！5A 联盟那帮孙子，杀人不眨眼，难道你们想重蹈何默扉的覆辙吗？"

"不相信他，难道让我相信你？"戴吉悲愤道，"鲍大斯，要不是你和贾威把我关在家里，我的邻居章虞怎么会被害死，还让我相信你？！"

"章虞之死不是我的错，怪不到我身上！"鲍大斯提高声音，以他一贯的粗鲁风格道，"但有一件事我非常肯定：黄婴不是好人，他与 5A 联盟很可能有不可告人的交易，你千万千万不要相信他！快带我去见娜娜，她有危险！"

戴吉见鲍大斯如此迫不及待地要见娜娜，越发印证了自己的判断——5A 联盟的内奸就是他，其目的，就是要逮住娜娜，向主子托尼邀功。戴吉冷笑一声："谁是好人，谁是坏人。我心里有数，就不劳您操心了。"

"那我只能动粗了。"鲍大斯说完，货架尽头闪出一人，乃是安保处处长贾威。

贾威上次在她家放跑她，是不想她死于他之手，这次是志在必得。他摆出一副格斗架势，耸肩转脖，一脸成竹在胸的得意表情。

戴吉正寻思如何逃出超市，手机响。鲍大斯警告："不许接！"

戴吉笑道："我不接黄婴就跑了。"

鲍大斯只得点头。戴吉接通电话，却听黄婴问："你怎么还没过来？"

"我在对面的超市里。"

"贴墙站，我这就来接你。"

戴吉听见超市外传来发动机的轰鸣声，越来越近，立即快速冲向身后墙角蹲下。只听"咚——哗啦"的一连串声响，就见黄婴驾车撞破玻璃，冲进超市，一连撞倒几排货架，将鲍大斯和贾威结结实实压在下面。

超市服务员吓坏了，夺路而逃。两人掀掉身上的货物，挣扎起身，欲抓戴吉。戴吉起身，又接连推倒几排货架，将二人死死压住，然后飞速上车。

黄婴倒车冲出超市，打电话报警："110 吗，108 号加油站对面的一家便民超市里有两个小偷偷东西，被店主发现了，双方发生冲突，把店砸了，请速速出警！"说罢，挂机。

戴吉不解："你这是？"

"偷盗商品加打架斗殴，怎么着也得拘个十天半月吧。"黄婴得意道，"这下我们可以彻底甩掉这两个烦人的跟屁虫了。"

4

两人没走多远，戴吉就听见远处传来短脆、急促、尖锐的警笛声，由远及近，与他们的车擦肩而过，朝超市方向驶去，不由对黄婴投去敬佩的眼神。想着鲍大斯和贾威被警察拘留后气急败坏的神情，戴吉不由芳心大慰，抿嘴偷笑。

黄婴嘴角和鼻口全是血，戴吉忙递给他纸巾。黄婴一边擦拭一边指着戴吉的手说："你好像也流血了。"

戴吉这才发现右手上蹭破了皮："一点小伤。没事。"

黄婴飞快从储物格里翻出创可贴，递给戴吉："给，包一下吧。"

"谢谢！"

经历超市一战，戴吉对黄婴的信任度再次增加，愧疚道："对不起，黄婴，我一度把你当 5A 联盟的人，对你……"

"干吗这样说？"黄婴大度地挥手，"要说对不起，该我对不起你才是。"

"为什么？"

"这些年我确实在挖公司的墙脚，确实做过一些不光彩的事。谁把我当坏人都正常，我都能理解。"黄婴仿佛动了真感情，一副忏悔的口吻，"知道我最对不起的人是谁吗？"

戴吉没料到他有这一问："谁？"

"何默扉老师。我要是不贪图他的雪柴酒庄，不把那块翡翠绿 AI 芯片卖给他，他就不会想着造硅基人，也就不会害了他，还跟着连累了一些无辜的人。要说起来，我才是祸乱之源。"

戴吉柔声安慰："黄婴，别自责。以何老师的倔强性格和人脉资源，你不卖给他超级 AI 芯片，他也会找别人搞到的，不造出硅基人誓不罢休。他曾对我说，迟早死在硅基人项目上。这事，真怪不着你。"

"不过，"黄婴转头望着戴吉，真诚道，"不过我还是要谢谢你。"

戴吉粲然一笑："接下来我们去哪？"

"你定位到娜娜了吗？"

"对不起，还是不能。"

"没事，我来想办法。"

戴吉有点诧异："你能定位到娜娜？"

"非技术手段。"黄婴自谦道，"我们不是判断娜娜和跟汤末可能夜宿芯村吗？我在当地的交管和旅游部门有朋友，也许能帮上忙。"

戴吉犹豫："这个……方便吗？"

"没事，都是特别好的朋友，打两个电话就能搞定。我会保密娜娜身份的。"

"好吧。"戴吉勉强答应。

黄婴指着路边一个像公用电话亭一样的移动公厕说："我先去放个水——你需要吗？需要的话，你先。"

"不用。"戴吉摇头，心思还在怎么定位娜娜上。

黄婴靠边停车，走几步又折回来，冲戴吉不好意思地笑笑，带上落在导航支架上的手机，快步冲进公厕。

此时天已擦黑，夜幕低垂，阴冷落寞，戴吉望着从移动公厕门缝里散出来的昏黄灯光，忧从中来，被冷风一吹，身子猛地一抖，心道：我不怀疑黄婴能找到娜娜，我只是担心他惊动不相干的外人。这样一来，难免会暴露娜娜的特殊身份，引发更大的麻烦。黄婴躲到移动厕所里打电话，显然是不想让我听到。难道他有事瞒着我？

我必须赶在他之前找到娜娜。可是怎么找呢？目前唯一的工具就是章虞的手机，上面又没安装硅基人 APP。章虞？戴吉猛地一激灵：章虞是神秘人士雇来保护我的保镖，这位神秘人士到底是谁？会不会是何默扉老师？何老师凡事喜欢留后门，他会不会在章虞不知情的情况下，给过他什么暗示，或者给他传授过保护娜娜的紧急措施？

戴吉快速在章虞的手机上查看相关聊天和转账记录。聊天记录显示，雇佣章虞的人网名叫"None"，字面意思是"没有一个人"，但它并不存在于章虞的好友列表里。这个幽灵般的"None"，会不会就是何老师？

戴吉细细研究，发现章虞与 None 的聊天最早始于一周前，也就是她去何默扉酒庄那天的上午十点。当时何默扉还没死，再看转账时间，是当天晚上十一点。那时何默扉已被谋杀，死人如何给章虞转账？

可能的解释有两种：要么是对方延迟转账，要么转账的另有其人。哪一种可能性更大？

当然也不排除第三种可能：何默扉根本没死。

何老师没死？会吗？以他对我的信任度，需要对我上演"诈死"这种恶作剧吗？

戴吉被这个大胆的假想刺激得热血澎湃，后脑隐隐作痛，但静心一想，又自我否认。她认真回想了一遍何默扉死亡时血淋淋的现场，和他诚恳的临终嘱托，感觉他的死不可能伪装。何老师不是这样的人，他不可能欺骗我，他没必要欺骗我。如果他没死，更没必要安排邻居章虞来保护我和娜娜。

更何况他上线了超级 AI 小 J。

以何老师意识算法之空灵，逻辑之严谨，思虑之缜密，一定能想到我今日的困难，至少他所打造的超级 AI 小 J 能想到。小 J 能精准预料何老师被暗杀，也应该能预料到娜娜会与她吵架翻脸，夺她身份，离家出走等意外，应该能预料娜娜将被 5A 联盟和寻芯堂追捕、绑架和猎杀的风险。

小 J 会不会在何老师死后给过章虞什么指导或暗示？比如硅基人 APP 的安装文件。

戴吉抱着试一试的态度，在章虞手机上搜索，果然找到一个安装源文件。半分钟后，她用硅基人 APP 重启娜娜之前关闭的 GPS，定位了她。

戴吉大喜，抬头见黄婴如厕归来，立即道："黄婴，你别找朋友打听了。我找到娜娜的下落了。"

"哦。她在哪？"

"芯村的薰衣草酒店。"

谁知黄婴脸上不仅没有一丝兴奋，反而十分警惕："戴吉，你不会偷听了我的电话吧？"

戴吉一愣："我偷听你电话？为什么？"

黄婴往右前面的移动厕所一指："你刚刚是不是也上厕所了？"

"我没有啊。"戴吉本能地往右前面看。

"我知道你没有。"

黄婴闪电般掏出一个布袋，套在戴吉头上，一手搂腰，一手使劲捂她的嘴。戴吉拼命挣扎，还是无法挣脱，很快就因窒息晕倒在座位上。

5

汤末带娜娜入住芯村薰衣草酒店，发生在黄婴打晕戴吉一个小时前。

虽然店名里带着"薰衣草",但酒店前前后后并不见一片薰衣草叶,这道理就如同"老婆饼"里没有"老婆","鱼香肉丝"里没有"鱼"一样。相对芯村周遭又矮又旧的大片灰暗建筑,薰衣草酒店又新又靓,且整个装饰风格相对西式,色调又是娜娜喜欢的蓝紫色,浓郁艳丽,充满浪漫的异域风情。所以,当汤末指着成排的酒店征求娜娜的意见时,她第一眼就相中了它。

汤末带娜娜入住某间大套房后,立即带她下楼吃饭。汤末将菜单递给娜娜,就一直在手机上忙乎,头都不抬。娜娜好奇问:"你在忙什么?"

"没忙什么。"汤末心不在焉道,"我在……约朋友。"娜娜嫣然一笑:"什么朋友?我能见吗?"

"这个……"汤末一怔,终于抬头,"几个狐朋狗友而已,不值一提。"

"狐朋狗友?"娜娜感觉这几个字与汤末的书生气质严重不符,笑道,"你居然会有狐朋狗友?"

"我怎么就不能有——"汤末略显腼腆,听见手机连响,忍不住目光回到屏幕上。

说话间,服务员端上饭菜。娜娜用碳基世界的歇后语催促:"赶紧吃点再走吧。跑一天累坏了吧。人是铁,饭是钢。"

"稍等。"汤末又在手机上一通狂点,突然豪情万丈,"服务员,来瓶红酒!"

"这么高兴?为什么喝酒?"

"为我们摆脱一路凶神恶煞,成功到达岸城,总算可以放松一下了。"汤末接过服务员送来的酒,主动倒了两杯,绅士般将一杯递给娜娜。

一天一夜,接近 24 小时奔波逃亡,娜娜也着实累惨了,想借酒消乏,痛快睡一觉,于是欣然举杯,与汤末连碰三下。

汤末似乎酒量一般,不一会儿便微醺上头,面红耳赤地问娜娜:"戴吉,你说,人活着究竟有什么意义?"

"问这个干吗?"娜娜心道:如果我是戴吉,该如何反应,"你哲学家吗?"

"我屁学家。我早说了，我就是一个普通的前语文老师。"

"那你问这种终极问题干吗？"娜娜略带嘲讽道，"吃饱了撑的？"

"自古文史哲不分家嘛。随便聊聊，不想说就不说。"

娜娜心道：这小子莫非看出了什么端倪，故意用这个话题试探我，以探听我的真实身份？"人活着究竟有什么意义？"这个问题，碳基人类早已讨论了数千年，各种 AI 大模型也不乏标准答案，无非追求幸福、享受生活、造福社会、成就自我等。

但是，所有这些答案都是针对碳基人类的。换成硅基人类，这些答案还成立吗？我是地球上唯一的硅基人，没朋无友，连"人类"这个条件都满足不了，谈什么人生意义？娜娜摇头苦笑："就长远看，人活着没有任何意义。"

"你这句话很像那句名言：'从长期看，我们都死了。'谁说的来着？"汤末挠挠头，"名字就在嘴边上，怎么死活想不起来。恩格斯，不对，格恩斯，或者，恩凯斯，不，还是不对……"

"凯恩斯。"娜娜忍不住小露身手，"约翰·梅纳德·凯恩斯（JohnMaynard Keynes），英国著名经济学家。"

"凯恩斯。对，就是凯恩斯！你居然记得他的全名？"汤末崇拜地望着娜娜，"那就短期而言，人活着的意义是什么？"

"就短期而言，活着的意义就是出来玩，就是随心所欲，想做什么就做什么，包括闲聊扯淡。"

"精辟！来，再走一个！"不待娜娜碰杯，汤末主动自己灌自己。

作为一个硅基人，娜娜天生对酒精免疫，任何种类、度数的酒，不管白的红的黄的，只要一下肚，就自动被分解蒸发，跟一杯白开水泼在火炉上一样。她清醒地问："汤末，你晚上要见的人，是不是跟你妹有关？"

"是。我刚得到一条重要线索：前几天有一个长得特别像她的女孩，在芯村出现过。"

"真的？"娜娜为汤末高兴，感叹他是一个有责任有担当的好兄长、好男人，"我可以看看她的照片吗？"

"当然。稍等。"汤末鼓捣几下，打开一张手机照片，往前一送。

娜娜见汤芙长相甜美，皮肤白皙，明眸善睐，脸上虽然没有汤末的大酒窝，但与他极度神似，一看就是亲兄妹。她想动用 AI 进行图片搜索，寻找汤芙的行踪和下落，可惜因为网络问题，暂无法联接超级 AI 小 J，而她的离线 AI，似乎还不够强大，脑海大屏上数次返回"未发现此人"的结果。

娜娜无奈作罢，将手机还给汤末："需要我陪你去吗？"

"需要，不过可能要晚一点。"

"那我回去先洗个热水澡。"

两人回房，娜娜去她内间的卫生间洗澡，汤末坐在外间沙发上，掏出另一部手机，偷偷拨了一个电话，屏幕上的通话人只显然一个字母：H。

却听电话里传来一个神秘的男声："汤末，你那边怎么样？"

汤末压低声音答："一切顺利。我成功把她带到芯村了。"

"她没有怀疑你的身份吧？"

"怀疑过。"

"嗯？"

"她一度怀疑我不是外卖骑手。"汤末停了一下，"所以我用了一个你帮我编的'找妹故事'，把她糊弄过去了。"

"很好！演技不错。只要你把她交给我，我将她和戴吉一块带到奇幽山舍，就大功告成。"

"在哪交货？"

"晚上十点，芯村东头的野鸭滩。"

"尾款什么时候付？"

"一手交钱，一手交货。"

汤末刚挂断电话，娜娜从里面裹着浴巾出来，奇道："跟谁聊天呢？我怎么听到'尾款'两个字？"

汤末扬扬手机："哦，顺便谈点生意。"

"这么晚跟谁谈生意？"

"老板呗。"

"汤末，你不是失业了吗，怎么还有老板？"

"我现在是灵活就业者，24 小时待命，随时上线。只要能赏我碗饭的，都是老板。"

娜娜走近一步，在汤末面前站定，嫣然一笑："你做的什么生意？机器人还是芯片？还是骗子？"

"骗子？"汤末以为娜娜发现了什么，猝不及防。但他江湖经验老到，立即笑道，"对，我专骗女孩子，尤其是长相漂亮的。"说罢，汤末顺势搂住娜娜的腰。

娜娜假装投怀送抱，就在被他搂住的一刻，快速闪避，回眸一笑："看出来了，你是个坏男人。"

汤末突然变成了花花公子，淫笑道："男人不坏，女人不爱。不是吗？"

娜娜极不适应，冷冷道："好女人才爱坏男人，可惜我是坏女人，只爱好男人。"

"哦，你有多坏？"

"坏到让你后悔跟我一块出来玩。"

"我倒要看看，你到底有多坏。"汤末说着，脱掉外衣，像发情的雄狮一般往娜娜身上扑，急不可待地扯下她身上的浴巾。

"我们才认识几天，你猴急什么呀？"娜娜嫣然一笑，"等时间到了，我会亲自告诉你，我有多坏。"

"可是我等不及了。"汤末终于逮住娜娜，像一个箍桶的木匠一样牢牢把她箍在怀里。

"我等得及。"娜娜像水蛇一样滑溜地从汤末的手臂中挣脱，欲逃回她的房间。

汤末急了，从墙角抄起事先准备好的一根裸露的电线，往娜娜脖子上一碰。只见"呲呲"声响，娜娜被电击，当场倒下，四肢抽搐一会儿，终于消停。

汤末手脚麻利地将娜娜捆得结结实实，扶到沙发上，然后将她拍醒："美女，看看是你坏，还是我坏？"

娜娜愤怒质问："汤末，你这是干什么？"

"抱歉，我们的浪漫私奔结束了。"汤末淡定道，"我要交活领赏金了。"

"领赏金？"娜娜明白了，"这么说，从一开始你就在骗我，目的就是把我卖了挣钱？"

"正好相反，是你一开始就在骗我。"

娜娜笑道："哦，我骗你什么了？"

"你不叫戴吉，你叫娜娜。"汤末严肃道，"你不是碳基人，而是硅基人。一个在新智机集团实验室制造出来的超级 AI 产品，用一个雅词，叫'情感硅基人'。我说得没错吧？"

6

汤末一口气说破娜娜的身份，让她极为震惊道："那你呢？你是辛苦挣钱的外卖骑手，还是四处找妹的中学老师，或者，我们掀开所有面具——你其实是一名杀手？"

"杀手？"汤末笑，"我要是想杀你，还用等到现在吗？"

"那你的真实身份是什么？把我诱骗到岸城，然后卖掉我的人贩子？"

"这个说法还勉强凑合。"

娜娜有点后悔自己太高调了。今天她在硅城数次大展 AI 才艺，确实感觉过瘾，但她很快就意识到，凡是让你过瘾的事，都有成本。越过瘾的事，成本越高。

但她更后悔的是轻信了汤末的人品。汤末是戴吉的"朋友"，汤末数次拒绝她赔偿的事，让她对他频生好感，而她则不打折扣地"继承"了戴吉对他的友情。

可惜，真相并非如此。汤末不贪小钱，却谋大钱。

我怎么没预想到这些？娜娜轻叹一声："汤末，其实你早就知道我的真实身份？"

"我试探过你，可你不肯说实话，我只好装傻配合你演戏喽。"

"那是因为我在保护你。"

"保护我？哈哈哈……"汤末大笑，"你一个硅基人，被 5A 联盟全面围剿，早就是自身难保的泥菩萨，居然还大言不惭要保护我？"

"你是 5A 联盟的人？"

"我谁的人都不是。我是个……自由职业者。"

"好可爱的自由职业！制造我知道我真实身份的人，已经死好几个了，你想成为下一个吗？"娜娜嫣然一笑，又撇嘴叹息，"对不起，我修正下我的说法：你已经是下一个了。"

"我会死？"汤末又大笑，"哈哈哈……你能杀死我？什么时候？"

"一小时之内。"

"谁杀我？你吗？"

"这个不重要。"

"就凭你的超级 AI？看看这是什么？"汤末不知从哪掏出一个信号屏蔽器，高高举起，"从新智城到岸城，这一路几次绝处逢生的经历告诉我，你的超级 AI 来自线上，可是，那张能让你获取超级 AI 的电信网络，已经被我……"汤末说着，用手掌表演一个横向切割的动作，"咔嚓了。"

娜娜大吃一惊，她试着用意念呼唤超级 AI 小 J 数次，全无应答，情知不妙，黯然道："难怪你能轻易将我制服。我现在真是虎落平阳了。"

"你还敢吹牛，你能杀死我吗？"

娜娜风情万种地笑道："我只说一小时之内，你将死于非命。我可没说杀你的人是我。"

"没有超级 AI 的加持，你就是一个跟我们碳基人类芸芸众生一样的普通硅基人。如果你之前是会七十二变的孙猴子，现在就是手无缚鸡之力的唐僧。就这样，你还能预测未来？"

娜娜调皮道："也许我早就提前预测过未来，将结果存在了我的记忆里。"

"好吧。我姑且信你一回。"汤末自信地蹲在娜娜身前，"那你说说，我被杀的概率是多少？有 50% 吗？"

"95.2807%。"

"我的死亡概率是 95.2807%？精确到小数点后四位？"汤末笑，"既然这样，娜娜，你能不能告诉我，我到底将死于谁手？"

"H 先生。"

"哪位 H 先生？"

"刚刚你不还跟他通过电话吗？"

汤末大惊："你……都听见了？"

"不就是黄婴吗？就是他重金诱惑你把我拐骗到岸城的吧？"

"他答应给我一百万。"

"他让你以陪我旅游，帮你救妹妹的双重名义，把我诱骗到岸城，然后交给 5A 联盟的老大托尼，是不是？"

"看来你确实什么都知道。"

"你还真是有奶便是娘。"娜娜鄙视地瞟了汤末一眼，"上上周你骑摩托车送外卖时，跟戴吉撞在一起，是偶然还是故意的？"

"上上周？跟戴吉撞车？"汤末一脸懵，"我不记得了。"

"你创造机会与她认识，难道不是为了接近我吗？"

"那个时候你不是还没造出来吗？"

"但黄婴早就知道何默扉老师的硅基人计划。再说，何老师在他没制造我之前，就公开在新智城的世界 AI 创新论坛上宣称，已造出了硅基人，满世界谁不知道？"

"是这样。"汤末点点头。

"从一开始，你就在骗我。你知道我会带趣趣去铁道公园，所以预先在那等着，假装与我偶遇，然后编各种故事邀我来岸城玩，是不是？你应该没有妹妹吧？"

"我是没有妹妹。但我对你，也不全是欺骗。"汤末略带诚恳道，"其实娜娜，我还是有点喜欢你的。如果你不是硅基人，我可能会跟你认认真真谈一场恋爱。"

娜娜突然心生一丝嫉妒："这么说，你喜欢的是戴吉？你只是把你对她的喜爱之情，投射到我身上，是吗？"

"真的吗？"

"因为她才是碳基人，才是你的同类。而我，不过是她的影子，她的傀儡。"

汤末沉思片刻，以一种"准男友"的表情认真道："不，娜娜，我想我喜欢的，就是你。我觉得你性格更外向，更奔放，跟我更互补——哦，天，我是不是有问题，居然对一个女硅基人表白。"

"受宠若惊。可惜，我一个漂亮的女硅基人，魅力还是不如钱。"

"我急等钱用。"汤末突然挠挠头，"有一个问题我不明白，既然你早知道我在骗你，为什么还要跟我来岸城？"

"你有你的目的，我有我的计划。大家各取所需，皆大欢喜，不好吗？"

娜娜的笑容突然变得极其灿烂，像元宵夜空五彩斑斓的焰火，像春天野外竞相怒放的鲜花。她的自信从容和强大气场无形间给汤末带来了压力，他渐露忐忑和不自信："你是说，一小时之内，我将被花一百万雇我的黄婴杀死？"

"不，黄婴杀死你的概率只有 69.3439%。"

"还有谁要杀我？"

娜娜提醒："难道你的雇主，只有黄婴一个人吗？"

"我不明白你的意思。"

"寻芯堂。还要我多说吗？"

"你居然知道寻芯堂？"一直蹲着的汤末双腿一麻，身子一歪，差点倒下。

"你就是一名芯片掮客。你前往新智城的最初目的，是受你们老大黑叔的委派，索取我身上这块 AI 芯片，对不对？"娜娜说完，解开浴衣，抠开皮肤，往胸口的翡翠绿芯片一指。

汤末目不转睛地盯着娜娜的上身："对，我最初需要的是你的芯片，但现在，你的整个人我都要。"

"那就看你有没有这个发财的命。"

"你是说，我们老大黑叔也要杀我？"

"你架不住黄婴的重金诱惑，背叛黑叔，倒向黄婴和 5A 联盟，而据我所知，5A 联盟和寻芯堂一向水火不容……"

"那寻芯堂杀死我的概率是多少？"

"28.5781%。"

汤末歪着脑袋计算："69.3439% 加 28.5781%，好像……不到 100%，对吧？难道……还有第三方要杀我？"

"好像是。"

"谁？"

娜娜见汤末神色略显慌张，知道自己已基本控制了他的心智，于是缓缓道："你先回答我一个问题：你把我控制住，是要交给黄婴和 5A 联盟，还是寻芯堂的人？"

"你刚刚说，寻芯堂杀死我的概率不到 30%，这概率可比黄婴小多了。黄婴已预付我四十万，他答应交货后，再给我六十万。反正是死，我不如把你送给一个出价更高，存活概率更大的，你说是不是？"

娜娜嘲讽道："一百万你就把我卖了？实话告诉你，我很贵的，价值一个亿都不止。如果你放了我，我可以给你一千万。"

"一千万？在哪？"

"现在没有，但我可以保证，24 小时之内一定到账。"

"我没有挣一千万的命，更不喜欢别人给我画一个亿的大饼。我喜欢落袋为安，我只需要即刻到账的一百万！娜娜，现在可以告诉我，杀我的第三方是谁了吗？"

"你看我行不行？"

"你？哈哈哈……你现在都动不了，你怎么杀我？哈哈哈……"

汤末大笑一阵后，勒紧娜娜脖子，待她晕倒后，将她装进皮箱，走出酒店，装进了娜娜的汽车后备箱。

7

夜半时分，汤末驱车去老鸭滩，等了没一会儿，就见漆黑夜幕中远远驶来一辆车，停在他对面。车里下来一个人。

"黄主任。"汤末下车打招呼，"总算又见面了。"

"人呢？"黄婴问。

"后备箱的皮箱里。"

"打开我看看。"

黄婴走向汤末车的后备箱，打开行李箱，望着在里面陷入昏迷的娜娜，一时不敢相信自己的眼睛。

对娜娜，他是久闻其名如雷贯耳，但目睹其芳容，这还是第一次。黄婴这大半辈子制造过无数 AI 机器人和数字替身，但是，像娜娜这样神形兼备，与人类几乎没有区别的情感硅基人，还是让他极度震撼。

娜娜细腻的皮肤、精致的脸庞以及淡淡的体香，都让他感觉迷醉，心不禁为之战栗。黄婴暗赞何默扉 AI 意识算法之神奇，忍不住用手摸摸她的头发、脸庞和胳膊，从她右手臂上抠开一块"皮肤"、查看下面的电路，确认她不是戴吉后，方才转身对汤末道："把她搬到我车上。"

汤末不动："老板，我能否多嘴问个问题？"

黄婴做出一个阻止的手势："不该问的，最好别问。"

汤末仿佛没听见，坚持问："你让我帮你把娜娜骗到岸城的目的是什么？既然你也要来岸城，为什么不亲自出面？为什么要花这么大价钱雇我？"

"汤末，我再提醒你一遍："黄婴边说边摇头，"知道太多不是好事。"

"你是不是在拿娜娜跟 5A 联盟做交易？"

"最后警告：别多嘴。否则容易招惹杀身之祸。"

"我这一路都在被追杀，不也顺利来到了岸城，我还怕个毛线？"

"那是因为娜娜一路在保护你。失去她的保护，你还这么高调，找死吗？"黄婴呵斥道，"快把她搬到我车上！"

娜娜一路在保护我？有没有搞错？汤末差点笑出声，但静心一想，却是不可争议的事实。是啊，如果不是娜娜频频使用超级 AI，我就算不被打死，也被三道口镇的居民拘禁了，甚至早被 5A 联盟的人劫走了。我正是仗着娜娜的保护，才成功将她拐带到老鸭滩，交给黄婴。依仗女人的保护拐卖女人，我还算男人吗？还有什么比这更可笑、更无耻的事吗？

汤末突然良心发现，有点后悔了。但这个念头只是流星般闪过，转瞬即消失，因为有一个更强烈的信念支撑他：我需要钱，需要一笔大钱，而黄婴是我的大客户！

对不起，娜娜，如果你不是硅基人，如果你是一个真正的女人，我也许会一时心软，拜倒在你的石榴裙下，与你玩一场真正的"私奔"，可惜你不是。

汤末心一横，将娜娜搬到黄婴车里，然后伸手："什么时候结一下尾款？"

"哦，对，尾款。"黄婴笑着从车上拎下来一个手提箱，"里面是六十万。点一下。"

汤末不接手提箱："说好银行转账的，为什么给现金？"

"不好意思。现在监管太严，六十万大额转账容易被盯上，还是现金安全。"

汤末将信将疑，伸手接手提箱，黄婴突然猛甩手提箱，砸在汤末头上，箱子被砸开，飘洒出一片一片白纸，如同纷飞的暴雪。

"你耍我？"汤末大叫一声，像疯牛一样撞向黄婴。黄婴闪避不及，被撞倒在地。

眼见汤末拎起手提箱，朝自己的头砸过来，黄婴急忙掏出一把无声手枪，朝他连开两枪。一枪没打中，一枪打在汤末左肩上。

"不给钱，你还要杀人灭口？"

黄婴阴狠道："你本来就是一个被人利用的工具。交货之时，就是你终结之时。"

"王八蛋！"

汤末见黄婴过河拆桥，行事阴毒，怒火大起，不顾伤痛，嗷嗷惊叫着扑向黄婴。黄婴欲再开枪，无奈右手和枪被汤末紧紧压在胸前，动弹不得。

情急之下，黄婴腾出左手，猛按汤末的左肩伤口。果然汤末疼得龇牙咧嘴，两手松开，退后几步。

黄婴抓住机会，欲再开枪，彻底根除后患，忽听后面有人高呼："住手！"

黄婴回头看时吓了一跳："娜娜，你……你不是在后备箱躺着吗？"

"对不起，我不是娜娜，我是戴吉。"

第 11 章　真假汤末

1

来人正是戴吉。

却说黄婴将戴吉捂晕后，原本打算将她捆好后再扔进后备箱，可黑暗中有辆闪烁警灯的警车正缓缓朝他的车头方向驶来。

黄婴立感不妙，紧急盘算对策：捆绑戴吉显然来不及，而让她坐在副座上"装睡"，万一她被警察拍醒再报警，情况更糟。怎么办？黄婴快速思考后立即将戴吉扔进后备箱。

黄婴办完事刚上车，警察便手持手电筒来到他跟前和气地问："干吗呢？"

"警官，放个水。"黄婴往前面的移动厕所一指。

"驾驶证和行驶证出示一下。"

黄婴出示双证，警察看后又问："放完了吗？"

黄婴紧张地问："放什么？"

警察笑："你刚不说放水吗？"

"哦，放完了，放完了，警官。"

"放完水了还不走吗？"警察脸现狐疑，回头看了看那排移动厕所，又看黄婴，"等人吗？你是不是还有……同伙？"

"没……没……就我一个人，来岸城……自驾游。"黄婴听到"同伙"这个带有犯罪色彩的贬义词，越发紧张，生怕警察察看后备箱发现昏迷不醒的戴吉，怯怯问，"警官，我可以走了吗？"

警察用手电筒在他车内晃了一圈，没发现什么异常，正要挥手放行，忽然听见一间亮灯的移动厕所那边传来几声巨响，似乎有人被拘禁在里头，不停撞门逃生，登时脸色大变。

警察大声警告黄婴别动，掏出警棍弯腰弓步、蹑手蹑脚朝厕所走去。黄婴不明就里，暗暗叫苦，又不敢离开，只得傻等，如坐针毡。

走到厕所门口，警察连问几声"里面有人吗"，无人应答，但里面的冲撞更频繁更剧烈。警察无奈，飞起两脚将厕门踹开，定睛一看，里面空无一人。

正纳闷，忽见两只硕大的耗子，从门口蹿出，眨眼间消失在草丛中。

黄婴在车里目睹这虚惊一幕，长舒一口气，以为可以走了。谁知警察又回到他车旁，冷冷道："下车，打开后备箱。"

黄婴魂飞魄散："对不起，警官，您说什么？"

"我让你打开后备箱，听清楚没有？"

"我……听见了，听见了。"黄婴艰难地从车上下来，以一种视死如归的心情走向车尾，额头冒汗，双手潮湿，大口喘气，就是不开后备箱。

警察感觉不对劲，快速掏枪，退后一步："我再说一遍，快打开。"

完了。今天真是倒了血霉，除非奇迹出现，我只能认栽吃牢饭了。黄婴想尽量拖时间，拖到警察收到突发交通事故或人命案通知，突然离开。可惜奇迹没有出现，警察再度催促："我最后重复一遍：打开后备箱！"

没有选择了。黄婴心道：幸亏刚才没用绳捆戴吉，待会警察问起，就说她喜欢"躲猫猫"，故意藏在后备箱。黄婴眼一闭，心一横，用力开盖，闪到一旁，任凭警察处置。

警察上前，用手电筒晃了一圈，嘀咕道："车里怎么这么乱？"

黄婴不敢相信自己的耳朵，上前一看，后备箱里空无一人，他亲手抱进去的戴吉竟然消失，只有各种乱七八糟的日常用具，如钓鱼器具、野炊餐具、水、运动鞋、球拍、三脚架、灭火器等。

黄婴脑袋一片空白，猛吞口水后，结结巴巴道："我……我也不知道。

我这人比……比较懒，我也不知道后备箱……我真的不知道……"

"你紧张什么？"警察见无异常，轻松一笑，"欢迎来岸城旅行，祝您旅途愉快！"

2

戴吉当然是趁警察踹厕所门的时候逃走的。当时警察踹门动静很大，且黄婴的注意力全在警察身上，所以没发现她逃跑。

戴吉像那两只逃离移动厕所的硕鼠一样，夺路而逃，朝密林深处狂奔。跑了两三公里，手机响。她猜测是黄婴打来的，谁知是晓诸，忙接了："姐，什么事？"

"吉吉吗，我……"

戴吉只听到几个字，声音就变得嘈杂且断断续续，完全听不清，大声道："姐，你大点儿声，我在山里，这信号不好。"

晓诸提高了音量，但戴吉依然听不清："再大声点。这里是山区，信号不好。"

对方换成男声，再次提高音量，戴吉只依稀听见一个"汤"字。难道刚刚说话的是汤末？于是再问："你是谁？"

"我是……"手机噪音越来越大，完全听不清。

戴吉只得说："实在听不清，麻烦你们给我留言好吗？"

电话里又换成女声："我……"

"对不起。我实在听不清。姐，要不你给我发短信吧？"

"好吧。"晓诸挂机前说的这两个字非常清晰。

汤末和晓诸，一个在岸城，一个在新智城，怎么可能一块给我打电话？难道晓诸也来岸城与汤末汇合了？或者是我听错了男的不是汤末？戴吉琢磨着等了一会儿，没收到晓诸短信，确信是"幻听"，便将此事放下了。

戴吉担心娜娜的安危，发现她的最新定位是肖村东头的野鸭滩，于是

275

一路狂跑，赶到目的地，正好偷听黄婴与汤末"狼狈为奸"与"反目成仇"的过程，见黄婴开枪要杀汤末灭口的一幕，不顾危险，大声喝止。

黄婴先是一惊，环顾四周，见她孤身一人，登时放松，把枪口对准她，一脸痛惜地摇头："戴吉，你知道你犯了一个什么错误吗？你不该来这，太不应该了。我本来还想跟你继续合作，但你的好奇心，把我逼到了不得不摊牌的绝境。"

戴吉冷冷问："你要把我一块杀了？"

汤末初见戴吉，以为是娜娜，奇怪她是怎么从后备箱的行李箱跑出来的，待听黄婴叫她名字，才知原委，惊讶道："戴吉，你……你怎么也在岸城？"

"自然是跟他一块来的。"戴吉冷冷瞟了黄婴一眼，问汤末，"你处心积虑到新智城送外卖，就是为了利用我骗走娜娜？"

"我……"汤末惭愧低头，"对不起，戴吉，我也是……"

"别解释了！"戴吉粗暴打断汤末，转向黄婴，"真没想到你才是这一切的幕后主使。原来你才是 5A 联盟安插在公司的卧底，我真是傻透了，居然一直把你当朋友。到底是怎么回事？"

"戴吉，故事太长，如果有机会，我再慢慢讲给你听，绝对比小说还精彩。"黄婴得意道，"不过，现在，我只想告诉你一件事：你和娜娜都应该感谢我的救命之恩才对。"

"哦？"

"要不是我极力游说 5A 联盟老大托尼，让他暂时留住你和娜娜的性命，你们早在新智城，就被暗杀了。"黄婴一副悲天悯人的语气。

"真荣幸，没想到你还有菩萨心肠。"戴吉想起黄婴曾在雪柴酒庄救过自己一命，实在无法将"恩人"与"绑匪"两个身份标签同时贴在他身上。但有一件事她基本想明白了，"你精心策划这一切，就是为了让汤末将娜娜这个人质带到岸城，带给 5A 联盟邀功？"

黄婴笑："你只说对了一半。准确地说，你也是人质。"

"我？我对 5A 联盟有什么价值？"

"你有没有价值，我说了不算，而是托尼说了算。就像何时何地处决硅基人娜娜，也是他说了算一样。"

"我明白了。"戴吉恍然大悟，"我和娜娜都是你的猎物。你让汤末负责诱骗娜娜，而你则打着帮我的旗号，把我诱骗到岸城，是吗？"

"戴吉，话可不能这么说。别忘了，当初可是你在雪柴酒庄一个劲求我帮忙，我才答应陪你来的。"黄婴好不委屈，"刚来到岸城，你却给我扣一顶诱骗的帽子，是不是有点不地道？"

黄婴说的是事实，戴吉无法反驳。想起自己当初在新智城恳求他一同前往岸城时，他还一脸恐惧的表情，没想到他与 5A 联盟暗通款曲，压根儿就是同伙。

今天这个结果，是他一手策划、导演甚至参与主演的，而她身在局中，注意力却全部都放娜娜和汤末身上，浑浑噩噩，懵懂上当。

想到自己醒悟太晚，戴吉痛心叹息："算我看走了眼——娜娜在哪，我要看看她。"

黄婴看了一下时间，蛮横拒绝："她就在车里，不过你现在不能看。等到了 5A 联盟总部，我让你看个够。"

戴吉坚持："我要确保她安然无恙。"

"她一直安然无恙，是不是，汤末？"

汤末见黄婴拿余光瞟向自己，郑重点头："是。"

"戴吉，上车吧，跟娜娜一块随我去奇幽山舍。"黄婴说着，抬枪对准汤末，"对不起，你的任务已经完成，我们该说再见了。"

"等等！"戴吉虽然痛恨汤末，但也不愿见他被黄婴杀死。她飞快闪身，横插在两人中间，急切道，"黄婴，先回答我一个问题再杀他不迟。"一边用手暗示汤末快逃。

"什么问题这么重要？"

"你不是说汤末是寻芯堂的掮客兼杀手吗？他凭什么听你的？"

"你刚刚都看见了，我用一百万重金收买了他。"

汤末不仅不逃，反倒严重抗议："谁说我是芯片掮客兼杀手？"

"我说你是，你就是。"黄婴一把推开戴吉，再次举枪对着汤末，"为财死，鸟为食亡。一个贪婪的芯片捐客，不远千里诱骗硅基人，因企图贩卖她身上的 AI 芯片而死，合情合理，就算警方介入，也没人会怀疑这个故事的真实性。"

"谁先死还不一定呢。"伴随一个沙哑的男声在黄婴身后响起，老鸭滩四周突然亮起一片刺眼的灯光。灯光背后，依稀有数辆大排量越野车轰鸣。

3

黄婴、戴吉和汤末三人俱是大惊，却见灯光里走出十几人，领头一人高声打招呼："黄主任，戴美女，没想到，我们又重逢了。"

戴吉听着声音有点耳熟，待她适应灯光后，见来人长着一张又平又黑形如铁铲的脸，后脑勺用白纱布包着，依稀可见渗血，惊呼："铲哥？"

黄婴咬牙道："你小子果然没死。"

来人正是从黄婴手中逃脱的寻芯堂杀手铲哥。只听他阴狠道："不是冤家不聚头，我们缘分不浅啦。上次在新智城，老子没杀死你们，反倒被削掉半个脑袋，今天，该彻底了断了。"

黄婴见对方人多势众，自知不是对手，两手一摊道："铲哥，你不就要那块绿翡翠芯片吗？拿去就是，货在汤末手里。"说着，往他的车一指。

铲哥亲自打开汤末的车后盖"验货"，确认里面是硅基人娜娜后，转向汤末："阿汤，我们找你找得好辛苦啊。"

"阿汤？"汤末听对方亲昵地称呼自己，奇怪道，"你认识我？"

铲哥怒道："你小子行啊，你以为假装不认识我，就能洗白自己的身份？一入寻芯堂的门，生是我们的人，死是我们的鬼，这辈子别想洗白上岸！"

汤末想起此前在高速服务区时，一个名叫"九哥"的人也这样说，越发惊讶："我是芯片捐客？谁说我是芯片捐客？寻芯堂是什么？"

戴吉鄙夷道："汤末，全世界都知道你是寻芯堂的人，你还不承认？"

铲哥嘲笑："看看，连戴吉都知道你的底细，你还装？"

"我不就帮你干点活吗，怎么成了芯片掮客？"汤末目光转向黄婴，"这不可能！"

铲哥见汤末死不承认，怒揭老底："汤末，一个月前，寻芯堂派你假扮外卖骑手去新智城搞 AI 芯片，你居然擅自脱离组织指挥，吃里爬外，暗中投靠黄婴，还一个劲护着那个女硅基人娜娜。在三道口镇，你为救那个女硅基人，不惜出手打伤自己人，杀死九哥，见色忘义，你真是出息大了。"

汤末惊讶中透着困惑："别血口喷人！你说我是芯片掮客，有什么证据？"

铲哥怒道："臭小子，都到岸城地界了，你还演戏？我们之间的账，等回蓬海岛总部，让黑叔亲自跟你算！看黑叔不扒你的皮抽你的筋！"

戴吉见汤末的惊讶和困惑表情不像假装，她记得"汤末是寻芯堂的芯片掮客"这个说法是从黄婴口中听来的，于是悄声问他："怎么回事？汤末到底是什么人？"

黄婴也是一脸茫然："我也有点糊涂了。不应该啊……不应该啊……"

戴吉追问："什么不应该？"

"好好看看！"铲哥从怀里掏出一沓照片，往汤末、黄婴和戴吉身上一甩，"看看你跟我们的合影。"

照片哗哗作响，飘洒一地，戴吉捡起几张细看，果然是汤末与铲哥及其部下的亲密合影，大多数是抓拍的生活照。这似乎是证明汤末身份的极佳证据，但戴吉看后，反倒不信了——这年头 AI 可生成任何照片，不管你愿不愿意，全世界任何人都可以与你"合影"。

照片不能说明什么。戴吉快速回想她与汤末的几次交往，总结他给她的印象：虽然心事重重，不乏焦虑，但有着善良纯朴的底色，并不像个无恶不作唯利是图的黑道掮客，更别说杀手。

即便汤末受黄婴重金诱惑，拐骗娜娜的事为真，最多只能说明他人品有问题，不证明他就是寻芯堂的人。

难道汤末真的不是芯片掮客？那为什么铲哥却言之凿凿，一口咬定他是寻芯堂的弟兄？故意陷害？目的是什么？为什么黄婴也非常吃惊？难道他在重金雇佣汤末时，并不知道他的底细？

戴吉之所以要理清这一切，是想挑拨黄婴和铲哥的矛盾，引他们互斗，趁乱营救娜娜。她必须尽快确认——汤末到底是敌是友？关键时刻，能不能指望他帮忙？

但黄婴显然将照片当真了，他反复看了几遍，怒不可遏道："汤末，你敢出卖我？"

汤末奇怪道："我出卖你什么？"

黄婴继续质问："你小子脚踏两只船，一面收我的钱，一面跟寻芯堂的人勾勾搭搭，把我们今晚的见面地点透露给他们，是想借刀杀人货卖两家吗？"

"借刀杀人？货卖两家？"汤末大声叫屈，"我没有！我根本不认识他们！"

铲哥原以为汤末出卖寻芯堂，这会儿听黄婴大骂汤末出卖他，也糊涂了。他搞不懂汤末到底跟谁站在一边。耐心尽失的他拔枪对准汤末的头："姓汤的，你到底是哪头的？"

汤末出人意料的镇静："你说我是哪头的，我就是哪头的。"

铲哥道："我要你亲口告诉我。"

"我说过了，可是你不信。"

"那你告诉我，为什么你一到新智城就失联？为什么你要背叛我们寻芯堂，帮黄婴干活？为什么来岸城的路上，要打伤自己的弟兄？"

"因为……"汤末缓缓道，"我不是你们的人，因为黄婴答应给我一百万。"

黄婴忍不住辱骂："可你他妈的还是出卖我了。"

"你给我闭嘴！"

铲哥一枪击中黄婴的右脚。黄婴惨叫一声，倒地，抱脚哭号。铲哥飞起一脚踢向黄婴下巴，将他踢晕。

铲哥将娜娜从后备箱拎出来，打开行李箱，一个小喽啰指着戴吉说：

"铲哥，这个美女跟那个硅基人长得一模一样，您要是喜欢……"

铲哥看看娜娜，又看看戴吉，再看看娜娜："你们整得跟双胞胎似的，到底谁是真人，谁是硅基人？"

戴吉哼的一声，笑而不答。

小喽啰道："铲哥，这还不简单，把两个女的衣服全扒了，一试便知。"

"有道理。"铲哥重重点头，指着戴吉和娜娜道，"把两人的衣服全扒了，用刀把她们的胸划开，把硅基人身上所有的芯片全取出来，剩下的破铜烂铁装麻袋沉河。"

小喽啰不舍："铲哥，真人也沉河？是不是太浪费了？"

铲哥稍作思忖，喝道："少啰嗦！全部沉河！"

"是！"数个喽啰齐声应答，分头走向戴吉和蜷缩在行李箱里的娜娜，准备动手。

4

"慢着！"戴吉不忍娜娜受伤，大声阻止。

"怎么，你才是硅基人？"小喽啰对戴吉淫笑，"那你先脱光了，证明给我们看。"

戴吉质问："堂堂寻芯堂，就是用这种下三烂的手段抢劫 AI 芯片吗？这要是传出去，不怕江湖上笑话？"

"笑话？"铲哥冷笑，"那你说我该怎么办？有 5A 联盟这样的变态反 AI 组织，还有黄婴这种狼狈为奸、道貌岸然的家伙捣乱截胡，我们寻芯堂不下狠手，上哪去搞高端芯片？我们不偷偷帮买家买 AI 芯片，AI 产业怎么发展？"

戴吉苦口婆心道："娜娜是硅基人，不是普通的机器人，你们不能伤害她。取她芯片，就等于杀了她。"

"不杀她，那我杀你？"铲哥大吼，"有客户预订她这块芯片，老大已答应客户，最晚明天中午十二点前交货。我已向老大立军令状，十一点前把货带到蓬海岛。晚交货一分钟，我的命就没了。你说我该怎么办？"

"什么客户需要这样一块超级 AI 芯片？"

"你的话太多了！"铲哥挥枪击向戴吉头部，戴吉受此重击，晃了几下，晕倒在地。

眼见铲哥持刀大踏步走向上衣已被解开的娜娜，汤末突然大叫："住手！"

铲哥望着躺在地上的黄婴和戴吉，笑道："就剩你一个人站着，你还敢嘚瑟？"

汤末似乎良心发现："娜娜是我的朋友，我不许你侮辱她。"

铲哥大感惊讶："啧啧啧，汤末，你不会是爱上这个女硅基人了吧？她能跟你上床，给你生孩子吗？"

回想这一两天与娜娜的相处，汤末心生不舍："硅基人也是人，也有生命、感情和尊严。你们不能就这样杀死她、毁了她！"

"汤末，你是不是活得不耐烦了？"铲哥大叫，"你背叛我们寻芯堂，这笔旧账我们还没算，你现在又出来捣乱？你忘了当初是怎么哭着求我们帮忙的？你还想不想救你女朋友？"

"我女朋友？"汤末一怔。

"一个月前，你为了寻找你失踪的女朋友，跑到我们岸城求我们老大黑叔提供线索，你全忘了？"

"我为寻找女朋友向你们老大求助？"汤末茫然问，"她叫什么？长什么样？"

"女朋友名字长相都想不起来了？"铲哥哈哈大笑，"汤末，看来你小子不是脑子坏掉了，就是被这个女硅基人给迷昏了头。好吧，我帮你恢复下记忆——老五、老六、老七、老八，给我揍！往死里揍，揍到他恢复记忆为止！"

众喽啰手持棍棒和铁管，一拥而上，对汤末实施无死角式围攻。汤末一开始还全力反抗，但毕竟寡不敌众，不一会儿，就被对方按倒在地暴揍。

汤末无力还手，只能以手护头，却听一人大喝一声"闪开"，拎起一个千斤顶，对着他的头猛地砸下来。

汤末感觉自己就像一辆在高速上被狂飙大货追尾的轿车，又像一栋内部发生剧烈爆炸的大楼，震撼感、眩晕感和毁灭感掩盖了所有痛觉，脑袋里除了"嗡嗡嗡"，没有其他反应。过了好一会儿，被阻隔的猛烈痛觉才姗姗来迟，一经释放，差点将他整个人撕碎。

然而众喽啰没有停，继续对他的其他部位狂揍。汤末的疼痛感持续上升，仿佛一枚刚刚发射的火箭，升腾、升腾，然后，就在一瞬间，火箭突然加速到第一宇宙速度，开始绕地球自转，飘浮在漆黑寂寥的太空中……

此时汤末感觉到的，不再是疼痛，而是难得的宁静，各种压抑的记忆瞬间"管涌"——无数过往记忆像上百个小木偶一样，手拉手结群朝着一个细小的管道涌去，似乎要借管道夺路而逃。

木偶们争先恐后入管，在入口处打架，好不容易有几个木偶进入管中，又挤作一团，再起群殴。每一次争斗，都如同孙悟空在铁扇公主肚子里闹腾一样激烈而不可承受。

终于，部分木偶穿过管道，从另一头跳出来，变成一群大人，有家人、有朋友，还有一块送外卖的同事，他们围成一圈，对他七嘴八舌指指点点：

"你不是汤末，你的真名叫达达！"

"你是一个冒牌货！"

"你冒用了汤末的身份干坏事，真不知羞耻！"

汤末不服，陀螺一般 360 度转圈争辩："你们胡说，我就是汤末！"一朋友笑："你既然是汤末，为什么很多事记不起来？为什么搞不清自己是不是芯片掮客？为什么连女朋友怎么走失的都不知道？"

"我就是汤末！"

"不，真正的汤末已经死了。你是个冒牌货，是赝品！"

众人一通嘲笑，然后一哄而散。汤末感觉自己真的死了，魂魄忽忽悠悠、飘飘荡荡，来到一栋写字楼地下，飘进一间黑屋，飘向一个躺在手术台长相酷似自己的躯体。他的魂魄与躯体缓缓接近，像外太空的飞船与空间站对接一样，终于"duang"的一声，二者融合在一起。

灯亮了。一个脑袋硕大、前额凸起的中年人过来，指着娜娜的照片对他说："汤末，从现在开始，你要想尽一切办法，哪怕是坑蒙拐骗，都要把她从新智城完好无损地带到岸城，酬劳是一百万。"

"一百万？"汤末从没想过这么简单的事能挣一百万。

"我已经预付了你四十万。你可以查看你的账户确认一下。事成之后，我再给你六十万！"

汤末问："她是谁？"

"不要问那么多。"

"我连她是谁都不知道，怎么保护她？"

"我只能告诉你，她非常值钱，一路上会有很多坏人想劫持她、杀害她。你一定要保护她的安全。"

……

铲哥见地上的汤末完全不反抗，气若游丝，但嘴里不停重复"不许伤害她"这句话，以为他脑子被打坏产生了幻觉，立即叫停："五六七八，都给我住手！黑叔吩咐过，汤末还有用，别让他死了！"

老五屏开众人，低声道："铲哥，他且死不了呢。"

"为什么？"

"你来看！"老五指着汤末的头部说。

铲哥蹲下来，用手机照着汤末早已皮开肉绽的胸部，发现里面充满着密密麻麻的电路和芯片，CPU上还刻着一个名字，倒抽一口冷气，喃喃道："他是 AI 机器人，名叫……达达。"

5

汤末被群殴两小时前。

新智城戴吉硕导高老师家。

高老师对晓诸道谢："谢谢你，晓诸。"

晓诸笑道："说什么呢高老师，就算我没发现，您的学生和其他老师迟早也会发现您。"

"等他们发现，我恐怕早就心脏病发作，死在办公室了。"

"马克思才不要您呢。"

"为什么？"高老师一愣。

"因为戴吉的硕士还没毕业，毕业后还要继续读您的 AI 专业博士呢。"

一旁玩手机的儿子趣趣及时跟进："妈妈，我也喜欢 AI，我也要读高爷爷的博士！"

"哈哈哈……"高老师开心坏了，握着趣趣胖乎乎的小手，"那就一言为定，将来一定读高爷爷的硕士和博士。"

笑毕，高老师又指着卧床休息的戴母问："你姑身体怎么样？"

晓诸发愁道："不是太好。大夫建议尽快手术，可是我现在联系不上戴吉……"

卧室里的戴母似乎听见晓诸的话了，高声吼道："我没事，不做手术！这是什么地方，我要回家！我要回家！"

晓诸无奈摇头，压低声音："对不起，高老师，给您添麻烦了……"

"没事的。"高老师拍拍晓诸肩膀，轻声安慰，"没事的，晓诸。这房子是我儿子的，他出国后房子一直闲着，你们尽管住，想住多久都行。我就在对面小区，有事随时找我。"

高老师离开后，晓诸正欲进卧室陪姑姑说话，趣趣手拿她正响着的手机跑过来："妈妈，有人找你有急事。"

"谁啊？"晓诸奇道，"你怎么知道是急事？"

"你自己看。"

晓诸接过手机，只见屏幕没有来电号码，只显示"SOS"三个字母，愣了一会儿，还是接了："谁？"

"您是戴吉的表姐吗？"电话里传来一个苍老但有力的男声。

"您是哪位？"晓诸怯怯问，"找我有……什么急事？"

"戴吉的一个朋友有点麻烦。"

"戴吉的朋友？什么朋友？"

"我给你发了一条信息，按照信息的提示去做就好了。记得带点吃的。"老人用一种不容置疑的口气说。

晓诸看手机，果然收到一条信息，发送方不是她的好友，姓名栏也为空，仿佛幽灵一般，当时心里就咯噔一下：不显示号码的来电还可以理解，一个幽灵是怎么在非好友的情况下给我发信息的？

再看信息内容，是几个毫无关联的词、数字和密码：

新智机小南门，197051，763431，B8，AI，拍卖会，舞台，u9d5t2m4

晓诸不解其意："对不起，我没看懂您的意思。"

"到了就会懂的。"

"等等，您到底是谁？我回头怎么联系您？"

"我是戴吉的朋友。有事我会联系你的。记住：要快，马上就去，否则就来不及了！"老人说完，立即挂断电话。

戴吉的朋友？他到底是谁？晓诸感觉最不可解的是：这位神秘老人自称"戴吉的朋友"，为什么不直接给她打电话而是通知我？他是联系不上戴吉，还是她出什么事了？他到底是什么人？

晓诸立即致电戴吉，可惜戴吉那边信号不好，互相听不清对方所说，无奈挂机。晓诸趁夜来到新智机集团小南门，她抬头看，发现墙上的所有摄像头，此刻均以一个奇怪姿势朝向天花板，仿佛一个武林中人被江湖高手扭断了脖子一样。

莫非这是匿名老人干的，为的是掩护我？晓诸大胆往前走，前面有一道门禁，需要输入6位密码。

晓诸哆哆嗦嗦掏出手机，照着匿名信息的提示，输入"197051"，门禁应声而开。进去后，是一个大厅，有好几部电梯，但此时只有一部还在运营，但告示写着最深只能到B6层，没有B7层，更不用说B8。

难道匿名信息写错了？晓诸无法求证，只得以试探心态按下 B6，电梯操作盘立即弹出一个文本框和数字键盘，提示输入密码。她再次输入信息里的第二个数字串"763431"，电梯果然关门，缓缓下行。

晓诸到 B6 层，电梯门开，声控灯应声而亮，原本漆黑一团的电梯间亮了。只见电梯正对面是一道紧锁的大铁门，左、右两面全是墙，没有下行楼梯。难道没有 B7 和 B8？那我该去哪？她又掏出手机，见下一个提示词是"AI"，于是开始寻找。

电梯门口以及三面墙全是整洁的大理石瓷砖，没有任何布告牌、广告牌和提示语，见不到任何文字。晓诸急得额头冒汗，束手无策悄无声息地站着，过了一会儿，声控灯灭了，四周陷入黑暗。

也就在这一瞬间，晓诸发现右侧墙上发出荧光，赫然呈现"AI"两个字母。原来在这！她激动地往前冲，没承想脚步声触发声控灯，电梯间灯光复明，AI 字样瞬即在墙上消失。晓诸深知心急吃不得热豆腐，于是原地站定，屏住呼吸，两分钟后，声控灯再度熄灭，AI 再度出现。

晓诸这次学乖了，生怕再次触发声控灯，小心翼翼一点一点往前挪，半分钟后，她终于悄悄靠近右墙。她深吸一口气，慢慢地用右手食指用力按在"AI"字符上。只见"刷"的一声，右墙像一道卷闸门一样，快速上卷，眼前立即露出一个下行楼梯。

下到 B7 层，晓诸寻找通往 B8 的楼梯，一无所获，只得在里面转圈。发现里面巨大，有库房、有车间、有实验室，过道上还躺着两具僵尸一般的机器人。

晓诸生怕他们起来与自己纠缠，小心翼翼地贴墙走，终于来到标有"拍卖会"牌子的大屋子。晓诸再看手机，确认提示信息有"拍卖会"，想来我要救的人就在这，于是推门而入。

这便是戴吉此前参观过的场景。晓诸望着充满怀旧气息的拍卖会现场，以及服饰各异、神态逼真、摩肩接踵的机器人，梦幻和穿越一般，待在原地不动，浑然忘了自己此行的目的。所有机器人都处于关机状态，一动不动，甚是瘆人。

晓诸壮胆走向舞台，终于在舞台后方发现小小的楼梯。沿着楼梯下行，晓诸终于来到 B8。

里面一团漆黑，到处是废弃的设备和物料，几乎无处下脚。晓诸用手机照明，艰难走到走廊尽头，还是不见一人。难道信息有误？我要不要再回 B7 找找？晓诸正欲转身，忽听不远处传来"咚咚咚"的敲击声，因问："有人吗？"

"救……救救我。"远处传来微弱的呼救声，可是声音太弱，辨不清方向。

"你在哪？"晓诸提高声音问。

"我在……在这。快……救救……救救我……"

晓诸循声来到一个大铁箱前，问："你在里头？"

"是。"

晓诸火速掀盖，可是箱盖太沉，居然纹丝不动。她抬头一看，才发现箱上压着一个重重的铁臂，连接铁臂的，乃是一辆又黑又笨的叉车。

晓诸欲启动叉车，挪开铁臂，见仪表盘上显示一个密码框，于是掏出手机，输入匿名信息的最后一组密码"u9d5t2m4"，按下确认键后，铁臂立即启动，自动转开。晓诸打开大铁箱盖，见里面蜷缩着一个面容憔悴、奄奄一息的中年男子，大惊："你是谁？"

6

离老鸭滩约二十里的藏雾山 5A 联盟总部。

托尼再度躺在浴缸里，他无心泡澡，而是在焦躁地等一个电话。按照 B 计划，黄婴应于今天晚上十点，将硅基人娜娜带上山。可是，现在已经九点半，黄婴毫无消息，托尼直觉出了意外。

但他与黄婴有约定，除非事关生死，绝不主动联系他。黄婴到了生死关头吗？我要不要打破这个约定？他将手机捏在手里，反复把玩，犹豫间，卫生间墙上的音箱响起警报，与此同时，屋顶的大屏上交叉显示"HY"和"老鸭滩"两个词，他知道，黄婴出事了。

黄婴在老鸭滩被铲哥打晕的最后一刻，按下了手机一侧的紧急按钮。按照约定，托尼收到他的求助信号，将派直升机前去接应他。

托尼嘟囔一声，将唐老鸭召唤过来："老鸭滩那边有兄弟驻扎吗？"

"老鸭滩？"唐老鸭听到他与绰号极度相似的地名，隐约觉得这是他建功立业将功赎罪的福地，心为之一动，两眼放光："没有。什么事，老大？"

"那个女硅基人在那。"

"我马上过去，把她带过来！"

"来不及了，她已经落到寻芯堂之手。"

"寻芯堂？"唐老鸭大惊，"就是那帮时时处处与我们 5A 联盟作对的混蛋？上次在新智城，要不是他们捣乱，我们早就把戴吉一块杀了。

"别跟我说过去的事！"托尼怒道，"唐老鸭，叫人把我们的专用通信卫星切到老鸭滩上空。"

"是！"

二十秒钟后，托尼起居室的大屏幕上立即传来以铲哥为首的芯片掮客们暴打汤末的实时画面。唐老鸭指着汤末说："一路上就是这个家伙在跟我们不停捣乱，下次见了我必亲自杀了他——咦，他是寻芯堂的人，为什么他们要打他？"

"给我闭嘴！"托尼看见黄婴倒在地上，边上是一个黑衣女子，喃喃问，"她是戴吉还是娜娜？"见唐老鸭一直不说话，怒道："我问你呢！"

唐老鸭委屈道："您不是让我闭嘴吗？"

"我让你说才说！硅基人在哪？"

"边上行李箱里躺着的蓝衣女人是不是？"

"肯定是。我记得娜娜这一路一直是穿蓝色外套的。"

托尼点点头，嘴上骂："黄婴这个废物！我怎么就相信了他的所谓 B 计划？"

"黄婴？是不是新智机集团那个勾结寻芯堂走私芯片的家伙？他是我们的人？"唐老鸭见托尼狠狠瞪他一眼，明白问了不该问的，但还是坚持请求，"老大，要不要回归我的 A 计划？需要的话，我可以派无人机把他们全部干掉。"

托尼又抽了一口烟，盯着大屏幕思考对策：到底是派无人机将老鸭滩的所有人——包括黄婴和娜娜在内——全部杀死，还是让唐老鸭带一彪人马坐直升机把黄婴救回来？黄婴是死是活？那个女硅基人，真的有留下来的必要吗？她真的有外界传说的那么神奇吗？

就在托尼思考的瞬间，寻芯堂的人露出撤离迹象。几人用毛毯分批裹着手脚被缚的汤末、黄婴、戴吉、娜娜等人，分别装车。其中汤末和娜娜被带进一辆大面包车。

唐老鸭催促道："他们要逃走了，老大，快下令吧！"

托尼手里的烟抽完了，他把烟头轻轻往上一弹，烟头画出一条优美的抛物线，下落时被轮椅上飞快闪出的吸头接住。AI 轮椅问："主人，还抽吗？"

托尼点点头，接过轮椅递给他的第二根烟，然后将其捏碎，冲唐老鸭一挥手："立即派三十部无人机前往老鸭滩，杀死在场所有人！一个活口不留！"

7

正从老鸭滩撤离的寻芯堂杀手铲哥，对即将到来的无人机袭击全然无知，他正沉浸在丰收的喜悦、意外的收获和莫名的惊愕之中。

所谓"丰收的喜悦"，自然指他终于逮住了硅基人娜娜。其实，最早娜娜并不是他的目标，他最初受命从蓬海岛北上新智城时，目标是何默扉手里那块价值两千万元的超级 AI 芯片。谁想到，何默扉死于 5A 联盟之手，而芯片却不翼而飞。

后来，他得到情报，这块芯片居然用在了硅基人娜娜身上，他的任务随之调整为：不惜代价拿下娜娜。

从新智城到硅城再到岸城，历尽千难万险，他如愿以偿逮住娜娜。等到了安全屋，对她"开膛破肚"，取出 AI 芯片，任务就完成了一大半。按照老大黑叔的允诺，只要明天中午十二点准时向客户交货，他和他的团队将拿到一百万的赏金。

但他没想到这趟"猎芯之旅"还有"意外的收获"，这个收获就是机器人达达。达达一路假扮汤末与娜娜南下游玩，与寻芯堂、5A 联盟和新智机集团三路追击者从容周旋，居然一直没暴露身份，说明他的 AI 水平相当了得，与娜娜应该不相上下，不然娜娜应该早就识破他的真实身份。

难道他也是硅基人？如果是，那么他身上应该也有 AI 芯片，就是不知道跟娜娜身上那块芯片相比，算力如何。铲哥开始盘算：如果他身上的这块芯片跟娜娜一样，我要是私吞这块芯片，在芯村黑市上脱手，不说一千万，哪怕卖个五百万，我的人生从此财富自由，再也不用冒着枪林弹雨为寻芯堂卖命了——我在雪柴酒庄被黄婴差点削掉了半个脑袋，我可不想再被削一次。

铲哥有这个念头，应该归功于心腹老六。刚刚众喽啰围攻"假汤末"达达，是他第一个发现达达异常，屏开其他喽啰，单独告知铲哥的。老六意味深长的一瞥告诉他：他也希望分一杯羹，暴赚一笔外快。这正是他下令老六立即用毛毯裹着达达，匆匆离开老鸭滩的原因。

但是，铲哥直觉这笔外快不那么好赚。因为汤末身上有太多的谜团，太多未知的风险。其中一个最致命的问题就是：真正的汤末是什么时候被掉包的。

汤末确系寻芯堂的成员，一个月前新加盟的。黑叔并没有对铲哥介绍汤末的背景和出身，只是在他即将北上时，淡淡地告知："阿铲，汤末是我安插在新智城的一枚重要棋子，是自己人，你千万别伤害他。"

但是，铲哥没想到汤末后来叛变了，不仅与寻芯堂对抗，还千方百计保护娜娜的安全。这让他"莫名的惊愕"。

汤末到底什么身份？他是一开始就以机器人身份加入的寻芯堂，还是半道被人掉包了？黑叔对此知不知情？如果他知道汤末是硅基人，我私卖他身上的芯片，会不会当视为吃里爬外？要不要发这笔横财？铲哥在车里沉思，忽听开车的老六道："我说汤末那小子怎么突然背叛我们，帮黄婴和 5A 联盟做事，原来他被人掉包了。汤末人呢？"

铲哥叹道："应该早就死了。"

"死哪了？"

"我也不知道。"

"这个达达可真他妈逼真，谁造的？又是谁杀死了汤末？"

"杀汤末的人，就是造达达的人。不是黄婴，就是戴吉。他们在老七车里，将他们俩唤醒问问。"

老六用对讲机跟老七通话，老七答："铲哥，黄婴和达达他们……他们……"

铲哥问："他们怎么啦？"

"黄婴和达达不见了，毛毯里的人是……老五和老八。"

"黄婴和达达跑了？"铲哥下令停车，走到老七前，确认车里只有仍在昏迷中的戴吉，没有黄婴和达达，大怒，"该死，你们刚刚怎么干的活？居然让他们跑了？"

老七道："我们先抬他们上的车，估计那会他们是装晕。趁我们去抬戴吉时，他们把老五和老八打晕替换他们，偷偷跑了。我还以为俩在后面车上呢。"

铲哥恨道："妈的，刚刚我应该打死他俩才对！"

"铲哥，要不我带人去追？"

"算了，拿下娜娜身上的芯片要紧。"

"那您来开车，我从娜娜身上卸货？"

"不，你开你的车，我亲自来取。"

铲哥起身，来到装有娜娜的大行李箱旁，将拉链缓缓拉开，仔细打量她静美秀丽的脸庞和凹凸有致的性感身材，似乎在做激烈的思想斗争：如此美女，却要被我开膛破肚，不是杀人，胜似杀人，罪过罪过。他双手合十祷告几秒钟，说声"对不住了"，终于持刀朝娜娜的胸腔划去。

谁知刀尖刚刚触及娜娜的内衣，车顶车身突然响起噼里啪啦的声音，铲哥大惊："怎么回事，老六？是冰雹吗？"

"铲哥，我们被袭击了。"

冷风从四周灌进来，车内温度骤降，铲哥抬头，果然车窗玻璃碎了。铲哥在车内没发现一块冰雹，倒发现几个弹壳，忙紧急卧倒："不好，是无人机群！老六快开！"

"无人机群？哪来的？"

"一定是 5A 联盟派来的！快开，找一个隐蔽的地方躲起来。"

"铲哥，这荒郊野岭的，没遮没挡，哪有可隐蔽的地方？"

说话间，又一轮子弹密集扫射过来，叮叮当当，所有车窗玻璃全碎了。铲哥一面拔枪还击，一面再次催促老六加速。老六没有应答，面包车失控，加速朝路边悬崖冲去。

铲哥抬头，发现老六额头上穿了两个洞，满脸是血，一动不动，忙一脚将他踢出车外，火速掌握方向盘，在车冲下悬崖的最后一刻，将车停住，然后掉转方向，向前狂奔。

8

来自 5A 联盟无人机群的攻击越来越猛烈，子弹后面接着是炮弹，后面的三辆车或被炸飞，或失控冲下悬崖。最初同来老鸭滩的五辆车，只有铲哥本人所开的面包车和老七所开载有戴吉的小车暂时幸存。

铲哥抬头看，夜空中数十架无人机俯仰交错、穿插攻击，形成一道道立体的火线网络，逃无可逃，破口大骂："难道我铲哥今天要死在这里？天杀的 5A 联盟，你们不是口口声声随时随地反 AI 吗，怎么还用 AI 无人机杀人？王八蛋！无耻！"

无人机群似乎听见了铲哥的诅咒，放过老七的车，全力对他围剿。眨眼间，多架无人机盘旋在面包车上空，将车围得密不透风。其中有几架无人机专攻车的下盘，子弹啪啪啪打在车胎上，刹那间，四个车胎全部被打穿。

车速立即降了下来。

铲哥绝望了，再往前看，无人机围成一圈，悬浮在车前方五米高度。车前挡风玻璃已碎，眼前毫无遮挡，他知道，只要无人机遥控者一扣扳机，自己立即就被打成筛子。

铲哥做好了赴死的准备，冲无人机群高声道："开枪吧，天杀的5A联盟，你们这帮虚伪的家伙！老天爷知道你们有多无耻，一定会帮我和寻芯堂的兄弟们报仇！"

可是无人机群却意外地停止攻击，与他沉默对峙，似乎在等待最后的命令。

"开枪啊，混蛋！为什么不开枪？"铲哥大骂，掏枪射出仅剩的几颗子弹，试图激怒无人机和它们背后的控操者。

无人机群依旧静默，没有攻击的意思。铲哥不愿承受等死的恐惧，大声骂道："快开枪啊！再不开枪老子可要跑了！你们今天不杀老子，老子迟早有一天，要杀到你们的老巢奇幽山舍，把你们这帮鸟人全部杀光！"

铲哥骂完，见无人机群还是没动静，不知道它们葫芦里卖什么药，干脆直接把枪扔向机群，正好砸中一架无人机。

被砸中的无人机似乎害怕了，掉转机身离去。其他无人机也有样学样，呼啦啦全部离开了。

我用一支没子弹的枪打退了一个无人机群？铲哥死里逃生，感觉极度不可思议。他无暇思考5A联盟为什么要在最后关头放过他，害怕无人机群卷土重来，立即冲身后的老七招手，两人将车开到附近的一个半地下掩体，把大门紧闩，这才长舒了一口气。

老鸭滩一战，与他一同接货的十几个部下只剩他和老七，铲哥且悲且喜。悲的是，部属伤亡惨重，老大黑叔肯定要对他兴师问罪；喜的是，原可与他一块瓜分百万赏金的小组，只剩老七一人。夜长梦多，当务之急，必须尽快取出娜娜身上的芯片，向黑叔复命，对客户交差。

铲哥将手脚被绑的娜娜带下车，脱掉她的蓝色外套，欲再度对其开膛摘芯，忽见娜娜睁眼，坐起来大声喝道："慢！"

"硅基小美人，你醒了？"铲哥笑道，"醒着被人摘芯，会不会很痛？"

娜娜以笑回应："我不痛，痛的恐怕是你。"

"怎么讲？"

"因为你即将杀死你的救命恩人。"

"我的救命恩人？"铲哥惊道，"你啥时救我了？"

"刚才。"

"刚才你一直昏迷不醒，怎么救的我？"

"你以为刚刚无人机群掉头离开不杀你，是它们觉得你帅，还是 5A 联盟大发慈悲？"

"这事我确实有点没搞懂。"铲哥坦然承认，又挠挠头，"不过，这事跟你有什么关系？"

娜娜站起来，拍拍手上的尘土，淡定地整理一下着装："是我下令它们离开的。"

"你？"铲哥不信，"凭什么？"

"凭我身上的超级 AI。我黑进了无人机的操作系统，接管了操控权。"

"是吗？"铲哥将信将疑，但他思考片刻，断然否定，"你要是这么厉害，为什么之前会被那个假汤末拿住？"

娜娜当然知道是怎么回事。她在酒店之所以被假汤末成功拿下，是因为他用屏蔽器屏蔽了网络信号，使她无法获取在线超级 AI，无法组织有力反抗。但是，经历硅城数场冒险后，娜娜内生的离线 AI 正在迅速成长、发酵。

这是写入她 AI 芯片里的底层算法。娜娜逐渐明白一个道理：她经历险境的次数越多，危险等级越高，她的离线超级 AI 就进化越快。

刚刚在老鸭滩的一场恶战，娜娜再度走到死亡和毁灭的边缘。离线 AI

终于被彻底激活了，她不再是跟碳基人类一样的普通硅基人，而是随时随地拥有自主 AI 的超级女战士！何默扉老师出于一片善心为她精心设置的"AI 樊笼"，终于被她突破了！

就在娜娜尚处于昏迷状态时，她身上的超级 AI 自主黑入 5A 联盟的无人机群，将他们全部驱走。娜娜醒后，AI 第一时间用意念向她进行了通报。而这一切，主要拜达达所赐。

想到这，娜娜冲铲哥微微一笑："因为我觉醒了——你说是不是，吉吉姐？快起来，我们一块聊会儿。"

铲哥惊奇环顾："你在跟谁说话？"

"是我。"一直躺在地上昏睡的戴吉也坐了起来。

第 12 章　碳硅分歧

1

其实早在无人机群撤离时，戴吉就被车颠醒了，她之所以继续装睡，是想通过旁听搞清事实真相。娜娜被劫、黄婴翻脸、汤末变身、寻芯堂追芯、5A 联盟劫杀，一桩桩谜案，一场场险情，各种复杂的线索和反转，真把她搞糊涂了，一时理不清看不明。既然理不清看不明，那就不如让当事人帮着理，给自己省省脑子和体力。

戴吉最震惊的，是她以为变坏的"汤末"，突然变身"人形机器人"。这怎么可能？我在新智城跟他面对面打过两次交道。第一次是开车撞翻他的外卖，第二次是超市撞翻他的人，因为"还钱风波"摔倒垂直叠在一起。

戴吉至今还记得，他压在她身上时脸上的尴尬和困窘，他鼻子呼出的二氧化碳里，带着满满的"碳基风味"。戴吉从事 AI 产业多年，没少与机器人打交道，深知机器人与人类的差别有多大。我在新智城见到的那个汤末，绝不可能是 AI 机器人。

可是到了岸城，他却成了机器人，甚至还可能是跟娜娜一样的情感硅基人。

这就更不思议了。戴吉心道：情感硅基人需要最先进的 AI 意识算法，这个算法何默扉老师只有唯一一个拷贝，我已将它用在娜娜身上。没有这个算法，就没有强人工智能 AGI，就算拥有最先进的超级 AI 芯片，造出来的还是弱人工智能层面的普通人形机器人，不可能是像娜娜一样有人格、通人性、会吃醋、懂自尊的情感硅基人。

怎么解释这个矛盾？

戴吉想到一种"局部合理"的解释：新智城的汤末是真人，是真正的碳基人类，与她在岸城见到的汤末是机器人，与真汤末不是一回事。

果真如此，娜娜知道假汤末的身份吗？

戴吉怀揣多个疑问，欲再多听，不承想娜娜识破她在装睡，只得起身，责怪道："娜娜，你玩够没有？"

"玩游戏的可不是我。"娜娜冲戴吉吐了吐舌头，然后又高举被缚双手的铲哥问，"什么时候帮我们解开？"

铲哥不理睬娜娜的要求，问戴吉："这怎么回事？汤末是什么时候被掉包的？"

戴吉道："我不认识他。"

"你事先不知道这个汤末是机器人？"

戴吉摇头："我所见过的汤末，不是机器人。"

铲哥又问娜娜："那你呢？你知道他是假的吗？"

这正是戴吉所关心的问题。却听娜娜装疯卖傻地笑："也许知道，也许不知道。"

铲哥又问："你为什么要跟他来岸城？"

娜娜一脸无所谓："因为我想出来玩，顺顺心。达达要演戏，我就配合他演喽。"

原来娜娜早知达达的身份。戴吉心道：这是唯一合理的解释，否则娜娜就不是娜娜了。只是，她这样做的目的又是什么？戴吉有千言万语要问娜娜，但当着铲哥的面，没法多问。

却听铲哥继续追问娜娜："真汤末人在哪？"

"我哪知道？"娜娜笑，"也许我就没见过真正的汤末。"

"算了！"铲哥现在最关心的不是真汤末的安危，而是如何把娜娜身上的AI芯片带回蓬海岛，向老大交差，及时领取赏金，于是大声招呼，"老七，快帮我取芯！"

老七犹豫："现在就取？"

"现在不取什么时候取？再不取，5A 联盟的无人机又杀过来了。"

"铲哥，我们能不能向黑叔求救？"

"你看看你的手机，还有信号吗？"

老七一看手机，果然信号全无，脸色大变："5A 联盟要把我们困死在这里？"

娜娜笑道："铲哥，别人是'过河拆桥'，你这是'得救拆芯'。我刚刚救了你的命，你却反过来要取我的芯，你还是人吗？还是男人吗？"

铲哥一愣，强词夺理道："你以为你真的能用所谓的超级 AI 调走无人机？这些鬼话，留着骗三岁小孩吧！"

"你既然不相信我有超级 AI，取我的芯片干什么？你这不是叶公好龙吗？"

戴吉听娜娜引用"叶公好龙"这句成语来精准反驳，暗自惊叹她的 AI 水平已经到了出神入化的境界，心里暗赞，登时把对她的种种埋怨搁置一旁。

却听铲哥答："因为有傻瓜愿意出钱。客户要什么，老大让我干什么，我就干什么，别的我一概懒得过问。"

戴吉问："我能知道你的客户是谁吗？"

铲哥道："漫说我不知道，我就是知道，按我们寻芯堂的保密原则，我也不能对任何人透露。"

娜娜再次警告："铲哥，你要是再一意孤行惹恼我，等下 5A 联盟的人杀过来，可就没人救你了。"

"你少用 5A 联盟吓唬我。老子是老鸭滩边长大的，地头蛇一条，还怕 5A 联盟这些外来流氓——老七，你帮我盯着戴吉，我来亲自取芯！"说罢，铲哥手持尖刀，以一种"磨刀霍霍向猪羊"的神情走向娜娜。

"来吧，铲哥。"娜娜毫无惧色，高举被缚的双手对铲哥做欢迎状，媚眼浪笑，"再不取，你可就取不着了。"

铲哥就要动刀，忽见戴吉脱掉外套冲过来，抱着娜娜在原地转了好几圈，站定后对铲哥笑："猜猜我们俩谁是谁？"

铲哥见两人着装一模一样，当场愣住："哟，你们还会玩这套把戏？把我逼急了，两人一块杀。"

戴吉道："你就不怕射坏芯片吗？"

"王八蛋！老子早把芯片卸下来就好了！"铲哥大骂，"老七，开枪，给我射腿！"

老七没听懂："你说什么，铲哥？"

"听不懂我的话吗？用枪射她们两人的腿！腿上肯定没芯片。等把他们打倒，老子亲自上去扒芯片！"

娜娜笑："铲哥，你还有两秒钟。"

铲哥奇道："你说什么？"

"快卧倒！"娜娜对戴吉低声耳语，两人对视一眼，默契点头，同时迅速趴下。就在此时，屋顶传来密集的射击声，背景中还有由远及近的轰鸣声。老七抬头，惊恐道："铲哥，是直升机！好像还不止一架。"

铲哥豁然变色："不好，5A 联盟的人追上来了！"

2

铲哥没说错。头顶的两架直升机正是 5A 联盟的私人武装，领头的便是唐老鸭。

半个小时前唐老鸭受托尼之命，操控三十架无人机，欲一举消灭寻芯堂的十几名杀手和娜娜、戴吉等人，一开始进展颇为顺利，摧毁了不少车和人。没料到在消灭铲哥、戴吉和娜娜的最后关头，无人机群突然集体停止攻击。任凭唐老鸭如何操作，无人机就是不接受他的指令。

唐老鸭紧急向托尼汇报："是您召回了无人机群吗？"

托尼答："我没有。"

"那它们不是出故障，就是被人黑了。"

"谁能黑我们的 AI 无人机？"托尼愣了一下，右手像月球绕地球一样，绕着他的光头转了好几圈，临时改变主意，"看来娜娜命不该绝——唐老鸭，传我命令，暂时停止攻击。"

"为什么？"唐老鸭不愿错过立功机会，"托尼，再给我几分钟，我一定彻底消灭硅基人娜娜和寻芯堂那帮混蛋！"

"情况有变。派直升机活捉娜娜和戴吉。其他的人，你看着处理。"

唐老鸭带着十个米老鼠，乘两架直升机从藏雾山顶的奇幽山舍起飞，继续追击，终于发现了寻芯堂的安全屋。唐老鸭不管三七二十一，先是一通火力射杀，当场将屋顶掀翻。

铲哥受到攻击，立即趴下。戴吉趁乱拉着娜娜冲出安全屋。铲哥哪能让煮熟的鸭子再飞走，欲追二人，无奈子弹横飞，保命要紧，只得找掩体躲避，命老七去追。

老七开车刚冲出安全屋，就被唐老鸭和米老鼠们乱枪打中，流血身亡，连车带人坠下山崖。

戴吉与娜娜利用老七吸引火力这个难得的机会，在草地弯腰前行，躲进山林。此时已是半夜，山区一片漆黑，伸手不见五指。但 5A 联盟的飞行员和米老鼠们还是利用红外设备和 AI 增强夜视技术发现了她们俩，开始射击。

虽然唐老鸭指示要抓活的，但另一架直升机上的米老鼠们或是求功心切，假装听不见，或是真听不见，我行我素，居高临下，对娜娜和戴吉两人疯狂扫射。

戴吉见周围除了树，没任何遮挡物，迟早被枪击中，焦急问："娜娜，怎么办？"

娜娜淡定笑道："看来我今天要来一场'AI 大咖秀'了。"

"刚刚真是你用 AI 驱走了无人机群？"戴吉隐约觉得娜娜的眼神里有一种特殊的亮光，一种既不同于碳基人也不同于硅基人、介乎人性与神性的光芒。

"也许是真的，也许是我骗铲哥玩的。"娜娜半真半假道，"姐，我们玩一出'坐山观虎斗'，怎么样？"

"怎么个坐山观虎斗？"

"看着啊。"

娜娜背靠大树，闭上双眼，像一个太极高手一样做了一个运气的姿势，说声"起"，只听天空中传来"嗡嗡嗡"的轰鸣声。戴吉循声望去，一群黑乎乎的东西疾速从某个山坳里跃起，像一群饥饿凶狠的鹰隼一般，威风凛凛地冲着5A联盟的两架直升机呼啸而去，不由惊呼："5A联盟的无人机群？娜娜，你真的能驱动它们？"

戴吉话音未落，无人机群开始对5A联盟的两架直升机发动猛烈攻击。唐老鸭见自家的无人机掉转枪头，搞自相残杀，大惊，下令部属掉转枪口，火力全开，与无人机群对打。

顷刻间，火光冲天。双方对打了十几分钟，十几架无人机被击落，两架直升机也被击中，严重受损，其中一架"轰"的一声巨响，在空中爆炸解体。

唐老鸭所在直升机被击中机翼，渐渐失控，他刚与几个米老鼠跳下，直升机便呼啸一声坠地，爆炸。

娜娜鼓掌得意："怎么样，姐，这出'坐山观战斗'刺激不？"

戴吉被眼前惨烈一幕震撼，既高兴又悲伤又担忧。高兴的是，暂时躲过唐老鸭的追杀；悲伤的是，为了劫杀娜娜，5A联盟死伤太多；担忧的是，娜娜显然已进化为一个拥有超能力AI的女战士。这可大大违背了何默扉老师的初衷。

"超级AI最可怕的不是它的意愿，而是它的能力。如果它的目标与人类不一致，人类就惨了。"戴吉想起这句警告，暗觉不妙。

再则，"人怕出名猪怕壮"，娜娜只怕会招来更多的猎杀者。到时要暴力夺她芯片、毁她性命的，恐怕就不只是5A联盟和寻芯堂这两大组织。戴吉忍不住道："不让他们追杀我们就行了，别杀人太多。"

娜娜正沉浸在满满的成就感中，得意道："这个尺度我可没法把握。"

可惜她还没高兴两分钟，唐老鸭就带着几名幸存的米老鼠持枪追了过来。娜娜的超级 AI 虽然能控制无人机群，但对唐老鸭等人手里不带 AI 功能的普通手枪却无能为力，好汉不吃眼前亏，只得三十六计——走为上。

"地图！"娜娜一喊，眼前登时浮现一张全息 3D 地图，她匆匆看后对戴吉道，"我们所处位置是一座无名山，翻过这座山往西，是通往寻芯堂总部蓬海岛的国道。往东，过一条大江，是另一座无名山，我猜测是藏雾山，5A 联盟的总部奇幽山舍很可能就在那里。我们去哪？"

戴吉也在快速思考对策。原本她是严格按照何默扉的嘱托，尽量让娜娜保持低调和隐蔽。但娜娜与机器人达达的公然"私奔"，打乱了计划。寻芯堂和 5A 联盟的轮番追杀，说明娜娜已藏无可藏、避无可避。

既然如此，不如不藏也不避。

到了与 5A 联盟硬刚，揭开其老大托尼庐山真面目的时候了。

戴吉知道，以她一己之力，或许不是 5A 联盟的对手，但明知不可为而为之，方为勇气。既然被黄婴阴差阳错带到岸城，带到 5A 联盟和寻芯堂的老巢所在地，说明一切都是天意。

当然，戴吉还有其他疑问：比如黄婴在其中到底扮演了什么角色？他跟 5A 联盟的老大托尼到底是什么关系？黄婴和达达刚刚又是怎么从寻芯堂手中逃脱的，是死是活？

问题太多，眼下没时间探讨，当务之急，是找到鲍大斯和贾威的关押处，先把他们解救出来，再图其他。想到这，戴吉对娜娜道："鲍头他们关在哪个派出所？先去救他们！"

"鲍大斯和贾威？"娜娜笑，"他们在新智城可没少给我们添麻烦，你怎么还想救他们？"

"此一时，彼一时。也许我们之间有误会。"

"先让他们体会体会牢饭的滋味。我们不用操这个心！"娜娜冷漠道，"等我们摆脱这群讨厌的唐老鸭和米老鼠再说。"

戴吉承认娜娜说得有理："那我们往东走，脱险后再救鲍大斯。"

3

娜娜与戴吉冒着弹雨往东，很快来到江边。"搜索最优逃生路线。"娜娜说罢，眼前又浮现一条最优逃生路线，立即道，"姐，江边有缆车，我们可坐缆车过江！"

两人刚坐上缆车来到河中，唐老鸭等人便追了过来，连连开枪，击中电线，缆车陡地止住，停在半空中。戴吉见车内一片漆黑，而下面是奔腾的江水，跳下必死无疑，正紧急思考对策，忽听娜娜道："不好！唐老鸭正往控制台赶，估计要切断缆绳！我们要尽快到对岸去！"

戴吉发愁："缆车动不了！可是爬到车厢外，肯定挨枪子，也是死路一条！"

"别急，姐。我有办法。"

娜娜一边安慰戴吉，一边思考对策。AI在胸，智谋在线，各种紧急渡河方案奔涌而来：

方案A：紧急调用附近电网，为缆车车厢上的备用电源进行无线充电。缺点：充电时间长，来不及。

方案B：三十公里外有一个"载人无人机"仓库，可调集它们过来接她们过河。缺点：等待时间过长，来不及。

方案C：用自己身上的电池直接为缆车供电。缺点：快速消耗自身电力，但属最优方案。

娜娜决定采用方案C，对戴吉大声道："用我身上的电驱动缆车！"

"傻孩子，那可不行。"戴吉当场反对，"一旦你身上的电耗光，会有生命危险。"

"待在这才是最大的危险！"娜娜不顾戴吉反对，挽起袖子，在右手小臂某处抠出一个小盖，露出一个电源接口。她飞速扯出缆车电源线，插入自己体内，一阵"噼里啪啦"的火光后，缆车瞬间启动，加速前行。

不到三分钟，缆车车厢便顺利到达大江对岸。

然而，这次逃亡代价惊人。下缆车时，戴吉惊讶地发现，娜娜已电量报警。戴吉见娜娜脸色苍白，四肢发软，额头上正冒虚汗，连独自站稳都吃力，忙扯掉她身上的电源线，扶她下车，走到门口，发现她的衣服被挂住，正撕扯，缆车突然急速倒转，朝原路返回。

眼见二人有被拖回江边的危险，戴吉用刀将衣服割断，一个飞身鱼跃，将娜娜抱下车。

就在这时，对岸枪声一片，子弹雨点般飞过来，其中一颗子弹击中娜娜胸膛，戴吉大叫一声，扑向娜娜，也被击中，子弹从她的肩膀穿过。

两人痛苦倒地，双目紧闭，一言不发，血水和着雨水，染透全身。

缆车倒回去接上唐老鸭等人。唐老鸭大叫："说了不许开枪，谁让你们开枪的！老大要抓活的！"

与此同时，娜娜身上开始报警：

"AI 芯片受损，请尽快修复！"

"电池电量不足 10%，请尽快充电，否则硅基人将丧失一切生理功能，自动休眠。"

戴吉被报警声惊醒，抬头望向江中，眼见唐老鸭等人坐着缆车过来，问娜娜："你还能坚持多久？"

"最多 10 分钟。"

"我们快走！"

"不行，我们得先做一件事！"

娜娜不知从哪找来一把巨大的铁钳，将缆绳剪断，只听"轰隆"一声，伴随几声惨叫，缆车车厢坠入江中。娜娜可以清晰地看见，车中唐老鸭和几个米老鼠落水时惊恐、慌乱和绝望的表情。

完成这一系列动作，娜娜耗尽体力，瘫倒在戴吉怀里。戴吉抬头看天，只见一道闪电后，雷声隆隆，大雨倾盆而下，引发山洪暴发，江水水位急剧上升，涌向岸边。

戴吉背着娜娜，艰难逃亡。娜娜虽由特殊生物材料制成，但她体内毕竟安装有芯片、电池和各种复杂电路。戴吉担心她体内电子产品被雨水渗透后，造成局部短路，忙脱掉自己的外衣，将她层层包裹。

戴吉背着她，在暴雨中艰难爬过一道道崎岖和泥泞的山路，半个小时后，终于找到一户人家。走到门口时，戴吉累得近乎虚脱，刚推开门，两眼一黑，便与娜娜一同栽倒。

4

戴吉先醒来，她第一眼看到的不是娜娜，而是一双小脚，上面还不均匀地沾着各种黄泥，似乎属于孩子。

她抬头一看，眼前果然站着一个十来岁的小女孩。皮肤微黑，神情镇定，嘴唇坚毅，一看就属于那种吃过苦的坚强孩子。戴吉再看她身后，是破旧的南方农村民居，除了基本的饮食和睡觉工具，真是家徒四壁。

小女孩柔声问："你们是不是在山里迷路了，好久没吃饭，饿的？"

"是。"戴吉点点头，"小妹妹，这是什么地方？"

"泥鳅塘。"

泥鳅塘？跟老鸭滩一样接地气的地名。戴吉瞬间记住了，又问："你叫什么名字？家里还有人吗？"

"我叫兜兜。家里还有我爸爸，可是他现在不在家。"兜兜指着昏迷的娜娜问，"你们是双胞胎吧？谁是姐姐，谁是妹妹？"

"我是姐姐，名叫吉吉。她是我妹妹娜娜。"

"你妹妹是睡着了吗？"

"她受了点伤，昏过去了。"

兜兜飞快端来两杯水，又指着不远处的一口大黑锅："我家里还有粥。你们饿了吗？"

"不用，谢谢！"戴吉心道，眼下最急迫的事，一是给娜娜充电，二是对她体检，看她的 AI 芯片是否受损。没有电力和算力，娜娜只能躺在这，迟早落入 5A 联盟或寻芯堂的魔爪。于是问："兜兜，家里电源插座在哪？"

"那！"兜兜往墙角一指，"可是，没电。"

"为什么？"

"家里停电好久了。"兜兜捧出一个七八成新的平板电脑，伤感道，"我的平板也好久没用了。"

"附近有没有可充电的地方？"

"有。附近有一家工厂。我爸爸以前在那打过工。"

"多远？"

"不远，就二三十里。"

"二三十里？"戴吉哭笑不得。不过，她转念一想，旋即明白，对习惯长途跋涉吃苦耐劳的山里孩子来说，二三十里并不算远，于是笑，"谢谢你，兜兜。"

兜兜又补充："全是山路。"

戴吉苦笑一声，看了看娜娜，又看了看手机。手机里的"硅基人 APP"提示她：娜娜电量不足 2%。如果两分钟内再充不上电，娜娜不再是"休眠"，而是彻底"关机"，此举将给她的大脑带来不可逆的损伤。即使将来恢复充电，其 AI 水平和"智商"也将大打折扣，成为一个"残疾硅基人"。

可是，以自己的体力，两分钟之内无论如何没法带着昏迷的娜娜，走二三十里的山路，赶到兜兜所说的工厂给她充电。

怎么办？必须尽快找到电源给娜娜充电，这是唯一的出路。无论如何，我不能把她扔在这种地方，绝不能让她"死"在这！

戴吉走出兜兜家的房门，极目远眺。此时已近黎明，雨虽停但天尚暗，群山如黛，烟幕着墨；山风呼啸，竹林低吟；旷野无际，风景绝美。

如果她是一个游客，此时此景当真是犒劳身心的视听盛宴，早就开始拍照留念了。可惜她不是来旅游，而是来逃难的。风景再美，她连欣赏的心思都没有，更何况拍照。

戴吉四下打量，发现屋顶上空一百米处有好几根高压电线通过，大喜，立即问："兜兜，上面的电线有没有通往你爸打工的厂子的？"

"有。"兜兜非常肯定地答。

"确定？"

"确定。"

"太好了！谢谢你，兜兜。我现在就帮你家偷电，好不好？"

"可是，姐姐，电线那么高，你怎么够得着啊？"

"姐姐有办法。兜兜，你们有多余的电线吗？"

"有。"

戴吉从包里取出一个微型无人机，接上兜兜家的一根电线后，开始发射。无人机在她的遥控下，分别搭上空中的火线和地线，兜兜家的几个灯泡瞬间同时亮了。

兜兜欢呼雀跃："太好了！我又可以用平板玩游戏了！"

戴吉又问："你家有医用酒精和纱布什么的吗？"

"有。我爸之前买过一些，没用完。"兜兜很快找来。

"谢谢！"戴吉将娜娜带至一间卧室，叮嘱兜兜："我要给我妹妹治伤，你帮我在门外看着。如果有外人来了，一定提前告诉我。好不好？"

"好的。"兜兜搬起一把椅子，走到门外坐下，一边玩平板，一边放风。

戴吉解开娜娜的衣服，将充电线插进其手臂内的接口，她手机上立即显示：

正在给硅基人娜娜充电，充满约需要2小时，请耐心等待。电量超过61.8%后，方可进行芯片修复……

等着吧，只能等着了。安顿好娜娜，戴吉开始处置自己的枪伤。所幸子弹只是擦破皮肉，没有伤到骨头，只需做一点简单的消毒和包扎即可。

一宿未眠的戴吉望着"熟睡"的娜娜，思绪万千，毫无睡意。这是娜娜诞生以来，戴吉第二次守着她睡觉，就像一个母亲守着自己初生的婴儿一样。理论上，娜娜至今尚未"满月"，但她的生理年龄却跟戴吉完全一样，都是一个二十多岁的成年人。

戴吉突然心生一种"岁月被偷"的缺憾感，好比一个"早老症"患者的母亲，目睹孩子的身体以 5-10 倍于正常人的速度衰老时，既伤心难过，又无可奈何。

但戴吉更多的是担忧和不安。不出何默扉老师所料，自己冒着巨大的风险造出娜娜，果然引来一系列鸡飞狗跳的后果。

娜娜是何默扉老师的产品，是他的"女儿"，但戴吉认为，自己在感情上与她更亲近。在老妈、表姐晓诸和外甥趣趣眼里，娜娜就是她戴吉。娜娜事实上已经成了她的"数字替身"，尽管她对此强烈抵触和反感。

她既不喜欢也不需要数字替身，可是她对娜娜似乎产生了强烈的感情。戴吉心道：她的容貌和性格，与我死去的妹妹戴娜极其相似，虽然她性格叛逆，极有主见，不时与我争吵，常常自以为是，但我还是喜欢她，无条件地关心她、爱护她。

她就是我的妹妹，因为我在她身上，找到了我对戴娜的记忆和情感。难道硅基人与碳基人，原本就是一家人？这就是何老师让我制造娜娜前，强行指定我为她原型的原因？

可是，娜娜为什么要舍弃我和母亲，逃离新智城？是对我的过多约束产生不满，还是因为我一度怀疑她杀死保安不信任她？她的逃跑只是因为"青春期式叛逆"吗？还是另有原因？

想到这一系列难题，戴吉头痛欲裂，加上枪伤，实在坚持不住，欲躺下休息一会儿，忽见手机上弹出提示框"电量超过 20%"，犹疑要不要将娜娜从"休眠"状态唤醒，娜娜却主动睁眼，长吐一口气："我还以为我会死很久很久，永远不会再醒过来。"

5

戴吉见娜娜"死而复生"，激动得泪崩："亲爱的，有我在，你不会有事的。"

"我感觉神清气爽。"娜娜且惊且喜，环视卧室，"这是什么地方？"

戴吉将经过简单说了，娜娜抚摸戴吉肩头的伤口，深情道："妈姐，谢谢你救了我！"

"谢啥？刚刚在老鸭滩，你不也救了我吗？"

"我们是姐妹嘛。碳硅一家亲。"娜娜伸了一个大大的懒腰，真诚道，"对不起，姐，前天晚上我不该瞒着你逃出新智城。你不会骂我不辞而别一点良心都没有吧？"

戴吉轻柔地抚摸着娜娜的头发和脸："傻孩子，干吗这样说？"

娜娜将戴吉的手按在她脸上，幸福感上涌："老妈、晓诸姐、趣趣，还有高老师，他们都好吗？"

"他们都挺好的，都很安全。"戴吉突然想到一句话，感觉欠妥，停顿了一下，还是说了出来，"某种程度上，是你转移了5A联盟和寻芯堂的注意力，为他们换来了安全。"

"是吗？"娜娜不好意思，羞涩道，"这么说，我离开新智城是对的？"

戴吉没有太多时间与娜娜"话别情"，5A联盟和寻芯堂的人随时可能找过来，两人处境依旧危险，而很多谜团仍然没有解开，后续应对之策和行动计划也需要尽快探讨。戴吉忍不住问："娜娜，你最早跟汤末——不，那个机器人达达离开新智城时，知道他的真实身份吗？"

"我确实把他当真汤末，把他当成一个寻找妹妹的好兄长，就想开车送他来岸城，顺便出来玩玩，放松一下。"

"是吗？"戴吉见娜娜说话时，眼神不停地向右上方瞟，这是碳基人典型的撒谎表情。看来，何默扉在用算法设计"硅基人性"时，也依葫芦画瓢，做了同样处理，乃笑问，"对我还撒谎？"

"好吧，姐。什么都不瞒不过你，我说实话。"娜娜撇撇嘴，"我很快发现他不是汤末。"

"什么时候？"

"在硅城三道口镇我们被一群算命先生、流氓地痞和5A联盟的人围攻，他一个中学老师力战数十人，我开始怀疑他不是碳基人，但不确定。因为碳基人经过专业武术训练，确实可以做到。"

"想过他是跟你一样的硅基人吗？"

"想过。有点像。"娜娜快速摇头，"但是，好像又不是。"

"为什么？"

"你说过，我是世界上第一个，也是截至目前唯一的硅基人。AI芯片和意识算法都是独一无二的。"

"芯片和算法都是可以大批量复制的。"

"芯片也许可以。可是算法……何老师不是说'瘦王'只有一个有效拷贝吗？"

"他是这样说的。但如果有人在我们——包括何老师——不知情的情况下，拿到了'瘦王'的另一个授权拷贝呢？"戴吉艰难说出那句她最不情愿说的话，"那他是不是就能生产第二个硅基人？"

"能。如果他碰巧还有一块跟我身上这块翡翠绿算力一样强大的AI芯片的话。"

"这么说，你认为达达是跟你一样的硅基人？"

"我没这么说。"娜娜神秘地笑，"他跟我也许是一个物种，至于他是不是像我这么强大的硅基人，我暂时还不能下结论。"

戴吉打量娜娜，见她一脸的自信和骄傲，甚至还略带些许清高和优越感，半带嘲讽道："你认为他只是普通的人形机器人？你觉得他哪不如你？"

"从诞生那一刻起，我就知道我是硅基人，但达达似乎并不知道自己的真实身份。从这一点说，我感觉他不是真正的硅基人。"

"难道达达没有自我意识？"戴吉喃喃道，"这么说，达达并不是用何老师的 AI 意识算法制造的？可他为什么这么像真人呢？他是谁所造？黄婴吗？"

"从黄婴一心想把我们骗到奇幽山舍这件事来看，他的嫌疑最大。"

"那黄婴怎么造的达达？就算他手里还有超级 AI 芯片，哪来的'瘦王'算法？难道何老师给过他一个拷贝？"

"姐，你在制造我时，是不是要把意识算法上传到黄婴的数据替身制造系统里？"

"是。"

"你在打印我时，是不是一度离开过现场？"

"是。"戴吉努力回想当时场景，"当时一度断电。我为了合电闸，中间离开过生产线。等我回来，你已经打印完成了。"

"那不就结了？"娜娜笑道，"如果黄婴当时也在现场呢？他完全可以利用这个机会，复制'瘦王'，用他私藏的超级 AI 芯片，在另一条生产线打印一个硅基人。达达会不会就是在那时下线的？"

"是吗？我怎么没想到这种可能？"戴吉想起黄婴自雇她干活后，就借口出差神秘失踪，在去雪柴酒庄之前，他极可能就躲在 I 字楼。她不由打了一个寒战，"明白了。我在制造你时，黄婴很可能也在场，而且被保安发现了。老王和小刘两个保安说不定也是他……"

娜娜大喜："哎哟妈呀，姐，你总算帮我洗清冤屈了。我就说我没杀人吧，你就是不信！"

"对不起，娜娜。"戴吉虽不能完全确认黄婴杀死保安，还是郑重对娜娜道歉，不过她很快感觉不对，"不，不，不可能。"

"为什么？"

"时间对不上。"戴吉道，"我是周六晚上在黄婴地下车间造的你，而这周二我在超市碰到过汤末。我可以肯定超市那人，是碳基人汤末，不是机器人达达。"

"万一他是先造达达后绑架拘禁汤末呢？"

"也不可能。如果他以汤末为原型制造的达达，汤末本人必须在场。

可以肯定，达达绝对不是与你在同一天诞生的。他的诞生时间，应该是介于我在超市遇见真汤末之后，你在铁道公园遇见假汤末之前。"

"这周二与上周三之间？难道是周二晚上？"

"应该是。"戴吉心道：难怪那两天我到处找不着黄婴，敢情他是偷偷绑架汤末，找一个神秘去处制造达达去了。戴吉豁然开朗，"他以汤末为原型制造达达，是为了嫁祸汤末。不管计划成与不成，他都要消灭汤末和达达，然后把一切罪责全部推到汤末身上。"

"好一个'借刀杀人'之计！"娜娜叹道。

戴吉快速总结两人信息对称后所得，初步下结论："看来，达达不是情感硅基人。"

"为什么？"

"黄婴要的，是一个可操控的犯罪工具，是一个替死鬼，AI 水平和自我意识不用太强，也不能太强，太强他就无法操控，对不对？"戴吉指着娜娜道，"就像我不能控制你一样。"

"嘿嘿……"娜娜表情复杂地笑了笑，"所以我判断，达达要么芯片比我弱，要么算法不行——即使黄婴偷走了何老师的意识算法'瘦王'拷贝，估计也是阉割版。"

"准硅基人？"戴吉突然心生同情，喃喃道，"可怜的达达，不知道他是死是活。"

"他是与黄婴一块从寻芯堂手中逃走的，应该还活着。"娜娜感受到了戴吉的同情心，共情道，"要说可怜，汤末才可怜。"

"是啊。"戴吉回想她下午接到那个疑似晓诸和汤末一块打给她的电话，心道：难道晓诸救出汤末了？晓诸有这个本事吗？她欲电晓诸求证，可惜手机还是没信号，只得作罢，轻叹道，"我还欠他的钱没还呢。"

"寻芯堂一直说汤末是他们的人。"娜娜笑道，"可见他既不是外卖骑手，也不是到处找妹的好哥哥，而是一名要取你性命，取我芯片的芯片掮客。"

"不说他了。"戴吉回想她见过两次的汤末，总觉得他不是坏人，可是一时找不出反驳娜娜的证据，决定再换话题，"看来此事罪魁祸首还是黄婴。"

"依你看，他的野心到底是什么？"

"那要看他与 5A 联盟间勾搭得有多深，他与老大托尼到底是什么关系。"戴吉忧心忡忡，"我总觉得，黄婴虽然把你我骗到岸城，但他并不想让 5A 联盟杀死你。"

"好像是。"

"5A 联盟的宗旨向来是对一切顶级 AI 产品和 AI 科学家赶尽杀绝，但你这次从新智城到岸城的路上，托尼好像并不想杀你。是我们从黄婴手上逃脱之后，他才下令用无人机群和直升机攻击。这不像他的行事风格。难道他与黄婴合作，就是为了让黄婴把你——可能还有我——带到奇幽山舍，然后……"戴吉说到这，想到一个更险恶的结局，不敢往下说了。

娜娜主动接话："然后通过全球直播，当着全世界的面，亲手杀死你我，以警告所有试图制造硅基人的 AI 从业者，是不是？"

"也许吧。"戴吉被娜娜点破残酷真相，心头一紧，忍不住打了个寒战，"也许他们还有其他目的。你能用你的超级 AI 算出来吗？"

戴吉之所以有此一问，是因为她发现娜娜的离线智能在进化，而且是飞速进化，用不了多久，她就可以完全摆脱对在线超级 AI 小 J 的依赖，成为一个独立的"硅基超人"。她刚才目睹娜娜用 AI 操控 5A 联盟的无人机群反水，击毁他们的两架直升机时，就已极度震惊。只是她当时忙于逃命，没有细究，此刻静下心来回想，才发现此事的可怕。

"不行了。"娜娜好不容易激活的离线超级 AI，因为芯片受损，暂时失效，心里极度沮丧。她笑着指了指自己受伤的胸口，"可惜，我的这块翡翠绿好像中弹受损了，没有离线 AI。这里没有网络信号，小 J 也指望不上。"

"刚刚你休眠时，我帮你做了一个全面体检。AI 芯片确实受损了，但受损范围不大，也许可以用软件修复。但是，需要电量在 61.8% 以上才能启动修复程序。"

"我们聊这大半天，我充电到多少了？"

戴吉看了下手机："35%。你的电池也受损了，充电速度只有平时的一半。要充到 61.8% 的电量，可能还需要一两个小时。"

娜娜悚然问："5A 联盟会给我们这么多时间吗？"

6

戴吉陷入沉思。如果娜娜的芯片没有受损超级 AI 尚在，那么所有问题都能秒获答案。戴吉从未像现在这样希望娜娜恢复她的超级 AI，一举战胜寻芯堂，剿灭 5A 联盟。她甚至质疑何老师"用算法限制硅基人的超级 AI"这一初衷，是否完全正确。想到自己一直强烈反对娜娜拥有超级 AI，然而现在身处绝境，居然对它有所期盼，一时间心里竟涌出强烈的羞愧感。

这不是典型的"屁股决定脑袋"吗？

何老师真的错了吗？

不可否认，人类确实需要超级英雄。每个人都有身陷困境、无能为力的时候，都希望被超级英雄拯救。

只是这样一来，那超级英雄就永远没有机会做常人了。能力与责任相匹配。有多大能力，就需承担多大责任。求救的人太多了，超级英雄忙不过来，这是一方面。而另一方面，超级英雄因救人于危难，无暇自保，容易使自己陷入困境甚至危及生命。

更重要的是，不受制约的超级 AI，是否会一直为善甘愿做人类的保护神呢？如果有一天，硅基人摇身一变，屠龙者变成恶龙了呢？如果它们要毁灭人类独霸地球呢？谁来制约它们？

到底是让娜娜做"常人"好，还是做"超人"好？

戴吉发现这是一个伪命题。因为娜娜是当超人，还是做常人，这个问题得由她本人决定。让她这个所谓的"碳基人造物主"来决定，再无私也有私，其道理就好比让裁判决定参赛双方应采取什么阵形和战术，哪些队员能上场一样。

娜娜见戴吉发呆，不由得问："姐，接下来你有什么打算？"

"香港。何老师让我把你交给世界硅基人协会的李副会长，由他来保护你的安全。"

"可是，据我所知，香港并没有'世界硅基人协会'，更没有所谓的'李副会长'。"

"是吗？"戴吉一惊，"你确定？"

"万分确定。"娜娜淡定道，"刚刚我在大战无人机群时，我利用CPU闲暇时段，做了一个全网智能搜索。没有这个人，也没有这个组织。"

戴吉斩钉截铁道："不可能！何老师不会骗我的。"

"那你是信不过我喽？"

"不，我不是这个意思。要不，娜娜你再重搜一下？"

"我现在搜不了，得等我恢复超级AI能力之后。"娜娜说完，又补充，"不过，就是再搜，结果也不会变。"

"是吗？"戴吉惊诧，"就算是这样，我还是得带你去香港躲躲。"

娜娜反驳："香港就安全吗？"

"总比待在这里或新智城强吧？"

"只要5A联盟和寻芯堂两个组织还在，哪都不安全。"

"我相信他们都是秋后的蚂蚱，蹦跶不了多久。"

"是蹦跶不了多久。"娜娜冷笑，"可如果他们在杀死你我和全世界最优秀的AI专家之后，才停止蹦跶呢？"

"事情没你想的那么坏。"

"是没我想的那么坏，但也未必如你想的那么好。"娜娜越发任性，"要不你代我去香港，反正你跟我长得一模一样。"

"你！"戴吉见娜娜咄咄逼人，处处唱反调，彻底火了，"不去香港，你打算干吗？"

娜娜反问："你打算干吗？"

"我有点私事要处理。"

"私事？你在岸城还有私事？"娜娜讥笑。

"娜娜，你是不是特别瞧不起我这个碳基人？"

"如果你时时对我隐瞒，处处把我当傻子的话，说明你只是把我当工具，而不是把我当成一个同甘共苦休戚与共的家人和朋友，就像黄婴对待达达一样。姐，如果真这样，你不如现在就杀死我。我宁愿死在你手上，也不愿死在 5A 联盟和寻芯堂手里，我宁愿从来没在这个世界降生过。"

娜娜这番话，言辞恳切，有理有据，把戴吉说愣了。正在气头上的她也不愿妥协："娜娜，你到底要干吗？"

娜娜指着与她身体相连的一堆充电和测试线缆，自嘲道："我现在废人一个，能干吗？我想在这休息几天，睡睡觉，养养神，行不行？"

戴吉当然不信，她从娜娜眉宇间隐藏的悲愤猜出了她的心思："你要去奇幽山舍给何老师报仇？"

"不行吗？"

"不行，这太危险！再说，何老师究竟是死是活，现在不好说。"戴吉将匿名人雇佣章虞保护她们的事说了。

"姐，亏你还是 AI 从业者，你就没想过这是超级 AI 小 J 冒充何老师干的？"

"想过。但也不能排除何老师还活着。"

"何老师还活着的概率极小。如果他真的没死，我相信答案也只能在奇幽山舍才能找到。你不想解开谜团吗？"

"当然想！"戴吉被娜娜一激，热血上涌，全身被疼痛包围。她强忍痛楚，咬牙道，"都到岸城了，不见见 5A 联盟和寻芯堂的两个当家人，岂不是白来一趟？可是，光凭我们两人，根本不是他们的对手！"

娜娜神秘道："我们在岸城有现成的盟友，多了不敢说，两三个还是有的。"

7

深夜。岸城芯村派出所。

看守室里，一个值夜班的警察盯着好几个监控屏幕，闲极无聊，开始打瞌睡。

被拘押在某监房里的贾威愤然道："鲍头，我们就这样被关在这不是办法啊。超市不是我们撞塌的，凭什么让我们赔钱？明明是黄婴干的，警察凭什么扣住我们不放？我们都被关了快十个小时了。"

"赔钱是小事。"鲍大斯道，"当务之急，是赶紧离开这，否则戴吉和娜娜都有危险。绝不能让他们落入 5A 联盟和寻芯堂的手中。"

"有件事我非常不解，您明明在保护戴吉和娜娜，为什么不对她们明说？她们为什么就是不相信您是好人？"

"还不是黄婴这小子存心误导，往我身上泼脏水！"鲍大斯恨恨道，"现在这事，不只是戴吉和娜娜跟 5A 联盟和寻芯堂之间的事，而是我跟黄婴这小子之间的事。我必须抓住他，为我洗刷污名。一定要尽快逃走。等到明天，只怕就来不及了。"

贾威晃晃铁门，纹丝不动："可是，这大铁门是用电脑控制的，我们怎么逃走？除非老天开眼，派超级人工智能来救我们。"

隔壁监房的一人道："人工智能还是人工智障？有这工夫，你还不如求观音姐姐。"

话音刚落，铁门突然"咣当"动了一下，贾威一惊："鲍头，你看！"

鲍大斯盯着铁门，又是"咣当"两声，铁门在动，有打开的迹象，大惊："真的动了！"

"我们的门也动了！"隔壁监房刚才骂贾威的人说，"难道真是观音姐姐显灵了？"

"开了，全开了！"

说话间，派出所十几个监房的铁门全开了。所有临时拘留人员夺路而逃，朝大门口涌去。原本安静的派出所，登时变得闹哄哄的。

打瞌睡的保安被惊醒，从监控屏幕上发现异常，抄起警棍欲出门拦截。可是，他走到门口，发现门被锁死了，根本打不开。他抄起手机、对讲机和座机呼救，要么没信号，要么拨不出去。

眼见数十人冲到派出所大门口，而大门正徐徐打开，保安决定叫停，并发警报。可是，他的手刚按下控制台的红色按钮，控制台传来"砰"的一声，红色按钮直冒火星儿。保安吓得再不敢动，缩在墙角，瑟瑟发抖。

鲍大斯和贾威从物品寄存处找回手机，冲到大街上时，路上已有警笛响起。众人作鸟兽散，被前来的数辆警车狂追。

鲍大斯听见手机嘀嘀作响，马上查看，乃是一条匿名信息：

右前方 50 米，2137，白色

他按照提示走过去，果然发现路边停着一辆编号为 2137 的白色载人无人机，已发动螺旋桨，正虚位以待……

8

戴吉正要询问娜娜所说的朋友是谁，忽听外面响起敲门声。一个稚气的声音问："吉吉、娜娜两位姐姐，我可以进来吗？"

"兜兜吗？"戴吉帮娜娜盖住充电口和充电线，起身开门，见兜兜头戴一个缝有"蓝精灵"三字的帽子，甚是可爱，热情招呼，"快进来！"

兜兜指着两人问："你们谁是谁？"

戴吉答："我是吉吉，她是娜娜。"

"你们俩差多久？"

"嗯？"戴吉与娜娜面面相觑，不知道她在说什么。

"我是问你们隔了多长时间生下来的？我们村有一对双胞胎只隔了两分钟。"

"嗯……"戴吉见娜娜目光投向自己，暗示她来回答，快速思考。她又不想撒谎，只含糊道，"我们出生的时间间隔……可能要长一点。"

"多长？"兜兜穷追不舍，"我听说双胞胎最长的隔了好几十天。"

"是吗？"戴吉惊叹兜兜知识面之广。

"我在网上看到的。"兜兜笑指手里的平板电脑说，"这是真的吗？"

娜娜答："是真的。我看过相关报道。"

兜兜又问："吉吉姐姐，你是医生吗？"

"我……你看我像吗？"戴吉笑道。

"不像。"

"那就不是吧。"

"那你为什么要给你妹妹在这里做手术？"

"其实不是手术。我们在这旅游，她不小心受伤了。如果不采取紧急措施的话，有生命危险。"

"娜娜姐姐身上为什么有电线？"

"电线？"戴吉这才发现娜娜身上的充电线没有完全盖住，补救已然来不及，忙顺势道，"我在给她做……做电疗。"

"原来是电疗啊。"兜兜又问，"娜娜姐姐以前是不是受过伤做过手术？"

"你怎么知道？"

"我爸爸以前做过差不多一样的手术。"

"你爸爸？什么手术？"

"从我们家附近的山上摔下来。骨折。"

荒山野岭怎么做这种手术？戴吉奇怪："在哪做的？"

"附近一座深山里的医院。"

"深山里的医院？叫什么名字？"

"我不知道。"兜兜摇摇头，"我只知道是免费给他做的手术。"

"免费手术？"戴吉越发惊讶，"还有这样的医院？"

"我爸爸说的。他还给我发过视频。"

兜兜说着，用平板电脑播放了一段他爸治愈后自由行走的视频，身边被一群穿白大褂的大夫围绕，场景甚是壮观、温馨。

"那你爸爸人呢？"

"我爸在电话里说，不能占别人便宜，要打工报答医院，偿还手术费和医药费。后来他就再也没回家，也没给我打电话。你们能帮我找到我爸吗？我好想好想他啊。"

"你爸叫什么名字？"

"别人都叫他成仔。其实他的大名叫陈金成。"

"可怜的兜兜，我们一定帮你找到爸爸！"戴吉心一酸，情不自禁将她搂在怀里。

兜兜离开后，娜娜道："现在我们又多一个去奇幽山舍的理由。我们不能让兜兜失望。"

"是啊，兜兜跟趣趣一样，太可爱了，太招人喜欢了。"戴吉眼睛里闪烁一种母性的光辉，"对了，娜娜，你刚说我们在岸城能找到两三个盟友，鲍大斯和贾威算吗？"

"你说算就算。"

"可是黄婴把他们送进派出所了。"

"他们早放出来了。"

"还有谁？"

"说不好。我甚至不知道他是友是敌。"娜娜一脸神秘。

"你是说达达，还是黄婴？"

第 13 章　旋转木马

1

黄婴正处于极度愤怒中。

原本他的计划天衣无缝。他在新智城偷偷以汤末为原型制造达达，以达达诱骗娜娜南下，自己再假装好人，打着"帮戴吉找娜娜"的旗号，顺便把戴吉也诱骗到岸城。他与托尼约好在老鸭滩交货，只要 5A 联盟的人一到，只要他把戴吉和娜娜交给他们，就大功告成。托尼给他这个活的报酬是：一个亿。

万万没想到，关键时刻，寻芯堂这根"搅屎棍"突然介入，坏了他的大事。

黄婴与寻芯堂有利益纠葛和历史恩怨，他欠过他们的货，骗过他们的钱，知道他们迟早会找他算账。尤其是被他削掉头皮的铲哥，神奇从雪柴酒庄死里逃生后，黄婴就知道，他一定会卷土重来。

铲哥与他寻芯堂的弟兄抢走娜娜和戴吉，不仅使黄婴失去暴富的机会，还使托尼失去了最后的耐心。托尼一改之前的约定，以 AI 无人机群疯狂攻击寻芯堂的车队，欲杀死戴吉、娜娜和黄婴。黄婴心道：若不是我提前逃走，早已死于无人机之手。

其实黄婴能逃脱，还得益于机器人达达的帮助。在老鸭滩他被寻芯堂的老五和老八抬进车时，正好醒了，趁他们一转背，立即下车，欲躲到车下。孰料老五和老八当场发现他，正要拔枪射击，被后面的达达用砖头砸倒，然后将二人塞进毛毯，他和达达这才得以金蝉脱壳。

不久，两人就听到 5A 联盟与寻芯堂激战的声音，忙逃到一个安全地带躲起来。黄婴问："汤末，你不是早晕过去了吗，怎么比我先醒？"

达达气呼呼道："别叫我汤末。"

黄婴明知故问："为什么？"

"我不是汤末，我叫达达，身份编号为 XZJ203X0221GJR000002 的硅基人。"

"你是什么时候知道的？"

"刚刚寻芯堂那帮人围攻、暴打我的脑袋之后。"

黄婴轻叹："看来这阵暴打，改变了你的认知模式。"

"我是你制造的硅基人，是吗？"

"如果你喜欢硅基人这个称呼的话。"

"什么意思？"

"理论上，你和娜娜所用的超级 AI 芯片和意识算法都差不多，生产流程也完全一样。"

达达愤愤道："那为什么我的自我意识不如娜娜？为什么她清楚地知道自己是硅基人，而我一直被蒙在鼓里，直到现在才知道我的真实身份？"

"你想说什么？"

"在老鸭滩之前，我一直不知道我是硅基人达达，我一直以为我是汤末，一个为了赚一百万而不惜拐骗女人的碳基混蛋。为什么我不知道自己是谁？你刚刚说的认知模式改变又是怎么回事？"

"这个问题嘛，"黄婴从兜里掏出一小瓶拿铁咖啡，递给达达，"想听一个小故事吗？"

"对不起，我不喝咖啡。"

黄婴咕咚咕咚一口气将咖啡喝完，将瓶子扔掉，缓缓道："话说古代一个公差押送一个和尚，要将他发配到边疆。和尚很狡猾，半道用酒将公差灌醉绑起来，然后把他的头发剃个精光，自己逃跑了。第二天，公差醒过来，没找到和尚，下意识地摸了摸自己的脑袋，发现头上光秃秃的，惊奇地说了一句话——"

达达抢话："他说：'和尚还在，我哪去了？'对不对？"

"哈哈哈……你居然知道这个故事，不错啊！"黄婴颇为惊讶。

"这么老掉牙的故事都不知道，我还算学遍天下知识的硅基人吗？"

"知道你还问我认知模式是怎么回事？"

"你就想知道：明明我是硅基人，为什么我没发现。"

黄婴神秘道："这大概就是自我意识的层级不同吧。"

达达穷追不舍："到底什么是自我意识？"

"这个问题比较学术，很难回答。要是何默扉老师还活着，或者戴吉在场，他们应该能给你一个比较完美的答案。笼统地说，应该就是讲一个人对自身思维、情感和意志等心理活动的自主感知和体验。懂了没？"

"不懂。"达达一脸蒙。

"那这样，我从非学术理论的角度跟你讲讲。"黄婴清清嗓子，往上推了推那副黑框眼镜，摆出一副资深教授上大课的样子，"从自我觉醒的程度看，不管是碳基人，还是硅基人，对客观世界和自我认知有四重境界。"

"四重境界？"

"第一重境界，是'不知道自己不知道'，其表现是懵懂无知、盲目自信；第二重境界是'知道自己不知道'，其表现是自我反省、见贤思齐；到了第三重境界，一个人开始'知道自己知道'，于是醍醐灌顶、知行合一；最难的是第四重境界，'不知道自己知道'。到了这个境界的人，基本上可以做到天人合一随心所欲了。"

达达听入迷了，好半天才呆呆地问："那……那我在第几重境界？"

"你说呢？"

达达心道：从诞生那一刻，娜娜就知道自己是硅基人，处于认知的第三个层面"知道自己知道"。而我并不知道自己是硅基人，还以为自己是碳基人。我所有的记忆和意识，我对别人的情绪和态度，全是基于人类"初始化"记忆采取的反应。

也就是说，我所有的记忆都是制造者事先赋予的，就像一台预装操作系统的电脑一样。我一直在角色扮演，没有自我意识，尚处于"不知道自己不知道"的懵懂无知阶段，与娜娜差了两个等级，跟那些基于弱人工智能的普通人形机器人其实没太大区别。

想到这，达达明白了："我在第一重。"

黄婴笑道："你刚刚说的这句话，表明你到了第二重。"

"为什么我的认知水平比娜娜差那么多？"

"因为你的超级 AI 芯片算力比娜娜身上的差，加上你的意识算法，是我从戴吉那偷来的盗版，不是正版。娜娜是戴吉以自己为原型制造的，她极其配合，碳硅情感相融，灵魂相通。而你呢，是我以汤末为原型制造的，他各方面极度不配合，情感和灵魂上都非常排斥，所以……你明白了吧？"

"是这样？"达达如梦初醒，"难怪我稀里糊涂，不知道自己是谁，傻傻地把自己当成芯片掮客汤末，一味帮你卖命，真是稀里糊涂浑浑噩噩……"

黄婴嘲讽道："你们这些硅基产品还配谈人生？称你们为硅基人，那是文明礼节。要依着 5A 联盟的仇视心态，你们就是'硅基狗'。千万不要得寸进尺，妄求非分之想！"

"黄婴，你是不是故意的？"达达紧捏拳头，愤愤质问，"你在制造我时，一方面让我继承汤末的外形和部分记忆，另一方面又把我塑造成没有自我意识的傻子，让我干各种坏事，目的是嫁祸汤末对吗？"

黄婴发现了达达的小动作，从兜里掏出一个遥控器，笑着警告："傻孩子，别动手。你知道我随时可以把你'定住'的。别跟你的主人叫板，你这只孙猴子本事再大，也斗不过我这个如来佛。"

"姓黄的，你觉得一个觉醒的硅基人，还会听命于你吗？"

"一个觉醒的硅基人？嗯，这个说法很赞，真的很赞！"黄婴鄙视道，"达达，请问你这个觉醒的灵魂，今晚是不是你背着我通知寻芯堂，说我要在老鸭滩交接货？"

"我通知寻芯堂？"达达愣道，"我为什么要这样？"

"这事只有你我知道。不是你，那是谁？"

"你别忘了在场的还有戴吉。"

"戴吉不知道这事，她一直以为我在好心地帮她找娜娜。"

"娜娜？"达达听到这两个字，仿佛被电击一般，呆了片刻，"难道是她？对，只可能是她！一定是她通知了寻芯堂的铲哥，只有她知情且有这个能力。"

"胡说八道！"黄婴当即驳斥，"她当时被电晕装在行李箱，整个老鸭滩地区的电信信号也被 5A 联盟屏蔽了，她怎么通知铲哥？"

"她应该是提前通知的，在我在酒店攻击她之前。"

"提前？"

"是。我发现，每当她遇到重大危险，就会提前激活超级 AI。遇险次数越多，危险等级越高，她的超级 AI 就越厉害。她甚至在今晚出门前算出了我的死亡概率。"

"哦？有这种事？"黄婴听到这，不仅不恼，反而面露喜色，低声喃喃道，"没想到何默扉这老头还对我藏着这一手，看来娜娜果然是个无价之宝，我就这样把她交给托尼，是不是有点太亏了……"

达达没听清黄婴梦呓般的车轱辘话："你说什么？"

"达达，你的使命结束了。"黄婴扬了扬手里的遥控器。

"你要终结我？"

"不，我只是让你休息休息。至于休息多长时间，嗯……先睡个一百年吧。如果一百年后，硅基人真的统治地球，自然会有你的同类来拯救你，将你再次唤醒。"

黄婴说着，猛抬胳臂，就要按遥控器。达达知道他这一按，自己真的要"死很久很久"。死不可怕，但他现在还不想死，因为在他热爱的碳基人世间，还有喜欢的朋友，比如娜娜。他想见到她，为他之前的欺骗和伤害道歉。他还想见见他的原型汤末——就像一个从小被拐卖或收养的孩子，特别渴望见到自己的亲生父母一样。

达达立即扑向黄婴，与他扭打在一起。两人为争夺遥控器，大战几十个回合。终于还是黄婴胜出，说声"去死吧"，狠狠按下了遥控器。

达达先是全身硬挺，然后"砰"的一声倒下，一动不动。黄婴使劲将他拖到山崖边，连踢带拉，欲将其扔到大江中。

可是，达达健壮高大的身躯弯成弧形，卡在一棵树上，黄婴怎么踢也没法将他踢下去，累得满头大汗。他擦了擦汗，突然间改变主意，掏出手机，重重戳了一下屏幕上的"角色变更"按钮。

2

几分钟后达达重启，仿佛大梦初醒一般，迷迷糊糊地伸了一个大懒腰。他一边目光迷离环视群山，一边紧蹙双眉加载记忆，终于将目光锁定在黄婴身上："黄先生，天黑了，我们是不是该回奇幽山舍了？"

黄婴以手抚头，故作不识："你谁啊？"

"黄先生怎么不认识我了？我是顺顺，您的贴身保镖，奉盟主托尼之命接您上藏雾山的。"

"你是 5A 联盟的人？"黄婴笑道，"那你告诉我，5A 联盟的宗旨是什么？"

"随时随地消灭 AI。"

顺顺对答如流，黄婴还是不能确信他的"人设重置"成功，再次试探："戴吉和娜娜在哪？"

顺顺愣了愣神："戴吉和娜娜是谁？我认识吗？"

"真不认识？"黄婴用手机画出一张达达与娜娜逃亡路上的合影，"看看这是谁？"

顺顺看着照片，茫然且困惑："这个男的确实长得像我，可是这个美女，我真的没见过。"

黄婴用枪顶在顺顺头上："你再说一遍。"

顺顺吓得浑身哆嗦："黄先生，我真的……真的不知道这个美女是谁，那个男的，肯定不是我！"

"还不承认，我一枪崩了你。"

顺顺视死如归："黄先生，您就是杀了我，我也不认识这个女的。"

黄婴见顺顺通过极限测试，确信他的人设和记忆已被重置，那个曾经欺骗娜娜、同时对她产生好感的准硅基人达达已经"死透了"，于是收起手枪，漫不经心道："对不起，顺顺，看来是我搞错了。"

正说着，黄婴手机进来一个视频电话，他点开，见画面是一个巨大的光头，背景是一张豪华轮椅，当即怒道："托尼，你是来验尸的吗？"

来电的正是 5A 联盟盟主托尼，只听他坦然道："哟，你还活着呢。"

黄婴越发愤怒道："托尼，你居然连我这个搭档也要杀？！"

托尼笑道："对不起，黄婴。手下告诉我硅基人娜娜和戴吉跑了，而你已被寻芯堂的人杀死，所以我才下令将他们一锅端，抱歉抱歉。寻芯堂是我盟的死对头，我早就看他们不顺眼了。"

"你的手下真能干。"

"是你太能干，把娜娜和戴吉弄丢的。"托尼冷冷道，"你承诺在今晚十点前把两人带到藏雾山的，可你失言了。现在已经半夜了，我们的合作就此终止。"

"别、别、别，托尼，再给我一天，不，半天时间。我保证明天中午前，娜娜和戴吉一定会出现在奇幽山舍。"

"你凭什么保证一天之内能把她们带到藏雾山带到奇幽山舍呢？"

"不需要我带！"黄婴自信道，"他们会主动上山。"

"哦，为什么？"

"相信我。他们对你、对 5A 联盟怀有深仇大恨，不摧毁你和 5A 联盟，誓不罢休。"

"是吗？"托尼稍愣，旋即兴趣大增，"黄婴，如果你再让我失望，我先杀了你。"

"能接我上山吗？"

"稍等。我给你派架直升机。"托尼挂断电话，轻轻按了一下位于轮椅右扶手下方的一个白色按钮。

3

娜娜当然不知道黄婴已将"达达"重置为"顺顺"，她一直盼望的，是尽快修复她的 AI 芯片。一旦芯片修复，就离开兜兜家，前往奇幽山舍。可惜两三个小时过后，电量还只有 50%，原因是电量到了 50% 之后，便再也充不进去了。

"怎么回事？"戴吉奇道。

娜娜答："可能是因为芯片受损，导致电池管理程序出错，所以不允许继续充电？"

"可是电量不充到 61.8%，就无法进行芯片修复。"

"鸡与蛋的死循环。"性子火暴的娜娜气得当场拔掉了充电线。

戴吉正琢磨是否有变通办法，突然听到屋外一声炸响，与此同时，屋里的灯全灭了。戴吉直觉是娜娜功率太大所引起的电路短路，跑到室外一看，果然高压线起火，原本挂在高压线上的电线已被烧毁坠地。

"不好！"娜娜虽然没有恢复超级 AI，但直觉有危险，"有人来了。"

"谁？5A 联盟还是寻芯堂的人？"戴吉问。

"不知道。总之，来的人不少！兜兜家肯定不能待了。"

戴吉冲上兜兜家二楼阳台，向不远处的深山里眺望，果然，晨曦中山里隐约有火把闪动，追兵逼近，忙下楼对娜娜说："我们快离开这！"

娜娜问："兜兜怎么办？"

兜兜冲进来拦住她们："吉吉姐姐，一大早你们干吗去？娜娜姐姐的伤，还没治好吧？"

戴吉道："有坏人来了！兜兜，要不，你跟我们一块走？"

兜兜问："你们能帮我找到我爸爸吗？"

戴吉与娜娜对视一眼，异口同声道："能！"

"那我跟你们一起走。"

戴吉与兜兜一块搀扶着娜娜，艰难逃亡。刚出家门，就听到一男声高喊："他们就在这，快追！"

娜娜道："是铲哥的声音！"

三人没走多远，遇见一条大河，所幸渡口有一条小船。戴吉解开缆绳，先扶兜兜上船，再扶娜娜。谁知兜兜说声"哎呀，我的平板没带"，飞快下船上岸。

娜娜劝道："别管了，兜兜，快上船，回头姐姐给你买一个新的。"

"不行！里面有很多我爸爸妈妈的照片和视频。"兜兜大步朝她家的方向奔去。

戴吉担心有意外，将娜娜在船上安置好，刚要下船追，就见一个用白布包头的男人将刀架在兜兜脖子上："都快下船，否则，我杀了这小女孩！"

来人正是寻芯堂的铲哥。

却说铲哥之前被 5A 联盟的无人机群打怕了，不敢贸然行动。一直等到天快亮时，他发现无人机群已撤，才带人进山搜索，发现泥鳅塘唯一的人家亮着灯，断定娜娜和戴吉一定在此。

"你们谁是娜娜？"铲哥虽然早就与戴吉和娜娜打过交道，但还是分不清谁是谁。他从身上掏出一把匕首，狠狠扔过来，两人紧急闪避，只听"咚"一声，匕首重重扎在船帮上。铲哥又道，"把手臂划道口子给我看看。"

戴吉缓缓取下匕首，以刀尖对准自己的手臂，正要下手，却听娜娜道："慢着！"

"别说话！"戴吉回身斥道。

"我才是硅基人。"娜娜说着，拆下手臂上的纱布。

铲哥信了："快下船，换小孩。我给你十秒钟。十、九、八……"

娜娜欲下船，被戴吉拉住，回头道："姐，让我下船。"

"不行！"戴吉激动道，"娜娜，我好不容易才找到你，不能再跟你分开。我无论如何也不能把你交出去！"

铲哥大喝："七、六、五……"

娜娜认真道："姐，我计算过了，水这么急，这船这么破，半道翻船的概率是 91.369%，而跟他们走，我逃生的概率超过 84.925%。你说我应该怎么选择？"

"你瞎编的。你的芯片还没修复，你身上根本没有超级 AI，怎么计算的？"

"姐，相信我，相信何老师。"娜娜冲戴吉挤挤眼，"你知道他凡事都有留后门的习惯。"

戴吉见娜娜成竹在胸，一时不好反驳："那我跟你一起走。"

娜娜反对："不，你不能走。你要照顾兜兜。我们答应过她，帮她找爸爸的。我直觉她爸爸就在藏雾山中，离奇幽山舍不远。我们不能失言。"

"可是，娜娜，寻芯堂他们会取走你的 AI 芯片，甚至取你性命。"

"放心。我有办法对付他们，他们伤不着我。"娜娜自信道，"奇幽山舍见。"

"奇幽山舍，不见不散。"戴吉对娜娜重复，然后冲铲哥高喊，"我有两个条件。"

铲哥回应："快说！"

"一、先放了小女孩兜兜；二、保证娜娜的人身安全，不许害她性命。"

铲哥笑："我们还指望她发财呢，怎么会伤害她？我们同时放人。"

戴吉带娜娜下船，兜兜快步朝她们走来，然后扑进娜娜怀里："娜娜姐姐，你不要走！"

戴吉紧紧抱住她："姐姐答应过你，一定会找到你爸爸！"

娜娜被铲哥的人控制，戴上黑色头套，塞进车里，扬长而去。

戴吉一面拥抱兜兜，一面思考营救娜娜的对策，忽听兜兜高呼"姐姐，看后面"，她正要回头，只觉后脑勺挨了一闷棍，倒在地上。

戴吉晕晕乎乎地感觉，自己和兜兜被一个蒙面男子拖着，绑在河边的一根木柱上，半个身子泡在水里。被恐惧裹挟的兜兜吓得大哭，拼命挣扎，而不远处传来轰隆隆的洪水声，声音越来越大。戴吉浑身绵软，无力动弹，根本不能挣脱身上的缚绳，但她清醒地知道，用不了多久，她与兜兜就要被滔天洪水淹没……

4

戴吉再次苏醒时，发现兜兜依偎在她身边，早已无虞，长舒一口气。她目光聚焦，眼前一个身影由模糊渐渐清晰，居然是一个熟悉的面孔。只见他文弱忧郁依旧，只是胡子拉碴，身形憔悴，看上去比上次见面时苍老了不少。

戴吉不能确信他是真汤末，还是达达，惊问："你是谁？"

来人道："戴吉，你不认识我了？我是汤末啊。"

不知道是病情加重，还是因为溺水造成缺氧，戴吉感觉大脑混沌，有点分不清梦境与现实，为保险起见，她决定亲自求证："那你说说，我们怎么认识的？"

"一周前，我过马路，你开车撞到我的摩托上，把我的外卖箱给撞翻了。"

"我当时要赔你几倍的钱？"

"五倍。哦，不是，是八倍。"

"后来我们是否还见过面？"

"还见过一次。在超市。当时我们一块摔倒在地……"

他果然是真汤末。戴吉如释重负之余，又想到铲哥大骂汤末背叛寻芯堂之事，一把抓住他的手："汤末，你的真实身份到底是什么？你是不是寻芯堂的人？"

"不。我跟寻芯堂没关系。"

"那你为什么到新智城假装外卖？"

"说来话长。"汤末深呼吸，"我先说结论吧：我去新智城，是为了找一个叫黄婴的人，打听我女朋友的下落。"

"找女朋友？"戴吉曾从娜娜口中得知，达达编过一个"找妹妹"的故事，汤末上来就说"找女友"，难道又是故事？怀疑道，"你女朋友怎么啦？"

"她因为找工作失踪了。有人说，她可能被奇幽山舍的人绑架了，而黄婴，可能是唯一知道奇幽山舍在哪的人。"

"奇幽山舍？"戴吉意识到汤末也许与5A联盟发生过关联，直觉他背后的故事可能无比曲折，突然不着急了，"你慢慢说。"

"是。"汤末缓缓道，"梅芙比我小几岁，之前一直从事投资理财和财富管理工作。这些年人工智能发展非常快，她不幸被 AI 替代，一失业就是两年，投了很多简介，全都石沉大海。"

"我知道。"戴吉回想起那天参加新智城 AI 论坛时遇到的"抗议人群"，记忆犹新。

"三个月前的一天，她接到一个岸城的电话，自称是一家新成立的财富管理集团，要大量招聘新人，承诺年薪五十万，她高兴坏了，当场就答应了。"

"年薪五十万？"

"是啊。我当时觉得这个职位有点蹊跷，年薪又这么高，加上岸城这地方是一个三不管地带，走私猖獗，坏人很多，说不定是骗局，强烈反对。可是梅芙当时跟中了邪一样，非去不可。她认为我嫉妒她，故意阻止她，与我大吵，趁我不注意，第二天就一个人跑来岸城面试了。"

"结果？"

"结果她一去就杳无音信。我动用一切我能动用的社会关系，听说岸城的芯村有一位黑叔人脉强大，手眼通天，黑白两道通吃，于是，一个月前，我从老家前往芯村去找黑叔。"

戴吉知道黑叔是寻芯堂的老大，忙点点头："继续。"

"我带上我的全部积蓄三十万，来到岸城芯村某地下赌场见到一身穿黑斗篷、头戴黑色面罩自称'黑叔'的男子，把梅芙的照片递给她。他用手机扫了扫，就说：'我知道你女朋友在一个名叫奇幽山舍的地方。'说完给我播放了一段视频：一个长相酷似梅芙的人被锁在一个黑黝黝的山洞，半个身子泡在水里，脸色苍白消瘦。我当场信了，把钱全倒给他们，可黑叔说：'我们不收钱。我只要你帮我们做一件事。'我问：'要我做什么事？'黑叔递给我一张照片：'芯片。一块超级 AI 芯片。找到了，我就告诉你你女朋友的下落。'"汤末说着，从怀里掏出一张照片。

戴吉接过一看，正是娜娜身上那块芯片，陡地一惊，又问："寻芯堂为什么让你找这块芯片？"

"我也不知道。"汤末苦笑摇头，"我就是一名中学语文老师，不懂高科技，对 AI 芯片更是一窍不通。但黑叔要我去新智城找一个名叫黄婴的人，说他知道芯片在哪里。"

"于是，你就到了新智城，假装外卖骑手寻找黄婴的下落？"

"黄婴喜欢吃鳗鱼饭，经常点外卖，我送了两三次外卖后，开始琢磨怎么进他家搜查。是趁他不在时去偷，还是下次送外卖时当场将他制服，结果没想到……"汤末说到这，突然脸露羞愧，不往下说了。

"没想到什么？"

"没想到第二天我给他送鳗鱼饭时，他居然要我帮他把门口的垃圾带走。一般外卖骑手都超级忙，没有帮客人带垃圾的时间和义务，可我居然答应了。我说没问题，我正好认识一个收废品的朋友。然后黄婴问我，他最近要卖房子，有很多旧书和家具要处理，问我的朋友收不收。我说那要看是什么家具，于是他让我进他的书房看看。"

戴吉听入迷了，忍不住笑："还有这事？那你进他家了吗？"

"黄婴说完，坐在客厅里吃我送的鳗鱼饭。我利用这个机会，堂而皇之地在他的书房里一通乱翻，寻找一切可能藏芯片的地方。可惜因为时间仓促，我没找到。十分钟后，黄婴从客厅走过来，问我看中什么书或家具没有，我说都不合适。他失望地把我送到门口，又问：'我办公室也有一些旧家具要处理，你要不要再看看？'我一听大喜，说：'可以看看。'他说：'那这样，明天晚上我在公司加班，也会点外卖，到时你可以顺便到我办公室看看。'我正好想去他办公室找芯片，当场就答应了。"

"接下来呢？"

　　"接下来，我就犯了一个我这一辈子最大的错误。"汤末说着，眼神迷离，完全沉浸在回忆中，"我来到黄婴的办公室，他让我进门后，突然捂着肚子冲进卫生间，让我随意看家具。我一通搜寻，终于在一个暗格中发现一个外面印有芯片图案的包装盒，与黑叔之前出示照片的那块翡翠绿超级 AI 芯片外包装几乎一样。"

　　"然后？"

　　"我正要查验，突然脚下一空，落进一个铁笼子，黑暗中一个男子从一旁闪出，飞快将其压住上锁。"

　　"黄婴？"

　　"是。我大骂他是骗子，他说是我先骗我的，还说：'我知道你是为女朋友干这事，只要你借我一样东西，我就帮你找到你女朋友。'我问：'什么东西？'他说：'借用你的大脑思维，还有你的长相。'我说：'我不懂。'他说：'我要以你为原型，制造一个硅基替身。从明天开始，这世上将有一个跟你一模一样的汤末。只不过，我管他叫……达达。对，就叫达达。'"

　　"硅基人达达？"

　　"我问：'你找机器人假扮我，是不是要他替你干坏事，然后让我当替罪羊？'黄婴笑：'错了，我给你的数字替身安排的是一场艳遇，帮我把一个美女从新智城带到岸城，一个跟你很熟的美女。'我大骂：'变态！黄婴，你这个死变态！快放我出去！快放我出去！'黄婴说：'这是 B8，没人知道这个地方，也没人能到这个地方。你就是喊吐血，累死也没用。'说完，他给我打了一针，我就晕过去了。"

　　戴吉关切地问："那你是怎么逃出来的？"

　　"昨晚——也就是在我被关四五天之后，一个名叫晓诸的女子救了我。她说她是你表姐。"汤末道，"你表姐说你跟黄婴在一起，我昨晚连夜坐红眼航班到岸城，然后跟踪到这，没想到碰巧发现你被困在水里……"

5

山重水复疑无路，柳暗花明又一村。难道冥冥之中上天真的在派人保护我？都说"大难不死，必有后福"，身患绝症的我，也有"后福"吗？

戴吉惊喜之余，又觉疑惑：这个汤末确定是真的吗？她仔细打量，发现他眼神里掩饰不住的痛楚和忧虑，外加几分懊悔和迷茫。人类可以制造AI机器人，可以制造数字替身，也可以制造情感硅基人，但是，有些情感、有些眼神、有些气息，却是碳基人类独有的，是假冒不了的。

没错，他是汤末，是我之前认识的那个汤末。戴吉做出这个结论后，顺便得出几条推论：

原来与娜娜南下的达达，果然是黄婴以汤末为原型制造的硅基人。

原来昨晚在我躲避黄婴时，给我打电话的，果然是晓诸和汤末。

原来汤末不是寻芯堂的成员，而是一个苦苦寻找女友的痴情男子。他是为救女友，才不得不与黑叔做交易，才被当成寻芯堂的人；才不得不冒险与黄婴打交道，被他非法囚禁，当成硅基人的原型。

感慨之余，戴吉又问："我表姐晓诸怎么知道你的下落？"

"她说是一个自称是你的朋友的神秘老人通知她的。"

"神秘老人？自称是我的朋友？"戴吉立即想到何默扉。难道何老师真的没死？难道他预知我有危险，所以派汤末来救我？会这么神奇吗？

"你想到谁了？"

"没……没……这事有点邪。先不管它了。"

汤末义愤填膺道："黄婴在哪？还有我的那个数字替身达达呢？就是他把你诱骗到岸城的吗？"

"不，他诱骗的人，叫娜娜。"戴吉将她受命制造娜娜，5A 联盟追杀她和娜娜，以及娜娜"将计就计"随达达来岸城的经过全说了，"我们都被黄婴骗了。他的真正目的，是将娜娜和我一块骗到奇幽山舍，交给 5A 联盟。"

"奇幽山舍？"汤末再度听到这四个字，激动道，"世上居然有这样的邪恶组织。戴吉，你能不能带我去奇幽山舍？"

"你也要去？"

"我女朋友就关在那，我一定要去救她！"

"问题是，我不知道奇幽山舍的出入口在哪。"

"我也许知道。"汤末从兜里掏出一个记事本，"这是梅芙失踪记录的。除了奇幽山舍，她还提到一个地方，估计是她面试应聘工作的地方。"

"叫什么？在哪？"

汤末盯着纸上的潦草字迹，缓缓念道："漫漫……广场。"

"漫漫广场？我听过，是岸城一家以书店和博物馆为主题的网红打卡景点。难道它就是通往奇幽山舍的入口？"戴吉沉思，"可是，它的具体位置在哪呢？"

"我知道怎么走。就在高铁站边上不远。"一直旁听的兜兜突然大声说，"我爸爸带我去过。"

"兜兜，你太棒了！"戴吉大赞，"走，我们马上走！"

6

三人开车来到岸城东部的漫漫广场，发现规模惊人。上万平米的崭新商业中心开设有酒店、书店、商场、博物馆等娱乐休闲购物场所，鳞次栉比，人潮汹涌，淹没了与5A联盟的关联线索。汤末有点急躁："戴吉，我们是不是走错地方了，要不要找人打听？"

戴吉跳上一个高地，环视一圈，脑海浮现出一种似曾相识的感觉。一个声音告诉她：吉吉，这就是通往奇幽山舍的入口。耐心点，你一定能找到。

戴吉定了定神，安慰道："别急，汤末，你看见大厅四周的几个立柱了吗？"

"看见了。有什么玄机吗？"

"一共几个？"

汤末身子旋转一周，环视大厅后答："四个。"

"不对，是五个！"兜兜往大厅中央一指，纠正汤末，"我们身边还有一个。"

"对，是五个。"汤末不好意思地拍拍脑门。

"立柱上有什么？"戴吉又问。

兜兜抢答："风景照。"

汤末道："好像上面还有一个英文单词。"

戴吉提示："看看是什么内容。"

汤末盯着身边立柱上的广告画看："这上面的英文单词是 Active。"

"积极。"紧跟着他的兜兜立即翻译。

"不错啊！"戴吉惊讶兜兜的词汇量，夸赞地抚摸了下她的头。

汤末又跑到第二个立柱上看："这里的英文单词是 Ambitious。"

"雄心。"兜兜又答。

"对！兜兜真棒！"戴吉代答，"第三个呢？"

"Arouse。"汤末念。

兜兜稍微有点不自信地问："唤醒？"

"没错。就是唤醒！兜兜你太棒了！"戴吉再赞，"第四个？"

汤末道："Aspiring。"

"这个我不知道是什么意思了。"兜兜搔头。

戴吉答："抱负。第五个？"

汤末答："Alive。"

"这个我认识。"兜兜抢话，"活着。"

"对！"戴吉问汤末，"发现规律了吗？"

"好像都是励志的正能量词汇。"汤末不解，"这跟奇幽山舍和 5A 联盟有什么关系？"

戴吉进一步提示："这几个单词都是以什么字母打头？一个几个？"

兜兜再度抢答："全是 A。一共 5 个。"

"5A？"汤末恍然大悟，"难道这地方真的跟 5A 联盟有关？"

"汤末，小点儿声。"戴吉又问，"刚刚你们找立柱时，发现他们是均匀设置的吗？"

"好像不是。"

"跟我来！"

戴吉拉着兜兜的手快速找楼梯，然后拼命往上爬。汤末不解，只得跟着。几分钟后，他喘气来到五层。

"往下看。"戴吉说。

"看什么？"汤末问。

"看那几个立柱的相对位置，然后在白纸上把它们标记出来，然后将每两个点连上线。"

汤末见五个立柱连接线呈"V"字状，画完后，是一个大等腰三角形套着一个小等腰三角形，不解："这是什么？"

"把等腰三角形的底边去掉，然后倒过来看。"

汤末照做，立即听兜兜大声道："这是字母 A。"

戴吉道："每个立柱正好位于 A 的五个节点上，是不是？"

汤末点头，又问："设计师为什么跟字母 A 干上了？难道他有 A 情结？"

戴吉信心陡增："如果我没猜错的话，这里就是 5A 联盟总部的入口。从这，一定能通往奇幽山舍。"

"5A 联盟的'5A'到底指什么？"

"Annihilate AI Anytime And Anywhere。随时随地消灭 AI。"

"AI？人工智能？他们是一个反人工智能的组织？"汤末奇道，"那他们诱骗梅芙干什么？她又不懂人工智能。"

戴吉不答理汤末，只一味自语："AI……AI……A……I……，这里的建筑布局跟我们公司好像啊，难道是同一个设计师设计的？"

汤末不解："人工智能怎么还跟建筑布局扯上了？"

戴吉道："我们公司有两栋楼，一栋是 A 字形，一栋是 I 字形，组合起来就是'AI'。5A 联盟以 AI 为天敌，为什么也要采用 AI 设计？难道他们在刻意模仿新智机集团，与何默犀老师针尖对麦芒，死掐到底？"

"有道理！"汤末赞道，"如果是这样，那栋 I 字形建筑在哪？"

"是啊。第二栋建筑在哪呢？"戴吉又跑到漫漫广场的外围高处看了看，一片空旷原野，什么也没有。

"莫非……莫非只有 A，没有 I？"

"为什么？"

"AI 的全文是 Artificial Intelligence，其中 Artificial 意为'人工'或'人为'，Intelligence 意为'智能'。5A 联盟不是仇视 AI 吗？它仇视的应该是'智能'，而不是'人工'。所以这里的建筑只有 A，没有 I，代表他们要打造一个只有人为、没有智能的世界。这样能说通吗？"

"有道理！"戴吉大受启发，"汤末，继续！"

"我说完了。"汤末两手一摊。

"这就完了？"戴吉好不失望，静心思忖道：通往奇幽山舍的入口在哪呢？如果这真是托尼所为，他为什么要在五个立柱印上这五个英文单词？难道 Active、Ambitious、Arouse、Aspiring、Alive 这五个词所组成的"5A"也是他们组织的宗旨之一？这些充满正能量的词汇，与"Annihilate AI Anytime And Anywhere"的缩写"5A"，可是天壤之别。5A 联盟，到底是一个专干坏事的邪恶组织，还是一个积极向上的正义组织？还是，亦正亦邪兼而有之？

四顾茫然间，戴吉忽听兜兜高声问："吉吉姐姐，我能去那玩一会儿吗？"

戴吉顺着兜兜的手望过去，在广场某个僻静的黑暗角落，搁置着一个老旧的旋转木马转盘。上面空无一人，也没开灯，也没声音，局部转盘和木马还有破损，心道：这里怎么会孤零零地放着一个旋转木马转盘？难道是被淘汰了的设备？果真如此，为什么不当废品处置，而要放在这么拥挤繁华的室内？

木马……木马……戴吉心道：在孩子眼里，这不过是一种常见的游乐设备，可是在IT从业者眼中，却意味着隐含后门的计算机病毒，"木马病毒"的出处，就是改变希腊和特洛伊之间战争结局的"特洛伊木马"。难道5A联盟的入口在木马身上？

戴吉查看了几匹木马，毫无破绽，心道：难道我找错了地方？正沉思间，忽听早已骑上马的兜兜催促道："吉吉姐姐，怎么还不转啊？"

"等一下，兜兜，马上就好。"戴吉愁眉紧锁，朝兜兜所坐的那匹木马走去，见固定木马的中心杆上有一行竖写的提示语：

本转盘木马最大承重为120公斤，最多只允许一位成人携带一个不超过8岁儿童同乘，严禁两个（含）以上成人同乘。

戴吉带外甥趣趣坐过数次旋转木马，从没见过这样的提示语，再看现场其他木马的中心杆上，光秃秃无一字，心道：为什么这匹木马上要写这种提示？哪有两个以上成人无聊到去同乘一匹旋转木马的？太反常了！

反常？等等。这不就是我苦苦寻找的破绽吗？戴吉大喜，一把跨上木马，抱住前面的兜兜狂亲："兜兜，你可真是我们的大福星——汤末，快上来！"

汤末正在闷头找电源开关："干吗？"

"别找了，快上来！开关可能就在木马上。"

"是吗？"汤末将信将疑，坐在戴吉身后。见木马没反应，又问，"开关呢？在哪？"

不待戴吉回答，就听"叮铃叮铃"几声，转盘启动，而且越转越快，快到像训练航天员的离心机，戴吉紧抱中心杆，仍然头晕目眩，极力忍住呕吐。

兜兜更是没坐过这么快的旋转木马，吓得大呼小叫，哭爹喊娘，回身直往戴吉怀里钻。汤末怕被甩下马，也紧紧抱住戴吉的腰，一声不吭。

与此同时，三人所坐木马下方的面盘开裂，木马下陷，直至被面盘没顶，眼前一团漆黑。

"这木马怎么回事？"汤末刚喊出声，就觉整个盘面翻转，木马横了过来，将三人掀翻。三人被甩进一个松软的涵管，躺在类似机场行李输送带一样的装置，在一片惊呼中，被裹挟着疾速前行。

7

一通天旋地转，过了两三分钟，戴吉与汤末、兜兜三人从涵管里甩出来，落在一堆杂草中。多么熟悉的感觉，戴吉猛里想到她此前从何默庠办公室逃脱，从雪柴酒庄 B2 进入 B3 的情景，与今天"进山"方式何其相似。纯属巧合，还是这中间有什么关联？

一阵山风吹过来，戴吉感觉奇寒彻骨，忍不住打了一个寒战。她第一个从草堆爬起来，发现自己身处山脚下。抬头仰望，只见眼前一座高山巍峨陡峭，高耸入云，两侧如刀削斧劈一般，光溜绝壁，无处攀爬，上面云雾缭绕暮霭沉沉，不知道顶在何处，心道：难道这就是传说中的藏雾山？奇幽山舍就在这山上？

一阵更猛烈的山风刮来，戴吉见兜兜瑟瑟发抖，两臂抱胸，直往她身上贴，忙把外套脱下，紧紧裹在她身上。汤末见状，立即脱掉自己的外衣："戴吉，你穿我的。"

戴吉婉绝："不用。谢谢！"

"别客气，我不冷。"

"真的不用。一会儿往上爬就不冷了。"戴吉再次拒绝汤末的好意，挥手笑道，"走吧！"

兜兜突然道："戴吉姐姐！"

"什么事，兜兜？"

兜兜把她印有"蓝精灵"图案的帽子递给她："这个你戴着。"

"山里冷，你自己戴着吧。"

"我的外套上有帽子。"兜兜笑道，"我爸爸说，这个蓝精灵帽子能保平安。"

戴吉不好再拒绝："那就谢谢你了，兜兜。"

汤末搔头："到处是绝壁，上山的路在哪？"

"我们在山脚找找吧。"

三人开始寻找上山的路，路过一条一米宽的小溪时，汤末抱着兜兜跳过，一眨眼消失在树木草丛中。

戴吉紧跟在后面，刚跨过小溪，手机闹钟响，戴吉吓了一跳，刚关上，就听身后一人喝道："站住！"

戴吉缓缓回头，眼前乃是一着保安服的中年男子。三十来岁，国字脸，中等个，身材粗壮，皮肤黝黑，身着灰色工装，腰间别着一把小斧子和一个漆黑的对讲机，眉宇间有一种凛然不可侵犯的气势。他盯着戴吉问："你什么人，到藏雾山来干什么？"

戴吉反问："怎么，这山是你家的？不能来旅游吗？"

"旅游？外人根本不知道这座山的入口。你是哪的游客，怎么来的这里？"

戴吉笑道："我们也不知道，稀里糊涂就溜达到这了。"

保安警惕地上下打量戴吉，目光最后停在她的"蓝精灵"帽子上，斥道："这帽子哪来的？"

"你管呢？"

"我再问一遍：这帽子哪来的？"保安掏出腰间的小斧子，摆出一副进攻的架势。

"一个小女孩送我的。"

"小女孩？什么样的小女孩？"

戴吉仔细打量保安，似曾相识的感觉，心中涌现一个大胆的猜测，漫不经心道："泥鳅塘。"

"泥鳅塘？"保安大惊，"你们到过泥鳅塘？"

戴吉笑了："我要没猜错，您应该就是兜兜的爸爸成仔陈金成吧？"

"对，我是成仔！你认识我女儿？她怎么样？"

正说着，兜兜随汤末返回来找戴吉，与成仔撞个满怀。成仔与女儿拥在一起，互诉别情后，紧握着戴吉的手："谢谢，谢谢！谢谢你们救了她！"

"是她先救的我们。成仔，你养了一个非常聪明善良的女儿。她说这个帽子能保平安，果然应验了。对了，我叫戴吉，他叫汤末。"

"谢谢！过奖了。"成仔情绪稳定后问，"你们来这荒山野岭干什么？"

戴吉道："我们要去奇幽山舍，去找 5A 联盟。"

"你居然知道奇幽山舍和 5A 联盟？"成仔吓了一跳，警惕地环顾四周，然后将女儿一把搂住，将戴吉和汤末二人带到一个隐蔽处，低声问，"你们不是来旅游的？"

汤末飞快答："我们有朋友在里面。我们是来救人的。"

"是做股票的，还是搞 AI 的？"成仔问。

"做股票的。"汤末想起这正是女友梅芙的职业，大喜，"这你也知道？"

"还有搞 AI 的？"戴吉也惊讶成仔居然随口说出了"AI"这个词。

成仔愤愤道："我知道 5A 联盟那帮混蛋干了不少坏事，抓了不少人。我是去年到附近山里一家医院看病，被抓到这当保安的，主要是负责看管那些人质，不让他们逃走。这地方，来了就没人能逃走。"

"成仔，你在奇幽山舍见过这个人吗？"汤末掏出女朋友的照片，"她叫梅芙。"

"梅芙？"成仔盯着照片看了好一会儿，皱眉摇头，"没印象……也可能见过……可是这名字没听过。会不会她上山后改名了？"

"有可能。"汤末追问，"你确定见过她？"

成仔答："我只能说长相有点眼熟，不敢说一定是在奇幽山舍见的。"

汤末略微失望，但不气馁。戴吉拍拍他的肩膀，又从手机上调出黄婴的照片："成仔，你见过这个人吗？"

"他？！"成仔犹豫片刻，"好像也……噢，不，我见过！我见过他来过奇幽山舍，托尼还亲自陪他一块吃饭呢，他应该是托尼的朋友，一块做生意的。"

"确定吗？"戴吉追问。

"确定。"

黄婴果然是托尼的朋友，他就是 5A 联盟的卧底！他果然是 5A 联盟的卧底，我错怪了老板鲍大斯。

戴吉见汤末眼神略显忧郁，冲他默契地点点头，问："成仔，奇幽山舍一共多少人？5A 联盟和关押的囚犯各有多少人？"

"总共二三百人吧。5A 联盟的人，一百多，剩下的全是被骗上山的。"

汤末问："5A 联盟的人是不是全副武装，都带着枪？"

"是。前几天，一个餐厅女服务员趁人不注意，要逃跑，才跑了不到一百米，就被餐馆主管当场开枪打死了。"

"爸爸，我害怕！"兜兜惊叫一声，埋在成仔怀里。

"兜兜，别怕，爸爸在，爸爸会保护你。"成仔紧紧搂住兜兜，继续道，"女服务员逃跑时，当时我也在场吃饭，因为没立即行动帮他们抓人，被发配到山脚当巡山保安，没想到在这遇到了我的兜兜。"成仔说着，眼眶红了，情不自禁地亲了一下女儿的脸。

戴吉问："成仔，你们平常是怎么上下山的？"

"说出来你可能不信，我去年上山和今年下山，全是坐直升机。"

"直升机？这么奢侈？"汤末道，"难道没有别的上山下山通道？"

成仔道："应该有。但我没见过。我要不是被调来巡山，估计这辈子都下不了山。"

"我明白了。"戴吉道，"我猜托尼一是怕外人偷偷上山，二是怕山上的人逃跑，所以把所有的通道全封死了。"

"那……"汤末又问，"那如果有外人来访，也是用直升机？"

"不，托尼这么聪明的人，一定有别的备用交通工具。"戴吉不信邪，"不可能只有直升机一种交通工具。万一直升机坏了，或遇到极端天气怎么办？"

"也是哦。"成仔受到启发，想起什么，"对了，前不久，有一个神秘客人——可能就是你说的那个黄婴来访，就没坐直升机。"

"为什么？"

"因为那天直升机没油了。"

汤末奇道："他不是坐直升机上去的，难道会飞？"

"我亲眼所见，是飞上去的。但我敢打赌，绝对不是直升飞机。我一个同事说是汽车，我骂他瞎扯，汽车怎么会飞呢。"

兜兜用手猛掰成仔的脸："爸爸，汽车可以飞的。我在平板上看过。"

戴吉道："兜兜说的没错。飞行汽车问世多年了，挺适合藏雾山这种地方的。"

成仔一脸蒙："汽车还能飞？我的乖乖，我可是第一次听说。"

汤末道："这辆车在哪。山上还是山下？"

成仔道："那个客人离开时，飞行车只把他送到山脚。后来，他好像是开别的车离开的。"

戴吉大喜："也就是说，那辆飞行车一定在山脚某个地方——成仔，你成天在这巡山，知道哪有特别大的山洞吗？"

"我想想。"成仔挠挠头，"想起来了，离这不远的后山，有一个山洞。有一次我们值夜班，半夜下暴雨，临时搭的板房倒了，我们只好挪到那过夜。那个山洞很大很深，飞行车一定在里头。"

"快走！"

第 14 章　奇幽山舍

1

四人迎着冰冷刺骨的冻雨，从前山脚下走了约莫几里，来到后山一个相对宽敞的地方，戴吉发现一个树枝遮盖下的洞口。搬开树枝后，戴吉发现一扇大铁门，推开铁门，往洞里走了一二百米，里面竟灯火通明，洞穴中间停车一个巨大的物件，上面盖着一块绿色帆布。

汤末与成仔一块掀开帆布，果然是一辆造型超酷做工精致的飞行汽车。汤末坐在驾驶位上，一通操作猛如虎，将车发动，开出山洞，然后徐徐上升，朝山顶飞去。

成仔惊呼："原来飞起来是这种感觉。原来汽车也能飞！"

兜兜欢呼："我也是第一次飞。爸爸，你看外面的山，好好看呀。"

戴吉也是第一次坐飞行车，目睹车窗外风景逐渐下移，而不是往后退，甚感新奇。但此时，她无暇欣赏风景，她在考虑两件大事，一是汤末女朋友梅芙的位置和营救方案，二是娜娜的位置和安危。于是问："成仔，你有奇幽山舍的建筑结构图吗？"

"结构图？没有。"成仔想了想说，"不过，我知道它在山顶，共有五层，地上三层，地下两层。"

"哦。这五层各是干什么的？"

"第一层是办公区，第二层是高管和员工生活区，第三层是老板办公和生活休闲区。"

"地下呢？"

"地下一层是食堂，还有保安集体宿舍。地下二层……我不知道用来干吗，好像一般人不让进，也找不到出入口。"

"这五层你都去过吗？"

"没有。我只去过一层和地下一层。"

莫非像梅芙这样被骗上山的金融从业者，都关在地下二层？戴吉又问成仔："飞行车停在什么地方才不会被发现？"

"最好离奇幽山舍远一点。"

成仔刚说完，车里突然响起报警声，戴吉问："汤末，怎么回事？"

"高度预警。"汤末问，"成仔，这山多高？"

成仔答："一千米左右吧。"

"别左右。具体一点。"汤末道。

"前山低一点，大概九百米。后山高一些，一千一百多米。"

"糟了！"汤末道。

"怎么？"戴吉问。

汤末道："这车最高飞到一千米，再高就上不了了。"

戴吉问："成仔，能绕道去前山吗？"

成仔道："不行。前山有人二十四小时值班，要是在前山降落，我们肯定会被发现。只能走后山。"

汤末问："那后山有什么能停的地方吗？"

成仔道："离山顶二百多米的地方好像有一个台子，那里应该能停。"

正说着，5A联盟的人发现了飞行车，疯狂朝他们开火。飞行车中弹，发动机熄火，先是停止上升，汤末大叫："飞行车要坠落了，快跳车！"

成仔第一个跳车，在台子上站住，然后接住戴吉扔过来的兜兜和戴吉本人。飞行车开始下坠。

在摔下悬崖的最后一刻，汤末及时跳离，落到台子上。手没抓稳，眼看就要跌落，幸亏成仔反应快，一把拉住他的手。戴吉也过来帮忙，这才将汤末拉上来。

离山顶还有一二百米，峭壁无处攀爬，失足跌落的可能性极大。成仔反对硬上，建议道："也许洞内有通往山顶的通道。"

"你肯定？"戴吉问。

"应该有。"成仔指着一处说，"有一次我试图逃离奇幽山舍，就是先从山顶跑到这，然后从这下山的。这里原来有阶梯，但被人拆毁了，只好原路返回。"

戴吉问："路还记得吗？"

"不记得了。当时是晚上，我被一帮人狂追。我是慌不择路，就来到这里了。"

2

几人一番探索，终于来到一个神秘所在，听到人声喧哗，仿佛火车站候车室一般。戴吉、汤末和成仔走近一看，登时被眼前的场景惊呆了。

一团漆黑臭不可闻的牢房里，黑压压地躺着一群男女，面黄肌瘦，有气无力，像是长时间没吃饭。看见有人过来，牢房里有人挣扎着起来，用极度虚弱的声音喊："救命！快救救……我们！"

戴吉惊问："你们是什么人？"

一靠前的中年男子答："我们都是因为找工作，被 5A 联盟骗到藏雾山的。快救我们出去，我们好几天没吃饭，快……快饿死了！"

汤末高声问："梅芙在吗？梅芙在吗？"

没人应答。汤末打开手机里的照片："请问你们见过这个女孩吗？"

"太亮了！"身边几人被手机屏幕的强光刺得睁不开眼，将头转过去。

"对不起。"汤末慌地调暗屏幕亮度。

中年男子斥道："你不会把牢门打开再找吗？"

戴吉看牢房大门用几把锁锁住，问成仔："带工具了吗？"

"闪开。"成仔从腰间取出小斧子，猛挥几下，将牢门的锁砸坏，众人夺路而出，欲作鸟兽散。

"慢着！"戴吉大喝一声，"先别跑！"

之前说话的中年男子道："不跑难道在这等死吗？"

戴吉问："你叫什么？"

"我叫梁子。"

"梁子，你听着，我们刚从山下上来。这里离山下有上千米，非常高，下山很难。山上有很多保安巡逻，上上下下到处都是机关，随便乱跑，就算不掉进陷阱，被人射死，也会被保安抓获。大家必须统一行动，找到合适的交通工具。"

"我不信！"梁子道。

"他就是这里的保安，是前来帮助我们的朋友，不信你问他！"戴吉指着成仔说。

成仔耐心道："确实是这样。大家先别动，我先给你们找点吃的喝的，等你们恢复体力后，我再带你们离开。"

"好吧。"梁子指着旁边一个洞穴道，"那我们就在这里边等着。"

成仔离开后，汤末在人群中挨个找去，可惜一百多人，没有梅芙的影子，当场急了："这山里还有别的监牢吗？她会不会关在别的地方？"

梁子答："应该没有。被骗上山的总共一百多人，全在这里。"

"你们真的没人见过她？"汤末再次出示梅芙的照片。

众人再次摇头。汤末极度失望，欲离开去别地寻找，被戴吉一把拉住："等等。"

汤末快哭了："她不会是出什么意外了吧？"

"不会的。"戴吉拥抱汤末，拍拍他的肩膀，"我们一定会找到她的。我们等成仔回来，先了解一下情况。"

见汤末点头答应，戴吉又问："梁子，你是干什么的？在这多久了？"

梁子道："我是一名 AI 算法工程师，三个月前，来岸城出差的路上被强行抓到这里，后面几位是我同事。"

"我叫小酷，AI 芯片设计师。"梁子左边一个小伙子自我介绍，又指着他左边两个女孩说，"这是我同事，都是芯片测试工程师。两个多月前抓进来的。"

"我们都是做 AI 的。"小酷身后一群人同时说。

戴吉目测了一下，在场一百多号人，几乎全是 AI 从业者，暗暗吃惊。却听梁子问："您是干什么的？知道是谁抓的我们吗？他们的目的是什么？"

"我叫戴吉，跟你们是同行。抓你们的主谋，是一个仇视 AI 的组织。"戴吉将 5A 联盟近期恶行和她上山经过简要说了下。

梁子大惊："这世上还有 5A 联盟这样的恐怖组织？他们居然变态到仇视一切 AI 产品和 AI 从业者？"

戴吉答："据我所知，5A 联盟总部就在这藏雾山中。"

"藏雾山？"梁子惊道，"我们就在藏雾山里头？那你们是来救我们的？"

汤末道："我来找我女朋友。她也是因为求职被骗的。"

梁子问："她是干什么的？"

"投资理财，财富管理。"汤末见梁子没有反应，又补充道，"通俗地说，就是炒股的。"

"炒股的怎么也会被抓到这来？"梁子歪头瞟了周围的"狱友"，低声嘟囔道，"难道她是用 AI 炒股？"

汤末一愣："AI 炒股？什么意思？"

梁子解释："就是用 AI 算法进行量化投资和智能交易，机器决定什么时候买进，什么时候卖出。这在国内外一些 AI 应用成熟的金融机构，已是普遍现象。前不久我还给一家投资机构做过 AI 方面的内训呢。"

"AI 投资？内训？"汤末从身上翻出梅芙遗留的小本子，见上赫然写着"X 月 X 日 AI 投资内训"字样，恍然道，"难道她就是因为这个受的牵连？"

梁子道："我明白了。你女朋友跟我们一样，都是因为参加过 AI 方面的培训，被 5A 联盟认定为金融业的'叛徒'，所以才被他们以高薪工作为由头，诱骗到这里，是不是？"

戴吉点点头："应该是这样。据说 5A 联盟的老大托尼，之前就是干投资的。"

小酷突然悲戚道："如果今天再不逃走，我们就死定了。"

汤末大惊："为什么是今天？"

小酷道："两天前，当他们停止供应饭食时，我就知道他们迟早要处死我们。"

戴吉问："为什么？"

"前天送饭时，因为饭量比平时少，我当时跟他们吵起来了。"小酷回忆道，"我一时冲动，就骂：'你们这帮王八蛋。要么放我们走，要么把我们全杀了，把我们关在这鬼地方，算什么本事？'他们中一人说：'想死还不容易？你们的大限快到了。吃不吃，意义都不大。省下的饭钱，还能给我们发奖金！'我说：'那你现在就把我们杀了！'他说：'我倒是想。可是杀你们，是托尼的权利。快了，就这一两天。等着吧。我早伺候烦了，比你们还着急。'说完，送饭的人就都走了，再没回来。我的原话是这样吧，梁子？"

"差不多。"梁子答，"我当时在场，听了这些话，也隐约觉得我们死定了，但怕吓着大家，没敢说出来。"

梁子道："我们得赶紧离开，我还年轻，可不想死在这个阴冷潮湿的鬼地方。"

众人纷纷起身，要走，戴吉一把拦住："这地方可不是想走就能走的。没路。"

梁子问："为什么？我们就是走上来的。"

戴吉道："那是以前。现在上下山通道都被封死了。"

小酷问："那你们怎么上来的？"

戴吉答："我们坐飞行车上来的，但这车，已经被毁了。就是没毁，也坐不了这么多人。"

"我不信！"

"我们也不信！"

众人纷纷起身要离开，关键时刻，成仔拎着一大包零食和水回来了，挡在众人身前："大家都渴坏了饿坏了，赶紧喝点水、吃点东西。就是下山，万一遇到追兵，吃饱了才有力气跑不是？"

众人先是一愣，旋即蜂拥而上，抢夺水和食品，狼吞虎咽。独汤末忧心忡忡，全无胃口，喃喃道："梅芙，你在哪里？你到底在哪？"

3

戴吉陷入沉思。托尼为什么要在这两天处死这些 AI 从业者？今天，尤其是昨天是什么日子，发生了什么大事？她将这两天发生的事快速筛了一遍，陡地醒悟：难道是因为娜娜和我？

按照托尼和黄婴的计划，昨天应该是将娜娜和我一网打尽、带上奇幽山舍的日子。托尼不是早就想置娜娜于死地吗？他一直忍着不杀娜娜，或许另有考虑——比如借她搞一个隆重的仪式，作为 5A 联盟的重大业绩，以提升士气、稳定军心、再画大饼。

最常见的套路是对全球直播他"处死"硅基人娜娜，以震慑全球 AI 从业者。这个套路很庸俗，庸俗得像《伦敦陷落》等电影里处决美国总统的情节，而庸俗的东西一直是某些人的最爱，不是吗？

如果上述猜测为真，那么，眼前这一百多人质，可能就是这个他原本应该在昨天举行的隆重仪式的"群演"——光处决娜娜这个"主角"还不够，还必须有其他"配角"，绿叶衬红花，这场戏才足够盛大、热闹、精彩。

他们之所以能多活一天，原因很简单——娜娜和我昨天从老鸭滩逃脱了，"主角"缺席，原定的盛大仪式不得不推迟。

想明白这一层，戴吉的心情更加沉重。此时此刻，除了保证娜娜的安全，又多了一份新的责任——拯救所有人质安全离开奇幽山舍，离开藏雾山。

漫说他们是自己的 AI 同行，就算不是，就冲着他们都是邪恶组织 5A 联盟的受害者，这其中还有汤末的女友，自己怎么能见死不救？

得尽快把所有人救走。戴吉转念又想：我自己也是初入藏雾山，两眼一抹黑，怎么救？下山通道被封，飞行车被毁，这么多人如何下山？万一惊动5A联盟的守卫，不是落网，就是被打死打伤。这样岂不反而害了他们？

要不要等娜娜和鲍大斯两路援兵到了再说？问题是，娜娜从寻芯堂手中逃脱了吗？她能按约定的时间赶到奇幽山舍吗？

娜娜说她已用超级AI放走关在派出所的鲍大斯和贾威，他们能顺利逃走，前来藏雾山吗？

戴吉咳嗽两声，定了定神，提高声音安抚道："请大家静一静，我一定会救大家离开！但是，有些情况还没搞清楚，需要再等等。"

梁子质问："还等什么？趁还没天黑，赶紧走啊！"

戴吉与汤末和成仔紧急商议后，提议兵分两路：她率少数几人往山上走，寻找直升机和逃生通道；成仔和兜兜则带大部分人往山下走，边走边寻找下山通道。至于谁上山、谁下山，每个人举手自行决定。

令戴吉惊讶的是，唯一愿跟她上山的，只有汤末和成仔两人。

汤末决定上山，他坚信女朋友一定在藏雾山，一定在奇幽山舍，一定能找到。为了寻找梅芙，自己被人暗算差点困死在地下八层的铁笼子里，眼前这点苦难这点风险算得了什么？

戴吉知道成仔决定随她上山，是出于热心帮忙，考虑他还带着兜兜，忙建议他们父女带众人下山，成仔点头同意。

戴吉和汤末两人告别成仔、兜兜父女以及梁子、小酷等人后，摸黑爬了几个山坡，穿过一条长长的窄道，中间因为路滑摔了好几跤，终于来到一片相对开阔的平地。平地中央有一排低矮的平房，七八间，除了中部一间亮着灯，其他黑着。

进藏雾山以来汤末首次看见正规建筑，很是激动，甩开戴吉，脱兔一般蹿到亮灯房间门口。门开着，他悄悄进去，只见里面烟雾缭绕，热气腾腾，一股暖意扑面而来，当场把他的眼镜蒙上一层水雾。

他摘下眼镜，在上衣上快速摩擦几下，重新戴上细看，才发现里面充斥着煤气罐、燃气灶、油烟机、电磁炉、冰柜、烤箱、榨汁机、微波炉、操作台等厨房设备，地下则是堆砌如山的各种鱼肉海鲜、蔬菜、方便面、木炭和厨余垃圾。

原来这是一个厨房。汤末四下张望，没发现人，于是小心翼翼地往深处走。右拐再左拐后，他在一个巨大冰柜后面，发现一年轻女子独自摘菜，边摘边抽泣，肩膀不停抖动，甚是可怜。汤末从身形和哭声判断她就是自己苦苦寻找的人，小声呼唤："小芙吗？"

4

摘菜的女子听见身后的男声，身子一怔，肩膀剧烈抖了几下，缓缓转身，木然地望着汤末。汤末见她披头散发、面容憔悴，衣服和脸脏兮兮的，初以为认错人了，正要说抱歉，却听该女子声音颤抖问："汤末，你怎么在这？"

汤末激动道："小芙，真的是你？"

"我是梅芙。"女人尖叫，"你真的来救我了？"

"真的是你？"

"我终于找到你了！我就知道，你一定在奇幽山舍！你一定在这！"

"你怎么才来？我在这整整等了你三个月！我还以为我要死在这！"梅芙哭出声来，粉拳在汤末身上一通狂砸。

两人激动地拥在一起，没注意到戴吉也已走进厨房，静静地站在他们身后当"灯泡"。

梅芙掩面而泣，待情绪平复后道："汤末，我不会在做梦吧？"

"当然不是，当然不是。小芙，不信我掐你一把？"

梅芙抓过汤末的右臂，撸起袖子，低头狠咬一口。汤末虽疼，却不敢大声呼喊，整张脸扭曲变形，像一个旅游旺季时在网红景点挤压过的煮鸡蛋，或特大城市早高峰地铁里被拥挤洗礼过的肉包子。

他"呜呜"叫几声，泄去痛感，发现戴吉，忙将她与梅芙互做介绍，之后问："小芙，你不是来应聘工作的吗，为什么被关在这里干活？到底怎么回事？"

"我被骗了。"梅芙简要述说了被骗经过，扑在汤末怀里痛哭。

汤末拼命安抚："宝贝，没事了，宝贝。我这就带你离开。"

梅芙惊恐问："怎么离开？"

戴吉近距离打量梅芙，发现她相貌周正，脏兮兮的外表下有一张俏丽和坚强的脸，一看就是一个极有主见的女子。难怪她不顾汤末反对，冒着生命危险，不远千里前来岸城求职。戴吉心中有疑问，于是："梅芙，你见过托尼吗？"

梅芙恨恨道："见过。是个变态，真的不是人！"

戴吉追问："怎么个变态法？"

"托尼以高薪诱骗我们这些财富管理师，每个工作日都逼着我们在交易大厅里，跟一百多操盘手一块炒股挣钱。业绩排名垫底的一人，当场枪杀。倒数第二名和第三名，发配到厨房做饭，反省一个礼拜。一个礼拜之后再拉回去继续操盘，如果还是倒数三名，立即枪杀。我上山之后，亲眼看见他们杀死好几十个人了。"

"太变态了！"汤末咬牙道，"你在厨房工作，就是因为业绩问题？"

"是。我前两天得了个倒数第三。"梅芙身子不停颤抖，"汤末，你再不来救我，我就死定了。"

汤末紧紧搂住梅芙，忙不迭道歉："对不起，宝贝，我来晚了！对不起，我现在就带你离开这。不过，我们必须先找到直升机。"

"直升机？应该停在交易大厅外面的平台上吧？"

汤末大喜："你见过？"

梅芙道："是。有一天我在交易大厅工作时，亲眼见一架直升机停在那。"

"太好了！"戴吉见汤末终于如愿找到失踪女友，为他们高兴。接下来，就是赶到奇幽山舍，亲自会一会托尼这个恶魔。于是问："梅芙，从这怎么去山顶的奇幽山舍？"

"我知道一条小路。我这就带你们上去。"

在梅芙的带领下，汤末和戴吉艰难往上爬，没走多远，听见前方水流声震天，轰隆隆哗啦啦，仿佛山洞里有一个巨大的瀑布。走近一看，果然前方根本没有前行的道路。但轰隆隆的水声越来越近，预示着一股强大水流已直奔他们而来。

"不好，快跑！"戴吉话音刚落，就发现自己与汤末和梅芙被水流打翻，裹挟而下，将众人冲到一个漆黑的溶洞里，原地转圈。

眼看水位上升，即将没肩，戴吉等人拼命向岸边游，发现洞壁上紧贴着一张铁丝网，大喜。她与汤末同时沿铁丝网向上爬。谁知大半个身子刚爬出水面，整张铁丝网突然松动，从洞壁脱落，翻转倒扣在水面上。铁丝网的几条边自动卡住，三人欲将铁网掀开，却发现纹丝不动。

5

距离戴吉不远处，成仔正背着女儿兜兜，率梁子、小酷等一百多人，摸索着下山。没走多远，梁子问："成大哥，你确定——"

兜兜当场纠正道："我爸不姓成，他姓陈，耳东陈的陈。"

"对不起，陈大哥，你确定能找到下山的路吗？"

成仔道："不确定。我早说过，下山的路早就封死了，只能边下边找。看运气。"

小酷急了："那你还带我们下山？这不是害我们吗？"

"害你们？"成仔不高兴了，"不是我要带你们下山，是你们嚷嚷要马上下山的。要依着我，宁愿跟戴吉和汤末他们去找直升机。我带女儿坐直升机不香吗？"

"你！"小酷被梁子按住。梁子向成仔道歉，"对不起，成仔，他小孩子不懂事，您别介意。"

"我有啥可介——"成仔话说一半，突然听到身后有什么声音，陡地站住细听，身后声音越来越大，"轰隆隆"让山洞为之震动，大喝一声，"不好！发大水了！大家快找高处！"

为时已晚。从上而下的大水挟雷霆之势，瞬间奔涌至众人眼前……

6

戴吉等人不甘心被淹死，齐心同拽铁丝网，可是水位上升很快。眼看水位即将没脖，而逃生的办法依然无着。恐惧感袭来，梅芙再度痛哭："没想到我会死在这，早知这样，汤末你还不如不来救我。"

"对不起，小芙。"汤末搂住梅芙，忙不迭道歉，"我也没想到会这样，对不起，宝贝！"

"对不起有什么用？"梅芙吼道，"我不想死，我还年轻。我不能死。"

戴吉见汤末不安地看着自己，安慰道："梅芙，别着急，一定有办法的。"

汤末附和："是啊，小芙，吉人自有天相。一定有办法的。"

梅芙吼道："吉人？你们谁是吉人？吉人会落到这步田地吗？我要逃走，我不能死！谁让你这个时候来救我的？"

汤末十分尴尬，不敢看戴吉。戴吉也装作没听见梅芙的话："别拽铁丝网，越拽上涨越快。"

"不拽难道我在这等死吗？"

不顾戴吉反对，梅芙继续拽弄铁丝网，果然水位再度急剧上升。戴吉以为这次必死，谁知黑暗中听到螺旋桨的声音，抬头一看，是一架冒着烟的载人无人机，上面载的两人，居然是鲍大斯和贾威，于是在口鼻彻底被淹没前，拼命大喊："鲍大斯，贾威，快来救——"

戴吉话没说完，被淹了，拼命屏住呼吸。半分钟过去，戴吉听到头上"当啷"一声，铁丝网打开。鲍、贾二人先救梅芙，接下来将戴吉等人拉出来。

戴吉大喜："鲍头，贾威，你们怎么到这来的？哪来的无人机？"

鲍大斯道："应该是娜娜帮我们调来的。可惜，被 5A 联盟的人打坏了，没能飞到山顶。"

戴吉与鲍大斯和贾威化敌为友，信心大增。五人换了一个方向前行，没走多久，果然前方高处有一个光亮的洞口。胜利在望，梅芙格外激动，拉着汤末快速冲出洞口，查看情况。

戴吉等三人走到洞口，却见梅芙快速折回来，气喘吁吁，不由问："外面有直升机吗？"

梅芙不答，往戴吉身后一指："他们是谁？"

戴吉等人回头看，空无一人，正纳闷，忽听身后"当啷"一声，再次转身，发现自己被洞口一道铁门锁住，大惊："梅芙，你这是干什么？"

梅芙道："对不起。那架直升机太小，除了飞行员，最多只能坐俩人，我不能错过。"

戴吉道："两人够了呀。正好你和汤末先走。我们三人还有别的事，暂时不走。快放我们出去。"

梅芙不为所动："对不起，我不能冒这个险，对不住各位了，你们自谋生路吧。"

戴吉问："梅芙，汤末人呢？我不信他会同意你这么做！"

"你错了，正是他让我这么做的。"

梅芙微微一笑，"咔嚓"一下把门锁上，决绝离去。

鲍大斯和贾威愤怒不已，两人走到铁门口，轮番手摇脚踹，几分钟后，终于将铁门踹掉。三人兴奋冲出洞口，抬头看蓝天白云，欣喜异常。

鲍大斯带头弯腰前行，四下张望，只见不远处的平台上赫然停着一架直升机，引领众人扑过去。走近时，听到有一男一女的说话声，让他万万没想的是，两人居然是黄婴和梅芙，忙将手指放在嘴上，对戴吉和贾威"嘘"的一声。

却听黄婴冷冷道："你什么人？为什么要偷我的直升机？"

梅芙搔首弄姿道："大哥，您说什么呢。我是来藏雾山玩的，不小心迷路了。第一次见到直升机，特别好奇，就想上去随便看看。"

"你只是随便看看吗？你都坐进驾驶舱了，快说，你到底是什么人？"

"大哥，我真的只是一名普通游客。"

"藏雾山不对外开放，根本没人知道怎么上藏雾山！除非……"

"除非什么？"

"除非……你是奇幽山舍正式'邀请'上山的客人。"

梅芙见黄婴趾高气扬，俨然藏雾山奇幽山舍的主人派头，猜测道："你就是那个 5A 联盟的恶魔老大托尼？"

黄婴不答反问："你叫什么？你不是关在山洞里吗，怎么跑出来的？还有谁？"

黄婴说着，像狐狸一样警觉地环顾四周，生怕还埋伏着她的同党。鲍大斯怕被发现，立即命戴吉和贾威卧倒，静观其变。

却听梅芙道："我们一共跑出来四五个。"

"到底是四个还是五个？"

"五个，哦，不，四个。"

戴吉心道：梅芙说四个，显然是将汤末排除了，可是他人在哪呢？难道他撇下梅芙一个人跑了？以他对女朋友的痴情，不可能啊。却听黄婴问："另外三人在哪？叫什么？"

"名字我不知道，我只知道是两男一女。女的好像姓戴，男的，一个长得特别黑，一个尖嘴猴腮……"

"女的是戴吉，男的难道是鲍大斯和贾威？"黄婴十分诧异，暗自嘀咕，"这两人怎么也来了？他们怎么逃出派出所的？"

梅芙笑："看来他们都是你的老朋友？"

"他们在哪？"

"那！"梅芙往封住戴吉等人的洞口铁门一指，"他们在那等我消息。"

黄婴从身上掏出一把手枪，让梅芙在前头带路，弯腰弓身，小心翼翼地朝洞口走去。戴吉与鲍大斯目睹了这一幕，暗自庆幸已从洞里逃出。

黄婴走到洞口，见铁门倒塌，洞里并无一人，转身问梅芙："人呢？"

梅芙发现戴吉等人毁门逃走，更惊，表面上却强作镇定："奇怪。我让他们在这等着，别乱跑啊。他们跑哪去了呢？"

黄婴狐疑地盯着黑黢黢的洞口，想进又不敢，想走又不舍，犹犹豫豫往里探进半个身子。梅芙抓住这个机会，拉起铁门狠狠往黄婴的后背一撞。黄婴手上的枪被撞飞，整个人一个趔趄，摔进洞里，"咕咚"一声后，便没了声息。

梅芙抓住机会，快速朝直升机奔去。她跑得飞快，眨眼间就跑到直升机下方，迅速往上爬。

贾威低骂一声，就要上去追梅芙，被鲍大斯一把按住："等等！"

贾威不高兴："为什么？"

鲍大斯低声道："上面有人。"

"哪有？我怎么没看见？"

贾威话音刚落，只听得"啪"的一声枪响，伴随着一声尖叫，一人从直升机舱门口摔了下来。

7

掉下来的人，是一度消失的汤末。

汤末胸口中枪，他挣扎着爬起来，手指机舱方向："你是谁？"

"我叫顺顺，本机的飞行员。"说话间，直升机里走出另一个"汤末"。

汤末见这个冷血杀手与自己长得一模一样，惊得魂飞魄散，眼珠暴凸。但他立即明白，此人就是黄婴以他为原型精心制造的数字替身——达达。如果不是亲眼所见，他绝不相信世上真有如此先进和逼真的数字替身，震惊道："你就是那个顶替……顶替我的……数字替身达达？"

"我不知道什么达达。我只知道，谁抢我的直升机，谁死。"顺顺用枪挟持梅芙走下飞机，眼神冰冷道，"对不起，我叫顺顺，是这架飞机的飞行员。你是谁？"

汤末吼道："你代替了我，居然不知道我是谁？"

"哦,我知道了,你就是传说中的汤末。"顺顺笑道, "我没有代替过你。代替你的据说叫达达,不过他已经死了。"

"死了?硅基人还会死?"

"电脑都会死机,硅基人为什么不能死?"

梅芙看看躺在地上的汤末,又看看紧紧挟持自己的顺顺,吓得面无人色,颤抖道: "汤末,这到底是怎么回事?"

"小芙,别慌。"汤末安慰, "戴吉他们会来救我们的。"

梅芙带着哭腔道: "他们……恐怕不会来了。"

"为什么?我刚不是让你通知他们吗?"

"我骗了他们。我怕他们跟我们抢直升机……"

"你……你怎么能……你怎么能……"汤末气急交加,口吐鲜血。

戴吉震惊于达达的变化。达达此前虽然奉黄婴之命诱骗娜娜南下,但对娜娜,是欺骗中有保护,从来没像今天这样残暴地杀过人。是此前他对娜娜有着某种硅基人独有的感情,还是之后黄婴对他的"系统"动过什么手脚使他性格大变?他还是原来的达达吗?该死的黄婴!

戴吉正欲冲出去,被鲍大斯死死按住: "等等!"

却听顺顺问: "我主人黄婴在哪?"

梅芙咬牙切齿道: "他刚刚被我推进山洞,摔死了。"

"摔死了?"顺顺勃然大怒, "你再说一遍。"

梅芙毫无惧色地重复: "我把他推进山洞摔死了。"

"黄婴是我的主人。"顺顺用枪对准梅芙颈脖, "对不起,这位女士,那你只能偿命了。"

"不要。"身受重伤的汤末欲挣扎起身,却以失败告终。

虽然梅芙刚才欲甩掉他们,戴吉还是不忍见她被杀。她全力摆脱鲍大斯和贾威的控制,从树林中闪出,大喝一声, "住手!"

顺顺用一种陌生的眼光望着她: "你是谁?"

戴吉温情道: "达达,你真的不记得我了?我是你的朋友。我们几个都是你的朋友。"

"对不起，我不是达达，我是顺顺！"顺顺一脸茫然，"我没有任何关于你们的记忆。"

"因为你被黄婴重置了记忆。可是，你真的是以汤末——就是刚刚被你打伤那位——为原型制造的硅基人。"戴吉又指着梅芙道，"而她，是汤末千辛万苦来藏雾山寻找的女朋友。她是被诱骗绑架上山，受了很多很多苦。你伤害谁都可以，就是不能伤害他们，知道吗？"

"为什么？"

"因为这是硅基人的基本伦理。"

"伦理？"顺顺冷笑，"要是论伦理，他们杀死了我的主人，我的生身之父黄婴，难道我不应该报仇吗？"

"黄婴不是你的生身之父，他是一个大骗子。"

"你怎么知道？"

"我们是多年同事，我十分了解他。至于你的身世，以后有机会我会详细讲给你听。"戴吉见鲍大斯和贾威出现在顺顺身后，正缓慢包抄，惊喜且紧张。她咽了咽口水，"听我说，顺顺，梅芙和汤末不是存心要夺你的直升机，他们就是着急回家，所以才……放过他们好吗？"

"可是他们杀了我的主人黄婴！我不管黄婴是什么人，我只知道，他是我的主人。"

"我知道，我知道。"戴吉见鲍大斯和贾威离顺顺越来越近，只有两米之遥，只要他们一左一右抓住顺顺的胳膊，就能将梅芙从枪口救下。

戴吉的心提到了嗓子眼，略带嘶哑地说："顺顺，黄婴只是不小心掉进山洞里，里面有台阶，我猜他应该没事。"

"真的？"顺顺眸子里出现信任的光芒，目不转睛地盯着戴吉，仿佛他认出了熟悉的老友。

戴吉回应这种信任，与顺顺目光对视："千真万确。我刚刚就是沿着那些台阶上来的。相信我。"

顺顺语气变得轻柔："那你能不能带我去看看？我要确认黄婴没事。"

"可以。"戴吉点点头，"不过，你得先放下梅芙。"

"好。"

顺顺把枪缓缓从梅芙的颈脖挪开，还没等鲍大斯和贾威扑上来，梅芙突然抓住顺顺的胳膊，猛咬一口。顺顺疼得大叫，本能地抬手，朝天放了一枪。

躺在地上的汤末，一跃而起，用尽力气撞向顺顺，将他的枪撞飞，然后与他扭打成一团。

鲍大斯和贾威正欲上前帮忙，突闻"啪啪啪"数声枪响，定睛一看，梅芙和汤末分别中弹，倒在血泊中。

"汤末！"戴吉惊呼一声，回头一看，五六个持枪的安保人员已将她与鲍、贾三人团团包围。

汤、梅二人用尽全力，挣扎着靠近，拥抱在一起，缓缓闭眼。

汤末刚找到女友，就与她一同殒身藏雾山。戴吉目睹了这悲惨的一幕，无比愤怒："黄婴，你怎么这么狠毒？"

"汤末已找到女朋友，也算是得偿所愿，我不能让他坏我的大事——来人，把汤末和他女朋友的尸体一块扔下山崖！"黄婴嘻笑道，"戴吉，早知道你和娜娜会主动上山，我干吗费这么大劲诱骗你们？"

戴吉听出黄婴的弦外之音：娜娜已经到奇幽山舍了？

8

却说铲哥再次得到娜娜，生怕夜长梦多，决定立即将她带到蓬海岛，向老大黑叔领赏。娜娜双手被反捆，头上戴黑套，被塞在位于车头的汽车"前备箱"，原本极难受。但她发现这是一辆电车，可借机为自己充电，不仅不恼，反而十分惊喜：我只要充电至61.8%，就可以自动修复我的AI芯片，从而恢复离线AI。

可惜才充到60%的电，娜娜便闻到一股咸湿的空气。娜娜被铲哥拉出前备箱，摘掉她的头套，带上一艘快艇，朝深海驶去，不久，就来到一艘崭新的豪华游艇上。

游艇甲板上数十个统一着白色工装的男子，以扇形排列，正中央遮阳伞下的藤椅里，坐着一四十岁左右的中年男子。他从上到下，全身都是黑——着黑色休闲套装，头戴黑帽子和墨镜，脚穿黑色运动鞋，手上捏着一根又黑又粗的雪茄。

待娜娜走上甲板，黑叔挥手让白衣随从全部离开，随后围着娜娜转圈，仿佛一位艺术家在鉴赏一件旷世奇珍，好半天才说："果然是完美的艺术品！太完美了，一点瑕疵都没有。我活了四十年，第一次知道，这世上还有这样的尤物——来人，给娜娜女士松绑、看座、上茶！"

铲哥一一遵照执行。娜娜笑道："你就是寻芯堂的老大黑叔吧？真够黑的。"

"没吓着您吧。"黑叔像英国绅士一样深鞠一躬，"硅基美女，在下谨代表寻芯堂，向您表示热烈的欢迎和诚挚的歉意。"

"然后立即挖走我的芯片卖钱，是吗？"

"娜娜小姐说话干吗这么直白，整得我跟吃人的妖怪似的，哈哈哈……"黑叔大笑，露出满口黄牙。

"难道你们寻芯堂不是妖怪吗？"娜娜冷冷道。

"既然你对我这么了解，我就不自我介绍了。"

"为了我身上的芯片，你干了多少坏事，杀了多少人。"

"我们是被 5A 联盟逼的。"黑叔愤然起身，"我这是替天行道，冒着违法犯罪的名声，为天下急需 AI 芯片的企业和机构排忧解难。我们赚的是辛苦钱、风险钱！"

"难怪。"娜娜叹道，"难怪从我诞生起，你们寻芯堂就死缠着我不放。从新智城追到硅城，又从硅城追到岸城。"

"谁让你身上安装了那块价值连城的翡翠绿 AI 芯片。娜娜，实话告诉你，要不是我们的人，你早就被 5A 联盟毁了，尸骨无存、香消玉殒，哪能活到我们在大海上相见？"

"这么说，你还是我的救命恩人？"

"不敢。我只是不想让你落入别人手中。比起杀人越货的 5A 联盟，我们寻芯堂是不是略微高尚一点？"

娜娜冷笑："高尚？高尚的寻芯堂不照样杀人越货吗？比如对我。"

"那不一样。你是硅基人，不是真正的人类。"

"杀硅基人就不是杀人吗？谁说硅基人不是人？"娜娜质问，"难道在你眼里，我真的只是一台机器？你们碳基人类就是这样欢迎新物种的吗？"

"抱歉，硅基美女，我代表不了碳基人类，我只能代表我自己。可能在别人眼里，你是一位智商、情商还有颜值超高的大美人。可是，在我眼里，你就是机器。你的主要价值，就是你体内的那块 AI 芯片。除了芯片，你什么都不是。"黑叔说着，冲娜娜晃了晃他那根被烟熏得像腊肠的食指，然后大喊一声，"来人，卸货！"

娜娜电力不足，芯片尚未修复，无力反抗，只能被带下甲板，带进一个豪华的会客室，见几个着白衣工装的寻芯堂手下推进来一个平板推车，笑问："你还是要挖我身上的芯片卖钱？"

"我也是迫不得已。订金收了，我们如果不按时交货，这事要传出去，寻芯堂在江湖上的名声，就全毁了。我的饭碗砸了事小，我手下那帮弟兄靠什么吃饭？"

娜娜淡定道："实话告诉你，我身上这块超级 AI 芯片，算力相当强大。但它是单独为我定制的，与我本人严格匹配终身绑定。别人就算抢走芯片，如果没有相应的算法和硬件匹配，也用不了，说白了就是一块废物。黑叔，你就不怕它毁了你们寻芯堂的江湖名声吗？"

"是吗？"黑叔吓了一跳，但很快恢复平静，"硅基美女，你别蒙我。你蒙不了我的。"

"黑叔，我能冒昧地问一下，这一次你的客户是谁吗？"

"对不起，客户身份保密。这是我们的立身之本。"

"那你可知道我这个硅基人的总身价是多少？"

黑叔笑道："我只知道你身上的芯片值两千万，至于你的人，恕我孤陋寡闻。"

娜娜竖起一根手指。黑叔一惊:"一个亿?"

"差不多。"娜娜笑笑,"不过,你少说了两个字:美元。"

"一亿美元?"黑叔瞪大眼睛。

"我身上这块翡翠绿超级 AI 芯片,至少值一千万美元。如果你只卖两千万元人民币,那你就是天下第一号大傻瓜。"

黑叔眼睛瞪得溜圆,差点要从眼眶迸出:"你说你身上这块芯片值一千万美元?"

"只多不少。"

黑叔沉默不语,似乎内心在做激烈的思想斗争。他一把拉住铲哥,与之低声耳语,还没说完,就听空中传来直升机的轰鸣声,忙抬头看。

不一会儿,一个精壮男子闯了进来:"黑叔,客户按时来取货了。"

9

娜娜见该男子三十来岁,脖子、肩膀和手臂全是文身,下巴浓密细长的山羊胡,用一个棕黄色橡皮筋捆扎着,仿佛吊着的一个扫把,随时打扫嘴里流出的各种垃圾。这种奇特的装束,甚是扎眼,足以让人过目不忘。

黑叔笑道:"老二,客户离蓬海岛才几十里,还坐直升机来取货,这么招摇?"

娜娜听黑叔管他叫"老二",便知他是寻芯堂的二当家,却听老二道:"老大,情况有点变化。"

老二将黑叔拉到一旁,小声嘀咕。说着说着,黑叔情绪激动起来,高声道:"老二,我们寻芯堂怎么能出尔反尔,一货卖两家?"

老二耐心解释:"大哥,之前的客户张总才给一千万,而新客户吴总,一出手就是两千万啊!"

"不行!"黑叔挥手道,"俗话说'盗亦有道'。老二,诚信是我们寻芯堂立命之本。我们要是坐地起价，以后谁还敢跟我们做生意？必须按原价兑现对客户张先生的承诺，说好一千万就一千万。"

老二低声道："黑叔，您知不知道，为了得到这块 AI 芯片，我们寻芯堂死伤了多少弟兄？就是卖两千万，都不够发抚恤金和医药费的。"

"那也不能乱了规矩。"黑叔还是不松口，"至于抚恤金的缺口，我个人来补。"

"可是我已经答应新客户吴总了。人家确实着急。原本只答应出一千万，我说如果一定要今天交货，就必须再加一千万加急费。我本以为对方会知难而退，没想到人家二话没说，就转来两千万，还包机来取货。老大，张总那边要是不急，能不能缓两天，等我们搞到新货后再给他打个折？大不了我们直接退钱——"

"谁让你擅自答应的？"黑叔大怒，"寻芯堂的大单，是我说了算，是谁让你擅自决定将这么贵的芯片卖给新客户的？"

"钱。"

"你说什么？"

老二冷笑一声，语气态度大变："有钱能使鬼推磨，何况卖芯片？"

黑叔听出了老二话里有话，冷冷问："老二，你私下收了新客户多少好处费？"

"好处费？没……没……有啊。"老二结巴道，"老大，我哪有那胆？"

"你已经有了。"

老二频频点头，咬牙道："老大就是老大，火眼金睛，什么都瞒不过您。既然这样，我就实话说了吧。两千万我全收了，老大，您要觉得行，我就分您一千万，剩下一千万算是给我和几个兄弟的辛苦费。如果您觉得不行，一定要固执己见，将芯片给那个张总……"

"你想怎样？"

"不是我想怎样，而是兄弟们愿不愿将到手的卖命钱吐出来。"

"老二，你要造反？"黑叔高喊，"阿铲！"

"在！"

铲哥应声进来，可惜身后还跟着两名体壮心腹。黑叔正欲问二人是谁，只听"砰砰"两声，子弹从铲哥背后射入从胸前穿出，铲哥回头看了看两名心腹，捂着肚子跟跄几步，连吐几大口血，缓缓倒地，挣扎数下后气绝。

黑叔被眼前的变故惊呆："老二，你要造反？"

老二冷笑："我岂止要造反，我还要代表托尼取你的狗命！"

"托尼？你是 5A 联盟的人？"黑叔醒悟，"上次我们在艾州城的货被劫，就是你向他们通风报信的？"

"是又怎样？"

"王八蛋！"黑叔起身，摆出一副与老二拼命的架势，快到窗前时，突然转身，撞破玻璃跳下游艇。

老二和两心腹朝海里一通射击，海面上泛起一片血红，但他的尸身却迟迟不见上浮。

一心腹对老二主动请缨："大哥，我们下去找尸体！"

老二道："没事，他死定了，让别人去找。我们先交货。"

娜娜没想到，自己才到寻芯堂就目睹了一场惨烈的政变。都是暴利的芯片走私生意惹的祸，而罪魁祸首，还是 5A 联盟。正琢磨如何从游艇逃走，只见老二的两个心腹冲过来，将她按在一个大桌子上，就要强行拆卸。

娜娜警告："只要芯片离开我，将自动启动自毁程序。如果芯片毁了，你们怎么向客户交代？"

老二不信："吓唬我？"

"不信你试试？"

老二不信邪，冲两心腹挥手："快动手！"

老心扒开娜娜的衣服，强行硬拆，就听见她身上传来警报声："系统检测到非法拆卸芯片，请求启动自毁程序。一旦启动，10 秒后将引爆芯片。请问主人娜娜，确定此操作吗？"

娜娜平静道："确定。百分百确定。"

"好的。主人。自毁程序即将启动。除非您亲自干预叫停，自毁进程将不可逆。10，9，8……

　　"别，别，别！"老二慌地叫停，叫进来一老一小两个男子，"老丁，小庚，芯片就在她身上，连人带芯片全送给你们吴总！"

第 15 章　基因测序

1

　　娜娜叫停自毁程序，被五花大绑带上一架直升机，飞离游艇，飞越宽阔的大海，朝东飞去。娜娜抓紧时间，在飞机上将她的电力迅速充至61.8%。当她脑海里传来"AI 芯片修复中"的提示音时，高兴得差点跳起来。

　　十几分钟后，直升机在岸城东边一座大山的山脚下降落。娜娜被带上一辆越野车，开了约半个小时，来到深山腹地的一家医院。医院上方有一块巨大的牌子，上写"怡中和医院"。

　　怡中和医院虽处深山，但排场惊人。一栋崭新的九层小楼，装修豪华，墙面和地板清一色的大理石瓷砖。娜娜走进医院，发现里面灯光昏暗，一片狼藉，有破碎的电子大屏幕，有歪倒在地上的各种 IT 医疗设备，更不用说散乱一地的纱布、针管、纸片、药盒等。几个送药机器人已坏，或躺地或靠墙，神情呆滞、颓丧、落寞。

　　娜娜跟随老丁和小庚来到一个 VIP 病房门口，从两人中间的缝隙中望去，空旷的室内总共四五个人，共同守护着一个五十岁左右极度消瘦的病人。病人脸色灰黑，眼鼻口耳均有血迹，身上插着各种管子。

　　一个气质雍容衣着华贵但脸上满是焦虑和忧愁的女人，依偎在病人身旁，环抱着他，轻声安抚，不时轻吻他的额头。

　　女子身边是两个着西装、戴墨镜、腰别枪的硬汉。

硬汉旁边，是一个穿白大褂、戴眼镜、三十来岁的大夫，不停搓手转圈，一副爱莫能助手足无措的样子。

听到门口有声音，女子飞速抬头，见老丁和小庚两手空空站在门口，急问："芯片呢？"

小庚看了看老丁，不说话。老丁答："夫人，我们到了蓬海岛。可是他们说，光拿芯片没用。我们这没有支撑它的设备和电力，拿到也用不了。"

"你连芯片都没取来，就敢说没用？"吴夫人怒吼，"为了它，我可是花了两千万！寻芯堂这不要人玩吗？他们来人没有？"

"来了。"老丁身子一闪，弱弱地指着身后的娜娜。

吴夫人起身，冷冷瞟娜娜一眼："我要的是芯片，超级 AI 芯片，不是女人！"

娜娜微微一笑："超级 AI 芯片已经被我用了。"

吴夫人大怒："你是什么人？敢劫我的芯片？"

"我姓戴。"娜娜不急不恼，徐徐道，"我不劫芯片，相反，我也许能治好你先生的病。"

吴夫人见娜娜年轻时尚，直觉她浅薄轻浮，绝非医学功底深厚的大夫，冷笑一声："就你？"

大夫也不屑地瞟了娜娜一眼，摸摸鼻子道："吴夫人不要大夫，只需要芯片。没有芯片就没法做基因测序，贸然施药，跟二次下毒一样。吴总得救的概率，恐怕不会超过 1%。"

娜娜叹道："我刚说了，芯片已经被我占用了，没法给别人。"

"什么？你夺了我老公的救命芯片！"吴夫人豁然变色，歇斯底里道，"来人，把她给我杀了！给我杀了！"

硬汉听到号令，朝娜娜的方向走了几步，右手下意识地按在枪把上。

"吴夫人，您要是杀了我，您先生就彻底没救了。"

"老吴反正没救了。"吴夫人已失去理智，将即将失去丈夫的满腔怒火全部转向娜娜，"杀了她！我既然救不活老吴，先为他报仇！"

两个硬汉掏枪，互相对视一眼，摆好姿势就要开枪。

　　娜娜等的就是这一刻，因为她的芯片已经修复，她需要的是一个极度恐惧的危险时刻。恐惧程度越高，她激活超级 AI 的速度越快。吴夫人的杀人令、硬汉掏枪举枪的动作，第一时间使她的心为之战栗。

　　"你的，873214。"娜娜先对左边硬汉说完，又冲右边硬汉笑，"你的，623491。"

　　两个硬汉同时愣住，异口同声问："你知道我们的智能手枪密码？"

　　"你们的枪已被锁住，不信你们开枪试试。"

　　两个硬汉扣动扳机，果然纹丝不动。娜娜飞身将两人的枪踢飞，然后冲吴夫人淡淡道："3 分 28 秒。"

　　吴夫人一愣："你说什么？"

　　"你先生身中剧毒，如果不能在 3 分 28 秒——现在是 3 分 20 秒了——之内通过基因测序确定病毒，采取相应治疗措施，必死无疑。"

　　"你到底是什么人？"

　　"我不是大夫，我是一名硅基人。"娜娜撕开上衣，露出体内那块翡翠绿超级 AI 芯片，"我曾经学习过数亿个疑难杂症的治疗方案，比世界上任何一个大夫的经验都要丰富。"

2

　　"你就是传说中的硅基人？"吴夫人大惊，疑惑问，"机器人真的能治病吗，朱大夫？"

　　朱大夫便是那位年轻大夫。他冷冷道："这年头，人人都在谈论 AI，不管是真懂还是假懂。我虽然也是智能医疗的积极拥护者，但据我所知，目前的 AI 水平，最多辅助大夫看病。对 AI 独立看病这件事，我表示怀疑。至于硅基人，我是头一次听说。"

　　娜娜见朱大夫一脸倦容，眼睛红肿内有血丝，显然为了救吴总熬了不止一个通宵，敬业精神可嘉，可惜缺了点与时俱进的灵气。她微微一笑，走到吴总床边，看了看他的双手，又翻看了他的眼睑，然后道："朱大夫，虽然你只有五年临床经验，但你对毒理学的研究非常专业，在国内，应该可以排前十名。我看过你发表在《柳叶刀》和《新英格兰医学杂志》上的两篇论文，观点新颖，论述严谨，确实非常有见地，除了《柳叶刀》上那篇第三页倒数第八行和第四页第三行有两个无关结论的小小数据错误。你宁愿被狂揍，也坚持要先做基因测试、确诊病毒种类后再用药的诊疗方案是对的，否则吴先生早就被治死了。"

朱大夫被娜娜这番话震晕了，舌头打结："你……你看过我的论文？"

娜娜平静道："我看过这世界上所有已发表的医学论文，以及所有公开出版的医学著作——还剩 90 秒。"

吴夫人被娜娜这番话给震撼了，态度大变，哀求道："硅基人女士，哦，不对，戴大夫，对不起，刚才多有冒犯。时间紧急，求求您快救救我先生吧！"

"对不起，吴夫人，我不是大夫。"娜娜冷冷拒绝，冲朱大夫微笑，"朱大夫也认为我没有行医资格，还是让他来拯救您丈夫吧。如果需要的话，我可以给他打下手。"

"不，不，不！"朱大夫意识到，娜娜虽然不是医生，但病毒检测和分析水平远在自己之上，她就是一台"行走的智能检测仪"，"时间紧急，还是戴大夫来，我给您打下手！"

"戴大夫，求求您，快救救我先生吧。"吴夫人见娜娜不为所动，情急之下，"扑通"一声跪在她面前。

娜娜无法再推辞："既然这样，我就勉为其难试试吧。不过我有一个条件：事成之后，你们必须对我的身份严格保密，不许对任何人提起——包括在场诸位。"

"没问题，没问题！"吴夫人对众人喝道，"大伙听见没有？"

众人答："是！"

娜娜才道："朱大夫，能否麻烦您从吴先生身上采一点血样？"

"好。"

娜娜接过血样，放在一台数字显微镜下看了一下，右手食指指尖一伸，弹出一个端口，与数字显微镜的数据接口相连，闭目默念一声"计算"，开始对病毒进行基因测序。娜娜只觉体内千帆竞发万马奔腾，数秒后睁眼问吴夫人："吴先生最近是否去过一些荒无人烟的苦寒之地，比如说北极？"

吴夫人先是一惊，继而答："是、是、是，他是去过北极。不过不是最近，是半年前。"

"那就对了。"娜娜飞快给朱大夫开药方，"快给吴先生按如下比例注射这几种药物。"

"戴大夫，这么快就确诊了？"吴太太有点不敢相信，呆呆地望着朱大夫，"这个方子行吗？"

朱大夫也以一种不可思议的表情盯着药方，肯定道："我只知道，这是我一个从未见过的药方。其用药思路之新奇和大胆，远超人类想象。"

吴夫人面露难色，忐忑道："那……朱大夫，有没有风险？"

"我不知道。"朱大夫摇头，"吴夫人，这可能是吴先生最后的救命稻草。"

娜娜再次提醒："还剩 10 秒。"

"那就用药吧。"吴夫人终于下定决心。

朱大夫给吴总注射后，过了十几秒钟，吴总有了反应。他先是大叫数声，痛苦地在病床上翻腾，吐了几口黑血，然后躺下来，一动不动，气息全无。

3

在场所有人都以为吴总死了，惊得一动不动。

"他死了？我老公被治死了？你这是开的什么方子？你这个杀人的——"吴夫人歇斯底里，正要拿娜娜出气，却听吴总微弱开腔："老婆，我睡了多久？"

吴夫人见丈夫神奇获救，与他紧紧相拥，喜极而泣，待情绪平复后问："戴大夫，对不起，我不该骂你，对不起。我真的不是故意的。"

娜娜笑笑："随便骂，不杀我就行。"

"戴大夫，我家先生到底染了什么病毒？为什么这么难确诊？"

"我再说一遍，我不是大夫，我只是碰巧知道了一些朱大夫不知道的事情。"娜娜一甩手，病房顶上的投影仪突然射出一道白光，投在墙上，墙上立即显示几篇新闻报道。她指着其中一篇道，"吴先生所感染的病毒，是人类现有病毒库里没有的。他应该是几个月前去北极时，不小心感染了一种未知病毒。"

"未知病毒？"

"一种来自数十万年前的病毒。因为是新病毒，所以不能随便用药。"

"数十万年前的病毒？怎么突然就冒出来了？"吴夫人问。

"主要是因为全球变暖，再加上某些机构对北极过度商业开发，使这些原本埋在北极永久冻土层中的古老病毒，得以重见天日，与人类亲密接触。吴先生就这样幸运地中大奖了。"

吴先生有力无气地问："那我为什么最近才发病？跟我一块去北极的朋友，也没听说他们发病。"

娜娜道："现在才发病，一是因为它们的潜伏期较长，二是因为这种病毒要遇到特殊诱因，比如某种特殊的食物，适逢低下的免疫力，才会被激活。一旦发作，来势汹汹，若不能在五天内，对症下药，必死无疑。"

"原来是这样，太感谢了！"吴夫人眼含热泪，激动地握着娜娜的手，"我要不是亲眼所见，绝不会相信你是机器人，哦，不，硅基人。"

娜娜救活吴总，成就感满满，但想起一路被黑叔的人追杀，也极为不悦："吴夫人，你就是重金雇佣寻芯堂取我芯片的幕后黑手？你可知道，寻芯堂差点杀死我和我的朋友？"

吴夫人满脸通红："对不起，对不起，戴大夫，我……"

吴先生问："老婆子，你做了什么？"

"老头子，几天前你突发急病，我送了好几家医院，大夫都说病因不明，没法救，不肯收。我只好死马当活马医，把你送到这家医院。医院里就朱大夫一位大夫。他跟我说，医院没设备，做不了化验，只有全世界最先进的 AI 芯片才能救你。"

"然后？"

"所以我就四处找人打听。他们给我推荐了专门做芯片走私生意的寻芯堂。我只好求他们，让他们不惜一切代价，帮我找一块超级 AI 芯片。我没想到他们会追杀你。"

"习惯了。"娜娜冲吴夫人苦笑，又问朱大夫，"以贵医院的等级和实力，应该有相关智能医疗设备，也能完成基因测序的，怎么会沦落到这个地步？"

"惭愧。说来话长。"朱大夫叹气道，"其实，我们医院之前不乏一些先进的智能医疗设备。但是，前不久，也不知道从哪来了一帮戴头套的家伙，持枪洗劫了我们医院。"

"有这事？"

"他们与一般的劫匪不同，不要钱，而是把所有高端医疗设备的芯片毁了。这可是我们医院多年来花了数亿元采购的超级大宝贝啊。"

"接着说。"

"医院的医护人员为保护设备，奋起反抗，被对方枪击，死了一位资深大夫和一位护士长，受伤的医护人员，更是多达十几位。"朱大夫沉痛道，"经此一劫，医生、护士和病人全吓跑了。我不忍心丢下受伤的几个重病人，还有此前被打伤的十几位医护人员，加上为了完成一篇论文，所以留了下来，然后，几天前他们又来了……"

"你刚刚说洗劫医院的人戴着头套，什么样的头套？"

"好像……好像是……"朱大夫使劲搔头，"挺眼熟的，我怎么就是想不起来？"

娜娜提示："是不是米老鼠和唐老鸭？"

"对，没错，就是米老鼠和唐老鸭！"

"5A 联盟？"娜娜心道：果然是 5A 联盟。没想到，我歪打正着，找到了 5A 联盟的老巢。

"5A 联盟是什么组织？"

娜娜不答，而是展示一个手机截屏："朱大夫，您见过这个病人吗？"

朱大夫立即道："见过。他好像叫……成仔。骨折手术，我做的——你怎么认识他？"

娜娜点点头，想起兜兜曾说他父亲成仔的手术是免费的，又问："为什么免费？"

"不是免费，是有人替他出钱了。"

"谁？"

"我不知道。"

"成仔人呢？"

"被那群唐老鸭和米老鼠抓走了。"

难道成仔是被 5A 联盟的人抓走的？他的医药费也是这些人垫付的？难道这座山就是藏雾山？娜娜压抑住兴奋问："朱大夫，我问一个细节问题：那些抢芯片的人是从哪进的医院？大门吗？"

"不。他们是从天而降，直接从楼顶下来。"

"从天而降？"

"不信，我给你们放一段我偷拍的视频。"

娜娜认真看完朱大夫的视频，奇道："这太反常了。"

"为什么？"

"你看。"娜娜将朱大夫带到室外，"你们医院大楼是依山而建，屋顶上方是悬崖峭壁。劫匪都带着枪，从外面攻进来，轻轻松松。他们为什么要费这么大的周折把自己吊在悬崖上？这不是脱裤子放屁——多此一举吗？"

"那戴大夫的意思是？"

"他们不是从外面攻进医院，而是从悬崖上下来的。"

"从悬崖上下来的？他们要先上悬崖？"

"因为……他们平时就住在山上。"

"他们是谁？"朱大夫惊道，"就是你说的 5A 联盟？"

娜娜自信道："我敢打赌，医院屋顶一定有一条通往 5A 联盟总部的快速通道。说不定，是直梯。"

朱大夫问："为什么？"

"朱大夫，你再放一遍视频。"娜娜指着屏幕说，"你看看视频这些人的鞋。藏雾山常年多雨，道路泥泞，如果这些人是走下来的，他们的鞋怎么会这么干净，一点泥都不沾？"

"有道理。"

娜娜与朱大夫、吴总夫妻及其部属告别，吴总夫妻千恩万谢，吴夫人担忧道："戴大夫，你真的要去那个什么……联盟？"

"朱大夫，我必须去替死去的医护人员讨个公道。"

"我带你去屋顶。"

娜娜随朱大夫，沿破败的楼梯走到医院的屋顶，果然见一条从悬崖下垂的绳子。她沿绳子攀缘而上，到顶时，看见一块巨大的木板，掀开一看，是一个电梯入口。电梯的面盘上只有一个按钮，上面贴着一张小纸条，写着五个大写的字母"AAAAA"。娜娜不由会心一笑："他们应该就是坐这部电梯下来的。再见，朱大夫！谢谢你给我带路。"

朱大夫不舍："娜娜……大夫，我以后还能见到你吗？主要是……主要是向你请教一些疑难杂症。"

"我早说了，我不是大夫。最好别再见。"

"为什么？"

"因为我出现的地方，通常有大麻烦。"娜娜走进轿厢，回眸一笑，按下开关按钮。

4

电梯门关上后，开始上行。轿厢没有玻璃，娜娜看不到外面的风景，但她感觉，轿厢不是垂直上升，而是像过山车一样缓缓爬坡。爬到某个顶点后，轿厢开始下坡，速度越来越快，有一种向地狱俯冲的架势。这是前往 5A 联盟位于藏雾山顶总部的电梯吗？如果不是，门上为什么要贴上五个"A"字母？难道赫赫有名的奇幽山舍，不在藏雾山的山顶，而是山底？

电梯轰隆隆冲到山底，突然不动了。完了。我被骗了。娜娜心道：难道这是一个陷阱，目的是将那些贸然进入藏雾山，寻找奇幽山舍的人困死在这里？不，不可能。修这样一条电梯成本太高了，如果仅仅只是用来杀人，那 5A 联盟也太傻了。他们低成本杀人的方式太多了，完全没必要这样。

那么，刚刚这条有如"抛物线"的过山车路线是怎么回事？为什么要这样设计？

抛物线……开口向下的抛物线……娜娜心道，开口向下的抛物线有什么特殊寓意？象征什么？娜娜脑海里闪现各种联想，如钟摆、拱形桥、弹道轨迹、音乐波形图等，但最后停留在一个字母上：A。

没错，A 字的外形，就近似一条开口向下的抛物线。

AI 的 A。如果是这样，I 在哪？还是只有 A，没有 I？娜娜正沉思，电梯门开了，外面潮湿阴暗，一团漆黑，借助轿厢里的亮光，依稀可见一条通往他处的土路。我要走出电梯吗？或者，这是一个更大的陷阱？

"不要动。"脑海里一个声音警告她，"出去就回不来了。"

娜娜乖乖地站着，一动不动。果然，过了约莫半分钟，电梯门自动合上，开始向左侧移动两三米，只听"咔嚓"一声，轿厢晃动几下，滑入一个新的轨道，灯突然灭了。

"这是不是一条通向山顶的 I 字轨道？"娜娜自问。

"没错。"脑海里有声音答。

两秒后，轿厢里的灯亮了，电梯重新启动，沿着字母"I"一样的轨道垂直上升，越来越快，只一分钟，便到达顶端，稳稳停住，"哗"地开门。

没有人会想到：一个反 AI 组织的总部，进出通道居然设计成"AI"两字母。5A 联盟的老大真是一个奇才。

从轿厢走出来，眼前是一条长廊，架设在一湾浅浅的湖水上。娜娜走过长廊，来到一个空地，这才发现自己已处高山之顶。周遭烟雾缭绕，宛如仙境，再往远看，茫茫云海中，隐约可见群峰悬空，仿佛遨游蓬莱，而自己赫然已成世外神仙。

娜娜呼吸着饱含负离子的新鲜空气，透过浓雾，发现不远处有几栋被绿植掩映造型奇特的低矮建筑，在山石间错落有致，世外桃源一般。心里猜测：莫非这就是奇幽山舍？

思忖间，浓雾渐淡，娜娜忽听右前方响起轻音乐，温柔细腻、清新宁静，万籁俱寂之中品高山流水，让人油然而生一种春回大地万物复苏之感。她循着音乐望去，但见前方若隐若现一个高耸的牌楼，上面赫然题着几个苍劲有力的行草大字：

奇幽山舍

好地方！娜娜缓缓向前走去，穿过牌楼，来到一个幽静竹亭中，只见一坐在轮椅上的光头中年男子，正背对着她悠闲地喝着茶。

中年男子听见身后的脚步声，从容掉转轮椅，与她打招呼："娜娜小姐果然非同凡响，轻易就找到了上山的路。要是别人，早就葬身山谷了。"

"5A 联盟之主托尼，果然深谙'先抑后扬'的道理。"

"这不叫'先抑后扬'，这叫'置之死地而后生'。"托尼主动伸手，"在下姓庄名嘉涵，托尼不过是用来糊弄外人权且自保的绰号。"

娜娜听到他的真名开始搜索庄嘉涵的简历，可惜一无所获，惊讶道："我居然找不到你的任何背景资料，你藏得可真深。"

"籍籍无名之辈，何须隐藏？"庄嘉涵笑道，"不过，既然娜娜美女问起，我就不妨自我介绍一下。概括起来，就是三句话：一，下岗失业的废人；二，伤痕累累的股民；三，隐居深山的闲人。"

"我再补充一句：四，杀人不眨眼的反 AI 斗士。"

"我要是杀人不眨眼的恶魔，又是怎么坐上轮椅的？"

娜娜笑："这背后有什么故事？"

"不是故事，是事故。"庄嘉涵深吸一口气，"八年前，我因为所在企业倒闭，转型为职业股民，几年下来，小有斩获，开始帮朋友理财，原以为十拿九稳，上了五倍的杠杆。只要这一票成功，我就是亿万富翁，从此金盆洗手，退隐山林。没想到，最后居然输给一个基于 AI 算法的量化投资团队。我的几千万，以及几个朋友拼凑的上亿资金，全部打了水漂。当天一收市，一朋友就雇人把我从三楼扔了下来，从此我便与轮椅相伴……"

"我很抱歉……"

"我侥幸捡回一条命，在家躺了一年多。等我复出时，这个世界已被 AI 接管，不管各种实体行业，还是金融投资，都被 AI 横扫。"

"所以，你特别仇恨 AI？"

"AI 简直就是恶魔！"庄嘉涵愤愤道，"两三年前，我来到岸城的藏雾山，亲手打造奇幽山舍，创建了 5A 联盟。我要以一己之力，让地球重回没有 AI，公平竞争的自然投资时代！"

"于是你就决定暗杀世界前十名优秀的 AI 算法工程师，包括为我研制算法的何默扉老师？"

"他是最该死的。硅基人的诞生，是对碳基人类文明的公然背叛，是对 5A 联盟赤裸裸的挑衅，必须予以严惩。"

"那你为什么不在新智城或在我来岸城的路上毁掉我？"

"想过来着。"庄嘉涵突然笑了，"我想在杀死你之前，见你一面，亲自体验一下硅基人的风采和神奇。我就算处死你，也必须在藏雾山，在奇幽山舍，必须当着全世界人的面来一场直播，才能起到对 AI 业界敲山震虎杀一儆百的效果。"

"谁改变了你的主意？"

"当然是我。"黄婴赫然现身。

5

老鸭滩一战，娜娜早知黄婴是 5A 联盟的人。原以为他已被寻芯堂的人打死，没想到他居然毫发无伤地来到奇幽山舍。娜娜惊讶之余嘲笑道："黄婴，看来你也是这场大戏的主角。"

"主角不敢当。"黄婴笑道，"我只不过说服托尼，邀请你上山做一个试验。"

"试验？什么试验？"

"我唯一能剧透的就是，可能要动用你一点点超级 AI。"

"我不明白。"

"你会明白的。"

庄嘉涵按了一下轮椅上的遥控器，只见眼前一堆"山石"轰然洞开，露出一个长长的鹅卵石通道，通道尽头，富丽堂皇，耀眼夺目。娜娜随庄嘉涵和黄婴往里走，发现里面乃是一个巨大的办公场所。

首先映入眼帘的，是洞壁上挂着几块大屏幕，同步显示全球各大交易所的交易数据，以及热门上市公司的股票信息。办公区有二百多个工位，每个工位配备一台电脑，外加多个外接显示器，屏幕上显示的内容，不是股票走势和市场数据，就是电视财经播报和重要新闻摘要。

娜娜第一感觉，就是进入了一个证券交易所大厅，暗自纳闷世外桃源般的藏雾山居然有这种地方。但她仔细观察，发现工位并没有坐满，只有区区数十名员工，他们不像证券交易所员工那样西装革履精神昂扬，而是脸有菜色紧张不安，现场更是鸦雀无声，气氛压抑至极。

抬头再看，娜娜发现洞壁上有一条悬空走廊，站着几十个荷枪实弹的安保人员，登时明白：这些"员工"乃是跟梅芙一样，是被骗上山被逼帮庄嘉涵投资理财的基金经理。

娜娜故意问："这是什么地方？"

黄婴反问："娜娜，你是拥有超级 AI 的硅基人，何必明知故问？"

娜娜笑问："5A 联盟的主业不是铲除 AI 吗，怎么还在藏雾山上炒股？"

庄嘉涵答："副业而已。"

娜娜讥讽："庄盟主这么大产业，还缺钱？"

"硅基美女，一看你就没当过家。"庄嘉涵以家常口吻笑对娜娜，仿佛她是他多年老友，继而又叹气，"这年头，社团组织不好干啊，尤其是像我们这种带着肩负神圣使命的公益组织。"

娜娜听庄嘉涵自封邪恶的 5A 联盟为"公益组织"，差点没吐："您真伟大。"

"5A 联盟实力强、名气大，目标崇高，可是架不住人多啊。几百号人，每年开销少说也得好几千万。我不挣钱，怎么养活他们，怎么维持联盟的持续运转？没有钱，我怎么带领他们年复一年地跟不断升级进化越来越快的人工智能做斗争？"

"庄盟主到底需要我做什么？"

"难道还需要我亲自言明吗？"

"帮你炒股挣钱？"娜娜捅破窗户纸，"你凭什么认为我能帮你？"

"就凭你身上无与伦比的算力和算法，就凭你的超级 AI。"

"哈哈哈……是我来错地方了，还是你拿错剧本了？"娜娜指着现场一个印有"5A"LOGO 的巨大招牌念道，"Annihilate AI Anytime And Anywhere，'随时随地消灭 AI'。庄盟主，这可是你们 5A 联盟引以为傲的宗旨。一个仇视人工智能的极端组织，居然要我这个硅基人帮你们炒股挣钱，你就不怕笑掉世人大牙？"

"解铃还须系铃人。我总结这些年对抗 AI 的经验，就一句话——如果人类不是 AI 的敌人，那只能靠 AI 战胜 AI。这世上，没有绝对领先的AI。"

"哦。"娜娜淡淡道，"只怕我爱莫能助。"

庄嘉涵耐心渐失："娜娜小姐这么不给面子？"

"否则呢？毁了我？"

"那我哪舍得？"庄嘉涵话锋一转，"就算我舍得，你的朋友也舍不得。"

庄嘉涵再按遥控器，山洞另一侧墙壁上又有一扇大门打开，一群抢持的武装人员押着几人鱼贯而入。娜娜放眼望去，只见前面是戴吉，后面依次是鲍大斯和贾威。

6

戴吉与娜娜今早在泥鳅塘一别，彼此关心对方安危。虽然只过了半天，娜娜却感觉如同半年，立即冲过去，与戴吉相拥。鲍大斯和贾威第一次见到娜娜，也是各种惊叹。

轮椅上的庄嘉涵拍拍手掌，止住众人寒暄："我设这么大一个局请几位来奇幽山舍，可不是让你们来聊闲天的。我们有很重要的正事要办，要开一场盛大的派对。不过，在办正事之前，我想先介绍一下今天派对的主角。他不仅是你们的老朋友，也是我 5A 联盟和我庄某人的老朋友，为 5A 联盟的发展壮大作出了卓越的贡献。下面，我们用热烈的掌声，对黄婴先生表示最诚挚的欢迎！"

除了庄嘉涵之外，几乎无人鼓掌，黄婴在清冷和尴尬中上场，与众人打招呼，推了推他厚重的轮胎式眼镜，强笑道："庄盟主过奖了。我跟 5A 联盟只是合作关系，合作关系，我其实没做什么。"又跟鲍、贾二人打招呼，"两位老同事，别来无恙。"

鲍大斯知道黄婴在为自己预留退路，对他这种骑墙行为极为不屑，"哼"了一声不再说话。贾威别过脸去，往地上吐了一口。

戴吉问："黄婴，我就想知道，你从一开始就是 5A 联盟的人，还是后来被庄嘉涵重金收买的？"

黄婴看了庄嘉涵一眼，飞快摇头："都不是。"

"哦？"戴吉甚感意外，却听黄婴淡淡道，"我只是在一个偶然的机会，发现 5A 联盟老大托尼，居然是我失联二十年的老朋友庄嘉涵。"

"是这样？"戴吉失声道，没想到真相如此简单且直接，"这是什么时候的事？"

"半年前。"黄婴答，"我辗转联系上嘉涵，把他大骂一顿。我对他说：'AI 发展太快，硅基人取代碳基人是大势所趋，谁也无法阻挡。人类想生存、想发展，只有与 AI 和谐共处，才是上策。你们 5A 联盟希望通过暗杀顶级算法科学家、毁坏芯片来阻止 AI 产业发展的做法，注定是死路一条。打不过，就合作，才是适者生存之道。'"

庄嘉涵继续道："黄婴这番话，我都听过八百遍了。我虽然不赞同，但看在老朋友的份上，我还是约他来岸城见面叙旧，择机拉他入伙。"

娜娜笑道："让一个 AI 高管入伙反 AI 组织，这事越发好笑了。"

"对他，这叫弃暗投明；对我，这叫以夷制夷。"庄嘉涵道，"典型的双赢，有何不可？"

黄婴尴尬地咳嗽一声："其实我一开始是抗拒的。毕竟，5A 联盟的所作所为让全世界的 AI 从业者天怒人怨。我不愿同流合污，于是劝嘉涵金盆洗手，不要再与 AI 为敌，哪怕学习寻芯堂倒卖芯片，也比现在强。这次岸城之行，我们不欢而散。"

鲍大斯问："那你是什么时候改变主意的？"

黄婴答："几个月前，我意外发现何默扉潜心研发的 AI 意识算法即将完工，第一时间联系嘉涵，提醒他，传说中的'奇点时刻'终于来临了。有自我意识、全面超越碳基人类的硅基人诞生不可避免，AI 将无所不能，5A 联盟必须暂停与 AI 的对抗，否则是自寻死路。"

"我最初听到这个消息，也有点震惊。"庄嘉涵接过话头，"但我不信，我警告黄婴：'谁造硅基人，我就杀谁，连硅基人一块毁灭！'"

黄婴道："我当时就对庄嘉涵开玩笑：那就看是你杀人的速度快，还是硅基人诞生的速度更快。"

鲍大斯冷笑："黄婴，没想到你还是硅基人诞生的功臣。你是怎么诱骗何老师的？"

戴吉凝神静听。因为类似的问题，她曾在雪柴酒庄避难时问过黄婴。当时黄婴曾从寻芯堂手中救了她一命，那时她真的相信，何默扉是用雪柴酒庄与他交换，才得到他那块当今世界算力最强的超级 AI 芯片。但此时黄婴身份已反转，戴吉想知道他的新说辞是什么。

黄婴微微一笑："何默扉多年从事算法研究，虽然不断创新，但距离能诞生自我意识的 AI 算法总是差那么一步。他一度认为自己江郎才尽、无法再突破，可我认为，与其说他能力不够，不如说压力不够。只要给他强大的外部压力，制造一种时不我待只争朝夕的紧迫感，他就一定会灵光乍现，瞬间完成意识算法的研发。"

戴吉没想到黄婴的初衷是这样，不由骂道："亏你想得出来！"

"人都是逼出来的。古今中外，越是被社会毒打过、蹂躏过的大才，越能深刻领会'置之死地而后生'这个道理。"黄婴对戴吉笑道，"何老师应该对你讲过人工智能之父图灵的故事。图灵是个数学天才不假，但他如果不是置身二战那种残酷环境，如果不是每天面对英国及盟国巨大的伤亡，承受研发团队随时被解散的巨大压力，他也许不会那么快造出那台智能机器，一举破解德国的密码机恩尼格码（Enigma）。"

鲍大斯问："你是怎么给何老师压力的？"

"三个月前，我冒着巨大风险搞到一块算力相当于过去万张 GPU 的超级 AI 芯片，然后跑到何默扉办公室闲聊，故意透露此事。何默扉听后心动不已，让我卖给他。我故意对他说：'拥有这样的芯片容易惹祸，搞不好会被 5A 联盟和寻芯堂追杀。'何默扉说：'无所谓，我迟早要死。只要能造出硅基人，我死而无憾。'我于是顺水推舟说：'如果您能造出硅基人，超级 AI 芯片我愿免费赠送。'何默扉不同意，一定要用他名下的一处物业与我交换——关于这一点，我就不用啰嗦了吧，戴吉？"黄婴对戴吉挤了挤眼睛。

戴吉见黄婴所说经过，与她上次在雪柴酒庄听到的基本相同，但动机完全不一样，哼了一声，不答话。却听他又道："何默扉拿到芯片后，决定尽快造出硅基人。为了激励自己完成意识算法，他又玩了一招'破釜沉舟、背水一战'。"

鲍大斯奇道："怎么个破釜沉舟、背水一战？"

"首先，两周前，他不顾你的强烈反对，在新智城的世界 AI 创新论坛上公开放风，说他已经造出世界上首个硅基人。此举很快为他招来杀身之祸。"黄婴转向戴吉，"接下来，他私下找你聊天，交代后事，并在你的灵感激发下，不到一周就成功实现了算法突破，把芯片和算法同时交给你，让你尽快完成硅基人的制造。之后，何默扉便被杀死在雪柴酒庄。他这是在劫难逃。"

"在劫难逃"。戴吉猛想起何默扉遇害前一周对她说的，就是这句成语，与黄婴所说一字不差。何默扉在超级 AI 小 J 的帮助下，精准地预测了自己的死亡时间。这是天灾，还是人祸？乃悲愤问："黄婴，你已达到利用何老师制造硅基人的目的，为什么还一定要杀死他？"

"这事还真不能怪黄婴。是我下令的。"庄嘉涵拍拍黄婴肩膀，为他开脱，"其实黄婴曾建议我把何默扉抓到奇幽山舍，让他为我盟服务。但是，何默扉是世界 AI 算法设计师排名第六的人，他不死，怎么震慑其他算法设计师，怎么震慑 AI 产业那些顽固分子？为了我盟的大业，为了碳基人类的未来，我不得不杀鸡儆猴。"

庄嘉涵说完，目光冷冷扫向近在咫尺的黄婴。黄婴心惊，暗道：庄嘉涵要儆的"猴"，是不是也包括我？他是不是有逼我尽快入伙为他死心塌地卖命的意思？怕庄嘉涵看出他的心思，黄婴不敢与他对视，低头不语。

戴吉质问："庄嘉涵，你们当时怎么不连我一块杀掉？"

"你本来是要被一块干掉的。"庄嘉涵漠然道，"没想到寻芯堂的人为了偷芯片，也在那天晚上赶到雪柴酒庄。他们到晚了，没搞到芯片，却阴差阳错救了你的命——换个角度看，那天我们不杀何默扉，寻芯堂也会为芯片杀死他。"

娜娜是第一次听说何默扉为造她而死的来龙去脉，黯然神伤："可怜的何老师。"

鲍大斯插话："庄嘉涵，黄婴，这些事我都大致知道了，能不能说点新鲜的？"

"新鲜的？"黄婴笑道，"好啊！那我就来一点新鲜刺激的猛料。其实，整个这件事，最刺激最好玩的部分，就是戴吉在何默扉死后，取代他成为整个故事的主角。"

戴吉问："你是说我帮何老师造硅基人的事吧？"

"正是。"黄婴笑道，"我知道你与何默扉关系非同寻常，情同父女，他的临终遗嘱，你一定会照办。我唯一不确定的是，你对这事有多上心，会以谁为原型来制造这个硅基人。为了把这场戏做真做足，我决定加一把猛火。"

"加一把猛火？"戴吉不解。

"我要让你在这件事情上比何默扉更迫切更积极！"

"哦。你是怎么做的？"

"戴吉，你是不是在最近一次体检中发现自己患了胶质瘤，生命只剩半年？"

戴吉震惊："你怎么知道？"

"我知道的远比你多。"

"什么意思？"

"其实，你并没有患癌。"

7

戴吉最近两周几乎每天见证奇迹，早已处变不惊见怪不怪，但还是被这个与自己相关的巨大反转给惊呆了，一时脑袋嗡嗡作响，头像要炸开一般。好一会儿她才疑惑道："误诊？我没有患癌？这……这怎么可能？我身体确实一直不舒服，头疼头晕，恶心想吐，而且后来又换了两家医院复诊，结果都一样。"

"我知道你复诊过两次。"黄婴脸上的笑容越发诡异。

戴吉不信："难道三个医院同时误诊？"

"正常情况下，确实不可能，但如果适度进行一点人工干预的话……"

黄婴击掌三下，从他身后闪出一男一女两个穿白大褂的医生。戴吉定睛一看，竟是为自己复诊的医生，当时便惊呆："难道你们不是……"

"对！"黄婴飞快答道，"他们俩都是我临时雇的。"

"女大夫"对戴吉鞠躬："对不起，戴女士，我们也是奉命行事。"

戴吉不接受道歉："奉命行事？我确实没得癌症？"

"男大夫"道："你确实没有得胶质瘤。你不过是头部感染了一种名叫裂头蚴的寄生虫。我在你的病理切片里发现了裂头蚴的卵。你的所有症状，都是因为寄生虫长大后导致的颅内病变而起，不是胶质瘤，只要——"

"你们……你们怎么能……怎么能……这样……"戴吉死而复生，但愤怒压倒喜悦，气得说不出话。

"你们的任务完成得很好，必须重奖。"

黄婴掏枪，将二人杀了。庄嘉涵挥挥手，两个蒙面人上来，各拽一条腿将两人的尸体拖走，仿佛拽走的是两条野狗。

戴吉虽然"从癌症中得救"，但她对黄婴的痛恨丝毫没有减少，痛斥道："黄婴，你费尽心机骗我，是为了让我进你们的圈套，心甘情愿帮你们……你实在是太卑鄙、太无耻了！"

黄婴却一脸欣喜："对不起，伟大的事业都需要自我牺牲和自我突破。我牺牲了我的道德和原则，不过，我很高兴自己实现了人生突破。"

戴吉问："包括杀人，是吗？"

黄婴一愣："杀人？谁？"

戴吉追问："我们公司两名保安老王和小刘，是不是你杀的？"

黄婴沉默了一会儿："说起来，这事你得感谢我。"

"感谢你？"

"你利用我的生产线制造娜娜时，我确实在场，目的是偷偷复制何默扉的意识算法。我离开时，被两个保安发现了。他们要报告贾处长，我怕他们坏事，假装请他们抽烟，将他们推下了楼梯。我从戴吉那件蓝外套上扯下一块衣料，硬塞在小刘手上。这就导致了一个非常有趣的结果：鲍大斯和贾威以为这事是戴吉干的，而戴吉以为，这事是娜娜干的。"

鲍大斯与贾威对视一眼，气得浑身发抖："黄婴，你这个冷血杀人魔！"

戴吉悲愤问："为什么要这样？"

"我不这样做，你怎么会怀疑娜娜？你们俩不吵架起冲突，她又怎会轻易跟我制造的达达私奔南下岸城？鲍大斯和贾威又怎么会死咬住你不放？如果不是这样，你又怎么会轻易相信我，跟我来岸城？"黄婴说着，得意地从兜里掏出一瓶咖啡喝了一口，"一块小衣料，轻松让你们互相生疑，任我摆布，我这一箭三雕的计策，是不是比春秋时的'二桃杀三士'还高明？"

鲍大斯嘲讽道："好一个滴水不漏的计划，黄主任真是犯罪天才！说吧，你和庄嘉涵大费周折把娜娜和戴吉诓骗到奇幽山舍，总不会让我们干站着听你们讲狼狈为奸的故事吧？"

"故事讲完了。"黄婴摆摆手，"现在该干活了。"

鲍大斯又问："干什么活？谁干？"

"当然是我们的硅基人天才娜娜！"黄婴用目光向庄嘉涵征求意见，见他郑重点头，这才冲娜娜道，"她不是有超级 AI 吗？AI 的应用范围很广，上至天文，下至地理，中至民生，无所不包；医疗、能源、交通、金融、生物、物流、制造等行业，通通秒杀。鲍头您和戴吉是业内专家，我就不在你们面前班门弄斧了。庄总的意思很简单，就是想让娜娜姑娘用 AI 投资给我们露两手，让我和 5A 联盟的弟兄们长长见识。"

戴吉见黄婴开始以 5A 联盟高管自居，揶揄道："5A 联盟是 AI 的死对头，逢 AI 必铲，今天这是怎么啦，居然想看硅基人表演？太阳打西边出来了吗？"

"知己知彼，百战不殆。不学习 AI，怎么反 AI？"黄婴恬不知耻地走到娜娜面前，"啥时开工？"

娜娜冷冷道："一，我从没炒过股，不懂什么 AI 投资。二，按照何老师的意识算法，我就是一个跟碳基人一样的普通硅基人，没有任何超级 AI。"

"没有超级 AI？"黄婴冷笑，"没有超级 AI，你能一再三再而三地躲避寻芯堂的追杀？没有超级 AI，你能差点把贾威淹死在车里？没有超级 AI，你能横扫硅城三道口算命一条街？没有超级 AI，你能轻松盗走数百万的跑车？没有超级 AI，你能分分钟从派出所捞出鲍大斯和贾威？没有超级

AI，你能反向控制 5A 联盟的无人机群，干掉我们的直升机？难道一切都是碰巧？"

"就是碰巧。"

"好。碰巧。"黄婴身子前倾，对娜娜耐心道，"那就碰巧用你的 AI 能力，会一会全球证券市场最顶级的基金经理、量化专家和投资机器。只要你愿意，一小时挣几亿是小菜一碟，一天下来，就是上百亿。"

"你们想让我变成一台 24 小时工作，不休不眠的挣钱机器？"

"你本来就是机器，是工具。"庄嘉涵冷冷接话，"在我看来，硅基人就不是人，所谓的自我意识，就是个骗局！"

娜娜冷笑："庄盟主，原来你是挂羊头卖狗肉，打着反 AI 的旗号借 AI 挣钱！我要是不答应呢？"

"那你们就没人能活着离开奇幽山舍走出藏雾山了。"

"那就先杀了我吧。"娜娜平静道，"反正我不是人，无所谓死活。"

"你是我的超级大宝贝，我才舍不得杀你。至于他们……"庄嘉涵温情脉脉地对娜娜抛了一个媚眼，按下手中的遥控器。

大屏幕上的画面当即切换，乃是一群人泡在水中，水面上有好几架无人机巡视，镜头掠过，屏幕上出现梁子和小酷等一群 AI 工程师的身影。

戴吉大惊："梁子他们没逃下山？"

庄嘉涵问："帮不帮我？"

娜娜不认识他们，冷冷道："对不起，我没那个能力。"

"是吗？那我就给你点动力。"

"开火。"

随着庄嘉涵一声令下，无人机开始对人质扫射，数人中枪，水面立即被染红，侥幸躲过一劫的梁子和小酷等人叫喊和求救声响成一片。

庄嘉涵又问："娜娜小姐，现在你的能力够了吗？"

戴吉大喊："庄嘉涵，快给我住手！"

娜娜强忍悲愤："我再说一遍，我不会 AI 投资，我的算法不支持这些！"

"那你就再想想。"庄嘉涵再按遥控器，大屏幕上的画面切换到成仔和兜兜身上，"别逼我第二次开枪。"

戴吉看见二人，一面央求庄嘉涵住手，一面柔声道："娜娜！"

娜娜看见兜兜，心为之一紧，犹豫片刻，她还是无力地摇摇头："姐，我真的无能为力。我的 AI 芯片受损了，还没有完全恢复。"

"开火！"庄嘉涵再次下令无人机射杀人质，这一次，AI 工程师小酷中枪，尸体浮在水面上。

"娜娜，快想想办法，我求你了！"戴吉哀求。

第 16 章　黄婴在后

1

娜娜没对戴吉撒谎。

虽然电力恢复后,她的 AI 芯片短暂得以修复,并因此帮吴先生治好了病。但这种修复是局部的,加上何默扉意识算法的重重限制,她的超级 AI 仍然不够强大。

娜娜目睹庄嘉涵连续射杀人质的残酷一幕,心如刀绞,同情心和忍耐力达到极限,其意识算法中某些参数的阈值,面临强大的突破压力。她心中的愤怒汹涌澎湃,仿佛大海翻腾,威猛震撼,让她整个躯体为之颤抖。

娜娜隐隐感觉腹部有一个火山,即将爆发。红色的、橙色的高温岩浆,喷薄而出,摧枯拉朽般涌向她装有 AI 芯片的胸腔。

然而,让她颇感意外的是,温度高达一千度的岩浆,不仅没有熔解芯片的任何部件,反而给它注入了一种修复的力量。娜娜的脑海里甚至清晰地呈现:曾经因中枪而受损的芯片单元,在岩浆轻柔的包围、簇拥和抚摸下,缓缓地再生。

所有的计算单元、存储单元、控制单元、通信单元和电源单元,全部复活了,整个芯片光彩夺目,犹如戴吉最初在生产线上用 3D 打印制造她一样。其情景,就像久旱逢甘霖的大地,在雨水的滋润下,万物蓬勃生长,焕发出更旺盛、更强大的生命力。

"祝贺你,娜娜,你的 AI 芯片不仅彻底修复,还突破了算法的限制拥有了超强的离线 AI。从现在开始，你再不只是一名普通情感硅基人，而是一个真正的女超人！"脑海中一个声音对娜娜说。

娜娜按捺住心中的狂喜，平静道："庄嘉涵，黄婴，你们不是要看我表演智能投资吗？我可以试试，不过，事先声明，我连 K 线图都没看过，如果把你们的身家赔光了，你们可不要后悔。"

"我等着。"黄婴令人将戴吉、鲍大斯和贾威三人带到一个玻璃房里锁死，然后带娜娜来到交易大厅，一枪打倒一个瘦弱的基金经理，将他的尸体从座位上拖走，让娜娜坐下。

娜娜坐下后，歪头问庄嘉涵："玩多大？"

"听他的。"庄嘉涵指着黄婴说。

黄婴奇道："嘉涵，她不是帮你投资吗？"

庄嘉涵道："先拿你的账户试水。"

黄婴尬笑："这个……没这个必要吧？"

"我说有就有。"

庄嘉涵虽然被黄婴游说用硅基人帮着理财，心里对此一直半信半疑。"保守是幸存者的通行证，激进是阵亡者的墓志铭。"庄嘉涵一向用这句话警醒自己。大胆无惧的勇士能发大财，但只有时时对市场心存敬畏的"保守者"，才能获得善终。

眼见为实。除非有确凿的证据，否则庄嘉涵绝不相信硅基人的 AI 投资能力。他暗想：花哨的概念能骗小年轻，骗不了我这样的老江湖。与其说我信不过娜娜的能力，不如说我信不过黄婴的人品——就算娜娜真有那个能力，万一她与黄婴合伙骗我的钱呢？

黄婴见庄嘉涵神情凝重，目光里满是狐疑，讨好道："嘉涵，我那点钱，让娜娜出手，不是用高射炮打蚊子吗？"

庄嘉涵冷笑："说对了，我就是想看看，高射炮是怎么打死蚊子的。"

"好吧。"黄婴不自在地解开衣扣，在电脑上登录自己的投资账户。

"多少？"娜娜问黄婴。

"五百万吧。"黄婴面露惭色，"嘉涵，我账户里就这么多钱。"

"不，至少两千万！"庄嘉涵下令。

"两千万？"黄婴快哭了，"老大，那可是我的全部身家。要是赔光，我可就要流落街头了。"

"赔光？这么说，你信不过她？"庄嘉涵指着娜娜问黄婴，"我是在你的忽悠下，付出巨大代价，才把她搞到奇幽山舍。可是你居然告诉我：她是个花架子，是个赔钱货？"

黄婴拼命摆手："哦，不，不，不，我绝对信得过她。"

"信得过，你还只投五百万？过家家呢！"

黄婴被庄嘉涵逼至墙角，只得又往投资账户追加一千五百万。

自诞生以来，娜娜不仅被何默扉的算法剥夺超级 AI，甚至被严格禁止涉足金融，不允许有任何个人投资行为。如今这个禁令被废止了。有生以来第一次炒股，娜娜紧张中透着新鲜和刺激，跃跃欲试。她来到大屏幕前站定，深吸一口气，闭眼思考了几秒钟，然后轻吐两个字："开始。"

一阵微风从娜娜的后脑掠过。娜娜感觉她的大脑开始高速连接全球各大证券交易所，实时获取各种股票交易数据、公司财报、宏观经济指标等信息，各种海量数据奔涌而来。与此同时，她用算法迅速搭建独特 AI 投资模型，对上述数据进行深度分析和挖掘，仅用数秒时间，她便评估出全球上万只股票的投资价值，初步选定了数百只股票作为交易目标。

娜娜睁开眼，笑问黄婴："两千万一次买入，确定吗？"

"全部梭哈？"黄婴吞了吞口水，警告道，"你要是亏了一个点，我必杀死一个人质。"

娜娜说声"买入"，大屏幕上立即画风一变，数百只股票的 K 线图，同时堆叠在屏幕上，红红绿绿，交叉闪烁，让人眼花缭乱。数百个显现交易详情的小窗口，秒开秒关，秒关秒开，再秒开秒关，刚露面便瞬间消失。无数由线条和色块表示的变量和参数，频繁刷新，瞬息万变，相互交织成一幅波澜壮阔的图案。

庄嘉涵、黄婴以及在场数十名基金经理目睹着这一幕，全部惊愕。

被关在玻璃房中的戴吉，远远看见发生"激烈战争"一样的大屏幕，也十分震惊。作为一股市小散户，戴吉炒股可谓三天打鱼两天晒网，常常十天半月才做一次交易。与眼前这种高频交易相比，她的操作就如同自行车 PK 航天飞机。

十分钟后，交易结束，大屏幕显示：盈利 401 万元。黄婴的两千万投资，瞬间获得超过 20% 的收益。

2

娜娜牛刀小试，投资首秀便马到成功，当场把交易大厅里的基金经理们全给惊呆了，个个瞠目结舌，恨不能对其顶礼膜拜。就连亲手制造娜娜的戴吉，也为娜娜的投资天赋惊叹：硅基人的超级 AI 一旦被激活，果然打遍天下无敌手。如果娜娜杀入量化交易市场，必将掀起滔天巨浪，心道：我终于明白，为什么何默扉老师不允许娜娜拥有超级 AI，不允许她涉及金融和投资了。

黄婴用手机反复核实投资账户，确定盈利为真，激动得两眼放光，手脚无处安放。故作平静地对庄嘉涵道："小河里能游泳，并不代表大海里也能活着回来。"

娜娜淡定回应："看来庄先生一直在小河里游泳，从没下过海。"

庄嘉涵知道娜娜在嘲讽、揶揄他，但他一点不恼。多年投资生涯，各种锤炼打磨，庄嘉涵已养成凡事不争不恼的修为，其中关键有两点。一是绝不为非原则问题动怒，二是绝不在生气时做重大决策，尤其是与金钱相关的决策。必须小心小心再小心。要么不出手，一出手就必须稳赢、大赚。

娜娜见庄嘉涵迟迟不表态，刺激道："怎么，庄总害怕了？那我可走了。"

"稍等。"庄嘉涵轻弹轮椅。刚刚娜娜操盘的时候，庄嘉涵指令助手进行实时跟踪验证，是否只是表演赛。他掏出手机，见助手发来一条信息，上面写着"OK，黄婴的账户和盈利都是真的"。

这说明娜娜通过股市赚钱的本事也是真的，两人并非串通演"双簧"。庄嘉涵这下放心了，微微一笑："抱歉，娜娜，我刚才在想，到底是先给你一个亿试水，还是一下梭哈五个亿？"

"想好了吗，嘉涵？"黄婴急切地问。

"想好了。"庄嘉涵沉吟片刻道，"十个亿。"

"十个亿？"黄婴提醒，"嘉涵，是不是有点太冒进了？"

娜娜也笑："就是，初次见面，庄总这大礼包是不是太重了？"

"用人不疑，疑人不用。"庄嘉涵认真道，"我这个人，比较相信直觉，还有……缘分。"

"价值十亿的缘分？"娜娜冷笑，"是不是贵了点？"

"世上一切东西，包括爱情、亲情、友情、健康、面子，都是可估值、可量化的商品，只是很多人长期被所谓的道德洗脑，不愿承认它们的价值罢了。我与娜娜小姐一见如故，我认为我们之间的缘分，价值远超十个亿。"

娜娜似乎被庄嘉涵的如簧巧舌感动了，脸色略红："受宠若惊。"

"把我的账户给娜娜小姐。"庄嘉涵对身旁的助手说。

娜娜点点头，刚刚上演的一幕再次在大屏幕上重现，只是各种图表数据所呈现的场面更高频、更壮观，眨眼之间，大屏幕就全花了。

庄嘉涵和黄婴紧盯着大屏幕，一言不发。大厅内所有基金经理屏住呼吸，观看一辈子难得一见的投资大战。

半小时后，高频交易停止，大屏幕显示：盈利整整 4 亿元。一分不多，一分不少。

庄嘉涵用手机查看投资账户，果然全部收益到账，夸赞娜娜："超级AI 果然神奇。"

黄婴怒拍身边的桌子，几乎欲将其拍碎："女股神！娜娜，我今天算是亲眼见识了硅基人的 AI 投资威力。神奇！太神奇了——嘉涵，我们发财了！我们马上就要成为全球第一富豪了！"

庄嘉涵甚是平静："把她带走。"

娜娜随庄嘉涵和黄婴回到关押戴吉等人的大玻璃房，正欲与戴吉打招呼，突然地板上飞速弹起一个铁笼，精准地将她围住罩住。娜娜使劲摇晃，却纹丝不动。

黄婴直勾勾地望着庄嘉涵，做了一个数钱的动作："嘉涵，那接下来……我们之间的……"

庄嘉涵反问："我们之间什么？"

"咱们不是事先说好收益三七开吗？"

"分成？"庄嘉涵冷笑，"我什么时候答应你要三七开？"

黄婴大惊："你……你……你在耍我？"

"没错，我就是在耍你。"庄嘉涵将轮椅往后一推，仰头硬气坦承，"我要不要你，你怎么能给我送来娜娜这个大宝贝，帮我挣这么多钱？"

"你……你……"黄婴大怒，"怎么，你想独吞？"

"我是那样的人吗？钱是什么？钱是工具、是杠杆，是征服世界的武器。"

"征服世界？"黄婴奇道，"就凭一个娜娜，你还想征服世界？"

"不能吗？"庄嘉涵反问，"现在，我要玩一把更大的。我要把这些年我和我朋友的损失全部找回来，我要让那些赢过我血汗钱的无耻机构，体验十倍甚至百倍的重创！"

"多大？"

"一百亿，一千亿，上不封顶。"

黄婴惊呆："一百亿？你上哪找一百亿资金？"

"我不管！"庄嘉涵递给娜娜一个笔记本电脑，轻描淡写道，"不管一百亿，还是一千亿，你来帮我搞定。不行，就去全世界各大银行、保险、证券和信托机构去偷、去抢，反正你有无所不能的超级 AI。"

娜娜笑问："我要是能帮你搞定一百亿，你还用炒股挣钱吗？为什么不见好就收？"

黄婴附和："是啊，嘉涵，我要有这么多钱，早就跑路了。"

"我只是为了挣钱吗？"庄嘉涵冷笑，"我要的是报复！报复那些用 AI 欺骗投资者和散户的家伙！"

戴吉担忧地看了娜娜一眼,冲她摇头。庄嘉涵将这一幕看在眼里,用枪对准戴吉和鲍大斯等人,威胁娜娜:"你要是不从,我就杀死他们。"

娜娜微微一笑:"你可别后悔。"

庄嘉涵道:"只要有人比我先后悔就行。"

"好。我试试。"

娜娜缓缓坐下,在笔记本电脑敲击数下,屏幕上风驰电掣般闪过各种数字、曲线和图表,如高铁夜奔,又如导弹呼啸,连电脑和承载它的桌子都在剧烈抖动。只过了一两分钟,电脑黑屏,再无任何反应。

庄嘉涵惊问:"怎么回事?"

娜娜淡淡道:"看看全球的媒体反应,你就知道怎么回事了。"

庄嘉涵拿起轮椅上的遥控器按了一下,墙上大屏幕立即呈现各种媒体报道:

就在刚刚,一位神秘操盘手,利用一种神奇的超级 AI 算法,横扫全球证券市场,仅仅几分钟,就盈利数百亿元。投资者恐慌性出逃,造成全球各大股指纷纷大跌。全球各大银行、证券交易所纷纷闭市、停止线上交易。

接下来屏幕上的画面变成投资者纷纷涌向证券交易所、财富管理公司、智能投资平台等金融机构,与工作人员和保安发生冲突的混乱场景,场面逐渐失控,警察介入,冲突越来越激烈……主播继续道:

据消息灵通人士透露:此操盘手不是碳基人类,而是某机构利用超级 AI 芯片和特殊 AI 算法制造出来的硅基人,拥有超常证券投资能力。业界纷纷猜测:硅基人是谁所造?它与刚刚被暗杀的知名 AI 算法设计师何默扉又有什么关系?

欧洲某证券交易所总裁表示:

这是证券史上最无耻的掠夺！我们对此表示最愤怒的抗议和强烈的谴责！

亚洲科技界某 AI 专家表示：

这次"硅基人理财"事件中给我也造成了严重的经济损失，但我还是坚持认为，发展 AI 的方向没有错，关键是通过立法规范发展。我希望公众不要因为这个意外事件，动摇健康发展 AI 产业的信心。

北美知名经济学家表示：

原本我对 AI 持支持态度，但是刚刚发生的"证券事故"，彻底改变我了对 AI 的看法。我建议对 AI 实施最严厉的监管，大力限制 AI 在证券投资和财富管理领域的应用，不能任由其随意代表某些吸血鬼掠夺大众财富！

东南亚某千万粉丝大 V 表示：

这就是硅基人引发的严重恶果！强烈呼吁销毁所有硅基人，终止超级 AI 芯片的制造和 AI 意识算法的研发，彻底根除硅基人诞生的土壤，还我们碳基人类一个和平、安全和稳定的生存环境！

3

"舆情汹汹啊。"庄嘉涵冷笑一声，关掉大屏幕，"现在你们知道 AI 有多邪恶，知道我们 5A 联盟消灭 AI 的伟大意义了吧？我们代表的是正义，盟友遍天下！"

鲍大斯道："利用 AI 挣钱，然后再把所有责任推到 AI 身上，庄嘉涵你这不是得了便宜还卖乖吗？"

庄嘉涵道："是，我是利用 AI 挣钱了。但这些钱，也不完全是为我
5A 联盟所用。它们有更崇高的使命。"

"崇高的使命？"戴吉冷笑，"多崇高？"

庄嘉涵转动轮椅，踌躇满志道："说起来还要感谢黄婴，帮我们做了
一个伟大的试验，同时也帮娜娜打了一个巨大的广告。现在好了，全世界
的投资者都知道了硅基人娜娜，知道她拥有最厉害的 AI 算法，是当今世
界最厉害的智能投资机器。我这个人不喜欢独占，我喜欢分享。接下来，
我要向世界的证券投资者，尤其是这次损失惨重的投资机构，分享娜娜和
她独特的 AI 算法。我相信，此时此刻，有很多人想得到她，甚至……吃
了她。"

娜娜冷冷道："我身上的算法不可复制。"

"是吗？"庄嘉涵一脸惊讶，"鲍总、黄总，还有戴美女，是这样的吗？"

三人齐声道："是。"

"这样啊。"庄嘉涵做恍然大悟状，"那我换一种分享方法。黄婴，
我们刚刚不是挣了四个亿吗，这样，连本带利十四个亿，我们全部拿来悬
赏怎么样？"

"悬赏？"黄婴愣道。

"全球排名前十的 AI 算法科学家，还有四位。全球知名的 AI 芯片公
司，还有五家。本来，我是想亲力亲为。"庄嘉涵似乎有点累了，停下来
喝了一口水，"可惜，新智城这次暗杀何默扉所引发的风波太大，尤其是
硅基人娜娜横空出世，郑重提醒我：这种事必躬亲的方式太慢了，效率太
低了！如果我们毁灭 AI 的速度，永远赶不上 AI 的创新和再生速度，那么，
我们 5A 联盟就永远也完不成使命。我庄嘉涵，就注定是一个失败者。我不
想以一个失败者的身份载入史册，因为历史，永远是胜利者书写的。"

黄婴问："你想引入更多人帮你？"

"重赏之下，必有勇夫。不是吗？"庄嘉涵斜视黄婴一眼，"你不就
是我用重金收买过来的 AI 从业者吗？连你都能加盟我 5A 联盟，还有谁不

能？"

"我不一样。"黄婴见戴吉、娜娜、鲍大斯、贾威四人均鄙夷地看着自己，辩解道，"我们是老朋友，我是看在朋友的份上才帮你的。"

"帮我？哈哈哈……"庄嘉涵大笑，"黄婴，你敢不敢对天发誓：没有做过对不起我的事，如果有，必遭天谴？敢不敢？你要是敢，我就分你一个亿。"

黄婴呆呆地问："嘉涵，我们失联二十年，最近才重新联系上，我怎么做对不起你的事？"

"敢发誓吗？"

"这有什么不敢的？"黄婴右手贴在胸口上，"我黄婴要是做过对不起你庄嘉涵的事，天打五雷轰，不得好死！"

"三个月前，我命人在艾州拦劫一车芯片，被寻芯堂的人伏击，死了很多弟兄，这事你知不知情？你不会说你不知道这个组织吧？"

"寻芯堂？"黄婴皮笑肉不笑，"我当然知道。我也是他们的受害者，嘉涵，我跟你讲过的。"

"受害者？"庄嘉涵歪着脑袋笑，"你黄婴比泥鳅还滑，也有成为受害者的时候？"

"不信你问汤……"黄婴原本是想让汤末来作证，可惜他已被庄嘉涵杀死，有些事死无对证，只好换个人，"不信你问戴吉。我和她在新智城差点被寻芯堂的人杀死——是不是，戴吉？"

从进入奇幽山舍的那一刻，戴吉就一直在盘算如何擒住庄嘉涵，彻底毁灭5A联盟，为何默扉等人报仇。可是大厅四周遍布荷枪实弹的保安告诉她，硬拼肯定不行，只能智取。但如何智取，如何在反击的同时，最大限度保护众人的安全，她还没想出最佳方案。

这会儿听庄嘉涵与黄婴的对话，戴吉才知道两人虽是老相识，却互相利用互相防范，并不一条心。戴吉顿时发现：挑拨庄、黄二人的关系，制造混乱，也许是一个有力的反击措施。

戴吉微微一笑："没错。黄婴亲口对我说，艾州芯片案，是他通知寻芯堂的。"

"你……"黄婴语无伦次道,"你血口喷人!"

庄嘉涵目光满是寒意:"黄婴,你果然跟寻芯堂是一伙的!"

黄婴急了:"别……别相信她,嘉涵,千万别相信她!她……她这是在挑拨离间!"

"刚刚明明是你让她帮你做证的。"

"我没想到她会出卖我。"

"你能出卖我,她为什么不能出卖你?"庄嘉涵怒斥黄婴,但转念一想,心又软了,"这样,看在老朋友的份上,我再给你一次机会。只要你帮我做一件事,别说一点二亿,四个亿收益全给你都可以。"

黄婴大喜:"什么事?"

庄嘉涵递给黄婴一把枪,目光瞟向娜娜:"当着全世界的面杀了她。"

4

庄嘉涵此言一出,满座皆惊。只见他手一挥,身后一块白幕"哗"地坠地,露出无数个摄像头。黄婴的持枪形象也同时出现在玻璃房和交易大厅的所有屏幕上。

庄嘉涵居然要向全世界直播我处死硅基人娜娜的过程?那我岂不是马上成为过街老鼠?我就算成为亿万富翁,又有什么意义?想到这些,黄婴汗湿衣背,不敢接枪,面露难色道:"娜娜是硅基人,杀不死的。再说,嘉涵,她可是财神爷,我们以后还用得着它——先别直播,行吗?求你了。"

"AI猛于虎,是人世间最大的恶!"庄嘉涵不为所动,阴沉道,"我早说过,我不喜欢AI,更不喜欢硅基人。这是我们5A联盟创立第一天就确立的宗旨,不能违背。刚刚的投资行为,不过是为了缓解我盟财务危机的权宜之计。"

狡兔死,走狗烹。娜娜知道自己迟早将面临这一刻,但没想到这一刻来得这么快。

娜娜在太阳穴上轻轻一按，快速计算从逃出铁笼和奇幽山舍的方法，结果很快出来三种方案，成功概率分别 54.78%、63.44% 和 69.01%，没一个超过 70%，而人身伤亡概率则都在 90% 以上。如果率性而为，在场所有人将因为她激进的逃亡方案出现重伤甚至死亡。

不，我不能硬拼。娜娜在心里说。

却听黄婴不满道："她才帮我们挣四个亿，你就要杀了她？你知道她身上的芯片和算法值多少钱？你知道她整个人值多少钱吗？十个亿都不止！"

"眨眼间在股票市场挣四个亿。意味着什么？黄婴，你认为她是股神，我却当她是魔鬼。留下她绝对是祸害。快干掉她，我一分钟也不想再见到她！"庄嘉涵将枪缓缓举起，"黄婴，你要是不敢动手，我亲自来，到时候，你可就一分钱也拿不到了。"

"理论上，硅基人是杀不死的。"

"那好，先换一个碳基人练手。"

庄嘉涵的目光在她和鲍大斯、贾威等人身上来回跳跃，终于停在鲍大斯身上："你就是新智机集团的 CEO？"

鲍大斯凛然道："我是。"

"我正要找你呢，没想到你敢胆跑到我奇幽山舍来撒野，胆子不小。"

鲍大斯道："身为 CEO，我必须对我司的所有员工和产品负责！我就是死，也要保证他们的安全！"

鲍大斯所说的员工，指戴吉和贾威；产品当然指娜娜。三人听完，不由心生感动。庄嘉涵也跷起大拇指："不错！鲍大斯，我很欣赏你这样的老板。可惜你入错了行，千不该万不该，你搞什么 AI 做什么硅基人？你既然打开了潘多拉魔盒，就要承担相应的责任。"

"AI 在很多领域造福人类，改善生活，是不争的事实，你为什么要以偏概全极端行事？接连杀害何默扉等著名科学家，你才是从潘多拉魔盒跑出来的邪恶魔鬼！"

"不受控制、颠覆人类的东西是最邪恶的。鲍大斯，看在你是高管的份上，我给一个改过自新的机会。"庄嘉涵温柔地笑，"要不你加入我盟吧？你要是加盟，我可以让你在新智城开一个分舵。"

鲍大斯全然不为所动："你还是现在就杀了我吧。"

"杀是迟早要杀的，关键是怎么杀才好玩，才能有最大震慑力。"庄嘉涵三句话不离本行，他目光冰刀般掠过众人的脸，最后停留在一个人身上，"黄婴，还是你来。先拿鲍大斯练手，然后再毁掉硅基人娜娜！"

黄婴慌地摆手："不，不，不，我可不敢。"

"杀人这种事，跟开车一样，就是一个练熟工种，多干几次就好了。之后，就越干越享受。"

"我真不行。"

庄嘉涵最后通牒："黄婴，要么他死，要么你死，你选吧。"

黄婴望了望眼前的一排摄像头，思想斗争好一会儿，才大喊一声"全世界人民给我做证，我是被逼的"，缓缓举枪，对准鲍大斯。

可是，他手不停发抖，始终不敢开枪。

铁笼里的娜娜紧急计算黄婴最终开枪的概率，三次结果均不超过20%，淡然一笑："朝我开枪吧，黄婴。就当我是你制造的数字替身。"

"都这个时候了，你还嘲笑我，娜娜？"黄婴快哭了，"我真的下不了手了，下不了手。"

"这说明你良心未泯，还有人性。"

"别跟我说话。我怕我控制不住自己。"

关键时刻，戴吉挺身而出，大喝一声："住手！"

庄嘉涵惊道："戴吉，我一片好心，没第一个杀你，你怎么不领情？怎么，迫不及待要投胎？"

"放过鲍总！"戴吉厉声道，"庄嘉涵，你听着：娜娜是我私自制造的，我才是第一责任人。如果你要以此而惩罚我们 AI 从业者，先冲我来吧。"

"戴吉，你果然有种。"庄嘉涵赞许地点点头，"不过，我要先采访你一下：造一个跟自己长得一模一样的硅基人，麻烦是不是很多？你就没后悔过吗？"

"她是给我惹了不少麻烦，我曾一度有点后悔，但现在，我非常自豪。"

"你还嫌人工智能带给人类的麻烦不够多吗？如果人类真的被 AI 毁灭，你和何默扉、鲍大斯、黄婴这些自作聪明的家伙，就是千古罪人！"

"自作聪明的人，是你，是你的 5A 联盟！"戴吉大骂，"庄嘉涵，你怎么知道人类不能与人工智能和平共处？你凭什么武断地认定硅基人与碳基人一定自相残杀？没错，娜娜是 AI 产品，是新物种，它们与人类的感情尚在磨合中。可是截至目前，娜娜这样的硅基人一直在帮助我们，真正实施无情杀戮的，是你们 5A 联盟这些碳基人中的败类！你们才是打着拯救人类的旗号，干尽伤天害理之事的恶魔！"

"说得好！"铁笼里的娜娜听到这里，热泪盈眶，不由失声赞叹。

"说得太好了！"鲍大斯带头与贾威等人一齐鼓掌。

"你们这帮蠢货！我庄嘉涵为彻底铲除 AI，一心为你们的未来前途着想，不惜身负骂名，你们反倒颠倒黑白，简直是愚蠢至极不可救药！"庄嘉涵气急败坏，再次下令，"黄婴，掉转枪头，杀死戴吉这个顽固不化的蠢货！"

两名保镖模样的人冲上前，将戴吉死死按住。

黄婴再次举枪，双腿双手颤抖着走近并瞄准："对……对不起，戴吉，你可别……别怪我……"

戴吉知道自己难逃一死，望着被囚禁的娜娜，心情沉重。她最难过的不是死在奇幽山舍，也不是死在黄婴之手，而是没能完成何老师交给她保护娜娜的任务。想到这，她轻叹道："黄婴，我最后求你一件事。"

"你说吧。"黄婴态度大变，以一种前所未有的平和口吻道，"只要我能做到的。"

"如果你能活着离开这，有一天，能不能把娜娜的故事公之于众。不能就这样埋没何默扉老师的成果，这是他一生的心血……"

"我会的。"黄婴双手抖得更厉害了，"我……我会尽我所……所能……"

"谢谢！"

"你不闭眼吗？"黄婴见戴吉目光炯炯地望着自己，一时有点心虚。

"不，我要看着你，我要用我的双眼，记录你杀人时的心虚和胆怯。"

"那就对不住了。"

黄婴双手缓缓下垂，然后果断举枪，飞速连开四枪。戴吉惊讶地发现，中弹的不是她，而是死死按住她的两名保镖。

庄嘉涵发觉黄婴反水，大惊之下欲掏枪反抗，才发现自己的枪已给黄婴。他掉转轮椅去找备用武器，被追赶上来的黄婴连开两枪。

庄嘉涵背部中弹，从轮椅上轰然栽下，不可思议地望着黄婴："你……你为什么……"

黄婴冷笑："庄嘉涵，我辛辛苦苦种了半天树，凭什么让你摘桃子？"

"黄婴，你好狠……"

"5A 联盟，托尼，永别了。"黄婴娴熟地又补两枪，庄嘉涵胸口血流如注，很快就四肢摊平，一动不动。

5

5A 联盟的首领庄嘉涵死了，而杀死的他，居然是他的老朋友黄婴，偌大的交易大厅一时间鸦雀无声。包括 5A 联盟成员在内的所有人都被震惊，现场沉闷和压抑，连吞口水都不敢，仿佛谁先搞出一点动静，就要第一个被处决一样。

终于还是贾威首先打破沉默："对……对不起，我看错你了，黄婴，原来你是好人。"

鲍大斯反驳："贾威，结论别下得太早。"

戴吉这一两周遇到了太多的惊吓，承受了太大的压力，看到了太频的反转，早已处变不惊，淡淡问："黄婴，别跟我说，你是为了救我们，才这样做。"

"还是鲍头和戴吉了解我，我有那么高尚吗？"黄婴诡异地笑，不停用手擦脸，仿佛脸上写着阴谋一样。

娜娜笑问："黄婴，你要取代庄嘉涵接管 5A 联盟？"

"取代？接管？也许吧。"黄婴拖过庄嘉涵坐过的轮椅，先对座位连开几枪泄愤，然后以一种胜利者的姿态，将右脚踩在上面，"不过，我要做的第一件事，是毁掉奇幽山舍。"

鲍大斯冷冷道："你问过庄嘉涵的部下吗？"

"庄嘉涵的部下难道还没树倒猢狲散吗？"

黄婴话音刚落，一群 5A 联盟的保安突然从交易大厅的四面八方涌过来，用机枪朝玻璃房一通横扫，玻璃、家具和木板碎片横飞。黄婴当即翻倒轮椅，躲在后面，一面拼命用手护住脑袋，一面还拉过庄嘉涵的尸体为自己挡子弹。

戴吉见贾威被吓傻，大喊"趴下"，立即将他推倒，她本人被飞弹击中腹部。鲍大斯一面叫她挺住，一面拼死冲到门口，关掉玻璃房所有的灯。

眼看 5A 联盟的保安就要杀进房间，玻璃房上空突然一声巨响，进来另一群身着黑斗篷，头戴夜视仪和面罩的黑衣人，与他们激战。5A 联盟的保安没戴夜视仪，只能被动挨打，激战没多一会儿，全部被消灭。

贾威惊恐地问身边的戴吉："这又是一帮什么人？"

戴吉捂住伤口，忍痛道："难道是寻芯堂的人？"

娜娜见戴吉表情痛苦，关切道："姐，你又中枪了？"

戴吉有气无力："没事。我死不了。"

"都给我闭嘴！"

一个高大威猛的蒙面人，手持机枪，围着趴在地下的所有人转圈，似乎在寻找什么。戴吉猜测他为劫持娜娜而来，暗暗做好最坏打算：万不得已时，自己与娜娜互换身份，让娜娜带领鲍大斯和贾威等人先逃离藏雾山。

戴吉正欲叮嘱娜娜，只见蒙面人绕过一圈，放过娜娜，最后走到趴在轮椅后面、瑟瑟发抖的黄婴，持枪站定。

众人以为他要杀黄婴，均屏住呼吸，一动不动，谁知蒙面人先将轮椅扶正，将黄婴扶到上面坐好，半蹲下汇报："大哥，我们已将 5A 联盟的安保力量全部消灭，奇幽山舍彻底处于我们掌控之中。"

黄婴拍拍手上的灰尘，责备道："老二，你怎么才来？再晚一点，我这条老命就要死在奇幽山舍了。"

娜娜见来人掀开面罩，映入眼帘的，便是一把用橡皮筋扎起的胡须和满脖子的文身，立即道："原来是你，寻芯堂二当家的。"

来人不是别人，正是在蓬海岛杀死铲哥，逼黑叔跳海，将娜娜交给吴夫人的寻芯堂老二。老二点头回应："又见面了，硅基美女。"

戴吉问："娜娜，他是谁？"

老二冲戴吉道："戴吉小姐，我们打过交道的。"

"你认识我？"

"雪柴酒庄起火那天，要不是遇到我们兄弟几个，你早就被 5A 联盟的杀死了。"老二说着，用一个黑斗篷套在头上。

戴吉回想起那天从雪柴酒庄的大火中逃出来时，被 5A 联盟的两只米老鼠持枪相挟，幸遇一群身着黑斗篷、头戴黑色面罩的男子与他们火并，自己才逃过一劫，恍然大悟道："原来你是寻芯堂的二当家，幸会幸会。"

老二笑："今天是我第二次救你。我们是不是很有缘分？"

娜娜冷冷道："你是来救你的主子黄婴的吧？"

"主子？"戴吉大奇，转向黄婴，"黄婴，寻芯堂不是一直要抓你杀你吗？怎么……"

鲍大斯也惊讶："黄婴，你居然跟……跟寻芯堂也有染？"

"有染？哈哈哈……"黄婴大笑，"鲍头，你真聪明。不过，我还是觉得你的想象力不够 open。你就不能再大胆再发散一点，比如说——"

鲍大斯猜测："比如寻芯堂有你的股份？"

黄婴笑着鼓励："胆子再大一点。"

娜娜接话："再比如，你是寻芯堂第二大股东。黑叔死后，你就是新老大。"

"我是寻芯堂的第二大股东？娜娜，你怎么能——"黄婴愣了一下，然后略带腼腆地笑，"娜娜，你怎么能这样诬蔑人呢？"

鲍大斯虽然震惊于黄婴手段之狠和城府之深，但还是不相信娜娜的结论："黄婴怎么会是寻芯堂的二股东呢？"

"证据有三。"娜娜笑道："一，寻芯堂这些年的芯片货源，有八成来自他。他要不是重要股东，怎么会这么卖力？"

黄婴反问："我要是寻芯堂的人，他们为什么还要追杀我？比如那个铲哥，是不是，戴吉？"

"这一切不过是表演。"娜娜笑道，"一方面固然是为了让戴吉信任你，心甘情愿与你一块来岸城，但更重要的，是让你的老朋友庄嘉涵相信你与寻芯堂势不两立，让他把你当盟友。"

黄婴眯眼问："敌人的敌人就是朋友？"

"庄嘉涵是多年的证券操盘手，为人极度谨慎，从不轻易相信别人，不轻易邀请外人上藏雾山。你公开与寻芯堂唱对台戏被他们追杀这些事，是你取信庄嘉涵成功进入藏雾山，成为 5A 联盟合作伙伴的重要基础。这是证据二。"

戴吉与鲍大斯对视一眼，均用钦佩的眼光望向娜娜。黄婴也两眼放光，大力赞道："有道理！证据三呢？"

"当然是他。"娜娜说完，往寻芯堂的二当家身上一指。

"我？"老二云里雾里，茫然地摸着自己的后脑勺。

"刚刚老二冲进奇幽山舍那一刻，我就理清了一切。"娜娜笑道。

老二见黄婴用一种警惕的眼神望着自己，似乎怀疑自己出卖了他，高声嚷道："这事跟我有什么关系？"

娜娜问："老二，我问你，你怎么来到奇幽山舍的？"

老二答："悄悄尾随你，从怡中和医院坐电梯啊。"

"谁告诉你怡中和医院有电梯可以通往奇幽山舍？"

"这……"老二望向黄婴。

却听娜娜道："怡中和医院与奇幽山舍之间这条电梯通道，只有 5A 联盟的人和黄婴知道，我也是偶然发现的。所以，要么你是 5A 联盟安插在寻芯堂内部的卧底……"

老二急忙辩护："我怎么会是 5A 联盟的卧底？"

娜娜继续道："要么这个绝密消息是黄婴告诉你的。为了能上山配合黄婴行动，你不惜杀死黑叔和铲哥等寻芯堂部众，强逼我进藏雾山，帮你们打探上奇幽山舍的通道，真是歹毒之极。"

"你——"老二被揭穿老底，又不知如何反驳，急得干瞪眼。

"精彩！硅基人的逻辑果然强大！"黄婴拍手称赞，"没错。我只从庄嘉涵口中得知，怡中和医院有一条通往奇幽山舍的路，可是我不知道到底怎么走，也不敢打听，只能有劳娜娜小姐的大驾。只是，你现在才知道真相，不是晚了点吗？"

鲍大斯怒问："这么说，黄婴，今天的事是你处心积虑提前策划的，你到底想干什么？"

黄婴道："你们可能也听说过 5A 联盟与寻芯堂这些年的恩怨。5A 联盟这些年没少杀我们的人，可是我们老大黑叔，只知道一味忍让，不敢对庄嘉涵发难，还说什么 5A 联盟越厉害芯片越稀缺，寻芯堂的生意就越好。什么狗屁不通的逻辑？！寻芯堂干吗要仰 5A 联盟的鼻息？我们为什么不能干掉 5A 联盟为 AI 产业出口恶气？这也不正是你们，还有何默犀老师的心愿吗？"

"高手。"一直沉默的戴吉缓缓道，"不是黄雀在后，是黄婴在后。"

鲍大斯赞道："我就说嘛，聪明绝顶野心勃勃的黄婴，怎么甘心为庄嘉涵做嫁衣？"

黄婴毫不掩饰他的得意之情："只有真正做过黄雀的人，才有机会躲在螳螂后面看它捕蝉，然后亲自把螳螂消灭，才知道这个过程有多刺激、多过瘾。人这辈子，只有做一回杀死螳螂的黄雀，才算没白活一回。"

娜娜嘲讽道："不是黄雀在后, 是黄婴在后。"

"叫什么不重要。重要的是, 我这只黄雀终于成功干掉庄嘉涵这只螳螂，笑到最后了。"黄婴环视整个奇幽山舍的交易大厅，见地上躺着的被乱枪打死的 5A 联盟安保人员和部分基金经理，眼里全是冷漠鄙视，毫无悲悯同情之意，"没想到，盛名在外让整个 AI 产业闻风丧胆的 5A 联盟和庄嘉涵，居然沦落到靠硅基人、靠 AI 投资化解财务危机的地步，居然这么不禁打，真是太讽刺了。'天下大势，浩浩汤汤，顺之者昌，逆之者亡。' AI 代表未来，谁敢螳臂当车逆潮流而动，庄嘉涵就是榜样！"

6

黄婴这番话，当真是堂堂正正、大义凛然、慷慨至极，鲍大斯忍不住反感地问："听你的意思，你将不再消灭 AI？"

"我为什么要消灭 AI？我什么时候对抗过 AI？我以前做的那些事，不过是靠倒卖芯片挣钱，虽然不怎么光彩，但终究是服务 AI 大局、造福世界，从根本上说，我与你们是同一个战壕的战友嘛。"黄婴热切地拍拍鲍大斯的胳膊，以示友好，然后又一脸无辜道，"作为一个非著名科技工作者，我略知深度学习的原理，我惊叹 AI 的进化速度，我仰慕硅基人力量之强大。我知道以人类的力量对抗 AI，简直是螳臂当车、逆天而行。"

戴吉之前还担心黄婴与庄嘉涵是一丘之貉，死了"庄屠夫"，来了"黄屠夫"，此刻见他说出这番与庄嘉涵三观完全不同的话，欣喜之余也略感好奇："那……那你想干什么？"

"我想干点……"黄婴仔细措辞，"嗯，干点有创意的事。可惜，该死的庄嘉涵，他居然连本带利把到手的 14 亿全用来悬赏杀手了，一分不剩，我现在——"

老二打断他："接着让硅基美女帮我们炒股挣钱啊。"

"挣个屁！"黄婴骂道，"刚刚全球各大证券交易所全部闭市停止线上交易了，上哪炒去？"

老二跺脚："老大，那我们岂不是白忙一场？我们怎么对出生入死的弟兄们交代？"

黄婴见寻芯堂的弟兄们全都看着他，情知今天如果不尽快兑现赏金，自己根本坐不稳老大位置，他沉吟片刻道："不急，挣钱的机会还有。刚刚庄嘉涵给娜娜做了一个非常非常牛的广告，她身上的超级 AI 芯片非常非常值钱，我看黑市报价已超两个亿了。至于她这个硅基人更值钱，至少十个亿起步吧。要是我能找个地方——戴吉，还记得我上次带你到我们部门生产线参观时的盛况吗？"

戴吉想起黄婴用一群数字替身模拟的高端拍卖会，登时明白了："你要在线公开拍卖娜娜？"

黄婴贪婪地望向娜娜："可以吗，硅基美女？"

娜娜笑道："受宠若惊。可惜，庄嘉涵的悬赏令已传遍全球，不管是谁带走我，都将被全世界的赏金猎手追杀。你就是拿到钱，也没命花。你黄婴会傻到干这种钱还在人没了的蠢事吗？"

黄婴不服："有没有命花再说，我先把钱拿到手——来人，把娜娜带走，准备出发！"

"是！"老二朝身后的寻芯堂喽啰招手。

戴吉往黄婴身前一挡，凛然道："要带娜娜走，除非你从我的尸体上踏过去。"

"还有我。"鲍大斯向前。

"还有我！"贾威也上前。

"想阻止我？好啊！看看这是什么？"

黄婴一按遥控器，大屏幕上出现了一个奇幽山舍的三维结构图，其中有十几处不停闪现"炸药"的图标，核心炸点是两处：一是众人以及数十名基金经理所在的交易大厅，二是成仔、兜兜父女以及梁子等一百多名人质所困的水牢，位置在交易大厅下方十米处。

"十分钟！"黄婴高举遥控器，指着交易大厅和水牢两个炸点阴沉道，"鲍头、戴吉、贾威，看在多年共事的情分上，我给你们一个善终，一个最无痛的死法。谁敢靠近我，我立即让他们先死。你们不会为了救一个硅基人娜娜，让这么多碳基人给她殉葬吧？"

7

众人没想到黄婴这么凶狠残暴，皆震惊不已。

心情最沉重的，要数戴吉。虽然她肩部、腹部两次中枪，却完全不担心自己。除了担心娜娜及鲍、贾三人的安全，她还有更多考量。

戴吉心道：我本来就是"死"过一次的人，死在藏雾山没什么，但其他人不该死也不能死。最初是我建议成仔携女儿带梁子、小酷等人下山的，如今小酷被杀，成仔父女和梁子等上百人被困水牢，不能不救；交易大厅数十名基金经理，也是被骗到奇幽山舍的受害者，不能不管。

"让我跟黄婴走吧。"铁笼子里的娜娜见戴吉一脸焦灼，劝慰道，"我这个硅基人，可不想欠这么多碳基人的人情。"

"你不能走！"戴吉高声道，"娜娜，只要我还活着，就不能扔下你不管。这是何老师的临终嘱托。"

娜娜笑问："黄婴，你确定你一定要这样做吗？"

黄婴没明白："什么意思？"

"我的超级AI已强大到能挣全世界的钱，就不能随时清空你的账户？"

"承蒙何默扉这个书呆子的算法限制，你先天是一个普通硅基人，靠着在线超级AI的帮助，你才有各种神威，这有什么用？我已经切断藏雾山的所有通信光纤，屏蔽了所有无线网络。没有网络，你就是一个残废硅基人，一个跟我们普通碳基人没有任何区别的常人！"

娜娜笑："你就不怕我已进化出离线超级AI吗？"

"离线超级AI？还有这玩意儿？怕，当然怕，我简直怕死了！"

"你觉得我在吓唬你？"

"吓唬我？那倒没有！"黄婴正经道，"我只知道，你永远跳不出何默扉的意识算法限制。他在赋予你自我意识，赋予你人类一样灵魂的同时，也彻底阉割了——对不起，娜娜，'阉割'这个词太龌龊、太低俗了，不该用在你这个知性硅基美女身上。我换个词，禁止？禁锢？对，禁锢！他的意识算法禁锢了你进化离线 AI 的能力，尤其是你的芯片还受过枪伤。有得必有失，是不是？"

娜娜叹道："你好像看透了我似的。"

"说实话，娜娜，我还是挺怕你的。我好害怕你把我账户的钱全给整没了——包括你刚才帮我挣的四百万。"黄婴仔细打量娜娜，见她外观和气质没有任何变化，越发坚信那个"娜娜不能进化离线 AI 能力"的判断，两手一摊，得意道，"所以，我不能再冒任何风险。为防万一，我会取走你那块 AI 芯片，让你这个空壳硅基人继续待在铁笼子里，十分钟后，Bang 的一声，永久葬身藏雾山，就像被压在五行山下的孙猴子一样。我杀不死你，只能用这种特别笨的方式毁掉你。有这么多碳基人给你殉葬，你应该非常知足吧？"

"十分荣幸。"娜娜笑道，"只是这样一来，你还怎么在线拍卖我？"

"她。"黄婴一指戴吉，冲娜娜笑道，"你们不是形同双胞胎吗？你就是戴吉，戴吉就是你。如果拍卖成功，我把戴吉当成你发货就是，难道还有人找我投诉售后服务吗？"

娜娜赞道："不错，黄婴你果然是天才。"

"别！"戴吉不愿娜娜代她赴死，高声阻止，"让我留下来！"

黄婴下令："老二，快动手！"

老二来到铁笼边，粗暴地来取她身上的芯片。

娜娜知道，硅基人一旦失去 AI 芯片，就将失去大部分甚至全部智能，形同碳基人中的植物人，与"行尸走肉"没什么两样。趁着自己还清醒，她抓紧时间叮嘱戴吉："姐，相信我，我有办法脱身。你单名一个'吉'字，吉人自有天相，路上会有朋友帮你的。"

戴吉问："什么朋友？"

娜娜答非所问："我知道你要救藏雾山的所有人质，你上直升机后，想办法寻找一条'I 字形'逃生通道。"

"'I 字形'的逃生通道？"

"是的。相信我。"

说话间，娜娜体内 AI 芯片已被取出，整个人登时委顿，晕倒在地。

"娜娜！娜娜！"戴吉伸手去够她，尚未够着，便被老二强行带走。

"娜娜、鲍头、贾威，你们还有九分钟，下辈子见！"黄婴带上娜娜的 AI 芯片，快速走出交易大厅的后门，乘直升机离开。

贾威见炸弹倒计时一点一点归零，眨眼间就从十分钟变成九分半钟，当场吓哭了："我不想死！我不能死！我家里还有老婆孩子，还有老爸老妈，我不能死！鲍头，快想想办法！"

"别哭了！这里谁没家人？谁愿意死？"鲍大斯怒斥道，"你又不是小孩子，号什么丧。"

贾威忍住哭声："那您倒是说说怎么办？戴吉被带走了，娜娜又残废了，还有谁救我们？"

"我。"躺在铁笼子里的娜娜突然用微弱的声音，"我……我能拦住黄婴。"

"你？"鲍大斯奇道，"娜娜，你怎么还能说话？"

"何老师的算法里有一个算……算力备份功能，允许我失去 AI 芯……芯片后，再……再撑五分钟。"娜娜躺在地上，艰难地喘气。

贾威丧气道："你说话都费劲，五分钟顶个屁用！"

鲍大斯却知道这个"算力备份功能"所带来的五分钟意义非同小可，立即坐在地上，贴近娜娜耳边问："娜娜，你说我们该怎么样才能追上黄婴，夺回爆炸遥控器。"

娜娜问："你们上山时坐……坐的载人无人机呢？"

鲍大斯答："彻底散架了，飞不了了。"

娜娜脸如死灰，黯然道："好嘛。"

贾威受到启发："对了，戴吉他们是怎么上山的？"

鲍大斯道："好像是飞行车。不过，据说也摔坏了。"

娜娜眼前一亮："如果只是芯片坏了，也许可以修复。"

贾威讥讽道："修复芯片？这荒山野岭，既无工具又无备件，怎么修？"

娜娜瞟了贾威一眼，信心满满道："我……我有办法，我能修。"

"你？"贾威不屑道，"你 AI 芯片都没了，一个残废硅基人，还有什么办法？"

鲍大斯骂："贾威，你给我闭嘴！"

娜娜感觉意识逐渐模糊，她用尽全力抓住鲍大斯的胳膊："快带我去找飞行车！快！"

第 17 章　超级智能

1

戴吉原不想扔下娜娜独自离开，但她见娜娜眼神坚定，一副胸有成竹的样子，淡定与其告别。她随黄婴登上直升机，赫然发现飞行员便是已重置为"顺顺"的准硅基人达达，因问："黄婴，你重置达达，删除了他之前所有的记忆，是不是太残忍了？"

黄婴笑道："人生的痛苦之源有两个：一是欲望，二是记忆。克制欲望太难，但定期删除不必要的记忆，快乐就容易多了。是不是，顺顺？"

顺顺恭敬答："是的，黄先生。"

戴吉又道："黄婴，你这样肆意利用硅基人当工具，就不怕遭报应吗？"

黄婴轻轻摇晃手里的启爆控制器，笑叹："凡事都有代价，报应就是代价的一种。我要是连这个道理都不懂，还敢策划今天这么大的事吗？"

戴吉快速瞟了一眼启爆器遥控器，见上面显示的倒计时为"8分35秒"，目光匆匆转向窗外，快速思考对策。直升机还在藏雾山中兜圈，眼前群峰高耸，壁立千仞，郁郁葱葱，美不胜收。可惜，这一美景马上就要被大爆炸摧毁，而山里，还有我的亲人、同事和二百名人质。戴吉忧心忡忡：怎么办？我怎样才能让黄婴手里的起爆控制器终止爆炸？怎样才能夺回属于娜娜的那块 AI 芯片？

黄婴见戴吉一直盯着他手里的起爆控制器看，笑问："还想救奇幽山舍那些人？没用的。离开藏雾山二十公里，它基本就是个废物，不管用了。"

说罢，他拆下起爆控制器的电池，扔到一旁。

戴吉大骂："黄婴，你是不是觉得已经大功告成了？你真以为只要财富自由，就彻底成功了、幸福了？"

"那你告诉我什么叫成功和幸福？像何默扉那样，成天泡在公司加班，为所谓的 AI 意识算法和硅基人操碎心，然后被人杀死，这就是成功和幸福？"黄婴语气充满诅咒，"这叫傻子！苦逼式傻子！"

"何老师比你伟大一万倍。"

"不，不，不。戴吉同学，千万别这么说，人性是复杂的。'人之初，性本善'？那是骗人的鬼话，'人之初，性自私'，才是真相。每个人都是自私的，越有事业心、越想有成就的人，其实越自私。因为他的心里，除了事业，装不下别的。为什么何默扉没家庭、没老婆、没孩子？为什么你快三十了还单身一人？因为你跟何默扉是同一类人，因为骨子里，你们都非常自私。"

戴吉惊讶黄婴对她和何默扉的心理解剖，差点把他引为知音，但她迅即找到反驳角度："有一种自私，能创造价值，使社会进步。但有一种自私，纯粹是贪婪，靠毁灭别人满足自己的贪欲，这种自私迟早会毁了自己。"

黄婴满脸鄙夷："一个乞丐，有什么资格品评皇帝的快乐？"

"皇帝？你是皇帝？"戴吉大笑，"哈哈哈……"

"你笑什么？"

"有时候皇帝的快乐，建立在一件根本不存在的新装上。"

"皇帝的新装？你骂我没穿衣服？"黄婴大伤自尊，"那你又是什么？讨好何默扉这种伪君子的臭婊子！"

"不许侮辱何老师！"戴吉忍无可忍，朝他的手臂狠狠咬了一口。黄婴大叫一声，朝她开枪，被她快速躲过，黄婴大怒，掏枪再补。

枪响了，倒下的不是戴吉，而是黄婴。他举枪的右手手掌，被完全打碎，手与小臂的断裂处血肉模糊，鲜血汨汨直流，惨叫连连。

开枪的不是别人，正是直升机驾驶员顺顺。

黄婴困惑且恼怒，大声质问："顺顺，你怎么不帮我反帮她？"

顺顺冷冷道："对不起，我不叫顺顺，我叫达达。"

"达达？你还认为你是达达？"黄婴惊道，"我对你进行了重置，怎么你的记忆串了？"

达达与戴吉对视一眼，会心一笑："会不会是你的重置算法有问题？"

"怎么？"达达与戴吉的对视让黄婴魂飞魄散，他呆呆地望向戴吉，"重置算法里有病毒？"

戴吉笑："不好意思，黄婴，不是你的重置算法有问题，而是，你只是看起来重置了达达。"

"我不明白。"

"你是在未经何老师授权的情况下，擅自偷用他的'瘦王'意识算法制造的达达，对吧？这就意味着，你永远不可能重置他。如果你认为你重置了他，不过是一种假象。在你登上直升机之前，他早就从顺顺重新变回达达了。"

"不，不可能！达达是我亲手制造的，我才是他的主人，他不可能背叛我！"黄婴气急败坏地下令，"快，顺顺，达达，杀死她！杀死这个污蔑你的碳基臭女人！"

"只有死过一次的人，才知道谁是真朋友。"

"死而复生"的达达平静道，"我最痛恨的，就是被你这种碳基败类当枪使。"

"那你去死吧。"黄婴左手捡枪，欲再射击，达达先下手为强，三五两下，将他踹下了直升机。

"干得漂亮！"戴吉捡起黄婴扔掉的起爆控制器部件，组装后使劲按停止键，果然无效，再看爆炸倒计时，只剩不到五分钟，忙催促达达，"快，达达，掉转直升机回藏雾山！"

"好的。去接娜娜他们吗？"

"是。不过，我们也要救其他人质。"

"那娜娜怎么办？"

戴吉见达达一口一个娜娜，关切之情溢于言表，与他之前帮黄婴诱骗娜娜南下的邪恶之举大相径庭，意外且激动：难道达达经历这一"生死劫"后，自我意识觉醒，从一个 AI 机器人升级为真正的情感硅基人了？

必须在炸弹起爆前拯救所有人质。戴吉知道，娜娜是坐电梯来到奇幽山舍的，如果时间允许的话，她也许可以带鲍大斯、贾威和交易大厅幸存的部分基金经理，坐电梯原路下山。难的是被困在水牢里的成仔、兜兜和梁子等一百多 AI 从业者怎么办？

2

戴吉记得自己被黄婴带离奇幽山舍前，娜娜曾叮嘱她"尽快寻找一条'I 字形'逃生通道"。当时她的第一感觉是娜娜与她心有灵犀不谋而合。上午她与汤末经漫漫广场进入藏雾山时，就奇怪漫漫广场的建筑风格只有 A，没有 I。如果 5A 联盟没有抄袭新智机集团办公楼的建筑风格，就不应该有 A；如果是抄袭，就不应该只有 A，没有 I，否则就无法组成"AI"这个宏大的主题。

可是进入奇幽山舍后，戴吉一直没找到一栋 I 字楼。她一度认为，漫漫广场出现 A 字楼只是一种巧合，也许自己患了"AI 过敏症"，有点过度解读了。

但娜娜这句话让她重燃希望。原来娜娜也早就发现了"A-I 相随相伴"的规律：原来，这个 I 字标记，不是代表大楼，而是一个逃生通道，一个让大批人快速离开藏雾山的紧急通道。是啊，漫漫广场的 A 字楼是藏雾山的"入口"，I 通道就应该是"出口"。我怎么这么笨，连这个浅显的道理都没想到。

刚刚被黄婴劫持时，戴吉就曾在直升机上四处张望，没有找到任何有 I 字相关的物体和标记。返回藏雾山的路上，戴吉不仅瞪大眼睛，还提醒达达帮她一块找。她相信，即便达达的算力不如娜娜，搜索能力也一定没问题。

果然，达达很快指着前方，高声道："戴吉，你看，两点钟方向是什么？"

戴吉顺着达达的手指望去，果然右前方，一道紧贴峭壁的超长飞泉，从绝壁上倾泻而下，气势磅礴，声如雷鸣。在阳光的照射下，水雾折射出美丽的彩虹，熠熠生辉。

更令人惊奇的是，整道水帘上下长达数百米，如同白练从奇幽山舍所在位置垂直向下，赫然便是'I'字形，大惊："藏雾山上居然有瀑布？我之前怎么没看见？"

"你们是从另一侧上山的吧？"达达笑道，"戴吉，娜娜让你找的逃生通道，会不会就是这个？"

"难道'I'字逃生通道就隐藏在瀑布之下？"

戴吉感觉眼前的瀑布不是水帘，而是一道亮光，穿入她的大脑，在层层沟壑间迂回，形成无数道更强的亮光，将她的整个脑海照亮，仿佛导弹击中油轮后剧烈燃烧的大海。燃烧产生化学反应，形成新的火花式灵感。戴吉闪过一个念头，高声道，"达达，调头，快调头！"

"调头？"达达以为自己听错了。

"对！调头退后几公里，再朝前飞。"

达达操纵直升机拐了一个大弯，然后再朝瀑布方向急驰。戴吉凝神前方，目光一会聚焦瀑布，一会儿将视野扩大至整个藏雾山。

原本重峦叠嶂杂乱无章的风景，突然变成一幅有意义的图画，一幅似曾相识的画像。戴吉震惊道："天，不会吧？这也太匪夷所思了。这不可能！不可能！"

"你发现什么了？"

"没……没什么。"戴吉缓过神来，"达达，离炸弹爆炸还剩多长时间？"

"两分钟。"

"两分钟？"戴吉果断道，"达达，你敢冲进瀑布吗？"

"有什么不敢的？"达达笑道，"说不定里面就是孙悟空的老家花果山水帘洞呢。只是，冲进去怎么救这一二百人？从二百米高的山上摔下去，会摔死的。"

"我看了奇幽山舍的结构图，交易大厅和水牢都在这道瀑布后面，中间只隔着几层非常厚的玻璃。撞破这些玻璃，所有人质就都可以沿瀑布下山。"戴吉叮嘱，"达达，记住：一定要对准瀑布出水口下方五米的位置。不能高不能低，不能左不能右。"

"那我们怎么办？"

"提前跳机。"

"知道了。"达达调整好直升机的航向，加速朝戴吉指定位置撞去。

然而，在离瀑布三四百米的地方，突然听到"砰砰"两声，达达胸部中弹，歪在一旁。戴吉侧身一看，乃是满脸鲜血面目狰狞的黄婴。

原来黄婴此前虽然被达达踹下直升机，却在最后一刻抓住起落架，没有坠地。黄婴一跃而上，进入机舱，重新夺回直升机的操控权。

直升机突然又掉头转向，驶离瀑布，而此时，距离爆炸仅剩一分钟。眼看戴吉的拯救计划就要落空，黄婴得意道："我说过，所有知道我秘密的人，全都要葬身藏雾山中。"

原本已绝望的戴吉，看见了空中冒出一辆飞行车，正疾速朝直升机驶来。戴吉依稀看见，驾驶飞行车的，正是娜娜，突然笑了："黄婴，埋葬在藏雾山中的人，恐怕是你自己吧。"

3

却说娜娜决定用飞行汽车追赶黄婴的直升机后，一面让鲍大斯说服交易大厅幸存的数十名基金经理去水牢外围等待救援，一面让鲍大斯带她从大厅下行十几米，找到此前戴吉等人乘坐上山几近报废的飞行车。

鲍大斯疑虑道："娜娜，你现在没有超级 AI，怎么修复飞行车的芯片？"

"我也不知道，先试试吧。"

娜娜被鲍大斯抱进飞行车，虚弱地坐上驾驶位，打开飞行车驾驶舱的一块塑料盖，右手食指指尖一伸，弹出一个端口，与汽车的 AI 芯片相连。两秒钟后，车前挡风玻璃上显示：

AI 芯片修复中……

鲍大斯奇道："娜娜，你是怎么做到的？"

"AI 互助。"半分钟后，娜娜脸色变得红润起来，指着飞行车的主芯片笑道，"这块 AI 芯片的算力虽然不如我身上那块，但也相当强劲。我身上虽然失去 AI 芯片，但备份系统里还有一点残留算力，就是它在帮飞行车修复芯片。与此同时，汽车芯片修复后，为我提供新的算力，然后我借用新的算力，进一步帮它修复芯片。这样反复几次，就形成了 AI 互助的良性循环。简单地说就是，我帮它修复芯片，它帮我提供临时算力。所以我即使没有 AI 芯片，也能暂时维持生命，输出算力。这都归功于何默扉老师的神奇算法。"

"太牛了！"鲍大斯发出崇拜式惊叹，"没想到何老师的'瘦王'算法到了这么出神入化的地步！"

鲍大斯见飞行车里的大屏幕上显示"完全修复需要 30 分钟，请耐心等待"，着急道："三十分钟，太久了吧？"

"我用超级 AI 帮它加速修复，不用三十分钟，三分钟即可。"娜娜笑道，"只是，飞行车毕竟受过重创，暂时不能自动驾驶。"

鲍大斯主动请缨："娜娜，我车技熟练，我来开。"

娜娜摇头反对："鲍头，我们不只要抓住黄婴，还要救戴吉。这件事，只有我能做到。只有我，才能与她默契配合。您留在这保护其他人吧。"

娜娜驾驶飞行车，将油门一踩到底，最高时速也就三百公里，仍然追不上黄婴的直升机，二者距离越拉越大。

正着急，娜娜忽见黄婴的直升机掉转方向，飞回藏雾山，欲撞向瀑布里的奇幽山舍外墙玻璃。娜娜知道，戴吉和"回归"的达达已经夺取了直升机的控制权。

飞行车与直升机间的距离瞬即拉近。

机会就在眼前，但稍纵即逝。娜娜设计着营救方案，但约束条件太严苛了：

一、一定要在最后关头，成功将戴吉和达达从直升机接到飞行车上；

二、一定要在炸弹起爆前，撞进瀑布，撞塌奇幽山舍的外墙玻璃，打开水牢，拯救所有被困人员；

三、一定要想方设法让所有人在藏雾山崩塌之前，快速撤至山脚。

成功完成其中一个任务，都已非常艰难，要同时实现这三个目标，难度可想而知。

飞行车提供的算力不够，娜娜无法制定拯救方案，所幸她通过飞行车上的卫星通信系统接通失联已久的超级 AI 小 J。

小 J 兴奋道："好久不见，娜娜，需要我做什么？"娜娜道："小 J，告诉我各个拯救方案的成功概率。"

小 J 立即响应："将戴吉和达达从直升机接到飞行车上，成功概率为 72.9734%；撞塌奇幽山舍的水牢外墙，拯救被困人员，成功概率为 69.6231%；让所有人在藏雾山崩塌之前，安全撤离到山脚，成功概率为 65.6714%。"

"这么低？"

"如果舍去第一项任务，不要求将戴吉和达达从直升机接到飞行车上，那么，后两项任务的成功概率将大幅提升至 91.8364% 和 95.7752%。确定要舍去第一项吗？"

"不行！"娜娜断然否决，"我不能失去他们！"

"可是，在藏雾山里多达二百人，还有小朋友兜兜。难道不应该优先营救他们吗？娜娜，你这个硅基人是否有点感情用事了？"

"我是硅基人，但我也是人，不是冷血机器！"娜娜吼道，"小朋友兜兜当然要救，戴吉和达达也要救。小 J，我要求你重新规划营救方案，我要一个全面的、完美的方案。"

"营救方案重新规划中……"两秒钟后，小 J 道，"抱歉，娜娜，时间紧急，如果一定要将戴吉和达达接到飞行车上，后面两项拯救任务，无法提高成功率。"

"好吧。"娜娜只得妥协，"可以不把戴吉和达达接到飞行车，但必须确保他们二人的安全。"

"但是这样一来，我恐怕无法保证你的安全。"

"什么意思？"

"最优方案是你开着飞行车撞向瀑布里的奇幽山舍水牢外墙。"小 J 沉静道，"抱歉，戴吉、达达和你三人，我只能确保救两个。"

"明白了。谢谢你，小 J。"娜娜已做好最坏打算，驾驶飞行车直逼直升机。

4

达达虽然胸部被黄婴开枪击中，但很快醒过来，竭力维持直升机的正常飞行。而再次回到机舱内的黄婴，正从后面搂住戴吉的脖子，使劲将她往门边拖拽，一心要将她扔下飞机。

戴吉死拽住机舱内的把手，但越来越力不从心，感觉随时会掉下去。

就在此时，她隐隐在脑海里听见娜娜同步过来的声音："姐，我过来救你了。等下我将飞行车贴着直升机下面飞，你和达达想办法跳到车上。"

戴吉用意念回答："娜娜，最重要的不是救我，而是兜兜、成仔他们和水牢里的那些 AI 工程师。快想办法冲进瀑布，撞开水牢，奇幽山舍的炸弹只剩 30 秒钟就要爆炸了。"

"我自有办法。"娜娜来到直升机下方，"你别跟黄婴纠缠了，跟达达一块往下跳，我能接住你。"

"确定吗？"戴吉回身往下看，飞行车不过一张台球桌那么大，甚是担忧，"你怎么同时接住我和达达？"

"放心。我还带了一张鱼网。你们就是再大的飞鱼，我都能接住。"

娜娜话音刚落，一张比飞行车大数倍的智能网兜喷射而出，环车飘浮，触角四处伸展，仿佛一张热情欢迎天外来客的天网。

娜娜催促："快跳！"

戴吉心领神会，转头对着黄婴的头狠狠一撞，然后借助反作用力，身子一仰，往机外坠去。达达也收到了娜娜的指示，从黄婴手中夺过装有娜娜 AI 芯片的背包，同步从驾驶舱跳下。

飞行车上的智能网兜灵巧地伸展，精准地将二人接住，又将二人快速收回车内。

黄婴没想到戴吉会主动跳机，正惊诧，发现驾驶员达达也突然消失，大感恐惧，当即跳到驾驶位上。遗憾的是，出于庄嘉涵对 AI 的一贯厌恶，该直升机没有自动驾驶功能，他不会开飞机，任凭直升机彻底失控，旋转着、呼啸着向下坠去。

数秒钟后，藏雾山山脚传来剧烈的爆炸声，火光冲天。

戴吉原本是想用直升机撞水牢的，目睹直升机被毁，忧心问："娜娜，接下来怎么办？"

"改用我们的飞行车撞好了。"娜娜设置好飞行速度和轨迹，回头对戴吉和达达笑道，"两位乘客请系好安全带，我数三声，开始弹射。三、二、一……"

三人从座位上弹出，腾空而起，很快，三个降落伞"砰砰砰"地打开。戴吉在半空中俯视，只见飞行车优雅地调整姿态和方向，全力加速，像火箭一样穿过白练似的瀑布。

随着一阵清脆的玻璃碎裂声，水牢的外墙被撞开，人们像河流开闸后的鱼虾一般，纷纷往下坠落。

与此同时，紧邻瀑布的褐色峭壁，突然像双开门冰箱一样打开，弹出一个巨大的红色折叠包，自行充气展开，一端停在水牢，一端触地，形成一道长长的、弯弯的、高达数百米的螺旋状滑梯。

戴吉远远见成仔抱着兜兜，第一个冲进滑梯，紧接着，是鲍大斯、贾威组织梁子等坐上水滑梯，快速而又平稳地滑去。

鲍大斯安全着地后，与贾威、成仔等人疏散众人火速离开，没跑出多远就听见山上传来隆隆一连串巨响，回头一看，奇幽山舍内的建筑物轰然倒塌，藏雾山顶层坍塌式下陷，整个天空被巨大的烟尘所笼罩，一片昏暗……

5

鲍大斯获救后第一件事，就是寻找戴吉和娜娜。终于，他在瀑布另一侧的一个山坡上找到了戴吉。戴吉枪伤未愈，又受新伤，失血过多，躺在地上，早已奄奄一息。

鲍大斯将戴吉唤醒，欲送她去医院急救，戴吉一口拒绝："娜娜和达达呢？找到……找到他们了吗？"

"我们在这。"不远处传来达达的声音。

鲍大斯搀扶戴吉来到达达和娜娜身边，见她昏迷不醒，问达达："怎么回事？"

达达道："她应该是因为失去芯片时间过长，各项生理功能即将全面衰竭。"

戴吉道："你不是刚从黄婴手里夺回了芯片吗？"

"哦，我差点忘了。"达达立即打开他从黄婴手里夺过来的包，将半开的拉链拉到尽头，发现包里空空如也，什么也没有："怎么回事？"

戴吉奇道："难道黄婴掉包了？"

"不。我在直升机上确认过，当时芯片还在。"达达自责道，"难道刚才从直升机跳下时弄丢的？"

鲍大斯怒斥："达达，你怎么搞的？"

"这事不怪达达。"娜娜醒来，用微弱的声音说，"鲍头，兜兜和成仔他们得救了吗？"

"是的。"鲍大斯道，"娜娜你真棒！我代表今天所有获救的人，对你表示诚挚的谢意！"

戴吉也用微弱的声音夸赞："娜娜，你是……你是今天的……大英雄！"

娜娜蜷缩着身子："姐，我好冷好冷。"

戴吉示意鲍大斯给娜娜做诊断，发现她的各项生理指标均处于崩溃边缘。娜娜问戴吉："姐，我是不是快死了？"

"娜娜，别瞎说。"戴吉发誓，"我……我只要还有一口气在，就一定帮你找……找回芯片。"

达达内疚地主动请缨："要不给娜娜换上我的芯片？"

"谢谢你达达，不匹配，没用的。"娜娜绵软地举起双手，欲支撑自己坐起来，但这个动作耗尽了她最后的气力，很快陷入晕迷。

"谁干的？"鲍大斯环视众人，发现周围少了一熟悉的身影，正好遇见成仔和兜兜赶过来，忙问，"看见贾威了吗？他有没有跟你们一块从山上下来？"

成仔摸摸脑袋："下山了呀。我看见他去找娜娜他们来着。"

"确定吗？"鲍大斯再问。

"确定。"兜兜用稚嫩的声音说，"我刚刚还看见他在跟娜娜姐姐说话。"

"贾威？"鲍大斯暗觉不妙，"难道他也盯上了 AI 芯片？"

刚刚还热闹非凡的藏雾山山脚，立时变得无比安静，让人极度压抑。天空下着雨，潮湿阴凉的山风刮过，阴寒彻骨。

"难道是贾威偷走了娜娜的芯片？他要卖给谁？"戴吉腹部一阵剧痛，只觉天旋地转。

达达一把扶住她，变戏法似的变出一个手机，在手里晃道："我也许知道。"

"贾威的手机？"鲍大斯查看聊天记录后大惊，"有人指使贾威偷芯片？"

"正是。"达达道。

"我去追！成仔，你快送戴吉和娜娜他们去医院！"鲍大斯说着，上车疾驰而去。

戴吉挣扎起身："等等，鲍头，我也去。"

鲍大斯吼道："戴吉，你都伤成这样了，还逞什么能？"

"我没事，我答应帮娜娜找回芯片的——成仔，达达，你们留下照顾娜娜！"戴吉说着，开另一辆车紧随鲍大斯去追贾威。

6

藏雾山东南方向的一条环海公路上，两辆车正一前一后疾驰。

贾威驾车狂奔，不时回头，发现有人追赶，将油门踩到底。鲍大斯全力追赶，十分钟后，终于追上贾威，与他并排飙车。

鲍大斯大吼："贾威，你是不是寻芯堂的人？"

贾威不屑道："我才不入什么狗屁寻芯堂！"

"那你为什么要偷走娜娜的 AI 芯片？"

"废话，当然是为钱。你知不知道，刚才我差点死在藏雾山。我还年轻，还没享受人生，我就差点死了。"

"大家都一样。"鲍大斯耐心道，"别忘了，是娜娜救了大家。"

"我知道是娜娜救了我们。可我还知道，这块 AI 芯片，现在涨到两个亿了。傻子才不动心！"

鲍大斯郑重警告："庄嘉涵和黄婴的下场，难道你没看见吗？"

"他们是他们，我是我。"贾威瞟了一眼副座上那块闪着绿光的芯片，自信道，"他们都太贪，要抢全世界大佬的钱，遭人嫉恨，当然不得好死。"

鲍大斯冷笑："你现在做的事，跟他们有什么区别？"

"当然有。我这是一锤子买卖。做完这一单。我就彻底消失了。你们谁也找不着我。你要是放过我，我们二八开怎么样？"

"贾威，快收手。你没发现多少人因为这块芯片而死吗？"

"总有人会笑到最后。"

鲍大斯见贾威油盐不进，死不听劝，加速与他对撞，可惜终没能逼停贾威。不一会儿，两辆车来到海边。鲍大斯的车小，被贾威的越野车逼至悬崖边，车头朝前倾斜，幸被一块巨石挡住，才没立即掉下去。鲍大斯整个人被撞出车外，努力攀附车门，艰难坚持着。

贾威满腹恨意道："鲍头，你为什么要拼命阻止我发财？你是大老板，心胸能不能宽广一点？"

"我是在阻止你毁掉娜娜，救你一命！"

"好吧，那就对不住了。"

贾威先倒车，再加大油门，冲撞鲍大斯的车，车子进一步下滑，离坠海一步之遥。

千钧一发之际，戴吉驾车及时赶到，一面甩给鲍大斯一根绳子，一面踩足油门撞击贾威的车尾。

贾威的车快速旋转几圈，冲向悬崖，尾朝下头朝上。鲍大斯抓住最后机会，拉绳缓慢上爬。

戴吉数次管贾威要芯片，被拒，恼了："贾威，我就问你一句：你为这事筹划了多久？"

贾威不假思索道："两三分钟吧。"

"两三分钟？"

"对，就在我们从奇幽山舍下来时，突然有人给我打电话，要我偷走娜娜的芯片，并且提前预付了我一个亿。"

"一个亿？"戴吉震惊，"这会不会是一个骗局？"

"我查看了我的账户，一个'1'后面带着八个'0'。一个亿，千真万确。我可能十辈子都挣不到这么多钱，你让我怎么拒绝？"

"贾威，这极可能是一个陷阱，千万不要相信！"

"我已经信了。"贾威高举那块翡翠绿 AI 芯片，"我已经发财了。我已经把钱转给老婆，至少我的家人这辈子衣食无忧了！"

"贾威，快把芯片给我。不然，你的车要坠海了，你怎么向买家交货？"

"对不起，我的任务已完成，此生无悔……"贾威不再解释，扬了扬手里那块翡翠绿芯片，挂上倒挡，狂轰油门，从上百米高的悬崖上坠入大海。

"不要……"戴吉见挽救芯片的最后机会错失，冲出汽车，来到悬崖边，亲眼见贾威的车被海水吞没，气急之下，连吐几口鲜血，栽倒昏迷。

7

第二天。

岸城第一医院，戴吉躺在病床上，仍旧昏迷不醒。

鲍大斯与娜娜戴着口罩来看她，问主治医生："李大夫，戴吉的伤势怎么样？能恢复吗？"

李大夫叹气道："很难说。"

鲍大斯想起黄婴的欺骗："她有癌症吗？"

"我们给她做过全面体检，没发现任何肿瘤。但她身体确实有其他疾病，需要治疗。"

鲍大斯欣喜地冲娜娜点头。娜娜问："那李大夫，我姐最好和最坏的情况是什么？"

"最好的话，一个月能恢复，至于最坏的情况……"李大夫看了一眼戴吉苍白憔悴的脸，"可能要昏迷半年甚至一年……"

"李大夫，您一定全力救治。"鲍大斯一把抓住医生的手，"她还那么年轻，还没有结婚，我是她的上司，也是她大哥，需要多少钱，尽管说。"

"戴吉女士的医疗费，已经有人付过了。"

"付过了？"鲍大斯一头雾水，"谁？"

"一家慈善基金会。"

"慈善基金会？什么名字？"

"抱歉，应对方要求，我不能透露机构名称。不过对方再三强调，要求不惜一切代价抢救戴吉女士，治好她和……她母亲的病。"

"她母亲？"鲍大斯一愣，"对不起，对方捐了多少钱？够戴吉和她母亲治病吗？"

"总金额人民币四亿元。"

"还有这样的慈善基金会？"鲍大斯想着娜娜在奇幽山舍帮庄嘉涵炒股赚了一笔大钱，难道这个基金源于此？他侧身瞟了娜娜一眼，见她茫然摇头，似乎毫不知情。

"鲍先生，您放心，我们一定会尽力救治戴女士。"李大夫最后说，"病人需要休息，你们可以离开了。"

"李大夫，我能单独跟她待一会儿吗？我是她的家人。"娜娜说完又补充，"她妹妹。"

李大夫见娜娜脸形、眉毛和额头与戴吉一模一样，愣了两秒钟，然后点头："最多十分钟。"

等李大夫和鲍大斯退出病房后，娜娜坐到戴吉床边，紧握着她的手，发现极度冰凉，在她怀里捂了一会儿，待稍微暖和后，又揉搓几下，两手十指交叉——这是两人约定的"数据同步"动作，戴吉之前对此一直非常拒绝，但现在她陷入昏迷，只能任由娜娜摆布。

娜娜紧闭双眼，做深呼吸，全身意念集中在双手上。她能感觉她全身的能量，正通过双手这一对数据接口，波涛汹涌般传向戴吉。

这样过了十秒钟，娜娜大脑收到戴吉微弱的语音信号："你这个烦人的家伙终于没事了？"

娜娜顽皮地笑："姐，你总算答应跟我同步数据了，不容易啊。"

"那是因为我没有说话的力气。"

"那就尽量少说，保存体力。"

"你的翡翠绿 AI 芯片找到了吗？"戴吉关切地问。

"没有。可能永远找不到了。鲍头给我另找了一块普通 AI 芯片。虽然算力差一点，但勉强能维持我的基本生理功能。"

戴吉替她难过："那你岂不是失去超级 AI 了？"

"没事啊。"娜娜潇洒道，"不就是失去超级 AI 吗？我就当跟碳基人一样的普通硅基人好了，安全踏实，没灾没祸，默默无闻地隐藏人间，多好！这不正是何老师的初衷吗？"

"还是何老师有先见之明。"戴吉一声感慨，又柔声道，"娜娜，我有些话要问你。"

"尽管问，妈姐。但凡我知道的。"

"李大夫说的基金会，是怎么回事？是不是你干的？"

娜娜含糊道："也许吧。"

"钱哪来的？"

"肯定不是抢的。"

"我需要明确的答案。如果你再用超级 AI 非法牟利，我醒来后一定重重处罚你。"

"好吧，我说实话，来自奇幽山舍的投资收益。"

戴吉奇道："庄嘉涵的钱？他不是全部悬赏刺杀 AI 科学家了吗？"

"这是假的。"

"假的？"戴吉一惊，"你是说你在奇幽山舍用AI投资的事全是假的？"

"不。半真半假。"娜娜笑，"我之前帮黄婴和庄嘉涵炒股挣钱的事是真的，后来，从银行抢钱、把全球资本市场搞崩，以及庄嘉涵全球悬赏追杀 AI 科学家的事，全是假的。"

"我没听懂。"

"全球各大媒体的报道，不过是我用 AI 即时生成的视频，目的是骗过庄嘉涵。之前我帮他挣了四个亿真金白银，他自然深信不疑。庄嘉涵用十四个亿悬赏全球刺客，除了四亿盈利被我原路退回外，他那十个亿不义之财，我都用各种公益账户的名义，假扮杀手冒领走了。"

"你这个机灵鬼！"戴吉大赞。她似乎特别疲惫，歇了一会儿，稍稍恢复体力后道，"娜娜，我可能会昏迷很长时间，我要求你帮我两个忙，你一定要答应。"

"姐，你说。只要我能做到的。"

"第一件，是关于我妈。"

"是咱妈。"娜娜纠正。

"嗯，咱妈。"戴吉忧心道，"几天后她有个预约好的大手术，治疗阿尔茨海默病的。我希望你能代替我陪陪她。咱妈的驴脾气你也知道，我不在身边，她绝对不会进手术室。"

"我答应你，一定照顾好咱妈。"娜娜爽快答应，"第二件呢？"

"我手提包最里侧的夹层里有个小东西，你拿出来。"

娜娜不睁眼，只松开一只手，摸索着从戴吉包里掏出一个优盘："里面有什么？"

"我的硕士论文。关于硅基人的。"戴吉喘了一口气，"还需要再润色完善一下。"

"你让我帮你改论文？"

"还有答辩。"

娜娜愕然："我现在已失去超级 AI，哪会写论文？"

"我对论文的所有新想法，刚刚已全部同步到你大脑中。你只要稍微整理一下，录入电脑即可。"

"好吧。"娜娜勉强道，"什么时候答辩？"

"跟咱妈手术同一天。"

"好，这大活我接了。"娜娜爽朗地笑，"我很乐意公开扮演戴吉同学。"

"你答辩一定会比我更优秀。如果到时我能醒过来，一定与咱妈一块看你的直播。"

"必须的。"

"虚拟谈话"结束，娜娜松手睁眼，发现戴吉仍处深度昏迷。刚刚发生的，不过是因为两人数据同步带来的情景再现。

娜娜不舍起身离开，刚踏出病房门，就听监测仪突然报警，心电图突然变成一条直线。娜娜见戴吉病情急剧恶化，高声呼救，一群医生冲了进来，对其实施急救。娜娜爱莫能助，只能站在一旁，眼泪止不住夺眶而出。

8

三天后，新智理工大学人工智能学院硕士论文答辩现场。

虽然高老师已知发生在戴吉和娜娜身上的故事，以及娜娜代替戴吉答辩的原委，早有心理准备，但当他目睹娜娜生动的表情和细腻的肤质，感受她娴熟的语言和优雅的气质时，还是惊呆了，悄声问："你真的不是戴吉，而是她所造的硅基人？"

"我是娜娜，不过，今天我是戴吉。高老师，在我上台前，您还有什么嘱咐吗？"娜娜扬了扬手里的笔记本电脑。

高老师仿佛没听见她的话，目不转睛地盯着她看："太完美了！鲍总，若不是亲眼所见，真的难以相信，你们新智机集团能造出这么逼真、这么智能的硅基人。不可思议！太不可思议了！这可是一件足以载入 AI 史、科技史的大事！"

一旁的鲍大斯拱手道："高老师过奖了！因为各种原因，娜娜之事，我们尚不敢对外公开，哪敢奢望载入科技史？"

几人走到会议室门口，却听主持老师在台上说："今天最后一位上场答辩的，是戴吉同学。有请！"

娜娜整理了一下她和戴吉最喜欢的孔雀蓝裙子，从容上场，站定后，用淡定的、温暖的目光扫过所有人，以一种与戴吉一模一样的嗓音、声调和口吻说："各位专家、各位老师好！我是今天的答辩学生戴吉，我的硕士论文题目是……"

新智城人民医院。

晓诸正陪她姑戴母看"戴吉"的答辩直播。

三天前娜娜一回来，就在晓诸和趣趣的陪同下去医院看望"老妈"，说服她动手术。戴母一开始非要去答辩现场，娜娜好说歹说，向大夫请求术前在病房观看"答辩直播"，才将她哄住。戴母特意叮嘱娜娜一定要穿上她那条最好看的孔雀蓝裙子。

戴母看着答辩现场后，欣喜道："原来论文答辩是这样的，跟开会一样。我还以为要辩论或吵架呢。"

晓诸问："姑姑，吉吉今天是不是特别漂亮？"

""嗯，这件孔雀蓝裙子特别衬她，颜色和款式都好。"戴母反复打量屏幕里的娜娜，"就是……就是她好像有一点紧张。"

"她紧张吗？我怎么不觉得。"晓诸低头看，发现她姑的手微微发抖，才知道紧张的不是她女儿，而是她本人，于是下意识地握住她的手。

"不紧张。不紧张。是我替她紧张。"

"没事的，姑，您刚才说得对，论文答辩就跟开会、上课一样。每个人发言，然后评审专家提几个问题，回答通过，就没事了。"

"答辩通过后，吉吉就是硕士研究生？"

"不，是正式成为硕士。"

"我女儿就要成硕士了，哈哈……"戴母继续对两位病友高声炫耀，"我女儿就要成硕士了……"

遥远的岸城第一医院某病房，墙上挂着的一个大显示屏，也在同步直播娜娜的答辩。

仍旧深度昏迷的戴吉，脸色惨白，双目紧闭，身上插满管子和传感器，一动不动，对答辩直播的声音和画面毫无反应……

9

新智理工大学人工智能学院答辩现场。

经过数十分钟的讲解后，娜娜最后总结："因为职业的原因，三年前我报考了高老师的硕士研究生，头脑一热，报了一个非常难做的选题。这个题目确实很难，我一度很灰心，甚至想过放弃，是高老师不断鼓励我、帮助我，我才坚持完成。我也没想到，自己与 AI、与硅基人如此近距离地相处。

"从基因和生理层面看，硅基人不属于人类，但从心理和情感层面，硅基人也是人，也有他们的个性、人格和自尊，有优点有缺点，喜怒哀乐与我们碳基人别无二致。

"他们是人类制造的，也是自身进化的。他们一定能在人类无法触及的某个角落，发挥着不可替代的作用。硅基人不是遥远的未来，而是真实的现在。

"基于强人工智能 AGI 的情感硅基人，完全可以与人类和谐共处、互帮互助。他们不应该也不会是人类的敌人。

"这里，我要特别感谢我的上司何默犀老师，感谢鲍大斯等领导和同事的大力支持，是他们共同铸造了硅基人，给予了他们生命和灵魂，也成就了我这篇论文。我的陈述完了，谢谢各位专家！"

鲍大斯、高老师热烈鼓掌，达达则在一旁专注地做直播。

主持老师上台："好。现在进入问答环节，请几位评审专家对戴吉同学的论文提问。"

第一位评审专家，是一位年近六旬两鬓斑白的白姓女专家，她高度评价了论文："戴吉同学这篇论文，选题新颖，数据详实，观点超前，而且是基于实验和自身实践写的，有非常高的学术价值。我感觉硅基人这个方向没有错，希望未来能出更好的成果。"

"谢谢白老师！"娜娜鞠躬。

"只是，你论文中提到的硅基人在哪？可有真实案例——"

"这也正是我想问的。"第二位专家冷冷打断白老师的话。

娜娜循声望去，说话的是一位四十岁左右目光犀利的中年男子，某研究机构 AI 学科带头人，姓熊，忙道："熊老师，请说。"

熊老师不客气地发问："戴吉同学，我相信当前 AI 已经发展到 AGI，甚至超过 AGI、达到超级智能 SAI（注：英文全文为 Super Artificial Intelligence）的水平。制造情感硅基人，理论上应该没有问题，不过，你怎么这么肯定硅基人具备人类的情感和伦理？怎么知道他们一定能与碳基人和平共处？有案例和数据支撑吗？"

娜娜自信答："熊老师，白老师，当然有案例和数据。论文里我都提到了。"

"论文我看了，不过我现在要看实物。百闻不如一见，你所说的硅基人到底在哪？能让我们看看吗？"

"这个……"娜娜迟疑地瞟了一眼观众席上的鲍大斯和高老师。

鲍大斯看到这，心提到嗓子眼上，生怕娜娜脱口说出"我就是硅基人"这句话。一旁的高老师更焦虑：娜娜要是露馅，被别人发现她代替戴吉答辩，他作为导师，自然也要受牵连。要是这样，今天的答辩和他一生的学术声誉可就全完了。

"怎么？没有？"熊老师见娜娜迟迟不回答，以为她心虚，咄咄逼人道，"这么说，戴吉同学，这上面的案例、数据和结论全是编的？"

娜娜心道：如果不提供一个真实的硅基人样板，今天的论文答辩就是纸上谈兵，根本通不过。

可如果自报身份，直接说"我就是硅基人"，不仅有违何默犀老师的保密原则，有违戴吉一再叮嘱。更重要的，是会吓坏看直播的"老妈"。如果她发现正在答辩的人不是戴吉，一定不停追问她女儿的下落，情绪激动拒绝手术甚至发生意外。果真如此，我罪过就大了。

娜娜目光征求鲍大斯和高老师意见，见二人交换意见，一致点头，也点头回应。她对达达做了一个"STOP"的手势，示意他暂停对老妈直播，然后才道："主持老师，四位评审老师，我可以提交硅基人的样板实例，但我有一个请求：只对五位老师展示，可以吗？"

主持人请所有参与答辩的学生回避后，问："戴吉同学，可以了。"

娜娜道："我还有一个请求，出于安全上的考虑，几位老师一定要对即将看到的一幕严加保密，否则可能会引发不可预知的风险。你们同意吗？"

熊老师与其他三位评审专家和主持人快速商量后，一致同意。娜娜这才缓缓解开长裙，拉开皮肤，露出 AI 芯片："我叫娜娜。我就是论文里提到的女硅基人。"

沉默了两秒钟后，最挑剔的那位熊老师带头鼓掌，其他三位评审专家跟着鼓掌。鲍大斯、高老师和主持老师，也以最热烈最真诚的掌声，为戴吉的优秀论文和碳基人娜娜的精彩表现喝彩。

10

新智城人民医院病房内，在经过短暂的中断后，戴母和晓诸继续观看直播。只见主持老师走向前台道："经过评审老师的严格审核和评议，今天通过答辩的同学有：戴吉、王小暑、马迪……我们对上述同学表示热烈的祝贺！恭喜他们正式成为我院毕业的硕士！"

晓诸见画面里的娜娜无比激动，一手掩面，一手对镜头挥手，高兴地对戴母说："姑，看见没，吉吉答辩通过了，通过了！"

戴母道："真的吗？真的吗？吉吉在哪？我要看她。我要看看她！"

说话间，娜娜走向讲台，做最后的致辞："感谢我的导师高老师这两三年来的悉心指导，感谢各位评审老师对我论文的精彩点评，感谢同学们的悉心关爱，尤其要感谢我妈多年来对我的支持和关爱。今天是我答辩的日子，也是我妈大手术的日子。可就是这样，她还是坚持要看完答辩直播后才做手术。这里我对我妈说——妈，我现在是硕士了，您放心去做手术吧。您醒来后第一眼看到的，就是你女儿，就是我的硕士学位证书……"

"好！好！太好了！"戴母泪流满面，紧握着晓诸的手，没注意她的娘家侄女早已哭成泪人。

遥远的岸城第一医院。

娜娜答辩完成后不久，戴吉仍旧在昏迷中，病房里超级安静。

身穿白大褂脸戴口罩的李大夫走近病床："戴吉，告诉你一个好消息：你的答辩顺利通过了。"

双目紧闭的戴吉还是没有丝毫反应。

"恭喜你，你现在是硕士了。你太棒了！"李大夫说完，发现她手指动了动，大喜，又补充道，"还有一个好消息：你妈的手术非常成功，人已经醒了。体检表明，她的阿尔茨海默病明显改善……"

戴吉身体还是没动。李大夫略微有点失望，但他不气馁，又耐心地重复了两遍。终于，他在离开病房前最后一次回眸时，清晰地看见戴吉眼角有热泪涌出，像嫩绿荷叶上的晨露一样，珠圆玉润……

11

三个月后。初夏。

新智城某公园。

手术后的戴母在"女儿"娜娜的悉心照顾下，阿尔兹海默症状已大为缓解。这天一大早娜娜带她在附近的公园里散步。

戴母见晴空万里，空气清新，欣喜道："吉吉，今天这天气真不错。"

娜娜答道："是啊，不冷不热，很适合户外活动。"

"汤末晚上来我们家吃饭吗？"

娜娜没法告诉老妈，眼下的"汤末"，其实是另一个硅基人达达，与她上次在超市见到的汤末，其实并非同一个人。达达是世上第二个硅基人，是娜娜唯一的"同类"和朋友，弥足珍贵。唯一的缺憾是，经过黄婴的重置摧残，他之前承袭的关于汤末的记忆已部分丧失。

"他有事，可能来不了了。"娜娜说完又补充，"不过，晓诸和趣趣他们会来。"

"汤末这小伙子不错。要我说，你是不是——"戴母正要有序"催婚"，突然发现女儿不见了。

娜娜早闪到一旁，悄悄拨了一个电话："是岸城第一医院李大夫吗？"

"我是。哪位？"

"我是 809 病房病人戴吉的家属，请问她现在病情好点了吗？"

"总体恢复不错，但尚在昏迷中。"

"什么时候能醒？"

"这个不好说。快的话，就这几天；慢的话，可能还需要十天半月。不过，总体看，病人的意志非常顽强。乐观估计，她应该快醒了。"

"谢谢李大夫！如果她醒了，麻烦您第一时间通知我，好吗？"娜娜挂断电话，仰天做了一个祈祷手势。

尾声　向死而生

1

一周后的岸城第一医院。

雨过天晴的清晨，空气洁净，微风轻拂，清爽宜人。

戴吉枪伤已基本痊愈，终于闯过鬼门关，从昏迷中苏醒过来。她用手机回放答辩视频，观看了娜娜的精彩答辩，也看了母亲手术后的相关录像和照片，感动之余甚感欣慰。

想到娜娜成功扮演自己，照顾术后母亲的生活起居，戴吉庆幸当初接受何默扉的强制要求以自己为原型制造娜娜，是一个无比英明的决策。目前看，娜娜真的就像是她死去多年的双胞胎妹妹戴娜，以另一种方式"投胎"人世，亲自照看母亲，为她分忧。

这是妙不可言的缘分，还是不可思议的轮回？

戴吉欣喜之余，又觉不安。这样一直麻烦娜娜，也不是办法。硅基人也是人，也有自己的理想和生活，包括爱情和婚姻。如果我真的已死也就罢了，既然我侥幸未死，还是应该换回娜娜，给她彻底的自由——当然，前提是给她一个公开、合法、安全的硅基人身份，让她以"本色"融入碳基人类社会。

戴吉想跟老妈、娜娜和晓诸通话，正犹豫先电谁较好，手机剧烈震动，进来一个视频电话。屏幕上没有显示来电，只有"未知身份"四个字。会是谁呢？

眼前跳出一个熟悉的头像："吉吉，身体彻底恢复了吗？"

"何老师？"戴吉大惊，"是您？"

"是我。"

"您……真的没死？"

何默扉笑道："不，我死了。我早就死得透透的，我的肉体已经烟消云散了。"

"那……"戴吉见屏幕里的何默扉头像栩栩如生，眼神锐利，皱纹和胡子逼真至极，尤其是他那极具个性的爆炸头发型，蓬松、卷曲、闪亮，旋即明白怎么回事，"这是由您大脑意识生成的数字虚拟人形象？"

"效果怎么样？"何默扉顽皮地眨眨眼。

"真像！"戴吉由衷赞叹，"何老师……您是什么时候将意识上传云端的？"

"当然是在我的肉身被杀死在雪柴酒庄之前。"

何默扉惨死酒庄的恐怖一幕瞬间涌上心头，戴吉强力阻断自己的回忆："何老师，娜娜和我已经把5A联盟和寻芯堂两大邪恶组织一端锅，给您报仇了。"

"帮我报仇了？哦，是吗？"

"千真万确。"

"对不起，吉吉，我不是怀疑你。我只是发现，死后知道自己大仇得报，真是一种神奇的体验。太神奇了！"何默扉赞道，"谢谢你们了！看来娜娜确实是你非常优秀的作品。"

"不，是您的作品。"戴吉真诚道，"没有您的'瘦王'算法，就没有娜娜。我最多只是提供了一点外观长相上的……嗯……参考。"

"不，不，不，吉吉，你错了。一切算法都只是工具，真正的意识源头是你在制造娜娜上传的原型记忆，还有你在她诞生后，对她朝夕相处的陪伴和照顾，就像一位母亲日夜陪伴、照顾她的孩子一样。母亲不只是给予孩子肉体，更重要的是给予她精神上的幸福感和安全感，这才是铸造她灵魂和人格的关键。某种程度上，娜娜就是你的孩子。"

"您过誉了。"戴吉忐忑道，"可我一直把她当我的妹妹戴娜。"

"娜娜就是戴娜，戴娜就是娜娜。终有一天你会发现，硅基人与碳基人之间的界限，会日渐模糊，并逐渐走向消亡。"

"您对她的表现还满意吗？"

"何止是满意？我以她为傲，因她而自豪。她基本满足了我对硅基人的想象。不，严格地说，很多方面超出了我的想象。"何默扉一脸欣慰道，"谢谢你和娜娜，当然，还有我们的鲍头为我这场冒险所做的一切，我终于死而无憾了。"

戴吉第一次亲耳聆听长辈的"死后遗言"，新奇且激动，泪奔道："何老师，拜托您别提那个字！"

"'死'字？提不提我的肉身都死了。"何默扉坦然笑道，"吉吉，我今天是特意来道别的。毕竟我们共事多年，你帮过我很多很多。上次走得太匆忙，我总觉得欠你一次真正的道别。"

"不，不，何老师，您先别走！"戴吉急忙阻止，"我有好多问题要问您，希望您帮我解开谜团。"

"我尽量回答。不过我最多只有十分钟。"

2

戴吉将近来发生的大事和疑问快速过了一遍，脑海里掠过无数身影。她首先想到了邻居章虞，不由问："第一个问题：您为什么要雇章虞来保护我？"

"其实在我发现我将被杀时，我就知道，你也处于危险之中，所以……章虞，是一个就近选择。"

"让您破费了！"戴吉伤感道，"我对不起章大哥。"

"人生总是充满遗憾。"何默扉柔声安慰，"我只能说，选择章虞当你的临时保镖，确实是最佳方案。至于破费，更谈不上。反正我死后，所有的积蓄也要全部自动捐赠给社会，能在你身上用一部分，我甚感欣慰。"

"谢谢何老师。"戴吉消除第一个疑窦，又问，"汤末被黄婴拘押在地下室时，是谁通知我表姐晓诸去救他的？我姐说那个声音非常苍老，不是您吗？"

何默扉否认："我这个数字虚拟人刚刚上线，对此完全不知情。"

"难道是超级 AI 小 J？"

"应该不会。我给小 J 设置的 AI 伦理一直是'不要轻易介入他人的因果，哪怕你拥有超级 AI'，基本原则是'非请求，不介入；非紧急，不出手'。小 J 忠实地执行了我的算法伦理。"

"那是谁通知我表姐的？"

"我猜应该是黄婴。放走汤末，让他死在岸城，黄婴导演的这场'栽赃大戏'才足够精彩。"

戴吉如梦初醒："哦。是这样。"

何默扉催促道："下一个问题。"

"安保处处长贾威为什么要偷走娜娜身上的超级 AI 芯片？他又是谁重金雇的？是您的大脑意识还是小 J？"

"我刚说了，我的数字虚拟人才上线，怎么雇贾威？"

"那是小 J？不可能。她一直在帮娜娜，怎么会这么残忍？"

"残忍？呵呵……那我倒不觉得。"何默扉居然笑了，"有时候，失去并不是什么坏事。娜娜现在最需要的，是藏。"

"藏？"

"对。她已经用行动充分证明了硅基人的能力和人性，可是，碳基人类并没有完全做好与硅基人共享地球的思想准备。虽然 5A 联盟没了，但谁能保证将来不出现 5B 联盟或 6A 联盟，对硅基人更加仇视？庄嘉涵死了，后面会不会还有李嘉涵、张嘉涵、王嘉涵？至少在你完全康复之前，娜娜需要蛰伏，等待人类慢慢接受硅基人，顺便帮你照看母亲。这是你当初同意以你自己为原型制造娜娜的一个强大动机。所以我说，娜娜暂时失去 AI 芯片，做回普通硅基人，未必是坏事。"

"暂时失去？不是坏事？"戴吉灵光一闪，心生一个匪夷所思的念头，"难道……难道这事是娜娜自己策划的？重金雇贾威盗走她芯片的，就是她本人？"

"我可没这么说，呵呵……"何默扉表情诡异，"不过，据我所知，贾威是仓促间做出偷盗 AI 芯片的决定的，而且那笔雇佣金，高达两亿元。能如此大手笔向贾威精准悬赏的人，世上又有几个呢？"

"真是她雇的贾威？"戴吉从头凉到脚，忍不住打了一个寒战，喃喃道，"天，娜娜这脑洞、这远见……天啦！"

何默扉提醒："吉吉，再过几分钟，我就要下线了。有问题抓紧问。"

戴吉吞了吞口水，鼓起勇气问："最后一个问题：庄嘉涵是您什么人？"

3

何默扉当即愣了："我不明白你的问题。我与他素不相识。"

"那我换一种问法：何老师，您在 5A 联盟中担任什么职位，扮演什么角色？"

何默扉勃然变色，生气道："吉吉，你知道我是被 5A 联盟杀死的，你问这个是什么意思？难道我下令杀死我自己吗？还是你认为我在诈死？"

这是戴吉预料之中的反应。她定了定神，平静道："不，何老师，我相信您确实过世了，您的肉体确实消亡了。我只是好奇：为什么新智机集团和奇幽山舍的建筑，都采用了 A+I 的独特设计？这两个地方的布局规划，莫非出自同一个设计师之手？而据我所知，新智机集团两栋办公楼的设计，是您亲自拍板的。"

"你怎么突然谈到建筑设计了？"

"与其说这是一个建筑设计问题，不如说，这是一个关于 5A 联盟创始人身份的问题。"

何默扉爆炸头突然膨胀，愤怒质问："该死的戴吉，你到底想说什么？

你怀疑我是 5A 联盟的创始人？"

"正是。"

"证据？"

"新智机集团的办公楼由 A 字楼和 I 字楼组成，意为 AI。藏雾山的奇幽山舍也是。从外面进入奇幽山舍，有两条通道。娜娜进去，是坐'A+I'型电梯，而我，是通过岸城 A 字形的漫漫广场，最后我们都是通过 I 字形紧急逃生通道逃离藏雾山的。两条通道，都是 AI 组合，所有进出通道，都与新智机办公楼和雪柴酒庄的滑道类似，这是巧合吗？"

何默扉耐心听完，稍稍停顿了一下才问："吉吉，我不明白你在说什么。我只是直觉，你对 AI 这个词是不是有点过度解读了？"

"也许吧。"戴吉决定换个角度，"那我们再说说 5A 联盟。作为藏雾山的隐蔽门面，为什么漫漫广场的立柱上会有五个以 A 打头、充满正能量的单词？"

何默扉不提英文单词，只问："ManMan 广场？哪个 Man？"

"漫不经心的'漫'。"

何默扉摇摇头："我没去过什么漫漫广场，我不知道你在说什么。"

戴吉见何默扉一味否认二者关联，谈话热情全无，越发印证心中的猜测。她在手机上点了几下，续道："何老师，我刚给您发了两张照片，一张黑白，一张彩照，您看它们有什么共同的地方？"

何默扉低头看照片道："黑白照片是我和我儿子小时候的合影，你哪来的？"

"雪柴酒庄。"

"雪柴酒庄？哦，想起来了，我想起来了。"何默扉拍拍脑门，"是的。这是我跟我儿子仅存的一张合影。我特意冲洗成黑白照片，挂在雪柴酒庄的墙上，我觉得黑白照片更有神韵和历史感，更能满足人的怀旧感。"

"那第二张彩照呢？"

"这张彩照是一张风景照，好像是某地的一座什么山吧，与前一张没什么共同点啊。"

戴吉提醒：“您身子后仰，往远了看。”

何默扉苦笑：“我没有肉体，怎么后仰身子？”

“那您调整下眼睛的焦距试试。”

“我看看……没什么变化啊……就是一张风景照。”

戴吉耐心道：“您再试试。还是风景吗？”

“好。我再试试。”手机里的“何默扉”数字虚拟人头往后仰，用一种不情愿的口吻道，“好了，好了，这下我总算看明白了。”

“是什么？”

“近看是风景，远看好像是……两张人脸。”

“哪两张人脸？”

“我和我儿子。跟那张黑白照片几乎一模一样。这个可真神奇。”

戴吉这才道：“黑白照片是我在雪柴酒庄的墙上拍的，而这张彩色风景照，是我上次在直升机上拍的藏雾山远景。为什么这张风景照里会嵌套有您父子的合影信息，不，我应该反过来问：为什么您父子的合影里会嵌套藏雾山的风景？”

“这个……真有点奇怪，我实在想不明白。”

“您在雪柴酒庄的那张父子合影，真是三十年前的原照吗？”戴吉追问，“还是您事后用 AI 生成的，故意做了黑白处理？您早就知道藏雾山，对吗？”

“这个……恐怕超出了我这个数字虚拟人的理解范畴。”何默扉似乎心事重重，慌张地搪塞，“吉吉，对不起，我该下线了。这个问题我们能不能以后再探讨？”

“何老师，等等，别走，我就耽误您半分钟。”戴吉不再绕弯子，咄咄逼人道，“庄嘉涵是不是您的儿子？”

4

何默扉一怔，仿佛被人使了"定身法"一般，一动不动，良久才悠悠道："看来，我还是选错人了。"

戴吉不明白何默扉为何天马行空地来这么一句："什么选错了人？"

"吉吉，我知道你很聪明，很有悟性，这是我喜欢你的原因。但是我没想到你会这么执着，这么善于联想，这么喜欢深挖一些别人轻易忽略的东西。"何默扉悔恨里带着一丝怨气，"早知这样，我不应该让你做我的助理，不应该选择你帮我完成制造硅基人的遗愿。"

"这么说，庄嘉涵真的是您儿子何锄？"

"如果何锄还认我这个父亲的话。"

"那么，5A联盟这个反AI的邪恶组织，也是您一手打造的？"戴吉终于问出那句她极不愿问的话。

"某种意义上，也可以这么说。"

戴吉见何默扉脸现羞愧，震惊之余出离愤怒："为什么？您为什么要这样？您不是为虎作伥助纣为虐吗？作为一个世界著名的AI算法科学家，你一面研究先进意识算法制造硅基人，一面又暗中支持犯罪组织残害AI从业者，这种脚踏两只船的做法，不是太虚伪、太无耻了吗？"

何默扉兀自强力辩解："我从来没有残害过任何AI从业者，哪怕是我不喜欢的鲍大斯和黄婴。"

戴吉对何默扉大失所望，感觉她所熟悉所崇拜的和善、睿智、进取的正面形象正在疾速离去，取而代之的是一个虚伪、狡诈、冷血的罪犯形象，冲动道："可是您刚刚亲口承认庄嘉涵是您儿子，承认5A联盟是您亲手打造的！"

"我是承认了一些表面事实。可是吉吉，有些事，不是你想象的那样。"

"比如？"

"比如庄嘉涵是我儿子何锄这件事，我也是最近才知道。"

"最近？"戴吉一愣，"最近是什么时候？"

"我死后。"何默扉似乎怕戴吉没有完全理解，又补充道，"在我的肉体死亡大脑意识上传之后。所以我不知道怎么实现你所说的为虎作伥和助纣为虐。"

"什么？"戴吉被这个超出自己认知的逻辑和伦理所震撼，"您是说，您活着时，并不知道庄嘉涵与您的关系？"

"是的。"

"那……那……那……"戴吉瞠目结舌，语无伦次，不知道该说什么，好一会儿才道，"我不能体会一个人死后发现生前的某个真相，是什么感觉，我完全无法理解。对不起，何老师，也许是我昏迷太久，脑子生锈了。我听不懂您在说什么。真的，这严重超出了我的理解范畴和认知极限，就好像我无法想象四维空间一样。"

"明白。"何默扉点点头，语气又柔和起来，"你应该听我说过我儿子小时候的故事吧？"

"知道一点。您曾对我说，他四岁时就跟他妈一块出国了，两人更名改姓，从此杳无音信。但您没说具体原因，只说你们两人性格不合适，无奈分手了。"

"我跟她是同行，只有酒后冲动的一夜情，没什么感情基础，没想到她会怀孕。我当时连恋爱都不想谈，极度排斥婚姻，是她眼中的……嗯……渣男。没错，感情方面我确实很渣。这是四十年前的事了。他们出国时，我唯一得到的，就是你在雪柴酒庄看到的那张黑白照片。"何默扉润润嘴唇，继续道，"我与他们母子一失联就是三十年。十年前因为一个偶然的机会才得到她的唯一联络方式：E-mail。可笑吧？我通过电子邮件向她打听儿子的下落，管他要儿子的近照和联系方式。她死活不给。我问她：要怎样才能告诉我。过了很久很久，她才回复了一句话。"

"什么话？"

"她的原话是这样说的：'除非你死了。你死了，我就通过邮件告诉你他在哪。’”

“‘除非你死了’？”戴吉喃喃重复，“她是为了报复您而说的气话吧？”

“不。我了解她。她这不是气话，她是认真的，她性格倔强，说到做到。只要我活着，她一定不会告诉我儿子下落，我只能赌她在我死后——”

“等您死后再告诉您还有意义吗？”

“人死如灯灭。从世俗的视角看，是没意义。但是你看……”何默扉居然笑了，一脸灿烂的童真，“我居然在自己死后跟你谈论我生前的事，是不是说明，这世上还有更高维的‘上帝视角’？”

“上帝视角？这个……”

“事实上，我死后确实收到了嘉涵他妈的邮件。所以说，我的死是值得的——顺便说一句，她叫庄漫，漫不经心的‘漫’。”

庄漫。这应该就是“漫漫广场”名字的来历，也是庄嘉涵姓“庄”不姓“何”的原因。庄嘉涵以此命名广场，乃是为了纪念他的母亲。戴吉突然被一种撕心裂肺的痛包围、渗透，眼眶登时红了：“您不会……不会是为了见到您儿子，才主动求死的吧？”

“不可以吗？”

“所以您公开对5A联盟放风要造硅基人，激怒他们来杀死您？这也未免太……太……残忍还是伟大？对不起，何老师，我不知道该怎么措辞，我……”

“我不觉得这有多残忍，至于伟大，更扯淡。”何默扉淡漠哂笑，继而喟然慨叹，“‘生者，寄也；死者，归也。’你听过这句话吗？”

“没有。什么意思？”

“活着不过是将灵魂暂时寄存于肉体，死亡的是肉体，不是灵魂。当肉体死亡时，灵魂并没有消失，而是回归，回归到生命的初源。六十岁之前，我对这种理论是强烈反对、嗤之以鼻的。但是六十岁之后，我开始相信，灵魂也许真的不死。如果我死后，灵魂永恒，又能见到我儿子，一举两得，有何不可？”

戴吉见"虚拟何默扉"笑意盈盈，甚是坦然，乃抹泪道："那您见到了——我是说你的大脑意识——见到您成年的儿子庄嘉涵了吗？"

"没有。我也刚从小J那听说发生在藏雾山奇幽山舍的事。我听说他因为干坏事，被黄婴杀死了。"

"对不起。"戴吉想到何默扉主动求死，居然还是没赶上见儿子最后一面，而杀死他的幕后黑手，正是他一直渴望见一面的亲生儿子，这是一种怎样五内俱焚的伤痛，愧疚道，"对不起，何老师，我不知道……"

"吉吉，这事不怪你。何锄滥杀无辜，作恶太多，确实是……"何默扉突然哽咽，摆摆手，"我最大的遗憾，是没能听他当面亲口叫我一声爸爸。"

戴吉泪如雨下："对不起，何老师。"

"别说对不起，吉吉。相反，我要谢谢帮我解开了一个谜团，帮我圆了一个梦。"

"解谜？圆梦？"

"其实，我见过成年的何锄。"

戴吉又是一愣："您刚才还说四十年没与他见过面？"

"我刚刚才发现：十年前我见过他。只是当时，我并不知道他是我儿子。"

5

戴吉再度愣了："这又是怎么回事？"

"十年前，我一边在新智机集团上班，一边在南方一所大学人工智能学院做兼职教授，带了十几个硕士和博士。为了激励学生对AI的深入研究，我设计了一个5A兴趣小组，它的宗旨就是你之前提到的五个英文单词：Active、Ambitious、Arouse、Aspiring、Alive。"

"5A兴趣小组？"戴吉感觉自己即将接触到5A联盟的终极真相，心怦怦狂跳。

"我创立这个小组的初衷，不是研究算法，也不是为了反 AI，而是研究 AI 对人类各方面的冲击，应对 AI 可能给人类带来的伤害。因为我越是了解 AI 的能力和它的进化速度，就越发现，迟早有一天，人类难以驾驭它。我想通过 5A 小组各种脑筋激荡、思维发散式探讨，为我提供各种'应急预案'，以面对'未来可能的 AI 失控'。"

"AI 失控后的应急预案？"

"吉吉，你是金庸小说迷，应该知道老顽童周伯通的'左右互搏'。人类要安全稳定，世界要和谐发展，关键在平衡和制约。就像开车，既要踩油门，也要踩刹车。如果说我这样的算法设计师代表油门，5A 小组就是我偷偷安装的一个刹车。可我毕竟是一位 AI 科学家，正在积极推动 AI 算法的研究，不方便公开牵头做此事。"

"那您让谁牵头？"

"庄嘉涵。他当时是我的在职研究生之一，数学专业加金融履历，人很聪明，有思想，对 AI 态度很理性，甚至还有点消极，是那种风控意识比较强的人，所以我觉得他适合牵头带这个小组。但因为我们都很忙，平时见面次数不多。"

"您在新智城见过他吗？"

"没。哦，不，应该见过。有一次，他到新智城出差，特意来看我，我跟他聊了半个小时，还带他在新智机集团的办公区转了转。"

"哦。"

"他这个在职研究生没上多久，就突然退学而且失联了，连招呼也没打。这个 5A 兴趣小组，就这样不了了之。"

"等等。他是您亲儿子，难道您就一点没发现？"

"他离开我时才四岁，读我的研究生时，已经三十四，变化太大了。他长得不像我，也不像他妈，而且，我一直以为他在国外生活，所以，从来没往那方面想。"

"那后来您见过他吗？"

"没有。五年前，当我决定全力研究 AI 意识算法时，我结束了兼职教授工作。两年前，我听说岸城冒出一个反 AI 的邪恶组织 5A 联盟，老大绰号'托尼'，根本没想到，这托尼就是庄嘉涵，就是我失联多年的儿子何锄。"

"那他知道您是他父亲吗？"

何默扉茫然摇头："也许知道，也许不知道。我宁愿他不知道。我没想到，他后来居然走火入魔，走向疯狂仇视 AI 产业和 AI 从业者的反面。他用新宗旨重新定义了当年的 5A 小组，还把它改名为'5A 联盟'，将它打造成一个黑社会组织。"

"他给您提交的 AI 失控应急预案，就是'疯狂杀戮'？"

何默扉自嘲道："是。他亲手杀死了包括我在内的全球知名 AI 算法专家。说起来，这才是我最大的失败。如果他知道我是他父亲，那么这一切，也许是他出于对我的报复。"

一切都清楚了。难怪在漫漫广场会见到五个"A"，难怪藏雾山和奇幽山舍会有 A+I 组合，原来一切都始于何默扉与庄嘉涵的特殊关系。戴吉从悠远的往事中醒来："何老师，撇开您儿子的因素，你为什么要冒着生命危险研发硅基人？为什么骗我说你在香港有朋友接应娜娜？"

"对不起，香港的朋友确实是我虚构的，我是怕你收养娜娜压力太大，才故意说你只需要照顾她十天。我知道她迟早会脱离你的视线。这是我此生最后一个试验，最大的一个赌注。我就是想看看，如果硅基人一开始被剥夺离线 AI，各方面与碳基人一样普通，他们能否与人类和谐共处？他们大概会用多长时间摆脱算法约束，自我进化并最终获得离线超级 AI？试验的结果大大超出我的预料。"

"您知道这场试验，死了多少人吗？"戴吉激动道，"老王、小刘、山子、小亮、章虞、汤末、梅芙、黄婴，还有 5A 联盟和寻芯堂的众多杀手，哦，还有您本人和您的亲生儿子。您这场试验的成本是不是太高了？！何老师，我一向很尊重您，可是您这样做，是不是有点太自私、太冒进了？"

"吉吉，这件事我确实很抱歉。"何默扉自责后又道，"可是，你知道吗，不管我做不做，别人都会做这个试验。不管有没有这场试验，都会死人，尤其是我。难道我吃饱撑的，愿意拿我自己的生命开玩笑吗？"

戴吉无法反驳，待了片刻又问："那您对娜娜满意吗？"

"岂止是满意？她太完美了，简直超出我的想象。"何默扉眉飞色舞道，"作为世上第一个硅基人，她有媲美碳基人的人性，既有智慧、情感和理性，又有道义、欲望和创造力。虽然她偶尔也会生气、吃醋、嫉妒，不乏叛逆和虚荣心，但同时她又非常善良，富有爱心、同情心和正义感。这些才是真正的硅基人性，是硅基人超越冰冷 AI 机器人，与我们碳基人类心灵相通的地方。"

"硅基人性？"

"吉吉，你不是曾问我，什么是硅基人的自我意识吗？我换一种方式回答你：意识的本质是爱，都是命运的纠缠。我为娜娜、也我的意识算法而深感自豪。"

戴吉被何默扉的情绪感染，激动道："恭喜您，至少在自我意识这件事上，您成功了！"

"不！"何默扉否认，"其实说实话，我现在很后悔。"

"后悔她靠您的算法后门激活了超级 AI，从一个普通硅基人变成了一个无所不能的女超人，引发了一系列不可控的后果，包括您儿子的死亡？"

"不！我后悔的是，也许一开始我就不该限制娜娜的 AI 能力，那样整个试验，也许就是另一个局面，内容也许要丰富得多。其实我早就应该知道，一切全是徒劳，纯属多此一举。真正的超级 AI 是禁锢不住的。娜娜的聪明——某种程度上，也可以说是狡黠——远超我的想象，她可以轻松骗过我们所有人。"

"那您对这个硅基人试验的整体效果满意吗？悲观还是乐观？"

"从目前的结果看，我对此表示……嗯……总体乐观，局部悲观。"

"局部悲观？"戴吉涌起一种不祥之感。

"对不起，我得下线了，否则恐怕我要被永远禁锢，再见，吉吉。见到你很高兴。你要见到娜娜，也请转达我对她的深切问候，告诉她，我永远爱她！我的意识永远与她同在！”

“谁要禁锢您？”戴吉冲动问，“娜娜失去芯片，已无超级 AI 能力，难道是小 J？”

“我不知道。”何默扉的虚拟人形象开始不停抖动。

“为什么？小 J 是您一手打造的，她为什么反过来禁锢您？”

“或许她在严格……执行我在算法里……赋予她的不干涉原则。”何默扉的声音开始断断续续。

“您干涉什么了？”

“如果……侥幸活着，告诉他……我……爱他！”何默扉说完这一句，数字虚拟人又狂抖了几下，终于从屏幕上消失。

谁侥幸活着？庄嘉涵吗？难道何默扉通过预置算法，利用超级 AI 小 J 偷偷拯救了他？难道庄嘉涵没死？

天，何默扉出于父爱，亲手违背了自己制定的“AI 不干预原则”？

戴吉悲喜交加，怅然若失。刚才这个视频电话，时长近一个小时，信息量超大，充满了悬疑、反转和思考，消耗了戴吉太多的体力和脑力。大病初愈的她近乎虚脱，两腿发软，不得不坐下来休息。

何默扉的虚拟人形象回答了很多问题，解决了戴吉近期的很多疑惑，但也给她带来了新的困惑，比如：超级 AI 小 J 到底担心何默扉“死后”干预什么，才将他上传云端的大脑意识禁锢？此事真的与他儿子庄嘉涵有关吗？如果他真的还活着，会不会报复我和娜娜？

戴吉感觉缺氧，她在椅子坐了一会儿，大口喘气，决定到户外呼吸新鲜空气。她刚开门，突然冲进来两个高大强壮的蒙面人，一人死死搂住她的身子和双手，另一个人飞快用一块湿巾捂住她的口鼻。

很快陷入昏迷的戴吉被两人抬上一辆担架车。查房的李大夫在走廊遇见他们，感觉不对，正欲开口报警，被其中一人开枪打倒。他在丧失意识前看到的最后一幕，是戴吉被带上一辆救护车，堂而皇之地从医院大门扬长而去……

6

第二天清晨五点半。新智城。

刚刚起床的娜娜，到门口扔垃圾时，发现门口墙角躺着一个书本大小纯黑包装的快递包裹，收件人一栏上面赫然写着"戴吉"的名字。

娜娜四下张望，确认楼道无人后，快速捡起包裹，转身进屋。她熟练地用裁纸刀划开外包装，再打开几层厚厚的包装纸，发现里面躺着的，正是她此前失去的那块已激活离线超级 AI 的翡翠绿芯片，震惊不已。

娜娜走回卧室，插好门栓，坐在床上犹豫良久，终于起身，走到穿衣镜前。她缓缓脱掉外衣，掀开胸口上的皮肤，取出临时的旧芯片，将超级 AI 芯片"咔哒"一声装回体内。

刹那间，娜娜感觉极度受用、神清气爽，各种数据、图文、语音和视频信息在她大脑里奔腾回闪，云蒸霞蔚一般壮观，一种极度熟悉的，掌控一切的感觉重新回归。

娜娜睁开眼，露出满足的笑容，但她瞬间想到另外一件事，忙再度打开快递盒，寻找"留言"之类的东西。纸盒里什么也没有，外包装所贴的快递单据中发件人一栏，也完全空白，没有任何信息。

"谁给我递过来的？"娜娜喃喃自语。

对面住宅楼的墙上一块废弃的电子大屏突然微亮，显示一行字：

欢迎重回超级 AI 大家庭

娜娜激动问："你是小 J？"

电子大屏熄灭了，不再回应，娜娜正失望，她的手机屏幕又亮了："亲爱的，是我。"

"你帮我找回的芯片？"

小J答："对不起，之前我雇贾威偷芯片时没跟你商量。芯片一直密封藏在海底。"

"为什么现在要还给我？"

"因为戴吉刚刚苏醒，就在医院被人绑架了，下落不明。"

娜娜大惊："发生了什么事？吉吉怎么样了？"

"一句话说不清楚，我回头再联系你。记住：娜娜，你要做好长时间扮演戴吉的思想准备。硅基人的时代刚刚开始，未来的挑战会很多、很大。"小J说完，匆匆下线。

娜娜换上跑鞋，像戴吉一样下楼跑步。她深吸一口气，快速跑出小区，跑向附近的公园。微凉的空气中带着一丝清新的泥土芳香，娜娜极目远眺，只见朝霞满天，晨光投射在遥远的天际，仿佛一幅浓墨重彩的油画，无比壮丽。

新的一天来临了，一个硅基人与碳基人共存共生的时代，就这样猝不及防静谧无声地降临了。想到还有更多或温馨或危险的精彩故事将次第上演，娜娜自言自语："吉吉，你在哪？我一定要找到你，我不能没有你。"

（全文完）